Goldmann Science Fiction

Von Isaac Asimov
sind im Goldmann Verlag lieferbar:

Sterne wie Staub · 23016
Radioaktiv ...! · 23039
Wasser für den Mars · 23050
Der fiebernde Planet · 23171
Die phantastische Reise · 23436

ISAAC

ASIMOV

DAS IMPERIUM VON TRANTOR

DIE FRÜHE FOUNDATION-TRILOGIE

DER FIEBERNDE PLANET | RADIOAKTIV...! | STERNE WIE STAUB

GOLDMANN VERLAG

Aus dem Amerikanischen übertragen:

Der fiebernde Planet
Radioaktiv...!
von *Iris* und *Rolf H. Foerster*

Sterne wie Staub
von *Else Sticken*

1. Auflage · Januar 1985 · 1.–50. Tsd.

Made in Germany

Umschlagentwurf: Design Team München
Umschlagillustration: Peter Goodfellow / Agentur Schlück, Garbsen
Druck: Presse-Druck Augsburg
Verlagsnummer: 23500
Lektorat: Sybille Terrahe / Peter Wilfert
Herstellung: Peter Papenbrok
ISBN 3-442-23500-6

ISAAC ASIMOV – »Der Mann, der zur Science Fiction die Wissenschaft hinzugefügt hat«. Diese Auszeichnung wurde Asimov 1963 für sein Lebenswerk zuteil. Er ist der wohl in aller Welt bekannteste SF-Autor. 1920 wurde er in der UdSSR geboren, wanderte zusammen mit seinen Eltern 1923 in die USA aus, studierte Chemie und wurde 1949 an der Universität von Boston Professor der Biochemie.
Auf die Science Fiction stieß Asimov in jungen Jahren durch die Magazine, die sein Vater in dem ihm gehörenden Süßwarenladen mit verkaufte. Ab ca. 1938 verfaßte er selbst SF. Seine produktivste Phase als Autor waren die 40er und 50er Jahre. Ab 1958 wandte er sich mehr populärwissenschaftlichen Artikeln und Sachbüchern zu. 1976 lagen von ihm mehr als 170 Bücher vor. Asimov genießt seinen Ruf und Bekanntheitsgrad als Autor und Wissenschaftler, zudem ist er für seine Bücher, Artikel und Geschichten ein guter Geschäftsmann.

Inhalt

Der fiebernde Planet

PROLOG

Ein Jahr vorher

Der Mann von der Erde faßte einen Entschluß. Er war langsam und zögernd in ihm gereift, doch nun stand er fest.

Wochen waren vergangen, seit er sein behagliches Raumschiff und den dunklen Weltraum verlassen hatte. Ursprünglich hatte er nur rasch der örtlichen Zweigstelle des Interstellaren Raumanalytischen Büros einen Bericht übergeben und noch rascher in den Weltraum zurückkehren wollen. Statt dessen hielt man ihn nun hier fest.

Es war fast wie ein Gefängnis.

Er trank seinen Tee aus und blickte den Mann auf der anderen Seite des Tisches an. »Ich bleibe nicht mehr hier!«

Der andere Mann faßte einen Entschluß. Er war langsam und zögernd in ihm gereift, doch nun stand er fest.

Er mußte Zeit gewinnen, viel mehr Zeit. Er hatte auf seine ersten Briefe keine Antwort erhalten. Mehr hatte er zwar nicht erwartet, aber es war nur der erste Schritt gewesen. Jedenfalls mußte er, während er weitere Schritte in die Wege leitete, verhindern, daß der Mann von der Erde sich ›aus dem Staube‹ machte. Er umklammerte den glatten, schwarzen Stab in seiner Tasche und sagte: »Sie wissen nicht, wie heikel die Angelegenheit ist.«

»Was ist heikel am Untergang eines Planeten?« erwiderte der Mann von der Erde. »Ich verlange, daß Sie alle Einzelheiten auf Sark bekanntgeben. Jedermann auf dem Planeten Sark muß es erfahren!«

»Das geht nicht. Sie wissen genau, daß dies Panik bedeuten würde.«

»Sie haben selbst gesagt, Sie würden es tun.«

»Ich habe darüber nachgedacht. Es geht nicht.«

Der Mann von der Erde brachte eine zweite Beschwerde vor. »Der Vertreter des IRB ist noch nicht hier gewesen.«

»Ich weiß. Sie sind alle damit beschäftigt, Maßnahmen gegen diese Krise zu treffen. Es wird noch einen oder zwei Tage dauern.«

»Einen oder zwei Tage! Immer heißt es: ›Noch einen oder zwei Tage!‹ Sind die IRB-Leute derartig beschäftigt, daß sie nicht eine halbe Stunde für mich übrig haben? Das IRB hat noch nicht einmal meine Berechnungen gesehen.«

»Ich habe Ihnen angeboten, dem Büro Ihre Berechnung zu bringen. Sie wollten es nicht.«

»Ich will es immer noch nicht! Die IRB-Leute können zu mir kommen.« Er wurde heftiger: »Ich habe nicht den Eindruck, daß Sie mir glauben. Sie glauben nicht, daß Florina untergehen wird.«

»Ich glaube es Ihnen.«

»Nein. Ich sehe Ihnen an, daß Sie mir nicht glauben. Sie lassen mir nur meinen Willen. Sie verstehen meine Berechnungen nicht. Sie sind kein Raumanalytiker. Ich zweifle sogar daran, daß Sie derjenige sind, als den Sie sich ausgeben. Wer sind Sie eigentlich?«

»Sie regen sich auf.«

»Ja, allerdings! Wundert Sie das? Oder denken Sie: Den armen Teufel hat der Weltraum erwischt? Denken Sie, ich sei verrückt?«

»Unsinn!«

»Natürlich denken Sie das. Und eben deshalb möchte ich mit den IRB-Leuten sprechen. Die werden beurteilen können, ob ich verrückt bin oder nicht.«

Der andere Mann erinnerte sich an seinen Entschluß. »Sie fühlen sich nicht wohl«, sagte er. »Ich werde Ihnen helfen.«

»Nein, das werden Sie nicht tun!« schrie der Mann von der Erde hysterisch. »Ich gehe jetzt. Wenn Sie mich festhalten wollen, müssen Sie mich töten. Aber das werden Sie nicht riskieren. Das Blut einer halben Milliarde Menschen würde an Ihren Händen kleben, wenn Sie das täten!«

Auch der andere Mann begann nun zu schreien, aber nur, um sich Gehör zu verschaffen. »Ich töte Sie nicht! Hören Sie zu: Ich töte Sie nicht! Ich brauche Sie gar nicht zu töten!«

»Sie wollen mich nicht gehen lassen«, sagte der Mann von der Erde. »Sie wollen mich hier einsperren! Und was werden Sie tun, wenn das IRB mich sucht? Ich soll regelmäßige Berichte schicken!«

»Das Büro weiß, daß Sie bei mir sicher sind.«

»So? Ich frage mich, ob das Büro überhaupt weiß, daß ich hier gelandet bin. Ich frage mich, ob das Büro meine Meldung erhalten hat!«

Dem Mann von der Erde schwindelte. Er empfand, wie seine Glieder erstarrten.

Der andere Mann stand auf. Er wußte, daß er seinen Entschluß nicht zu früh gefaßt hatte. Er ging langsam um den langen Tisch auf den Mann von der Erde zu.

»Es wird zu Ihrem Besten sein«, sagte er beruhigend und zog den schwarzen Stab aus der Tasche.

Der Mann von der Erde schrie heiser: »Eine Gehirnsonde!« Seine

Stimme überschlug sich, und als er aufstehen wollte, gehorchten seine Arme und Beine nicht. Zwischen den Zähnen, die sich im Fieberfrost zusammenbissen, stieß er hervor: »In diesem Tee war eine Droge!«

»Ganz recht, eine Droge«, stimmte der andere Mann zu. »Nun schauen Sie. Ich werde Ihnen nicht weh tun. Sie können wirklich nicht ermessen, wie heikel die Angelegenheit ist, solange Sie so aufgeregt sind. Ich werde nur die Angst von Ihnen nehmen. Nur die Angst.«

Der Mann von der Erde konnte nicht sprechen. Er konnte nur noch erstarrt denken: Großer Weltraum, ich bin betäubt worden! – Er wollte schreien, brüllen, laufen. Er konnte es nicht.

Nun stand der andere neben ihm und sah auf ihn herab. Der Mann von der Erde blickte auf. Seine Augäpfel bewegten sich noch.

Die Gehirnsonde bedurfte keiner weiteren Anschlüsse. Ihre Drähte brauchten nur an die entsprechenden Stellen des Schädels gelegt zu werden. Der Mann von der Erde beobachtete in panischem Schrecken, bis seine Augenmuskeln erstarrten. Er empfand nicht einmal mehr den feinen Einstich, als die scharfen, dünnen Elektroden die Haut und das Fleisch durchdrangen, um den Kontakt mit den Schädelknochen herzustellen. Er schrie gellend auf in der Stille seines Geistes: Nein! Sie verstehen es nicht! Es ist doch ein Planet voller Menschen! Begreifen Sie nicht, daß Sie unmöglich die Bevölkerung eines ganzen Planeten dem Verderben preisgeben können?

Die Worte des anderen Mannes klangen verschwommen und weit entfernt, als kämen sie vom anderen Ende eines langen, leeren Tunnels. »Ich werde Ihnen nicht weh tun. Noch eine Stunde, und Sie fühlen sich wohl, wirklich wohl. Sie werden mit mir über all das lachen.«

Der Mann von der Erde nahm in seinem Kopf ein schwaches Vibrieren wahr. Dann starb auch das ab.

Dunkelheit senkte sich über ihn. Ein Teil davon hob sich nie wieder. Und es dauerte ein Jahr, bis sich einzelne Bezirke lichteten.

Der Findling

Rik warf das Eßgerät hin und sprang auf. Er zitterte so stark, daß er sich an die nackte, kalkige Wand lehnen mußte.

»Ich erinnere mich an etwas!«

Die anderen schauten ihn an, und das mampfende Geräusch der kauenden Männer ebbte ab. Blicke trafen ihn aus Gesichtern, die nicht sehr sauber und nicht ordentlich rasiert waren und die weißlich in der spärlichen Wandbeleuchtung glänzten. Diese Blicke zeigten kein großes Interesse, nur eben die Aufmerksamkeit, die von einem plötzlichen und unerwarteten Ausruf geweckt wird.

»Ich erinnere mich an meine Aufgabe! Ich habe eine Aufgabe gehabt!« schrie Rik.

»Halt's Maul!« rief jemand, und ein anderer knurrte: »Setz dich!«

Die Gesichter wandten sich ab. Das Mampfen schwoll wieder an. Rik sah, wie Achseln gezuckt wurden. Er sah, wie sich ein Mann mit dem Zeigefinger an die Schläfe tippte. »Der verrückte Rik.« Nichts davon drang in sein Bewußtsein.

Langsam setzte er sich. Er umklammerte wieder seinen ›Fütterer‹, ein löffelartiges Werkzeug mit scharfen Kanten und kleinen Zinken, die an der gekrümmten Vorderseite angebracht waren, so daß man mit dem Gerät ebenso unbeholfen schneiden, schaufeln und schälen konnte. Es war gut genug für einen Arbeiter. Er wandte es um und starrte mit leerem Blick auf die Rückseite des Griffs, wo eine Nummer eingeprägt war. Er kannte sie auswendig. Auch alle anderen Arbeiter hatten solche Registriernummern, genau wie er. Aber sie hatten auch Namen. Er hatte keinen. Sie nannten ihn ›Rik‹, weil dieses Wort in ihrem Dialekt etwas Ähnliches wie ›Schwachsinniger‹ bedeutete. Und oft genug nannten sie ihn den ›verrückten Rik‹.

Aber vielleicht würde er sich von nun an immer mehr erinnern. Seit er in der Fabrik arbeitete, war dies das erstemal, daß er sich überhaupt an irgend etwas erinnert hatte, was vorher gewesen war. Er mußte nachdenken! Er mußte angestrengt nachdenken!

Plötzlich war er nicht mehr hungrig. Mit einer heftigen Bewegung warf er seinen Fütterer in die Bedarfsration einer gallertartigen Masse aus Fleisch und Gemüse, die vor ihm stand, und vergrub die Augen in die hohlen Handflächen. Angestrengt versuchte er, seinem Geist bis in jenen Bereich zu folgen, aus dem er einen einzelnen Gedanken herausgeschält hatte, einen unverständlichen Gedanken.

Er brach in Tränen aus. In diesem Augenblick gab die rasselnde Glocke das Ende der Essenszeit bekannt.

Als er an diesem Abend die Fabrik verließ, trat Valona March neben ihn. Er nahm sie zuerst kaum wahr, wenigstens nicht als Individuum. Er hörte nur, daß sich seine Schritte verdoppelten. Schließlich blieb er stehen und schaute sie an. Ihr Haar war mittelblond. Es hing in zwei dicken Zöpfen herab, die sie mit Hilfe kleiner, magnetischer Nadeln mit grünen Steinen zusammenhielt. Es waren billige Nadeln, und sie sahen schäbig aus. Sie trug ein einfaches Baumwollkleid. Mehr brauchte man im milden Klima Florinas nicht. Rik selbst trug nur ein offenes, ärmelloses Hemd und eine baumwollene Arbeitshose.

»Ich habe gehört, daß beim Essen etwas vorgefallen ist«, sagte sie.

Sie sprach einen plumpen, bäuerlichen Akzent. Riks Sprache dagegen war voller weicher Vokale, hatte aber einen nasalen Ton. Die Arbeiter lachten deshalb über ihn und äfften seine Sprechweise nach. Doch Valona sagte immer, daß sie dies nur aus Unverstand täten. »Es ist alles in Ordnung, Lona«, murmelte Rik.

»Man sagt, daß du dich an irgend etwas erinnerst«, beharrte sie. »Stimmt das, Rik?«

Auch sie nannte ihn ›Rik‹. Er hatte keinen anderen Namen, mit dem sie ihn hätte anreden können. Nicht einmal er selbst erinnerte sich daran, wie er wirklich hieß. Er hatte sich verzweifelt darum bemüht. Auch Valona hatte es mit ihm versucht. Einmal hatte sie irgendwo ein abgenutztes Adreßbuch aufgetrieben und ihm alle Familiennamen daraus vorgelesen. Aber keiner davon war ihm vertrauter vorgekommen als ein anderer.

Er blickte ihr voll ins Gesicht und sagte: »Ich werde die Fabrik verlassen müssen.«

Valona runzelte die Stirn. »Ich glaube nicht, daß du das kannst. Es wäre nicht gut.«

»Ich muß mehr über mich herausfinden.«

Valona fuhr sich mit der Zunge über die Lippen. »Ich glaube nicht, daß du das tun solltest.«

Rik wandte sich ab. Er wußte, daß sie es gut mit ihm meinte. Sie hatte die Arbeit in der Fabrik für ihn besorgt. Er hatte keinerlei Kenntnisse in der Bedienung der Maschinen gehabt. Oder vielleicht doch, aber er erinnerte sich nicht daran. Auf jeden Fall hatte Lona vor den Behörden darauf bestanden, daß er für körperliche Arbeit zu schwächlich war, und man hatte ihn kostenlos technisch ausbilden lassen. Vor jener Zeit, in den bedrückenden Tagen, als er kaum ein Wort herausbringen konnte und nicht wußte, wozu Nahrung dient, hatte sie ihn gehütet und gefüttert. Sie hatte ihn am Leben erhalten.

»Ich muß es tun«, sagte er.

»Hast du wieder Kopfschmerzen, Rik?«

»Nein. Ich erinnere mich tatsächlich an etwas. Ich erinnere mich an die Aufgabe, die ich vorher hatte – *vorher!*«

Er war nicht sicher, ob er es ihr erzählen sollte. Er blickte zur Seite. Die wohltuend warme Sonne stand noch mindestens zwei Stunden über dem Horizont. Die eintönigen Reihen der Arbeiterschlafkammern, die sich rund um die Fabrik zogen, boten einen trostlosen Anblick. Aber Rik wußte, daß das offene Feld in seiner ganzen karmesinroten und goldenen Schönheit vor ihnen liegen würde, sobald sie die Anhöhe erreicht hätten.

Er liebte die Felder. Von allem Anfang an hatte ihn deren Anblick beruhigt. Schon ehe er wußte, daß sie karmesinrot und gold waren, bevor er wußte, daß es überhaupt Farben gab, und bevor er seine Freude an irgend etwas durch mehr als ein sanftes Gurgeln ausdrücken konnte, ließen draußen auf den Feldern seine Kopfschmerzen nach. Damals hatte Valona einen diamagnetischen Roller geliehen und war mit Rik an jedem freien Tag hinausgefahren. Sie waren einen halben Meter über der Straße auf dem weichen Polster des Anti-Schwerkraftfeldes dahingeglitten, bis sie viele Meilen von jeder menschlichen Ansiedlung entfernt waren und ihnen nur noch der nach den Kyrtblüten duftende Wind ins Gesicht wehte.

Dann saßen sie neben der Straße, umgeben von Farbe und Duft. Sie teilten eine Bedarfsration, und die Sonne brannte auf sie herab, bis es Zeit war zurückzukehren.

»Laß uns in die Felder gehen, Lona«, sagte Rik.

»Es ist spät.«

»Bitte! Nur vor die Stadt.«

Sie griff nach dem dünnen Geldbeutel, den sie unter ihrem weichen Gürtel aufbewahrte – es war an Kleidung der einzige Luxus, den sie sich erlaubte.

Rik faßte sie am Arm. »Wir wollen ein Stück zu Fuß gehen.«

Eine halbe Stunde später verließen sie die Hauptstraße und bogen in einen gewundenen, staublosen Preßsandweg ein. Drückendes Schweigen lag zwischen ihnen, und Valona fühlte, wie eine allzu bekannte Furcht in ihr aufstieg.

Wie, wenn er sie verließe? Er war klein, nicht größer als sie, und an Gewicht hatte er sogar etwas weniger. Er war in vielem immer noch wie ein hilfloses Kind. Aber ehe man seinen Verstand abgeschaltet hatte, mußte er ein gebildeter Mann gewesen sein. Ein sehr wichtiger, gebildeter Mann.

Valona hatte außer Lesen und Schreiben und gerade genug Technologie, um Maschinen bedienen zu können, keinerlei Ausbildung genossen. Aber sie war intelligent genug, um zu wissen, daß nicht alle Menschen so begrenzt waren. Da war zum Beispiel der Ortsverwalter, dessen Kenntnisse für alle sehr nützlich waren. Oder die Großherren, die gelegentlich zur Inspektion kamen. Valona hatte sie nie aus der Nähe gesehen. Aber einmal hatte sie in den Ferien die Stadt besucht und von weitem eine Gruppe unglaublich prächtiger Gestalten beobachtet. Hin und wieder durften die Arbeiter hören, wie gebildete Menschen sprachen. Sie sprachen fließender und mit längeren Wörtern und weicheren Stimmen. Riks Sprechweise wurde jener immer ähnlicher, je wacher sein Verstand wurde.

Valona war bei seinen ersten Worten erschrocken. Er hatte sie seltsam ausgesprochen, und als sie versuchte, ihn zu korrigieren, war es nutzlos gewesen.

Schon damals hatte sie sich davor gefürchtet, daß er sich eines Tages an zu vieles erinnern und sie dann verlassen könnte. Sie war nur Valona March. Man nannte sie auch die ›große Lona‹. Sie hatte nicht geheiratet und hoffte auch nicht mehr auf eine Ehe. Ein großes Mädchen wie sie mit großen Füßen und roten Händen von der Arbeit konnte nicht heiraten. Die Jungen hatten auf den Feiertagsfesten keinen Blick für sie übrig.

Sie würde nie ein Baby bekommen, das sie verhätscheln könnte. Die anderen Mädchen bekamen Kinder, eins nach dem anderen.

»Jetzt bist aber du an der Reihe, Lona«, hieß es oft spöttisch. »Wann bekommst du endlich ein Baby?«

Als Rik gekommen war, war er wie ein Baby gewesen. Er mußte gefüttert und umsorgt, in die Sonne gebracht und in den Schlaf gesummt werden, wenn ihn die Kopfschmerzen marterten.

Die Kinder rannten hinter ihr her und kreischten: »Lona hat einen Freund! Die große Lona hat einen verrückten Freund! Lonas Freund ist ein Verrückter!«

Später, als Rik selbst gehen konnte – sie war an jenem Tag, an dem er den ersten Schritt tat, so stolz gewesen, als wäre er wirklich erst ein Jahr alt und nicht einunddreißig – und vors Haus gegangen war, hatten sie ihn grölend umringt, um einen erwachsenen Mann zu sehen, der vor Furcht die Augen bedeckte und sich duckte und ihnen nur mit einem Lallen antworten konnte. Dutzende Male war sie wütend vors Haus gegangen, hatte sie angeschrien und die großen Fäuste geballt.

Selbst erwachsene Menschen fürchteten Lonas Fäuste. Sie hatte ihren Abteilungsleiter am ersten Tag, als sie Rik zur Arbeit in die Fabrik brachte, wegen einer unanständigen Bemerkung mit einem einzigen Hieb niedergeschlagen. Der Fabrikant hatte sie dafür zur Zahlung eines Wochenlohns verurteilt und hätte sie wahrscheinlich in die Stadt zum Gericht der Großherren geschickt, wenn nicht der Ortsverwalter mit der Begründung eingegriffen hätte, daß Lona provoziert worden war.

Nun sah sie es ungern, daß sich Riks Gedächtnis lichtete. Sie wußte, daß sie ihm nichts zu bieten hatte. Es war eigensüchtig von ihr, wenn sie ihn am liebsten für immer umnachtet und hilflos gesehen hätte. Aber es kam einfach daher, weil noch nie jemand so völlig von ihr abhängig gewesen war. Sie fürchtete die Rückkehr in die Einsamkeit.

»Bist du sicher, daß du dich an etwas erinnerst, Rik?«

»Ja.«

Sie blieben in den Feldern stehen, und die Sonne verstärkte mit ihrem Glanz das Rot, das sie umgab. Bald würde sich der milde, duftgeschwängerte Abendwind erheben. Die Bewässerungskanäle begannen bereits sich purpurn zu färben.

»Ich kann meinem Gedächtnis trauen, Lona«, sagte er. »Das hat sich gezeigt. Du hast mir zum Beispiel nicht das Sprechen beigebracht. Ich habe mich selbst an alle Wörter erinnert, oder nicht?«

»Ja«, sagte sie zögernd.

»Ich erinnere mich auch daran, wie du mich einmal in die Felder hinausgenommen hast, ehe ich sprechen konnte. Und jeden Tag fällt mir mehr ein. Ich weiß noch genau, wie du einmal eine Kyrtfliege für mich gefangen hast. Sie surrte in deinen hohlen Händen, und ich schaute zwischen deinen Daumen hindurch und sah, wie sie in der Dunkelheit purpurn leuchtete. Ich lachte und versuchte deine Hände zu öffnen und wollte sie fangen, aber sie flog weg, und ich weinte. Ich wußte damals nicht, daß es eine Kyrtfliege war. Wir haben nie darüber gesprochen, nicht wahr, Lona?«

Sie schüttelte den Kopf.

»Aber es war so, nicht wahr?«

»Ja, Rik.«

»Und jetzt erinnere ich mich auch an etwas, das vorher war. Es muß ein Vorher gegeben haben, Lona!«

Es mußte ein Vorher gegeben haben. Es bedrückte sie, wenn sie daran dachte. Es war ein anderes Vorher, ohne Ähnlichkeit mit dem Jetzt, in dem sie lebten. Rik mußte auf einem anderen Planeten gelebt haben, denn an ein einziges Wort hatte er sich nicht erinnert. Sie mußte ihn das wichtigste Wort, das es für Florina gab, lehren: ›Kyrt‹.

»Woran erinnerst du dich?« fragte sie.

»Es ergibt nicht viel Sinn, Lona. Ich weiß nur, daß ich eine Aufgabe hatte. Und ich weiß auch, was es war. Wenigstens ungefähr.«

»Nun?«

»Ich habe das Nichts analysiert.«

Sie wandte sich mit einem Ruck nach ihm um und blickte ihn erschrocken an. »Du hast doch nicht etwa wieder Kopfschmerzen, Rik? Du hast seit Wochen keine mehr gehabt.«

Er ging gereizt weiter. »Nun quäle mich nicht!«

Sie schlug die Augen nieder, und rasch fügte er hinzu: »Das soll nicht heißen, daß du mich quälst, Lona. Ich möchte nur nicht, daß du dir Sorgen machst.«

Sie wurden wieder heiterer. »Was bedeutet ›analysieren‹?« Er wußte Wörter, die sie nie gehört hatte. Sie kam sich sehr einfältig vor bei dem Gedanken, wie gebildet er einmal gewesen sein mußte.

Er dachte einen Augenblick nach. »Es bedeutet – es bedeutet ›etwas auseinandernehmen‹.«

»Aber wie kann jemand die Aufgabe haben, etwas auseinanderzunehmen? Das ist keine Arbeit!«

»Ich habe nicht gesagt, daß ich etwas auseinandergenommen hätte. Ich habe das Nichts analysiert. Nichts, mit großem N!«

»Ist das nicht das gleiche?« – Nun passiert es, dachte sie. Jetzt komme ich ihm dumm vor. Bald wird er verächtlich auf mich herabschauen und – gehen.

»Nein, natürlich nicht.« Er holte tief Atem. »Ich fürchte, ich kann es nicht erklären. Ich kann mich auch nicht an mehr erinnern. Aber es muß eine wichtige Arbeit gewesen sein. So kommt es mir wenigstens vor. Ich *kann* kein Verbrecher gewesen sein.«

Valona zuckte zusammen. Sie hätte ihm das nie sagen sollen. Sie hatte geglaubt, daß es zu seinem eigenen Schutz wäre, wenn sie ihn warnte. Doch nun fühlte sie, daß sie es nur getan hatte, um ihn noch enger an sich zu binden.

Sie hatte es ihm schon in jenen Tagen gesagt, als er zu sprechen begann. Dies war so plötzlich gekommen, daß es sie ängstigte; und sie hatte nicht einmal gewagt, dem Ortsverwalter etwas davon mitzuteilen. Aber am nächsten freien Tag hatte sie in Form von Münzen fünf Einheiten von ihrem Lebenskonto abgehoben – es würde ohnehin nie ein Mann kommen, der es als Mitgift beanspruchen würde, so daß es nicht darauf ankam – und war mit Rik zu einem Arzt in die Stadt gefahren.

Sie hatte Namen und Adresse dieses Arztes auf einem Zettel notiert. Doch selbst damit dauerte es zwei qualvolle Stunden, bis sie den Weg zum richtigen Gebäude gefunden hatte, zwischen den riesigen Säulen der unteren Stadt hindurch, welche die obere Stadt in die Sonne hoben.

Sie bestand darauf, während der Untersuchung dabeizusein. Der Arzt hantierte mit allerlei furchterregenden Instrumenten. Als er Riks Kopf zwischen zwei Metallplatten steckte und ihn aufglühen ließ wie eine Kyrtfliege in der Nacht, sprang sie auf und wollte ihm Einhalt gebieten. Er rief zwei Männer, die sie hinauszerrten.

Eine halbe Stunde danach kam der Arzt stirnrunzelnd heraus. Sie fühlte sich unbehaglich, weil er ein Großherr war, obwohl er eine Praxis in der unteren Stadt ausübte. Aber seine Augen blickten mild, fast freundlich. Er wischte sich die Hände an einem kleinen Tuch ab und warf es in einen Abfalleimer.

»Seit wann kennst du diesen Mann?« fragte er.

Lona erzählte ihm vorsichtig die Umstände und beschränkte sich dabei auf die nacktesten Tatsachen; auch vermied sie, den Ortsverwalter und die Beamten der Polizeistreife zu erwähnen.

»Dann weißt du also nichts Näheres über ihn?«

Sie schüttelte den Kopf. »Nicht, was er vorher getan hat.«

»Dieser Mann ist mit der Gehirnsonde behandelt worden«, sagte er. »Weißt du, was das bedeutet?«

Sie hatte zuerst wieder den Kopf geschüttelt. Dann flüsterte sie heiser: »Ist es das, was man mit Verrückten tut?«

»Und mit Kriminellen. Man verändert dadurch ihren Geist zu ihrem Besten. Die Behandlung macht das Gehirn gesund oder verändert die Teile, die den Menschen veranlassen, zu stehlen oder zu töten. Verstehst du das?«

Sie verstand. Sie wurde krebsrot und sagte: »Rik hat niemals etwas gestohlen oder jemandem weh getan.«

»Du nennst ihn ›Rik‹?« Er schien sich zu amüsieren. »Nun schau, woher willst du wissen, was er getan hat, ehe du ihn kanntest? Aus seinem jetzigen Geisteszustand ist es schwer zu schließen. Die Behandlung mit der Sonde war vollständig und brutal. Ich kann nicht sagen, wieviel von seinem Geist für immer entfernt wurde und wieviel nur vorübergehend durch den Schock verlorenging. Ich glaube aber, daß im Laufe der Zeit ein Teil davon zurückkommen wird, wie seine Sprache. Er sollte unter Beobachtung bleiben.«

»Nein! Bitte nicht! Er muß bei mir bleiben. Ich habe ihn gut versorgt!«

Er hob die Brauen. Dann wurde seine Stimme sanft: »Ich meine es ja nur gut mit dir, Kleine. Vielleicht ist nicht alles Schlechte aus seinem Gehirn entfernt worden. Du wirst doch nicht wollen, daß er dir eines Tages etwas antut.«

In diesem Augenblick führte eine Schwester Rik heraus. Sie sprach leise auf ihn ein, wie man ein Kind beruhigt. Rik starrte ins Leere. Dann fiel sein Blick auf Valona. Er streckte die Arme nach ihr aus und rief schwach: »Lona!«

Sie lief auf ihn zu und preßte seinen Kopf an ihre Schulter. »Er wird mir nichts antun. Nie!«

Der Arzt sagte gedankenvoll: »Ich muß über den Fall natürlich Meldung erstatten. Ich kann mir nicht erklären, wie er in dem Zustand, in dem er gewesen sein muß, den Behörden entschlüpfen konnte.«

»Soll das bedeuten, daß man ihn mir wegnimmt?«

»Ich fürchte – ja.«

»Bitte tun Sie das nicht.« Sie gab ihm das Taschentuch, in dem sie die fünf Münzen eingewickelt hatte. »Sie können alles haben«, sagte sie. »Ich werde gut auf ihn aufpassen. Er wird niemandem etwas zuleide tun.«

Der Arzt wog die Münzen in der Hand. »Du bist Fabrikarbeiterin, nicht wahr?« Sie nickte.

»Wieviel bekommst du in der Woche?«

»2,8 Einheiten.«

Er warf die Münzen leicht in die Luft, fing sie auf und hielt sie ihr hin. »Nimm, Mädchen. Es kostet nichts.«

Sie nahm das Geld erstaunt an. »Und Sie werden niemandem etwas davon sagen?«

»Ich muß es melden«, sagte er. »Es ist Vorschrift.«

In der darauffolgenden Woche war über den Hyper-Sehfunk gemeldet worden, daß ein Arzt bei einem Gyro-Unfall ums Leben gekommen war, als in einem der örtlichen Kraftströme eine kurze Störung eintrat. Der Name des Arztes kam ihr bekannt vor, und am Abend verglich sie ihn mit dem auf ihrem Zettel. Es war der gleiche.

Sie war traurig, denn es war ein guter Mann gewesen. Sie hatte seinen Namen vor langer Zeit von einer Arbeiterin bekommen und gehört, daß er ein Großherren-Arzt war, der die Fabrikarbeiter gut behandelte. Sie hatte den Zettel mit seiner Adresse für Notfälle aufbewahrt. Und als der Notfall eintrat, war er auch zu ihr gut gewesen. Und doch überwog nun die Erleichterung das Bedauern. Er hatte wohl keine Zeit mehr gehabt, Rik anzuzeigen. Wenigstens kam niemand ins Dorf, um nachzuforschen.

Bald danach hatte sie Rik erzählt, was der Arzt gesagt hatte, damit er bei ihr im Dorf bliebe, wo er sicher war.

Rik schüttelte sie, und sie kam in die Gegenwart zurück.

»Hörst du nicht?« sagte er. »Ich kann kein Verbrecher gewesen sein, wenn ich eine wichtige Aufgabe hatte!«

»Kannst du nicht auch dann etwas Unrechtes getan haben?« begann sie zögernd. »Sogar Großherren . . .«

»Ich weiß bestimmt, daß ich kein Verbrecher war. Aber verstehst du nicht, daß ich es beweisen muß, damit es auch die anderen glauben? Es gibt keine andere Möglichkeit; ich muß die Fabrik verlassen und mehr über mich herausfinden.«

»Rik! Das wäre gefährlich! Selbst wenn du das Nichts analysiert hast, warum ist das alles so wichtig?«

»Wegen der anderen Sache, an die ich mich erinnere.«

»Welche andere Sache?«

»Ich möchte es dir nicht sagen«, flüsterte er.

»Du mußt es jemandem sagen. Du könntest es wieder vergessen.«

»Das ist wahr«, sagte Rik langsam. »Aber du darfst es niemandem erzählen, Lona! Du wirst es einfach für mich aufbewahren, falls ich es wieder vergesse, nicht wahr?«

»Ja, Rik.«

Rik blickte sich um. Die Welt war sehr schön. Valona hatte ihm einmal erzählt, daß es in der oberen Stadt ein riesiges, leuchtendes Schriftband gäbe: ›Von allen Planeten in der Milchstraße ist Florina der schönste.‹

Als er jetzt über die Felder blickte, konnte er daran glauben.

»Es ist etwas Furchtbares. Heute nachmittag ist es mir eingefallen.«

»Ja?«

»Dieser Planet wird untergehen. Alle Menschen auf Florina werden sterben.«

Der Ortsverwalter

Myrlyn Terens nahm gerade einen Buchfilm vom Regal, als das Türsignal ertönte. Sein dickliches Gesicht war in gedankenvolle Falten gelegt, aber diese glätteten sich sofort, und seine Züge zeigten nur noch den üblichen Ausdruck gelassener Vorsicht. Er strich sich über das lichter werdende rote Haar und rief: »Eine Minute!«

Er stellte den Film wieder ins Regal und betätigte den Schalter, der den Film zurückspringen und mit einem Deckel schließen ließ, so daß er von der übrigen Wand nicht zu unterscheiden war. Die einfachen Fabrik- und Feldarbeiter, mit denen er zu tun hatte, waren zwar stolz darauf, daß er, einer der Ihren, Bücher besaß. Ein schwacher Schimmer dieses Glanzes fiel auch in die dunklen Tiefen ihrer eigenen Gemüter. Und doch wäre es nicht ratsam gewesen, die Buchfilme offen zu zeigen. Die Leute konnten mit den Büchern ihres Verwalters prahlen, aber ihr Anblick hätte aus Terens zu sehr den Großherrn gemacht und ihre nicht allzu gewandten Zungen noch mehr gehemmt.

Natürlich konnte auch ein Großherr Terens in seinem Haus aufsuchen, obgleich dies äußerst unwahrscheinlich war. Aber wenn tatsächlich ein Großherr käme, dann wäre der Anblick einer Reihe von Buchfilmen ebenfalls unklug gewesen. Terens war Ortsverwalter, und die Sitte räumte ihm gewisse Vorrechte ein, aber sie reichten nicht aus, um vor Großherren zu prahlen.

»Ich komme!« rief er.

Er ging zur Tür und schloß dabei den magnetischen Saum seiner Tunika. Sogar seine Kleidung ähnelte ein wenig derjenigen der Großherren. Manchmal vergaß er fast, daß er auf Florina geboren worden war.

Valona March stand auf der Türschwelle. Sie beugte die Knie und senkte den Kopf in respektvollem Gruß.

Terens zog die Tür weit auf. »Komm herein, Valona. Aber es ist schon Sperrstunde. Hoffentlich haben dich die Streifenbeamten nicht gesehen.«

»Ich glaube nicht, Ortsverwalter.«

»Hier, setz dich! Möchtest du etwas zu essen oder trinken?«

Sie setzte sich mit steifem Rücken auf die Kante eines Stuhls und schüttelte den Kopf. »Nein, danke. Ich habe schon gegessen.«

Unter den Dorfleuten galt es als höflich, Erfrischungen anzubieten. Es galt aber als unhöflich, sie anzunehmen. Terens wußte das. Er drängte sie nicht. »Nun, was gibt's. Wieder Rik?«

Valona nickte, schien aber nur ungern weitere Erklärungen geben zu wollen.

»Hat er Schwierigkeiten in der Fabrik?«

»Nein, Ortsverwalter.«

»Hat er wieder Kopfschmerzen?«

»Nein, Ortsverwalter.«

»Valona, du kannst nicht erwarten, daß ich dein Anliegen errate. Komm, sprich dich aus, sonst kann ich dir nicht helfen. Und das willst du doch sicher?«

»Ja, Ortsverwalter«, sagte sie. »Aber wie soll ich es Ihnen sagen? Es klingt verrückt.«

Terens wollte ihr impulsiv auf die Schulter klopfen. Doch er wußte, daß sie unter seiner Berührung zurückschrecken würde. Sie hatte gewohnheitsmäßig ihre großen Hände so tief wie möglich im Kleid vergraben. Er bemerkte, daß ihre derben, kräftigen Finger gefaltet waren und sich langsam verkrampften.

»Ich höre zu«, sagte er.

»Wissen Sie noch, was Sie sagten, als ich Ihnen über den Arzt in der Stadt erzählt habe?«

»Allerdings, Valona. Ich weiß noch, daß ich dir damals einschärfte, so etwas nicht noch einmal zu tun, ohne mich vorher zu fragen.«

Valona brauchte keine Gedächtnisstütze, um sich seinen Ärger zurückzurufen. »Ich werde so etwas auch bestimmt nie wieder tun, Ortsverwalter. Aber Sie haben mir damals auch versprochen, dafür zu sorgen, daß ich Rik behalten kann.«

»Hat die Polizei nach ihm gefragt?«

»Nein.« Valona riß die Augen auf. »Glauben Sie, daß sie kommen wird?«

»Wahrscheinlich nicht.« Terens verlor die Geduld. »Nun sag schon, was los ist, Valona!«

Sie senkte die Augen. »Rik sagt, er will mich verlassen. Ich möchte, daß Sie ihn daran hindern.«

»Warum will er dich verlassen?«

»Er sagt, er erinnere sich an etwas.«

Terens beugte sich vor und hätte fast nach ihrer Hand gegriffen.

»Er erinnere sich an etwas? Woran?«

Terens dachte kurz an den Tag, an dem Rik gefunden worden war. Er hatte gesehen, wie sich die Jungen in der Nähe eines Bewässerungskanals vor dem Dorf zusammendrängten.

»Ortsverwalter! Ortsverwalter!« hatten sie mit ihren schrillen Stimmen gerufen.

»Was ist los, Rasie?« Terens hatte die Namen der Kinder gelernt, als er ins Dorf gekommen war. Das schmeichelte den Müttern und machte die ersten Monate leichter.

»Schauen Sie, Ortsverwalter!« sagte Rasie.

Er deutete auf etwas Weißes, das sich auf dem Boden wand. Es war Rik. Terens verstand so viel, daß sie irgendein Spiel gemacht hatten, das sich um Laufen, Verstecken und Verfolgen drehte. Sie wollten ihm unbedingt die Spielregeln erklären und stritten sich darüber, welche Gruppe gewonnen hätte, wenn sie nicht unterbrochen worden wären.

Der zwölfjährige Rasie hatte als erster das Winseln gehört und sich vorsichtig hingeschlichen. Er hatte erwartet, ein Tier aufzustöbern. Vielleicht eine Feldratte, die man gut hätte jagen können. Statt dessen hatte er Rik gefunden.

Die Jungen schwankten zwischen offensichtlichem Unbehagen und einer ebenso offensichtlichen Erregung über den seltsamen Anblick. Es war ein erwachsener Mensch – fast nackt, das Kinn naß von Speichel –, der winselnd mit Armen und Beinen um sich schlug. Trübe blaue Augen quollen aus seinem Gesicht, das von einem Stoppelbart bedeckt war. Nun steckte er langsam den Daumen in den Mund.

Eines der Kinder lachte. »Schau! Er lutscht am Daumen!«

Der plötzliche Ausruf berührte die hingestreckte Gestalt offenbar unangenehm. Das Gesicht des Mannes rötete sich, und er begann schwach zu wimmern. Aber der Daumen blieb, wo er war. Er war naß und rosarot im Vergleich zur übrigen, dreckverschmierten Hand.

Terens erwachte bei diesem Anblick aus seiner Erstarrung.

»Schaut, Jungs«, sagte er, »ihr dürft hier nicht im Kyrtfeld herumlaufen. Ihr zertrampelt nur die Ernte, und ihr wißt, was passiert, wenn euch die Feldarbeiter erwischen. Geht jetzt und redet nicht darüber. Und du, Rasie, läufst zu Ull Jenkus und läßt ihn herkommen.«

Ull Jenkus konnte in Terens' Gemeinde am ehesten als eine Art Doktor gelten. Er hatte einige Zeit als Lehrling in der Praxis eines richtigen Arztes in der Stadt gearbeitet und war daraufhin von der Dienstpflicht auf den Feldern oder in den Fabriken befreit worden. Er konnte Temperaturen messen, Tabletten verschreiben, Injektionen geben, und vor allem konnte er beurteilen, ob eine Krankheit ernst genug war, daß man eine Fahrt zum Krankenhaus in der Stadt rechtfertigen konnte. Ohne diese halbberufliche Stütze hätten alle die Unglücklichen, die an Hirnhautentzündungen oder akuter Blinddarmentzündung erkrankten, heftig und meistenfalls nicht lange gelitten. Die Vorarbeiter allerdings murrten oft und beschuldigten Jenkus, ein Helfershelfer von Simulanten zu sein.

Jenkus und Terens legten den Mann auf einen diamagnetischen Roller und fuhren ihn so unauffällig wie möglich in den Ort.

Gemeinsam wuschen sie ihm die Dreckkrusten ab. Dann untersuchte ihn Jenkus.

»Ich kann keine Infektion feststellen, Ortsverwalter. Er ist gut genährt. Die Rippen stehen nicht allzusehr heraus. Ich weiß nicht, was ich davon halten soll. Wie mag er wohl dort hinausgekommen sein, Ortsverwalter?«

Er stellte die Frage mit einem pessimistischen Unterton, als könne niemand von Terens erwarten, daß er auf alles eine Antwort wußte. Terens nahm es gelassen hin. Wenn ein Ort seinen Verwalter verloren hatte, mußte sein Nachfolger zunächst eine Übergangsperiode des Mißtrauens durchlaufen. Es war keine persönliche Antipathie.

»Ich fürchte, ich weiß es auch nicht«, sagte Terens.

»Er kann nicht gehen. Keinen Schritt. Er muß ausgesetzt worden sein. Soviel ich feststellen kann, könnte er ebensogut ein Säugling sein.«

»Gibt es eine Krankheit, die sich so auswirkt?«

»Ich wüßte keine. Vielleicht eine Geisteskrankheit, aber davon verstehe ich nichts. Einen Geisteskranken würde ich in die Stadt schicken. Haben Sie den Mann schon einmal gesehen?«

»Ich bin erst seit einem Monat hier«, sagte Terens milde.

Jenkus seufzte und zog sein Taschentuch heraus. »Ja, ja. Der alte Ortsverwalter war ein feiner Mann. Hat gut für uns gesorgt. – Ich bin jetzt schon fast sechzig Jahre hier, aber diesen Burschen habe ich noch nie gesehen, muß aus einer anderen Gegend sein.«

Jenkus war ein gedrungener Mann. Er sah aus, als sei er schon gedrungen auf die Welt gekommen. Und wenn man zu dieser Veranlagung noch die Wirkung einer hauptsächlich sitzenden Lebensweise hinzuzieht, überrascht es nicht, daß er selbst kurze Sätze asthmatisch hervorbrachte und sich ständig mit einem großen roten Taschentuch ziemlich wirkungslos über die glänzende Stirn wischte.

»Ich weiß nicht recht, was wir denen von der Streife sagen sollen ...«

Und die Streifenbeamten kamen. Es war unvermeidlich. Die Jungen hatten ihren Eltern von dem Vorfall erzählt, die Eltern hatten es weitererzählt. Das Leben im Dorf war ohnehin arm an

Ereignissen, und dieser Vorfall war ungewöhnlich genug. Er war es wert, ausführlich von Mund zu Mund weitergegeben zu werden. Und bei diesem Gerede konnten die Beamten die Ohren nicht verschließen.

Die Streifenbeamten waren Mitglieder der florinischen Polizeitruppe. Sie waren nicht auf Florina geboren. Andererseits waren sie auch keine Landsleute der Großherren, die vom Planeten Sark stammten. Sie waren Söldner, auf die man sich verlassen konnte. Der Bezahlung wegen hielten sie Ordnung und ließen sich niemals so weit verleiten, mit den Floriniern zu sympathisieren.

Zwei dieser Polizeibeamten kamen, und einer der Vorarbeiter aus der Fabrik begleitete sie im Vollgefühl seiner kleinen Autorität.

Die Polizisten langweilten sich. Ein gehirnloser Idiot war keine aufregende Angelegenheit.

»Wer ist dieser Mann?« fragte einer der beiden den Vorarbeiter.

»Keine Ahnung. Er ist nicht aus dieser Gegend.«

Der Beamte wandte sich an Jenkus: »Hatte er Papiere bei sich?«

»Nein, Herr. Er war nur in Lumpen gekleidet. Ich habe sie verbrannt, um eine Ansteckung zu vermeiden.«

»Was fehlt ihm?«

»Der Verstand, soviel ich feststellen konnte.«

Terens nahm die Polizisten beiseite. Da sie sich langweilten, waren sie zugänglich. Der Beamte, der die Fragen gestellt hatte, klappte sein Notitzbuch zu und sagte: »In Ordnung. Es lohnt sich nicht, eine Meldung zu machen. Die Sache geht uns nichts an. Schaffen Sie sich ihn irgendwie vom Hals.«

Dann gingen sie.

Der Vorarbeiter blieb. Er war ein sommersprossiger Mann mit rotem Haar und einem vollen, struppigen Bart. Er war seit fünf Jahren Vorarbeiter und hatte strenge Grundsätze. Das bedeutete, daß die Verantwortung für die Erfüllung des Solls schwer auf ihm lastete.

»Nun stehen wir da«, sagte er erbost. »Was soll man jetzt tun? Diese verfluchten Kerle sind gewandt im Reden, aber sie arbeiten nicht.«

»Schicken Sie ihn ins Krankenhaus, das wird das beste sein«, sagte Jenkus und wischte eifrig mit dem Taschentuch. »Ich kann nichts für ihn tun.«

»In die Stadt?« erwiderte der Vorarbeiter entsetzt. »Wer übernimmt die Kosten? Wer soll für die Arzthonorare aufkommen? Er ist doch keiner von uns, oder?«

»Soviel ich weiß, nicht«, gab Jenkus zu.

»Warum sollen dann ausgerechnet wir bezahlen? Stellen Sie fest, wohin er gehört. Sein Dorf soll für ihn aufkommen.«

»Können Sie mir sagen, wie ich das feststellen soll?«

Der Vorarbeiter überlegte. Seine Zunge leckte und spielte mit den rauhen, rötlichen Stoppeln an seiner Oberlippe. »Dann werden wir ihn uns einfach irgendwie vom Hals schaffen, wie der Polizist gesagt hat.«

Terens unterbrach: »Wie meinen Sie das?«

»Er könnte ebensogut tot sein. Es wäre für ihn eine Erlösung.«

»Man darf einen Menschen nicht töten«, sagte Terens.

»Vielleicht können Sie mir dann sagen, was zu tun ist?«

»Könnte nicht irgend jemand aus dem Ort für ihn sorgen?«

»Wer hätte dazu schon Lust! Sie vielleicht?«

Terens ignorierte das unverblümte Betragen. »Ich habe andere Dinge zu tun.«

»So geht es uns allen. Ich kann nicht dulden, daß irgend jemand die Fabrikarbeit vernachlässigt, um für dieses stumpfsinnige Wesen hier zu sorgen.«

Terens seufzte. »Nun, Vorarbeiter, wir wollen vernünftig miteinander reden. Wenn Sie beispielsweise in diesem Quartal das Soll nicht erfüllten, würde ich annehmen, es käme daher, daß eine Ihrer Arbeiterinnen für diesen armen Burschen hier sorgt. Ich würde dann für Sie mit dem Großherrn sprechen. Andernfalls würde ich einfach sagen, ich wüßte keinen Grund, warum Sie das Soll nicht erfüllten. Dies nur für den Fall, daß Sie es tatsächlich nicht schaffen.«

Der Vorarbeiter kochte. Der Ortsverwalter war erst seit einem Monat hier, und schon nahm er es mit Männern auf, die ihr ganzes Leben in dieser Gegend verbracht hatten. Immerhin hatte er einen Ausweis mit den Unterschriften der Großherren, und es wäre unklug gewesen, sich ihm offen zu widersetzen.

»Aber wer soll ihn nehmen?« fragte er. Eine schreckliche Ahnung überfiel ihn. »*Ich* kann es nicht. Ich habe selbst drei Kinder, und meiner Frau geht es nicht gut.«

»Ich habe nicht gesagt, Sie sollten ihn nehmen.«

Terens blickte zum Fenster hinaus. Nun, da die Polizeibeamten gegangen waren, versammelte sich eine tuschelnde Menge vor dem Haus des Ortsverwalters. Die meisten waren zu jung, um zu arbeiten; andere waren Feldarbeiter. Nur einige wenige Fabrikarbeiter waren darunter, die gerade von ihrer Schicht kamen.

Terens sah das große Mädchen in der hintersten Reihe der Menge. Sie war ihm schon öfters aufgefallen. Sie schien kräftig, leistungsfähig und arbeitsam. Hinter ihrem unglücklichen Äußeren verbarg sich eine gesunde Intelligenz. Wenn sie ein Mann gewesen wäre, hätte man sie zum Ortsverwalter ausgebildet. Aber sie war eine Frau, eine einsame Frau, und das würde sie wahrscheinlich bleiben.

»Wie wär's mit ihr?« fragte Terens.

Der Vorarbeiter blickte hinaus. »Verdammt!« brüllte er. »Sie sollte bei der Arbeit sein!«

»Schon gut«, besänftigte ihn Terens. »Wie heißt sie?«

»Valona March.«

»Richtig. Jetzt erinnere ich mich. Rufen Sie das Mädchen herein.« Von diesem Augenblick an war Terens der inoffizielle Vormund des Paares gewesen. Er hatte zusätzliche Essensrationen und Kleiderkarten für sie besorgt und alles, was nötig war, damit zwei Erwachsene, von denen nur einer registriert war, vom Einkommen dieses einen leben konnten. Er hatte auch das Seine dazu beigetragen, daß Rik für die Arbeit in der Kyrtfabrik ausgebildet wurde. Und er hatte interveniert, als Valona mit ihrem Abteilungsleiter in Streit geriet. Der Tod des Arztes in der Stadt hatte es überflüssig gemacht, dort weitere Schritte zu unternehmen, aber er wäre dazu bereit gewesen.

Es verstand sich von selbst, daß Valona mit all ihren Sorgen zu ihm kam, und er wartete nun darauf, daß sie seine Frage beantwortete. Valona zögerte immer noch. Schließlich sagte sie: »Er meint, Florina würde untergehen.«

Terens blickte erschrocken auf. »Wodurch?«

»Er sagt, das wisse er selbst nicht. Er sagt nur, er erinnere sich daran. Und er meint, er habe eine wichtige Aufgabe gehabt. Aber ich verstehe nicht, was für eine.«

»Was erzählt er darüber?«

»Er sagt, er habe das Nichts an . . . analysiert. Nichts mit großem N.« Und sie beeilte sich zu erklären: »Analysieren bedeutet ›etwas auseinandernehmen‹ wie . . .«

»Ich weiß, was das bedeutet, Mädchen.«

Valona sah Terens zweifelnd an. »Aber wie kann man mit dem Nichts etwas tun?«

Terens stand auf. Er lächelte flüchtig. »Weißt du nicht, daß das ganze Milchstraßensystem größtenteils aus Nichts besteht?«

Valona verstand es nicht, aber sie schwieg. Der Ortsvorsteher war ein sehr gebildeter Mann. Und plötzlich war sie sicher, daß ihr Rik sogar noch gebildeter sei.

»Komm!« Terens streckte die Hand nach ihr aus.

»Wohin gehen wir?«

»Wo ist Rik?«

»Zu Hause. Er schläft.«

»Gut. Ich begleite dich. Du willst doch auch nicht, daß dich die Polizeistreife auf der Straße erwischt?«

Das Dorf schien ausgestorben zu sein. Die Lichter der einzigen Straße, die das Gebiet der Arbeiter-Schlafkabinen in zwei Hälften teilte, schimmerten matt. Es regnete leicht, wie fast jede Nacht. Aber es war nicht nötig, sich gegen diesen Regen zu schützen.

Valona war noch nie an einem Arbeitstag so spät auf der Straße gewesen. Sie fürchtete sich. Sie versuchte, möglichst leise zu gehen, während sie auf die fernen Schritte der Polizisten horchte.

»Du brauchst nicht auf den Zehenspitzen zu gehen, Valona. Ich bin bei dir!« Seine Stimme dröhnte in der Stille, und Valona zuckte zusammen. Auf sein Drängen eilte sie weiter.

Valonas Kabine war so dunkel wie alle anderen. Leise traten sie ein. Terens war in einer solchen Hütte geboren und aufgezogen worden, und obwohl er danach auf dem Planeten Sark gelebt hatte und nun auf Florina ein Haus mit drei Zimmern und sanitären Anlagen bewohnte, hatte für ihn die Nüchternheit eines solchen Raumes immer noch etwas Heimeliges an sich. Ein Bett, eine Kommode, ein glatter Gußzementboden, ein Schrank in einer Ecke war alles, was man brauchte.

Man benötigte keine Küchengeräte, denn alle Mahlzeiten wurden in der Fabrik eingenommen. Auch ein Badezimmer war nicht notwendig, weil hinter den Schlafkabinen die Gemeinschafts-Badehäuser und Duschräume lagen. In dem unveränderlich milden Klima Florinas brauchte man keine Fenster, die gegen Kälte und Regen schützten. Alle vier Wände waren von Fächerjalousien durchbrochen, und die Dachrinnen darüber boten genügend Schutz vor dem nächtlichen Sprühregen, der stets bei Windstille niederging.

Im Schein einer kleinen Taschenlampe bemerkte Terens, daß eine Ecke des Raumes durch eine schäbige Klappwand abgeteilt war. Er hatte sie Valona erst kürzlich besorgt, als Rik nicht mehr genug Ähnlichkeit mit einem Baby oder zu viel mit einem Erwachsenen hatte. Er hörte den regelmäßigen Atem hinter der Klappwand. Er deutete mit dem Kopf in jene Richtung. »Wecke ihn auf, Valona.«

Valona pochte an die Wand. »Rik! Rik, Baby!«

Ein kleiner Schrei.

»Ich bin's«, sagte Valona. Sie schob die Wand beiseite, und

Terens ließ den Schein seiner Taschenlampe zuerst über sein eigenes und Valonas Gesicht spielen, dann über Rik.

Rik hielt schützend die Hand vor die Augen.

»Was ist?«

Terens setzte sich auf die Bettkante. Rik schlief im Einheitsbett, wie er bemerkte. Terens hatte für Rik ein altes, ziemlich wackeliges Metallbett besorgt, aber Valona hatte es selbst in Gebrauch genommen.

»Rik«, sagte er, »Valona hat mir erzählt, daß du dich an etwas erinnerst.«

»Ja, Ortsverwalter.« Rik war Terens gegenüber immer sehr demütig, denn er war der wichtigste Mann, den er kannte. Sogar der Werkleiter war höflich zu ihm. Rik wiederholte die Bruchstücke, die sich während des Tages in seinem Gedächtnis angesammelt hatten.

»Und hast du dich außerdem noch an etwas anderes erinnert, seit du dies Valona erzählt hast?«

»Nein, sonst an nichts, Ortsverwalter.«

Terens knetete seine Finger. »Schön. Dann schlaf nur wieder ein.«

Valona begleitete ihn vors Haus. Sie versuchte angestrengt, keine Gemütsbewegung zu zeigen. Schließlich fuhr sie sich mit dem Handrücken über die Augen. »Wird er mich verlassen müssen, Ortsverwalter?«

Terens ergriff ihre Hand und sagte ernst: »Du mußt eine erwachsene Frau sein, Valona. Er wird einmal kurz mit mir kommen müssen. Aber ich werde ihn danach wiederbringen.«

»Und dann?«

»Das weiß ich noch nicht. Du mußt Verständnis haben, Valona. Im Augenblick ist es das wichtigste, Riks Gedächtnis nachzuhelfen.«

»Meinen Sie wirklich, daß Florina untergehen wird, wie er sagt?«

Terens' Griff um ihre Hand wurde fester. »Sprich mit niemandem darüber, Valona, sonst könnten die Streifenbeamten Rik für immer mitnehmen. Es ist mein Ernst.«

Er wandte sich um und ging langsam und gedankenverloren zu seinem Haus zurück, ohne sich ganz bewußt zu sein, daß seine Hände zitterten. Er versuchte vergeblich zu schlafen, und nach einer Stunde stellte er das Narkosegerät ein. Es war eines der wenigen Dinge, die er von Sark mitgebracht hatte. Es umschloß den

Kopf wie eine dünne, schwarze Filzkappe. Er stellte das Gerät auf fünf Stunden ein und schaltete es an.

Er hatte noch Zeit, sich bequem hinzulegen, ehe das Gerät die Bewußtseinszentren in seinem Gehirn ausschloß und er in einen traumlosen Schlaf fiel.

Die Bibliothekarin

Sie ließen den diamagnetischen Roller in einer Abstellkabine außerhalb der Stadt stehen. Roller waren rar in der Stadt, und Terens wollte keine unnütze Aufmerksamkeit erregen. Einen Augenblick dachte er wütend an die Bewohner der oberen Stadt mit ihren diamagnetischen Wagen und Anti-Schwerkraftgyros. Doch das gehörte zu einer anderen Welt.

Rik wartete, bis Terens die Kabine abgeschlossen und durch einen Fingerabdruck versiegelt hatte. Er trug einen neuen, aus einem Stück bestehenden Anzug und fühlte sich etwas unbehaglich darin. Zögernd folgte er Terens unter dem ersten jener großen, brückenähnlichen Gerüste hindurch, die die obere Stadt trugen.

Alle anderen Städte auf Florina besaßen Namen. Diese aber hieß einfach ›Die Stadt‹. Die Arbeiter und Bauern, die hier und in der näheren Umgebung lebten, wurden von den übrigen Planetenbewohnern beneidet. In der Stadt gab es bessere Ärzte und Krankenhäuser, mehr Handelsniederlassungen und Gaststätten und hin und wieder sogar eine Spur von Luxus. Die Einwohner selbst waren nicht so begeistert. Sie lebten im Schatten der oberen Stadt.

Die obere Stadt war genau das, was ihr Name besagt. Denn die ganze Stadt bestand aus zwei Hälften. Sie waren durch eine horizontale, fünfzig Quadratmeilen große Zementschicht, die auf etwa zwanzigtausend Stahlsäulen ruhte, voneinander getrennt. Darunter, im Schatten, wohnten die ›Eingeborenen‹. Darüber, in der Sonne, die Großherren. In der oberen Stadt deutete nichts darauf hin, daß man sich auf dem Planeten Florina befand. Die Bevölkerung war fast ausschließlich vom Planeten Sark, wenn man von einer kleinen Polizeiabteilung absah.

Terens kannte den Weg. Er ging rasch, mied die Blicke der Vorübergehenden, die seine Ortsverwalter-Uniform mit einer Mischung von Neid und Ressentiment betrachteten. Rik hielt mühsam Schritt. Er erinnerte sich nur noch undeutlich an seinen ersten

Besuch in der Stadt. Damals war der Himmel bewölkt. Nun aber schien die Sonne, und ihre Strahlen drangen durch die in regelmäßigen Abständen verteilten Öffnungen in der Zementschicht und bildeten Lichtbalken, welche die Zwischenräume um so dunkler erscheinen ließen. Während Rik und Terens dahingingen, wechselten Hell und Dunkel in einem fast hypnotischen Rhythmus.

Greise saßen auf Rollstühlen in den Lichtstreifen und rückten mit der Sonne weiter. Manche schliefen ein und blieben im Schatten zurück, es sei denn, daß sie das Quietschen der Räder weckte, wenn die anderen die Position wechselten. Gelegentlich blockierten Mütter mit ihren Nachkommen die Sonnenplätze.

Terens blieb vor einer Konstruktion stehen, die den gesamten Raum zwischen vier Säulen vom Boden bis zur Zementschicht füllte.

Rik erriet, was dieses Gebilde war: ein Aufzug, der zur oberen Stadt führte.

Diese Verbindung zwischen den beiden Stadtteilen war notwendig. Unten wurde produziert, oben verbraucht. Grundstoffe und Rohnahrung wurden in die untere Stadt befördert, fertige Plastikware und Delikatessen wanderten nach oben. Auch Dienstmädchen, Gärtner, Chauffeure, Bauarbeiter bezog man aus der unteren Stadt.

»Ich möchte nicht hinauf«, sagte Rik.

Terens ignorierte Riks Unbehagen. Er war verblüfft, daß sein eigenes Herz so heftig schlug. Nicht aus Angst – eher aus Befriedigung darüber, daß er hinauffahren werde. Er würde wieder über den geheiligten Zementboden gehen und seinen Schmutz darauf abschlurfen. Als Ortsverwalter durfte er das. Für die Großherren war er natürlich dennoch nur ein florinischer Eingeborener. Aber er war Ortsverwalter und konnte auf dem Zement herumtrampeln, wann immer es ihm beliebte. Er haßte sie!

Terens holte tief Atem und signalisierte dem Aufzug. Es hatte keinen Zweck, sich aufzuregen. Er war selbst viele Jahre auf Sark gewesen, dem Heimatplaneten der Großherren. Er hatte es gelernt, schweigend zu dulden. Er durfte nicht vergessen, was er dort gelernt hatte. Am wenigsten jetzt.

Der Aufzug setzte auf der unteren Plattform auf, und die Wand, vor der Terens und Rik standen, versank in einen Bodenschlitz.

Der Aufzugführer, ein Florinier, blickte sie unwillig an. »Ihr seid nur zu zweit?«

»Nur zu zweit«, sagte Terens herausfordernd und trat ein. Rik folgte.

Der Aufzugführer machte keine Anstalten, die niedergelassene Wand wieder in ihre ursprüngliche Lage zurückzubringen. »Ihr könntet ebensogut auf die Zwei-Uhr-Fracht warten und dann mitfahren. Wo kämen wir hin, wenn ich das Ding jedesmal wegen lumpiger zwei Kerls herunter- und hinauffahren ließe!«

Er spuckte aus und achtete dabei darauf, daß sein Speichel den Boden der unteren Stadt traf und ja nicht den Boden seines Aufzugs.

»Wo sind eure Beschäftigungsnachweise?« fuhr er fort.

»Ich bin Ortsverwalter«, sagte Terens. »Siehst du nicht meine Uniform?«

»Uniform gilt nicht. Glaubst du, ich riskiere meinen Posten, nur weil du vielleicht irgendwo eine Uniform geklaut hast? Wo ist deine Karte?«

Terens zeigte ohne weitere Worte seine Ausweismappe, die jeder Planetbewohner ständig bei sich tragen mußte. Sie enthielt Registriernummer, Beschäftigungsnachweis, Steuerquittung und – bei Terens – einen karminroten Ortsverwalter-Ausweis. Der Aufzugführer prüfte ihn kurz.

»Gut. Vielleicht hast du auch das gefunden. Aber das geht mich nichts an. Und was ist mit dem anderen Kerl hier?«

»Ich hafte für ihn«, sagte Terens. »Er kann mitkommen. Oder sollen wir die Streife rufen und deine Vorschriften prüfen lassen?«

Dies wäre das letzte gewesen, was Terens selbst wollte. Aber er gab sich einen sehr selbstsicheren Anschein.

»Schon gut. Du brauchst dich nicht gleich aufzuregen.« Die Tür glitt hoch, und mit einem Ruck begann der Aufzug zu steigen. Der Aufzugführer murmelte etwas vor sich hin.

Terens lächelte verkrampft. Alle, die direkt für die Sarkiten arbeiteten, waren nur allzu geneigt, sich mit ihren Herren zu identifizieren, und sie suchten ihre völlige Bedeutungslosigkeit dadurch wettzumachen, daß sie um so strikter an ihren Vorschriften klebten und ihre Landsleute grob und hochmütig behandelten. Sie waren die ›Besseren‹, und die übrigen Florinier hatten für sie ihren ganz speziellen Haß reserviert, der nicht durch die sorgfältig eingetrichterte Ehrfurcht verwässert war, die sie für die Großherren hegten.

Der vertikale Abstand zwischen den beiden Stadthälften betrug nur zehn Meter. Und doch öffnete sich nun die Tür zu einer anderen Welt. Wie die Städte auf Sark, war auch die obere Stadt mit einem besonderen Sinn für Farben angelegt. Die einzelnen Bauwerke, ob es nun Wohnhäuser oder öffentliche Gebäude waren, fügten sich in ein kompliziertes vielfarbiges Muster ein, das, aus der Nähe betrachtet, ein sinnloses Durcheinander zu sein schien, aber schon bei einer Entfernung von hundert Metern ein fließendes Zusammenspiel von verschiedenen Farbtönungen ergab, das sich je nach dem Blickwinkel ständig veränderte.

»Komm!« sagte Terens.

Rik schaute mit großen Augen. Nichts Lebendiges, nichts Wachsendes war zu sehen. Nur Steine und Farben in riesigen Zusammenballungen. Er hatte nicht gewußt, daß Häuser so groß sein konnten. Ganz kurz regte sich etwas in seinem Gedächtnis. Eine Sekunde lang war das Riesenhafte nicht ganz so fremdartig für ihn ... Und dann verschwand die Erinnerung wieder. Ein Bodenwagen huschte vorbei. »Sind das Großherren?« flüsterte Rik.

Es war so rasch gegangen, daß man nur einen flüchtigen Blick auf sie werfen konnte. Ihr Haar war kurz geschnitten, sie trugen weite Blusen in leuchtenden Farben von Blau bis Violett, Kniehosen, die aus Samt zu sein schienen, und lange, glatte Strümpfe, die glitzerten, als seien sie aus dünnen Kupferdrähten gefertigt. Sie vergeudeten keinen Blick für Rik und Terens.

»Das waren junge Großherren«, sagte Terens. Er hatte sie, seitdem er Sark verlassen hatte, nicht mehr aus solcher Nähe gesehen. Auf Sark waren sie übel genug gewesen, und hier, zehn Meter über der ›Hölle‹, waren sie erst recht keine Engel. Wieder unterdrückte er ein nutzloses Haßgefühl, das in ihm aufsteigen wollte.

Ein zweisitziger Wagen zischte fünf Zentimeter über dem Boden auf sie zu. Es war ein neues Modell mit Luftwiderstandsbremsen. Die Ränder der Grundfläche bogen sich an allen Seiten nach oben und schnitten die Luft. Dies erzeugte das charakteristische Zischen, an dem man die Streifenwagen erkannte.

Die Männer waren groß, wie alle Angehörigen der Streife. Sie hatten breite Gesichter, eingefallene Wangen, langes, glattes schwarzes Haar und hellbraune Haut. Für die Florinier sahen sie alle gleich aus. Das tiefe Schwarz ihrer Uniformen und die weithin leuchtenden silbernen Litzen und Knöpfe machten ihre Gesichter bedeutungslos und verstärkten den Eindruck der Gleichartigkeit.

Ein Polizeibeamter saß am Steuer, ein zweiter sprang über den niederen Rand des Wagens heraus.

»Ausweis!« befahl er. Mechanisch einen flüchtigen Blick darauf werfend, gab er den Ausweis Terens zurück. »Was wollen Sie hier?«

»Ich möchte die Bibliothek aufsuchen. Ich bin berechtigt dazu.«

Der Polizist wandte sich an Rik. »Und Sie?«

»Ich ...«, begann Rik.

»Er ist mein Assistent«, warf Terens ein.

»Er hat keine Ortsverwalter-Privilegien«, sagte der Polizist.

»Ich bürge für ihn.«

Der Polizist zuckte die Achseln. »Das ist Ihre Sache. Ortsverwalter haben zwar gewisse Vorrechte, aber sie sind keine Großherren. Denken Sie daran.«

»Würden Sie mir bitte den Weg zur Bibliothek zeigen?«

Der Polizeibeamte deutete mit dem dünnen, tödlichen Lauf seiner Nadelpistole auf einen zinnoberroten Fleck an einem Gebäude, der sich oben zu einem Karminrot verdunkelte. Als sie näher kamen, kroch das Karminrot nach unten.

»Ich finde das häßlich«, sagte Rik plötzlich.

Terens warf ihm einen kurzen, überraschten Blick zu. Er war dies alles von Sark her gewohnt. Aber auch er fand das Grelle der oberen Stadt etwas zu vulgär. Doch schließlich war die obere Stadt sarkitischer als Sark selbst. Auf Sark waren nicht alle Menschen Aristokraten. Es gab dort arme Sarkiten, viele lebten kaum besser als der Durchschnitt der Florinier. Hier dagegen existierte nur die Spitze der Gesellschaft, und die Bibliothek war ein sichtbares Zeichen dafür. Das Haus, in dem sie sich befand, war größer als die meisten Gebäude auf Sark, viel größer, als es die Bedürfnisse der oberen Stadt erforderten.

Terens blieb auf der ansteigenden Rampe stehen, die zum Haupteingang führte. Das Farbmuster auf der Rampe täuschte eine Treppe vor, was Rik irritierte, so daß er stolperte. Das Muster sollte dem Gebäude einen altertümlichen Anschein geben, der traditionellerweise allen akademischen Bauwerken anhaften mußte.

Die Vorhalle war groß, kalt und fast leer. Die Bibliothekarin hinter dem einzigen Tisch sah wie eine kleine, eingetrocknete Erbse in einer aufgequollenen Schote aus. Sie blickte auf.

»Ich bin Ortsverwalter«, sagte Terens rasch. »Habe besondere Privilegien. Ich bürge für diesen Mann.« Er hielt seine Papiere hin.

Die Bibliothekarin zog eine kleine Metallplatte aus einem Schlitz und warf sie Terens zu. Der Verwalter drückte seinen rechten Daumen darauf und gab sie der Bibliothekarin zurück. Diese steckte die Platte in einen anderen Schlitz, aus dem kurz ein violettes Licht aufleuchtete.

»Zelle zweihundertzweiundvierzig, zweiter Stock«, sagte sie.

»Danke.«

Die Zellen im zweiten Stock waren so unpersönlich wie jedes Glied einer endlosen Kette. Einige waren besetzt – ihre Milchglastüren undurchsichtig. Die meisten waren frei.

»Zwei-zweiundvierzig«, sagte Rik. Seine Stimme überschlug sich.

»Was ist dir, Rik?«

»Ich bin so aufgeregt.«

»Bist du schon einmal in einer Bibliothek gewesen?«

»Ich weiß nicht.«

Terens drückte den Daumen auf eine runde Aluminiumscheibe, die vor fünf Minuten für seinen Daumenabdruck sensibilisiert worden war. Die durchsichtige Glastür öffnete sich. Als Terens und Rik eingetreten waren, schloß sie sich geräuschlos und wurde gleichzeitig undurchsichtig, als wäre ein Vorhang zugezogen worden.

Die Zelle maß zwei Meter im Quadrat und hatte weder Fenster noch Schmuck. Sie war durch ein diffuses Glimmen der Decke beleuchtet und wurde mittels Druckluft gelüftet. Die Möblierung bestand lediglich aus einem Pult, das sich von Wand zu Wand erstreckte, und einer gepolsterten, lehnenlosen Bank. Auf dem Pult standen drei Lesegeräte mit Mattscheiben, die sich in einem Winkel von etwa 30 Grad gegen die Wand neigten. Vor jedem der Geräte waren mehrere Wählscheiben angebracht.

»Weißt du, was das ist?« Terens deutete auf eines der Lesegeräte.

Rik setzte sich. »Bücher?« fragte er begierig.

»Ja.« Terens schien unsicher. »Da wir in einer Bibliothek sind, lag es nahe. Du kannst es geraten haben. Weißt du, wie man die Geräte bedient?«

»Ich glaube kaum.«

»Bist du sicher? Denk nach!«

Rik versuchte es. »Tut mir leid, Ortsverwalter.«

»Schau her! Zunächst ist hier dieser Knopf mit der Aufschrift ›Katalog‹. Rund um den Knopf ist das Alphabet eingeprägt. Da wir zuerst das Lexikon haben wollen, drehen wir den Knopf auf ›L‹ und drücken ihn herunter.«

Er tat es. Die Mattscheibe leuchtete auf, und schwarze Druckbuchstaben auf gelbem Grund wurden sichtbar. Gleichzeitig erlosch die Deckenbeleuchtung. An den Vorderseiten der Geräte schoben sich drei zungenartige Platten heraus, auf die jeweils ein gebündelter Lichtstrahl fiel.

Terens legte einen Hebelschalter um, und die Platten zogen sich in ihre Schlitze zurück. »Wir brauchen keine Notizen zu machen«, sagte er. »Nun können wir das ganze ›L‹ durchgehen, indem wir diesen anderen Knopf hier drehen.«

Eine lange Reihe von Titeln, Autoren, Katalognummern huschte über die Mattscheibe. Dann blieb eine kompakte Zeilenreihe stehen, in der die zahlreichen Bände des Lexikons aufgeführt waren.

Plötzlich sagte Rik: »Nun tippt man mit diesen kleinen Knöpfen hier die Katalognummer des Buches, welches man lesen möchte, und dieses erscheint dann auf der Mattscheibe.«

Terens wandte sich nach ihm um. »Woher weißt du das? Erinnerst du dich daran?«

»Vielleicht. Ich bin nicht sicher. Es scheint aber das einzig Richtige zu sein.«

»Schön. Nennen wir es – intelligent geraten.«

Terens tippte eine Buchstaben-Zahlen-Kombination. Auf der Mattscheibe erschien: ›Enzyklopädie von Sark, Band 54, Rac – Rol.‹

»Nun paß auf, Rik«, sagte Terens. »Ich möchte dir nicht irgendwelche Ideen in den Kopf setzen. Deshalb sage ich dir nicht, was ich vermute. Ich möchte aber, daß du diesen Band durchsiehst und bei allem, was dir bekannt vorkommt, verharrst. Verstanden?«

»Ja.«

»Gut. Fang an und laß dir Zeit!«

Die Minuten verstrichen. Plötzlich keuchte Rik und drehte die Wählscheibe zurück. Als er innehielt, las Terens die Überschrift.

»Erinnerst du dich jetzt? War das nicht geraten?«

Rik schüttelte nachdrücklich den Kopf. »Es ist mir eingefallen. Ganz plötzlich.«

Es war ein Artikel über Raumanalyse.

»Ich weiß, was darinsteht«, sagte Rik. »Sie werden es sehen. Sie werden es sehen!« Er atmete schnell, und Terens war fast ebenso erregt wie er.

Rik las laut und stockend, aber weit flüssiger, als es den flüchtigen Lektionen im Lesen zugeschrieben werden konnte, die ihm Valona gegeben hatte.

Der Artikel lautete: »Es ist nicht überraschend, daß der Raumanalytiker im allgemeinen ein introvertiertes und schlecht anpassungsfähiges Wesen besitzt. Den größten Teil seines Lebens der Erforschung des leeren Raums zwischen den Himmelskörpern zu widmen, erfordert mehr, als man von einem völlig normalen Menschen erwarten kann. Vielleicht geschah es in der Erkenntnis dieses Umstands, wenn das Interstellare Raumanalytische Büro als offiziellen Wahlspruch das etwas irreführende Motto gewählt hat: *Wir analysieren das Nichts.*« Rik brach mit einem Schrei ab.

»Verstehst du, was du gelesen hast?« fragte Terens.

Rik blickte mit funkelnden Augen auf. »›Wir analysieren das

Nichts.‹ Genau daran habe ich mich erinnert. Ich bin einer von ihnen gewesen.«

»Ein Raumanalytiker?«

»Ja!« rief Rik und runzelte die Stirn. »Ich muß mich an mehr erinnern. Es besteht Gefahr. Furchtbare Gefahr! Was soll ich nur tun?«

»Die Bibliothek steht dir zur Verfügung, Rik. Benutze selbst den Katalog und schlage ein paar Texte über Raumanalyse nach. Schau, wie weit du damit kommst.«

Rik beugte sich über das Lesegerät. Er zitterte. Terens rückte beiseite, um ihm Platz zu machen.

»Wie wär's mit Wrijts ›Handbuch der raumanalytischen Instrumente‹?« fragte Rik. »Klingt das nicht richtig?«

»Es liegt alles bei dir, Rik.«

Rik wählte die Katalognummer, und die Mattscheibe leuchtete hell auf. »Bitte wenden Sie sich wegen des gewünschten Buches an die Bibliothekarin«, stand auf der Scheibe.

Terens drückte rasch einen Knopf und neutralisierte dadurch die Mattscheibe. »Versuch lieber ein anderes, Rik.«

»Aber ...« Rik zögerte und gehorchte dann. Wieder suchte er im Katalog und wählte dann Ennings ›Bau des Weltalls‹. Abermals erschien auf der Mattscheibe die Bitte, sich an die Bibliothekarin zu wenden. »Verdammt«, sagte Terens und löschte die Schrift.

»Was ist denn los?« fragte Rik.

»Nichts, nichts. Nun reg dich nicht auf. Ich sehe nur nicht ein, weshalb wir ...«

Hinter dem Gitter auf der einen Seite des Lesegeräts war ein kleiner Lautsprecher angebracht. Die dünne, trockene Stimme der Bibliothekarin ließ sie beide erstarren.

»Zelle zweihundertzweiundvierzig! Ist jemand in Zelle zweihundertzweiundvierzig?«

»Ja?« antwortete Terens heiser.

»Welches Buch wünschen Sie?« sagte die Stimme.

»Keines, danke. Wir probieren nur das Lesegerät aus.«

Es entstand eine Pause, als ob irgendeine Beratung stattfände. Dann sagte die Stimme in einem noch schärferen Ton: »Sie haben Wrijts ›Handbuch der raumanalytischen Instrumente‹ und Ennings ›Bau des Weltalls‹ verlangt. Stimmt das?«

»Wir drücken die Katalognummern aufs Geratewohl«, sagte Terens.

»Darf ich fragen, aus welchem Grund Sie diese Bücher wünschen?« Die Stimme war unerbittlich.

»Ich sage Ihnen, wir wollen die Bücher nicht. – Nun hör endlich auf!« Das letztere galt Rik, der zu jammern begonnen hatte.

Wieder eine Pause. Dann sagte die Stimme. »Wenn Sie zu mir herunterkommen, können Sie in diese Bücher Einblick nehmen. Sie müssen dazu lediglich ein Formular ausfüllen.«

Terens faßte Rik an der Hand. »Gehen wir!«

»Vielleicht haben wir ein Gesetz übertreten«, sagte Rik.

»Unsinn, Rik! Gehen wir!«

»Sollen wir nicht doch lieber das Formular ausfüllen?«

»Nein, wir sehen uns die Bücher ein anderes Mal an.« Terens zerrte Rik aus der Zelle.

Als sie durch die Vorhalle schlenderten, blickte die Bibliothekarin auf.

»Hallo!« rief sie und kam um den Tisch. »Einen Moment! Einen Moment!«

Sie blieben nicht stehen.

Ein Polizeibeamter trat ihnen in den Weg. »Ihr habt's verdammt eilig, Leute!«

Die Bibliothekarin kam etwas atemlos auf sie zu. »Zelle zweihundertzweiundvierzig, nicht wahr?«

»Hören Sie«, sagte Terens bestimmt, »warum werden wir eigentlich aufgehalten?«

»Haben Sie nicht nach gewissen Büchern gefragt? Wir würden sie Ihnen gerne vorlegen.«

»Es ist jetzt zu spät. Ein anderes Mal. Begreifen Sie nicht, daß ich die Bücher nicht haben möchte? Ich komme morgen wieder.«

»Die Bibliothek«, leierte die Frau, »ist stets bemüht, ihre Kunden zufriedenzustellen. Die Bücher werden Ihnen sofort zur Verfügung stehen.« Sie wandte sich um und eilte durch eine Tür, die sich schon bei ihrer Annäherung öffnete.

»Sie gestatten ...«, sagte Terens zum Polizisten.

Doch der Polizeibeamte zückte seine Neuro-Peitsche. Sie konnte als ausgezeichneter Gummiknüppel benutzt werden. Auf weitere Entfernungen diente sie als Waffe, welche die Nervenzentren lähmte. Er sagte: »Nun, Jungs, warum setzt ihr euch nicht ruhig hin und wartet, bis die Dame zurückkommt? Das wäre doch wenigstens höflich.«

Der Polizeibeamte war nicht mehr jung, auch nicht schlank. Er sah aus, als stünde er kurz vor der Pensionierung und diene den Rest seiner Amtszeit in ruhiger Beschaulichkeit als Bibliothekswächter ab. Doch er war bewaffnet, und die Jovialität in seinem dunklen Gesicht hatte etwas Unaufrichtiges.

Terens' Stirn war naß, und er spürte, wie Schweiß an seinen Schläfen herablief. Irgendwie hatte er die Situation unterschätzt. Er war seiner Sache zu sicher gewesen.

Kurz spielte er mit dem Gedanken, den Polizisten anzugreifen.

Dann brauchte er es nicht mehr zu tun.

Plötzlich wurde die Neuro-Peitsche dem Griff des Beamten entwunden – die langsamere Reaktionsfähigkeit durch sein Alter behinderte ihn –, und ehe er mehr tun konnte, als einen heiseren Schrei ausstoßen, sauste die Waffe an seine Schläfe. Er brach zusammen.

Rik kreischte vor Vergnügen, und Terens rief: »Valona! Bei allen Teufeln von Sark, Valona!«

Der Rebell

Terens faßte sich sofort. »Heraus hier, schnell!« sagte er und ging voran.

Einen Augenblick hatte er erwogen, den bewußtlosen Polizeibeamten hinter die Säulen zu ziehen, die die Vorhalle säumten. Doch dazu war keine Zeit.

Sie traten auf die Rampe hinaus. Die Farben der oberen Stadt bildeten nun unter der warmen Nachmittagssonne ein Motiv in Orange.

»Kommt schnell!« drängte Valona. Terens hielt sie am Ellbogen fest.

Er lächelte, aber seine Stimme klang rauh: »Ja nicht laufen, Valona! Geh ganz ungezwungen hinter mir her. Gib auf Rik acht. Paß auf, daß er nicht läuft.«

Sie schienen in Leim zu waten. Wurden da Stimmen laut, hinter ihnen in der Bibliothek? War es Einbildung? Terens wagte nicht zurückzuschauen.

»Dort hinein!« sagte er und deutete auf ein Signal über einer Auffahrt, das im Nachmittagslicht glimmte. Es harmonierte nicht richtig mit der Sonne Florinas. Es lautete: ›Ambulanz‹.

Sie gingen die Auffahrt hinauf, traten durch eine Seitentür ein und befanden sich zwischen unglaublich weißen Wänden. Gegen die aseptische Gläsernheit des Korridors waren diese drei Menschen wie Fremdkörper.

Eine uniformierte Frau musterte sie vom Ende des Ganges aus.

Sie runzelte die Stirn, kam auf sie zu. Terens wartete aber nicht auf sie. Er bog scharf ab, folgte einem Seitenkorridor, dann einem anderen. Sie kamen an weiteren uniformierten Wesen vorbei, und Terens konnte sich ihre Ratlosigkeit vorstellen. Es war bestimmt noch nie dagewesen, daß Einheimische unbewacht in den oberen Stockwerken eines Krankenhauses herumspazierten. Was war zu tun?

Natürlich würden sie schließlich angehalten werden.

Deshalb atmete Terens auf, als er die Fahrstuhltür mit der Aufschrift ›Zu den Eingeborenen-Stockwerken‹ sah. Er riß die Tür auf, drängte Rik und Valona hinein, und der sanfte Ruck, mit dem der Aufzug zu fallen begann, war das angenehmste Gefühl des Tages.

Es gab drei Arten von Gebäuden in der Stadt: einmal die niederen Häuser der unteren Stadt – Arbeiterwohnhäuser, Fabriken, Bäckereien, Ladengeschäfte; sie hatten höchstens drei Stockwerke. Dann die Bauwerke der oberen Stadt – die Häuser der Sarkiten, das Theater, die Bibliothek, Sport-Arenen; und schließlich jene, wie die der Polizeistationen und Krankenhäuser, die beide Stadtteile verbanden. Sie besaßen oben und unten Eingänge.

Deshalb konnte man durch ein Krankenhaus von der oberen Stadt in die untere gelangen und auf diese Weise die großen Frachtaufzüge mit ihren überaufmerksamen Führern umgehen. Das war den Einheimischen natürlich strikt verboten. Doch dieses ›Verbrechen‹ war ein Pappenstiel gegenüber dem, einen Polizeibeamten anzugreifen, dessen sie sich bereits schuldig gemacht hatten.

Als sie den Fahrstuhl verließen, waren sie immer noch von aseptischen Wänden umgeben. Doch diese sahen nun schäbiger aus, als würden sie seltener geschrubbt, und die gepolsterten Bänke, die oben die Korridore säumten, fehlten ganz. Hier hörte man das erregte Geplapper geängstigter Männer und Frauen aus einem überquellenden Wartezimmer. Eine einzige Wärterin versuchte, Ordnung in das Gewirr zu bringen, und machte dabei nur kläglich Fortschritte.

Sie schnauzte eben einen stoppelbärtigen Greis an, der sein zerknittertes Hosenbein fältete und entfältete und alle Fragen in einem schuldbewußten, einförmigen Ton beantwortete.

»Was fehlt Ihnen nun eigentlich ...? Wie lange haben Sie schon diese Schmerzen ...? Waren Sie schon einmal in einem Krankenhaus ...? Sie können uns schließlich nicht mit jeder Kleinigkeit behelligen ...«

Dann rief sie schrill: »Der nächste!« und blickte auf die große Wanduhr.

Terens, Valona und Rik schoben sich vorsichtig durch die Menge. Valona hatte unter ihren Landsleuten die Sprache wiedergefunden und flüsterte aufgeregt: »Ich mußte einfach kommen, Ortsverwalter. Ich habe mir um Rik solche Sorgen gemacht. Ich dachte, Sie brächten ihn vielleicht nicht wieder und –«

»Wie bist du in die obere Stadt gekommen?« fragte Terens über die Schulter zurück, während er unaufhörlich Eingeborene mit beiden Händen zur Seite schaufelte.

»Ich bin Ihnen gefolgt und habe Sie im Lastenaufzug hinauffahren sehen. Als er wieder herunterkam, sagte ich, ich gehörte zu Ihnen.«

»Und er hat dich ohne weiteres hinaufgefahren?«

»Ich habe ihn ein bißchen durchgeschüttelt.«

»Teufel von Sark!« stöhnte Terens.

»Es ging nicht anders«, erklärte sie unglücklich. »Dann sah ich, wie die Streifenbeamten euch ein Gebäude zeigten. Als sie weggefahren waren, ging ich dort hin und versteckte mich, bis ich euch herauskommen sah und der Polizist euch anhielt ...«

»He! Sie!« wurden die drei plötzlich angerufen, als sie zum Ausgang kamen. Es war die scharfe, ungeduldige Stimme der Empfangsdame. Sie stand auf und klopfte mit ihrem Metallstift hart auf die zementene Tischplatte. In der Menge trat sofort Stille ein.

»Diese Leute versuchen zu gehen! Kommt her! Ihr könnt nicht gehen, ohne untersucht worden zu sein. Glaubt ihr, man kann sich mit falschen Krankmeldungen von der Arbeit drücken? Kommt hierher!«

Aber die drei waren schon draußen im Halbschatten der unteren Stadt. Hier umgaben sie wieder die Gerüche und Geräusche des ›Eingeborenenviertels‹, wie die Sarkiten es nannten, und die obere Stadt war nur noch ein Dach über ihnen. Valona und Rik waren erleichtert, nachdem sie den erdrückenden Reichtum der sarkitischen Stadt hinter oder vielmehr über sich hatten. Terens dagegen verließ die Angst nicht. Sie waren zu weit gegangen und waren künftig nirgends mehr sicher.

Dieser Gedanke beschäftigte ihn noch, als Rik rief: »Da! Schaut!«

Terens schnürte es die Kehle zu.

Es war vielleicht der erschreckendste Anblick, den es für die Eingeborenen der unteren Stadt geben konnte: Ein gigantischer Vogel schwebte durch eine der Öffnungen der Zementdecke herab. Er verdeckte die Sonne und vertiefte den Schatten zwischen den Säulen. Aber es war kein Vogel, es war einer der bewaffneten Bodenwagen der Streife.

Die Eingeborenen schrien und begannen zu laufen. Auch wenn sie keinen Grund zur Furcht hatten, stoben sie auseinander. Nur ein Mann, der im Weg des herabsausenden Wagens stand, trat zögernd zur Seite. Er blickte sich um, ein Fels der Ruhe in der allgemeinen Verwirrung. Er war mittelgroß, besaß aber grotesk breite Schultern.

Terens zögerte. Seine innere Unruhe hatte sich zu einem Fieber gesteigert. Was geschah, wenn sie rannten? Was geschah, wenn sie stehenblieben? Es war möglich, daß die Streife jemand anderen verfolgte. Aber wenn ein Polizist bewußtlos auf dem Fußboden der Bibliothek lag, war diese Möglichkeit sehr gering.

Der breitschultrige Mann kam auf sie zu. Als er an ihnen vorüberging, sagte er beiläufig: »Khorovs Bäckerei ist das zweite Haus links nach der Wäscherei.« Er wandte sich ab.

»Los!« sagte Terens.

Er schwitzte. Die gebellten Befehle der Streifenbeamten übertönten den Aufruhr. Terens warf einen Blick zurück. Ein halbes Dutzend Polizisten sprang gerade aus dem Bodenwagen und verteilte sich nach allen Richtungen. Sie würden ihn sofort bemerken, das wußte er. In seiner verdammten Ortsverwalter-Uniform war er so auffällig wie eine der Säulen, die die obere Stadt trugen.

Zwei der Polizisten rannten in seine Richtung. Er wußte nicht, ob sie ihn gesehen hatten, doch das war eine zweitrangige Frage. Beide stießen mit dem breitschultrigen Mann zusammen, der eben mit Terens gesprochen hatte. Terens hörte sein heiseres Stöhnen und die Flüche der Polizeibeamten. Er trieb Valona und Rik um die Ecke.

Khorovs Bäckerei war nicht zu verfehlen. Ein herrlicher Duft drang aus der Ladentür. Sie hasteten hinein.

Ein alter Mann trat aus dem hinteren Raum, in dem mehlbedeckte Elektronenöfen schimmerten.

»Ein dicker Mann . . .«, begann Terens und breitete die Arme aus, um seine Worte zu illustrieren, als sich draußen der Ruf »Polizei! Polizei!« erhob.

»Da hinein! Schnell!« sagte der Alte.

Terens wich zurück. »In den Ofen?«

»Das ist nur eine Attrappe.«

Zuerst kletterte Rik, dann Valona und schließlich Terens durch die Ofentür. Mit einem leisen Klicken hob sich die Rückwand des Ofens und hing dann frei an Scharnieren. Sie gelangten in einen kleinen, schwach beleuchteten Raum.

Sie warteten. Die Belüftung war schlecht, und der Geruch der Backwaren machte sie noch hungriger, als sie schon waren. Valona lächelte unaufhörlich Rik an und tätschelte ihm von Zeit zu Zeit die Hand. Rik blickte sie leer an.

»Ortsverwalter!« begann Valona.

»Nicht jetzt, Lona!« zischte er.

Er fuhr sich mit dem Handrücken über die Stirn und betrachtete dann seine feuchten Finger.

Wieder war ein Klicken zu hören. Terens schaute auf. Ohne es sich ganz bewußt zu sein, ballte er die Fäuste.

Es war der breite Mann, der nun seine massigen Schultern durch die enge Öffnung zwängte und Terens amüsiert anblickte. »Machen Sie keine Witze, Mann, wir werden nicht miteinander raufen.«

Terens blickte seine Fäuste an und ließ sie sinken.

Der breite Mann war nun in einer merklich schlechteren Verfassung als bei ihrer ersten Begegnung. Sein Hemd war zerrissen, und eine frische Strieme zog sich, rot und aufgedunsen, quer über seine linke Wange. Seine Lider waren geschwollen und verdeckten fast die Augen.

»Sie haben es aufgegeben«, sagte er. »Wenn ihr hungrig seid, die Kost ist hier nicht für Feinschmecker, aber es ist genug vorhanden. Was sagt ihr nun?«

Es war Nacht. In der oberen Stadt gab es Lichter, die den Himmel auf Meilen hin erhellten. Aber in der unteren Stadt war die Finsternis nach der Sperrstunde furchterregend. Die Fenster der Bäkkerei waren dicht verhängt, damit das verbotene Licht nicht nach draußen drang.

Rik fühlte sich wohler, nachdem er etwas Warmes gegessen hatte. Seine Kopfschmerzen ließen nach. Er blickte auf die Wange des breiten Mannes.

Schüchtern fragte er: »Hat man Sie verletzt?«

»Ein wenig«, sagte der Mann. »Aber das macht nichts. In meinem Geschäft passiert das jeden Tag.« Er lachte und entblößte dabei große Zähne. »Die Polizei mußte zugeben, daß ich nichts verbrochen hatte. Aber ich stand ihnen im Weg. Und die leichteste Art, einen Eingeborenen aus dem Weg zu schaffen –« Er hob die Hand, als hielte er eine Peitsche, und ließ sie niedersausen.

Rik zuckte zusammen, und Valona hielt ängstlich den Arm vors Gesicht.

Der Mann saugte an seinen Zähnen nach Speiseresten. »Ich bin

Matt Khorov. Aber man nennt mich einfach ›den Bäcker‹. Und wer seid ihr?«

Terens zuckte die Achseln.

»Ja, ich verstehe«, sagte der Bäcker. »›Was ich nicht weiß, macht mir nicht heiß.‹ Vielleicht, vielleicht. Aber Sie können mir vertrauen. Ich habe Sie schließlich vor den Polizisten gerettet, oder nicht?«

»Ja, danke.« Terens konnte keine Höflichkeit in seine Stimme legen. »Woher wußten Sie eigentlich, daß man hinter uns her war?«

Der andere lächelte. »Eure Gesichter hätte man als Kreide benutzen können.«

Terens versuchte ebenfalls zu lächeln. Es mißlang. »Ich bin mir nicht ganz im klaren darüber, weshalb Sie Ihr Leben riskiert haben. Trotzdem vielen Dank. Mehr tun als ›vielen Dank‹ sagen kann ich im Augenblick nicht.«

»Ist auch nicht nötig.« Der Bäcker lehnte sich an die Wand. »Ich mache das, sooft ich kann. Wenn die Streife hinter irgend jemandem her ist, tue ich mein möglichstes für den Betreffenden. Ich hasse die Polizei.«

Valona keuchte. »Und Sie kommen dabei nie in Schwierigkeiten?«

»Doch. Ihr seht es ja.« Er betupfte vorsichtig seine verletzte Wange. »Aber hoffentlich glaubt ihr nicht, daß mich das davon abhält. Deshalb habe ich auch den Attrappenofen gebaut. So kann es mir die Polizei nicht allzu schwermachen.«

Valonas Augen waren weit geöffnet vor Furcht und Faszination.

»Wissen Sie, wie viele Großherren auf Florina sind?« sagte der Bäcker. »Zehntausend. Wissen Sie, wie viele Polizisten? – Vielleicht zwanzigtausend. Und wir Eingeborenen sind fünfhundert Millionen. Wenn wir uns alle gegen sie auflehnen würden ...« Er schnippte mit den Fingern.

»Wir würden uns gegen Nadelpistolen und Atomgeschütze auflehnen, Bäcker!« sagte Terens.

»Wir müssen eben selbst Waffen bekommen«, erwiderte der Bäkker. »Sie, Ortsverwalter, haben zu lange bei den Großherren gelebt. Sie sind von ihnen eingeschüchtert worden.«

Valonas Welt kehrte sich an diesem Tage von unten nach oben. Dieser Mann ging gegen die Polizeistreife vor und sprach selbstbewußt mit dem Ortsverwalter. Als Rik sie am Ärmel zupfte, riet sie ihm zu schlafen. Sie blickte ihn dabei kaum an. Sie wollte hören, was dieser Mann sprach.

»Trotz Nadelpistolen und Atomgeschützen können die Großherren Florina einzig und allein mit Hilfe der hunderttausend Ortsverwalter besetzt halten«, sagte der Bäcker. Terens blickte empört auf, doch der Bäcker fuhr fort: »Nehmen Sie zum Beispiel sich selbst: sehr hübsche Garderobe, sauber, geschmackvoll. Sie haben ein nettes, kleines Haus – ich wette, mit Buchfilmen –, einen eigenen Roller und keine Sperrstunde. Sie können sogar in die obere Stadt gehen. Glauben Sie, die Großherren tun das umsonst?«

Terens war nicht in der Verfassung, wütend zu werden. »Schön«, sagte er. »Was sollen die Ortsverwalter Ihrer Meinung nach tun? Sich gegen die Polizei stellen? Was würde das nützen? Ich gebe zu, daß ich in meinem Bezirk Ordnung halte und das Soll erfüllen lasse, aber ich versuche auch, meinen Leuten zu helfen, soweit es das Gesetz nur irgendwie zuläßt. Ist das nichts? Eines Tages . . .«

»Ach, eines Tages! Wer kann auf ›eines Tages‹ warten! Wenn wir beide tot sind, was spielt es dann für eine Rolle, wer Florina regiert? Ich meine: Was macht es uns beiden persönlich aus?«

»Ich hasse die Großherren vielleicht noch mehr als Sie. Trotzdem . . .« Terens hielt inne und errötete.

Der Bäcker lachte. »Weiter so! Sagen Sie's noch einmal! Ich zeige Sie nicht an, weil Sie die Großherren hassen, verlassen Sie sich drauf. Was haben Sie verbrochen, daß die Streife hinter Ihnen her war?«

Terens schwieg.

»Ich will es erraten«, sagte der Bäcker. »Als ich mit den Polizisten zusammenprallte, waren sie ganz hübsch grob. Persönlich aufgebracht, meine ich, und nicht nur, weil irgendein Großherr ihnen befohlen hat, grob zu sein. Ich kenne sie. Daher nehme ich an, Sie haben einen Polizisten niedergeschlagen oder vielleicht umgebracht.«

Terens schwieg noch immer.

Der Bäcker behielt seinen ruhigen Tonfall bei: »Es ist ganz in Ordnung, wenn Sie schweigen, aber es gibt so etwas wie Supervorsicht, Ortsverwalter. Sie werden Hilfe brauchen. Die Polizei weiß genau, mit wem sie es zu tun hat.«

»Nein, sie weiß es nicht«, sagte Terens hastig.

»Die Polizisten müssen Ihre Ausweiskarte gesehen haben in der oberen Stadt.«

»Wer sagt, daß ich in der oberen Stadt war?«

»Nur so eine Vermutung. Aber ich wette, Sie waren oben.«

»Sie haben meine Karte angeschaut, aber nicht lange genug, um meinen Namen wahrzunehmen.«

»Lange genug, um zu wissen, daß Sie ein Ortsverwalter sind. Sie brauchen nichts weiter zu tun, als herauszufinden, welcher Ortsverwalter jetzt nicht in seinem Bezirk ist und für den heutigen Tag kein Alibi beibringen kann. Wahrscheinlich summen in diesem Augenblick bereits alle Funkanlagen auf Florina. Ich fürchte, Sie werden Scherereien haben.«

»Vielleicht.«

»Da gibt es kein Vielleicht. Wollen Sie Hilfe?«

Sie sprachen flüsternd. Rik hatte sich in einer Ecke zusammengerollt und schlief. Valonas Blick wanderte von Sprecher zu Sprecher.

Terens schüttelte den Kopf. »Nein, danke. Ich werde schon aus dem Schlamassel herauskommen.«

Der Bäcker lachte. »Es wird interessant sein, zu sehen, wie. Denken Sie in aller Ruhe nach. Sie haben die ganze Nacht Zeit. Vielleicht kommen Sie dann doch zu dem Schluß, daß Sie Hilfe brauchen.«

Valonas Nachtlager bestand aus einer auf den Boden geworfenen Decke, doch das war fast ebensogut wie das Bett, an das sie gewöhnt war. Rik schlief tief in der gegenüberliegenden Ecke.

Terens hatte eine Decke abgelehnt, und der Bäcker hatte gelacht (er lachte offenbar über alles) und gesagt, es stünde ihm natürlich frei, die Nacht sitzend zu verbringen. Dann hatte er das Licht gelöscht.

Valona starrte ins Dunkel. Von Schlaf konnte keine Rede sein. Würde sie je wieder schlafen können? Sie hatte einen Polizeibeamten niedergeschlagen! – Seltsamerweise mußte sie an ihre Eltern denken. Sie hatte sie in den Jahren seit ihrer Kindheit absichtlich aus ihrem Gedächtnis verbannt. Nun erinnerte sie sich plötzlich an geflüsterte Unterhaltungen während der Nacht, wenn die Eltern glaubten, sie schliefe. Sie erinnerte sich an Leute, die im Dunkeln kamen und gingen.

Eines Nachts hatten die Streifenbeamten sie geweckt und Fragen an sie gestellt, die sie nicht verstand. Danach hatte sie ihre Eltern nie mehr gesehen. Es hieß, sie seien weggegangen. Am Tag darauf war Valona in die Fabrik zur Arbeit gebracht worden, während die gleichaltrigen Kinder noch zwei Jahre spielen durften. Die Leute schauten ihr nach, wenn sie vorüberging, und die anderen Kinder durften auch nach der Arbeitszeit nicht mit ihr spielen. Sie lernte es, sich auf sich selbst zu verlassen. Sie lernte es, zu schweigen.

Warum erinnerte sie das Gespräch heute abend an ihre Eltern?

»Valona!«

Terens war so nahe, daß sein Atem ihr Haar streifte, und seine Stimme so leise, daß sie sie kaum hörte.

»Sprich nicht, Valona«, sagte er. »Hör nur zu, was ich sage. Ich gehe jetzt. Die Tür ist nicht abgeschlossen. Ich komme wieder. Hörst du mich?«

Sie tastete im Dunkeln nach seiner Hand, um ihm zu zeigen, daß sie ihn verstanden hatte.

»Und gib auf Rik acht. Laß ihn nicht aus den Augen, Lona. Und ...« Er machte eine lange Pause. Dann fuhr er fort: »Traue diesem Bäcker nicht. Ich kenne ihn nicht. Verstehst du mich?«

Es war ein schwaches Geräusch zu hören, dann ein noch schwächeres, fernes Knarren. Dann war er fort.

Sie kniff die Augenlider zusammen und versuchte zu denken. Warum hatte der Ortsverwalter, der doch alles wußte, dies über den Bäcker gesagt, der die Polizei haßte und sie gerettet hatte? Warum? Sie konnte sich's nur so erklären: Der Bäcker war zur rechten Zeit dagewesen. Als die Dinge am schwärzesten aussahen, war er gekommen und hatte gehandelt. Es schien fast, als wäre alles verabredet gewesen oder als hätte der Bäcker nur darauf gewartet, daß es geschah. Nun kam es auch ihr seltsam vor.

Die Stille wurde durch eine laute, unbekümmerte Stimme gestört: »Hallo! Immer noch da?«

Valona zog sich verängstigt die Decke bis zum Nacken, als sie der Lichtkegel einer Taschenlampe umschloß. Der Lichtkegel wanderte weiter.

Die untersetzte Gestalt des Bäckers zeichnete sich im Halbdunkel ab.

»Ich dachte, ihr wäret mit ihm gegangen«, sagte er.

»Mit wem, Herr?« fragte Valona leise.

»Mit dem Verwalter. Du weißt genau, daß er gegangen ist, Mädchen. Gib dir keine Mühe, mir etwas vorzumachen.«

»Er kommt wieder, Herr.«

»Wenn er das gesagt hat, hat er sich geirrt. Die Streife wird ihn im Nu erwischen. Er ist kein sehr geschickter Mann, der Ortsverwalter, sonst hätte er gemerkt, ob eine Tür absichtlich offengelassen wurde oder nicht. Willst du auch gehen?«

»Ich warte auf den Ortsverwalter«, sagte Valona.

»Dann mach dir's bequem. Du wirst lange warten müssen. Aber du kannst gehen, wenn du willst.«

Der Lichtschein fiel auf Riks blasses, mageres Gesicht. Seine Augenlider zuckten, aber er schlief weiter.

Die Stimme des Bäckers wurde nachdenklich. »Aber nur, wenn du den da hinterläßt. Wenn du gehen willst – die Tür ist offen. Für ihn ist sie nicht offen.«

»Er ist nur ein armer, kranker Junge«, begann Valona mit einer hohen, geängstigten Stimme.

»Ja? Das trifft sich gut. Ich sammle arme, kranke Jungen. Und der da bleibt hier!«

Der Lichtkegel verharrte auf Riks Gesicht.

Der Wissenschaftler

Dr. Selim Junz war nun seit einem Jahr ungeduldig. Aber die Ungeduld ist ein Gefühl, an das man sich nicht gewöhnt, im Gegenteil. Dennoch hatte dieses Jahr ihn gelehrt, daß der sarkitische Verwaltungsapparat nicht angetrieben werden konnte; und dies um so weniger, als die Staatsangestellten selbst größtenteils übergesiedelte Florinier waren und sehr auf ihre Würde achteten.

Junz hatte einmal den alten Ludigan Abel, den trantorinischen Botschafter, der lange auf Sark gelebt hatte, gefragt, warum die Sarkiten ihre Regierungsgeschäfte gerade von den Leuten ausüben ließen, die sie aus Herzensgrund verachteten.

Abel hatte über einem Glas grünen Weines die Augen zusammengekniffen. »Politik, Junz, Politik. Eine Folge der praktischen Vererbungslehre. Sark ist im Grunde ein kleiner, unbedeutender Planet und nur so lange wichtig, wie die Sarkiten die unerschöpfliche Goldmine in Florina unter ihrer Kontrolle haben. Deshalb beuten sie jedes Jahr die Städte und Dörfer Florinas aus und bringen die Elite der Jugend zur Ausbildung nach Sark. Die durchschnittlich Begabten lassen sie Akten bearbeiten, Formulare ausfüllen und Anträge unterzeichnen. Die Besten schicken sie nach Florina zurück. Sie sind dort als Gouverneure tätig und werden ›Ortsverwalter‹ genannt.«

Dr. Junz war in erster Linie Raumanalytiker. Er sah den Sinn dieses Vorgehens nicht ganz ein.

»Aus Ihnen wird nie ein guter Verwaltungsbeamter«, spöttelte

Abel. »Bitten Sie mich nie um ein Empfehlungsschreiben. Sehen Sie, auf diese Weise werden die intelligentesten Florinier für die sarkitische Sache gewonnen, denn solange sie für Sark arbeiten, wird gut für sie gesorgt. Wenn sie nicht mitmachen, müssen sie mit der Rückkehr nach Florina rechnen, und zwar als Fabrikarbeiter. Und eine solche Existenz ist nicht gut, mein Freund, nicht gut.«

Er leerte sein Glas auf einen Zug und fuhr fort: »Außerdem können sich weder die Ortsverwalter noch die Staatsangestellten auf Sark fortpflanzen, ohne ihre Stellung zu verlieren. Nicht einmal mit Florinierinnen dürfen sie's wagen. Die Vermischung mit Sarkitinnen ist von vornherein indiskutabel. Auf diese Weise wird fortwährend die beste florinische Erbmasse aus allen Bevölkerungsschichten gezogen, so daß die Menschen Florinas allmählich nur noch Holzhauer und Wasserträger sein werden.«

»Dann werden den Sarkiten im gleichen Maß die Angestellten ausgehen, nicht wahr?«

»Das sind Zukunftssorgen.«

Nun saß Junz in einem Vorzimmer des Ministeriums für Florinische Angelegenheiten und wartete ungeduldig, während florinische Angestellte unaufhörlich durch das bürokratische Labyrinth hasteten.

Endlich stand ein älterer Florinier, eingeschrumpft im Dienst, vor ihm.

»Dr. Junz?«

»Ja.«

»Kommen Sie mit.«

Junz wurde zu einem Stuhl vor dem Tisch des Sekretärs des stellvertretenden Ministers geleitet. Der Titel des Mannes war in seinen Tisch eingeätzt. Natürlich konnte kein Florinier mehr als ein Sekretär sein, gleichgültig, wie viele Fäden in seinen weißen Fingern zusammenliefen. Der stellvertretende Minister und der Minister für Florinische Angelegenheiten waren Sarkiten. Dr. Junz konnte ihnen auf Gesellschaften begegnen, aber er wußte, daß er sie niemals hier im Büro antreffen würde.

Er war immer noch ungeduldig, aber er war seinem Ziel wenigstens nähergekommen. Der Sekretär erschien. Er prüfte eingehend eine Akte, wandte jedes sorgfältig verschlüsselte Blatt um, als enthielte es das Geheimnis des Universums. Der Mann war noch jung – vielleicht war er kurz vorher befördert worden – und hatte, wie alle Florinier, sehr helle Haut und sehr helles Haar.

Dr. Junz stammte von Libair, und seine Haut hatte eine für alle

Libairaner typische, starke Pigmentierung, sie war dunkelbraun. Es gab nur wenige Himmelskörper in der Milchstraße, auf denen die Hautfarben so extrem waren wie auf Libair und Florina. Im allgemeinen herrschten Mitteltöne vor.

Einige jüngere, radikale Anthropologen vertraten die Ansicht, daß sich die Menschen von Planeten wie Libair unabhängig von der übrigen Menschheit entwickelt hätten. Die älteren Gelehrten jedoch leugneten die Möglichkeit, daß verschiedene Menschenrassen getrennt voneinander entstehen und sich bis zu dem Punkt entwickeln konnten, an dem die Vermischung biologisch möglich war, was zweifellos zwischen den Bewohnern sämtlicher Planeten der Milchstraße stattgefunden hat. Sie vertraten die Meinung, die Menschheit sei von irgendeinem Ur-Planeten ausgegangen und dort bereits in Untergruppen von verschiedener Hautfarbe aufgeteilt gewesen.

Dies versetzte jedoch das Problem nur weiter in die Vergangenheit zurück. Es war keine Lösung, so daß Dr. Junz weder die eine noch die andere Erklärung für befriedigend hielt. Er dachte über das Problem nach. Auf den dunklen Welten hatten sich aus irgendwelchen Gründen alte Legenden erhalten. So sprachen beispielsweise die libairanischen Mythen von Zeiten, in denen sich Menschen verschiedener Hautfarbe bekämpften, und die Besiedelung von Libair selbst wurde dem Umstand zugeschrieben, daß eine Gruppe von Braunen nach einer verlorenen Schlacht von ihrem Heimatplaneten fliehen mußte.

Als Dr. Junz Libair verlassen hatte und zum Arkturinischen Institut für Raumtechnik kam, hatte er die alten Legenden fast vergessen. Nur einmal noch wurde er daran erinnert: Er war beruflich auf einen jener alten Himmelskörper im zentaurischen Sektor der Milchstraße gestoßen, einen jener Planeten, deren Geschichte nach Tausenden von Jahren zählte und dessen Sprache so altertümlich klang, daß sie beinahe jene ausgestorbene, die englische, hätte sein können. Auf diesem Planeten hatte man ein besonders Wort für Menschen mit dunkler Hautfarbe.

Wozu ein besonderes Wort für einen Menschen mit dunkler Haut? Es gab schließlich auch kein besonders Wort für einen Mann mit blauen Augen oder großen Ohren oder gelocktem Haar. Es gab kein Wort für ...

Die schneidende Stimme des Sekretärs unterbrach seine Gedanken.

»Sie waren schon einmal hier im Ministerium, laut dieser Akte.«

»Allerdings«, sagte Dr. Junz schroff.

»Aber nicht in letzter Zeit.«

»Nein, nicht in letzter Zeit.«

»Suchen Sie immer noch einen Raumanalytiker, welcher ...« – der Sekretär blätterte weiter – »vor elf Monaten und dreizehn Tagen interstellarer Standardzeit verschwunden ist?«

»Richtig.«

»Während der ganzen Zeit«, sagte der Sekretär mit seiner trokkenen, bröckeligen Stimme, aus der offenbar alles Leben herausgepreßt worden war, »hat sich keine Spur des Mannes gezeigt und kein Beweis dafür, daß er je auf sarkitischem Territorium war.«

»Er hat sich zuletzt aus dem Raum in der Nähe Sarks gemeldet«, sagte der Wissenschaftler.

Die blaßblauen Augen des Sekretärs richteten sich kurz auf Dr. Junz und senkten sich dann rasch. »Mag sein. Aber das ist kein Beweis für seine Anwesenheit auf Sark.«

Kein Beweis! Dr. Junz' Lippen preßten sich zusammen. Dies war genau das, was ihm auch das Interstellare Raumanalytische Büro mit wachsender Schroffheit seit Monaten erzählte. Kein Beweis, Dr. Junz! Wir finden, daß Sie Ihre Zeit besser nützen könnten, Dr. Junz! Das Büro wird dafür sorgen, daß die Suche fortgesetzt wird, Dr. Junz! – In Wirklichkeit meinten sie: Nun hören Sie auf, unser Geld zu verplempern, Junz!

Der Raumanalytiker war, wie der Sekretär bereits richtig festgestellt hatte, nun seit elf Monaten und dreizehn Tagen interstellarer Standardzeit vermißt. Dr. Junz war zwei Tage danach auf Sark gelandet, um eine routinemäßige Inspektion des örtlichen Büros auf diesem Planeten vorzunehmen. Er war vom örtlichen Vertreter des IRB empfangen worden, einem jungen Mann, der in Junz' Gedächtnis hauptsächlich dadurch hervorstach, daß er unaufhörlich irgendein elastisches Produkt der chemischen Industrie von Sark kaute.

Als die Inspektion vorüber war, hatte der örtliche Agent seinen Plastopriem hinter die Backenzähne gesteckt und gesagt: »Hier ist noch eine Meldung von einem Beobachter, Dr. Junz. Wahrscheinlich nicht wichtig. Sie kennen ja die Leute.«

Er sprach mit der üblichen Herablassung: »Sie kennen ja die Leute.« Dr. Junz blickte etwas ärgerlich auf. Er war selbst vor fünfzehn Jahren Beobachter gewesen und hatte es nach knapp drei Monaten nicht mehr ausgehalten. Aber der Ärger über den jungen Mann war es, der ihn die Meldung aufmerksam lesen ließ. Sie lautete: ›Bitte halten Sie direkte Verbindung zum IRB-Hauptquartier offen. Meldungen von großer Bedeutung. Ganze Milchstraße betroffen. Lande auf direktem Weg.‹

Der junge Mann amüsierte sich. Seine Kiefer hatten wieder ihr rhythmisches Mahlen aufgenommen. »Stellen Sie sich vor: ›Ganze Milchstraße betroffen‹! Das ist gut, sogar für einen Beobachter. Ich habe ihn angerufen, nachdem ich diese Meldung erhalten hatte, um zu sehen, ob ich aus ihm irgendwie klug werden könnte. Aber es hatte keinen Zweck. Er sagte nur immer wieder, das Leben aller Menschen auf Florina sei in Gefahr. Eine halbe Milliarde Menschenleben stünden auf dem Spiel. Es hörte sich sehr psychopathisch an. Deshalb möchte ich ihm, offen gestanden, nicht gern allein gegenübertreten. Was schlagen Sie vor?«

»Haben Sie eine Aufzeichnung Ihres letzten Gesprächs mit ihm?« fragte Dr. Junz.

»Ja, warten Sie.« Er suchte einige Minuten. Schließlich fand er einen Film. Dr. Junz ließ ihn durch das Lesegerät laufen. Er runzelte die Stirn. »Das ist eine Kopie, nicht wahr?«

»Ja, ich habe das Original an das Amt für Außerplanetarischen Verkehr hier auf Sark geschickt. Ich dachte, es wäre das beste, wenn man ihn auf dem Landeplatz gleich mit einer Ambulanz empfinge. Ich könnte mir denken, daß er gefährlich ist.«

Dr. Junz war geneigt, dem jungen Mann zuzustimmen. Wenn die Analytiker in den einsamen Weiten des Weltraums schließlich bei ihrer Arbeit zusammenbrachen, waren sie oft schwere Psychopathen.

Doch dann sagte er: »Moment. Sie sprechen, als sei er bis jetzt nicht gelandet.«

»Ich nehme an, er ist gelandet, aber bis jetzt hat mich niemand verständigt.«

»Rufen Sie den Informationsdienst an und fragen Sie nach Einzelheiten.«

Am nächsten Tag war Junz, kurz bevor er Sark verlassen wollte, noch einmal ins IRB-Gebäude gekommen, um einige letzte Dinge zu regeln. Er hatte auf anderen Planeten zu tun und war in Eile. Beinahe schon auf der Türschwelle sagte er: »Wie steht es übrigens mit unserem Beobachter?«

»Ach richtig«, sagte der junge Mann. »Ich wollte es Ihnen schon sagen. Der Informationsdienst hat nichts von ihm gehört. Ich habe ihnen das Energiemuster seiner Hyperatom-Motoren durchgegeben, aber sie sagen, sein Schiff sei nicht in der Nähe von Sark. Der Kerl muß sich anders besonnen haben.«

Dr. Junz beschloß, seine Abreise um vierundzwanzig Stunden zu verschieben. Am nächsten Tag war er im Amt für Außerplanetarischen Verkehr in Sarklim, der Hauptstadt des Planeten. Hier kam er zum erstenmal mit florinischen Bürokraten in Berührung, und sie schüttelten die Köpfe. Ja, sie hatten die Meldung über die bevorstehende Landung eines Raumanalytikers vom IRB erhalten. Aber kein Schiff war gelandet.

Es sei wichtig, beharrte Dr. Junz. Der Mann sei sehr krank. Ob sie keine Kopie der Aufzeichnung seines letzten Gesprächs mit dem örtlichen IRB-Agenten erhalten hätten? Sie rissen die Augen auf. Aufzeichnung? Niemand konnte sich erinnern. Es täte ihnen leid, daß der Mann krank sei, aber kein IRB-Schiff sei gelandet, und kein IRB-Schiff befände sich zur Zeit in der näheren Umgebung von Sark.

Dr. Junz ging zurück in sein Hotel. Der neue Termin für seine Abreise verstrich. Er ließ sich ein anderes Zimmer zuweisen, das für einen längeren Aufenthalt besser geeignet war. Dann vereinbarte er ein Zusammentreffen mit Ludigan Abel, dem Botschafter von Trantor.

Den nächsten Tag verbrachte er mit der Lektüre von Büchern über sarkitische Geschichte. Als er die Bücher schließlich beiseite legte, kochte er vor Ärger. Er würde nicht so leicht aufgeben, das wußte er.

Der alte Botschafter behandelte ihn wie einen liebenswerten Besuch, schüttelte ihm die Hand, ließ seine automatische Bar hereinrollen und wollte während der ersten beiden Gläser kein geschäftliches Gespräch aufkommen lassen. Junz benutzte die Gelegenheit, befragte ihn über den florinischen Verwaltungsapparat und ließ sich die sarkitische Vererbungslehre erläutern.

Junz sah Abel noch deutlich vor sich – die tiefliegenden Augen, halb geschlossen unter verblüffend hellen Augenbrauen, die schnabelähnliche Nase, die eingefallenen Wangen, die das hagere Gesicht noch schmaler erscheinen ließen, und den gekrümmten Mittelfinger, der langsam den Takt zu einer unhörbaren Musik schlug.

Als Junz sein Anliegen vorbrachte, hörte Abel aufmerksam zu. Dann sagte er: »Kennen Sie den Mann, der verschwunden ist?«

»Nein. Unsere Beobachter sind Männer, die man schwer kennenlernt.«

»Hat er vorher schon einmal Wahnideen gehabt?«

»Nach den Akten des IRB ist dies das erste Mal – wenn es eine Wahnidee ist.«

»Wenn . . .?« Der Botschafter ging darauf nicht ein. »Und weshalb kommen Sie mit dieser Angelegenheit zu mir?«

»Ich brauche Ihre Hilfe.«

»Das denke ich mir. Aber ich wüßte nicht, was ich tun könnte.«

»Ich will es Ihnen erklären. Das sarkitische Amt für Außerplanetarischen Verkehr hat den Raum in der Nähe des Planeten nach den Energiemustern der Motoren des IRB-Schiffes abgesucht und keine Spuren gefunden. Sie würden in dieser Hinsicht nicht lügen. Das soll nicht heißen, daß die Sarkiten über das Lügen erhaben seien. Aber sie sind zweifellos über sinnlose Lügen erhaben, und sie wissen, daß ich diese Angelegenheit innerhalb von zwei oder drei Stunden im Raum überprüfen könnte.«

»Das ist wahr. Was also dann?«

»Es gibt zwei Möglichkeiten, wenn die Spuren des IRB-Schiffs nicht gefunden werden. Einmal, wenn das Schiff nicht mehr im nahen Raum ist, weil es den Raum übersprungen hat und sich in einem anderen Sektor der Milchstraße befindet. Zweitens, wenn es überhaupt nicht mehr im Raum ist, weil es auf einem Planeten gelandet ist. Ich kann nicht glauben, daß unser Mann den Raum übersprungen hat. – Wenn seine Feststellungen über die Gefahr für Florina Wahnideen wären, würde ihn nichts davon abhalten, auf Sark zu landen und darüber zu berichten. Er hätte es sich unter gar keinen Umständen anders überlegt. Ich habe eine fünfzehnjährige Erfahrung in diesen Dingen. Sollten seine Feststellungen aber richtig sein, dann wäre die Angelegenheit gewiß zu ernst, als daß er seinen Sinn geändert und den Raum verlassen hätte.«

Der alte Botschafter hob den Finger. »Sie schließen also, daß er auf Sark sei?«

»Genau. Angenommen, er leidet unter einer Psychose, so kann er irgendwo außerhalb eines Raumhafens auf dem Planeten gelandet sein. Er kann planlos umherwandern, krank und halb irre. Das wäre sehr ungewöhnlich, selbst für einen Beobachter, aber es ist schon geschehen. Gewöhnlich tritt in diesem Fall ein vorübergehender Gedächtnisschwund ein. Wenn der Anfall vorbei ist, erinnert sich das Opfer zuerst an die Einzelheiten seiner Arbeit, ehe die persönlichen Erinnerungen wiederkehren. Schließlich ist die Arbeit des Raumanalytikers der Inhalt seines Lebens. Sehr oft wird der Betreffende dadurch aufgegriffen, daß er in eine öffentliche Bibliothek geht, um Lexika über Raumanalyse nachzuschlagen.«

»Sie meinen also, ich soll die Bibliotheken bitten, Ihnen einen solchen Vorfall zu berichten?«

»Nein. Das werde ich ohne Schwierigkeiten selbst veranlassen können. Ich werde darum ersuchen, daß gewisse Standardwerke über Raumanalyse reserviert werden und daß jeder, der nach ihnen fragt, festgehalten wird, es sei denn, er kann sich als Sarkit ausweisen. Die Behörden werden dem zustimmen, weil sie annehmen, daß nichts dabei herauskommt.«

»Warum nicht?«

»Weil« – Junz sprach nun mit wachsendem Zorn – »weil ich sicher bin, daß unser Mann auf dem Raumhafen von Sark gelandet ist, genau wie er es vorgehabt hatte, und – gesund oder psychopathisch – von den sarkitischen Behörden vielleicht eingesperrt, wahrscheinlich aber getötet wurde.«

Abel stellte sein Glas hin. »Sprechen Sie im Ernst?«

»Sehe ich aus, als mache ich Witze? Was haben Sie mir selbst vor einer halben Stunde über Sark erzählt? Leben, Wohlstand und Macht Sarks hingen von Florina ab. Und was hat mir die Lektüre der letzten vierundzwanzig Stunden gezeigt? Daß die Kyrtfelder Florinas das Heil von Sark seien. Nun aber kommt ein Mann, gesund oder psychopathisch, und erklärt, das Leben jedes Mannes und jeder Frau auf Florina sei in Gefahr. Hier ist die Aufzeichnung seines letzten Gesprächs mit unserem Büro. Lesen Sie!«

Abel nahm den Film, den ihm Junz hingestreckt hatte, und griff nach dem Lesegerät.

»Nicht sehr aufschlußreich.«

»Natürlich nicht. Aber es hätte keinesfalls an die Sarkiten geschickt werden dürfen. Selbst wenn der Mann unrecht hätte, könnte die sarkitische Regierung unmöglich zulassen, daß er seine Wahnidee in der ganzen Milchstraße ausposaunt; ganz zu schweigen von der Panik, die in Florina entstünde, und von der Unterbrechung in der Kyrtproduktion. Die ganze schmutzige Affäre zwischen Sark und Florina wäre dem Blick der gesamten Milchstraße ausgesetzt. Stellen Sie sich nun vor, daß sie nichts weiter zu tun brauchten als einen einzigen Mann zu beseitigen, um dies alles zu verhindern, zumal ich auf diese Aufzeichnungen hin nichts unternehmen kann. Und das wissen sie. Würde Sark in solch einem Fall vor einem Mord zurückschrecken? Diese Vererbungs-Experimentatoren gewiß nicht!«

»Und was soll ich Ihrer Meinung nach tun? Ich muß sagen, ich sehe da immer noch nicht klar.« Abel schien unbewegt.

»Stellen Sie fest, ob sie ihn umgebracht haben«, sagte Junz grimmig. »Sie haben hier auf Sark eine vorzügliche Spionage-Organisation. Wir wollen uns nichts vormachen. Gehen Sie der Sache auf den Grund, während ich die Aufmerksamkeit der Behörden mit meiner Bibliotheksaktion ablenke. Und wenn Sie meinen Verdacht bestätigt finden, möchte ich, daß Trantor dafür sorgt, daß keine

Regierung irgendwo in der Milchstraße je wieder glaubt, sie könne ungestraft einen IRB-Mann umbringen.«

Damit hatte das Gespräch mit Abel geendet.

Junz hatte in einem recht gehabt: Die sarkitischen Behörden waren zugänglich, soweit es die Aktion in den Bibliotheken betraf.

Aber in keinem anderen Punkt schienen seine Überlegungen richtig. Monate verstrichen, und Abels Agenten konnten keine Spur des vermißten Raumanalytikers finden, weder lebend noch tot.

Elf Monate zog es sich nun hin. Junz begann bereits die Sache aufzugeben. Er war entschlossen, noch den zwölften Monat abzuwarten, aber keinen Tag länger.

Und dann war die Wendung gekommen, und zwar nicht durch Abel, sondern durch den fast vergessenen Strohmann, den Junz selbst aufgestellt hatte. Ein Bericht von der öffentlichen Bibliothek auf Florina war eingetroffen, und Junz suchte sofort das Ministerium für Florinische Angelegenheiten auf.

Der Sekretär hatte den letzten Bogen umgeblättert und schaute Junz an. »Nun, was kann ich für Sie tun?«

Junz sprach mit großer Präzision: »Gestern nachmittag um vier Uhr zweiundzwanzig wurde ich davon benachrichtigt, daß ein Mann, der kein Sarkit war, in der öffentlichen Bibliothek der oberen Stadt in Florina in zwei Standardwerke über Raumanalyse Einblick nehmen wollte. Ich habe seitdem nichts mehr von der Bibliothek gehört.«

Er fuhr fort und hob die Stimme, um einen Kommentar zu vermeiden, zu dem der Sekretär angesetzt hatte. »Außerdem ist eine Nachricht über das öffentliche Empfangsgerät des Hotels, in dem ich wohne, eingegangen. Sie ist von gestern nachmittag, fünf Uhr, datiert und besagt, daß ein Polizeibeamter in der öffentlichen Bibliothek auf Florina niedergeschlagen worden sei und daß man drei Eingeborene, denen man die Gewalttat zuschreibt, verfolge. Diese Mitteilung wurde in späteren Nachrichtensendungen nicht wiederholt. – Ich zweifle nun nicht daran, daß diese beiden Meldungen zusammengehören. Und ich zweifle auch nicht daran, daß der Mann, den ich suche, in Haft ist. Ich habe um die Erlaubnis gebeten, nach Florina reisen zu dürfen. Sie wurde mir verweigert. Ich habe darum gebeten, daß man mir den betreffenden Mann nach Sark schickt, und keine Antwort erhalten. Ich bin nun zum Ministerium für Florinische Angelegenheiten gekommen, um in dieser Hinsicht Taten zu verlangen. Entweder ich fahre hin, oder der Mann kommt her!«

Der Sekretär sagte mit teilnahmsloser Stimme: »Die Regierung von Sark kann keine Forderungen von Beamten des IRB annehmen. Ich bin von meinen Vorgesetzten darauf vorbereitet worden, daß Sie mich wahrscheinlich in dieser Angelegenheit aufsuchen werden, und man hat mich über diejenigen Einzelheiten instruiert, die ich Ihnen bekanntgeben darf. Der Mann, der die reservierten Bücher sehen wollte – zusammen mit zwei Begleitern übrigens, einem Ortsverwalter und einer florinischen Frau –, hat das Attentat, das Sie erwähnen, tatsächlich begangen. Man hat die Verbrecher verfolgt, sie wurden jedoch nicht ergriffen.«

Junz gab sich keine Mühe, seine Enttäuschung zu verbergen. »Sie sind entkommen?«

»Das nicht. Sie wurden bis zur Bäckerei eines gewissen Matt Khorov verfolgt.«

Junz starrte ihn an. »Und man verhaftete sie nicht?«

»Haben Sie nicht kürzlich mit Seiner Exzellenz, Ludigan Abel, konferiert?«

»Was hat das damit zu tun?«

»Wir haben Informationen, daß Sie regelmäßig in der Trantorinischen Botschaft gesehen wurden.«

»Ich habe den Botschafter seit einer Woche nicht mehr gesprochen.«

»Dann würde ich vorschlagen, ihn aufzusuchen. Wir ließen die Verbrecher in Khorovs Laden unangetastet mit Rücksicht auf unsere gespannten Beziehungen zu Trantor. Man hat mich ermächtigt, Ihnen – falls es notwendig erscheint – mitzuteilen, daß Khorov – was Sie wahrscheinlich nicht überraschen wird –«, er lächelte spöttisch, »unserem Sicherheitsministerium als trantorinischer Agent wohlbekannt ist.«

Der Botschafter

Zehn Stunden vor diesem Gespräch zwischen Junz und dem Sekretär hatte Terens Khorovs Laden verlassen.

Er tastete sich mit den Händen an den rauhen Wänden der Arbeiterhütten entlang. Außer dem blauen Licht, das von der oberen Stadt heruntersickerte, herrschte völlige Dunkelheit. Das einzige Licht, das hier in der unteren Stadt hätte leuchten können, wären die Taschenlampen der Polizeibeamten gewesen, die zu zweien oder dreien durch die Straßen gingen.

Die untere Stadt lag wie ein schlummerndes Ungeheuer unter der glitzernden Decke der oberen Stadt. In einigen Stadtvierteln herrschte zwar auch zu dieser Stunde ein schattenhaftes Leben, da Produkte abgeladen und für den kommenden Tag gelagert wurden; doch das war nicht hier in den Elendsquartieren.

Terens bog in eine Seitenstraße ein. Er hörte Schritte. Lichter tauchten auf, gingen vorüber und verschwanden hundert Meter weiter.

Die ganze Nacht über marschierten die Polizeistreifen. Sie brauchten nur zu marschieren. Die Furcht vor ihnen genügte, um die Ordnung ohne Gewaltanwendung aufrechtzuerhalten. Ein Verbrechen wäre ohnehin nicht geschehen. Die Dunkelheit hätte zwar leicht unzähligen umherstreifenden Menschen Schutz bieten können, aber die Lebensmittelgeschäfte und Fabriken waren streng bewacht, und einander zu bestehlen, von den paar Habseligkeiten eines anderen zu schmarotzen, wäre völlig unrentabel gewesen.

Hier in der Dunkelheit existierte das Verbrechen nicht. Hier gab es nur Armut, und der Überfluß der oberen Stadt lag außerhalb der Reichweite. Terens huschte weiter. Sein Gesicht schimmerte weiß, wenn er unter den Öffnungen in der Zementdecke vorbeiging und hinaufblickte.

Außerhalb der Reichweite?

Waren die Großherren wirklich außerhalb der Reichweite? – Wie viele Wandlungen in seinem Denken und Verhalten gegenüber den Großherren von Sark hatte Terens in seinem Leben durchgemacht? In seiner Jugend waren die Polizeibeamten Ungeheuer in Schwarz und Silber gewesen, vor denen man floh, gleichgültig, ob man etwas angestellt hatte oder nicht. Die Großherren aber waren mystische und wohltätige Übermenschen für ihn gewesen, die in einem Paradies namens Sark lebten und die sorgfältig und geduldig über das Wohl der dummen Männer und Frauen von Florina wachten.

Er betete jeden Tag in der Schule: ›Möge der Geist der Milchstraße die Großherren beschützen, so, wie sie uns beschützen.‹

Ja, dachte er nun, genauso. Genauso! Möge der Geist über ihnen sein wie sie über uns! Nicht mehr und nicht weniger! Seine Fäuste ballten sich.

Als er zehn Jahre alt war, hatte er in der Schule einen Aufsatz darüber geschrieben, wie er sich das Leben auf Sark vorstellte. Darin hatte er geschildert, wie sich die Großherren, sechs Meter groß und prächtig gekleidet, jeden Morgen feierlich in einer weiten Halle versammelten und sich über die Sünden der Florinier unterhielten und sorgenvoll über die Notwendigkeit berieten, sie den Tugenden zurückzugewinnen.

Der Lehrer war sehr zufrieden gewesen, und am Ende jenes Jahres, als die anderen Jungen und Mädchen weiterhin ihre oberflächlichen Lektionen im Lesen, Schreiben und in Moral erhielten, war er in eine Spezialklasse versetzt worden, wo er Arithmetik, Galaktographie und sarkitische Geschichte lernte. Mit sechzehn Jahren war er nach Sark gekommen.

Er konnte sich noch deutlich an jenen Tag erinnern, und der Gedanke daran ließ ihn schamrot werden.

Terens näherte sich nun den Außenbezirken der Stadt. Ein Windhauch trug ihm den schweren Nachtgeruch der Kyrtblüten zu. Nur noch einige Minuten, dann würde er draußen in der relativen Sicherheit der offenen Felder sein, wo keine Polizeistreifen ihre Runden gingen und wo er durch die zerfetzten Nachtwolken wieder die Sterne sehen könnte; auch den harten hellgelben Stern, der die Sonne Sarks war.

Dieser Stern war sein halbes Leben lang seine Sonne gewesen. Als er ihn zum erstenmal durch die Luke eines Raumschiffes sah, nicht mehr als Stern, sondern als eine unerträglich helle, kleine Kugel, wollte er niederknien. Der Gedanke, daß er sich dem ›Paradies‹ näherte, beseitigte sogar die lähmende Furcht von seinem ersten Weltraumflug.

Er war auf dem ›Paradies‹ gelandet, wurde einem alten Florinier übergeben, der dafür sorgte, daß er gebadet und ordentlich gekleidet wurde, und auf dem Weg dorthin verbeugte sich der Alte tief vor einer Gestalt, die vorüberging.

»Verbeug dich!« zischte der Alte.

Terens tat es. »Wer war das?« fragte er dann verwirrt.

»Ein Großherr, du ignoranter Bauernlümmel!«

»Er? Ein Großherr?«

Er blieb wie angewurzelt stehen, und der Alte mußte ihn weiterzerren. Er hatte zum erstenmal einen Großherrn gesehen. Er war nicht sechs Meter groß, sondern ein Mann wie alle Männer. Andere florinische Jungen mochten vielleicht den Schock einer solchen Ernüchterung überwinden, aber nicht Terens.

Während seiner ganzen Ausbildungszeit, während aller Studien, in denen er so gut vorankam, vergaß er nie, daß die Großherren Menschen waren.

Zehn Jahre lang studierte er, und wenn er gerade nicht studierte und weder aß noch schlief, dann lehrte man ihn, sich mit allerlei Kleinigkeiten nützlich zu machen. Man lehrte ihn, Botschaften zu überbringen und Papierkörbe zu leeren, sich tief zu verbeugen, wenn er einem Großherrn begegnete, und das Gesicht respektvoll abzuwenden, wenn die Dame eines Großherrn vorüberging.

Fünf weitere Jahre lang arbeitete er im Staatsdienst und wurde, wie es üblich war, von Posten zu Posten versetzt, damit seine Fähigkeiten unter den verschiedensten Bedingungen geprüft werden konnten.

Einmal besuchte ihn ein gedrungener Florinier, lächelte freundlich, klopfte ihm auf die Schulter und fragte ihn, wie er über die Großherren dächte.

Terens unterdrückte den Wunsch, davonzulaufen. Er fragte sich, ob sich seine Gedanken in irgendeiner Geheimschrift in seine Gesichtszüge geprägt haben konnten. Er zuckte die Achseln und murmelte ein paar Banalitäten über die Güte der Großherren.

Doch der gedrungene Mann verzog das Gesicht und sagte: »Das meinst du nicht ehrlich. Komm heute abend dorthin!« Er gab ihm eine kleine Visitenkarte, die sich nach wenigen Minuten auflöste.

Terens ging hin. Er fürchtete sich, aber er war neugierig. Dort traf er Freunde, die ihn mit geheimnisvollen Augen anblickten. Er hörte sich an, was sie zu sagen hatten, und stellte fest, daß viele das zu glauben schienen, was er selbst im geheimen dachte und von dem er überzeugt war, es seien seine eigenen Gedanken.

Er erfuhr, daß zumindest einige Florinier die Großherren für niederträchtige, eigennützige Scheusale hielten, die Florina ausbeuteten und die Einheimischen in Unwissen und Armut darben ließen. Er erfuhr, daß die Zeit nicht mehr fern sei, in der sich ein gewaltiger Aufstand gegen Sark erheben würde und aller Reichtum Florinas seinen rechtmäßigen Eigentümern zufließen werde.

Wie das geschehen sollte, fragte Terens. Schließlich hätten die Großherren und die Polizei die Waffen.

Und sie erzählten ihm über Trantor, das gigantische Reich, das sich innerhalb der letzten Jahrhunderte so weit ausgedehnt hatte, daß ihm nun die Hälfte aller bewohnten Planeten der Milchstraße angehörte. Trantor, sagten sie, würde Sark mit Hilfe der Florinier zerstören.

Aber, meinte Terens weiter, wenn Trantor so groß und Florina so klein sei, würde Trantor dann nicht einfach die Stelle Sarks übernehmen, als noch größerer und noch tyrannischerer Herr? Wenn dies der einzige Ausweg sei, wäre Sark vorzuziehen. Lieber einen Meister, den man kannte, als einen, den man nicht kannte.

Er wurde daraufhin aus dem Kreis ausgestoßen, und zwar unter

Drohungen gegen sein Leben, wenn er je darüber sprechen würde, was er gehört hatte.

Nach einiger Zeit fiel ihm auf, daß die Verschwörer nacheinander spurlos verschwanden, bis nur noch der gedrungene Mann übrigblieb.

Diesen sah er gelegentlich hier und dort mit einem Neuankömmling tuscheln, aber es wäre für Terens zu gefährlich gewesen, das junge Opfer darauf aufmerksam zu machen, daß es einer Prüfung unterzogen wurde. Jeder mußte seinen eigenen Weg finden.

Terens war sogar einige Zeit im Sicherheitsministerium tätig, zu dem nur sehr wenige Florinier Zutritt erhielten. Es war allerdings ein kurzer Aufenthalt, denn die Macht, über die ein Angestellter des Sicherheitsministeriums verfügte, war zu groß, als daß man sie einem einzelnen längere Zeit überlassen konnte.

Hier stellte Terens zu seiner Überraschung fest, daß es tatsächlich auch echte Verschwörungen gab. Auf Florina planten ab und zu Männer und Frauen einen Aufstand. Die meisten wurden durch trantorinische Gelder unterstützt. Einige glaubten im Ernst, Florina könnte sich ohne fremde Hilfe befreien.

Terens sprach wenig, benahm sich korrekt. Doch seine Gedanken waren unkontrollierbar. Er haßte die Großherren, teils, weil sie nicht sechs Meter groß waren, teils, weil er ihre Frauen nicht ansehen durfte, und teils, weil er einigen von ihnen mit gebeugtem Kopf gedient und dabei festgestellt hatte, daß sie bei all ihrer Arroganz dumm waren, nicht gebildeter als er und im allgemeinen weitaus weniger intelligent.

Doch welchen Ausweg aus der Sklaverei gab es? Die dummen sarkitischen Großherren gegen die dummen trantorinischen Imperialisten auszutauschen war sinnlos. Die Hoffnung, daß die florinischen Bauern selbst etwas taten, war absurd. Es gab keinen Ausweg.

Dieses Problem hatte ihn während der ganzen Jahre beschäftigt, als Student, als kleiner Beamter, als Ortsverwalter.

Und dann hatte ihm der Zufall ein Machtmittel in die Hände gespielt, das er sich nicht einmal erträumt hatte, nämlich in Person dieses unscheinbaren Mannes, der früher ein Raumanalytiker war und der nun stammelte, das Leben eines jeden Mannes und einer jeden Frau auf Florina sei bedroht.

Terens ging nun durch die Felder. Der Nachtregen hörte gerade auf, und die Sterne schimmerten zwischen den Wolken. Er atmete tief den Duft des Kyrt ein, der Florinas Schatz und Fluch zugleich war.

Terens gab sich keinen Illusionen hin. Er war kein Ortsverwalter mehr. Er war nicht einmal ein freier florinischer Bauer. Er war ein Verbrecher auf der Flucht. Er mußte sich verstecken.

Trotzdem gab er nicht auf. Während der letzten vierundzwanzig Stunden hatte er die wirksamste Waffe gegen Sark in Händen gehabt, die er sich denken konnte. Es bestand kein Zweifel. Er wußte, daß das, woran sich Rik erinnerte, ihm Macht verlieh.

Doch nun war Rik in den dicken Händen eines Mannes, der sich als florinischer Patriot ausgab und in Wirklichkeit ein trantorinischer Agent war. Terens hatte keinen Augenblick daran gezweifelt. Denn welcher Bewohner der unteren Stadt hätte das Geld gehabt, Attrappen-Elektronenöfen zu bauen?

Terens konnte nicht zulassen, daß Rik in die Hände Trantors fiel, und er wollte bis zum äußersten gehen. Er hatte sich ohnehin bereits die Todesstrafe zugezogen.

Der Himmel begann schwach zu glühen. Terens wollte die Dämmerung abwarten. Die verschiedenen Polizeistationen hatten wahrscheinlich längst seinen Steckbrief erhalten. Aber es würde einige Minuten dauern, bis sie seine Rückkehr feststellten.

Während dieser paar Minuten wollte er noch einmal Ortsverwalter sein. Er wollte etwas tun, an das er selbst noch nicht zu denken wagte.

Zehn Stunden, nachdem Junz mit dem Sekretär im Ministerium für Florinische Angelegenheiten gesprochen hatte, traf er sich erneut mit Ludigan Abel.

Der Botschafter begrüßte ihn höflich wie immer, war jedoch sichtlich beunruhigt. Bei ihrem ersten Zusammentreffen vor fast einem Jahr hatte er dem Anliegen Junz' keine besondere Aufmerksamkeit geschenkt. Sein einziger Gedanke war damals: Wird oder kann diese Angelegenheit Trantor nützen?

Trantor! Er dachte stets zuerst an Trantor, obwohl er keineswegs so töricht war, eine Zusammenballung von Sternen zu verehren oder sich für das Emblem mit Raumschiff und Sonne, das die trantorinischen Streitkräfte trugen, zu begeistern. Kurz, er war kein Patriot im üblichen Sinn des Wortes, und Trantor als solches bedeutete wenig für ihn.

Aber er liebte den Frieden. Und dies um so mehr, je älter er wurde. Er genoß sein Glas Wein, seine mit sanfter Musik und Parfüm gesättigte Atmosphäre, sein Nachmittagsschläfchen und die ruhige Erwartung des Todes. So, glaubte er, müßten alle Menschen empfinden. Aber die Menschen litten unter Krieg und Zerstörung;

sie starben, erfroren im Vakuum des Weltraums, zerstäubt im Druck der Atomexplosionen, ausgehungert auf belagerten und bombardierten Planeten.

Wie also den Frieden erzwingen? Weder durch Vernunft natürlich noch durch Erziehung. Denn welches Argument sollte den Menschen überzeugen, wenn er mit eigenen Augen die Folgen des Friedens und die Folgen des Krieges sieht und dennoch den letzteren dem ersteren vorzieht? Was könnte beredter gegen den Krieg sprechen als der Krieg selbst? Welches Meisterstück der Dialektik hätte auch nur einen Bruchteil der Überzeugungskraft gegenüber einem einzigen ausgebrannten Raumschiff mit dessen geisterhafter Fracht? Deshalb blieb, um den Mißbrauch der Gewalt zu beenden, nur die Gewalt selbst.

In Abels Arbeitszimmer stand ein Modell von Trantor, das den Erfolg dieser Gewalt veranschaulichte. Es war ein klarer Kristallovoid, in dem die linsenförmige Galaxis dreidimensional dargestellt war; ihre Sterne waren aus weißem Diamantstaub, die Nebel waren Lichtflecken oder dunkler Dunst, und in der Mitte waren einige rote Punkte, die die einstmalige trantorinische Republik bezeichneten. Sie hatte vor fünfhundert Jahren nur aus fünf Planeten bestanden.

Dieses Stadium zeigte das Modell nur, wenn man die vor ihm angebrachte Wählscheibe auf Null einstellte. Drehte man sie um eine Kerbe weiter, so sah man das Abbild der Galaxis, wie es fünfzig Jahre später war. Ein Bündel von Himmelskörpern rötete sich rings um die trantorinische Republik.

In zehn Stadien ging ein halbes Jahrtausend vorüber, und das Rot breitete sich wie ein verlaufender Blutfleck über die Hälfte der Galaxis aus.

Es war das Rot des Blutes, wie es in Wirklichkeit im trantorinischen Reich vergossen worden war. Als aus der trantorinischen Republik die trantorinische Konföderation und schließlich das trantorinische Imperium wurde, führte der Weg über eine Unzahl verbrannter Menschen, verbrannter Raumschiffe und verbrannter Planeten. Aber innerhalb des roten Gebietes herrschte Frieden.

Nun stand Trantor abermals vor einer neuen Umwandlung: Aus dem trantorinischen Imperium sollte ein galaktisches Imperium werden, dann würde das Rot alle Sterne verschlingen, und dann wäre Frieden – Pax Trantorica.

Das wollte Abel. Vor fünfhundert Jahren, vor vierhundert, selbst noch vor zweihundert Jahren hätte er sich gegen Trantor aufgelehnt, gegen das materialistische, aggressive Staatswesen ohne

Rücksicht auf die Rechte der anderen. Und es war im eigenen Bereich selbst nicht demokratisch genug und doch schnell dabei, die Sklaverei bei den anderen zu verurteilen. Aber die Zeit war darüber hinweggegangen.

Abel war nicht für Trantor, aber für das allumfassende Ende des Krieges, das Trantor repräsentierte. Daher wurde die Frage – wird dies oder jenes zum galaktischen Frieden beitragen – ganz natürlicherweise zur Frage: Kann dies Trantor nützen?

Jedoch im Fall des vermißten Raumanalytikers war er dessen keineswegs sicher. Für Junz war die Lösung einfach: Trantor sollte das IRB unterstützen und Sark bestrafen. Wenn Sark tatsächlich nachgewiesen werden konnte, daß es den Raumanalytiker beseitigt hatte, wäre diese Lösung möglicherweise die richtige gewesen – vielleicht aber auch nicht. Und ganz gewiß nicht, wenn nichts bewiesen werden konnte. Trantor durfte jedenfalls keine übereilten Maßnahmen ergreifen. Die ganze Milchstraße konnte sehen, daß sich Trantor auf der Schwelle zur galaktischen Herrschaft befand, und es bestand immer noch die Möglichkeit, daß sich die übrigen, nichttrantorinischen Planeten gegen Trantor zusammenschlossen. Trantor konnte auch einen solchen Krieg gewinnen, aber wahrscheinlich nur zu einem Preis, bei dem ›Sieg‹ nichts als ein schmeichelhafteres Wort für ›Niederlage‹ war.

Deshalb durfte Trantor in diesem letzten Stadium des Spiels keinen unbedachten Schritt tun. Und deshalb war Abel langsam vorgegangen, hatte seine Netze über das Labyrinth der sarkitischen Verwaltung geworfen und mit einem Lächeln auf den Lippen sondiert, gehorcht, ohne als Horcher zu erscheinen. Er versäumte auch nicht, Junz selbst überwachen zu lassen, damit der zornige Libairaner nicht in einer Minute einen Schaden anrichten konnte, den Abel nicht in einem Jahr würde beheben können.

Abel wunderte sich über den beharrlichen Zorn des Libairaners. Einmal hatte er ihn gefragt: »Warum machen Sie eigentlich wegen eines vermißten Raumanalytikers solch ein Theater?«

Er hatte erwartet, eine Rede über die Unantastbarkeit des IRB zu hören und über die Pflicht jedes Staates, das Büro zu unterstützen, nicht als Instrument dieses oder jenes Planeten, sondern als Instrument der gesamten Menschheit.

Diese Ansprache hörte Abel nicht. Statt dessen sagte Junz stirnrunzelnd: »Wegen dieses ganzen schmutzigen Verhältnisses zwischen Sark und Florina. Ich möchte dieses Verhältnis ans Licht bringen und zerstören.«

Abel hätte sich gern an den Kopf gegriffen. Immer und überall beschäftigte man sich mit den Problemen und Rivalitäten der einzelnen Planeten und verhinderte dadurch jegliche Konzentration auf die galaktische Einheit. Gewiß gab es hier und dort soziale Ungerechtigkeiten; gewiß schienen sie manchmal unerträglich. Aber konnten solche Probleme je anders als auf galaktischer Ebene gelöst werden? Zuerst mußte dem Krieg und der nationalen Rivalität ein Ende bereitet werden, dann erst konnte man sich den internen Übelständen zuwenden, deren Hauptursache schließlich die äußeren Konflikte waren.

Und Junz stammte nicht einmal von Florina. Er hatte nicht einmal diesen Grund für kurzsichtige Sentimentalitäten.

»Was bedeutet Ihnen Florina?«

»Ich fühle mich mit ihm verbunden«, sagte Junz zögernd.

»Aber Sie sind doch Libairaner. Wenigstens habe ich den Eindruck.«

»Ja. Aber gerade da liegt die Verwandtschaft. Wir sind Extreme in einer Galaxis des Durchschnitts.«

»Extreme? Das verstehe ich nicht.«

»Was die Hautfarbe anbetrifft«, sagte Junz. »Die Florinier sind ungewöhnlich hell, wir sind ungewöhnlich dunkel. Das gibt uns etwas Gemeinsames, sogar darin, daß wir oft genug von der gesellschaftlichen Mehrheit ausgestoßen wurden. Wir sind Brüder in der Verschiedenartigkeit.«

Hier hielt Junz plötzlich inne. Das Thema wurde nie wieder berührt.

Und nun, nach einem Jahr, als man bereits erwarten konnte, daß die ganze Angelegenheit im Sand verlief, und als sogar Junz' Eifer zu erlahmen schien, begann die Affäre von neuem.

Abel stand nun einem anderen Junz gegenüber, einem Junz, dessen Zorn sich nicht allein auf Sark beschränkte, sondern auch Abel einschloß.

»Ich ärgere mich nicht darüber, daß Sie mir Ihre Agenten auf die Fersen gesetzt haben. Vermutlich müssen Sie vorsichtig sein und dürfen sich auf nichts und niemanden verlassen. Schön und gut, aber warum haben Sie mich nicht sofort informiert, als Ihr Agent unseren Mann hatte?«

Abels Hand strich über den weichen Stoff seiner Stuhllehne. »Die Dinge sind sehr kompliziert. Ich hatte es so arrangiert, daß jeder Bericht über eine Nachfrage nach raumanalytischen Büchern nicht nur an Sie, sondern auch an einige meiner Agenten weitergegeben wird. Auf Florina jedoch . . .«

»Ja«, sagte Junz bitter. »Wir waren Narren, daß wir nicht daran dachten. Er *mußte* auf Florina sein! Wir waren mit Blindheit geschlagen! Immerhin haben wir ihn jetzt. Vielmehr *Sie* haben ihn. Aber vermutlich werden Sie es so einrichten, daß ich ihn bald sehen kann?«

Abel wich einer Antwort aus. »Sie sagen, man habe Ihnen mitgeteilt, daß dieser Khorov ein trantorinischer Agent gewesen sei?«

»Ist er es etwa nicht? Warum sollten sie lügen. Oder sind sie falsch informiert?«

»Sie lügen nicht, und sie sind nicht falsch informiert. Khorov war seit zehn Jahren unser Agent, und es ist für mich beunruhigend, daß es die Sarkiten wußten. Ich frage mich, was sie noch wissen und wie gebrechlich unser ganzes Gebäude überhaupt ist. Aber wundert es Sie nicht, daß man Ihnen offen gesagt hat, daß Khorov einer unserer Männer war?«

»Weil es den Tatsachen entspricht, nehme ich an. Und um mich ein für allemal davon abzuhalten, sie mit Forderungen in Verlegenheit zu bringen, die Schwierigkeiten zwischen Sark und Trantor hervorrufen könnten.«

»Falsch! Die Wahrheit ist nicht sehr angesehen unter den Diplomaten. Welche noch größere Schwierigkeit könnten sich die Sarkiten bereiten, als uns das Ausmaß ihrer Kenntnisse über unser Spionagesystem wissen zu lassen und uns dadurch, ehe es zu spät ist, Gelegenheit zu geben, unser zerstörtes Netz einzuziehen, auszubessern und wieder neu auszuwerfen?«

»Wer also dann?«

»Es war eine Geste des Triumphs, weil es für die Sarkiten ungefährlich war, Ihnen mitzuteilen, daß sie Khorovs Identität kannten. Ich weiß das nämlich bereits seit zwölf Stunden.«

»Woher?«

»Durch die unmißverständlichste Andeutung, die es geben konnte. Hören Sie zu. Vor zwölf Stunden wurde Matt Khorov, Agent für Trantor, von einem Mitglied der florinischen Polizei getötet. Die beiden Florinier, die zu jener Zeit in Khorovs Obhut waren – eine Frau und ein Mann, der aller Wahrscheinlichkeit nach der Raumanalytiker ist, den Sie suchen –, sind verschwunden. Sie sind vermutlich in den Händen der Sarkiten.«

Abel hob langsam das Glas an die Lippen und sagte: »Ich kann offiziell nichts unternehmen. Khorov war Florinier, und die beiden Vermißten sind, sofern wir nicht das Gegenteil beweisen können, ebenfalls Florinier. Sie sehen, wir sind überspielt worden und werden nun dazu noch verhöhnt.«

Der Polizeibeamte

Rik sah, wie der Bäcker zusammenbrach und sich in ein rauchendes Häufchen Asche verwandelte. Der Anblick betäubte in ihm die Erinnerung an fast alles, was dem vorangegangen war.

Nur undeutlich erinnerte er sich daran, wie sich der Polizeibeamte genähert und mit einer langsamen, aber sicheren Bewegung die Waffe gezückt hatte. Der Bäcker hatte noch die Lippen zu einem letzten Wort geöffnet, das er nicht mehr äußern konnte. Als es vorüber war, dröhnte das Blut in Riks Ohren und das Kreischen der Menge, die nach allen Richtungen auseinanderstob.

Der Polizeibeamte hatte sich zwischen den schreienden Männern und Frauen durchgekämpft, als wären sie eine klebrige Masse aus Schlamm. Rik und Valona wurden vom Strom davongetragen. Valona drängte Rik vorwärts, immer weiter in die Außenbezirke der Stadt. Eine Zeitlang war er wieder das hilflose Kind von gestern, nicht der beinahe Erwachsene, der er am Morgen war.

Rik war in der Frühe im fensterlosen Versteck in der Bäckerei erwacht. Lange lag er da und forschte in seinem Gedächtnis. Irgend etwas war während der Nacht geheilt, irgend etwas hatte sich zu einem Ganzen zusammengefügt. Der Prozeß hatte vor zwei Tagen in der Fabrik begonnen. Der Ausflug in die obere Stadt, die Bibliothek, der Angriff auf den Polizisten und die anschließende Flucht, das Zusammentreffen mit dem Bäcker – alles hatte auf ihn wie ein Gärungsmittel gewirkt. Sein Gehirn war zu einer schmerzhaften Aktivität gezwungen worden, und nun fühlte er, wie es langsam wieder zu arbeiten begann.

Er dachte an den Weltraum, an die Sterne, an unendliche Weiten und an eine große Stille.

Schließlich sagte er: »Lona?«

Sie fuhr auf. »Rik! Wie fühlst du dich?«

»Ausgezeichnet, Lona!« Er konnte seine Erregung nicht unterdrücken. »Hör zu! Ich erinnere mich an mehr. Ich war in einem Raumschiff und weiß genau . . .«

Sie schlüpfte in ihr Kleid und fingerte dann nervös am Gürtel.

Sie hörte ihm nicht zu.

Rik spürte ihre Nervosität. »Ist etwas nicht in Ordnung?«

»Sssssch! Sprich nicht so laut! Es ist alles in Ordnung.«

»Wo ist der Ortsverwalter?«

»Er mußte gehen. Warum schläfst du nicht weiter, Rik?«

»Ich habe ausgeschlafen. Ich möchte dem Ortsverwalter über mein Raumschiff erzählen.«

Doch Terens war nicht da, und Valona wollte nicht zuhören. Rik setzte sich auf. Er ärgerte sich zum erstenmal über Valona. Sie behandelte ihn, als wäre er ein Kind, während er sich wie ein Mann zu fühlen begann.

Ein Lichtschein fiel in den Raum, und mit ihm kam die breite Gestalt des Bäckers. Seine vollen Lippen verzogen sich zu einem Lächeln. »Ihr seid früh auf!« Keiner antwortete.

»Aber das trifft sich gut«, sagte der Bäcker. »Ihr werdet heute umziehen.«

Valonas Mund wurde trocken. »Sie wollen uns doch nicht etwa der Polizei übergeben?«

Sie erinnerte sich an die Art, in der er Rik in der Nacht angesehen hatte. Und wieder schaute er nur Rik an.

»Nicht der Polizei«, sagte er. »Die richtigen Leute sind verständigt worden. Ihr werdet bei ihnen gut aufgehoben sein.«

Er ging und kam kurz darauf mit Lebensmitteln, Kleidern und zwei Schüsseln Wasser zurück. Die Kleider waren neu und sahen fremdartig aus.

Er setzte sich und sah ihnen zu, wie sie aßen. »Ich gebe euch jetzt neue Namen und eine neue Vergangenheit. Hört gut zu. Ihr dürft es nicht vergessen. Ihr seid von jetzt an keine Florinier mehr, sondern Bruder und Schwester vom Planeten Wotex. Habt ihr verstanden? Ihr habt Florina besucht, weil ihr . . .«

Er fuhr fort, fügte Einzelheiten hinzu, stellte Fragen, hörte sich ihre Antworten an.

Rik freute sich, daß er zeigen konnte, wie gut sein Gedächtnis arbeitete, wie leicht er lernte. Aber in Valonas Augen stand Furcht.

Dem Bäcker entging das nicht. »Wenn du mir die geringsten Schwierigkeiten machst, schicke ich ihn allein und lasse dich hier«, sagte er.

Valonas Hände verkrampften sich. »Ich mache keine Schwierigkeiten.«

Schließlich stand der Bäcker auf. Er steckte Rik und Lona je ein kleines schwarzes Blatt aus weichem Kunstleder in die Brusttaschen.

»Wir wollen gehen.«

Als sie draußen waren, blickte Rik erstaunt an sich hinab. Er hatte nicht gewußt, daß Kleider so kompliziert sein konnten. Der Bäcker hatte ihm beim Anziehen geholfen. Wie aber sollte er sich je ohne Hilfe ausziehen können? Valona hatte nicht mehr die geringste Ähnlichkeit mit einem florinischen Bauernmädchen. Sogar ihre Beine waren mit einem dünnen Stoff bedeckt, und ihre Schuhe hatten hohe Absätze, so daß sie beim Gehen balancieren mußte.

Straßenpassanten blieben stehen und gafften sie an. Es waren größtenteils Kinder und Marktfrauen. Der Bäcker schien sie nicht zu beachten. Er hatte einen dicken Stock bei sich, welcher gelegentlich wie zufällig zwischen die Beine irgendeines Gaffers fuhr, der zu nahe gekommen war.

Und dann, als sie erst hundert Meter von der Bäckerei entfernt waren, tobten die Leute aufgeregt auseinander, und Rik sah das Schwarz und Silber eines Polizeibeamten.

Dann war es geschehen. Die Waffe, der Mord und wieder eine wilde Flucht.

Sie fanden sich in einem der Außenbezirke der Stadt wieder. Valonas neues Kleid hatte Schweißflecken.

»Ich kann nicht mehr laufen!« keuchte Rik.

»Wir müssen!«

»Aber nicht so. Hör zu!« Er leistete heftigen Widerstand, als ihn Valona weiterziehen wollte. »Hör mir zu! Warum tun wir nicht, was der Bäcker gesagt hat?«

»Woher willst du wissen, was er mit uns vorhatte?«

»Wir sollten so tun, als seien wir von einem anderen Planeten. Er hat uns dies hier gegeben.« Er zog das kleine, schwarze Rechteck aus der Tasche, betrachtete es von beiden Seiten und versuchte, es zu öffnen, als sei es ein kleines Buch.

Es ging nicht, es war ein einzelnes Blatt. Er tastete es ab, und als seine Finger eine der Ecken berührten, fühlte er, wie es nachgab. Die ihm zugewandte Seite wurde milchig weiß, und eine enge Schrift erschien auf der Oberfläche. Sie war schwer zu entziffern, obwohl er sorgfältig Silbe für Silbe zu buchstabieren begann.

»Das ist ein Paß«, sagte er schließlich.

»Ein was?«

»Etwas, mit dem wir Florina verlassen können.« Er war seiner Sache sicher. Es war ihm plötzlich eingefallen, ein einziges Wort: Paß. »Verstehst du nicht? Er wollte, daß wir Florina verlassen – mit einem Raumschiff! Und das werden wir tun.«

»Nein! Sie haben ihn doch umgebracht. Das geht nicht, Rik!«

»Aber es wäre das allerbeste, weil sie es am wenigsten von uns erwarten. Wir werden natürlich nicht das Schiff nehmen, zu dem er uns führen wollte. Wahrscheinlich bewachen sie es. Wir nehmen ein anderes. Irgendein Raumschif – die Worte klangen in ihm nach.

Ob seine Idee gut war oder nicht, kümmerte ihn wenig. Er wollte in einem Raumschiff sein, er wollte in den Weltraum.

»Bitte, Lona!«

»Gut, wenn du es wirklich für richtig hältst ... Ich weiß, wo der Raumhafen ist.«

Sie gingen weiter, und nur ein leichtes Unbehagen pochte vergeblich an Riks Gedächtnis. Irgendeine Erinnerung, nicht aus der fernen, sondern aus der allerjüngsten Vergangenheit. Irgend etwas, an das er sich erinnern mußte, aber nicht konnte. Irgend etwas ...

Der Florinier am Eingangstor des Raumhafens hatte an jenem Tag genügend Aufregungen erlebt. Doch es waren Aufregungen, die ihn nicht selbst betrafen. Er hatte am vorangegangenen Abend die Gerüchte über Angriffe auf Polizeibeamte und waghalsige Fluchten gehört. Und an diesem Morgen nun munkelte man sogar etwas über ermordete Polizisten.

Er wagte nicht, seinen Posten zu verlassen, aber er reckte den Hals und beobachtete, wie die Airowagen vorbeizischten, wie die Beamten der Streife mit verkniffenen Gesichtern den Raumhafen verließen, wie das Kontingent der im Raumhafen stationierten Mannschaft verringert und verringert wurde, bis schließlich nichts mehr übrigblieb.

Man pfropft die Stadt mit Polizeibeamten voll, dachte er und war verängstigt und zugleich in gehobener Stimmung. Warum freute er sich eigentlich so, daß Angehörige der Polizei ermordet worden waren? Sie hatten ihn nie schikaniert, wenigstens nicht sehr. Er hatte einen guten Posten. Er war kein dummer Bauer. Aber er freute sich.

Er hatte kaum Zeit für das Paar, das vor ihm stand, schwitzend in der unbequemen ausländischen Kleidung, die es sofort als Fremde kennzeichnete. Die Frau schob ihm einen Paß zu. Ein Blick auf sie – ein Blick auf den Paß – ein Blick auf die Liste der Platzreservierungen. Er drückte auf einen Knopf, und zwei durchsichtige Filmbänder sprangen heraus.

»In Ordnung, gehen Sie weiter«, sagte er ungeduldig. »Und binden Sie dies an die Handgelenke.«

»Welches ist unser Schiff, bitte?« fragte die Frau höflich.

Das war ihm angenehm. Fremde waren selten auf dem Raumhafen. In den letzten Jahren waren sie immer seltener geworden. Doch wenn sie kamen, dann verhielten sie sich weder wie Polizeibeamte noch wie Großherren. Sie schienen nicht zu wissen, daß man selbst nur ein Florinier war, und sie sprachen höflich mit einem.

Er kam sich sofort fünf Zentimeter größer vor. »Flugsteig siebzehn, gnädige Frau. Ich wünsche Ihnen eine angenehme Reise nach Wotex«, sagte er weltmännisch.

Dann wandte er sich wieder seiner Beschäftigung zu, die an jenem Tag darin bestand, heimlich Freunde in der Stadt anzurufen, um das Neueste zu erfahren, und zu versuchen – dies noch heimlicher –, private Energiestrahl-Gespräche abzuhören, die in der oberen Stadt geführt wurden.

Erst nach einigen Stunden stellte er fest, daß er einen schrecklichen Fehler begangen hatte.

»Dieses dort!« flüsterte Rik und deutete auf ein Raumschiff.

Valona betrachtete es zweifelnd. Es war wesentlich kleiner als das auf Flugsteig 17. Vier Luftschleusenkammern gähnten an der Seite, auch der Haupteingang stand offen. Eine Rampe führte wie eine ausgestreckte Zunge zum Boden.

»Es wird gerade gelüftet«, sagte Rik. »Man lüftet die Passagierschiffe vor dem Flug, damit der verbrauchte Sauerstoff abzieht.«

Es war kein Polizeibeamter zu sehen, als sie mit weichen Knien die Rampe hinaufgingen. Die Zivilangestellten waren mit ihren eigenen Angelegenheiten beschäftigt.

Als sie das Raumschiff betraten, biß der Luftzug in ihre Gesichter, und Valonas Kleid bauschte sich auf, so daß sie es mit den Händen festhalten mußte.

»Ist das immer so?« fragte Valona. Sie preßte die Lippen zusammen, und ihr Herz hämmerte.

»Nein«, sagte Rik. »Nur während der Belüftung.«

Er ging wie berauscht durch die Gänge und prüfte die leeren Kabinen.

Er sprach ra. .. »Lebensmittel brauchen wir keine. Wir kommen ohne Nahrung aus, aber wir brauchen Wasser.«

Er durchsuchte die Geräteschränke und fand einen großen, verschließbaren Behälter. Er blickte sich nach dem Wasserhahn um und murmelte atemlos: »Hoffentlich haben sie nicht vergessen, die Wassertanks zu füllen!« Dann lächelte er erleichtert, als das Geräusch der Pumpen einsetzte und ein Strahl aus dem Hahn floß.

Rik dachte angestrengt darüber nach, wie sie der Entdeckung entgehen konnten. Wieder versuchte er sich an etwas zu erinnern. Immer noch stieß er gelegentlich auf solche Lücken in seinem Gedächtnis und leugnete dann feige ihre Existenz.

Er fand einen kleinen Raum mit Feuerlöschern, Medikamenten, Verbandszeug und Schweißgeräten.

»Hier kommen sie nur in Notfällen herein«, sagte er, selbst nicht ganz überzeugt. »Fürchtest du dich, Valona?«

»Mit dir fürchte ich mich nicht.« Noch vor zwei Tagen, nein, noch vor zwölf Stunden war es umgekehrt. Aber an Bord eines Raumschiffs waren die Rollen vertauscht. Rik war nun der Erwachsene und sie das Kind.

»Wir werden das Licht nicht einschalten können, weil sie den Stromabfluß bemerken würden. Und die Toiletten können wir erst nach der letzten Pilotenablösung benutzen.«

Der Luftzug blieb plötzlich aus. Stille trat ein.

»Jetzt gehen sie bald an Bord. Und dann sind wir draußen im Weltraum.«

Valona hatte noch nie solche Freude in Riks Gesicht gesehen. Er war wie ein Liebender, der zum Stelldichein geht.

Wenn sich Rik an diesem Morgen beim Erwachen wie ein Mann gefühlt hatte, dann mußte er sich nun wie ein Gigant vorkommen. Seine Arme schienen die ganze Länge der Milchstraße zu umspannen. Die Sterne waren seine Murmeln, und die Nebel waren Spinnweben, die man wegfegt.

Er war in einem Raumschiff. Erinnerungen kamen zurück in einer langen Kette; andere erloschen, um für neue Platz zu machen. Er vergaß die Kyrtfelder und die Fabrik.

Er war in einem Raumschiff!

Wenn man ihn schon früher in ein Schiff gebracht hätte, dann wären seine ausgebrannten Gehirnzellen vielleicht schneller geheilt.

Er sprach leise mit Valona in der Dunkelheit. »Du brauchst keine Angst zu haben. Du wirst eine Erschütterung spüren und ein Geräusch hören; das sind die Motoren. Du wirst ein schweres Gewicht auf dir fühlen; das ist die Akzeleration.«

Es gab kein florinisches Wort darüber. Valona verstand es nicht.

»Tut es weh?« fragte sie.

»Es wird sehr unangenehm sein, weil wir keine Anti-Akzelerationsvorrichtung haben, die den Druck abnimmt. Aber es dauert nicht lange. Stell dich an diese Wand, und wenn du fühlst, daß du dagegengepreßt wirst, dann entspanne dich. Mach dich ganz lokker. Paß auf! Es fängt an!«

Er hatte die rechte Wand gewählt, und als das Tosen der Hyperatom-Motoren anschwoll, verlagerte sich die Schwerkraft, und die senkrechte Wand schien mehr und mehr waagrecht zu werden.

Valona stöhnte und atmete schwer. Die Kehlen und Brustkörbe taten ihnen weh, als ihre Lungen sich mühten, ein wenig Luft einzuatmen.

Rik gelang es, Wörter hervorzukeuchen, irgendwelche Wörter, um Valonas Angst vor dem Unbekannten zu mildern. Es war ja nur ein Raumschiff, ein wundervolles Raumschiff. Aber sie war noch nie in einem Raumschiff gewesen.

»Jetzt kommt der Sprung. Das Schiff stößt dabei durch den großen Raum und überspringt einen großen Teil der Entfernung zwischen den Sternen. Das braucht dich nicht zu beunruhigen. Wir werden nur einen kleinen Ruck spüren, dann ist es vorüber.« Er sprach Silbe um Silbe, und es dauerte lange, bis er den Satz vollendet hatte.

Plötzlich hob sich das Gewicht von ihren Brustkörben, und die unsichtbaren Ketten, die sie an die Wand gefesselt hatten, fielen ab. Keuchend stürzten sie zu Boden.

»Bist du verletzt, Rik?« fragte Valona nach einer Weile.

»Ich, verletzt?« Er lachte. Er hatte noch nicht den Atem wiedergefunden, aber er lachte bei dem Gedanken, daß er sich in einem Raumschiff verletzt haben könnte.

»Ich habe jahrelang in einem Raumschiff gelebt. Manchmal bin ich monatelang nirgends gelandet.«

»Warum nicht?«

Er legte einen Arm um ihre Schulter.

»Warum nicht?« fragte sie noch einmal.

Rik konnte sich nicht erinnern, warum. Er hatte es getan. Er war äußerst ungern auf einem Planeten gelandet. Aus irgendeinem Grund war er am liebsten im Raum gewesen, doch er konnte sich nicht daran erinnern, weshalb. Wieder wich er der Gedächtnislücke aus. »Ich hatte eine Aufgabe«, sagte er.

»Ja, ich weiß. Du hast das Nichts analysiert.«

»Das stimmt.« Er freute sich. »Weißt du, was das bedeutet?«

»Nein.«

Er erwartete nicht, daß sie es verstand, aber er mußte reden. Er mußte in der Erinnerung schwelgen, mußte sich an der Tatsache berauschen, daß er sich vergangene Dinge ins Gedächtnis zurückrufen konnte.

»Siehst du«, sagte er, »alle Stoffe im Universum bestehen aus einer Reihe von bestimmten Substanzen. Wir nennen diese Substanzen Elemente. Eisen und Kupfer sind solche Elemente.«

»Ich dachte, das seien Metalle.«

»Das sind es auch, aber gleichzeitig sind es Elemente – ebenso Sauerstoff und Stickstoff, Kohlenstoff und Palladium. Die wichtigsten Elemente aber sind Wasserstoff und Helium. Es sind die einfachsten und häufigsten. Fünfundneunzig Prozent des Universums bestehen aus Wasserstoff, und der größte Teil der restlichen fünf Prozent ist Helium, sogar im Weltraum.«

»Man hat mir einmal erzählt, der Weltraum sei ein Vakuum. Es sei nichts darin. War das falsch?«

»Nicht ganz. Es ist beinahe nichts darin. Aber als Raumanalytiker habe ich im Weltraum winzige Mengen von Elementen gesammelt und analysiert, das heißt, ich habe festgestellt, wie hoch der Prozentsatz an Wasserstoff, Helium und anderen Elementen war.«

»Warum?«

»Nun, das ist schwer zu erklären. Die Verteilung der einzelnen Elemente im Weltraum ist nicht überall die gleiche. In manchen Regionen gibt es mehr Helium als normal, in anderen mehr Natrium und so weiter. Diese Gebiete, in denen ein bestimmtes Element konzentriert ist, ziehen sich durch den Weltraum wie Ströme. Und so nennen wir sie auch ›die Raumströme‹. Es ist wichtig zu wissen, wie diese Ströme verlaufen, weil man daraus schließen kann, wie das Universum erschaffen worden ist und es sich weiterentwickelt. – Außerdem habe ich die Dichte des Weltraums festgestellt. Sie ist an den einzelnen Orten verschieden, und die Raumpiloten müssen genaue Angaben darüber haben, damit sie exakt den großen Raum überspringen können. Es ist wie . . .« Er brach ab. Valona wartete, daß er fortführe. Aber er schwieg.

»Rik? Was ist los? Rik?«

Er schwieg. Sie packte ihn an den Schultern. »Rik! Rik!«

Es war die Stimme des alten Rik, die antwortete. Sie war schwach, alle Freude und alles Selbstvertrauen waren aus ihr verschwunden. »Lona, wir haben einen Fehler gemacht.«

»Wieso?«

Er zitterte am ganzen Körper, und Valona versuchte vergeblich, ihm den Schweiß von der Stirn zu wischen.

»Wir hätten nicht weglaufen sollen.«

»Warum nicht? Warum nicht?«

»Wir hätten wissen müssen, daß der Bäcker nicht mit Scherereien rechnete, wenn er uns bei hellem Tageslicht hinausführte. Erinnerst du dich an den Polizisten, der ihn getötet hat?«

»Ja.«

»Erinnerst du dich an sein Gesicht?«

»Ich habe nicht gewagt, ihn anzuschauen.«

»Aber ich. Und es ist mir etwas daran aufgefallen – aber ich habe nicht gedacht! Ich habe nicht gedacht! Lona, das – war kein Polizist! Das war der Ortsverwalter, Lona! Der Ortsverwalter in einer Polizeiuniform!«

Die Großherrin

Samia von Fife war genau eins zweiundfünfzig groß. Und ihre ganzen hundertzweiundfünfzig Zentimeter befanden sich im Zustand heftiger Empörung. Sie wog pro Zentimeter etwas mehr als ein halbes Pfund, und im Augenblick verkörperte jedes ihrer achtzig Pfund fünfhundert Gramm soliden Ärgers.

Sie ging rasch in der Empfangshalle des Raumhafens hin und her. Ihr dunkles Haar war hochfrisiert, ihre verzierten Absätze verliehen ihr eine unechte Höhe, und ihr schmales Kinn, betont durch ein Grübchen, zitterte vor Zorn.

»Nein!« sagte sie. »Das tut er mir nicht an. Das *kann* er mir nicht antun, Kapitän!«

Seine Stimme war ruhig und respekteinflößend. Kapitän Racety beugte sich dem Gewitter. »Gnädige Frau?«

Für jeden Florinier wäre Kapitän Racety natürlich ein Großherr gewesen, nichts anderes. Für jeden Florinier waren alle Sarkiten Großherren. Aber für die Sarkiten selbst gab es Großherren und *wirkliche* Großherren. Kapitän Racety war einfach ein Großherr. Samia von Fife war ein *wirklicher* Großherr oder vielmehr das weibliche Gegenstück zu einem solchen, was das gleiche bedeutete.

»Gnädige Frau?« fragte er nochmals.

»Man kann mich nicht herumkommandieren. Ich bin mein eigener Herr. Ich bin entschlossen, hierzubleiben.«

»Bitte verstehen Sie doch, gnädige Frau«, sagte der Kapitän vorsichtig. »Ich bin weit davon entfernt, Sie zu kommandieren. Man hat mich nicht um meine Meinung gefragt. Man hat mir einfach und strikt gesagt, was ich tun soll.«

Er griff nach der Abschrift seiner Befehle. Er hatte schon zweimal versucht, ihr das Beweisstück zu präsentieren, und sie hatte es nicht eines Blickes gewürdigt, als ob sie durch beharrliches Nicht-Hinschauen weiterhin leugnen könnte, wo seine Pflicht lag.

Wieder sagte sie, genau wie schon vorher einmal: »Ihre Befehle interessieren mich nicht.«

Sie wandte sich ab und ging rasch davon.

Er folgte ihr und sagte sanft: »Für den Fall, daß Sie nicht bereit sind, mitzukommen, enthält mein Befehl dahingehende Anweisungen, daß ich – verzeihen Sie –, daß ich Sie zum Schiff führen lassen muß.«

Sie fuhr herum. »Das werden Sie nicht wagen!«

»Wenn ich bedenke, wer mir diesen Befehl gegeben hat, wage ich alles.«

Sie versuchte es mit Schmeichelei. »Gewiß, Kapitän. Aber es besteht doch wirklich keine ernste Gefahr. Ich finde das einfach lächerlich. Die Stadt ist friedlich. Schließlich ist nichts weiter geschehen, als daß gestern nachmittag ein Polizist in der Bibliothek niedergeschlagen wurde!«

»Ein weiterer wurde heute früh ermordet, abermals durch einen florinischen Attentäter!«

Ihre hellbraune Haut wurde dunkel, und ihre schwarzen Augen funkelten. »Und was hat das mit mir zu tun? Bin ich ein Polizist?«

»Gnädige Frau, das Schiff wird eben vorbereitet. Es startet in wenigen Minuten. Sie werden an Bord sein müssen.«

»Und meine Arbeit? Und meine Forschungen? Begreifen Sie denn nicht, daß ich . . . Nein, Sie begreifen es nicht.«

Der Kapitän antwortete nicht. Sie hatte sich von ihm abgewandt. Ihr schimmerndes Kleid aus Kupferkyrt mit Streifen aus milchigem Silber hob die warme Glätte ihrer Schultern und Oberarme hervor. Kapitän Racety sah sie mit etwas mehr als der bescheidenen Höflichkeit an, die ein gewöhnlicher Sarkit einer großen Dame schuldete. Er fragte sich, weshalb ein solch begehrenswertes, mundgerechtes Häppchen seine Zeit ausgerechnet damit verbringen wollte, das Tun eines verschrobenen Gelehrten nachzuahmen.

Samia wußte gut, daß ihre Gelehrsamkeit einen Gegenstand des Spotts aus ihr machte. Die Leute waren an den Gedanken gewöhnt, daß die aristokratischen Damen von Sark ausschließlich den Glanz der Gesellschaft erhöhen sollten und gelegentlich als Brutapparate dienten. Samia machte sich nichts daraus.

Es konnte geschehen, daß Frauen zu ihr sagten: »Schreiben Sie tatsächlich ein Buch, Samia?« und kichernd darum baten, es sehen zu dürfen.

Die Männer waren noch schlimmer in ihrer wohlwollenden Herablassung und der offensichtlichen Überzeugung, daß es nur eines Blickes bedürfte oder eines männlichen Arms, der sich um ihre Hüften legte, um sie von ihrer Marotte abzubringen und ihre Gedanken auf Dinge von wirklicher Wichtigkeit zu lenken.

Ihr Interesse für Kyrt war fast so alt wie sie selbst, weil sie immer in diesen Stoff verliebt war, während ihn die meisten Menschen als selbstverständlich hinnahmen. Kyrt, der König, Kaiser, Gott der Stoffe! Es gab kein Wort, das stark genug war. Chemisch gesehen war Kyrt nichts anderes als eine Spielart der Zellulose –

die Chemiker schworen darauf. Aber mit all ihren Instrumenten und Theorien konnten sie nicht erklären, weshalb auf Florina, und nur auf Florina, aus Zellulose Kyrt wurde. Es war dem physikalischen Zustand zuzuschreiben – so wenigstens sagten sie. Aber wenn man sie fragte, in welcher Weise der physikalische Zustand des Kyrt sich von dem der gewöhnlichen Zellulose unterschied, blieben sie stumm.

Samia hatte von diesem allgemeinen Unwissen zuerst durch ihre Kinderschwester gehört.

»Warum glänzt es so, Nanny?«

»Weil es Kyrt ist, Miakind.«

»Warum glänzen dann andere Dinge nicht so, Nanny?«

»Andere Dinge sind nicht aus Kyrt, Miakind.«

Da hat man's! Erst vor drei Jahren war eine zweibändige Monographie über das Thema erschienen. Samia hatte das Werk aufmerksam gelesen, doch sein Inhalt hätte ebensogut auf den kurzen Nenner Nannys gebracht werden können. Kyrt war Kyrt, weil es Kyrt war. Dinge, die nicht Kyrt waren, waren nicht Kyrt, weil sie nicht Kyrt waren.

Natürlich glänzte Kyrt nicht von selbst. Aber richtig gesponnen, schimmerte es metallisch in der Sonne, in einer Vielzahl von Farben oder in allen Farben zugleich. Eine andere Art der Bearbeitung verlieh dem Faden ein diamantenes Glitzern. Kyrt konnte ohne große Mühe gegen Hitze bis zu 600 Grad Celsius widerstandsfähig gemacht werden und völlig unempfindlich für fast alle Chemikalien. Die Kyrtfasern konnten feiner gesponnen werden als die allerfeinsten synthetischen Stoffe, und doch hatten sie eine Zugfestigkeit, die von keiner bekannten Stahllegierung erreicht wurde.

Für Kyrt gab es mehr Anwendungsmöglichkeiten als für irgendeine andere den Menschen bekannte Substanz. Wenn er nicht so teuer gewesen wäre, hätte man ihn anstelle von Glas, Metall oder Plastik in unzähligen Industriezweigen benutzen können. Kyrt war tatsächlich das einzige Material, das sich als Gußform für Hydrochrone eignete, die man in den Hyperatom-Motoren verwandte, oder als leichtes, langlebiges Material, wo Metall zu brüchig oder zu schwer war oder beides.

Doch dies war, wie gesagt, nur eine kleine Zahl der Anwendungsmöglichkeiten. Der Gebrauch in großen Mengen verbot sich von selbst. Der größte Teil der Kyrternte Florinas wanderte in die Textilfabriken, und aus den dort erzeugten Stoffen wurden die herrlichsten Gewänder in der Geschichte der Milchstraße hergestellt. Florina bekleidete die Aristokraten von einer Million Himmelskörpern, und die Kyrternte dieses einen Planeten war hierfür eine dürftige Quelle. Zwanzig Frauen auf einem Planeten konnten kyrtene Alltagskleidung tragen; zweitausend besaßen vielleicht ein Festtagskleid oder ein Paar Handschuhe aus diesem Stoff. Zwanzig Millionen und mehr sahen aus der Ferne zu und hatten nichts als den Wunsch danach.

Als Samia älter geworden war, ging sie zu ihrem Vater.

»Was ist Kyrt, Pa?«

»Dein täglich Brot, Mia.«

»Meins?«

»Sarks tägliches Brot, Mia.«

Natürlich! Keinen einzigen Planeten in der Milchstraße außer Florina war es gelungen, Kyrt anzubauen. Zuerst hatte Sark für jedermann, ob Einheimischer oder Fremder, die Todesstrafe eingeführt, der Kyrtsamen auf andere Planeten zu schmuggeln versuchte. Dies hatte erfolgreichen Schmuggel natürlich nicht verhindert. Doch im Laufe der Jahrhunderte stellte sich heraus, daß Kyrt überall in der Milchstraße außer Florina nichts als gewöhnliche Zellulose war – weiß, schwach und nutzlos. Nicht einmal ehrliche Baumwolle konnte man aus Kyrtsamen ziehen. Das Gesetz wurde abgeschafft, und jedermann konnte Kyrtsamen ausführen.

Woran lag es? An der Erde? An der Strahlung der Sonne Florinas? Oder an der florinischen Bakterienflora? Man hatte alles versucht. Proben florinischer Erde waren auf andere Planeten gebracht worden. Man hatte Lampen konstruiert, deren Licht genau dem Spektrum der Sonne Florinas entsprach. Der Boden anderer Planeten war mit florinischen Bakterienkulturen geimpft worden – und stets brachte der Kyrtsamen weiße, nutzlose Zellulose hervor.

Fünf Jahre lang hatte Samia davon geträumt, das Geheimnis des Kyrt zu erforschen, ein Buch über die Geschichte des Kyrt zu schreiben, über das Land, in dem er wuchs, und über die Menschen, die ihn anbauten.

Dieser Traum wurde zwar spöttisch belächelt, aber sie hielt an ihm fest. Sie hatte darauf bestanden, nach Florina zu reisen. Sie wollte eine Saison in den Kyrtfeldern verbringen und einige Monate in den Fabriken. Deshalb war sie hier.

Nun wurde sie zurückbefohlen.

Mit der Impulsivität, die jede ihrer Handlungen kennzeichnete, faßte sie ihren Entschluß. Auf Sark würde sie besser gegen diesen Befehl ankämpfen können als von hier aus. Sie schwor sich, in einer Woche wieder auf Florina zu sein. Sie wandte sich um und sagte kühl zum Kapitän: »Also gut. Wann starten wir?«

Samia blieb an der Beobachtungsluke stehen, solange Florina als Kugel sichtbar blieb. Es war eine grüne, frühlingshafte Welt, und das Klima war wesentlich angenehmer als das von Sark. Sie hatte sich darauf gefreut, die Einheimischen zu studieren. Sie mochte die Florinier auf Sark nicht – marklose Männer, die es nicht wagten, sie anzuschauen, und den Kopf abwandten, wenn sie vorübergingen, wie das Gesetz es vorschrieb. Auf ihrem eigenen Planeten aber sollten die Florinier glücklich und sorglos sein, wie man allgemein hörte, verantwortungslos zwar wie Kinder, aber charmant.

Kapitän Racety unterbrach ihre Gedanken. »Gnädige Frau, dürfte ich Sie bitten, in Ihre Kabine zu gehen?«

Sie blickte auf. Eine winzige, senkrechte Falte stand zwischen ihren Augen. »Was für neue Befehle haben Sie erhalten, Kapitän? Bin ich eigentlich eine Gefangene?«

»Natürlich nicht. Es ist nur eine Vorsichtsmaßnahme. Der Raumhafen war vor unserem Start kaum bewacht. Es ist ein weiterer Mord begangen worden, abermals von einem Florinier, und die auf dem Raumhafen stationierte Polizeimannschaft war in die Stadt abkommandiert worden.«

»Und was hat das mit mir zu tun?«

»Es könnte sein, daß unter diesen Umständen Personen unerlaubt an Bord des Schiffes gekommen sind ...«

»Warum?«

»Das kann ich nicht sagen. Aber wahrscheinlich nicht zu unserem Vergnügen.«

»Sie haben viel Phantasie, Kapitän.«

»Ich fürchte, nein, gnädige Frau. Unsere Energie-Meßgeräte waren innerhalb planetarischer Distanz von der Sonne Florinas natürlich wirkungslos. Aber das ist nun nicht mehr der Fall, und ich fürchte, es ist ein eindeutiges Übermaß an Wärmestrahlung aus dem Geräteraum festzustellen.«

»Sprechen Sie im Ernst?«

Der Kapitän betrachtete sie einen Augenblick abwesend. »Die Strahlung entspricht der von zwei erwachsenen Menschen.«

»Es wird jemand vergessen haben, eine Heizungseinheit auszuschalten.«

»Wir können keine Inanspruchnahme unserer Energievorräte feststellen. Wir wollen der Sache eben auf den Grund gehen, und ich darf Sie deshalb bitten, in Ihre Kabine zurückzukehren.«

Sie nickte wortlos und ging. Zwei Minuten später sprach er mit ruhiger Stimme in die Bordverständigungsanlage: »Öffnet den Geräteraum«!

Myrlyn Terens wäre, wenn er seinen gespannten Nerven auch nur ein wenig nachgegeben hätte, leicht und sogar nicht ungern in Hysterie verfallen. Er war ein paar Minuten zu spät in die Bäckerei zurückgekehrt. Sie hatten den Laden bereits verlassen, und es war nur einem glücklichen Zufall zu danken, daß er sie auf der Straße traf. Seine nächste Handlung war ihm von den Umständen aufgezwungen worden. Es war keineswegs sein freier Wille.

Und was konnte er danach tun, als der Bäcker tot war, die Menge auseinanderstob, Rik und Lona zwischen den Fliehenden untergingen und die Airowagen der Polizeistreife, der wirklichen Polizeibeamten, wie Geier über ihm auftauchten?

Seinen ersten Impuls, Rik und Valona nachzujagen, unterdrückte er rasch. Es hätte zu nichts geführt. Er hätte sie niemals gefunden, und die Wahrscheinlichkeit, daß ihn die Polizei aufgriff, war zu groß. Er hastete zurück zur Bäckerei.

Seine einzige Chance lag in der Organisation der Polizeibeamten selbst. Sie führten seit Generationen ein geruhsames Leben. Es hatte seit zwei Jahrhunderten keine nennenswerten Revolten gegeben. Die Institution der Ortsverwalter (Terens grinste wütend bei dem Gedanken) hatte Wunder gewirkt, und die Polizisten übten seitdem nur noch eine schablonenhafte Polizeifunktion aus. Ihnen mangelte die ausgereifte Zusammenarbeit, die sich unter härteren Bedingungen entwickelt hätte.

Es war ihm möglich, in der Morgendämmerung in eine Polizeistation einzutreten, die seinen Steckbrief zweifellos schon erhalten hatte. Der einzige diensttuende Beamte war eine Mischung aus Gleichgültigkeit und übler Laune. Er fragte Terens nach seinem Begehr. Aber sein Begehr hatte mit einer Stange zu tun, die er von einem Schuppen in den Außenbezirken der Stadt gebrochen hatte.

Er ließ sie auf den Schädel des Polizisten niedersausen und wechselte Kleidung und Waffen. Die Liste seiner Verbrechen war bereits so erschreckend, daß es ihn nicht im mindesten beunruhigte, als er feststellte, daß er den Beamten nicht betäubt, sondern getötet hatte.

Trotz allem war er immer noch auf freiem Fuß, und die rostige Maschinerie der Justiz hatte bisher vergeblich hinter ihm geknarrt.

Terens kam zu der Bäckerei. Der alte Gehilfe des Bäckers, der unter der Tür stand und vergeblich versuchte, etwas über den Grund der Unruhe zu erfahren, kreischte beim Anblick der gefürchteten Uniform auf und verschwand im Laden.

Terens stürmte ihm nach und packte den Mann am mehlbestäubten Kragen. »Was hatte der Bäcker vor?«

Der Alte öffnete den Mund, aber kein Laut kam heraus.

»Ich habe vor zwei Minuten einen Mann getötet«, sagte Terens. »Es kommt mir nicht darauf an, wenn ich noch einen umbringe!«

»Ich weiß von nichts, Herr!«

»Du stirbst auf der Stelle, wenn du nichts weißt!«

»Aber er hat es mir nicht gesagt. Er hat irgendwelche Plätze reservieren lassen.«

»Das hast du also belauscht, nicht wahr? Los! Was hast du noch gehört?«

»Er sprach von Wotex. Ich glaube, die Platzreservierung war für ein Raumschiff.«

Terens stieß ihn zur Seite. Er konnte erraten, was Rik und Lona tun würden. Rik war natürlich unzurechnungsfähig, aber Valona war ein intelligentes Mädchen. Aus der Art, wie sie gelaufen waren, konnte er schließen, daß sie ihn tatsächlich für einen Polizeibeamten gehalten hatten, und Valona würde es zweifellos für das Sicherste halten, die Flucht, die der Bäcker mit ihnen begonnen hatte, fortzusetzen.

Der Bäcker hatte Plätze für sie reservieren lassen. Ein Raumschiff würde bereitstehen. Dort mußten sie sein. Und er mußte vor ihnen dort sein.

Wenn er Rik verlor, wenn er diese Waffe gegen die sarkitischen Tyrannen verlor, kam es auf sein Leben nicht mehr an.

Deshalb ging er bei hellem Tageslicht bedenkenlos durch die Straßen, obwohl jetzt die Polizisten wissen mußten, daß sie es mit einem Mann in ihrer Uniform zu tun hatten.

Terens kannte den Raumhafen. Es gab nur einen dieser Art auf dem Planeten. In der oberen Stadt befand sich zwar ein Dutzend kleiner Häfen für den Privatgebrauch der Raumjachten, und mehrere hundert weitere waren über den ganzen Planeten verstreut, die ausschließlich für die schwerfälligen Frachter bestimmt waren, die riesige Ladungen Kyrtstoff nach Sark beförderten und Maschinen und einfache Gebrauchsgüter zurückbrachten. Doch unter all diesen Raumhäfen war nur dieser eine für gewöhnliche Reisende vorgesehen – für die ärmeren Sarkiten, florinische Regierungsangestellte und die wenigen Fremden, die die Erlaubnis erhielten, Florina zu besuchen.

Der Florinier am Eingang des Hafens zeigte alle Anzeichen lebhaften Interesses, als er Terens kommen sah. Das Vakuum, das ihn umgab, war unerträglich geworden.

»Gruß, Herr«, sagte er. Es lag ein verschmitzter Eifer in seinem

Ton. Schließlich waren Polizeibeamte ermordet worden. »Beträchtliche Aufregung in der Stadt, nicht wahr?«

Terens schnappte nicht nach dem Köder. Er hatte den Mützenschirm tief ins Gesicht gezogen und die obersten Knöpfe seiner Uniform geschlossen.

Barsch fuhr er ihn an: »Haben vor kurzer Zeit zwei Personen, ein Mann und eine Frau, den Raumhafen betreten? Sie hatten Karten nach Wotex.«

Der Kontrolleur erschrak. Er schluckte und sagte dann in einem wesentlich unterwürfigeren Ton: »Ja, Herr. Ungefähr vor einer halben Stunde. Vielleicht auch früher.« Plötzlich errötete er. »Aber sie hatten Platzreservierungen, die völlig in Ordnung waren. Ich würde Fremde nicht ohne ordnungsgemäße Papiere durchlassen.«

Ordnungsgemäße Papiere! Der Bäcker hatte es also fertiggebracht, im Laufe einer Nacht ordnungsgemäße Papiere zu beschaffen. Terens fragte sich, wie tief in die sarkitische Verwaltung der trantorinische Spionageapparat eigentlich reichte.

»Welchen Namen gaben sie an?«

»Gareth und Hansa Barne.«

»Ist ihr Schiff schon gestartet? Ein bißchen schneller, Mann!«

»Nein, Herr.«

»Flugsteig?«

»Siebzehn.«

Terens zwang sich vergeblich, langsam zu gehen. Hätte ein echter Polizeibeamter ihn gesehen, dann wäre dieser unwürdige halbe Laufschritt sein letzter Ausflug in die Freiheit gewesen.

Ein Raumpilot in Offiziersuniform stand an der Haupt-Luftschleuse.

Terens atmete rasch. »Sind Gareth und Hansa Barne schon an Bord gegangen?«

»Nein«, sagte der Raumpilot gleichgültig. Er war Sarkit, und für ihn war ein Polizist nichts als ein Mann in Uniform. »Wollen Sie eine Nachricht für sie hinterlassen?«

Terens verlor die Geduld. »Sie sind also nicht an Bord?«

»Genauso ist es. Und wir warten nicht auf sie. Wir starten zur vorgesehenen Zeit, mit oder ohne die Barnes.«

Terens ging zurück und fragte den Kontrolleur: »Sind sie wieder fort?«

»Fort? Wer, Herr?«

»Die Barnes! Sie sind nicht im Raumschiff. Haben sie den Hafen wieder verlassen?«

»Meines Wissens nicht, Herr.«

»Gibt es noch andere Ausgänge?«

»Nein, dies ist der einzige, Herr.«

»Dann such sie, du miserabler Idiot!«

Der Mann betätigte erschrocken die Verständigungsanlage. Kein Beamter hatte jemals so zornig mit ihm gesprochen, und er fürchtete die Folgen. Nach zwei Minuten sagte er: »Niemand hat den Raumhafen verlassen, Herr.«

Terens starrte ihn an. Unter seiner schwarzen Mütze klebte das helle Haar feucht an seinem Schädel, und an jeder Wange lief eine glitzernde Spur Schweiß herab.

»Hat seither irgendein anderes Schiff den Hafen verlassen?«

Der Kontrolleur prüfte die Zeittafel. »Eines«, sagte er. »Das Passagierschiff ›Dynamik‹.«

Und in dem Bestreben, durch freiwillige Auskunft die Gunst des zornigen Polizeibeamten zu erlangen, fuhr er fort: »Die ›Dynamik‹ ist auf Sonderfahrt und bringt die Großherrin Samia von Fife von Florina nach Sark zurück.

Er erwähnte nicht, durch welche raffinierte Abhörmethode es ihm gelungen war, sich darüber zu informieren.

Für Terens spielte das jetzt keine Rolle.

Er ging langsam zurück. Rik und Valona hatten den Raumhafen betreten. Sie waren nicht festgenommen worden, sonst hätte es der Kontrolleur gewußt. Sie waren nicht in dem Raumschiff, für das ihre Karten lauteten. Sie hatten den Hafen nicht wieder verlassen. Das einzige Schiff, das den Hafen verlassen hatte, war die ›Dynamik‹.

Also mußten Rik und Valona an Bord dieses Schiffes sein, vielleicht als Gefangene, vielleicht als blinde Passagiere.

Und dies bedeutete das gleiche. Denn wenn sie jetzt noch blinde Passagiere waren, würden sie bald Gefangene sein. Nur ein florinisches Bauernmädchen und ein Geistesgestörter vergegenwärtigten sich nicht, daß man in einem modernen Raumschiff nicht als blinder Passagier reisen konnte.

Und von allen Raumschiffen, die sie wählen konnten, wählten sie ausgerechnet das, in dem die Tochter des Großherrn von Fife reiste – des Großherrn von Fife!

Der Großherr

Der Großherr von Fife war der bedeutendste Mann auf Sark, und deshalb mochte er nicht, daß man ihn stehen sah. Wie seine Tochter war auch er klein, aber im Gegensatz zu ihr war er dabei keineswegs hervorragend gewachsen; denn schuld an der mangelnden Körpergröße waren hauptsächlich seine Beine. Sein Rumpf war kräftig und sein Kopf zweifellos majestätisch. Aber sein Körper ruhte auf stummelhaften Beinen, die schwerfällig watschelten, wenn sie ihre Last trugen. Deshalb saß er hinter seinem Schreibtisch, und niemand außer seiner Tochter, den Leibdienern und – als sie noch gelebt hatte – seiner Frau hatte ihn je anders gesehen.

Dort wirkte er ganz als der Mann, der er war. Sein großer Kopf mit dem breiten, fast lippenlosen Mund, der ausgeprägten Nase und dem spitzen, gespaltenen Kinn konnte ebenso überzeugend gütig wie unbeugsam aussehen. Sein Haar, das glatt zurückgebürstet war und ihm in sorgloser Mißachtung der Mode fast bis zur Schulter fiel, war blauschwarz und ohne eine graue Strähne. Ein schattiges Blau lag über jenen Gesichtpartien, wo sein florinischer Friseur zweimal täglich gegen das hartnäckige Wachstum der Gesichtshaare ankämpfte.

Der Großherr war ständig in Pose, und er wußte es. Er hatte jeglichen Ausdruck aus einem Gesicht herausdressiert. Seine breiten, kurzfingrigen Hände ruhten leger gefaltet auf dem Schreibtisch, dessen polierte Platte völlig leer war. Kein Stück Papier war darauf zu sehen, keine Verständigungsanlage, kein Schmuck. Gerade durch diese Einfachheit wurde die Persönlichkeit des Großherrn noch stärker hervorgehoben.

Er sprach mit seinem blassen, fischweißen Sekretär in dem teilnahmslosen Ton, den er technischen Geräten und florinischen Angestellten vorbehielt. »Ich will stark hoffen, alle haben zugesagt.«

Der Sekretär antwortete in einem ebenso leblosen Ton: »Der Großherr von Bort äußerte, daß dringende geschäftliche Abmachungen seine Anwesenheit vor drei Uhr unmöglich machen.«

»Und was hast du erwidert?«

»Ich bemerkte, daß die Angelegenheit jede Verzögerung unratsam erscheinen ließe.«

»Ergebnis?«

»Er wird hier sein, Herr. Die anderen haben ohne Vorbehalt zugestimmt.« Fife lächelte. Eine halbe Stunde hin oder her hätte keine Rolle gespielt. Er wollte nur ein neues Prinzip einführen. Die Großen Großherren waren zu empfindlich, was ihre Unabhängigkeit anbetraf, und diese Empfindlichkeit mußte aufhören.

Er wartete. Sein Zimmer war sehr geräumig. Die große Uhr, deren radioaktive Kraft seit tausend Jahren nicht versagt oder geschwankt hatte, wies auf 2.21 Uhr. Die Uhr konnte jetzt vielleicht Zeuge von Ereignissen werden, die ebenbürtig neben den bedeutendsten Geschehnissen der Vergangenheit standen.

Die Uhr hatte in ihrem Jahrtausend vieles gesehen. Als sie ihre ersten Stunden zählte, war Sark ein neubesiedelter Planet mit provisorischen Städten und zweifelhaften Beziehungen zu den anderen, älteren Mächten gewesen. Damals hatte die Uhr an der Wand eines Backsteingebäudes gehangen, das inzwischen längst zerfallen war. Sie hatte ihren gleichmäßigen Gang während dreier kurzlebiger sarkitischer ›Imperien‹ beibehalten, in denen die undisziplinierten Soldaten von Sark für längere oder kürzere Zeit ein halbes Dutzend Planetensysteme in der Umgebung regierten. Die radioaktiven Atome der Uhr waren in stetem Regelmaß explodiert, als die Flotten benachbarter Mächte die Politik Sarks diktierten.

Vor fünfhundert Jahren hatte sie unbeteiligt die Zeit angezeigt, als Sark entdeckte, daß einer der ihm am nächsten gelegenen Himmelskörper, Florina, einen unermeßlichen Schatz beherbergte. Sie war stetig weitergegangen während zweier siegreicher Kriege um diesen Planeten. Sark hatte seine Imperien aufgegeben und Florina eng an sich gekettet und war auf diese Weise mächtig geworden, mit der sich nicht einmal Trantor messen konnte.

Trantor wollte Florina besitzen. Auch andere Mächte strebten danach. Durch die Jahrhunderte hindurch hatten sich seitdem Hände nach Florina gestreckt. Aber es war Sark, dessen Hand es umschloß, und Sark würde eher auf einen galaktischen Krieg eingehen, als diesen Griff lockern.

Es war 2.23 Uhr.

Vor fast einem Jahr hatten sich die fünf Großen Großherren von Sark zum letztenmal versammelt. Damals wie heute hatten sie sich hier in Fifes Zimmer zusammengefunden. Damals wie heute hatten sie sich hier in dreidimensionaler Vergegenwärtigung ›getroffen‹.

Im Prinzip entsprach dieses Verfahren der dreidimensionalen Television in Lebensgröße mit Klang und Farbe. Ähnliches war in jedem einigermaßen wohlhabenden Privathaus auf Sark zu finden. Was über das Gewöhnliche hinausging, war das Fehlen eines sichtbaren Empfängers. Außer Fife selbst war keiner der Großherren wirklich anwesend. Sie befanden sich jeder auf seinem eigenen

Kontinent. Zwar sah man nicht die Wand hinter ihnen. Und doch konnte eine Hand ihre Körper durchdringen.

Der leibliche Großherr von Rune saß auf der anderen Seite des Planeten. Sein Kontinent war der einzige, in dem es zur Stunde Nacht war. Der Kubus, der sein Abbild in Fifes Büro umgab, hatte das kalte weiße Schimmern künstlichen Lichts.

In Fifes Zimmer war – leiblich oder als Abbild – Sark selbst versammelt.

Es war eine seltsame und nicht ganz würdige Repräsentation des Planeten: Rune – fett, kahlköpfig und rötlich; Ball – grau, trocken und runzelig; Steen – gepudert und geschminkt, mit dem verzweifelten Lächeln eines verbrauchten Mannes, der eine Lebenskraft vortäuschte, die er nicht mehr besaß. Borts Gleichgültigkeit ging so weit, daß er einen zwei Tage alten Bart und schmutzige Fingernägel zur Schau trug.

Und doch waren sie die fünf Großen Großherren von Sark.

Sie bekleideten den höchsten der drei Ränge regierender Persönlichkeiten auf dem Planeten. Den niedersten hatten natürlich die florinischen Verwaltungsangestellten inne. Sie blieben sich durch alle Wechselfälle gleich, unberührt von Aufstieg und Niedergang der einzelnen Adelshäuser. Sie waren es, die in Wirklichkeit die Achsen ölten und das Räderwerk der Regierung antrieben.

Über ihnen standen die Minister, die von einem erblichen und machtlosen Staatschef ernannt wurden. Die Namen der Minister und der des Staatschefs wurden auf amtlichen Dokumenten benötigt, um sie gesetzesgültig zu machen. Ihre einzige Pflicht bestand darin, Urkunden zu unterzeichnen.

Den höchsten Rang hatten diese fünf inne, und jeder von ihnen regierte einen Kontinent. Sie kontrollierten den Kyrthandel und die Einnahmen, die daraus erzielt wurden. Es war das Geld, das Macht verlieh und die Politik auf Sark diktierte. Diese fünf hatten es. Und von ihnen wiederum besaß Fife das meiste.

Der Großherr von Fife hatte an jenem Tag vor fast einem Jahr zu den anderen vier Herren des zweitreichsten Planeten der Milchstraße – nach Trantor, das eine halbe Million Himmelskörper besaß – gesagt: »Ich habe einen seltsamen Brief erhalten.«

Die anderen sagten nichts. Sie warteten.

Fife reichte seinem Sekretär einen Metallfilm, und der Florinier ging damit von einer der sitzenden Gestalten zur anderen und blieb vor jeder gerade so lange stehen, daß sie die Botschaft lesen konnten.

Für alle außer Fife war der Metallstreifen wertlos, eine Serie von Lichtimpulsen, die von Fifes Kontinent zu denen von Balle, Bort, Steen und dem Inselkontinent Runes übertragen wurden. Die Worte, die sie lasen, waren Schatten auf Schatten.

Nur Bort, ohne Gefühl für solche Feinheiten, vergaß diese Tatsache und wollte nach dem Film greifen.

Er streckte die Hand aus, so daß sie vom Aufnahmeschirm nicht mehr erfaßt wurde und sein Arm plötzlich unsichtbar war. Bort hatte durch die Filmbotschaft hindurchgegriffen. Die anderen lächelten. Steen kicherte.

Bort errötete. Er zog den Arm zurück, und seine Hand wurde wieder sichtbar.

»Nun«, sagte Fife, »Sie haben es alle gelesen. Wenn es Ihnen nichts ausmacht, werde ich Ihnen die Botschaft nun laut vorlesen, damit Sie ihre Bedeutung voll ermessen können.«

Fife verlieh jedem einzelnen Wort Gewicht, als wäre die Botschaft von ihm selbst und als bereite es ihm Genuß, sie wirkungsvoll vorzutragen:

»Die Botschaft lautet: ›Sie sind ein Großer Großherr von Sark, und es gibt niemanden, der sich mit Ihnen an Macht und Reichtum messen könnte. Doch Ihre Macht und Ihr Reichtum ruhen auf schwachen Fundamenten. Sie mögen glauben, ein Vorrat an Kyrt, wie er auf Florina vorhanden ist, sei keineswegs ein schwaches Fundament. Aber wird Florina ewig existieren? – Nein! Florina kann tausend Jahre überdauern. Es kann aber auch morgen untergehen. Von diesen beiden Möglichkeiten ist die zweite wahrscheinlicher. Nicht ich werde es zerstören, seien Sie sicher. Aber es wird auf eine Weise zerstört werden, vor der es keinen Schutz gibt. Rechnen Sie mit dieser Zerstörung! Rechnen Sie auch damit, daß Ihre Macht und Ihr Wohlstand bereits zunichte sind. Denn ich fordere den größeren Teil davon! Ich gebe Ihnen Bedenkzeit, aber zögern Sie nicht zu lange. Wenn Sie versuchen, sich zu lange Zeit zu lassen, werde ich in der gesamten Milchstraße und insbesondere auf Florina die Wahrheit über die kommende Katastrophe verbreiten. Danach wird es keinen Kyrt mehr geben, keinen Wohlstand für Sie, keine Macht, auch nicht für mich, doch ich bin es gewöhnt. Für Sie dagegen wäre das außerordentlich ernst, denn Sie wurden in großem Wohlstand geboren. – Überschreiben Sie mir den größten Teil Ihres Besitzes in der Höhe und auf die Art, wie ich es Ihnen in naher Zukunft diktieren werde, und Sie sollen im sicheren Besitz des Restes bleiben. Es wird Ihnen nicht viel gelassen, gemessen an Ihrem gegenwärtigen Besitz. Aber es wird mehr sein als das Nichts, dem Sie andernfalls gegenüberstehen. Achten Sie den Rest nicht gering, den Sie behalten. Florina kann Ihr Leben überdauern, und auch Sie werden leben, wenn nicht in Verschwendung, so doch angenehm.‹«

Fife hatte geendet. Er rollte den Film vorsichtig zu einem silbrig durchscheinenden Zylinder zusammen.

Im Gesprächston fuhr er fort: »Ein amüsanter Brief. Er trägt keine Unterschrift, und sein Ton ist, wie Sie gehört haben, hochtrabend und pompös. Was halten Sie davon, meine Herren?«

Runes rötliches Gesicht drückte Mißvergnügen aus. »Es ist offenbar das Werk eines Mannes, der nicht weit vom Irrsinn entfernt ist«, sagte er. »Er schreibt im Stil eines historischen Romans. Offen gesagt, Fife, ich sehe nicht ein, daß solch ein Unfug ein hinreichender Anlaß ist, die Tradition unserer kontinentalen Autonomie zu brechen und uns zusammenzurufen. Und außerdem wünsche ich nicht, daß dies alles in der Gegenwart Ihres Sekretärs verhandelt wird!«

»Meines Sekretärs? Weil er Florinier ist? Fürchten Sie, sein Geist könnte durch solch einen Brief verwirrt werden?« Fifes Ton wechselte vom gelassenen Amüsement zum teilnahmslosen Befehl über: »Drehe dich zum Großherrn von Rune um!«

Der Sekretär tat es. Er schlug die Augen diskret nieder. Sein weißes Gesicht war faltenlos und ohne jeden Ausdruck.

»Dieser Florinier«, sagte Fife ohne Rücksicht auf die Anwesenheit des Mannes, »ist mein Leibdiener. Er ist ständig in meiner Nähe und trifft niemals mit anderen seiner Art zusammen. Aber nicht aus diesem Grund ist er absolut vertrauenswürdig. Betrachten Sie seine Augen. Sehen Sie nicht, daß er der Gehirnsonde unterzogen wurde? Er ist unfähig, einen Gedanken zu hegen, der auch nur die geringste Untreue mir gegenüber bedeuten könnte. Ohne Sie verletzen zu wollen, kann ich sagen, daß ich ihm eher trauen würde als irgendeinem von Ihnen.«

Bort lachte. »Das glaube ich gern. Keiner von uns kann sich der Treue eines florinischen Dieners rühmen, der mit der Sonde behandelt wurde.«

Steen kicherte unnatürlich und rekelte sich auf seinem Stuhl, als fände er langsam Gefallen an dieser Sitzung.

Keiner machte irgendeine weitere Bemerkung zu Fifes Gebrauch der Gehirnsonde. Fife wäre auch sehr erstaunt gewesen, einen entsprechenden Kommentar zu hören. Die Anwendung der Gehirnsonde zu einem anderen Zweck als der Heilung von Geisteskranken oder der Ausschaltung krimineller Regungen war verboten. Streng gesprochen: Es war auch den Großen Großherren untersagt.

Dennoch benutzte Fife die Sonde, wann immer er es für angebracht hielt, und insbesondere dann, wenn es sich um einen Florinier handelte. Einen Sarkiten mit der Sonde zu behandeln war eine wesentlich delikatere Angelegenheit. Der Großherr von Steen, dessen Verlegenheit bei der Erwähnung der Sonde keinem entgangen war, war wohlbekannt dafür, daß er Florinier beiderlei Geschlechts mit der Gehirnsonde behandelte und für Zwecke benutzte, die nicht im entferntesten etwas mit Sekretärdiensten zu tun hatten.

»Nun«, Fife faltete die plumpen Hände, »ich habe Sie nicht zusammengerufen, um Ihnen den Brief eines Irren vorzulesen. Ich fürchte vielmehr, daß wir einem ernsten Problem gegenüberstehen. Vor allem frage ich mich, warum sollte er sich nur an mich wenden? Zwar bin ich der wohlhabendste der Großherren, aber ich allein kontrolliere nur ein Drittel des Kyrthandels. Wir fünf haben den gesamten Handel in Händen. Es ist ebenso einfach, fünf Kopien eines Briefes herzustellen, wie eine.«

»Sie gebrauchen zu viele Worte«, murrte Bort. »Was wollen Sie eigentlich?«

»Er möchte wissen, mein Herr von Bort, ob auch wir Kopien dieses Briefes erhalten haben«, belehrte ihn Balle.

»Dann soll er es sagen!«

»Ich dachte, ich hätte es gesagt«, meinte Fife gleichmütig. »Nun?«

Sie blickten einander an, zweifelnd oder herausfordernd, wie es dem Wesen jedes einzelnen entsprach. Rune meldete sich als erster zu Wort. Seine rötliche Stirn war feucht, und er zog ein weiches Kyrttuch aus der Tasche, um sich den Schweiß aus den Falten zu wischen, die im Halbkreis von Ohr zu Ohr liefen.

»Das weiß ich nicht, Fife. Ich kann ja meine Sekretäre fragen, die übrigens durchweg Sarkiten sind. Außerdem – wenn solch ein Brief mein Büro erreicht hätte, wäre er als – wie sagten wir doch? – als das Werk eines Verrückten betrachtet worden. Er wäre nie in meine Hände gelangt. Es liegt nur an Ihrem eigenen Sekretariatssystem, daß es Ihnen nicht erspart blieb, diesen Unfug unter die Augen zu bekommen.«

Er blickte sich um und lächelte. Sein Zahnfleisch schimmerte über und unter künstlichen Zähnen aus Chromstahl. Diese Zähne übertrafen an Festigkeit jeden Elfenbeinzahn. Sein Lächeln war erschreckender, als es sein finsterer Blick je sein konnte.

Balle zuckte die Achseln. »Ich glaube, was Rune eben gesagt hat, trifft für uns alle zu.«

Steen kicherte. »Ich lese überhaupt keine Post. Wirklich nicht! Es ist erstens langweilig, zweitens erhalte ich derartige Mengen, daß ich einfach die Zeit nicht dafür aufbringe.« Er blickte sich ernst um, als wäre es notwendig, die Versammlung von dieser Tatsache zu überzeugen.

»Was ist eigentlich los mit euch allen?« schnauzte Bort. »Fürchtet ihr euch etwa vor Fife? Schauen Sie her, Fife! Ich habe überhaupt keinen Sekretär, weil ich niemanden brauchen kann, der zwischen mir und meinem Geschäft steht. Ich habe eine Kopie dieses Briefes bekommen, und ich bin sicher, diese drei auch. Wollen Sie wissen, was ich mit ihr getan habe? Ich habe sie in den Papierkorb geworfen, und ich rate Ihnen, das gleiche zu tun. Und nun Schluß, ich bin müde.« Seine Hand hob sich nach dem Schalter, der den Kontakt unterbrechen würde und sein Abbild aus Fifes Büro entließe.

»Einen Moment, Bort!« Fifes Stimme klang hart. »Ich bin noch nicht fertig. Sie wollen doch nicht, daß wir ohne Sie Maßnahmen ergreifen und Entschlüsse fassen?«

»Bleiben Sie da, Bort«, drängte Rune besänftigend, obwohl seine kleinen Augen zwischen den Fettwülsten nicht besonders liebenswürdig blickten. »Ich frage mich, warum Fife sich überhaupt mit solchen Kinkerlitzchen abgibt.«

»Nun«, sagte Balle, und seine trockene Stimme kratzte den anderen in den Ohren, »vielleicht glaubt Fife, unser briefschreibender Freund hätte Informationen über einen trantorinischen Angriff auf Florina.«

»Unsinn«, sagte Fife. »Woher sollte er mehr wissen als unser Geheimdienst? Nein, nein! Er spricht über die Vernichtung Florinas, als denke er an eine physische und nicht an eine politische Vernichtung.«

»Das ist nun glatter Wahnsinn«, sagte Steen.

»Ja? Dann erkennen Sie nicht die Bedeutung der Ereignisse der letzten zwei Wochen.«

»Welcher Ereignisse?« fragte Bort.

»Es scheint, als sei ein Raumanalytiker verschwunden. Sicher haben Sie davon gehört.«

Bort blickte verärgert. »Abel von Trantor wollte mir davon erzählen. Was hat es damit eigentlich auf sich? Ich habe keine Ahnung, was Raumanalytiker sind.«

»Haben Sie wenigstens die Kopie seiner letzten Meldung gelesen, die er an die hiesige IRB-Zweigstelle sandte, ehe er verschwand?«

»Abel wollte sie mir zeigen. Ich habe sie nicht gelesen.«

»Und wie steht es mit Ihnen?« Fife blickte jeden einzelnen herausfordernd an. »Reicht Ihre Erinnerung eine Woche zurück?«

»Ich habe die Meldung gelesen«, sagte Rune. »Ja, ich entsinne mich. Natürlich! Es drehte sich ebenfalls um Zerstörung. Wollen Sie darauf hinaus?«

»Sie war voller ekelhafter Andeutungen, die keinen Sinn ergaben«, sagte Steen schrill. »Ich hoffe wirklich nicht, daß wir darüber diskutieren. Ich konnte Abel kaum loswerden. Und es war gerade Zeit zum Mittagessen. Äußerst ekelhaft, wirklich!«

»Ich kann Ihnen nicht helfen, Steen«, sagte Fife. »Wir müssen darüber reden. Der Raumanalytiker sprach über eine Zerstörung Florinas. Und gleichzeitig mit seinem Verschwinden erhalten wir Erpresserbriefe, die ebenfalls die Zerstörung Florinas ankündigen. Ist das Zufall?«

»Wollen Sie damit sagen, daß der Raumanalytiker die Briefe geschrieben hat?« flüsterte der alte Balle.

»Nein. Warum sollte er es zuerst in seinem eigenen Namen proklamieren und dann anonym?«

»Als er das erstemal darüber sprach«, sagte Balle, »war er nur mit der hiesigen Zweigstelle seines Büros in Verbindung.«

»Ein Erpresser verhandelt – wenn irgendwie möglich – nur direkt mit seinem Opfer.«

»Was vermuten Sie also?«

»Nehmen wir an, der Raumanalytiker ist ehrlich. Dann befindet er sich nun in den Händen von anderen, die nicht ehrlich sind, nämlich in den Händen der Erpresser.« – »Und wer soll das sein?«

Fife lehnte sich zurück. Seine Lippen bewegten sich kaum. »Trantor natürlich.«

Steen fiepste: »Trantor!«

»Warum nicht? Es gäbe kaum einen besseren Weg, über Florina die Kontrolle zu erlangen. Das ist schließlich eines der Hauptziele der trantorinischen Außenpolitik. Und wenn sie es ohne Krieg erreichen, um so besser für Trantor. Wenn wir dieses unmögliche Ultimatum ablehnen, gehört Florina Trantor. Ignorieren wir dagegen diesen Brief – und es bleibt uns wahrhaftig keine andere Wahl –, was wird Trantor dann tun? Nun, sie werden unter den florinischen Bauern Gerüchte über das bevorstehende Ende der Welt verbreiten. Eine Panik wird im Volke ausbrechen. Und was kann anderes daraus folgen als Unheil? Welche Macht kann einen Mann zur Arbeit bringen, der glaubt, morgen käme das Ende der Welt? Die Ernte wird verfaulen, die Lagerhäuser werden sich leeren.

Steen verrieb mit dem Finger die Schminke an einer seiner Wangen. Er blickte dabei in einen Spiegel in seinem eigenen Appartement, der außerhalb der Reichweite des Aufnahmegerätes stand.

»Ich glaube nicht, daß uns das stören kann«, sagte er. »Wenn sich die Vorräte verringern, gehen die Preise in die Höhe. Nach einer Weile würde sich herausstellen, daß Florina immer noch existiert, und die Bauern würden wieder an die Arbeit gehen. Außerdem können wir damit drohen, den Export zu drosseln. Ich weiß wirklich nicht, wie eine kultivierte Welt ohne Kyrt leben soll. Ich glaube, dies alles ist ein Sturm im Wasserglas. Wirklich!«

Balle hatte während des letzten Teils des Gesprächs die Augen geschlossen. »Es kann keine Preissteigerung mehr geben. Wir haben die Preise bereits in absoluter Höhe.«

»So ist es«, sagte Fife. »Und Trantor wartet ohnehin nur auf irgendein Zeichen von Unordnung auf Florina. Wenn es der Milchstraße den Anblick eines Sark präsentieren könnte, das unfähig ist, die Kyrtlieferungen zu garantieren, wäre es das Selbstverständlichste für sie, Florina zu besetzen und das herzustellen, was sie Ordnung nennen, um den Kyrthandel aufrechtzuerhalten. Und es bestünde die Gefahr, daß die übrigen freien Mächte um des Kyrt willen mit ihnen gemeinsames Spiel machten. Besonders dann, wenn Trantor verspräche, das Monopol zu brechen, die Produktion zu steigern und die Preise zu senken. Danach könnten sie tun, was sie wollten. Das ist für Trantor die einzige Möglichkeit, Florina an sich zu reißen. Denn mit Gewalt können sie es nicht riskieren, sonst würden die freien Planeten der Galaxis außerhalb der trantorinischen Einflußsphäre schon aus reinem Selbsterhaltungsstreben mit uns zusammengehen.«

»Und was hat das mit dem Raumanalytiker zu tun?« fragte Rune. »Wenn Ihre Theorie stimmt, müßte sie auch das erklären.«

»Ja. Diese Raumanalytiker sind zum größten Teil seelisch labile Menschen. Und dieser hat nun irgendeine« – Fifes Finger bewegten sich, als bauten sie ein zerbrechliches Gebilde – »irgendeine verrückte Theorie entwickelt. Es spielt keine Rolle, was für eine. Trantor kann sie nicht verlauten lassen, weil das IRB sie sofort dementieren würde. Wenn sie sich jedoch des Mannes bemächtigen, um die Einzelheiten seiner Theorie zu erfahren, haben sie dadurch etwas in der Hand, was wahrscheinlich für Laien eine oberflächliche Glaubwürdigkeit besitzt. Sie können die Theorie als Tatsache hinstellen. Das Büro ist eine Marionette Trantors. Seine Dementis würden, wenn die Geschichte erst einmal Fuß gefaßt hat, nicht stark genug sein, um die Lüge zu schlagen.«

»Das klingt alles zu kompliziert«, sagte Bort. »Humbug. Erst können sie es nicht verlauten lassen, aber dann wiederum werden sie es doch verlauten lassen!«

»Sie können es nicht als ernsthafte, wissenschaftliche Theorie verlauten lassen«, sagte Fife geduldig. »Sie können es aber als Gerücht verbreiten. Begreifen Sie das nicht?«

»Warum vergeudet dann der alte Abel seine Zeit damit, den Raumanalytiker zu suchen?«

»Glauben Sie, er gibt öffentlich bekannt, daß er ihn schon hat? Was Abel tut, und was Abel zu tun scheint, sind zwei ganz verschiedene Dinge.«

»Gut«, sagte Rune. »Wenn Sie recht haben, was sollen wir Ihrer Ansicht nach tun?«

»Wir wissen von der Gefahr«, sagte Fife. »Das ist das Wichtigste. Wir werden versuchen, den Raumanalytiker ausfindig zu machen. Wir müssen ferner alle uns bekannten Agenten Trantors im Auge behalten. Aus ihren Handlungen können wir vielleicht auf den Verlauf der kommenden Dinge schließen. Wir müssen jegliche Propaganda auf Florina über die Zerstörung des Planeten unterdrücken. Das erste Gemunkel dieser Art müssen wir sofort mit der schärfsten Gegenaktion beantworten. Und vor allem müssen wir einig bleiben. Das ist der ganze Zweck dieser Zusammenkunft – die Bildung einer gemeinsamen Front. Wir sind für die kontinentale Autonomie, und ich bin sicher, daß niemand entschiedener darauf besteht als ich. Allerdings nur unter normalen Verhältnissen. Dies sind jedoch keine normalen Verhältnisse mehr. Sehen Sie das ein?«

Mehr oder weniger zögernd, denn die kontinentale Autonomie war nicht etwas, das man leichtfertig aufgab, sahen sie es ein.

»Gut. Dann werden wir den zweiten Schritt abwarten«, sagte Fife.

Dies war vor einem Jahr gewesen, und es war das kompletteste Fiasko gefolgt, das der Großherr von Fife in seiner langen Karriere erlebt hatte.

Er wartete vergeblich auf den zweiten Schritt. Es trafen keine weiteren Briefe ein. Der Raumanalytiker blieb unauffindbar, während Trantor seine oberflächliche Suche nach ihm fortsetzte. Es war keine Spur von apokalyptischen Unruhen auf Florina zu bemerken, und die Ernte und Verarbeitung des Kyrt ging weiter.

Der Großherr von Rune gewöhnte es sich an, Fife in wöchentlichen Intervallen anzurufen. »Fife«, sagte er dann, »irgend etwas Neues?« Und sein Fett wabbelte dabei vor Vergnügen.

Fife nahm es stumm und unerschütterlich hin. Was konnte er

tun? Immer und immer wieder prüfte er die Tatsachen. Etwas fehlte. Irgendein wichtiger Faktor fehlte.

Und dann trat plötzlich die Wendung ein. Er wußte, daß er die Lösung gefunden hatte. Und diese Lösung hatte er nicht erwartet.

Er hatte die Konferenz noch einmal einberufen. Die Uhr zeigte nun 2.29 Uhr.

Bort erschien als erster, mit zusammengekniffenen Lippen und krummen Nägeln, mit denen er sich den grauen Stoppelbart kratzte. Dann Steen, frisch gewaschen und ungeschminkt, eine blasse, ungesunde Erscheinung. Balle, gleichgültig und müde, seine Wangen eingefallen, sein Armsessel mit Kissen gepolstert, ein Glas warme Milch an der Seite. Schließlich Rune, zwei Minuten zu spät. Wieder einmal saß er verdrießlich in der Nacht. Diesmal waren seine Lichter so weit abgedrosselt, daß er als verschwommene Masse in einem schwarzen Kubus saß, den Fifes Lichter nicht erhellten.

»Meine Herren!« begann Fife. »Vor einem Jahr sprach ich über eine ferne und undurchsichtige Gefahr. Ich bin dabei in eine Falle gegangen. Denn die Gefahr ist nahe. Sehr nahe! Einer von Ihnen weiß bereits, was ich meine. Die anderen werden es in Kürze erfahren.«

»Was wollen Sie damit sagen?« fragte Bort kurz.

»Hochverrat!« schoß Fife zurück.

Der Flüchtling

Myrlyn Terens war kein Tatmensch. Er sagte sich dies als Entschuldigung dafür, daß er nun, als er den Raumhafen verließ, geistig wie gelähmt war.

Er mußte seinen Gang sorgfältig bemessen. Nicht zu langsam, sonst würde er zu trödeln scheinen. Nicht frisch drauflos, wie ein Polizeibeamter gewöhnlich ging, einer von der Streife, der beschäftigt war und im Begriff, seinen Wagen zu besteigen.

Wenn er nur einen Wagen hätte besteigen können! Das Fahren gehörte leider nicht zur Ausbildung eines Floriniers, nicht einmal zu der eines florinischen Ortsverwalters. Er versuchte, im Gehen nachzudenken, aber er konnte es nicht. Er brauchte Ruhe und Muße.

Er hatte nun einen Tag und eine Nacht und wieder einen halben

Tag gehandelt, und dies hatte seinen Lebensvorrat an Nerven aufgezehrt.

Und doch wagte er es nicht, stehenzubleiben.

Wenn es Nacht gewesen wäre, hätte er vielleicht einige Stunden Zeit zum Nachdenken gehabt. Aber es war früher Nachmittag.

Hätte er einen Wagen steuern können, dann wäre er einige Meilen vor die Stadt gefahren, um nachzudenken, bevor er sich über den nächsten Schritt schlüssig geworden war. Aber er hatte nur seine Beine.

Er tauchte in den Schatten der unteren Stadt. Er ging steifen Schritts wie ein echter Polizist. Er schwang die Neuro-Peitsche mit festem Griff. Die Straßen waren leer. Die Einheimischen stürzten in ihre Hütten. Um so besser!

Terens suchte sich sein Haus sorgfältig aus. Es war vernünftiger, eines der besseren zu wählen, eines mit farbigen Plastiksteinen und polarisiertem Fensterglas. In den einfacheren Häusern war man widerspenstiger. Die Leute hatten dort weniger zu verlieren. Ein ›besserer‹ Mann aber würde ihm seine Hilfe geradezu aufdrängen.

Das Haus, für das er sich schließlich entschied, lag etwas abseits der Straße, ein weiteres Zeichen für Wohlstand. Er wußte, daß er nicht an die Tür klopfen oder sie einschlagen mußte. Er hatte eine Bewegung hinter einem Fenster bemerkt, als er auf das Haus zuging. Die Tür würde sich öffnen.

Sie öffnete sich.

Ein junges Mädchen stand in der Tür. Ihre Augen waren weißumrandete Kreise. Sie war schlaksig und trug ein Kleid, dessen Rüschen deutlich das Bestreben ihrer Eltern zeigten, ihren Stand zu wahren. Sie zählten sich nicht zum ›florinischen Gesindel‹.

Das Mädchen atmete rasch mit offenem Mund. Sie trat zur Seite und ließ ihn ein.

Terens bedeutete ihr, die Tür zu schließen. »Ist dein Vater da, Mädchen?«

Sie rief »Pa« und keuchte dann: »Ja, Herr!«

›Pa‹ trat demütig ins Zimmer. Es war zwar nichts Neues für ihn, daß ein Polizeibeamter an der Tür stand. Und doch war es besser, wenn ein junges Mädchen ihn einließ. Sie war weniger der Gefahr ausgesetzt, niedergeschlagen zu werden, falls der Beamte zornig sein sollte.

»Name!« sagte Terens.

»Jacof, wenn Sie gestatten, Herr.«

In einer der Uniformtaschen stak ein dünnes Notizbuch. Terens schlug es auf, studierte es kurz, machte ein steifes Vermerkhäkchen.

»Jacof! Ich möchte jeden Angehörigen deines Haushalts sehen. Rasch!«

Wenn er nicht so hoffnungslos bedrückt gewesen wäre, hätte Terens die Situation fast genießen können. Er war nicht immun gegen die verführerische Lust an der Autorität.

Sie marschierten hintereinander herein: Eine magere Frau, ein Kind von ungefähr zwei Jahren strampelte auf ihrem Arm; dann das Mädchen, das ihn eingelassen hatte, und ein jüngerer Bruder.

»Sind das alle?«

»Alle, Herr«, sagte Jacof.

»Kann ich bitte das Baby versorgen? Ich wollte es gerade ins Bett bringen.« Die Frau streckte ihm das Kind hin, als könne der Anblick der jungen Unschuld das Herz eines Polizisten erweichen.

Terens schaute sie nicht an. Ein Polizeibeamter, stellte er sich vor, hätte sie nicht angeschaut. Und er wollte ein Polizeibeamter sein. »Leg es ins Bett und gib ihm einen Schnuller, damit es ruhig ist. Nun zu dir, Jacof!«

»Ja, Herr?«

»Du bist ein vertrauenswürdiger Bursche, nicht wahr?« Ein Einheimischer, gleichgültig wie alt, war natürlich immer ein Bursche.

»Ja, Herr.« Jacofs Augen leuchteten. »Ich bin Angestellter in der Nahrungsmittelzentrale. Ich habe Mathematik gelernt, Dezimalrechnung. Ich kann mit Logarithmen rechnen.«

Ja, dachte Terens, sie haben dir gezeigt, wie man eine Logarithmentafel bedient, und dir beigebracht, wie man das Wort ausspricht. Er kannte den Typ. Der Mann war stolzer auf seine Logarithmen als ein junger Großherr auf seine Jacht. Das polarisierte Fensterglas war die Folge seiner Logarithmen und die bunten Steine die der Dezimalrechnung. Seine Verachtung für die ungebildeten Einheimischen stand derjenigen des durchschnittlichen Großherrn für alle Planetenbewohner nicht nach, und sein Haß auf sie war intensiver, da er unter ihnen leben mußte und von seinen Vorgesetzten für einen von ihnen gehalten wurde.

»Du achtest das Gesetz, nicht wahr, Bursche? Und glaubst an die guten Großherren?« Terens tat immer noch so, als konsultiere er sein Notizbuch.

»Mein Mann ist ein guter Mann!« mischte sich die Frau zungenfertig ein. »Er ist noch nie in Schwierigkeiten gewesen. Er hat nichts mit dem Gesindel zu tun. Und ich auch nicht. Und die Kinder auch nicht. Wir haben immer ...«

Terens befahl ihr zu schweigen. »Nun schau her, Jacof. Ich möchte, daß du dich hier hersetzt und tust, was ich sage. Ich brauche eine Liste aller Leute in diesem Häuserblock, Namen, Adressen, was sie tun und was für eine Art von Burschen sie sind, besonders das letztere. Wenn ein aufsässiger Kerl darunter ist, möchte ich es wissen. Wir werden aufräumen. Verstanden?«

»Ja, Herr. Da ist vor allem Hustin. Er wohnt auf der anderen Seite des Blocks. Er . . .«

»Nicht so, Jacof! Nimm ein Blatt Papier und schreib alles auf. Alles, was du weißt. Schreib langsam, weil ich das Gekritzel der Eingeborenen nicht lesen kann.«

»Ich habe eine geübte Schreibhand, Herr.«

»Das werden wir sehen.«

Jacof machte sich an seine Aufgabe. Seine Hand bewegte sich langsam. Seine Frau blickte ihm über die Schulter.

Terens befahl dem Mädchen: »Geh ans Fenster und laß mich wissen, wenn andere Polizeibeamte hier vorbeikommen. Ich möchte mit ihnen sprechen. Aber ruf sie nicht herein, sag es mir einfach.«

Jetzt konnte er sich endlich entspannen. Er hatte sich inmitten der Gefahr einen sicheren Unterschlupf geschaffen.

Außer dem geräuschvollen Saugen des Babys war Stille. Und er würde rechtzeitig gewarnt werden, wenn ›Kollegen‹ kämen.

Nun konnte er nachdenken.

Seine Rolle als Polizist war so gut wie ausgespielt. Zweifellos standen Straßenstreifen an sämtlichen Ausgängen der Stadt, und sie wußten, daß er außer einem diamagnetischen Roller kein Fahrzeug steuern konnte. Es würde nicht lange dauern, bis es ihnen dämmerte, daß sie nur durch eine systematische Durchsuchung der Stadt, Block für Block und Haus für Haus, ihren Mann finden konnten.

Wenn sie sich schließlich dazu entschlossen, würden sie zweifellos in den Außenbezirken beginnen und sich nach innen vorarbeiten. Dann käme dieses Haus als eines der ersten an die Reihe. Deshalb war Terens' Zeit knapp bemessen.

Bis jetzt war die Polizeiuniform trotz des auffälligen Schwarz und Silber nützlich gewesen. Die Einheimischen hatten sie nicht angezweifelt. Sie waren nicht stehengeblieben, um sein blasses, florinisches Gesicht anzusehen. Die Uniform hatte genügt.

Aber nun würde man bald auf dem Funkweg alle Einheimischen auffordern, jeden Polizisten festzuhalten, der sich nicht ausweisen kann, besonders einen mit weißer Haut und hellem Haar. Man würde an alle Angehörigen der Polizei zeitlich begrenzte Ausweise verteilen. Man würde Belohnungen aussetzen. Vielleicht wäre von hundert Einheimischen nur einer mutig genug, die Uniform anzutasten, gleichgültig, wie offenkundig florinisch ihr Träger aussah. Aber einer von hundert würde genügen.

Deshalb mußte er die Polizisten-Rolle aufgeben.

Dies war das eine. Und das andere – er würde von jetzt an nirgends auf Florina sicher sein. Einen Polizeibeamten zu ermorden war das schwerste Verbrechen, und noch nach fünfzig Jahren – wenn er der Gefangennahme so lange entgehen könnte – würde die Jagd nach ihm andauern. Deshalb mußte er Florina verlassen

Er gab sich noch einen Tag zum Leben. Das war ein sehr großzügiger Vorschlag. Er setzte äußerste Dummheit bei der Polizei und äußerstes Glück bei sich selbst voraus.

In einer Hinsicht war dies ein Vorteil. Bloße vierundzwanzig Stunden Leben war kein hoher Einsatz. Er konnte Risiken eingehen, die kein geistig gesunder Mensch auf sich nehmen würde.

Er stand auf.

»Ich bin noch nicht ganz fertig, Herr. Ich schreibe sehr sorgfältig«, sagte Jacof.

»Zeig her!«

Terens warf einen Blick auf das Papier. »Das reicht. Wenn andere Polizeibeamte hereinkommen sollten, dann vergeude nicht ihre Zeit, indem du sagst, daß du schon eine Liste gemacht hast. Sie sind in Eile und haben vielleicht andere Aufgaben für dich. Tue einfach, was sie sagen. Kommen jetzt welche?«

»Nein, Herr«, sagte das Mädchen am Fenster. »Soll ich hinausgehen und in der Straße schauen?«

»Nicht nötig. Wo ist der nächste Aufzug?«

»Ungefähr eine Viertelmeile links, Herr. Sie können . . .«

»Schon gut, laß mich hinaus.«

Ein Trupp Polizisten bog in die Straße ein, als die Tür des Aufzugs hinter Terens zuschlug. Er hörte sein Herz hämmern. Wahrscheinlich begann bereits die Durchsuchung der unteren Stadt.

Eine Minute später – sein Herz trommelte immer noch – trat er in die obere Stadt. Hier gab es keine Deckung, keine Säulen. Keine Zementschicht verbarg ihn. Er kam sich vor wie ein wandelnder schwarzer Punkt zwischen dem Glanz der prächtigen Gebäude. Er glaubte, er wäre auf zwei Meilen hin zu sehen. Große Pfeile schienen auf ihn zu deuten.

Es waren keine Uniformierten zu sehen. Die Großherren, die vorübergingen, blickten durch ihn hindurch. Wenn ein Polizeibeamter für die Florinier ein Gegenstand der Furcht war, so war er ein Nichts für einen Großherrn. Wenn ihn irgend etwas retten konnte, so war es dies.

Er hatte eine vage Vorstellung von der Anlage der oberen Stadt. Irgendwo in dieser Gegend mußte der Stadtpark liegen. Das vernünftigste wäre gewesen, nach der Richtung zu fragen, und das nächstvernünftigste, irgendein hohes Gebäude zu betreten und von den Terrassen der oberen Stockwerke aus die Umgebung zu überprüfen. Das erste war undurchführbar, denn ein Polizeibeamter erkundigte sich nicht nach dem Weg. Das zweite war zu riskant. In einem Gebäude wäre er noch auffallender gewesen, zu auffallend.

Er schlug die Richtung ein, die ihm seine Erinnerung an den Plan der oberen Stadt eingab, den er gelegentlich einmal gesehen hatte. Und tatsächlich gelangte er nach fünf Minuten zum Stadtpark.

Der Stadtpark war eine künstlich angelegte Grünanlage, ungefähr zwanzig Hektar groß. Auf Sark genoß dieser Park einen übertriebenen Ruf in vielerlei Hinsicht. Je nach Geschmack schwärmte man vom idyllischen Frieden oder den nächtlichen Orgien. Auf Florina stellten ihn sich die Einheimischen, die von ihm gehört hatten, zehn- bis hundertmal größer vor, als er wirklich war, und hundert- oder tausendmal luxuriöser.

Doch die Wirklichkeit war erfreulich genug. Im milden Klima Florinas grünte der Park das ganze Jahr über. In ihm fanden sich Rasenplätze, kleine Wäldchen, Steingrotten, ein kleiner Teich mit dekorativen Fischen und ein großer See, auf dem Kinder rudern konnten. Nachts war der Park durch farbige Illuminationen beleuchtet, bis der leichte Regen einsetzte. In der Zeit zwischen der Dämmerung und dem Nachtregen ging es am lebhaftesten zu. Man tanzte, dreidimensionale Filme wurden vorgeführt, und Paare spazierten über die gewundenen Wege.

Terens war nie in diesem Park gewesen. Er fand seine Künstlichkeit abstoßend. Er wußte, daß die Erde und Steine, über die er ging, das Wasser und die Bäume, die ihn umgaben, auf der toten Zementschicht ruhten. Er dachte an die weiten Kyrtfelder, an die Berge im Süden. Er verabscheute die Fremden, die sich inmitten der Herrlichkeit Florinas dieses Spielzeug gebaut hatten.

Eine halbe Stunde lang ging Terens unschlüssig über die Wege.

Niemand sah ihn. Niemand betrachtete ihn, dessen war er sicher. Wenn man die Großherren und die Großherrinnen, die an ihm vorübergingen, später gefragt hätte: ›Haben Sie gestern im Park einen Polizisten gesehen?‹ hätte man sie ebensogut fragen können, ob ihnen ein Zweig auf dem Weg aufgefallen war.

Terens stieg eine Treppe zwischen Felsblöcken empor und dann in eine tassenartige Mulde hinab, an deren Seiten kleine Höhlen angelegt waren, dafür bestimmt, Paare zu schützen, die vom nächtlichen Regen überrascht wurden.

Und da sah er, was er suchte.

Einen Mann! Einen Großherrn, besser gesagt. Dieser ging rasch hin und her und sog ungeduldig an einem Zigarrenstummel, den er dann in einen Aschenbecher warf, wo er einen Augenblick ruhig liegenblieb und sich unter einem kurzen Blitz zu nichts auflöste. Er blickte auf seine Taschenuhr.

Niemand sonst war in der Mulde. Es war eine Stelle, die man nur abends und in der Nacht aufsuchte.

Der Herr wartete offensichtlich auf jemanden. Terens blickte sich um. Niemand folgte ihm die Treppe herab.

Es gab noch andere Treppen, aber das spielte jetzt keine Rolle. Er konnte die Chance nicht vorübergehen lassen.

Er stieg vollends hinab und ging auf den Herrn zu. Der Herr sah ihn natürlich nicht, bis Terens sagte: »Verzeihung?«

Das war respektvoll genug. Aber ein Großherr ist es nicht gewohnt, von einem Polizeibeamten am Ellbogen berührt zu werden, wie respektvoll dies auch geschehen mochte.

»Was ist los, zum Teufel?« sagte er.

Terens sagte eindringlich: »Dort hinüber, bitte. Es ist wegen der Suche nach dem eingeborenen Mörder in der Stadt.«

»Wovon sprechen Sie?«

»Es wird nur einen Augenblick dauern.«

Unauffällig hatte Terens seine Neuro-Peitsche gezogen. Der Herr sah sie nicht. Es surrte ein wenig. Der Großherr erstarrte und kippte um.

Terens hatte noch nie die Hand gegen einen Großherrn erhoben. Er war überrascht darüber, wie schuldig er sich fühlte.

Er zog den steifen Körper mit den glasig starrenden Augen in die nächste Höhle.

Dort entkleidete er den Mann, zog ihm den Anzug von den steifen Armen und Beinen, warf seine eigene, staubige Polizeiuniform ab und zog die Unterwäsche des Herrn an. Zum erstenmal fühlte er Kyrt auf seinem Körper.

Dann folgte die übrige Kleidung des Großherrn und schließlich die Mütze. Kopfbedeckungen waren nicht sehr modern unter den jüngeren Großherren, aber manche trugen sie noch, und zu ihnen zählte glücklicherweise dieser Herr. Für Terens war die Mütze absolut notwendig, weil sein helles Haar die Maskerade unmöglich gemacht hätte. Er zog sie tief bis über die Ohren herab.

Dann tat er, was getan werden mußte. Die Ermordung eines

Polizeibeamten war, wie er sich plötzlich bewußt wurde, doch nicht das schwerste Verbrechen.

Er stellte seinen ›Vernichter‹ auf größte Streuung ein und richtete ihn auf den bewußtlosen Großherrn. Nach zehn Sekunden war nur noch ein verkohltes Häufchen übrig. Dies würde die Identifizierung verzögern und die Verfolger verwirren.

Er reduzierte die Polizeiuniform zu einem weißen Aschenpuder und suchte aus dem Haufen die schwarzgewordenen silbernen Knöpfe und Litzen heraus. Auch das würde die Verfolgung erschweren. Vielleicht erkaufte er sich damit nur eine weitere Stunde Leben, aber das war es wert.

Nun mußte er ohne weiteren Verzug die Mulde verlassen. Er blieb kurz vor dem Eingang der Höhle stehen und schnupperte. Die Waffe arbeitete sauber. Es lag nur ein ganz leichter Geruch nach verbranntem Fleisch in der Luft, und der Wind würde ihn innerhalb weniger Augenblicke davontragen.

Als er die Mulde verließ, kam ihm eine junge Frau entgegen. Einen Augenblick senkte er aus Gewohnheit den Blick. Sie war eine Dame. Er hob die Augen rechtzeitig, um zu sehen, daß sie jung war und gut aussah und daß sie es eilig hatte.

Er biß sich auf die Lippen. Sie würde ihn natürlich nicht finden. Aber sie war zu spät gekommen, sonst hätte der Mann nicht nach der Uhr gesehen. Sie konnte denken, er wäre des Wartens überdrüssig geworden und gegangen. Terens schritt ein wenig schneller aus. Er wollte nicht, daß sie ihm atemlos nachliefe und fragte, ob er einen jungen Mann gesehen habe.

Er verließ den Park und ging ziellos weiter. Eine halbe Stunde verstrich.

Was nun? Er war kein Polizeibeamter mehr. Er war ein Großherr.

Aber was nun?

Er blieb auf einem kleinen Platz stehen, auf dem ein Springbrunnen inmitten eines Rasenstücks stand. Dem Wasser war eine kleine Menge Waschpulver beigefügt, so daß es schäumte und bunt schillerte.

Terens lehnte sich an das Geländer und ließ langsam geschwärztes Silber in die Fontäne fallen.

Er dachte an das Mädchen, das an ihm vorübergegangen war. Sie war sehr jung. Dann dachte er an die untere Stadt, und die Gewissensbisse hörten auf.

Die silbernen Überbleibsel der Polizeiuniform waren verschwunden und seine Hände leer. Langsam begann er, seine Taschen zu durchsuchen und tat sein möglichstes, daß es beiläufig aussah.

Die Taschen enthielten nichts Außergewöhnliches. Ein Schlüsselbund kam zum Vorschein, einige Münzen, eine Identifikationskarte. (Heiliges Sark! Sogar die Großherren hatten Ausweise! Aber schließlich mußten sie sie nicht jedem Polizeibeamten vorzeigen.)

Terens' neuer Name war offenbar Alstare Deamone. Er hoffte, er würde ihn nicht benutzen müssen. In der oberen Stadt wohnten nur zehntausend Männer, Frauen und Kinder. Die Möglichkeit, daß er unter ihnen jemand traf, der Deamone persönlich kannte, war nicht groß, aber sie war auch nicht gering.

Deamone war neunundzwanzig Jahre alt gewesen. Wieder fühlte er Übelkeit in sich aufsteigen, als er daran dachte, was er in der Höhle zurückgelassen hatte. Doch er kämpfte dagegen an. Ein Großherr war schließlich ein Großherr. Wie viele neunundzwanzigjährige Florinier waren durch ihre Hände oder auf ihre Anweisung hin getötet worden?

Ein farbiges Porträt eines Knaben von vielleicht drei Jahren in Pseudo-Dreidimension kam zum Vorschein. Die Farben leuchteten auf, als er es aus der Hülle zog, und verblaßten langsam, als er es zurückschob. Ein Sohn? Ein Neffe? Er hatte ein Mädchen im Park treffen wollen, daher konnte es kein Sohn sein. Oder doch?

War er verheiratet? War die Verabredung eine von jenen, die sie ›Geheimnis‹ nannten? Würde solch eine Verabredung am hellen Tag stattfinden? Warum nicht?

Terens hoffte es. Wenn das Mädchen mit einem verheirateten Mann verabredet war, würde sie seine Abwesenheit nicht sofort melden. Sie würde annehmen, er hätte sich daheim nicht frei machen können. Das würde ihm weitere Zeit geben.

Nein, es würde ihm keine Zeit geben. Plötzlich überkam ihn wieder die Depression. Kinder, die Versteck spielten, würden auf die Überreste stoßen und schreiend davonlaufen. Das mußte innerhalb der nächsten vierundzwanzig Stunden geschehen.

Er durchsuchte noch einmal die Taschen. Eine Jachtlizenz. Er steckte sie wieder ein. Alle reicheren Sarkiten besaßen Raumjachten und steuerten sie selbst. Es war das Steckenpferd des Jahrhunderts. Schließlich einige sarkitische Kreditbelege. Diese konnten vorübergehend nützlich sein.

Es fiel ihm ein, daß er in der vergangenen Nacht im Laden des Bäckers zum letztenmal etwas gegessen hatte. – Wie plötzlich man sich des Hungers bewußt werden kann!

Noch einmal zog er die Jachtlizenz aus der Tasche. Die Jacht gehörte nun ihm. Hafen 9, Hangar 26. Schön . . .

Wo aber war der Hafen 9? Er hatte nicht die leiseste Ahnung.

Er lehnte die Stirn an das kühle Geländer. Was nun?

Eine Stimme schreckte ihn auf.

»Hallo! Doch nicht etwa krank?«

Es war ein alter Sarkit. Er rauchte eine lange Zigarette. Ein grüner Stein hing von einem goldenen Armband herab. Sein Ausdruck zeigte freundliches Interesse. Dies wunderte Terens derartig, daß er einen Augenblick sprachlos war, bis er sich daran erinnerte, daß er nun selbst zu dieser Sippschaft gehörte. Unter sich konnten die Sarkiten sehr liebenswürdige Leute sein.

»Ich ruhe mich nur ein wenig aus«, sagte Terens. »Ich habe einen Spaziergang gemacht und darüber die Zeit vergessen. Ich fürchte, ich habe mich jetzt für eine Verabredung verspätet.«

Er konnte den Akzent der Sarkiten ganz gut nachahmen, aber er beging nicht den Fehler, ihn übertreiben zu wollen. Übertreibung war leichter zu entdecken als Unzulänglichkeit.

»Steckengeblieben ohne Skeeter, eh?« sagte der andere. Er war der ältere Mann, der sich über die Narrheiten der Jugend amüsierte.

»Ja«, gab Terens zu.

»Nehmen Sie doch meinen«, bot der andere sofort an. »Ich habe ihn dort drüben geparkt. Sie können die Kontrollvorrichtung einstellen und ihn zurückschicken, wenn Sie zu Hause sind. Ich brauche ihn die nächsten Stunden nicht«

Für Terens war das fast ideal. Die Skeeter waren schnell und konnten jeden Polizeiwagen überholen. Ideal war dieses Angebot nur insofern nicht, als Terens ebensowenig einen Skeeter steuern wie ohne einen solchen fliegen konnte.

»Von hier nach Sark«, sagte er. Er kannte diesen sarkitischen Ausdruck für ›danke‹ und warf ihn lässig ins Gespräch. »Ich glaube, ich gehe lieber zu Fuß. Es ist nicht weit bis zum Hafen neun.«

»Nein, das ist nicht weit«, stimmte der andere zu.

Nun war Terens so klug wie zuvor. Er versuchte es noch einmal. »Ich wollte natürlich, ich wäre schon dort. Der Spaziergang durch die Kyrtstraße war an sich schon gesund genug.«

»Kyrtstraße . . .?«

Schaute er Terens etwas sonderbar an? »Sie haben recht«, sagte Terens. »Ich habe während des Spaziergangs ein wenig die Orientierung verloren.«

»Schauen Sie. Wir stehen hier in der Recketstraße. Sie brauchen nur geradeaus weiterzugehen bis zur Triffisstraße, nach links abbiegen und dann wieder zum Hafen.«

Terens lächelte. »Ganz recht. Ich muß aufhören zu träumen. Von hier nach Sark, Herr.«

»Sie können trotzdem meinen Skeeter haben.«

»Sehr freundlich, aber . . .«

Terens ging ein wenig zu schnell. Er drehte sich noch einmal um. Der Sarkit blickte ihm verwundert nach.

Morgen, wenn sie die Überreste der Leiche in den Felsen fänden, würde er vielleicht an dieses Gespräch zurückdenken. Wahrscheinlich würde er sagen: ›Er war irgendwie komisch, wenn Sie wissen, was ich meine. Er sprach so eigenartig und schien nicht zu wissen, wo er war. Ich wette, er hatte nie etwas von der Triffisstraße gehört.‹

Aber das wäre erst morgen. Terens ging in die Richtung, die der Sarkit ihm angegeben hatte. Er kam zu einem leuchtenden Schild ›Triffisstraße‹. Er bog nach links ab.

Auf Hafen 9 wimmelte es von Jugend in Jachtanzügen. Man legte großen Wert auf Hüte mit breiten Schirmen und weite Kniehosen. Terens kam sich sehr auffällig vor, aber niemand schien ihn zu beachten. Er fand den Hangar 26, wartete aber einige Minuten, ehe er näher trat. Er wollte nicht, daß ein Sarkit bei ihm stehenblieb, der vielleicht zufällig eine Jacht im Nachbar-Hangar besaß, den richtigen Alstare Deamone vom Sehen kannte und sich fragte, was ein Fremder in dessen Hangar zu suchen hatte.

Als die Luft rein war, ging er hinüber. Der Bug der Jacht ragte aus dem Hangar ins offene Feld. Was nun?

Er hatte in den letzten zwölf Stunden drei Männer ermordet. Er war vom florinischen Ortsverwalter zum Polizeibeamten aufgestiegen, vom Polizeibeamten zum Großherrn. Er war von der unteren Stadt in die obere gekommen und von der oberen zu einem Raumhafen. Nun besaß er jene Jacht, ein raumtüchtiges Fahrzeug, das ihn zu jedem beliebigen bewohnten Himmelskörper in diesem Sektor der Milchstraße bringen konnte.

Aber er konnte die Jacht nicht steuern.

Er stand an der Grenze zum Weltraum und hatte nicht die Möglichkeit, diese Grenze zu überschreiten.

Jetzt mußte die Polizei bereits bemerkt haben, daß er nicht in der unteren Stadt war. Sie würden mit der Suche in der oberen Stadt beginnen, sobald es ihnen dämmerte, daß ein Florinier etwas

Derartiges wagte. Dann würde man die Leiche finden, und die Suche nach einem falschen Sarkiten würde beginnen.

Und er stand hier, hungrig und hundemüde. Er war bis in den hintersten Winkel der Sackgasse gegangen und konnte nichts anderes tun als warten, bis die Verfolger näher und näher kämen und bis schließlich die Bluthunde über ihn herfielen.

Vor sechsunddreißig Stunden hatte er noch die größte Chance seines Lebens. Nun war diese Chance dahin, und sein Leben würde bald folgen.

Der Kapitän

Es war tatsächlich das erste Mal gewesen, daß Kapitän Lurc Racety nicht in der Lage war, einem Passagier seinen Willen aufzuzwingen. Selbst wenn dieser Passagier einer der Großen Großherren gewesen wäre, hätte er immer noch mit Vernunft rechnen können. Ein Großer Großherr konnte auf seinem eigenen Kontinent allmächtig sein, in einem Raumschiff aber hätte er gewußt, daß es hier nur einen Herrn geben konnte – den Kapitän.

Bei einer Frau war das anders, bei jeder Frau. Und mit einer Frau, die die Tochter eines Großen Großherrn war, konnte man nicht verhandeln.

»Gnädige Frau«, sagte er. »Ich kann Ihnen beim besten Willen nicht erlauben, mit den Gefangenen zu sprechen!«

»Warum nicht?« sagte Samia von Fife. »Sind sie bewaffnet?«

»Natürlich nicht. Darum handelt es sich nicht.«

»Sie sehen doch selbst, daß sie nichts als zwei zu Tode erschrokkene Geschöpfe sind!«

»Leute, die sich fürchten, können sehr gefährlich sein.«

»Warum ängstigen Sie die beiden dann noch mehr?« Wenn sie zornig war, stotterte sie etwas. »Sie haben drei riesige, bewaffnete Raumpiloten vor diesen armen Geschöpfen aufgestellt. Ich werde das nicht vergessen, Kapitän.«

Nein, das würde sie nicht vergessen, dachte der Kapitän. Er überlegte.

»Wollen Euer Gnaden mir genau sagen, was Sie vorhaben?«

»Das ist ganz einfach. Ich habe es Ihnen schon gesagt. Ich möchte mit den Leuten sprechen. Wenn es Florinier sind, wie Sie sagen, kann ich von ihnen vielleicht ungeheuer wertvolle Informationen für mein Buch erhalten. Es kommt aber zweifellos nichts dabei heraus, wenn sie zu verängstigt sind. Wenn ich mit ihnen allein sein könnte, wäre alles in Ordnung. Allein, Kapitän! Können Sie ein einfaches Wort verstehen? Allein!«

»Und was soll ich Ihrem Vater sagen, gnädige Frau, wenn er erfährt, daß ich Sie unbewacht zwei verzweifelten Kriminellen gegenübertreten ließ?«

»Verzweifelte Kriminelle! Großer Weltraum! Zwei arme Narren, die versucht haben, ihrem Planeten zu entrinnen, und einfältig genug waren, ein Raumschiff zu betreten, das nach Sark fliegt. Außerdem: Von wem sollte es mein Vater erfahren?«

»Wenn die Leute Sie verletzen, erfährt er es!«

»Warum sollten sie mich verletzen?« Ihre kleine Faust hob sich und zitterte, während sie alle verfügbare Kraft in ihre Stimme legte. »Ich verlange es, Kapitän!«

»Ich mache Ihnen einen Vorschlag, gnädige Frau. Ich werde nicht wie drei bewaffnete Männer wirken. Andernfalls« – und nun legte auch er alle verfügbare Resolution in seine Stimme – »muß ich Ihr Verlangen ablehnen.«

»Also gut. Sehr gut. Aber wenn ich die beiden wegen Ihnen nicht zum Sprechen bringe, werde ich persönlich dafür sorgen, daß Sie nach dieser Reise kein Kapitän mehr sind!«

Valona legte hastig die Hand über Riks Augen, als Samia in den Raum trat.

»Was ist los, Mädchen?« fragte Samia scharf, ehe sie sich daran erinnerte, daß sie zwanglos mit ihnen sprechen wollte.

»Er ist nicht ganz normal, gnädige Frau. Er weiß nicht, daß Sie eine Dame sind. Er hätte Sie vielleicht angeschaut. Ich meine, ohne irgend etwas Schlimmes dabei zu denken.«

»Ach du liebe Zeit!« sagte Samia. »Soll er mich doch anschauen!« Und zum Kapitän gewandt fuhr sie fort: »Müssen sie unbedingt in diesem Geräteraum bleiben?«

»Soll ich ihnen ein Luxusappartement zuweisen, gnädige Frau?«

»Aber Sie können ein weniger schreckliches Gefängnis für sie finden.«

»Es kommt nur Ihnen schrecklich vor, gnädige Frau. Ich bin sicher, daß es für diese Leute hier komfortabel ist. Sie haben fließendes Wasser. Fragen Sie, ob es das in irgendeiner von ihren Hütten gab.«

»Gut. Sagen Sie diesen Männern da, sie sollen gehen.«

Der Kapitän nickte ihnen zu, und sie gingen hinaus. Dann stellte er den leichten Aluminiumstuhl auf, den er mitgebracht hatte. Samia nahm Platz.

»Steht auf!« sagte er schroff zu Rik und Valona.

Samia unterbrach ihn sofort. »Nein! Bleibt sitzen! Sie sollen sich nicht einmischen, Kapitän!«

Sie wandte sich an Valona. »Du bist also eine Florinierin, Mädchen?«

Valona schüttelte den Kopf. »Wir sind von Wotex.«

»Du brauchst keine Angst zu haben. Es macht nichts aus, daß du von Florina bist. Niemand wird dir etwas antun.«

»Wir sind von Wotex.«

»Siehst du nicht ein, daß du praktisch schon zugegeben hast, daß du von Florina bist? Warum hast du die Augen des Burschen bedeckt?«

»Er darf eine Dame nicht ansehen.«

»Auch wenn er von Wotex ist?«

Valona schwieg.

Samia ließ sie darüber nachdenken. Sie versuchte freundlich zu lächeln. »Nur Floriniern ist es verboten, Damen anzusehen. Du siehst, du hast zugegeben, daß du eine Florinierin bist.«

Valonas Stimme überschlug sich. »Aber er ist nicht von Florina!«

»Aber du?«

»Ja, aber er nicht. Tun Sie ihm nichts! Er ist wirklich kein Florinier. Man hat ihn gefunden. Ich weiß nicht, woher er stammt, aber jedenfalls nicht von Florina.« Plötzlich war sie fast redegewandt.

»Gut. Ich werde mit ihm sprechen. Wie heißt du, Bursche?«

Rik starrte sie an. Sahen so sarkitische Frauen aus? So klein und so freundlich? Und sie roch so gut. Er war sehr froh, daß sie ihm erlaubt hatte, sie anzuschauen.

»Wie heißt du, Bursche?« wiederholte Samia.

Rik erwachte zum Leben. Aber er strauchelte kläglich bei dem Versuch, ein einsilbiges Wort auszusprechen.

Schließlich würgte er: »Rik.« Dann dachte er nach und sagte: »Ja, ich glaube, ich heiße Rik.«

»Weißt du es nicht?«

Valona wollte erklären, doch Samia hob abwehrend die Hand.

Rik schüttelte den Kopf. »Ich weiß es nicht.«

»Bist du Florinier?«

Hier war nun Rik seiner Sache sicher. »Nein. Ich bin in einem Raumschiff nach Florina gekommen, und vorher habe ich auf einem anderen Planeten gelebt.«

»Auf welchem Planeten?«

Es war, als kämpfte sich der Gedanke mühsam durch geistige Kanäle, die zu eng dafür waren. Dann erinnerte er sich und freute sich über den Klang des Wortes, das er so lange vergessen gehabt hatte.

»Erde! Ich kam von der Erde!«

»Erde?«

Rik nickte.

Samia schaute den Kapitän an. »Wo ist dieser Planet?«

Kapitän Racety lächelte. »Ich habe den Namen nie gehört. Nehmen Sie den Burchen nicht ernst, gnädige Frau. Die Eingeborenen lügen, wenn sie den Mund aufmachen.«

»Aber er spricht nicht wie ein Florinier.« Sie wandte sich wieder an Rik: »Wo ist die Erde, Rik?«

»Ich . . .« Er legte die Hand an die Stirn. Dann sagte er: »Im Sirius-Sektor.« Der Tonfall seiner Feststellung klang halb wie eine Frage.

»Es gibt doch einen Sirius-Sektor, Kapitän, nicht wahr?« sagte Samia.

»Ja, das stimmt. Ich möchte wissen, wo er das aufgeschnappt hat. Aber trotzdem macht dies die Erde nicht realer.«

»Aber ich erinnere mich genau daran!« sagte Rik leidenschaftlich. »Ich kann mich nicht täuschen!«

Er griff nach Valonas Ellbogen. »Lona, sag ihnen, daß ich von der Erde bin. Sicher. Ganz bestimmt!«

»Wir haben ihn eines Tages gefunden. Er hatte überhaupt keinen Verstand. Er konnte sich nicht selbst anziehen, nicht sprechen und gehen. Seit damals erinnert er sich allmählich an immer mehr. Und bis jetzt hat alles, an was er sich erinnerte, gestimmt.« Sie warf einen ängstlichen Blick auf das gelangweilte Gesicht des Kapitäns. »Er kann vielleicht wirklich von der Erde stammen, Herr. Ohne Ihnen widersprechen zu wollen.«

Das letztere war eine seit langem übliche konventionelle Phrase, die jede Bemerkung begleitete, die im Widerspruch zur Feststellung eines Vorgesetzten stand.

Kapitän Racety grunzte. »Er wird wahrscheinlich von Sark gekommen sein, gnädige Frau.«

»Vielleicht. Aber es ist doch irgendwie seltsam«, beharrte Samia. »Ich bin sicher . . . Wieso war er so hilflos, als du ihn gefunden hast, Mädchen? War er verletzt?«

Valona sagte zuerst nichts. Ihr Blick irrte hilflos hin und her, zuerst zu Rik, der die Finger in seinen Haaren verkrallt hatte, dann zum Kapitän hinüber, der humorlos lächelte, schließlich zu Samia.

»Antworte, Mädchen!«

Es war ein harter Entschluß für Valona. Aber keine Lüge konnte hier und jetzt die Wahrheit ersetzen. »Ein Arzt hat ihn einmal untersucht. Er sagte, Rik sei mit der Gehirnsonde behandelt worden.«

»Mit der Gehirnsonde!« Samia fühlte Ekel in sich aufsteigen. Sie rückte den Stuhl zurück. »Glaubst du, er war psychopathisch?«

»Ich weiß nicht, was das bedeutet«, sagte Valona.

»Nicht in dem Sinn, wie Sie es meinen, gnädige Frau«, sagte der Kapitän fast gleichzeitig. »Eingeborene sind nicht psychopathisch. Ihre Bedürfnisse und Wüsche sind zu primitiv. Ich habe noch nie von einem psychopathischen Eingeborenen gehört.«

»Aber dann . . .«

»Es ist ganz einfach, gnädige Frau. Wenn wir annehmen, daß die phantastische Geschichte, die das Mädchen erzählt, wahr ist, dann ist der Bursche kriminell gewesen, was letztlich auch eine Art Psychopathie ist. Und wenn dies zutrifft, muß er von einem dieser Quacksalber behandelt worden sein, die unter den Eingeborenen praktizieren. Dabei wurde er fast getötet und dann in einer abgelegenen Gegend ausgesetzt. So wollte der Täter der Entdeckung und Bestrafung entgehen.«

»Sie glauben doch nicht im Ernst, daß Eingeborene in der Lage sind, die Sonde zu benutzen!« protestierte Samia.

»Vielleicht nicht. Aber man kann auch nicht annehmen, daß ein autorisierter Mediziner derartig ungeschickt damit umgeht. Die Tatsache, daß wir hier auf einen Widerspruch stoßen, beweist, daß die ganze Geschichte frei erfunden ist. Ich schlage vor, gnädige Frau, Sie überlassen diese Geschöpfe uns. Sie sehen selbst, daß Sie nichts von ihnen erwarten können.«

Samia zögerte. »Vielleicht haben Sie recht.«

Sie stand auf und blickte unschlüssig auf Rik. Der Kapitän trat hinter sie und klappte ihren Stuhl zusammen.

Rik sprang auf. »Warten Sie!«

»Bitte sehr, gnädige Frau«, sagte der Kapitän und hielt die Tür für sie auf. »Meine Männer werden ihn beruhigen.«

Samia blieb auf der Schwelle stehen. »Sie werden ihnen nichts antun?«

»Ich glaube nicht, daß wir zu extremen Maßnahmen greifen müssen.«

»Ich kann es beweisen!« rief Rik. »Ich bin von der Erde!«

Samia blieb unschlüssig stehen. »Wir wollen hören, was er zu sagen hat.«

»Wie Sie wünschen, gnädige Frau«, sagte der Kapitän.

Sie trat in den Raum zurück, blieb aber einen Schritt von der Türschwelle entfernt stehen.

Rik war hochrot im Gesicht. »Ich erinnere mich wieder an die Erde. Sie war radioaktiv. Ich erinnere mich an die Sperrgebiete und an den blauen Horizont in der Nacht. Der Boden glühte und nichts wuchs darauf. Es gab nur einige wenige Gegenden, in denen der Mensch leben konnte. Deshalb bin ich Raumanalytiker geworden. Deshalb hat es mir nichts ausgemacht, im Weltraum zu bleiben. Mein Planet war ein toter Planet.«

Samia zuckte die Achseln. »Kommen Sie, Kapitän. Er phantasiert.«

Doch diesmal war es Kapitän Racety, der mit offenem Mund stehenblieb. »Ein radioaktiver Planet«, murmelte er.

»Wollen Sie damit sagen, daß es so etwas gibt?« fragte sie.

»Ja.« Er blickte sie nachdenklich an. »Wo kann er das wohl aufgeschnappt haben?«

»Aber wie kann ein Himmelskörper radioaktiv und doch bewohnt sein?«

»Es gibt einen. Und er ist tatsächlich im Sirius-Sektor. Ich erinnere mich nicht mehr an seinen Namen. Aber er kann tatsächlich ›Erde‹ heißen.«

»Es ist die Erde«, sagte Rik stolz. »Es ist der älteste Planet der Milchstraße. Es ist der Planet, von dem die ganze menschliche Rasse stammt.«

»Das stimmt«, sagte der Kapitän leise.

»Sie meinen, das ganze Menschengeschlecht stamme von dieser Erde?« sagte Samia verwirrt.

»Nein, nein. Das ist natürlich Aberglaube. Ich habe nur in diesem Zusammenhang von dem radioaktiven Planeten gehört. Es heißt, er sei der Heimatplanet der Menschheit.«

»Ich habe nie gehört, daß wir einen Heimatplaneten haben sollen.«

»Ich nehme an, daß die Menschheit irgendwo ihren Ursprung hatte, gnädige Frau. Aber ich glaube nicht, daß irgend jemand mit Bestimmtheit sagen kann, welcher Planet dies war.«

Plötzlich ging er auf Rik zu. »Woran erinnerst du dich noch?«

Fast hätte er wieder das Wort ›Bursche‹ hinzugefügt, aber er hielt es zurück.

»Hauptsächlich an das Raumschiff«, sagte Rick. »Und an die Raumanalyse.«

Samia trat neben den Kapitän. »Dann ist doch alles wahr? Aber wieso wurde er dann mit der Gehirnsonde behandelt?«

»Mit der Gehirnsonde!« sagte der Kapitän gedankenverloren.

»Fragen wir ihn am besten. – Weshalb hat man dich mit der Gehirnsonde behandelt?«

Rik blickte auf. »Ihr sagt alle dieses Wort, sogar Lona. Aber ich weiß nicht, was es bedeutet.«

»Wann hat dein Erinnerungsvermögen aufgehört?«

»Ich weiß nicht.« Verzweifelt wiederholte er: »Ich war in einem Raumschiff.«

»Das wissen wir. Weiter!«

»Es hat keinen Zweck, ihn anzuschreien, Kapitän. Sie werden das wenige, was ihm noch geblieben ist, aus ihm verdrängen«, sagte Samia.

Rik war damit beschäftigt, im Dunkel seines Gehirns zu forschen. Die Anstrengung ließ keinerlei Gemütsbewegung zu. Und zu seinem eigenen Erstaunen sagte er: »Ich habe keine Angst vor ihm, gnädige Frau. Ich versuche, mich zu erinnern. – Es bestand eine Gefahr, das weiß ich sicher, große Gefahr für Florina. Aber ich kann mich an die Einzelheiten nicht mehr erinnern.«

»Gefahr für den ganzen Planeten?« Samia warf einen raschen Blick zum Kapitän hinüber.

»Ja. Es hatte etwas mit den Strömen zu tun.«

»Mit was für Strömen?« fragte der Kapitän.

»Mit den Raumströmen.«

Der Kapitän zuckte die Achseln. »Das ist nun purer Irrsinn.«

»Nein, nein. Lassen Sie ihn weitersprechen.« Samia war wieder geneigt, ihm zu glauben. Sie hatte die Lippen geöffnet, und ihre dunklen Augen glänzten. »Was sind die Raumströme?«

»Sie setzen sich aus verschiedenen Elementen zusammen«, sagte Rik. Er hatte das schon einmal erklärt. Er wollte die Anstrengung nicht noch einmal auf sich nehmen.

Er fuhr rasch fort, unzusammenhängend, wie die Gedanken ihm kamen: »Ich habe eine Meldung an unsere Zweigstelle auf Sark durchgegeben. Ich erinnere mich ganz genau daran. Ich mußte vorsichtig sein. Es bestand eine Gefahr, die nicht nur Florina betraf. Sie erstreckte sich über die ganze Milchstraße. Man mußte vorsichtig sein.«

Er hatte allen Kontakt mit seinen Zuhörern verloren. Er schien in einer Vergangenheit zu leben, vor der ein Vorhang teilweise weggezogen wurde.

Valona legte besänftigend die Hand auf seine Schulter und sagte: »Nicht!« Aber selbst dafür war er unempfänglich.

»Irgendwie wurde meine Meldung von einem Beamten auf Sark

aufgefangen«, fuhr er fort. »Ich weiß nicht, wie das geschehen konnte. Ich bin sicher, daß ich sie an das örtliche Büro auf unserer eigenen Wellenlänge durchgegeben habe.« Er wunderte sich nicht einmal darüber, daß er sich so leicht an das Wort ›Wellenlänge‹ erinnerte.

Seine Augen blickten immer noch ins Leere. »Jedenfalls hat man mich erwartet, als ich auf Sark landete.«

Wieder eine Pause. Der Kapitän unterbrach diesmal nicht. Er schien selbst nachzudenken.

Samia aber sagte: »Wer hat auf dich gewartet?«

»Ich . . . Ich weiß es nicht. Es war niemand von unserem Büro. Es war jemand von Sark. Ich erinnere mich daran, wie ich mit ihm gesprochen habe. Er wußte von der Gefahr. Wir saßen zusammen an einem Tisch. Er saß mir gegenüber. Wir sprachen ziemlich lange miteinander. Ich glaube, ich wollte ihm die Einzelheiten nicht sagen. Ja, ich bin sicher. Ich wollte zuerst mit dem IRB sprechen. Und dann . . .«

»Ja?« drängte Samia.

»Dann tat er etwas. Er . . . Nein, ich kann nicht mehr. Ich kann nicht mehr!« Er schrie die Worte. Dann war Stille. Eine Stille, die vom prosaischen Summen des Verständigungsgeräts am Handgelenk des Kapitäns unterbrochen wurde.

»Was gibt's?« sagte er.

»Eine Meldung von Sark an den Kapitän. Es wird gebeten, daß er sie persönlich entgegennimmt.«

»Gut. Ich komme sofort.« Er wandte sich an Samia: »Gnädige Frau, darf ich Sie darauf aufmerksam machen, daß es ohnehin Essenszeit ist?«

Er sah, daß sie protestieren wollte, und er fuhr – etwas diplomatischer – fort: »Es ist außerdem Zeit, diese Geschöpfe zu füttern; sie sind wahrscheinlich müde und hungrig.«

Samia konnte nichts dagegen einwenden. »Aber ich muß noch einmal mit ihnen sprechen, Kapitän.«

Der Kapitän verbeugte sich. Es konnte Zustimmung bedeuten oder auch nicht.

Samia von Fife war erregt. Ihre Studien über Florina befriedigten ein gewisses intellektuelles Streben in ihr. Aber ›Der mysteriöse Fall des Mannes von der Erde‹ – sie sah es bereits als Überschrift vor sich – sprach etwas viel Primitiveres in ihr an. Er weckte ihre pure animalische Neugier.

Drei Punkte faszinierten sie vor allem. Darunter nicht etwa die vielleicht vernünftigste Frage, ob die Geschichte des Mannes ein

Wahn sei, vorsätzliche Lüge oder die Wahrheit. Es für etwas anderes als die Wahrheit zu halten, hätte den geheimnisvollen Reiz der Angelegenheit zerstört, und das konnte Samia nicht zulassen. Die drei Punkte waren daher: 1. Was war es für eine Gefahr, die Florina oder vielmehr die gesamte Milchstraße bedrohte? 2. Wer hatte den Mann von der Erde mit der Gehirnsonde behandelt? 3. Warum hatte es der Betreffende getan?

Sie war entschlossen, der Angelegenheit nachzugehen. Niemand ist so ehrlich, daß er nicht glaubte, er sei ein vorzüglicher Privatdetektiv, und Samia war weit davon entfernt, ehrlich zu sein.

Nach dem Essen eilte sie sofort wieder zum Geräteraum.

»Öffnen Sie die Tür!« sagte sie zum Wächter.

Dieser rührte sich nicht und blickte starr und respektvoll geradeaus. »Wenn Euer Gnaden gestatten, die Tür darf nicht geöffnet werden.«

»Das wagen Sie mir zu sagen?« fauchte Samia. »Wenn Sie nicht sofort die Tür öffnen, beschwere ich mich beim Kapitän!«

»Wenn Euer Gnaden gestatten, die Tür darf nicht geöffnet werden. Das ist der strikte Befehl des Kapitäns.«

Sie stürmte durch den Gang und platzte in die Kapitänskajüte wie ein Tornado, der auf einen halben Meter zusammengepreßt ist.

»Kapitän!«

»Gnädige Frau?«

»Haben Sie befohlen, daß man mich von dem Mann und der Florinierin fernhält?«

»Ich denke, wir haben ausgemacht, daß Sie die beiden nur in meiner Anwesenheit interviewen?«

»Vor dem Essen, ja. Aber Sie haben doch selbst gesehen, daß sie harmlos sind.«

»Ich habe gesehen, daß sie harmlos schienen.«

Samia kochte. »Dann befehle ich Ihnen, mit mir zu kommen.«

»Das geht nicht, gnädige Frau. Die Situation hat sich geändert.«

»Inwiefern?«

»Sie müssen von den Behörden auf Sark vernommen werden. Und bis dahin sollte man sie in Ruhe lassen.«

Samias Unterkiefer fiel herab, aber sie zog ihn sofort aus der unwürdigen Lage zurück. »Sie werden sie doch nicht dem Ministerium für Florinische Angelegenheiten ausliefern?«

Der Kapitän suchte Zeit zu gewinnen. »Nun«, sagte er, »das war wohl ursprünglich geplant. Sie haben ihr Dorf ohne Erlaubnis verlassen. Sie haben sogar ihren Planeten ohne Erlaubnis verlassen. Außerdem sind sie ohne Erlaubnis an Bord eines sarkitischen Raumschiffes gegangen.«

»Das letztere geschah wohl aus Versehen.«

»Meinen Sie?«

»Jedenfalls kannten Sie alle diese Vergehen schon vor unserem letzten Interview.«

»Aber ich habe erst bei diesem Interview gehört, was der sogenannte ›Mann von der Erde‹ zu sagen hatte.«

»Der sogenannte! Sie haben selbst gesagt, daß der Planet Erde existiert.«

»Ich habe gesagt, er *kann* existieren. Aber darf ich mir die Frage erlauben, was Ihrer Meinung nach mit diesen Leuten geschehen soll?«

»Ich meine, die Geschichte des Mannes sollte nachgeprüft werden. Er spricht von einer Gefahr für Florina und von jemandem auf Sark, der vorsätzlich versucht hat, die Kenntnis dieser Gefahr den Behörden vorzuenthalten. Ich glaube, dies ist sogar ein Fall für meinen Vater. Ich würde den Mann gern zu meinem Vater mitnehmen.«

»Großartig!« sagte der Kapitän.

»Spotten Sie, Kapitän?«

»Verzeihung, gnädige Frau, ich dachte eben an unsere Gefangenen. Darf ich offen sprechen?«

»Ich weiß zwar nicht, was Sie mit ›offen‹ meinen«, erwiderte sie ärgerlich, »aber fangen Sie an!«

»Danke. Vor allem hoffe ich, daß Sie die Bedeutung der Unruhen auf Florina nicht unterschätzen.«

»Was für Unruhen?«

»Haben Sie den Vorfall in der Bibliothek vergessen?«

»Ein Polizeibeamter wurde niedergeschlagen. Was weiter?«

»Und ein zweiter Polizist heute morgen ermordet, gnädige Frau, außerdem ein Eingeborener. Es ist nicht sehr gebräuchlich, daß Eingeborene Polizeibeamte umbringen, und es gibt da einen, der es gleich zweimal getan hat und noch nicht verhaftet ist. Die Frage ist nun die: Hat er allein gearbeitet, oder handelt es sich um einen sorgfältig ausgeklügelten Plan?«

»Offenbar glauben Sie das letztere?«

»Allerdings. Der Mörder hatte zwei Komplicen. Und ihre Beschreibung trifft ziemlich genau auf unsere beiden blinden Passagiere zu.«

»Das haben Sie mir nicht gesagt!«

»Ich wollte Euer Gnaden nicht beunruhigen. Sie erinnern sich jedoch daran, daß ich wiederholt sagte, sie können gefährlich sein.«

»Gut. Was folgt daraus?«

»Wie also, wenn die Morde auf Florina nichts als ein Störmanöver wären, das die Aufmerksamkeit der Polizei ablenken sollte, während diese beiden sich in unser Schiff schlichen?«

»Das klingt absurd.«

»Wirklich? Warum fliehen sie von Florina? Wir haben sie nicht gefragt. Wir wollen annehmen, sie fliehen vor der Polizei, da dies die vernünftigste Erklärung ist. Würden sie dann aber ausgerechnet nach Sark fliehen? Und mit einem Raumschiff, in dem ausgerechnet Euer Gnaden reisen? Außerdem behauptet er, Raumanalytiker zu sein.«

Samia hob die Brauen. »Ja – und?«

»Vor einem Jahr wurde ein Raumanalytiker als vermißt gemeldet. Die Geschichte wurde nicht publiziert. Ich wußte davon, weil ich den Raum nach Spuren seines Schiffes absuchte. Wer auch immer hinter diesen florinischen Unruhen stecken mag, er hat zweifellos Nutzen aus dieser Tatsache gezogen, und schon daß ihm der Fall des vermißten Raumanalytikers bekannt ist, zeigt, was für eine geschickte und unerwartet wirksame Organisation hinter ihm steht.«

»Aber es ist doch möglich, daß der Mann von der Erde und der vermißte Raumanalytiker nichts miteinander zu tun haben.«

»Das hieße, zuviel vom Zufall zu erwarten. Wir haben es mit einem Betrüger zu tun. Deshalb beruft er sich darauf, mit der Gehirnsonde behandelt worden zu sein.«

»Ach?«

»So können wir nämlich nicht beweisen, daß er kein Raumanalytiker ist. Er kennt keine Einzelheiten über den Planeten Erde außer der bloßen Tatsache, daß er radioaktiv ist. Er kann kein Raumschiff steuern. Er weiß nichts über Raumanalyse. Begreifen Sie, gnädige Frau? Er verschanzt sich einfach hinter der Gehirnsonde.«

»Aber zu welchem Zweck?«

»Damit Sie genau das tun, was Sie vorhaben!«

»Dem Geheimnis nachzuspüren?«

»Nein. Den Mann zu Ihrem Vater bringen.«

»Ich begreife immer noch nicht.«

»Es gibt verschiedene Möglichkeiten. Im besten Fall ist er ein Spion, entweder für Florina, wahrscheinlich aber für Trantor. Ich stelle mir vor, daß der alte Abel nicht zögern wird, ihn als Mann von der Erde zu identifizieren, und wenn zu keinem anderen Zweck, als Sark in Verlegenheit zu bringen, indem er Aufklärung über diese angebliche Behandlung mit der Gehirnsonde verlangt. Im schlimmsten Fall wird dieser Mann der Mörder Ihres Vaters sein.«

»Kapitän!«

»Gnädige Frau?«

»Sie sind überspannt!«

»Vielleicht. Aber dann ist auch das Sicherheitsministerium überspannt. Sie wissen, daß ich kurz vor dem Essen hinausgerufen wurde, um eine Meldung von Sark entgegenzunehmen.«

»Ja.«

»Lesen Sie!«

Er reichte Samia die dünne, durchscheinende Folie mit den roten Buchstaben. Die Meldung lautete: »Zwei Florinier sind illegal an Bord Ihres Schiffes gegangen. Nehmen Sie sie sofort fest. Einer von ihnen kann behaupten, kein florinischer Eingeborener, sondern Raumanalytiker zu sein. Sie dürfen in dieser Angelegenheit nichts unternehmen. Sie haben die Gefangenen an das Sicherheitsministerium auszuliefern. Streng geheim. Sehr dringend.«

Samia stockte der Atem. »An das Sicherheits . . .?«

»Streng geheim«, sagte der Kapitän. »Ich lasse hier einmal meine Schweigepflicht außer acht, wenn ich Ihnen die Meldung zeige. Aber Sie lassen mir ja keine andere Wahl.«

»Was wird man mit ihm tun?«

»Das kann ich nicht sagen. Aber jemand, der im Verdacht steht, Spion und Mörder zu sein, kann kaum mit einer sanften Behandlung rechnen. Wahrscheinlich wird das, was er jetzt vortäuscht, wahr werden, und er erfährt, was eine Gehirnsonde wirklich ist.«

Der Detektiv

Die vier Großen Großherren sahen den Großherrn von Fife jeder auf seine Weise an. Bort war ärgerlich, Rune amüsierte sich, Balle war angewidert, und Steen fürchtete sich.

Rune sprach als erster. »Hochverrat? Wollen Sie uns mit einer Phrase erschrecken? Was heißt Hochverrat? Wer wurde verraten?

Sie? Bort? Ich? Von wem und wie? Fife, diese Konferenzen fallen mit meinen Schlafstunden zusammen!«

»Die Resultate«, sagte Fife, »können unter Umständen mit zahlreichen Schlafstunden zusammenfallen. Ich spreche nicht davon, daß irgendeiner von uns verraten wurde. Sark selbst wurde verraten.«

»Sark!« rief Bort. »Was ist Sark, wenn nicht wir selbst?«

»Nennen Sie es eine Mythe. Nennen Sie es etwas, an das gewöhnliche Sarkiten glauben.«

»Das verstehe ich nicht«, stöhnte Steen. »Wirklich! Ich wollte, diese Konferenz wäre schon vorbei!«

»Ich stimme Steen zu«, sagte Balle, und Steen blickte ihn dankbar an.

»Ich werde Ihnen sofort alles erklären«, sagte Fife. »Ich nehme an, Sie haben von den Unruhen auf Florina gehört.«

»Ja«, sagte Rune, »das Sicherheitsministerium spricht davon, daß einige Polizeibeamte ermordet wurden. Meinen Sie das?«

Bort unterbrach mißmutig: »Haben wir nichts Besseres zu tun, als darüber zu sprechen? Polizeibeamte ermordet! Sie verdienen es! Wie ist es überhaupt möglich, daß ein Eingeborener einfach auf einen Polizisten zugehen und ihm den Schädel einschlagen kann? Wie kommt es, daß der Eingeborene nicht zu Staub gemacht wurde? Ich würde die ganze Polizei davonjagen. Die ganze Polizei ist nichts als eine Ansammlung von Fett. Sie haben ein viel zu leichtes Leben. Wir sollten alle fünf Jahre Florina unter Kriegsrecht stellen und die Unruhestifter ausmerzen. Das würde die Eingeborenen im Zaum halten und unsere Männer auf Draht.«

»Sind Sie fertig?« fragte Fife.

»Vorläufig ja. Aber ich werde darauf zurückkommen. Ich habe schließlich auch Besitzungen auf Florina. Sie mögen nicht so groß sein wie die Ihren, Fife, aber groß genug, daß ich mich darum sorge.«

Fife zuckte die Achseln. Er wandte sich unvermittelt an Steen. »Und haben *Sie* von den Unruhen gehört?«

Steen stammelte: »Ja. Vielmehr ... ich meine ... ich habe eben davon gehört, als Sie ...«

»Sie haben also die Verlautbarungen des Sicherheitsministeriums nicht gelesen?«

»Nun, natürlich!« Steen interessierte sich plötzlich ausnehmend für seine langen, spitzen Fingernägel mit ihren akkurat angebrachten Kupferbelägen. »Ich habe nicht immer die Zeit, alle Verlautbarungen zu lesen. Wirklich! Ich wußte nicht, daß man das von mir erwartet. Und« – er raffte seinen ganzen Mut zusammen und blickte Fife voll an –»ich habe nicht gewußt, daß Sie mir Vorschriften machen können. Wirklich!«

»Das habe ich nicht getan«, sagte Fife. »Aber da Sie zumindest die Details nicht kennen, will ich sie Ihnen zuliebe zusammenfassen. Die anderen Herren werden meine Ausführungen vielleicht ebenfalls interessant finden.«

Es war überraschend, in wie wenigen Worten die Ereignisse von achtundvierzig Stunden wiedergegeben werden konnten und wie nüchtern sie klangen. Zunächst war in einer Bibliothek nach Büchern über Raumanalyse gefragt worden. Dann folgte ein Schlag auf den Kopf eines alten Polizeibeamten, der zwei Stunden später an einem Schädelbruch starb. Dann eine Verfolgung, die vor der unantastbaren Behausung eines trantorinischen Agenten endete. In der Morgendämmerung des zweiten Tages wurde ein zweiter Polizeibeamter ermordet, wobei der Mörder in der Uniform seines Opfers entkam, und einige Stunden später schließlich wurde der trantorinische Agent ermordet.

»Wenn Sie noch die allerletzten Neuigkeiten hören wollen«, schloß Fife, »können Sie dieser Liste augenscheinlicher ›Bedeutungslosigkeiten‹ noch folgendes beifügen: Vor wenigen Stunden fand man im Stadtpark auf Florina eine Leiche oder vielmehr die Überreste einer solchen.«

»Wessen Leiche?« fragte Rune.

»Einen Augenblick, bitte. Neben ihr lag ein Häufchen Asche, offenbar die verkohlten Überreste von Kleidung. Alles Metall war sorgfältig daraus entfernt. Die Untersuchung der Asche ergab jedoch, daß es sich um Reste einer Polizeiuniform handelte.«

»Unser erpresserischer Freund?« fragte Balle.

»Das ist nicht sehr wahrscheinlich«, sagte Fife. »Wer sollte ihn heimlich umgebracht haben?«

»Selbstmord«, sagte Bort befriedigt. »Er hat schließlich lange genug in dem Irrglauben gelebt, er könne uns entgehen. Ich vermute, er hatte auf diese Weise einen angenehmeren Tod. Ich persönlich werde feststellen, wer bei der Polizei dafür verantwortlich ist, daß er überhaupt bis zum Selbstmord gediehen ist.«

»Wenn der Mann Selbstmord beging«, sagte Fife, »so hat er sich zuerst getötet, dann die Uniform ausgezogen, sie verbrannt, die Knöpfe und Litzen entfernt und weggeworfen. Oder er hat zuerst die Uniform ausgezogen, sie verbrannt, die Knöpfe und Litzen herausgeklaubt, die Höhle nackt und vielleicht in der Unterwäsche verlassen, die Knöpfe und Litzen weggeworfen und ist dann zurückgekommen, um sich zu töten.«

»Die Leiche lag in einer Höhle?« fragte Bort.

»In einer der Höhlen des Parks.«

»Dann hatte er reichlich Zeit und Muße«, sagte Bort. Er gab seine Theorie nicht gern auf. »Er konnte die Knöpfe und Litzen zuerst abtrennen, dann . . .«

»Haben Sie schon einmal versucht, die Litzen von einer Polizeiuniform zu entfernen, die nicht vorher zu Asche gemacht wurde?« fragte Fife sarkastisch. »Und können Sie mir irgendeinen Grund angeben, weshalb er die Litzen entfernt haben sollte, wenn er tatsächlich der Erpresser war? Er hatte doch nach seinem Selbstmord nichts mehr zu fürchten! Außerdem erhielt ich einen Bericht über die anatomische Untersuchung der Knochenstruktur. Das Skelett ist weder das eines Polizeibeamten noch das eines Floriniers. Es ist das eines Sarkiten.«

»Nein!« rief Steen. Balle riß die Augen auf. Runes metallene Zähne, die ab und zu einen Lichtschimmer aufgefangen hatten und dadurch ein wenig Leben in den schwarzen Kubus brachten, in dem er saß, wurden unsichtbar. Rune preßte anscheinend die Lippen zusammen. Bort war bestürzt.

»Begreifen Sie nun, warum das Metall aus der Asche entfernt wurde?« fragte Fife. »Der Mörder wollte, daß man die Asche für die Überreste der Kleidung des Sarkiten hielt. Wir sollten den Vorfall für Selbstmord halten oder für die Folge einer privaten Rivalität, die in keiner Weise mit unserem falschen Polizeibeamten in Verbindung steht. Was der Mörder allerdings nicht wußte, war die Tatsache, daß man durch die Untersuchung der Asche einwandfrei feststellen kann, ob es sich um den Kyrt eines sarkitischen Anzugs oder um die Zellulose einer Polizeiuniform handelte. – Da wir nun einen toten Sarkiten haben und die Asche einer Polizeiuniform, müssen wir annehmen, daß irgendwo in der oberen Stadt ein Ortsverwalter in der Kleidung eines Sarkiten herumläuft. Unser Floriner hat, nachdem er sich lange genug als Polizist maskiert hatte, gefunden, daß die Gefahr zu groß wurde. Und er beschloß, Großherr zu werden. Das tat er auf die einzig mögliche Art.«

»Ist er festgenommen worden?« fragte Bort belegt.

»Nein.«

»Warum nicht? Warum nicht?«

»Er wird festgenommen werden«, sagte Fife gleichgültig. »Im Augenblick gibt es wichtigere Dinge, über die wir uns wundern müssen. Diese neue Scheußlichkeit ist dagegen eine Lappalie.«

»Zur Sache!« verlangte Rune barsch.

»Geduld! Lassen Sie mich zuerst fragen, ob Sie sich an den vermißten Raumanalytiker vom vergangenen Jahr erinnern.«

Steen kicherte.

Bort sagte mit unendlicher Verachtung: »Schon wieder!«

»Hat er irgend etwas mit den Morden zu tun?« fragte Steen. »Oder wollen Sie nur diese ganze widerwärtige Geschichte vom letzten Jahr noch einmal durchkauen? Ich bin müde! Wirklich!«

Fife war unbewegt. »Die jüngsten Ereignisse begannen mit einer Nachfrage nach Handbüchern über Raumanalyse. Das ist für mich Zusammenhang genug. Wir wollen sehen, ob ich es auch Ihnen plausibel machen kann. Zunächst möchte ich Ihnen die drei Leute beschreiben, die in den Vorfall in der Bibliothek verwickelt waren, und ich bitte darum, mich für einige Augenblicke nicht zu unterbrechen. – Die erste Person ist ein Ortsverwalter. Er ist der Gefährlichste von den dreien. Auf Sark genießt er einen ausgezeichneten Ruf als intelligenter und treu ergebener Mann. Leider hat er seine Fähigkeiten nun gegen uns gewandt. Zweifellos ist er für die vier Morde verantwortlich. Eine ganz beachtliche Leistung. Wenn man bedenkt, daß darunter zwei Polizeibeamte und ein Sarkit sind, ist es sogar unglaublich bemerkenswert für einen Einheimischen. Und er ist immer noch auf freiem Fuß. – Die zweite Person ist eine eingeborene Frau. Sie ist ungebildet und völlig unbedeutend. Während der letzten paar Tage wurde jedoch auch ihre Vergangenheit untersucht. Ihre Eltern waren Mitglieder der ›Seele des Kyrt‹, wenn sich irgend jemand von Ihnen noch an diesen ziemlich lächerlichen Bauernaufstand erinnern sollte, der vor ungefähr zwanzig Jahren mühelos niedergeschlagen wurde. – Nun zur dritten Person, der ungewöhnlichsten von den dreien. Die dritte Person ist ein schwachsinniger Fabrikarbeiter.«

Bort schnaufte, Steen kicherte. Balles Augen blieben geschlossen, und in Runes dunklem Kubus regte sich nichts.

»Ich meine das Wort ›schwachsinnig‹ nicht wörtlich«, sagte Fife. »Das Sicherheitsministerium hat sich die größte Mühe gegeben, aber die Lebensgeschichte dieses Mannes konnte nicht weiter als zehneinhalb Monate zurückverfolgt werden. Zu jener Zeit wurde er bei einem Dorf dicht vor Florinas Hauptstadt in einem Zustand völliger Umnachtung gefunden. Er konnte weder gehen noch sprechen, er konnte nicht einmal allein essen. Nun nehmen Sie bitte zur Kenntnis, daß er wenige Wochen nach dem Verschwinden des Raumanalytikers dort aufgetaucht ist. Nehmen Sie außerdem zur Kenntnis, daß er im Laufe der Monate sprechen gelernt hat und sogar eine Arbeit in der Kyrtfabrik übernahm. Welcher Schwachsinnige könnte dies so schnell lernen?«

»Wenn er ordentlich mit der Gehirnsonde behandelt wurde«, sagte Steen ärgerlich, »ist es kein ...« Er brach ab.

»Ich könnte mir allerdings keine größere Autorität auf diesem Gebiet denken als Sie«, sagte Fife sarkastisch. »Aber auch ohne Steens fachmännische Meinung habe ich selbst schon daran gedacht. Es ist die einzig mögliche Erklärung. – Nun kann die Behandlung mit der Sonde aber nur auf Sark oder in der oberen Stadt von Florina stattgefunden haben. Nur der Vollständigkeit halber wurden die Ärzte der oberen Stadt überprüft. Es war keine Spur einer ungesetzlichen Anwendung der Gehirnsonde zu finden. Einer unserer Agenten machte daraufhin den Vorschlag, die Karteien der Ärzte zu kontrollieren, die seit dem Auftauchen des Schwachsinnigen gestorben sind. Ich werde dafür sorgen, daß der Mann für diese Idee befördert wird. – Wir fanden tatsächlich in einem der Büros dieser Ärzte einen Bericht über einen Schwachsinnigen. Er war vor ungefähr sechs Monaten von einem Bauernmädchen – der zweiten Person unseres Trios – zur ärztlichen Untersuchung gebracht worden. Offenbar geschah dies heimlich, da sie an jenem Tag unter einem Vorwand der Arbeit fernblieb. Der Arzt untersuchte den Schwachsinnigen und stellte eindeutig fest, daß der Mann einer laienhaften Behandlung mit der Gehirnsonde unterzogen worden war. Und nun kommt der springende Punkt: Der Arzt war einer von denen, die ihre Praxen sowohl in der oberen als auch in der unteren Stadt ausüben. Er war einer von diesen Idealisten, die glauben, daß die Eingeborenen erstklassige medizinische Fürsorge verdienen. Er war ein Mann, der methodisch arbeitete und seine Aufzeichnungen in Duplikaten in seinen beiden Büros aufbewahrte, um unnütze Aufzugsfahrten zu vermeiden. Es entsprach auch seinem Idealismus, stelle ich mir vor, in seinen Karteien keine Trennung zwischen Sarkiten und Florinern vorzunehmen. Die Aufzeichnung über den fraglichen Irren jedoch fand sich nur einmal, und es war die einzige Aufzeichnung, die nicht in Duplikaten vorhanden war. Wie ist das zu erklären? – Wenn er sich aus irgendeinem Grund entschlossen hatte, gerade diesen Bericht nicht zu duplizieren, warum hat man ihn dann nur in der Praxis in der oberen Stadt gefunden? Schließlich war der Mann Florinier und wurde in der unteren Stadt untersucht. Alles war in der Kopie, die wir fanden, genau verzeichnet. Der Bericht war ursprünglich in beiden Karteien vorhanden, wurde aber in der unteren Stadt vernichtet, und zwar von jemandem, der nicht wußte, daß sich in der oberen Stadt ein

Duplikat befand. – Weiter. Die Aufzeichnung über die Untersuchung des Irren enthielt den Vermerk, daß der Arzt diesen Fall in seinem nächsten routinemäßigen Bericht an das Sicherheitsministerium erwähnen wollte. Das war völlig korrekt. Aber zu diesem Bericht kam es nicht mehr. Der Arzt starb in derselben Woche an einem Verkehrsunfall. – Die Zufälle häufen sich, nicht wahr?«

Balle öffnete die Augen. »Dies ist ein Kriminalroman, den Sie uns da erzählen!«

»Ja!« schrie Fife befriedigt. »Ein Kriminalroman! Und im Augenblick bin ich der Detektiv!«

»Und wer ist der Angeklagte?« fragte Balle müde.

»Noch nicht! Lassen Sie nich noch einen Augenblick den Detektiv spielen.«

Mitten in der – davon war er überzeugt – gefährlichsten Krise, der Sark je gegenübergestanden hatte, stellte Fife plötzlich fest, daß er sich selbst bewunderte.

»Wir wollen nun die Geschichte vom anderen Ende her aufrollen. Wir wollen für einen Augenblick den Schwachsinnigen vergessen und uns an den Raumanalytiker erinnern. Das erste, was wir von ihm hörten, ist die Mitteilung an das Amt für Außerplanetarischen Verkehr, daß sein Raumschiff in Bälde landen würde. Eine Meldung, die er vorher an die hiesige IRB-Zweigstelle durchgab, begleitete die Mitteilung. Aber der Raumanalytiker kommt nicht an. Er wird nirgends im Weltraum aufgefunden. Darüber hinaus verschwindet die Meldung, die der Raumanalytiker durchgegeben hatte und die an den Informationsdienst weitergegeben wurde. Das Interstellare Raumanalytische Büro behauptet, wir hätten die Meldung unterschlagen. Das Sicherheitsministerium glaubt hingegen, das IRB habe die Meldung zu Propagandazwecken erfunden. Ich bin nun der Meinung, daß beide Ansichten falsch waren. Die Meldung wurde durchgegeben, aber sie wurde nicht von der Regierung von Sark zurückgehalten. – Wir wollen jemanden erfinden und ihn im Augenblick X nennen. X hat Zugang zu den Akten des Informationsdienstes. Er hört von diesem Raumanalytiker und seiner Meldung und hat den Kopf und die Fähigkeit, schnell zu handeln. Er arrangiert es so, daß der Raumanalytiker eine geheime Meldung erhält, die ihn anweist, auf irgendeinem kleinen Privathafen zu landen. Der Raumanalytiker tut dies und trifft dort X.«

Fife holte tief Atem. »X hat die Schreckensbotschaft des Raumanalytikers unterschlagen. Es kann zwei Gründe dafür geben. Erstens konnte dies die Aufklärungsversuche irreleiten, weil dadurch ein Beweisstück aus dem Weg geschafft war. Zweitens konnte X mit Hilfe dieser Meldung das Vertrauen des verrückten Raumanalytikers gewinnen. Dieser glaubte, er könne nur mit seinen Vorgesetzten über die Angelegenheit sprechen. X konnte ihn jedoch überreden, vertrauensseliger zu werden, indem er ihm bewies, daß er die wesentlichen Punkte der Untergangs-Theorie bereits kannte. Zweifellos hat dann der Raumanalytiker ausgesagt. Und wie irreal seine Äußerungen auch gewesen sein mögen, so sah X in ihnen doch ein ausgezeichnetes Propagandamittel. Er schickte seinen Erpresserbrief an die Großen Großherrn, an uns. Sein Plan war vermutlich genau der, den ich damals Trantor zuschrieb. Wenn wir uns nicht mit ihm einigen, wollte er durch Untergangsgerüchte die Kyrtproduktion auf Florina stören. Aber dann ängstigte ihn irgend etwas. Wir werden später untersuchen, was dies war. Auf jeden Fall hielt er es für besser, die Ausführung seines Plans zu verschieben. Warten bedeutete jedoch eine weitere Komplikation. X glaubte nicht an die Theorie des Raumanalytikers, aber es steht außer Frage, daß der Raumanalytiker selbst die Sache sehr ernst nahm. X mußte daher die Dinge so lenken, daß der Raumanalytiker seine ›Schreckensbotschaft‹ gutwillig auf Eis legte. Der Raumanalytiker konnte das nicht tun, bevor sein Geist außer Aktion gesetzt war. X hätte ihn töten können, aber ich bin überzeugt, daß er den Raumanalytiker als eine Quelle weiterer Informationen brauchte. Schließlich verstand er selbst nichts von Raumanalyse und konnte eine erfolgreiche Erpressung nicht völlig auf Bluff aufbauen. Vielleicht benötigte er ihn auch als Geisel im Fall des Mißlingens. Kurz, er benutzte die Gehirnsonde. Nach der Behandlung hatte er einen Irren vor sich, der ihm vorerst keine Schwierigkeiten bereiten konnte, dessen Geist aber nach einer gewissen Zeit wiederhergestellt wäre. Gut. Nun mußte X dafür sorgen, daß der Raumanalytiker während der einjährigen Wartezeit nicht aufgefunden wurde. Er griff zu einer meisterlich einfachen Maßnahme. Er brachte seinen Mann nach Florina, und für beinahe ein Jahr war der Raumanalytiker nichts als ein einfältiger Eingeborener, der in der Kyrtfabrik arbeitete. – Ich stelle mir vor, daß X oder irgendein Untergebener, dem er vertraute, während dieses Jahres den Ort, in dessen Nähe er sein Opfer ausgesetzt hatte, öfters aufsuchte, um sich zu vergewissern, daß der Mann einigermaßen gesund und in Sicherheit war. Bei einem seiner Besuche erfuhr er, daß dieses Geschöpf zu einem Arzt gebracht worden war, der feststellen konnte, ob ein Mensch der Gehirnsonde unterzogen worden ist oder nicht. Der Arzt starb, und sein Bericht verschwand, zumindest aus dem Büro in der unteren Stadt. Dies war X' erste Fehlkalkulation. Er dachte nicht daran, daß auch in der oberen Stadt ein Duplikat vorhanden sein konnte. Die zweite Fehlkalkulation: Der Irre wurde ein wenig zu rasch gesund, und der Verwalter des betreffenden Ortes hatte genug Verstand, um zu bemerken, daß bei dem Fabrikarbeiter mehr dahintersteckte als gewöhnlicher Schwachsinn. Vielleicht erzählte das Mädchen, das für den Irren sorgte, dem Verwalter etwas über die Gehirnsonde. – Nun kennen Sie die Geschichte.«

Fife faltete seine Hände und wartete auf eine Reaktion.

Rune sprach als erster. Schon einige Minuten vorher war in seinem Kubus das Licht ausgegangen. Er rieb sich die Augen. »Und es war eine ziemlich flaue Geschichte, Fife. Noch einen Augenblick in der Dunkelheit, und ich wäre eingeschlafen.«

»Soweit ich sehe«, sagte Balle langsam, »haben Sie ein Gebilde aufgebaut, so gegenstandslos wie das vom letzten Jahr. Neun Zehntel davon sind Vermutungen.«

»Gewäsch!« sagte Bort.

»Und wer ist X?« fragte Steen. »Wenn Sie nicht wissen, wer X ist, ergibt die Geschichte überhaupt keinen Sinn.« Er unterdrückte ein Gähnen und bedeckte seine kleinen weißen Zähne mit dem gekrümmten Mittelfinger.

»Wenigstens einer von Ihnen sieht den wesentlichen Punkt«, sagte Fife. »Die Identität von X ist der Knotenpunkt der Angelegenheit. Erwägen Sie die Eigenschaften, die X besitzen muß, wenn meine Analyse korrekt ist. Vor allem ist X ein Mann mit Verbindungen zur Staatsverwaltung. Er ist ein Mann, der die Behandlung mit der Gehirnsonde anordnen kann. Er ist ein Mann, der glaubt, eine wirkungsvolle Erpressungskampagne durchführen zu können. Er ist ein Mann, der den Raumanalytiker ohne weiteres von Sark nach Florina befördern kann. Er ist ein Mann, der den Tod eines Arztes auf Florina herbeiführen kann. Kurz – er muß ein Großer Großherr sein.«

Bort stand auf. Sein Kopf verschwand, und er setzte sich wieder. Steen brach in ein hysterisches Gelächter aus. Runes Augen funkelten fiebrig zwischen dem fleischigen Fett hervor. Balle schüttelte den Kopf.

»Und wer, bei Sark, wird angeklagt, Fife?« schrie Bort.

»Bis jetzt noch niemand.« Fife blieb ruhig. »Um mit mir zu beginnen – ich bin es nicht gewesen.«

»Haben wir Ihr Wort darauf?« spottete Rune.

»Sie brauchen mein Wort darauf nicht«, gab Fife zurück. »Ich bin der einzige hier, der keinen Grund zu einem solchen Vorgehen hätte. X' Ziel ist es, die Kyrtindustrie zu kontrollieren. Ich kontrolliere sie bereits. Ich besitze ohnehin ein Drittel Florinas. Meine Fabriken, Maschinenanlagen und Frachtflotten würden hinreichen, um jeden beliebigen von Ihnen oder Sie alle vier aus dem Geschäft zu drängen, wenn ich es wollte. Ich brauchte nicht Zuflucht zur Erpressung zu nehmen.«

Er überschrie ihre aufgebrachten Stimmen: »Hören Sie zu! – Sie alle haben jeden erdenklichen Grund: Rune hat den kleinsten Kontinent und den kleinsten Besitz auf Florina. Ich weiß, daß ihm das nicht behagt. Er kann nicht so tun, als sei er zufrieden damit. Balle hat den ältesten Stammbaum. Es gab eine Zeit, in der seine Familie ganz Sark regierte. Das hat er wahrscheinlich nicht vergessen. Bort verübelt die Tatsache, daß er bei Konferenzen stets überstimmt wird und deshalb seine Territorien nicht so regieren kann, wie er gern möchte. Steen hat kostspielige Liebhabereien, und seine Finanzen stehen schlecht. Eine Regulierung wäre für ihn dringend notwendig. Wir haben also die Motive – Neid, Machtgier, Geldgier, Prestigefragen. Nun, wer von uns ist es?«

In Balles alten Augen lag Bosheit. »Sie wissen es nicht?«

»Noch nicht. Aber hören Sie zu. Ich sagte, daß X – wir wollen ihn immer noch X nennen – nach seinem ersten Brief irgend etwas ängstigte. Wissen Sie, was das war? Es war unsere erste Konferenz, in der ich die Notwendigkeit einer gemeinsamen Front predigte. X war hier. X war und ist einer von uns. Er wußte, daß die gemeinsame Front für ihn einen Fehlschlag bedeuten würde. Er hatte damit gerechnet, über uns zu triumphieren, weil er glaubte, unser starres Ideal der kontinentalen Autonomie ließe uns bis zum letzten Augenblick und noch darüber hinaus uneinig sein. Er sah, daß er sich darin getäuscht hatte, und er beschloß zu warten, bis unsere Aufmerksamkeit erlahmte und er mit seinen Machenschaften fortfahren konnte. Aber er hat immer noch unrecht. Wir werden nach wie vor gemeinsam handeln. Und wenn wir erwägen, daß X einer von uns ist, so bleibt uns nur eine Wahl: Die kontinentale Autonomie zu begraben. Sie ist ein Luxus, den wir uns nicht mehr leisten können. Denn X' Plan zielt auf die wirtschaftliche Niederlage von uns anderen ab oder auf das Eingreifen Trantors. Was mich betrifft, so bin ich der einzige, dem ich trauen kann. Deshalb bin ich von jetzt an das Oberhaupt eines vereinigten Sark. Sind Sie meiner Meinung?«

Sie sprangen von den Stühlen auf und schrien. Bort schüttelte die Faust. Leichter Schaum stand ihm in den Mundwinkeln.

Fife lächelte. Jeder war einen Kontinent weit entfernt. Er saß hinter seinem Schreibtisch und sah zu, wie sie tobten.

»Sie haben keine andere Wahl. In dem Jahr seit unserer ersten Konferenz habe auch ich meine Vorbereitungen getroffen. Während Sie mir soeben ruhig zuhörten, haben die mir ergebenen Offiziere die Streitkräfte übernommen.«

»Verrat!« schäumten sie.

»Die kontinentale Autonomie ist verraten«, stimmte Fife zu. »Sark zuliebe.«

Steens Finger verflochten sich nervös. Ihre kupfernen Spitzen waren die einzigen Farbflecke auf seiner Haut. »Aber selbst wenn X einer von uns ist, sind drei unschuldig! Ich bin nicht X!« Er warf den anderen giftige Blicke zu. »Es ist einer von Ihnen!«

»Die Unschuldigen werden an meiner Regierung teilnehmen, wenn sie wollen. Sie haben nichts zu verlieren.«

»Aber Sie weigern sich doch, zu sagen, wer unschuldig ist!« brüllte Bort. »Sie werden uns alle auf Grund dieses Gefasels über X kaltstellen. Auf Grund der . . . Auf Grund der . . .« Atemlos brach er ab.

»Das werde ich nicht tun. In vierundzwanzig Stunden weiß ich, wer X ist. Der Raumanalytiker, über den wir gesprochen haben, ist in meinen Händen.«

Die anderen schwiegen. Sie blickten einander reserviert und mißtrauisch an.

Fife lächelte. »Sie fragen sich, wer von Ihnen X sein kann. Einer von Ihnen weiß es, das steht fest. Und in vierundzwanzig Stunden werden wir alle es wissen. Nun denken Sie daran, meine Herren, daß Sie ziemlich hilflos sind. Die Kriegsflotten sind in meiner Hand. Guten Tag.«

Sie waren entlassen.

Einer nach dem anderen schaltete sich aus.

Bis auf Steen. »Fife«, sagte er mit zitternder Stimme.

Fife blickte auf. »Ja? Wollen Sie nun, da wir unter vier Augen sind, bekennen, daß Sie X sind?«

Steens Gesicht verzerrte sich. »Nein, nein! Wirklich nicht! Ich möchte nur fragen, ob Sie im Ernst gesprochen haben. Ich meine . . . das mit der kontinentalen Autonomie und so?«

Fife blickte auf die alte Uhr an der Wand. »Guten Tag.«

Steen stöhnte. Seine Hand bewegte sich zum Schalter, und auch er verschwand.

Fife saß steinern auf seinem Stuhl. Nun, da die Konferenz vorüber war, der Höhepunkt der Krise überschritten, überkam ihn wieder die Depression. Sein lippenloser Mund war wie ein Spalt in seinem großen Gesicht.

Alle weiteren Überlegungen begannen mit folgender Tatsache: Es war nicht bewiesen, daß der Raumanalytiker krank war. Hätte Junz vom IRB ein ganzes Jahr damit zugebracht, nach einem Verrückten zu suchen? Wäre er so hartnäckig gewesen, wenn es sich um Märchengeschichten gehandelt hätte?

Dies hatte Fife niemandem gesagt. Er wagte kaum, es mit seiner eigenen Seele zu teilen. Wie, wenn der Raumanalytiker nicht verrückt gewesen ist? Wie, wenn tatsächlich der Untergang die Welt des Kyrt bedrohte?

Der florinische Sekretär huschte vor den Großen Großherrn. Seine Stimme war farblos. »Herr!«

»Was gibt's?«

»Das Raumschiff mit Ihrer Tochter ist gelandet.«

»Sind die beiden Gefangenen in Sicherheit?«

»Ja, Herr.«

»Lassen Sie kein Verhör in meiner Abwesenheit stattfinden. Sie dürfen nicht sprechen, ehe ich dort bin ... Gibt es Neuigkeiten von Florina?«

»Ja, Herr. Der Ortsverwalter ist in Haft und wird soeben nach Sark gebracht.«

Der Jachtpilot

Die Lichter des Raumhafens leuchteten heller, je dunkler der Himmel wurde. Zu keiner Stunde unterschied sich die Beleuchtung von der eines Spätnachmittags. Am Hafen 9 war – wie auf allen Jachthäfen der oberen Stadt – ständig Tageslicht. Die Helligkeit stieg nur unter der Mittagssone etwas an, doch dies war die einzige Abweichung.

Markis Genro hatte, als er zum Hafen kam, die bunten Lichter der Stadt hinter sich gelassen. Sie standen hell vor dem schwarzen Nachthimmel, aber sie täuschten nicht – wie die Lichter des Raumhafens – Tageslicht vor.

Genro blieb dicht hinter dem Haupteingang stehen und schien keineswegs beeindruckt von dem gigantischen Hufeisen mit seinen drei Dutzend Hangars und fünf Startrampen. Dieser Anblick war für einen erfahrenen Jachtpiloten alltäglich.

Er nahm eine lange violette Zigarette mit einem hauchdünnen silbrigen Kyrtüberzug als Mundstück aus der Tasche und steckte sie zwischen die Lippen. Er hielt die hohle Hand um die Spitze der Zigarette und beobachtete, wie sie grünlich aufleuchtete, als er den Rauch einsog. Die Zigarette brannte langsam und hinterließ keine Asche. Smaragdgrüner Rauch stieg auf.

Ein Angestellter der Jachthafen-Verwaltung war schnell auf Genro zugegangen. Nur eine diskrete und geschmackvolle Beschriftung auf dem Tunikaknopf zeigte an, daß er ein Angestellter des Hafens war.

»Guten Abend, Doty!« sagte Genro. »Hier herrscht ja Betrieb wie gewöhnlich.«

»Warum nicht?«

»Ach, ich dachte nur, daß es bei all dem Rummel in der Stadt vielleicht irgendeinem hellen Kopf einfallen könnte, den Hafen zu schließen. Sark sei Dank, daß es nicht der Fall ist.«

»Aber es kann soweit kommen. Haben Sie schon das Neueste gehört?«

Genro grinste. »Wie soll einer das Neueste vom Allerneuesten unterscheiden! Hat man den Mörder endlich gefaßt?«

»Nein. Aber man weiß jetzt, daß er nicht mehr in der unteren Stadt ist!«

»Nicht? Wo dann?«

»In der oberen Stadt. Hier!«

»Machen Sie keine Witze!«

Genro kniff ungläubig die Augen zusammen.

»Bestimmt«, sagte der Angestellte ein wenig gekränkt. »Die Polizei sucht die Kyrtstraße ab und hat den Stadtpark umstellt.«

»Nun ja.« Genros Augen blitzten unruhig über die in den Hangars stehenden Raumjachten. »Ich glaube, ich bin seit zwei Monaten nicht mehr im Hafen neun gewesen. Sind irgendwelche neuen Schiffe da?«

»Nein. Doch ja. Hjordesses ›Pfeil‹.«

Genro schüttelte den Kopf. »Kenne ich. Nichts als Chrom. Ich werde mir noch einmal selbst eins entwerfen müssen.«

»Gefällt Ihnen Ihr ›Komet V‹ nicht mehr?«

»Ich werde ihn verkaufen oder verschrotten. Ich kann diese neuen Modelle nicht leiden. Sie sind zu sehr automatisiert. Die automatische Steuerung und die Flugbahnregulierung verderben einem die Freude am Sport.«

»Das sagen viele andere auch«, stimmte Doty zu. »Wenn ich von einem guterhaltenen älteren Modell höre, lasse ich es Sie wissen.«

»Danke. Darf ich ein wenig über den Platz gehen?«

»Natürlich.«

Genro ging langsam an den Hangars entlang, die halb ausgerauchte Zigarette im Mundwinkel. Er blieb an jedem besetzten Hangar stehen und taxierte seinen Inhalt. Die Jacht in Hangar 26 erregte sein besonderes Interesse. Er schaute über die niedrige Barriere und sagte: »Hallo?«

Der Ruf klang wie eine höfliche Anfrage. Doch nach einigen Sekunden rief er noch einmal, ein wenig bestimmter, etwas weniger höflich.

Der ›Großherr‹, der ins Blickfeld kam, war kein sehr eindrucksvoller Anblick. Erstens trug er keinen Jachtanzug, zweitens war er unrasiert und hatte seine Kappe in höchst altmodischer Manier tief in die Stirn gezogen. Sie bedeckte sein halbes Gesicht. Und schließlich lag in seinem Betragen eine mißtrauische Übervorsicht. Der ›Großherr‹ hieß Myrlyn Terens.

»Ich bin Markis Genro. Ist das Ihre Jacht, Herr?«

»Ja.«

Genro schob den Hut in den Nacken und betrachtete die Jacht aufmerksam. Er schnippte den Rest seiner Zigarette hoch in die Luft, wo er sich unter einem schwachen Blitz auflöste.

»Haben Sie etwas dagegen, wenn ich hineinkomme?« fragte Genro. Terens zögerte, trat aber zur Seite.

»Was für Motoren hat Ihr Schiff, Herr?«

»Warum?«

Genro war groß und dunkelhaarig. Er überragte den anderen um einen halben Kopf, und sein Lächeln zeigte weiße, ebenmäßige Zähne. »Um offen zu sein – ich möchte mir eine neue Jacht kaufen.«

»Wollen Sie damit sagen, daß Sie sich für diese hier interessieren?«

»Vielleicht. Wenn der Preis nicht zu hoch ist. Würde es Ihnen etwas ausmachen, wenn ich mir die Armaturen ansehe?«

Terens schwieg.

Genros Stimme wurde ein wenig kühler. »Natürlich nur, wenn es Ihnen angenehm ist.«

»Ich würde die Jacht unter Umständen verkaufen«, sagte der Großherr.

Er fingerte in seinen Taschen. »Hier ist die Lizenz.«

Genro warf auf beide Seiten einen raschen Blick. Dann reichte er sie ihm zurück. »Sie sind Deamone?«

Terens nickte. »Sie können hereinkommen, wenn Sie wollen.«

Genro schaute kurz auf die Hafenuhr. Es war die zweite Stunde nach Sonnenuntergang.

»Danke. Wollen Sie vorausgehen?«

Terens griff wieder in die Tasche und zog einen Schlüsselbund heraus. »Nach Ihnen, bitte.«

Genro nahm den Schlüsselbund. Er blätterte die Schlüssel durch, schaute auf die kleinen, eingeprägten Zeichen. Der andere machte keinen Versuch, ihm zu helfen.

Schließlich sagte Genro: »Ich glaube, dieser hier ist es, nicht wahr?«

Er ging die schmale Rampe zur Luftschleuse hinauf und prüfte eingehend die Naht zur Rechten der Schleuse. »Ich kann es nicht erkennen – ah, hier!« Und er ging zur anderen Seite der Schleuse. Geräuschlos öffnete sich die Schleuse, und Genro trat in die Finsternis. Ein rotes Licht ging automatisch an, als sich die Tür hinter ihm schloß. Die innere Tür öffnete sich, und im ganzen Schiff flammten weiße Lichter auf.

Myrlyn Terens konnte keine freie Entscheidung mehr treffen. Drei verdammte Stunden lang hatte er neben Deamones Schiff gestanden und hatte gewartet. Er war unfähig, etwas anderes zu tun, als auf seine Festnahme zu warten.

Und dann war dieser junge Mann gekommen und hatte sich für die Jacht interessiert. Mit ihm über das Schiff zu verhandeln war völliger Wahnsinn. Aber schließlich konnte er auch nicht gut bleiben, wo er war.

In der Jacht wäre wenigstens etwas Eßbares. Seltsam, daß ihm dies nicht schon vorher eingefallen war.

»Es ist Essenszeit«, sagte Terens. »Darf ich Ihnen etwas anbieten?«

Der andere blickte sich kaum um. »Später vielleicht, vielen Dank.« Terens drängte ihn nicht. Er ließ ihn im Schiff umherstreifen und beschäftigte sich dankbar mit dem Dosenfleisch und den in Zellulose verpackten Früchten, die er in einem Schrank fand.

Auf der anderen Seite des Korridors, gegenüber der Küche, war ein Duschraum. Er trat ein, schloß die Tür hinter sich und badete. Es war eine Wohltat, als er die enge Mütze abnehmen konnte. Er fand sogar einen schmalen Kleiderschrank, aus dem er frische Wäsche nahm.

Terens war viel mehr Herr seiner selbst, als er den Duschraum verließ.

»Sagen Sie, hätten Sie etwas dagegen, wenn ich versuche, dieses Schiff zu fliegen?« fragte Genro.

»Aber nicht im geringsten. Können Sie dieses Modell steuern?« fragte Terens mit eleganter Lässigkeit.

»Ich denke«, sagte der andere lächelnd. »Ich schmeichle mir selbst, daß ich alle gebräuchlichen Modelle steuern kann. Übrigens habe ich mir bereits die Freiheit genommen, den Kontrollturm anzurufen. Es ist gerade eine Abflugrampe frei. Hier ist meine Jachtlizenz.«

Terenz warf einen flüchtigen Blick darauf. »Schön, übernehmen Sie das Schiff«, sagte er.

Die Raumjacht glitt wie ein Wal aus dem Hangar. Ihre diamagnetisierte Hülle schwebte zehn Zentimeter über dem Feld.

Terens sah zu, wie Genro die Steuer handhabte. Die Jacht bebte unter seiner Berührung. Das kleine Abbild des Hafens auf dem Bildschirm verschob sich bei der geringsten Bewegung der Hebel.

Am Rand der Startrampe blieb das Schiff stehen. Das diamagnetische Feld zog nun immer stärker am Zug, und die Jacht begann sich aufzurichten. Terens bemerkte dies nicht, da sich der Pilotenraum auf einem Kardangelenk mitdrehte. Majestätisch griffen die Hinterflossen des Schiffes in die dafür vorgesehenen Furchen der Rampe. Es stand aufrecht. Seine Spitze zeigte zum Himmel.

Die Duralitdecke der Startrampe glitt zurück und enthüllte die hundert Meter tiefe neutralisierende Verkleidung, die die ersten Energiestöße der Hyperatom-Motoren aufnahm.

Genro sprach mit dem Kontrollturm. »Zehn Sekunden bis zum Start!« sagte er schließlich.

Ein steigender roter Faden in einer Quarzröhre markierte die schwindenden Sekunden und schloß bei Null den Kontakt.

Terens wurde in den Sitz gepreßt. »Wie fliegt es sich?« grunzte er.

Genro schien unempfindlich für die Beschleunigung. Seine Stimme hatte fast den normalen Ton, als er sagte: »Ganz gut.«

Terens sah, wie die Sterne auf dem Bildschirm hart und hell wurden, als das Schiff die Atmosphäre verließ. Der Kyrt auf seiner Haut fühlte sich kalt und feucht an.

Sie waren draußen im Raum. Genro manövrierte das Schiff durch die einzelnen Gangarten. Terens sah, wie die Sterne über den Bildschirm wanderten, während die langen, schmalen Finger des Piloten mit den Steuern spielten, als wären es die Tasten eines Musikinstruments. Schließlich füllte ein Teil einer riesigen orangenen Kugel die klare Oberfläche des Bildschirms.

»Nicht schlecht«, sagte Genro. »Sie halten Ihr Fahrzeug in gutem Zustand, Deamone. Es ist klein, aber es hat seine Vorzüge.«

»Ich nehme an, Sie würden gern noch die Geschwindigkeit und die Sprungfähigkeit prüfen«, sagte Terens vorsichtig. »Es steht Ihnen frei. Ich habe nichts dagegen.«

Genro nickte. »Sehr gut. Wohin sollen wir? Was halten Sie von . . .« Er zögerte. »Nun, wie wär's mit Sark?«

Terens atmete ein wenig schneller. Er hatte das erhofft. Er war nahe daran zu glauben, daß er in einer Welt der Zauberei lebte. Es wäre nicht schwer gewesen, ihn davon zu überzeugen, daß es eine höhere Fügung war, die seine Schritte lenkte. Auf Sark war Rik mit seinem wiederkehrenden Gedächtnis. Das Spiel war noch nicht verloren.

»Warum nicht, Genro!« stimmte er eifrig zu.

»Dann also nach Sark!«

Mit wachsender Geschwindigkeit glitt die Kugel Florina aus dem Blickfeld des Bildschirms, und die Sterne kehrten zurück.

»Wie schnell fliegen Sie gewöhnlich die Strecke Florina-Sark?« fragte Genro.

»Keine Rekordzeiten«, sagte Terens. »Ungefähr Durchschnitt.«

»Aber Sie haben es doch sicher schon in weniger als sechs Stunden geschafft, nehme ich an.«

»Gelegentlich ja.«

»Haben Sie etwas dagegen, wenn ich es in fünf versuche?«

»Nein, im Gegenteil«, sagte Terens.

Es dauerte Stunden, bis sie einen Punkt erreicht hatten, der weit genug von der Gravitätsablenkung der Sonne Florinas entfernt war, um den Sprung durchführen zu können.

Für Terens war das Wachsein eine Tortur. Drei Nächte hatte er wenig oder gar nicht geschlafen, und die Anstrengungen der Tage hatten an seiner Kraft gezehrt. Genro blickte ihn von der Seite an. »Warum legen Sie sich nicht ein bißchen aufs Ohr?«

Terens gab sich unter Anstrengung den Anschein von Munterkeit. »Nicht nötig.«

Aber er gähnte hemmungslos und lächelte, um dadurch um Verzeihung zu bitten. Der Jachtpilot wandte sich wieder den Instrumenten zu, und wieder wurden Terens' Augen glasig.

Die Sitze in einer Raumjacht sind weich. Sie müssen den Reisenden gegen die Beschleunigung abfedern. Selbst ein Mann, der nicht besonders müde ist, kann leicht auf ihnen einschlafen. Terens, der in diesem Augenblick auf Glassplittern hätte schlafen können, wußte nicht, wann er eingeschlafen war.

Er schlief stundenlang. Er schlief so tief und traumlos wie schon lange nicht mehr.

Er rührte sich nicht. Er zeigte auch nicht das geringste Anzeichen von Leben außer seinem regelmäßigen Atem, als ihm die Mütze vom Kopf gezogen wurde.

Terens erwachte langsam. Minutenlang hatte er nicht die leiseste Ahnung, wo er sich befand. Er dachte, er sei wieder in seinem Haus auf Florina. Tropfenweise sickerte die Wirklichkeit in sein Bewußtsein. Schließlich gelang es ihm, Genro, der immer noch am Steuer saß, anzulächeln. »Ich glaube, nun bin ich doch ein wenig eingeschlafen.«

»Ja, ich glaube auch. Hier ist Sark.« Genro deutete mit dem Kopf auf den großen weißen Halbmond auf dem Bildschirm.

»Wann landen wir?«

»Ungefähr in einer Stunde.«

Terens war nun wach genug, um einen leichten Wandel im Verhalten des anderen zu bemerken, und es durchfuhr ihn eiskalt, als sich der stahlgraue Gegenstand in Genros Hand als der graziöse Lauf einer Nadelpistole herausstellte.

»Was im Himmel . . .«, begann Terens und stand auf.

»Setzen Sie sich«, sagte Genro gelassen. In seiner anderen Hand hielt er eine Mütze.

Terens griff sich an den Kopf, und seine Finger faßten ins helle Haar.

»Ja«, sagte Genro. »Es ist ganz offensichtlich. Sie sind Florinier.«

Terens erwiderte nichts.

»Schon ehe ich die Jacht des armen Deamone betrat, wußte ich, daß Sie Florinier sind.«

Terens' Mund war trocken, und seine Augen brannten. Er starrte auf die dünne, tödliche Mündung des Pistolenlaufs und wartete auf einen plötzlichen, lautlosen Blitz. Nun war er soweit gekommen und hatte das Spiel noch verloren.

Genro schien es nicht eilig zu haben. Er hielt die Nadelpistole ruhig in der Hand und sprach langsam: »Ihr Hauprfehler, Ortsverwalter, war der Gedanke, daß Sie eine organisierte Polizei endlos an der Nase herumführen könnten. Außerdem wäre es klüger gewesen, sich nicht ausgerechnet Deamone als Opfer auszusuchen.«

»Ich habe ihn nicht ausgesucht!« krächzte Terens.

»Dann nennen wir es Pech. Alstare Deamone wartete vor ungefähr zwölf Stunden im Stadtpark auf seine Frau. Es war reine Sentimentalität, daß er sich ausgerechnet in der Mulde mit ihr verabredet hatte. Sie hatten sich nämlich an jener Stelle kennengelernt und trafen sich dort an jedem Jahrestag der Begegnung wieder. Es ist nichts besonders Orginelles an dieser Art der Zeremonie zwischen jungen Ehepaaren, aber für sie scheint es wichtig gewesen zu sein. Natürlich ahnte Deamone nicht, daß ihn dieser verhältnismäßig einsame Platz zum Opfer eines Mörders werden lassen könnte. Wer hätte auch in der oberen Stadt an so etwas gedacht.

Normalerweise wäre der Mord tagelang nicht entdeckt worden. Deamones Frau jedoch war wenige Minuten nach dem Verbrechen am Tatort. Sie wunderte sich, daß ihr Mann nicht dort war. Es war nicht seine Art, im Zorn fortzugehen, weil sie sich ein wenig verspätet hatte. Sie verspätete sich oft. Mehr oder weniger erwartete er das sogar. Deshalb dachte sie, er warte vielleicht in ›ihrer‹ Höhle auf sie.

Deamone hatte natürlich vor ›ihrer‹ Höhle gewartet. Daher war es auch diejenige, in die er nach seiner Ermordung gezogen wurde. Seine Frau trat in die Höhle und fand – nun, Sie wissen, was sie fand. Es gelang ihr, die Nachricht an die Polizei weiterzugeben, obwohl sie vor Entsetzen fast besinnungslos war.

Wie fühlt man sich, Ortsverwalter, wenn man einen Mann ermordet hat, dessen Frau dann seine Überreste ausgerechnet an der Stelle findet, die mit den glücklichsten Erinnerungen für sie beide verbunden ist?«

Terens würgte. »Ihr Sarkiten habt Millionen von Floriniern getötet, auch Frauen und Kinder! Ihr seid reich geworden durch uns. Diese Jacht . . .«

Mehr brachte er nicht heraus.

»Deamone war nicht verantwortlich für die Situation, die er bei seiner Geburt vorfand«, sagte Genro. »Was hätten Sie getan, wenn Sie als Sarkit zur Welt gekommen wären? Hätten Sie Ihre Besitztümer aufgegeben und wären in die Kyrtfelder zur Arbeit gegangen?«

»Schön, also schießen Sie endlich!« rief Terens. »Worauf warten Sie noch?«

»Das hat keine Eile. Wir haben genügend Zeit, und ich möchte meine Geschichte gern zu Ende erzählen. Da die Asche, die neben der Leiche lag, von einer Polizeiuniform herrührte, schlossen wir darauf, daß Sie der Mörder waren und sich als Sarkit maskiert haben. Ferner war es wahrscheinlich, daß Sie zu Deamons Jacht gehen würden. Überschätzen Sie nicht unsere Dummheit, Ortsverwalter!

Der Fall war aber noch kompliziert. Es genügte nicht, Sie einfach aufzuspüren. Sie waren bewaffnet und hätten im Augenblick der Festnahme zweifellos Selbstmord begangen. Selbstmord aber konnten wir nicht brauchen. Man wollte Sie auf Sark haben, und zwar in ordentlichem Zustand.

Es war eine delikate Angelegenheit. Vor allem mußte ich das Sicherheitsministerium davon überzeugen, daß ich den Fall allein übernehmen und Sie ohne Aufhebens und ohne Schwierigkeiten nach Sark bringen würde. Und dies tue ich im Augenblick.

Um Ihnen die Wahrheit zu sagen: Ich habe mich zuerst gefragt, ob Sie wirklich unser Mann seien. Sie waren im normalen Straßenanzug auf dem Jachthafen. Das war unglaublich stillos. Niemand, schien mir, würde auch nur im Traum daran denken, einen Jachtpiloten ohne den entsprechenden Anzug zu verkörpern. Ich dachte, Sie seien als Köder geschickt worden und wollten uns ablenken, während der Mann, den wir suchten, in eine andere Richtung verschwand.

Ich habe Sie deshalb auf die Probe gestellt. Ich hantierte mit den Schlüsseln an der falschen Stelle. Kein Raumschiff, das jemals gebaut wurde, öffnet sich an der rechten Seite der Luftschleuse. Es öffnet sich immer und unveränderlich links davon. Sie haben keinerlei Überraschung über meinen Fehler gezeigt. Dann fragte ich Sie, ob Ihre Jacht jemals die Strecke Florina–Sark in weniger als sechs Stunden zurückgelegt hatte. Sie sagten – ›gelegentlich‹. Das ist recht bemerkenswert. Die Rekordzeit für die Strecke beträgt nämlich neun Stunden.

Daraus schloß ich, daß Sie kein Köder sein konnten. Ihre Unwissenheit war zu groß. Sie mußten von Natur aus unwissend sein und wahrscheinlich der richtige Mann. Es handelte sich also nur noch darum, daß Sie einschliefen – man sah Ihnen an, daß Sie Schlaf dringend nötig hatten –, Sie zu entwaffnen und in aller Stille mit einer geeigneten Waffe in Schach zu halten. Ich nahm Ihnen, mehr aus Neugier als aus irgendeinem anderen Grund, die Mütze ab. Ich wollte sehen, wie ein Sarkiten-Anzug aussieht, wenn ein rothaariger Kopf daraus hervorschaut.«

Terens blickte starr auf die Nadelpistole. Vielleicht sah Genro, wie seine Kiefermuskeln sich strafften. Vielleicht erriet er, was Terens dachte.

»Natürlich darf ich Sie nicht töten«, sagte er. »Selbst wenn Sie mich angreifen. Ich kann Sie nicht einmal in Notwehr töten. Aber glauben Sie ja nicht, daß Ihnen das einen Vorteil verschafft. Wenn Sie sich bewegen, schieße ich Ihnen ein Bein ab.«

Terens legte die Hände vor die Augen und saß regungslos da.

»Wissen Sie, warum ich Ihnen das alles erzähle?« sagte Genro ruhig.

Terens antwortete nicht.

»Erstens«, sagte Genro, »sehe ich Sie ziemlich gern leiden. Ich mag Mörder nicht, und insbesondere mag ich Florinier nicht, die Sarkiten ermorden. Man hat mir befohlen, Sie lebend abzuliefern. Aber in meinen Befehlen steht nicht, daß ich Ihnen die Reise angenehm machen muß. Zweitens ist es notwendig, daß Sie mit der Situation vertraut sind, denn wenn wir auf Sark gelandet sind, hängen die nächsten Schritte von Ihnen ab.«

Terens blickte auf. »Wie bitte?«

»Das Sicherheitsministerium weiß, daß Sie ankommen. Aber ich sagte vorhin, es war notwendig für mich, das Sicherheitsministerium zu überzeugen, daß ich dieses Unternehmen *allein* durchführen kann. Darauf kommt es an. Und die Tatsache, daß es mir gelingt, wird die Sachlage erheblich ändern.«

»Ich verstehe Sie nicht«, sagte Terens verzweifelt.

Mit Gemütsruhe antwortete Genro: »Ich sagte, ›man‹ wollte Sie auf Sark haben, ›man‹ wollte Sie in gutem Zustand haben. Mit ›man‹ meine ich nicht das Sicherheitsministerium. Ich meine Trantor.«

Der Abtrünnige

Selim Junz war nie phlegmatisch gewesen. Ein Jahr vergeblicher Arbeit hatte nichts daran geändert. Er konnte nicht in Ruhe Wein trinken, während die Fundamente seiner geistigen Orientierung schwankten. Kurz, er war nicht Ludigan Abel.

Als Junz seinem Ärger darüber Luft gemacht hatte, daß man es Sark gestattete, ein Mitglied des IRB zu entführen und einzusperren, gleichgültig in welchem Zustand das trantorinische Spionagenetz auch sein mochte, sagte Abel nur: »Ich glaube, es wäre das beste, wenn Sie die Nacht über hierblieben, Doktor.«

»Ich habe etwas Besseres zu tun«, erwiderte Junz eiskalt.

»Zweifellos, zweifellos«, sagte Abel. »Aber wenn schon meine Leute ermordet werden, geht Sark ziemlich dreist vor. Es ist nicht ausgeschlossen, daß auch Ihnen etwas zsutoßen würde, ehe die Nacht vorüber ist. Wir wollen diese Nacht abwarten und sehen, was ein neuer Tag bringt.«

Junz' Proteste führten zu nichts. Abel hörte nicht mehr zu, und Junz wurde mit bestimmter Höflichkeit in eine Kammer geleitet.

Im Bett liegend, starrte er auf die schwachleuchtende, gemalte Decke – eine leidlich gelungene Kopie von Lenhaldens ›Schlacht der arkturinischen Monde‹ – und wußte, daß er nicht würde schlafen können. Dann roch er einen schwachen Gashauch – ein Schlafmittel. Und er schlief, ehe er einen zweiten Hauch wahrnahm. Fünf Minuten später, als ein kräftiger Luftzug den Raum von dem Anästhetikum säuberte, war genug davon verabfolgt, um einen gesunden Achtstundenschlaf zu gewährleisten.

Junz erwachte im kalten Licht der Morgendämmerung. Neben seinem Bett stand Abel.

»Wieviel Uhr ist es?« fragte Junz.

»Sechs.«

»Großer Weltraum!« Er stieß seine knochigen Beine unter der Decke hervor. »Sie sind früh auf.«

»Ich habe nicht geschlafen.«

»Sie sehen auch recht übermüdet aus.«

»Ja, ich reagiere nicht mehr richtig auf Antischlafmittel wie früher, als ich noch jünger war.«

»Wenn Sie mich einen Augenblick entschuldigen wollen«, murmelte Junz und ging hinaus.

An diesem Morgen benötigte er für seine Toilette nur einen Augenblick. Er zog den Gürtel seiner Tunika fest und schloß den magnetischen Saum.

»Nun?« fragte er, als er zurückkam. »Sicher haben Sie nicht die Nacht über gewacht und mich um sechs Uhr geweckt, wenn Sie mir nicht etwas zu berichten hätten.«

»Ganz recht, ganz recht!« Abel setzte sich auf das Bett und lachte. – »Verstehen Sie, Junz«, sagte er. »Ich bin nicht ganz ich selbst. Dieses künstliche Wachen hat mir ein wenig den Kopf verdreht. Ich glaube fast, ich werde Trantor raten, mich durch einen jüngeren Mann ersetzen zu lassen.«

Junz sagte mit einem Anflug von Sarkasmus und nicht ganz ohne Hoffnung: »Wollen Sie damit sagen, daß die Sarkiten den Raumanalytiker noch nicht gefunden haben?«

»Doch, sie haben ihn. Es tut mir leid, aber sie haben ihn. Meine Heiterkeit ist ausschließlich der Tatsache zuzuschreiben, daß unser Spionagenetz intakt ist.«

Junz hätte gern gesagt: Ich pfeife auf euer Netz. Aber er unterdrückte diesen Wunsch.

»Zweifellos wußten die Sarkiten«, fuhr Abel fort, »daß Khorov einer unserer Agenten war. Vielleicht kennen sie noch andere. Aber das sind kleine Fische. Jedenfalls hielten sie es nie für nötig, mehr zu tun als zu beobachten.«

»Sie haben Khorov ermordet!« sagte Junz.

»Eben nicht. Es war einer der Komplicen des Raumanalytikers.«

Junz starrte ihn an. »Das verstehe ich nicht.«

»Es ist auch eine ziemlich komplizierte Geschichte. Wollen Sie mit mir frühstücken? Ich muß unbedingt etwas essen.«

Beim Kaffee erzählte Abel die Geschichte der letzten sechsunddreißig Stunden.

Junz war konsterniert. Er stellte die noch halbvolle Tasse auf den Tisch und rührte sie nicht mehr an. »Selbst wenn sie sich ausgerechnet in diesem Schiff versteckt haben, besteht immer noch die Möglichkeit, daß sie vielleicht noch nicht entdeckt worden sind. Wenn Sie Leute beauftragen, die bei der Landung des Raumschiffs . . .«

»Sie wissen genausogut wie ich, daß es kein modernes Raumschiff gibt, in dem man nicht die Körperwärme eines blinden Passagiers feststellen würde.«

»Das kann übersehen worden sein. Instrumente mögen unfehlbar sein, aber Menschen sind es nicht.«

»Da ist wohl der Wunsch der Vater des Gedanken. Schauen Sie her! Wir haben Berichte aus zuverlässiger Quelle, daß der Großherr von Fife in dem Augenblick, in dem sich das Raumschiff mit dem Raumanalytiker an Bord Sark näherte, mit den anderen Großen Großherren konferiert. Ist das Zufall?«

»Eine interkontinentale Konferenz wegen eines Raumanalytikers?«

»An sich ein unwichtiges Thema. Aber wir haben es wichtig gemacht. Das IRB hat ihn fast ein Jahr lang mit bemerkenswerter Hartnäckigkeit gesucht.«

»Nicht das IRB«, sagte Junz. »Ich war es selbst. Ich habe in der Angelegenheit ziemlich auf eigene Faust gearbeitet.«

»Das wissen die Großherren nicht, und sie würden es Ihnen auch nicht glauben. Außerdem hat sich auch Trantor für die Affäre interessiert.« – »Auf meine Bitte hin.«

»Auch das wissen sie nicht und würden es nicht glauben.«

Junz stand auf. Sein Stuhl bewegte sich automatisch vom Tisch zurück. Mit auf dem Rücken gefalteten Händen schritt Junz durch das Zimmer. Hin und her – hin und her. Ab und zu warf er einen mißmutigen Blick auf Abel.

Abel schenkte sich ungerührt eine zweite Tasse Kaffee ein.

»Woher wissen Sie das alles?« fragte Junz.

»Was?«

»Alles. Wie und wann der Raumanalytiker in das Schiff gekommen ist. Wie der Ortsverwalter sich der Gefangennahme entzogen hat. Wollen Sie mich täuschen?«

»Lieber Dr. Junz!«

»Sie haben jedenfalls dafür gesorgt, daß ich Ihnen in der vergangenen Nacht nicht im Weg war und nichts unternehmen konnte.« Junz erinnerte sich plötzlich wieder an den Geruch des Schlafmittels.

»Ich habe die Nacht in ständiger Verbindung mit meinen Agenten verbracht, Doktor. Sie aber durften nicht im Weg sein und mußten andererseits in Sicherheit gebracht werden. Was ich Ihnen eben erzählt habe, erfuhr ich von meinen Agenten.«

»Um das zu erfahren, müßten Sie sogar in der Regierung von Sark selbst Ihre Spione sitzen haben.«

»Ja, natürlich.« Junz wandte sich nach dem Botschafter um.

»Wundert Sie das? Gewiß, Sark ist sprichwörtlich bekannt für die Stabilität seiner Regierung und die Loyalität seiner Bevölkerung. Der Grund ist einfach der, daß selbst der ärmste Sarkit ein Aristokrat ist im Vergleich zu den Floriniern und daß er sich – wenn auch fälschlich – für das Mitglied einer regierenden Klasse hält. Und denken Sie bitte daran, daß Sark keineswegs der Planet der Milliardäre ist, für den ihn der größte Teil der Milchstraße hält. Ihre einjährige Anwesenheit muß Sie davon überzeugt haben. Achtzig Prozent der Bevölkerung haben einen Lebensstandard, der durchaus demjenigen der anderen Planeten entspricht und nicht einmal viel höher liegt als der von Florina. Es wird immer eine gewisse Anzahl Sarkiten geben, die ich für meine Zwecke dienstbar machen kann, weil sie sich in ihrem Hunger hinreichend über den Teil der Bevölkerung ärgern, der im Luxus schwimmt. Es ist die große Schwäche der sarkitischen Regierung, daß sie sich Jahrhunderte lang eine Rebellion nur auf Florina vorstellen konnte. Sie haben vergessen, auf sich selbst zu achten.«

»Diese kleinen Sarkiten können Ihnen nicht viel nützen«, sagte Junz.

»Als einzelne nicht. Zusammen aber bilden sie wertvolle Werkzeuge für unsere wichtigeren Leute, für die Mitglieder der tatsächlich regierenden Klasse, die sich die Lektionen der letzten zweihundert Jahre zu Herzen genommen haben. Sie sind überzeugt, daß Trantor letztlich doch die ganze Milchstraße beherrschen wird, und ich glaube, diese Überzeugung ist richtig. Viele erwarten sogar, daß diese Besitzergreifung noch zu ihren Lebzeiten stattfindet und ziehen es vor, sich schon im voraus auf die siegreiche Seite zu schlagen.«

Junz zog eine Grimasse. »Bei Ihnen hört sich die interstellare Politik wie ein ziemlich schmutziges Spiel an.«

»Das ist sie auch. Aber die Mißbilligung des Schmutzes ändert daran nichts. Auch sind keineswegs alle ihre Aspekte ausnahmslos schmutzig. Nehmen Sie die Idealisten. Betrachen Sie die paar Männer in der Regierung von Sark, die Trantor weder für Geld noch für Machtversprechungen dienen, sondern nur, weil sie aufrichtig daran glauben, daß eine vereinigte Milchstraße das beste für die Menschheit wäre und daß nur Trantor in der Lage ist, eine solche Regierung herzustellen. Ich habe solch einen Mann, meinen besten, im Sicherheitsministerium, und er bringt in diesem Augenblick den Ortsverwalter nach Sark.«

»Aber Sie sagen doch, er sei verhaftet worden!«

»Vom Sicherheitsministerium, ja. Aber der Mann ist beim Sicherheitsministerium und *mein* Mann zugleich.« Einen Augenblick runzelte Abel die Stirn und wurde verdrießlich. »Seine Nützlichkeit wird künftig allerdings wesentlich geringer sein. Wenn er den Ortsverwalter fliehen läßt, wird dies im besten Fall Degradierung und im schlimmsten Fall Haft für ihn bedeuten. Nun ja!«

»Und was haben Sie nun vor?«

»Das weiß ich noch nicht. Vor allem müssen wir den Ortsverwalter haben. Vorläufig steht lediglich fest, daß er im Raumhafen ankommen wird. Was danach geschieht . . .« Abel zuckte die Achseln, und seine alte gelbliche Haut dehnte sich wie Pergament über seinen Backenknochen.

»Auch die Großherren warten auf den Ortsverwalter«, fügte er hinzu. »Sie glauben, sie hätten ihn, und bis entweder sie oder wir ihn ergriffen haben, kann nichts weiter geschehen.«

Aber hier irrte Abel.

Theoretisch besaßen alle Botschaften in der ganzen Milchstraße außerterritoriale Hoheitsrechte in der näheren Umgebung ihrer Niederlasssungen. Im allgemeinen war dies jedoch nicht mehr als ein frommer Wunsch, außer in den Fällen, in denen die Stärke des Heimatplaneten Respekt einflößte. In der Praxis bedeutete dies, daß nur Trantor die Unantastbarkeit seiner Botschaften wirklich gewährleisten konnte.

Das Gebiet der trantorinischen Botschaft war fast eine Quadratmeile groß, und auf ihm gingen bewaffnete Männer in trantorinischer Uniform ihre Runden. Kein Sarkit konnte das Gelände betreten, wenn er nicht eingeladen war, und ein bewaffneter Sarkit unter gar keinen Umständen. Natürlich hätte die geringe Anzahl der trantorinischen Männer dem Angriff eines einzigen sarkitischen Regiments nicht länger als zwei oder drei Stunden standhalten können, aber hinter dieser kleinen Gruppe stand die organisierte Macht von einer Million Himmelskörpern. Deshalb blieb die Botschaft unangetastet.

Die Botschaft konnte sogar eine direkte Verkehrsverbindung mit Trantor aufrechterhalten, ohne sarkitische Häfen zu benutzen. Kleine, mit Tragflächen versehene Gyroschiffe unterhielten eine ständige Verbindung zwischen dem kleinen Hafen innerhalb des Hoheitsgebietes der Botschaft und einem großen Mutterschiff, das dicht außerhalb der Hundertmeilengrenze schwebte, die den ›planetarischen Raum‹ vom ›freien Raum‹ trennte.

Das Gyroschiff, das nun über dem Hafen der Botschaft erschien, war jedoch weder angekündigt noch trantorinisch. Die Verteidigungsmaßnahmen der Botschaft spielten sich sofort ein. Eine Nadelkanone hob die Mündung in die Luft; Schutzscheiben glitten empor.

Radiomeldungen gingen hin und her. Hartnäckige Worte jagten hinauf, aufgeregte herab.

Leutnant Camrum wandte sich vom Empfänger ab. »Ich weiß nicht recht. Er sagt, er werde in zwei Minuten abgeschossen, wenn wir ihn nicht hereinließen. Er verlangt Asyl.«

Kapitän Elyur war gerade eingetreten. »Hm. Und nachher beruft sich Sark darauf, daß wir uns in innere Angelegenheiten einmischen. Wenn Trantor uns nicht deckt, sind wir beide erledigt. Wer ist es?«

»Er will es nicht sagen«, erwiderte der Leutnant erbost. »Er sagt, er müsse mit dem Botschafter persönlich sprechen. Was soll ich tun, Kapitän?«

Der Kurzwellenempfänger blubberte, und eine hysterische Stimme piepste: »Ist jemand dort? Ich komme herunter und damit Schluß. Wirklich! Ich kann nicht länger warten.«

»Großer Weltraum!« sagte der Kapitän. »Die Stimme kenne ich. Lassen Sie ihn herunter. Auf meine Verantwortung.«

Befehle gingen hinaus. Das Gyroschiff sank senkrecht und viel zu schnell. Dies kam daher, daß ein unerfahrener und ängstlicher Mann am Steuer saß. Die Nadelkanone behielt das Schiff im Visier.

Der Kapitän gab eine Meldung an Abel durch, und die ganze Botschaft wurde in höchste Alarmbereitschaft versetzt. Die sarkitischen Schiffe, die über der Botschaft zu schweben begannen, hielten zwei Stunden lang eine bedrohliche Wache, dann verschwanden sie.

Abel, Junz und der Neuankömmling saßen beim Essen. Mit bewundernswerter Gelassenheit hatte Abel als unbekümmerter Gastgeber fungiert. Stundenlang hatte er die Frage unterdrückt, weshalb ein Großer Großherr Asyl brauchte.

Junz war wesentlich ungeduldiger. »Himmel«, zischte er Abel zu, »was werden Sie mit ihm anfangen?«

Abel lächelte. »Nichts. Wenigstens nicht, bis ich weiß, ob ich den Ortsverwalter habe oder nicht. Ich möchte wissen, wie meine Chancen stehen, ehe ich die Karten aufdecke. Und da er zu mir gekommen ist, wird ihn das Warten mehr zermürben als uns.«

Er hatte recht. Zweimal hatte der Großherr zu einer Erklärung angesetzt, und zweimal hatte Abel gesagt: »Mein lieber Großherr! Eine ernste Konversation mit leerem Magen ist unbekömmlich.« Er lächelte verbindlich und bestellte Essen.

Bei einem Glas Wein hatte es der Großherr noch einmal versucht: »Sie werden sich gewiß fragen, warum ich meinen Kontinent verlassen habe.«

»Ich könnte mir keinen Grund denken«, gab Abel zu, »weshalb der Großherr von Steen vor sarkitischen Raumschiffen fliehen müßte.«

Steens schmale Gestalt und sein dünnes, blasses Gesicht waren angespannt. Sein langes Haar war sorgfältig in einzelne Büschel gelegt und von winzigen Klipsen gehalten, die klappernd aneinanderstießen, sooft er den Kopf bewegte, als wollte er dadurch auch akustisch auf seine Mißachtung der augenblicklichen Mode des geschorenen Haars aufmerksam machen. Von seiner Haut und seiner Kleidung ging ein schwacher Duft aus.

Abel, dem nicht die kleinste Straffung von Junz' Lippen entging, stellte sich vor, wie amüsant Junz' Reaktion gewesen wäre, wenn Steen typischer – mit geschminkten Wangen und verkupferten Fingernägeln – erschienen wäre.

»Heute hatten wir eine interkontinentale Konferenz«, sagte Steen.

»So?« sagte Abel.

Er hörte sich den Bericht über die Konferenz ungerührt an.

»Und Sie sind X«, schrie Junz, der während Steens Bericht immer unruhiger geworden war. »Sie sind X! Sie sind hierher gekommen, weil er Sie entlarvt hat. Schön. Das ist ausgezeichnet!

Abel, wir können ihn als Lösegeld für die Herausgabe des Raumanalytikers benutzen.«

Steen hatte es schwer, sich gegen Junz' kräftigen Bariton Gehör zu verschaffen.

»Nun hören Sie! Wirklich! Sie sind verrückt. Hören Sie! Lassen Sie mich sprechen, ich sagte ... Exzellenz, ich weiß nicht, wie dieser Mann heißt.«

»Doktor Selim Junz, Großherr.«

»Gut. Also, Dr. Selim Junz, ich habe nie in meinem Leben diesen Idioten, beziehungsweise diesen Raumanalytiker oder was er auch sein mag, gesehen. Wirklich! Ich bin bestimmt nicht X. Wirklich! Ich bin Ihnen dankbar, daß Sie wenigstens nicht über diesen blödsinnigen Brief sprechen. Wer wird schon an Fifes lächerlichen Roman glauben! Wirklich!«

Junz klammerte sich an seine Idee. »Warum sind Sie dann davongelaufen?«

»Ist Ihnen das wirklich nicht klar? Oh, ich könnte aus der Haut fahren! Wirklich! Wenn Sie mich nur ausreden lassen würden. Schauen Sie her, begreifen Sie denn nicht, was Fife getan hat?«

»Wenn Sie zur Sache kommen wollten, würde es keine Unterbrechungen geben«, sagte Abel ruhig.

»Gut. Vielen Dank.« Mit einem Anflug von verletzter Würde fuhr er fort: »Die anderen halten nicht viel von mir, weil ich nicht einsehe, warum ich mich mit Dokumenten und Statistiken und all diesen langweiligen Einzelheiten herumplagen soll. Aber ich möchte wirklich gern wissen, wozu der Verwaltungsapparat eigentlich da ist, wenn ein Großer Großherr kein solcher sein kann!

Das bedeutet aber nicht, daß ich ein Dummkopf bin, nur weil ich meine Bequemlichkeit liebe. Wirklich! Vielleicht sind die anderen blind, aber ich sehe, daß Fife sich einen Dreck um den Raumanalytiker kümmert. Ich glaube nicht einmal, daß er existiert. Fife hat einfach vor einem Jahr die Idee gehabt und seither systematisch auf sein Ziel zugearbeitet.

Er hat aus uns Narren und Idioten gemacht. Wirklich! Und die anderen sind es auch. Widerliche Idioten! Er hat diesen ganzen Humbug über Schwachsinnige und Raumanalytiker sorgfältig ausgeklügelt. Ich wäre nicht überrascht, wenn der Florinier, von dem man sagt, er ermordet die Polizisten dutzendweise, sich als einer von Fifes Spionen mit einer roten Perücke herausstellen würde. Wenn es aber tatsächlich ein Eingeborener ist, dann hat ihn Fife zweifellos bezahlt. Fife würde ohne weiteres mit Floriniern gegen seine eigene Rasse vorgehen. Wirklich! So tief steht er! Jedenfalls ist es klar, daß er die ganze Affäre nur als Vorwand benutzt, um uns andere zu ruinieren und sich selbst zum Diktator von Sark zu machen. Begreifen Sie?

Es gibt überhaupt keinen X. Aber wenn Fife nicht daran gehindert wird, verbreitet er morgen Nachrichten über Verschwörungen und gibt Notverordnungen bekannt und läßt sich zum Oberhaupt ausrufen. Wir haben seit fünfhundert Jahren kein Oberhaupt von Sark. Aber das hindert Fife nicht daran. Die Verfassung kümmert ihn einen Dreck. Wirklich!

Ich aber werde ihn daran hindern! Deshalb mußte ich fliehen. Wenn ich noch in meinem Kontinent wäre, säße ich unter Hausarrest. Während der Konferenz hatten Fifes Leute meinen privaten Raumhafen besetzt. Das stand im klaren Widerspruch zur kontinentalen Autonomie. Es war der Akt eines Proleten. Wirklich! Aber wie gemein Fife auch ist, er ist nicht so helle. Er dachte, einige von uns könnten versuchen, den Planeten zu verlassen. Deshalb ließ er die Raumhäfen bewachen. Aber« – hier lächelte er pfiffig und kicherte leise – »es kam ihm nicht in dem Sinn, die Gyrohäfen überwachen zu lassen.

Wahrscheinlich dachte er, es gäbe keinen Ort auf dem Planeten, an dem wir sicher wären. Er vergaß die trantorinische Botschaft. Ich war klüger als die anderen. Ich habe sie satt. Besonders Bort. Kennen Sie Bort? Er ist schrecklich ordinär. Und so ungepflegt! Er spricht mit mir, als wäre ich nicht ganz normal, nur weil ich sauber bin und angenehm rieche.«

Er hob die Fingerspitzen an die Nase und atmete leicht ein.

Abel legte die Hand auf Junz' Arm, als er unruhig auf seinem Sitz hin und her rutschte. »Sie haben Ihre Familie zurückgelassen«, sagte Abel. »Haben Sie daran gedacht, daß Fife dadurch immer noch eine Waffe gegen Sie in Händen hat?«

»Ich hätte nicht gut alle meine Herzchen in mein Gyroflugzeug packen können.« Er errötete ein wenig. »Fife wird es nicht wagen, sie anzutasten. Außerdem werde ich morgen wieder in meinem Kontinent sein.«

»Wie?« fragte Abel.

Steen blickte ihn erstaunt an. »Nun, ich biete Ihnen ein Bündnis an, Exzellenz. Sie können nicht leugnen, daß Trantor sich für Sark interessiert. Sie teilen Fife einfach mit, daß jeder Versuch, Sarks Verfassung zu ändern, unweigerlich Trantors Intervention nach sich ziehen würde.«

»Ich sehe kaum, wie das geschehen soll. Selbst wenn ich den Eindruck hätte, daß meine Regierung mich deckt«, sagte Abel.

»Warum nicht?« fragte Steen entrüstet. »Wenn er den gesamten Kyrthandel in der Hand hat, wird er die Preise erhöhen, Konzessionen für schnelle Lieferung verlangen und eine Menge andere Dinge.«

»Bestimmen nicht die fünf Großen Großherren die Preise?«

Steen lehnte sich zurück. »Nun, ich kenne die Details nicht. Nächstens fragen Sie mich noch nach Zahlen. Große Milchstraße! Sie sind so schlimm wie Bort!« Er kicherte. »Ich scherze natürlich nur. Mein Vorschlag ist folgender: Wenn wir Fife ausschalten, könnte Trantor mit uns anderen Großen Großherren ein Übereinkommen treffen. Als Gegenleistung für Ihre Hilfe wäre es nur recht und billig, daß Trantor Vorzugsrechte eingeräumt werden oder eine kleine Beteiligung am Handel.«

»Und wie sollten wir verhindern, daß aus der Intervention ein galaktischer Krieg wird?«

»Aber ich bitte Sie! Es liegt doch offen auf der Hand, daß Sie keine Aggressoren sind. Sie würden nur einen Bürgerkrieg verhindern, damit im Kyrthandel keine Unterbrechung eintritt. Ich würde öffentlich verkünden, daß ich Sie um Ihre Hilfe gebeten habe. Das wäre etwas ganz anderes als Aggression. Die ganze Milchstraße wäre auf Ihrer Seite. Und wenn Trantor ein gutes Geschäft dabei macht, nun, das geht niemanden etwas an. Wirklich!«

Abel legte die Fingerspitzen aneinander und betrachtete sie. »Ich kann nicht daran glauben, daß Sie wirklich mit Trantor gemeinsame Sache machen wollen.«

»Lieber Trantor als Fife!«

»Gut. Ich mag aber keine Drohungen mit Gewalt«, sagte Abel. »Können wir nicht warten, bis sich die Dinge ein wenig entwickelt haben . . .?«

»Nein!« schrie Steen. »Nicht einen Tag! Wirklich! Wenn Sie jetzt nicht handeln, jetzt in diesem Augenblick, ist es zu spät. Morgen wird er schon so weit gegangen sein, daß er nicht mehr zurück kann, ohne das Gesicht zu verlieren. Wenn Sie mir jetzt helfen, wird das Volk meines Kontinents hinter mir stehen, und die anderen Großen Großherren werden mich unterstützen. Wenn Sie nur einen Tag warten, hat Fifes Propagandamaschine zu mahlen begonnen. Ich werde als Abtrünniger verschrien werden! Ich! Ich! Ein Abtrünniger! Und er wird alle nur denkbaren Vorurteile gegenüber Trantor aufschüren. Sie wissen, was das bedeutet.«

»Und wenn wir ihn darum bitten, daß wir mit dem Raumanalytiker sprechen dürfen?«

»Was nützt das? Uns wird er erzählen, der florinische Irre sei ein

Raumanalytiker. Ihnen wird er erzählen, der Raumanalytiker sei ein florinischer Irrer. Sie kennen den Mann nicht. Er ist fürchterlich!«

Abel überlegte. Dann sagte er: »Wir haben nämlich den Ortsverwalter, wissen Sie.«

»Was für einen Ortsverwalter?«

»Den, der die Polizeibeamten und den Sarkiten ermordet hat.«

»Und Sie glauben, Fife wird sich darum kümmern, wenn er im Begriff ist, ganz Sark zu übernehmen?«

»Ich glaube schon. Sehen Sie, es ist nicht so sehr die Tatsache, daß wir den Ortsverwalter haben. Es sind die Umstände seiner Gefangennahme. Ich glaube, daß Fife mir zuhören wird, und zwar recht aufmerksam.«

Zum erstenmal seit seiner Bekanntschaft mit Abel bemerkte Junz eine Verminderung der Kälte in der Stimme des alten Mannes und statt ihrer eine Art Befriedigung, fast Triumph.

Die Gefangene

Samia von Fife war es nicht gewohnt, enttäuscht zu sein. Es war unerhört, daß sie nun seit Stunden enttäuscht war.

Der Kommandeur des Raumhafens war ein Duplikat von Kapitän Racety. Er war höflich, unterwürfig, äußerte sein Bedauern, leugnete den geringsten Willen, ihr zu widersprechen, und stand wie ein Fels gegen ihre klar geäußerten Wünsche.

Sie war schließlich genötigt, auf ihr Recht zu pochen, als wäre sie ein gewöhnlicher Sarkit. »Ich nehme an, daß ich als Bürgerin das Recht habe, bei der Ankunft jedes beliebigen Schiffes anwesend zu sein, wenn ich es wünsche!«

Sie war giftig.

Der Kommandeur räusperte sich, und der Ausdruck des Bedauerns auf seinem faltigen Gesicht wurde intensiver – und endgültiger. »Wir wollen Sie keineswegs ausschließen, gnädige Frau. Aber wir haben vom Großherrn, Ihrem Vater, den strikten Befehl, Sie von dem ankommenden Schiff fernzuhalten.«

»Sie befehlen mir also, den Hafen zu verlassen?« fragte Samia eiskalt.

»Nein, gnädige Frau.« Der Kommandeur ging gern auf einen Kompromiß ein. »Wenn Sie wollen, können Sie im Hafen bleiben.

Aber bei allem Respekt werden wir Sie zurückhalten müssen, wenn Sie zu nahe an die Rampe herangehen sollten.«

Nun saß Samia im nutzlosen Luxus ihres Privatwagens, dreißig Meter vom Eingang des Hafens entfernt. Man hatte sie beobachtet und tat dies wahrscheinlich auch weiterhin. Wenn sie nur einen Meter weiterführe, würde man ihr wahrscheinlich den Energiestrahl abschneiden.

Sie knirschte mit den Zähnen. Es war unfair von ihrem Vater, dies anzuordnen. Es war ein starkes Stück. Man behandelte sie immer, als sei sie ein Kind. Dabei hatte sie fest mit seinem Verständnis gerechnet.

Er war zu ihrer Begrüßung aufgestanden, was er für niemand anderen tat, seit ihre Mutter tot war. Er hatte sie gestreichelt und ihr zuliebe alle Arbeit warten lassen. Er hatte sogar den Sekretär hinausgeschickt, weil er wußte, daß das stille weiße Gesicht des Eingeborenen sie abstieß.

Es war fast wie in den Tagen, ehe Großvater gestorben war und ehe ihr Vater der Große Großherr wurde.

»Miakind«, sagte er, »ich habe die Stunden gezählt. Ich habe nicht gewußt, daß es so weit ist bis Florina. Als ich hörte, daß sich die Eingeborenen in deinem Schiff versteckt haben, ausgerechnet in dem, das ich schickte, damit dir ja nichts zustößt, bin ich beinahe verrückt geworden.«

»Das war doch kein Grund, sich Sorgen zu machen, Pa!«

»Nicht? Ich hätte fast die ganze Flotte hinausgeschickt, um dich abzuholen und unter militärischem Schutz nach Sark zu bringen!«

Sie lachten beide bei dem Gedanken. Minuten vergingen, bevor Samia das Gespräch wieder auf das Thema bringen konnte, von dem sie angefüllt war. Beiläufig sagte sie: »Was wirst du mit den blinden Passagieren tun?«

»Warum?«

»Glaubst du nicht, daß sie vorhaben, dich zu ermorden?«

Fife lächelte. »Du solltest keine krankhaften Gedanken haben!«

»Du glaubst es also nicht?« beharrte sie.

»Natürlich nicht.«

»Gut! Ich habe nämlich mit ihnen gesprochen und kann es einfach nicht glauben, daß sie etwas anderes sind als arme, harmlose Leute, gleichgültig, was Kapitän Racety sagt.«

»Für ›arme, harmlose Leute‹ haben sie eine ansehnliche Zahl von Gesetzen übertreten.«

»Aber du kannst sie nicht wie gewöhnliche Verbrecher behandeln.«

»Wie sonst?«

»Der Mann ist kein Florinier. Er stammt von einem Planeten namens ›Erde‹ und wurde mit der Gehirnsonde behandelt. Er ist für seine Handlungen nicht verantwortlich.«

»Das soll das Sicherheitsministerium klären. Es ist wirklich das beste, du überläßt es ihnen.«

»Nein, es ist zu wichtig, als daß man es ihnen überlassen könnte. Sie würden es nicht verstehen. Niemand versteht es außer mir.«

»Du als einzige auf Sark, Mia?« fragte er nachsichtig und strich ihr eine Haarlocke aus der Stirn.

»Ja! Nur ich!« sagte Samia energisch. »Nur ich! Alle anderen denken, er sei verrückt. Aber ich bin sicher, daß er es nicht ist. Er sagt, es bestehe irgendeine große Gefahr für Florina und die ganze Milchstraße. Er ist Raumanalytiker.«

»Woher weißt du das, Mia?«

»Er sagt es.«

»Und was ist das für eine Gefahr?«

»Er weiß es nicht. Er wurde mit der Gehirnsonde behandelt. Siehst du nicht ein, daß dies der beste Beweis ist? Er wußte zuviel. Irgend jemand war daran interessiert, die Angelegenheit im dunkeln zu lassen.« Ihre Stimme wurde leiser und vertraulich. »Wenn seine Angaben falsch wären, hätten sie ihn nicht mit der Sonde zu behandeln brauchen.«

»Warum haben sie ihn dann nicht getötet?« fragte Fife und bereute seine Frage sofort. Es hatte keinen Sinn, das Mädchen mit Problemen zu belasten.

Samia dachte eine Weile ergebnislos nach und sagte dann: »Wenn du dem Sicherheitsministerium befiehlst, mich mit ihm sprechen zu lassen, werde ich es herausfinden. Er vertraut mir. Ich würde bestimmt mehr von ihm erfahren als das Sicherheitsministerium. Es ist sehr wichtig, Pa.«

Fife drückte sanft ihre geballten Fäuste und lächelte. »Noch nicht, Mia. Noch nicht. In ein paar Stunden haben wir auch den dritten. Danach vielleicht.«

»Den dritten? Den Eingeborenen, der alle die Morde begangen hat?«

»Genau. Das Schiff landet in ungefähr einer Stunde.«

»Und du wirst bis dahin mit der Florinierin und dem Raumanalytiker nichts tun?«

»Nicht das geringste.«

»Gut! Ich werde bei der Landung dabei sein.« Sie stand auf. »Ich werde dir zeigen, daß deine Tochter ein ganz guter Detektiv sein kann.«

Doch Fife ging auf das Lachen seiner Tochter nicht ein. »Ich möchte das nicht«, sagte er.

»Warum nicht?«

»Es darf kein Aufheben über die Ankunft dieses Mannes gemacht werden. Du wärst am Hafen zu auffällig.«

»Na und?«

»Ich kann dir die Staatsgeschäfte nicht erklären, Mia.«

»Staatsgeschäfte! Pah!« Sie beugte sich vor, drückte ihm einen flüchtigen Kuß auf die Stirn und war draußen.

Nun saß sie hilflos in ihrem Wagen, während hoch über ihr ein größer werdender Fleck am Himmel schwebte.

Sie drückte auf den Knopf, der das Zubehörfach öffnete, und nahm ihr Spezial-Fernglas heraus. Normalerweise verfolgte man damit die Regatten der Raumjachten.

Sie hielt das Glas an die Augen, und der Fleck am Himmel wurde zu einem kleinen Raumschiff. Das rote Glühen seines Heckantriebs war deutlich zu erkennen. So würde sie die Männer wenigstens sehen, wenn sie das Schiff verließen, und danach irgendwie ein Interview arrangieren.

Sark füllte den Bildschirm; ein Kontinent und ein halber Ozean – zum Teil von dem toten Baumwollweiß der Wolken bedeckt.

»Der Raumhafen wird nicht sehr bewacht sein«, sagte Genro. Er blickte dabei nicht von den Instrumenten auf. »Auch das geschah auf meinen Vorschlag hin. Ich sagte, jedes Aufsehen bei der Ankunft des Schiffes könnte Trantor darauf aufmerksam machen, daß etwas los ist. Ich sagte, der Erfolg hinge davon ab, daß Trantor zu keiner Zeit die wahre Lage der Dinge kennt, bis es zu spät ist.«

Terens zuckte die Achseln. »Was macht das aus?«

»Für Sie eine Menge. Ich werde die Landerampe benutzen, die dem Ostausgang am nächsten liegt. Sie werden das Schiff durch den Notausstieg am Heck verlassen, sobald ich gelandet bin. Gehen Sie schnell, aber nicht zu schnell zum Tor. Ich habe einige Papiere, mit denen Sie vielleicht ohne Schwierigkeiten durchkommen, vielleicht auch nicht. Ich überlasse es Ihnen, zu Notmaßnahmen zu greifen, wenn es Scherereien geben sollte. Sie sind darin ja geübt. Vor dem Tor wird ein Wagen auf Sie warten und Sie zur Botschaft fahren. Das ist alles.«

»Und was tun Sie?«

Langsam veränderte sich Sark auf dem Bildschirm. Die riesige, gestaltlose Kugel mit dem verschwommenen Braun und Grün und Blau und Wolkenweiß gliederte sich und wurde zu etwas Lebendigem. Ihre Oberfläche war von Flüssen durchzogen und runzelig von Bergen.

Genro lächelte kühl und humorlos. »Kümmern Sie sich lieber um sich selbst. Wenn man feststellt, daß Sie geflohen sind, wird man mich vielleicht als Verräter erschießen. Wenn man mich dagegen völlig hilflos antreffen würde und körperlich unfähig, Sie festzuhalten, käme ich vielleicht mit einer Degradierung davon. Da das letztere vorzuziehen ist, bitte ich Sie, bevor Sie gehen, diese Neuro-Peitsche ein wenig an mir auszuprobieren.«

»Wissen Sie, was eine Neuro-Peitsche ist?« fragte Terens.

»Ungefähr.« Kleine Schweißtropfen standen auf Genros Schläfen.

»Sind Sie sicher, daß ich Sie damit nicht töte? Ich bin ein geübter Mörder, wie Sie wissen.«

»Es würde Ihnen nicht viel nützen. Sie würden nur Zeit damit vergeuden. Ich habe schlimmere Risiken auf mich genommen.«

Sark wurde auf dem Bildschirm immer größer. Seine Ränder glitten über die Grenze des Bildschirms hinaus, und plötzlich waren die Regenbogenfarben einer sarkitischen Stadt zu erkennen.

»Ich hoffe, Sie haben nicht vor, sich auf eigene Faust davonzumachen«, sagte Genro. »Auf Sark geht das nicht. Sie haben es entweder mit Trantor oder mit den Großherren zu tun. Denken Sie daran.«

Nun sah man die Stadt deutlich, und ein grünbrauner Fleck an ihrem Rand wurde größer, wurde zu einem Raumhafen.

»Wenn Trantor Sie nicht innerhalb der nächsten Stunde hat, sind Sie in den Händen der Großherren, ehe der Tag vorüber ist. Ich kann nicht garantieren, was Trantor mit Ihnen tut. Aber ich kann Ihnen garantieren, was Sie von Sark zu erwarten haben.«

Terens wußte, was Sark mit einem Großherren-Mörder tun würde.

Der Hafen blieb auf dem Bildschirm, aber Genro achtete nicht mehr darauf. Er bediente die Instrumente. Das Raumschiff drehte sich langsam in der Luft, eine Meile über dem Boden, und glitt mit dem Heck voraus abwärts.

Hundert Meter über der Rampe donnerten die Motoren auf. Trotz der hydraulischen Federn fühlte Terens die Erschütterung. Er wurde schwindelig.

»Nehmen Sie die Peitsche«, sagte Genro. »Schnell jetzt. Jede

Sekunde ist kostbar. Der Notausstieg wird sich automatisch hinter Ihnen schließen. Es wird fünf Minuten dauern, bis sie sich wundern, warum ich den Haupteingang nicht öffne, weitere fünf Minuten, um das Schiff aufzubrechen und noch fünf Minuten, bis man feststellt, daß Sie nicht da sind. Sie haben fünfzehn Minuten, um den Hafen zu verlassen und in den Wagen zu steigen.«

Die Erschütterung ließ nach. Dumpfe Stille trat ein, und Terens wußte, daß sie Kontakt mit Sark hatten.

Die diamagnetischen Felder übernahmen nun das Schiff. Die Jacht kippte majestätisch nach vorn und sank langsam abwärts.

»Jetzt!« sagte Genro. Seine Uniform war naß vor Schweiß. Terens hob die Neuro-Peitsche . . .

Terens trat hinaus in den sarkitischen Herbst. Beißender Frost schlug ihm entgegen. Er hatte Jahre in diesem rauhen Klima verbracht, bis er den milden, ewigen Juni Florinas vergessen hatte. Nun dachte er wieder an seine Tage im Verwaltungsdienst, als hätte er diese Welt der Großherren nie verlassen.

Er ging im Takt seines schlagenden Herzens. Hinter ihm war das Schiff, und in ihm lag Genro, erstarrt duch die Wirkung der Peitsche. Der Notausstieg hatte sich leise hinter ihm geschlossen. Terens ging einen breiten, gepflasterten Weg entlang. Viele Arbeiter waren in der Nähe, doch keiner blickte auf.

Er faßte kurz an seine Kappe. Er hatte sie wieder über die Ohren gezogen, und das kleine Medaillon, das nun darangesteckt war, fühlte sich weich an. Genro hatte es ihm als Erkennungszeichen gegeben. Die Männer von Trantor warteten auf dieses Medaillon, das in der Sonne glitzerte.

Er konnte es entfernen, sich auf eigene Faust davonmachen, irgendwie ein anderes Schiff finden, irgendwie Sark verlassen, irgendwie entrinnen.

Zu viele Irgendwies! Er wußte, daß sein Spiel zu Ende war und daß er es – wie Genro gesagt hatte – entweder mit Trantor oder mit Sark zu tun hatte. Er haßte Trantor. Aber er wußte, daß es unter keinen Umständen Sark sein durfte.

»Sie! Sie dort drüben!«

Terens blieb wie versteinert stehen. Das Tor war nur dreißig Meter entfernt. Wenn er liefe . . . Aber sie würden einen laufenden Mann nicht durchlassen. Er durfte nicht laufen.

Eine junge Frau blickte aus dem offenen Fenster eines Wagens, wie Terens noch keinen gesehen hatte. Nicht einmal während seiner fünfzehnjährigen Anwesenheit auf Sark. Er schimmerte metallisch und funkelte vor Edelsteinen.

»Kommen Sie her!« sagte sie.

Terens' Beine trugen ihn gegen seinen Willen zum Wagen. Genro hatte gesagt, Trantors Wagen warte außerhalb des Hafens. Oder nicht? Und würden sie eine Frau zu solch einem Auftrag schicken? Es war eher ein Mädchen, ein Mädchen mit einem dunklen, schönen Gesicht.

»Sie sind mit dem Schiff gekommen, das eben gelandet ist, nicht wahr?«

Er schwieg.

Sie wurde ungeduldig. »Ich habe Sie aussteigen sehen.« Sie deutete auf ihr Fernglas.

»Ja«, murmelte Terens.

Sie machte die Tür auf. Der Wagen war innen noch luxuriöser. Die Sitze waren weich, alles roch neu, und das Mädchen war schön.

»Steigen Sie ein. Gehören Sie zur Besatzung?« fragte sie.

Sie will mich prüfen, dachte Terens. »Sie wissen, wer ich bin«, sagte er und berührte kurz das Medaillon.

Ohne jegliches Motorengeräusch fuhr der Wagen zurück und wendete.

Am Tor preßte sich Terens tief in das weiche, kühle Kyrtpolster. Aber es bestand kein Grund zur Vorsicht.

»Dieser Mann gehört zu mir«, sagte das Mädchen selbstsicher zum Kontrolleur. »Ich bin Samia von Fife.«

Sie passierten das Tor.

Erst nach Sekunden begriff der müde Terens, was er eben gehört hatte. Als er sie entgeistert anschaute, jagte der Wagen bereits mit hundert Meilen in der Stunde dahin.

Ein Angestellter im Raumhafengelände blickte auf und murmelte ein paar Worte in seinen Rockaufschlag. Dann betrat er das Gebäude und kehrte an seine Arbeit zurück. Sein Abteilungsleiter zog die Brauen hoch und nahm sich vor, ihn zurechtzuweisen. Er mochte es nicht, wenn seine Angestellten draußen herumlungerten und eine Viertelstunde lang Zigaretten rauchten.

Außerhalb des Hafens saßen zwei Männer in einem Wagen. Einer sagte verdrießlich: »Er ist zu einem Mädchen in den Wagen gestiegen, sagen Sie? In was für einen Wagen? Zu was für einem Mädchen?« Der Mann trug sarkitische Kleidung, gehörte aber seinem Akzent nach eindeutig zum arkturinischen Teil des trantorinischen Imperiums.

Sein Begleiter war ein Sarkit. Er legte das Hörgerät beiseite. »Das werden wir gleich sehen.«

Der Wagen rollte durch das Tor und jagte hinterher. Der Mann neben dem Fahrer erhob sich halb in seinem Sitz und rief: »Das ist Samias Wagen! Liebe Milchstraße, was machen wir nun?«

»Ihr nach!« sagte der andere kurz.

»Aber Samia ...«

»Für mich ist sie niemand Besonderes, und für Sie sollte sie auch niemand Besonderes sein. Oder weshalb sind Sie hier?«

Der Sarkit stöhnte. »Wir holen diesen Wagen nie ein. Sobald sie uns bemerkt, schaltet sie alle Widerstände aus. Dieser Wagen macht zweihundertfünfzig!«

»Bis jetzt fährt sie mit hundert«, sagte der Arkturinier.

Nach einer Weile sagte er: »Sie fährt nicht zum Sicherheitsministerium, das steht fest.«

Und wieder nach einer Weile: »Sie fährt auch nicht zu Fifes Palast. – Wenn ich nur wüßte, wohin sie fährt. Sie verläßt die Stadt!«

»Woher wissen wir eigentlich, ob sie den Mörder bei sich hat?« sagte der Sarkit. »Das kann ein Trick sein, der uns von unserem Posten ablenken soll. Sie versucht nicht, uns abzuschütteln, und sie würde bestimmt nicht gerade diesen Wagen benutzen, wenn sie nicht wollte, daß man ihr folgt. Man kann ihn auf zwei Meilen hin erkennen.«

»Fife würde nie seine Tochter schicken, um uns abzulenken. Ein paar Polizeiwagen hätten besser dazu getaugt.«

»Vielleicht ist es gar nicht Samia.«

»Das werden wir gleich sehen. Sie fährt langsamer. Überholen Sie, und halten Sie hinter der nächsten Kurve!«

»Ich möchte mit Ihnen sprechen«, sagte das Mädchen.

Terens erkannte, daß es nicht die ganz gewöhnliche Falle war, für die er sie zuerst gehalten hatte. Es war tatsächlich Samia von Fife. Sie mußte es sein. Es schien ihr nicht in den Sinn zu kommen, daß sich irgend jemand in ihre Unternehmungen einmischen könnte.

Sie hatte nicht ein einziges Mal zurückgeschaut, ob sie verfolgt würde. Dreimal, als sie Kurven fuhren, hatte Terens einen Wagen bemerkt, der ihnen in gleichbleibendem Abstand folgte.

Es war kein x-beliebiger Wagen, das war sicher. Es konnte ein trantorinischer sein, und das wäre gut. Es konnte ein sarkitischer sein, und in diesem Fall wäre Samia eine recht brauchbare Geisel.

»Ich stehe zu Ihrer Verfügung.«

»Sie waren in dem Schiff, das den Eingeborenen von Florina gebracht hat«, sagte sie.

»Ja, das stimmt.«

»Sehr gut, ich habe Sie hier herausgefahren, damit ich ungestört mit Ihnen sprechen kann. Wurde der Eingeborene während des Flugs nach Sark verhört?«

Solche Naivität kann man nicht vortäuschen, dachte Terens. Sie wußte wirklich nicht, wer er war. Vorsichtig sagte er: »Ja.«

»Waren Sie bei diesem Verhör zugegen?«

»Ja.«

»Gut, das dachte ich mir. Warum haben Sie übrigens das Schiff allein verlassen?«

Diese Frage hätte sie eigentlich als erste stellen müssen, dachte Terens.

»Ich sollte eine geheime Meldung überbringen.« – Er zögerte.

»Meinem Vater? – Machen Sie sich deshalb keine Sorgen. Ich werde für Sie einstehen. Ich werde sagen, daß ich Sie entführt habe.«

»Sehr gut, gnädige Frau.«

Die Anrede ›gnädige Frau‹ stak tief in seinem Bewußtsein. Sie war eine Dame, die erste des Landes, und er war ein Florinier, ein Mann, der Polizeibeamte und Großherren ermorden konnte. Und als Großherren-Mörder schaute er sie an, mit harten, forschenden Augen. Er blickte auf sie herab. Sie war sehr schön.

Und weil sie als die erste Dame des Landes immer im Blickpunkt des Interesses stand, war sie sich seiner Aufmerksamkeit nicht bewußt. »Ich möchte, daß Sie mir alles sagen, was Sie beim Verhör erfahren haben. Es ist sehr wichtig.«

»Darf ich fragen, warum Sie sich für den Eingeborenen interessieren, gnädige Frau?«

»Nein«, sagte sie einfach.

»Wie Sie wünschen, gnädige Frau.«

Er wußte nicht, was er sagen sollte. Halb wartete er darauf, daß der andere Wagen sie einholte, halb wurde er sich immer mehr des Gesichtes und des Körpers des schönen Mädchens bewußt, das neben ihm saß.

Florinier im Verwaltungsdienst und solche, die als Ortsverwalter dienten, waren theoretisch Junggesellen und sollten sich für Frauen nicht interessieren. In der Praxis umgingen die meisten diese Vorschrift, wenn sie irgendwie konnten. Auch Terens war in dieser Hinsicht nicht untätig gewesen. Aber selbst im besten Fall waren seine Erfahrungen unbefriedigend.

Sie wartete darauf, daß er spräche. Ihre dunklen Augen funkelten vor Wißbegier, die vollen, roten Lippen waren erwartungsvoll geöffnet, und das herrliche Kyrtgewand hob ihre makellose Figur noch hervor. Sie dachte nicht im entferntesten daran, daß irgendein Mensch es wagen konnte, ihr gegenüber ›gefährliche Gedanken‹ zu hegen.

Die Hälfte seines Bewußtseins, die auf die Verfolger wartete, erlahmte. Plötzlich wußte er, daß die Ermordung eines Großherrn schließlich doch nicht das schwerste Verbrechen war.

Er war sich nicht ganz bewußt, was geschah. Er wußte nur, daß ihr kleiner Körper in seinen Armen lag und kurz aufschrie. Dann erstickte er den Schrei mit seinen Lippen. In diesem Augenblick fühlte er Hände an seinen Schultern und einen kalten Luftzug am Rücken. Er griff nach seiner Waffe. Zu spät. Sie wurde ihm aus den Händen gerissen. Samia atmete schwer.

Der Sarkit sagte entsetzt: »Haben Sie gesehen, was er getan hat?«

»Wenn schon«, sagte der Arkturinier.

Der Arkturinier steckte einen kleinen schwarzen Gegenstand in die Tasche und strich den magnetischen Saum zu. »Packen Sie ihn!« sagte er.

Der Sarkit zog Terens grob aus dem Wagen. »Und sie hat sich küssen lassen!« murmelte er. »Sie hat sich küssen lassen!«

»Wer sind Sie?« schrie Samia plötzlich. »Hat Sie mein Vater geschickt?«

»Keine Fragen bitte«, sagte der Arkturinier.

»Sie sind ein Fremder!« sagte Samia zornig.

»Ich sollte ihm den Schädel einschlagen«, schrie der Sarkit und schüttelte die Faust.

»Hören Sie auf«, sagte der Arkturinier und zog den Sarkiten von Terens weg.

»Es gibt schließlich Grenzen«, grollte der Sarkit mürrisch. »Ich lasse mir den Großherrn-Mord noch eingehen. Ich möchte selbst ein paar umbringen. Aber dabeistehen und zusehen, wie ein Eingeborener das tut, was er getan hat, das ist einfach zuviel für mich!«

Samia sagte mit einer unnatürlich hohen Stimme: »Eingeborener?«

Der Sarkit beugte sich vor und zog Terens boshaft die Mütze vom Kopf. Der Ortsverwalter erblaßte, rührte sich aber nicht. Er hielt den Blick fest auf das Mädchen gerichtet, und sein rötliches Haar flatterte leicht im Wind.

Samia warf sich in den Wagensitz zurück und bedeckte mit beiden Händen das Gesicht. Ihre Haut wurde weiß unter dem Druck der Finger. »Was sollen wir mit ihr tun?« fragte der Sarkit.

»Nichts.«

»Sie hat uns gesehen. Sie wird den ganzen Planeten hinter uns herhetzen, ehe wir eine Meile weit gekommen sind.«

»Wollen Sie die Großherrin von Fife umbringen?« fragte der Arkturinier sarkastisch.

»Natürlich nicht, aber wir können ihren Wagen zertrümmern. Bis sie zu einer Funksprechstelle käme, wären wir in Sicherheit.«

»Das ist nicht nötig.« Der Arkturinier beugte sich in den Wagen. »Gnädige Frau, ich habe nur einen Augenblick Zeit. Hören Sie mich?«

Sie rührte sich nicht.

»Sie täten besser daran, mich zu hören. Es tut mir leid, daß ich Sie in einem zärtlichen Augenblick stören mußte, aber glücklicherweise habe ich diesen Augenblick genutzt. Ich habe rasch gehandelt und konnte die Szene mit der dreidimensionalen Kamera aufnehmen. Dies ist kein Bluff. Eine Minute, nachdem ich Sie verlassen habe, werde ich das Negativ per Funk an einen sicheren Ort senden. Und danach wird mich jede Einmischung Ihrerseits dazu zwingen, ziemlich taktlos zu handeln. Ich bin sicher, Sie haben mich verstanden.«

Er drehte sich um. »Sie wird kein Wort verlauten lassen. Kommen Sie mit, Ortsverwalter.«

Terens folgte. Er konnte keinen Bick mehr auf das schmale Gesicht im Wagen werfen.

Aber was nun auch noch geschehen mochte – er hatte ein Wunder vollbracht. Er hatte die stolzeste Dame von Sark geküßt. Er hatte die flüchtige Berührung ihrer zarten Lippen gespürt.

Der Angeklagte

Die Diplomatie hat ihre eigene Sprache und ihre eigenen Gebräuche. Der Umgang zwischen den Repräsentanten souveräner Staaten ist, wenn er strikt dem Protokoll entspricht, gekünstelt und lächerlich. Die Phrase ›unangenehme Konsequenzen‹ wird gleichbedeutend mit ›Krieg‹ und ›geeignetes Übereinkommen‹ mit ›Unterwerfung‹.

Abel zog es vor, die diplomatische Doppelzüngigkeit zu vermeiden. Er wirkte eher wie ein älterer Mann, der sich liebenswürdig bei einem Glas Wein unterhält.

»Sie waren schwer zu erreichen, Fife«, sagte er.

Fife lächelte. Er schien zufrieden zu sein. »Ein arbeitsreicher Tag, Abel.«

»Ja, ich habe davon gehört.«

»Von Steen?« fragte Fife beiläufig.

»Teilweise. Steen war ungefähr sieben Stunden lang bei uns.«

»Ich weiß. Es war mein eigener Fehler. Erwägen Sie, ihn an uns auszuliefern?«

»Ich fürchte, nein.«

»Er ist ein Verbrecher.«

Abel lachte. Er drehte das Weinglas in der Hand und sah den aufsteigenden Bläschen zu. »Ich denke, wir können ihn als politischen Flüchtling behandeln. Das interstellare Recht wird ihn auf trantorinischem Hoheitsgebiet schützen.«

»Wird Ihre Regierung Sie decken?«

»Ich glaube schon, Fife. Ich war nicht umsonst siebenunddreißig Jahre im auswärtigen Dienst und weiß, was Trantor deckt und was nicht.«

»Ich kann Trantor um Ihre Abberufung bitten.«

»Was würde das nützen? Ich bin ein friedlicher Mann, den Sie kennen. Von meinem Nachfolger hätten Sie diese Gewißheit nicht.«

Es entstand eine Pause. Fifes löwenhaftes Gesicht legte sich in Falten. »Ich vermute, Sie wollen mir einen Vorschlag unterbreiten.«

»Allerdings. Sie haben einen unserer Männer.«

»Was für einen Mann?«

»Einen Raumanalytiker. Einen Bürger des Planeten Erde, der übrigens zum trantorinischen Besitz gehört.«

»Hat Ihnen Steen das erzählt?«

»Unter anderem.«

»Hat er diesen Erdbewohner gesehen?«

»Das hat er nicht gesagt.«

»Schön, er hat es nicht gesagt. Ich zweifle daran, daß Sie ihm glauben können.«

Abel stellte das Glas hin. Er faltete die Hände im Schoß. »Wie dem auch sei, ich bin sicher, daß der Mann von der Erde existiert. Und ich bin der Meinung. Fife, wir sollten uns in dieser Angelegenheit einigen. Ich habe Steen, und Sie haben den Mann von der Erde. Wir sind sozusagen quitt. Warum sollten wir nicht eine Konferenz über die Kyrtsituation im allgemeinen abhalten, ehe Sie mit Ihren augenblicklichen Plänen fortfahren?«

»Ich sehe nicht ein, daß dies notwendig ist. Was augenblicklich auf Sark geschieht, ist eine reine interne Angelegenheit. Ich bin bereit, mit meiner Person dafür zu bürgen, daß die politischen Ereignisse hier keinen Einfluß auf den Kyrthandel ausüben. Ich denke, das dürfte Trantors berechtigten Interessen entsprechen.«

Abel schlürfte seinen Wein und schien nachzudenken. »Es sieht so aus«, sagte er, »als hätten wir einen zweiten politischen Flüchtling, einen Ihrer florinischen Untergebenen übrigens, einen Ortsverwalter. Er nennt sich Myrlyn Terens. Ein kurioser Fall.«

Fifes Augen funkelten. »Das haben wir halb erwartet. Abel, es gibt eine Grenze der offenen Einmischung Trantors auf diesem Planeten. Der Mann, den Sie entführt haben, ist ein Mörder. Sie können aus ihm keinen politischen Flüchtling machen.«

»Schön, wollen Sie den Mann haben?«

»Denken Sie an einen Handel?«

»An die Konferenz, über die ich sprach.«

»Wegen eines florinischen Mörders! Niemals!«

»Aber die Art und Weise, in der es dem Ortsverwalter gelang, Ihnen zu entkommen, ist ziemlich kurios. Vielleicht interessiert es Sie ...?«

Junz schritt im Zimmer auf und ab. Die Nacht war bereits weit vorangeschritten. Er hätte gern geschlafen, aber er wußte, daß er dazu abermals ein Schlafmittel brauchen würde.

»Nein!« rief er. »Irgend etwas hätte geschehen müssen. So läuft es auf Erpressung hinaus.«

»Technisch gesehen, ja. Was hätte ich Ihrer Meinung nach tun sollen?«

»Genau das, was Sie getan haben. Ich bin kein Heuchler, Abel, oder ich versuche wenigstens, keiner zu sein. Ich kann Ihre Methode nicht verdammen, wenn ich vorhabe, aus dem Ergebnis meinen Nutzen zu ziehen. Trotzdem: Was ist mit dem Mädchen los?«

»Ihr wird nichts geschehen, solange Fife zu seinem Handel steht.«

»Sie tut mir leid. Ich mag die sarkitischen Aristokraten nicht, aber ich kann nichts dafür – das Mädchen tut mir leid.«

»Als Individuum, ja. Aber Sark ist selbst daran schuld. Haben Sie je ein Mädchen in einem Wagen geküßt?«

Der Anflug eines Lächelns zitterte an Junz' Mundwinkeln. »Ja.«

»Ich auch, obwohl ich tiefer in Erinnerungen kramen muß als Sie. Meine älteste Enkelin ist wahrscheinlich bereits verlobt, es würde mich jedenfalls nicht wundern. Was ist schon ein gestohlener Kuß in einem Wagen? Ist es nicht der Ausdruck der natürlichsten Gemütsregung?

Da ist ein Mädchen, zugegebenermaßen von hohem gesellschaftlichem Rang, das durch einen Irrtum mit einem, sagen wir, Verbrecher im gleichen Wagen sitzt. Er benutzt die Gelegenheit, er küßt sie. Es geschieht ohne ihre Zustimmung. Was soll sie dabei empfinden? Was soll ihr Vater empfinden? Ärger? Alles das, ja. Aber entehrt? Nein! So sehr entehrt, daß er bereit ist, wichtige Staatsangelegenheiten zu gefährden, um die Entdeckung zu vermeiden? Unsinn!

Samia hat sich nichts anderes zuschulden kommen lassen als Eigensinn und eine gewisse Naivität. Ich bin überzeugt, daß sie schon öfters geküßt worden ist. Und auch in diesem Fall hätte niemand etwas gesagt, wenn es nicht ausgerechnet ein Florinier gewesen wäre. Es spielt dabei keine Rolle, daß sie nicht wußte, wen sie vor sich hatte. Es spielt keine Rolle, daß er ihr den Kuß aufgezwungen hat. Wenn wir die Fotografie veröffentlichten, würde dies das Leben für sie und ihren Vater unerträglich machen. Sie hätten Fifes Gesicht sehen sollen, als er die Reproduktion sah. Man erkannte auf der Kopie nicht unbedingt, daß der Ortsverwalter Florinier ist. Er trug einen sarkitischen Anzug, und eine Mütze bedeckte sein Haar. Er war hellhäutig, aber auch das war nicht deutlich zu erkennen. Dennoch weiß Fife, daß viele an dem Skandal Freude hätten und das Gerücht nur zu gern glauben würden. Und er weiß, daß seine politischen Gegner das größte Kapital daraus schlagen würden. – Sie können es Erpressung nennen, Junz, vielleicht ist es das auch. Aber es ist eine Erpressung, die auf keinem einzigen Planeten in der Milchstraße außer auf Sark möglich wäre. Ihr eigenes, krankes soziales System gab uns diese Waffe in die Hand, und ich habe keine Gewissensbisse, Nutzen daraus zu ziehen.«

Junz seufzte. »Und was haben Sie vereinbart?«

»Wir werden uns morgen zur Mittagszeit treffen. Ich werde persönlich in seinem Büro sein.«

»Müssen Sie dieses Risiko eingehen?«

»Es werden Zeugen dabeisein. Und ich bin begierig darauf, diesem Raumanalytiker selbst gegenüberzutreten, den Sie so lange gesucht haben.«

»Werde ich auch dabeisein?« fragte Junz.

»O ja. Und der Ortsverwalter. Wir brauchen ihn, um den Raumanalytiker zu identifizieren. Und Steen natürlich auch. Sie alle werden durch dreidimensionale Vergegenwärtigung ›zugegen‹ sein.«

»Vielen Dank.«

Der trantorinische Botschafter unterdrückte ein Gähnen und zwinkerte Junz zu. »Ich ziehe mich jetzt zurück, wenn es Ihnen nichts ausmacht. Ich bin zwei Tage und eine Nacht wach gewesen. Ich muß schlafen.«

Seit die dreidimensionale Vergegenwärtigung vervollkommnet war, sah man sich bei wichtigen Konferenzen selten persönlich. Fife empfand daher die körperliche Gegenwart des alten Botschafters als unanständig.

Er sagte nichts. Er blickte nur finster die Männer an, die ihm gegenüberstanden.

Abel, ein alter kindischer Greis in schäbigem Anzug, mit einer Million Himmelskörpern hinter sich.

Junz, ein dunkelhäutiger, wollhaariger Störenfried, dessen Ausdauer die Krise beschleunigt hatte.

Steen, der Verräter! Fife konnte ihm nicht in die Augen sehen.

Der Ortsverwalter! Ihn anzuschauen war am schwersten. Dies war der Eingeborene, der seine Tochter entehrt hatte und der noch in Sicherheit und unangreifbar hinter den Mauern der trantorinischen Botschaft saß. Er hätte gerne mit den Zähnen geknirscht und mit den Fäusten auf den Tisch geschlagen, wenn er allein gewesen wäre. Aber so durfte sich kein Muskel seines Gesichts verziehen, obwohl es unerträglich war.

Wenn Samia nur nicht ... Er ließ diesen Gedanken sofort fallen. Seine eigene Fahrlässigkeit hatte ihren Eigensinn hochgezüchtet, und er konnte ihr nun nicht die Schuld geben. Sie hatte nicht versucht, sich zu rechtfertigen oder ihre Schuld abzuschwächen. Sie hatte ihm die volle Wahrheit über ihren privaten Versuch erzählt, den interstellaren Spion zu spielen, und wie fürchterlich dieser Versuch geendet hatte. Sie hatte sich in ihrer Scham und Erbitterung völlig auf sein Verständnis verlassen, und sie hätte dies auch können, selbst wenn es den Ruin des Gebäudes bedeutet hätte, das er aufgebaut hatte.

»Diese Konferenz ist mir aufgezwungen worden«, sagte er. »Ich habe keine Veranlassung zu reden. Ich bin hier, um zuzuhören.«

»Ich glaube, Steen würde gerne zuerst sprechen«, sagte Abel.

Fifes Augen füllten sich mit Verachtung.

»Sie haben mich gezwungen, zu Trantor überzugehen, Fife!« kreischte Steen. »Sie haben das Prinzip der Autonomie verletzt. Sie konnten nicht erwarten, daß ich mir das gefallen lasse. Wirklich!«

Fife sagte nichts, und Abel unterbrach, ebenfalls nicht ganz ohne Verachtung: »Kommen Sie zum Wesentlichen, Steen. Sie wollten etwas sagen.«

Steens blasse Wangen röteten sich. »Das werde ich auch tun, und zwar jetzt. Natürlich nehme ich nicht für mich in Anspruch, daß ich ein so guter Detektiv bin, wie Fife einer zu sein glaubt. Aber ich kann denken. Wirklich! Und ich habe gedacht. Fife hat uns gestern eine Geschichte über einen geheimnisvollen Verräter erzählt, den er ›X‹ nannte. Ich wußte natürlich sofort, daß es nur ein Geschwätz war, damit er den Notstand ausrufen konnte. Ich habe mich nicht eine Minute lang getäuscht.«

»Es gibt also keinen X?« fragte Fife ruhig. »Warum sind Sie dann davongelaufen? Einen Mann, der flieht, braucht man nicht weiter anzuklagen.«

»So? Wirklich?« rief Steen. »Ich würde aus einem brennenden Haus laufen, selbst wenn ich nicht selbst das Feuer gelegt hätte.«

»Fahren Sie fort, Steen«, sagte Abel.

Steen betrachtete seine Fingernägel. »Aber dann dachte ich: Warum erfindet er gerade diese komplizierte Geschichte? Das ist nicht seine Art. Wirklich! Es ist nicht Fifes Art. Ich kenne ihn. Wir alle kennen ihn. Er hat überhaupt keine Phantasie, Exzellenz. Ein brutaler Mann! Fast so schlimm wie Bort!«

Fife blickte finster. »Sagt er etwas, Abel, oder schwätzt er nur?«

»Fahren Sie fort, Steen«, sagte Abel.

»Das will ich auch. Wenn Sie mich nur ausreden ließen! Auf wessen Seite stehen Sie eigentlich? – Ich sagte mir, das war nach dem Essen: Warum sollte ein Mann wie Fife solch eine Geschichte erfinden? Es gab nur eine Antwort: Er konnte sie nicht erfinden. Nicht mit *seinem* Verstand. Deshalb mußte die Geschichte wahr sein. Und natürlich sind tatsächlich Polizisten ermordet worden. Aber Fife ist schließlich sehr wohl in der Lage, die Dinge so zu arrangieren, daß dies geschieht.«

Fife zuckte die Achseln.

»Wer also ist X?« fuhr Steen fort. »Ich bin es nicht. Wirklich! Ich weiß bestimmt, daß ich es nicht bin. Und ich gebe zu, daß es nur ein Großer Großherr gewesen sein kann. Aber welcher Große Großherr wußte am meisten davon? Welcher Große Großherr versucht nun seit einem Jahr, die Geschichte über den Raumanalytiker dazu zu benutzen, die anderen so zu ängstigen, daß sie dem zustimmen, was er als ›Vereinigung der Kräfte‹ bezeichnet und was ich ›eine Unterwerfung unter die Diktatur Fifes‹ nenne? Ich werde Ihnen sagen, wer X ist!«

Steen stand auf. Seine Schädeldecke ragte über den Aufnahmebereich hinaus und plattete sich ab. Mit einem zitternden Finger deutete er auf Fife. »*Er* ist X! Er hat diesen Raumanalytiker gefunden; er hat ihn aus dem Weg geschafft, als er sah, daß wir anderen von seinen törichten Bemerkungen auf unserer ersten Konferenz nicht beeindruckt waren. Und jetzt präsentiert er ihn uns wieder, nachdem er einen Militärputsch vorbereitet hat.«

Fife wandte sich müde an Abel. »Ist er fertig? Wenn ja, dann entfernen Sie ihn. Sein Anblick ist eine unerträgliche Beleidigung für jeden anständigen Menschen.«

»Haben Sie irgendeinen Kommentar zu seinen Ausführungen zu geben?« fragte Abel.

»Natürlich nicht. Sie sind keinen Kommentar wert. Der Mann ist rasend.«

»Sie können es nicht abstreiten, Fife!« schrie Steen. Er stand immer noch und wandte sich an Abel: »Hören Sie zu! Er sagt, seine Beauftragten haben Aufzeichnungen in der Praxis eines Arztes gefunden. Er sagt, der Arzt sei durch einen Unfall ums Leben gekommen, nachdem er festgestellt hatte, daß der Raumanalytiker das Opfer einer Gehirnsonde war. Er sagt, X hätte den Arzt ermordet, um die Identität des Raumanalytikers geheimzuhalten. Das hat er gesagt. Fragen Sie ihn! Fragen Sie ihn, ob er das gesagt hat!«

»Und wenn?« erwiderte Fife.

»Dann fragen Sie ihn, wie er die Aufzeichnungen aus dem Büro eines Arztes bekommen konnte, der seit Monaten tot und begraben war. In Wirklichkeit hatte er sie die ganze Zeit schon besessen. Wirklich!«

»Das ist närrisch«, sagte Fife. »Wir können nicht auf diese Weise endlos Zeit vergeuden. Ein anderer Arzt übernahm die Praxis des Toten und seine Karteien. Glaubt irgend jemand von Ihnen, daß medizinische Aufzeichnungen vernichtet werden, wenn der Arzt stirbt?«

»Nein, natürlich nicht«, sagte Abel.

Steen stotterte etwas und setzte sich.

»Noch etwas?« fragte Fife. »Hat irgend jemand noch etwas zu sagen? Weitere Anschuldigungen?« Er sprach leise und mit einem Anflug von Bitterkeit.

»Nun«, sagte Abel, »dies war alles, was Steen zu sagen hatte.

Lassen wir es auf sich beruhen. Junz und ich sind in einer anderen Angelegenheit hier. Wir würden gern den Raumanalytiker sehen.«

Fifes Hände hatten auf der Tischplatte gelegen. Sie umklammerten nun die Tischkante. Seine schwarzen Augenbrauen zogen sich zusammen.

»Wir haben einen schwachsinnigen Mann in Haft, der behauptet, Raumanalytiker zu sein. Ich werde ihn hereinbringen lassen.«

Valona March hätte sich nie in ihrem Leben träumen lassen, daß es solche Unmöglichkeiten geben könnte. Seit einem Tag nun, seit sie auf diesem Planeten Sark gelandet war, hatte über allem, was sie sah, ein Anflug des Wunderbaren gelegen. Selbst die Gefängniszellen, in denen sie und Rik getrennt untergebracht worden waren, schienen etwas Irreal-Großartiges an sich zu haben. Wasser strömte aus einer Röhre, wenn man auf einen Knopf drückte. Die Wände strahlten Wärme aus. Und jeder, der mit ihr sprach, trug diese wundervollen Kyrtkleider.

Sie war in Räumen gewesen, in denen Dinge standen, die sie noch nie gesehen hatte. Dieser nun war größer als alle anderen und trotzdem fast leer. Aber es waren Menschen da. Hinter einem Tisch saß ein ernstblickender Mann, und ein viel älterer, runzeliger Herr saß in einem Sessel daneben. Ihnen gegenüber saßen drei andere . . . Einer davon war der Ortsverwalter!

Sie rannte auf ihn zu. »Ortsverwalter! Ortsverwalter!«

Er stand auf und winkte ihr: »Bleib zurück, Lona! Bleib zurück!«

Sie wollte nach seinem Arm greifen. Er zog ihn weg. Sie strauchelte und fiel durch ihn hindurch.

Einen Augenblick stockte ihr der Atem. Sie wandte sich um, aber sie konnte nur auf ihre Beine starren.

Sie fiel zwischen den schweren Armlehnen des Sessels hindurch, in dem der Ortsverwalter gesessen hatte. Sie konnte genau sehen, wie der Sessel ihre Beine umschloß. Aber sie fühlte keinen Schmerz. Sie tastete zitternd nach ihren Beinen, und ihre Finger tauchten fünf Zentimeter tief in das Polster, und auch dies fühlte sie nicht. Sie schrie auf und fiel in Ohnmacht. Als letztes sah sie noch, wie sie der Ortsverwalter instinktiv auffangen wollte und wie sie durch seine Arme hindurchfiel, als wären sie gefärbte Luft.

Nun saß sie wieder auf einem Stuhl. Rik hielt ihre Hand, und der alte, runzelige Mann beugte sich über sie.

»Du brauchst keine Angst zu haben, Kleine«, sagte er. »Es ist nur ein Bild, eine Art Fotografie, weißt du.«

Valona blickte sich um. Der Ortsverwalter saß immer noch da. Er schaute sie nicht an.

Sie deutete mit dem Finger auf ihn: »Ist er nicht hier?«

»Es ist eine plastische Vergegenwärtigung, Lona«, sagte Rik. »Er ist irgendwo anders, aber wir können ihn von hier aus sehen.«

Valona schüttelte den Kopf. Doch wenn Rik es sagte, mußte es stimmen. Sie senkte die Augen. Sie wagte es nicht, Leute anzusehen, die da waren und doch nicht da waren.

»Dann wissen Sie also, was die dreidimensionale Vergegenwärtigung ist, junger Mann?« sagte Abel zu Rik.

»Ja, Herr.« Es war auch für Rik ein ungeheurer Tag gewesen. Aber während Lona immer verwirrter wurde, hatte er die Dinge immer vertrauter gefunden.

»Woher kennen Sie es?«

»Ich weiß nicht. Ich kannte es vorher – ehe ich alles vergaß.«

Fife hatte sich während Valonas wildem Sturz auf den Ortsverwalter nicht gerührt. Säuerlich sagte er: »Es tut mir leid, daß ich unser Zusammentreffen stören mußte, indem ich eine hysterische Eingeborene hereinbrachte. Der sogenannte Raumanalytiker bestand auf ihrer Anwesenheit.«

»Es ist in Ordnung«, sagte Abel. »Aber ich stelle fest, daß Ihr ›schwachsinniger Florinier‹ die dreidimensionale Vergegenwärtigung zu kennen scheint.«

»Man hat ihn gut gedrillt, stelle ich mir vor«, sagte Fife.

»Ist er seit seiner Ankunft auf Sark verhört worden?« fragte Abel.

»Gewiß.«

»Mit welchem Ergebnis?«

»Keine neuen Informationen.«

Abel wandte sich an Rik: »Wie heißen Sie?«

»›Rik‹ ist der einzige Name, an den ich mich erinnere.«

»Kennen Sie von diesen Personen hier irgend jemanden?«

Rik schaute furchtlos von Gesicht zu Gesicht. »Nur den Ortsverwalter«, sagte er. »Und Lona natürlich.«

»Dies«, sagte Abel und deutete auf Fife, »ist der größte Großherr, der jemals lebte. Er besitzt den ganzen Planeten. Was halten Sie von ihm?«

»Ich bin von der Erde«, sagte Rik unbekümmert. »*Mich* besitzt er nicht.«

Abel raunte Fife zu: »Ich glaube nicht, daß man einem erwachsenen Florinier eine solche Art der Verteidigung eintrichtern kann.«

»Auch nicht mit der Gehirnsonde?« erwiderte Fife zornig.

Abel wandte sich wieder an Rik. »Kennen Sie diesen Herrn?«

»Nein.«

»Dies ist Doktor Selim Junz. Er ist ein hoher Beamter des Interstellaren Raumanalytischen Büros.«

Rik sah ihn aufmerksam an. »Dann wäre er einer meiner Vorgesetzten. Aber ich kenne ihn nicht. Oder vielleicht erinnere ich mich nicht mehr an ihn.«

Junz schüttelte verdrießlich den Kopf. »Ich habe ihn nie gesehen, Abel.«

»Das ist etwas fürs Protokoll«, murmelte Fife.

»Nun hören Sie zu, Rik«, sagte Abel. »Ich werde Ihnen jetzt eine Geschichte erzählen. Ich möchte, daß Sie aufmerksam zuhören und nachdenken, nachdenken und nachdenken. Verstehen Sie mich?«

Rik nickte.

Abel sprach langsam. Und während er sprach, schloß Rik die Augen. Seine Fäuste ballten sich vor der Brust, und sein Kopf beugte sich nach vorn. Er sah aus wie ein Mann im Starrkrampf.

Abel rollte die Ereignisse von beiden Seiten her auf, wie es während der interkontinentalen Konferenz der Großherr von Fife getan hatte. Er sprach über die Katstrophenmeldung des Raumanalytikers und wie sie abgefangen wurde, über das Zusammentreffen zwischen Rik und X, über die Gehirnsonde. Er sprach darüber, wie Rik auf Florina gefunden wurde, über den Arzt, der die Diagnose gestellt hatte und dann starb, und über Riks wiederkehrendes Gedächtnis.

»Das ist die ganze Geschichte, Rik«, sagte er. »Ich habe Ihnen alles erzählt. Kommt Ihnen irgend etwas bekannt vor?«

»An die letzten Teile erinnere ich mich«, sagte Rik langsam, »an die letzten paar Tage. Ich erinnere mich auch an den Arzt. Aber es ist alles sehr verschwommen.«

»Erinnern Sie sich auch an weiter zurückliegende Dinge?« fragte Abel. »Erinnern Sie sich an die Gefahr für Florina?«

»Ja, ja. Das war das erste, an was ich mich erinnerte.«

»Und was danach geschah, wissen Sie nicht mehr? Sie landeten auf Sark und trafen einen Mann.«

»Ich kann nicht«, stöhnte Rik. »Ich kann mich nicht erinnern.«

»Versuchen Sie es, versuchen Sie!«

Rik blickte auf. Sein weißes Gesicht war naß vor Anstrengung. »Mir fällt ein Wort ein.«

»Was für ein Wort, Rik?«

»Es ergibt keinen Sinn.«

»Sagen Sie's trotzdem.«

»Es hängt zusammen mit einem Tisch. Ich saß an einem Tisch. Ich glaube, jemand saß mir gegenüber. Dann stand er auf, trat auf mich zu und schaute auf mich herab. Und da ist ein Wort.«

»Was für ein Wort?« fragte Abel geduldig.

Rik ballte die Fäuste und flüsterte: »Fife.«

Alle außer Fife sprangen auf.

Steen kreischte: »Ich hab's ja gesagt!« und brach in ein helles Gegacker aus.

Die Anklägerin

Fife sagte mit erzwungener Selbstbeherrschung. »Wir wollen diese Komödie beenden.«

Er hatte mit ausdruckslosem Gesicht gewartet, bis sich die anderen Luft gemacht und wieder gesetzt hatten. Rik hielt noch immer die Augen geschlossen und forschte in seinem Gedächtnis. Valona strich ihm sanft über die Wange.

»Warum bezeichnen Sie dies als eine Komödie?« fragte Abel streng.

»Ist es das vielleicht nicht?« sagte Fife. »Ich habe dieser Konferenz zugestimmt, weil Sie mich in einer gewissen Angelegenheit bedrohten. Ich hätte jedoch unter allen Umständen abgelehnt, wenn ich geahnt hätte, daß aus der Konferenz eine Gerichtsverhandlung wird, bei der Abtrünnige und Mörder als Kläger gegen mich auftreten.«

Abel hob die Brauen und sagte kühl: »Das ist kein Gericht, Großherr. Dr. Junz ist hier, um die Person eines Angehörigen des IRB zu identifizieren, wie es sein Recht und seine Pflicht ist. Ich bin hier, um die Interessen Trantors in einer schwierigen Zeit zu schützen. Ich habe nicht den geringsten Zweifel daran, daß dieser Mann, Rik, der vermißte Raumanalytiker ist. Wir können diesen Teil der Konferenz sofort beenden, wenn Sie bereit sind, den Mann an Junz auszuliefern, damit seine Identität nachgeprüft werden kann. Wir würden natürlich auch weiterhin Ihre Hilfe erbitten, um den Schuldigen zu finden, der die Gehirnsonde benutzt hat, und um Vorkehrungen zu treffen, damit sich ein solcher Akt gegen eine interstellare Institution, die sich unabhängig von regionalen politischen Bindungen gehalten hat, nicht wiederholt.«

»Ganz gute Ansprache«, sagte Fife. »Aber das Durchsichtige

bleibt nun einmal durchsichtig, und Ihre Pläne sind es in hohem Maß. Was geschieht, wenn ich diesen Mann ausliefere? Ich glaube kaum, daß es dem IRB gelingt, genau das herauszufinden, was es herausfinden möchte. Es nimmt zwar für sich in Anspruch, eine interstellare Institution ohne regionale Bindungen zu sein. Aber es ist eine Tatsache, daß Trantor zwei Drittel zu seinem jährlichen Budget beiträgt. Ich zweifle daran, daß heute irgendein objektiver Beobachter das IRB für wirklich neutral hält. Seine Enthüllungen über diesen Mann werden zweifellos den imperialistischen Interessen Trantors dienen.

Und wie werden diese Enthüllungen aussehen? Auch das ist einleuchtend. Das Gedächtnis des Mannes wird langsam zurückkehren. Das IRB wird täglich Bulletins veröffentlichen. Der Mann wird sich an immer mehr Einzelheiten erinnern. Zuerst an meinen Namen, dann an mein Äußeres, dann an meine Worte. Man wird mich allen Ernstes für schuldig erklären. Man wird Wiedergutmachung verlangen, und Trantor wird sich genötigt sehen, Sark vorübergehend zu besetzen, und aus dieser Besetzung wird ein Dauerzustand.

Es gibt Grenzen, bei denen die Erpressung aufhört. Ihre, Herr Botschafter, hört hier auf. Wenn Sie diesen Mann haben wollen, muß Trantor eine Flotte schicken.«

»Von Gewalt ist keine Rede«, sagte Abel. »Dennoch stelle ich fest, daß Sie mit keinem Wort die Folgerung dessen geleugnet haben, was der Raumanalytiker zuletzt geäußert hat.«

»Es gibt keine Folgerung, die ich durch ein Dementi zu beehren brauche. Er erinnert sich an ein Wort, oder er behauptet es. Nun und?«

»Bedeutet es nichts, daß er sich an Ihren Namen erinnert?«

»Überhaupt nichts. Der Name Fife ist ein bekannter Name auf Sark. Selbst wenn wir annehmen, daß der sogenannte Raumanalytiker ehrlich ist, dann hatte er auf Florina ein Jahr lang Zeit, meinen Namen zu hören. Er kam mit einem Schiff nach Sark, in dem meine Tochter fuhr, eine noch bessere Gelegenheit, den Namen Fife zu hören. Was ist natürlicher, als daß dieser Name sich in seinem Gedächtnis festsetzte? Aber natürlich ist er wahrscheinlich nicht aufrichtig. Die Stück-für-Stück-Enthüllungen dieses Mannes können ihm eingetrichtert worden sein.«

Abel schwieg. Er blickte die anderen an. Junz runzelte finster die Stirn. Die Finger seiner rechten Hand kneteten sein Kinn. Steen lächelte einfältig und murmelte vor sich hin. Terens starrte auf seine Knie.

Es war Rik, der sprach. Er stand auf.

»Hören Sie«, sagte er. Sein blasses Gesicht war verzerrt.

»Eine weitere Enthüllung, nehme ich an«, sagte Fife.

»Hören Sie zu«, sagte Rik. »Wir saßen an einem Tisch. Im Tee war eine Droge. Wir hatten uns gestritten. Ich erinnere mich nicht mehr, weshalb. Dann konnte ich mich plötzlich nicht mehr bewegen. Ich konnte nicht mehr sprechen. Ich konnte nur noch denken: Großer Weltraum, er hat mich betäubt. Ich wollte schreien und brüllen und laufen, aber ich konnte nicht. Dann kam er, Fife. Er hatte mich angeschrien, aber jetzt schrie er nicht mehr. Er brauchte es nicht zu tun. Er kam um den Tisch. Dann stand er hochaufgerichtet neben mir. Ich konnte nichts sagen. Ich konnte nichts tun. Ich konnte nur versuchen, zu ihm aufzublicken.« Rik schwieg.

»Und dieser andere Mann war Fife?« fragte Selim Junz.

»Ich erinnere mich daran, daß sein Name Fife war.«

»Nun, war es dieser Mann?«

Rik wandte sich nicht um. »Ich weiß nicht mehr, wie er aussah.«

»Sind Sie sicher?«

»Ich habe es versucht. Sie wissen nicht, wie schwer es ist! Es tut weh! Es ist wie eine glühend heiße Nadel, tief drinnen.« Er legte die Hände an die Stirn.

»Ich weiß, daß es schwer ist«, sagte Junz besänftigend. »Aber Sie müssen es versuchen! Schauen Sie den Mann an. Drehen Sie sich um und schauen Sie ihn an.«

Rik starrte einen Augenblick den Großherrn von Fife an.

»Erinnern Sie sich jetzt?« fragte Junz.

»Nein! Nein!«

Fife lächelte. »Hat Ihr Mann seine Anweisungen vergessen? Oder wird die Geschichte glaubhafter klingen, wenn er sich erst das nächstemal an mein Gesicht erinnert?«

»Ich habe diesen Mann noch nie gesehen und noch nie mit ihm gesprochen«, sagte Junz aufgebracht. »Es sind keinerlei Abmachungen getroffen worden, gegen Sie zu intrigieren, und ich bin Ihrer Anschuldigungen in dieser Beziehung müde. Es kommt mir nur auf die Wahrheit an.«

»Erlauben Sie dann, daß ich einige Fragen an ihn stelle?«

»Bitte sehr!«

»Danke. Nun, Rik, oder wie du heißen magst –« Er sprach, wie ein Großherr mit einem Florinier spricht.

Rik blickte auf. »Ja, Herr?«

»Du erinnerst dich an einen Mann, der von der anderen Seite des Tisches auf dich zukam, als du betäubt und hilflos dasaßest.«

»Ja, Herr.«

»Das letzte, an das du dich erinnerst, ist, daß der Mann auf dich herabblickte?«

»Ja, Herr.«

»Du hast zu ihm aufgeblickt oder es versucht?«

»Ja, Herr.«

»Setz dich.«

Rik tat es.

Einen Augenblick saß Fife regungslos da. Sein lippenloser Mund wurde noch schmaler. Seine Kiefernmuskeln unter dem blauschwarzen Bart spannten sich. Dann glitt er von seinem Stuhl herab.

Er glitt *herab!* Es sah aus, als sei er hinter dem Tisch auf die Knie gegangen.

Doch Fife trat hinter dem Tisch hervor, und man sah deutlich, daß er stand.

Junz war fassungslos. Der statuenhafte und furchteinflößende Mann hatte sich ohne Vorbereitung in einen bemitleidenswerten Zwerg verwandelt.

Fifes mißgebildete Beine bewegten sich unter größter Anstrengung und schleppten unbeholfen den massigen Rumpf vorwärts. Fife errötete, aber seine Augen behielten unvermindert ihren arroganten Blick bei. Steen brach in ein wildes Gekicher aus, das er sofort abbrach, als sich diese Augen auf ihn richteten. Die anderen saßen in stummer Faszination.

Rik beobachtete mit großen Augen, wie Fife sich näherte.

»War ich der Mann, der um den Tisch herum auf dich zukam?«

»Ich kann mich nicht an sein Gesicht erinnern, Herr.«

»Du sollst dich nicht an sein Gesicht erinnern. Kannst du diesen Anblick vergessen haben? Meine Erscheinung? Meinen Gang?«

Rik sagte unglücklich: »Eigentlich nicht. Aber ich weiß es nicht.«

»Aber du hast gesessen, und er stand. Und du hast zu ihm aufgeblickt?«

»Ja, Herr.«

»Und er hat auf dich herabgeschaut?«

»Ja, Herr.«

»Daran erinnerst du dich wenigstens. Bist du dessen sicher?«

»Ja, Herr.«

»Schaue ich auf dich herab?«

»Nein, Herr.«

»Stehe ich ›hochaufgerichtet‹ neben dir?«

»Nein, Herr.«

»Schaust du zu mir auf?«

Rik, der saß, und Fife, der stand, blickten einander aus gleicher Höhe in die Augen.

»Nein, Herr.«

»Kann ich der Mann gewesen sein?«

»Nein, Herr.«

»Bist du sicher?«

»Ja, Herr.«

»Sagst du immer noch, der Name, an den du dich erinnerst, sei Fife?«

»Ich erinnere mich an den Namen«, sagte Rik.

»Wer war es dann, der meinen Namen mißbraucht hat?«

Fife quälte sich mit grotesker Würde zum Tisch zurück und kletterte auf seinen Stuhl.

»Seit ich erwachsen bin, habe ich niemandem erlaubt, mich stehen zu sehen. Gibt es noch irgendeinen Grund, diese Konferenz fortzusetzen?«

Abel war zugleich verlegen und verdrossen. Bis jetzt hatte sich die Konferenz als Fehlschlag erwiesen. Alle Schüsse waren nach hinten losgegangen. Punkt um Punkt war es Fife gelungen, sich selbst ins Recht zu setzen und die anderen ins Unrecht. Er hatte sich mit Erfolg als Märtyrer präsentiert. Er war von Trantor durch eine Erpressung zur Konferenz gezwungen und zum Opfer einer falschen Anklage gemacht worden.

Fife würde dafür sorgen, daß seine Interpretation der Konferenz in der ganzen Milchstraße verbreitet wurde, und er mußte sich nicht einmal sehr weit von der Wahrheit entfernen, um eine ausgezeichnete antitrantorinische Propaganda daraus zu machen.

Der Raumanalytiker wäre für Trantor nun nicht mehr von Nutzen. Jede ›Erinnerung‹, die ihm hiernach noch einfiele, würde lächerlich gemacht werden, wie wahr sie auch sein mochte. Man würde ihn als ein Instrument des trantorinischen Imperialismus betrachten.

Doch nun sprach Junz.

»Mir scheint, es gibt einen sehr guten Grund, die Konferenz noch nicht zu beenden. Wir müssen herausfinden, wer die Gehirnsonde benutzt hat. Sie haben den Großherrn von Steen beschuldigt, und Steen beschuldigt Sie. Angenommen, Sie sind beide unschuldig, wer war es dann?«

»Spielt das für Sie eine Rolle?« fragte Fife. »Die Angelegenheit wäre ohne die Einmischung Trantors und des IRB in diesem

Augenblick bereits geregelt. Ich werde den Verräter finden. Da der Täter, wer es auch sein mag, ursprünglich die Absicht hatte, das Monopol des Kyrthandels mit Gewalt an sich zu reißen, bin ich der letzte, der ihn laufen ließe. Sobald er gefunden und abgeurteilt ist, wird Ihr Mann unversehrt an Sie ausgeliefert werden. Das ist das einzige Angebot, das ich Ihnen machen kann, und es ist ein sehr vernünftiges.«

»Was werden Sie mit dem Mann tun, der die Gehirnsonde benutzte?«

»Das ist eine rein interne Angelegenheit, die Sie nichts angeht.«

»Doch!« sagte Junz energisch. »Es handelt sich hier nicht nur um den Raumanalytiker. Es handelt sich um eine Angelegenheit von größerer Tragweite, und ich bin überrascht, daß es noch nicht erwähnt wurde. Dieser Mann wurde nicht einfach deshalb mit der Sonde behandelt, weil er Raumanalytiker war.«

Abel war nicht sicher, worauf Junz hinauswollte. Aber er warf seine Stimme in die Waagschale. »Doktor Junz bezieht sich auf die Katastrophenmeldung des Raumanalytikers.«

Fife zuckte die Achseln. »Soviel ich weiß, hat ihr bis jetzt niemand die geringste Bedeutung beigemessen, auch Junz nicht. Aber Ihr Mann ist hier, Doktor. Fragen Sie ihn, was es damit auf sich hat.«

»Natürlich wird er sich nicht an Einzelheiten erinnern«, erwiderte Junz ärgerlich. »Die Gehirnsonde wirkt sich hauptsächlich auf die geistigen Bereiche des Gehirns aus. Der Mann wird wahrscheinlich seine früheren Kenntnisse nie ganz wiedererlangen. Aber es gibt noch jemanden, der darüber Bescheid wissen muß, und das ist der Mann mit der Gehirnsonde. Er mag selbst vielleicht kein Raumanalytiker sein und die genauen Details kennen. Aber er hat mit Rik gesprochen, als dessen Geist noch intakt war. Und er hat wahrscheinlich genug erfahren, um uns auf die richtige Fährte zu bringen. Sonst hätte er es nicht gewagt, seine Informationsquelle zu zerstören. Trotzdem will ich Rik der Form halber fragen: Erinnern Sie sich an etwas, Rik?«

»Ich weiß nur noch, daß die Gefahr mit den Strömen im Raum zusammenhing«, murmelte Rik.

»Selbst wenn Sie es herausfinden würden, was nützt es Ihnen?« unterbrach Fife. »Wie verläßlich sind denn alle die erschreckenden Theorien, die kranke Raumanalytiker fortwährend verbreiten? Viele von ihnen glauben, sie kennten die Geheimnisse des Universums, während sie in Wirklichkeit so krank sind, daß sie kaum ihre Instrumente kontrollieren können.«

»Haben Sie etwas dagegen, wenn ich es dennoch überprüfe?«

»Ich bin dagegen, daß Sie Gerüchte in die Welt setzen, die den Kyrthandel beeinträchtigen. Stimmen Sie mir nicht zu, Abel?«

Abel wand sich innerlich. Fife manövrierte ihn in eine Lage, aufgrund derer jede Unterbrechung in der Kyrtlieferung der trantorischen Einmischung zugeschrieben werden konnte. Doch Abel war ein guter Spieler. Er erhöhte den Einsatz.

»Nein«, sagte er. »Ich schlage vor, wir hören Dr. Junz an.«

»Danke«, sagte Junz. »Sie, Großherr von Fife, sagten, daß der Mann, der die Gehirnsonde benutzte, auch den Arzt getötet haben muß, der Rik untersucht hat. Daraus kann man schließen, daß er Rik während seines Aufenthaltes auf Florina beobachtet hat.«

»Und?«

»Es muß Spuren dieser Beobachtung geben.«

»Sie glauben, diese Eingeborenen würden wissen, wer sie beobachtet hat?«

»Warum nicht?«

»Sie ziehen falsche Schlüsse, weil Sie kein Sarkit sind«, sagte Fife. »Die Florinier haben zu Boden zu blicken, wenn ein Großherr in der Nähe ist, und sie sind klug genug, dies zu tun. Kein Eingeborener würde es merken, wenn man ihn beobachtete.«

Junz gab sich keine Mühe, seine Verachtung zu verbergen. In den Sarkiten war der Despotismus derart verwurzelt, daß sie keinen Grund zur Scham darin sahen, wenn sie offen darüber sprachen.

»Bei gewöhnlichen Floriniern trifft dies vielleicht zu«, sagte er. »Aber wir haben hier – glaube ich – einen Florinier, der ziemlich deutlich gezeigt hat, daß er kein unterwürfiger Eingeborener ist. Er hat bis jetzt nichts zur Diskussion beigetragen, und es ist Zeit, einige Fragen an ihn zu stellen.«

»Die Aussagen dieses Eingeborenen sind wertlos«, sagte Fife. »Ich verlange noch einmal von Trantor, daß es ihn der Verurteilung durch die Gerichte von Sark überläßt.«

»Ich glaube, es wird nichts schaden, wenn wir einige Fragen an ihn stellen, Fife«, sagte Abel. »Wenn er sich als widerspenstig oder unverläßlich erweist, können wir Ihr Ersuchen auf Auslieferung erwägen.«

Terens, der bis jetzt gleichmütig auf seine gefalteten Hände gestarrt hatte, blickte kurz auf.

Junz wandte sich an Terens: »Rik hat in Ihrem Ort gelebt, seit er auf Florina gefunden wurde, nicht wahr?«

»Ja.«

»Und Sie waren die ganze Zeit in Ihrem Betrieb? Ich meine, Sie waren nicht auf ausgedehnten Dienstreisen?«

»Ortsverwalter machen keine Dienstreisen. Sie haben genug in ihrem eigenen Ort zu tun.«

»Schön, nun werden Sie nicht gleich empfindlich. Sie würden als Ortsverwalter beispielsweise wissen, wenn ein Großherr Ihren Bezirk aufsucht?«

»Natürlich.«

»Und war dies der Fall?«

Terens zuckte die Achseln. »Ein- oder zweimal. Reine Routine, ich versichere es Ihnen. Großherren beschmutzen ihre Hände nicht mit Kyrt. Ich meine, mit unverarbeitetem Kyrt.«

»Respekt, Bursche!« röhrte Fife.

Terens blickte ihn an und sagte: »Sprechen Sie mit mir?«

Abel unterbrach: »Überlassen Sie bitte dieses Gespräch dem Ortsverwalter und Dr. Junz, Fife. Wir beide sind nur Zeugen.«

Junz konnte sein Ergötzen über die Unverschämtheit des Ortsverwalters kaum unterdrücken. Trotzdem sagte er: »Beantworten Sie bitte meine Fragen ohne Kommentare. Nun: Wer waren die Großherren, die Ihren Ort im vergangenen Jahr besucht haben?«

»Wie kann ich das wissen?« sagte Terens wütend. »Ich kann diese Frage nicht beantworten. Großherren sind Großherren, und Eingeborene sind Eingeborene. Ich mag ein Ortsverwalter sein, aber für sie bin ich trotzdem ein Eingeborener. Ich begrüße sie nicht an den Toren der Stadt und frage sie nicht nach ihrem Namen. Ich bekomme eine Meldung, das ist alles. Sie ist mit dem Wort ›Ortsverwalter‹ adressiert und besagt, daß an dem und dem Tag eine Inspektion stattfindet und daß ich die notwendigen Vorbereitungen treffen soll. Ich muß dann dafür sorgen, daß die Fabrikarbeiter ihre besten Kleider anhaben, daß die Fabrik sauber ist und ordnungsgemäß arbeitet, daß der Kyrtvorrat ausreicht, daß jedermann zufrieden und glücklich aussieht, daß die Häuser sauber und die Straßen bewacht sind, daß einige Tänzer zur Hand sind, für den Fall, daß der Großherr gern einen amüsanten Eingeborenentanz sehen möchte, daß vielleicht einige hübsche Mädch ...«

»Das steht nicht zur Debatte, Ortsverwalter«, sagte Junz.

»Für Sie steht das freilich nicht zur Debatte, aber für mich.«

Nach seinen Erfahrungen mit den Floriniern vom Verwaltungsdienst fand Junz den Ortsverwalter so erfrischend wie einen Schluck kalten Wassers. Er beschloß, jeden erdenklichen Einfluß, den das IRB hatte, geltend zu machen, um die Auslieferung des Ortsverwalters an die Großherren zu verhindern.

Etwas ruhiger fuhr Terens fort: »Dies jedenfalls ist meine Aufgabe. Wenn sie kommen, mische ich mich unter die anderen. Ich weiß nicht, wer sie sind. Ich spreche nicht mit ihnen.«

»Fand eine solche Inspektion in *der* Woche statt, ehe der Arzt umkam? Ich nehme an, Sie wissen, in welcher Woche das geschah.«

»Ich habe im Nachrichtendienst davon gehört, aber ich glaube nicht, daß zu jener Zeit eine Inspektion stattfand. Ich kann es jedoch nicht beschwören.«

»Wem gehört Ihr Ort?«

Terens grinste breit: »Dem Großherrn von Fife.«

Steen brach ziemlich überraschend und laut in das Hin und Her ein: »Da schaut an! Wirklich! Sehen Sie nicht, Dr. Junz, daß Sie damit nicht weiterkommen? Wirklich! Glauben Sie, Fife hätte die Mühe auf sich genommen, Reisen nach Florina zu unternehmen, wenn er dieses Geschöpf hätte überwachen wollen? Wozu ist schließlich die Polizei da? Wirklich!«

Junz wurde nervös. »In einem Fall wie diesem, wo die Wirtschaft eines Planeten und vielleicht seine Existenz vom Gehirn eines einzigen Menschen abhängt, ist es natürlich, daß der Mann mit der Gehirnsonde die Überwachung nicht der Polizei überlassen konnte.«

Fife unterbrach: »Selbst nachdem er dieses Gehirn ausgeschaltet hat?«

Junz schob die Unterlippe vor und runzelte die Stirn. Er versuchte es zögernd noch einmal. »Gab es irgendeinen Polizeibeamten oder eine Gruppe von Polizeibeamten, die immer in der Nähe waren?«

»Das weiß ich nicht. Sie sind für mich nur Uniformen.«

Junz wandte sich an Valona und erreichte damit, daß sie vor Schreck aufsprang. Einen Augenblick vorher war sie auffallend weiß geworden. Junz war dies nicht entgangen.

»Was ist Ihnen?« fragte er.

Heiser flüsterte sie: »Ich möchte etwas sagen.«

»Los!« sagte Junz.

Die Furcht war tief in ihr Gesicht eingegraben. »Ich bin nur ein Bauernmädchen«, sagte sie. »Bitte seien Sie nicht zornig auf mich. Aber war mein Rik wirklich so wichtig?«

»Ich glaube, er war sehr, sehr wichtig, und ich glaube, er ist es noch«, sagte Junz milde.

»Dann muß es so sein, wie Sie sagten. Derjenige, der ihn auf Florina ausgesetzt hat, hätte es nicht gewagt, ihn auch nur eine Minute aus den Augen zu lassen. Ich meine, der Werkleiter in der Fabrik hätte Rik vielleicht schlagen können, oder die Kinder hätten Steine nach ihm werfen können, oder er hätte krank werden und sterben können.« Sie sprach nun sehr flüssig.

»Weiter!« sagte Junz.

»Es hat jemanden gegeben, der Rik von allem Anfang an beobachtete. Er suchte ihn in den Feldern auf, richtete es so ein, daß ich für ihn sorgte, hielt alle Schwierigkeiten von ihm fern und wußte täglich, wie es ihm ging. Er wußte sogar alles über den Arzt, weil ich es ihm erzählt habe.«

Ihre Stimme überschlug sich, und ihr Finger deutete spitz auf Myrlyn Terens, den Ortsverwalter.

»Er war es! Er!«

Die Sieger

Es war, als habe sie alle eine Sprachlähmung befallen. Selbst Rik konnte nichts anderes tun als mit ungläubigen Augen zuerst Valona, dann Terens anzustarren.

Steens Gelächter unterbrach die Stille.

»Ich glaube es!« rief er. »Wirklich! Ich habe es ja die ganze Zeit gesagt! Ich sagte, der Eingeborene ist von Fife bezahlt worden. Das beweist von neuem, was für ein Mann Fife ist. Er hat den Eingeborenen bezahlt, um . . .«

»Das ist eine infame Lüge!«

Es war nicht Fife, der dies schrie, sondern Terens. Er war aufgesprungen, und seine Augen funkelten leidenschaftlich.

Abel, der von allen am wenigsten bewegt schien, fragte: »Was ist eine Lüge?«

Terens starrte ihn einen Augenblick verständnislos an und würgte dann: »Was der Großherr gesagt hat. Ich werde von keinem Sarkiten bezahlt.«

»Und was das Mädchen gesagt hat? Ist das auch eine Lüge?«

Terens befeuchtete mit der Zungenspitze die trockenen Lippen. »Nein. Das ist wahr. Ich bin der Mann mit der Gehirnsonde.« Und eilig fuhr er fort: »Schau mich nicht so an, Lona. Ich wollte ihm nicht weh tun. Ich wollte das nicht, was geschehen ist.« Er setzte sich.

»Dies ist eine Art Kniff«, sagte Fife. »Ich weiß nicht genau, was Sie damit bezwecken, Abel, aber es ist unmöglich, daß dieser Verbrecher gerade diese Tat in sein Repertoire aufnehmen konnte. Es steht fest, daß nur ein Großer Großherr das notwendige Wissen und die Fähigkeiten gehabt haben kann. Oder sind Sie darauf aus, die Schuld von Ihrem Steen zu nehmen, indem Sie ein falsches Geständnis machen lassen?«

Terens beugte sich vor. »Ich nehme auch kein trantorinisches Geld!«

Fife ignorierte ihn.

Junz war der letzte, der zu sich kam. »Es hat keinen Zweck zu streiten, ehe wir den Mann gehört haben«, sagte er. »Er soll uns die Einzelheiten schildern. Wenn er tatsächlich der Mann mit der Gehirnsonde ist, brauchen wir die Details dringend. Wenn er es nicht ist, werden die Details dies beweisen.«

»Wenn Sie wissen wollen, wie sich alles abgespielt hat, werde ich es Ihnen sagen. Es zu verschweigen würde mir ohnehin nichts mehr nützen. Ich habe es in jedem Fall entweder mit Sark oder mit Trantor zu tun. Deshalb zum Teufel damit! Dies wird mir wenigstens die Möglichkeit geben, ein paar Dinge offen zu sagen.«

Er deutete zornig auf Fife. »Das ist ein Großer Großherr. Nur ein Großer Großherr, sagt dieser Große Großherr, kann die Kenntnisse und Fähigkeiten haben, um das zu tun, was der Mann mit der Gehirnsonde getan hat. Und er glaubt es auch. Aber was weiß er? Was weiß überhaupt irgendein Sarkit?

Die Sarkiten kümmern sich nicht um die Regierungsgeschäfte. Die Florinier tun es. Die florinischen Verwaltungsangestellten bekommen alle Papiere in die Hand. Sie füllen die Papiere aus, sie bearbeiten die Papiere. Und es sind die Papiere, die Sark regieren. Natürlich sind die meisten von uns zu unterdrückt, um auch nur zu winseln. Aber wissen Sie, was wir tun können, wenn wir wollten? Sogar unter den Augen unserer verdammten Großherren? Nun, Sie wissen, was ich getan habe.

Ich war vor einem Jahr vorübergehend Verkehrsmanager auf dem Raumhafen. Dies gehörte zu meiner Ausbildung. Es steht in den Akten. Sie werden ein wenig suchen müssen, um das festzustellen, da der offizielle Verkehrsmanager ein Sarkit ist. Er hatte den Titel, aber ich tat seine Arbeit. Mein Name ist in einer besonderen Akte mit der Überschrift ›Eingeborenes Personal‹ zu finden. Kein Sarkit hätte je seine Augen damit beschmutzt, diese Liste anzusehen.

Als das örtliche IRB die Meldung des Raumanalytikers an den Hafen schickte mit dem Vorschlag, wir sollten das Raumschiff mit einer Ambulanz empfangen, kam die Meldung in meine Hände. Ich gab davon weiter, was mir angebracht schien. Die Voraussage der Zerstörung Florinas habe ich nicht weitergegeben.

Ich richtete es so ein, daß der Raumanalytiker auf einem kleinen Vorstadthafen landete. Das war nicht schwer. Alle Drähte und Kabel waren in meinen Händen. Ich war im Verwaltungsdienst, denken Sie daran. Ein Großer Großherr hätte nicht tun können, was ich tat. Er hätte dazu einen Florinier gebraucht. Ich aber konnte es ohne fremde Hilfe tun. – Soviel über Kenntnisse und Fähigkeiten.

Ich empfing den Raumanalytiker und hielt ihn sowohl von den sarkitischen Behörden als auch vom IRB fern. Ich preßte soviel aus ihm heraus, wie ich konnte, und traf meine Vorbereitungen, diese Informationen für Florina und gegen Sark auszuwerten.«

»Dann haben Sie die Erpresserbriefe geschickt?« sagte Fife mühsam.

»Allerdings, Großer Großherr«, sagte Terens ruhig. »Ich dachte, ich könnte genug Kontrolle über die Kyrtländer in meine Hände bringen, auf eigene Faust mit Trantor verhandeln und Sie von unserem Planeten vertreiben.«

»Sie waren verrückt.«

»Vielleicht. Wie dem auch sei, es klappte nicht. Ich habe dem Raumanalytiker gesagt, ich sei der Großherr von Fife. Ich mußte dies tun, weil er wußte, daß Fife der mächtigste Mann auf dem Planeten war, und solange er mich für Fife hielt, sprach er offen mit mir. Ich muß lachen, wenn ich daran denke, daß er glaubte, Fife sei erpicht darauf, das beste für Florina zu tun.

Leider war er ungeduldiger als ich. Er war hartnäckig der Meinung, jeder verlorene Tag sei eine Katastrophe, während ich bei meinem Vorhaben gegen Sark vor allem Zeit brauchte. Es wurde schwierig für mich, ihn im Zaum zu halten. Deshalb mußte ich schließlich die Gehirnsonde anwenden. Ich konnte mir mühelos eine beschaffen. Ich hatte im Krankenhaus gesehen, wie sie bedient werden. Ich wußte etwas davon, leider nicht genug.

Ich setzte die Sonde an, um die Angst aus den Oberschichten seines Bewußtseins zu entfernen. Das ist ein einfacher Eingriff. Ich weiß heute noch nicht, was geschehen ist. Ich vermute, daß die Angst tiefer saß und daß die Sonde ihr automatisch folgte und mit der Angst den größten Teil seines Bewußtseins entfernte. Ich hatte danach ein gehirnloses Wesen in den Händen. Es tut mir leid, Rik.«

Rik, der aufmerksam zugehört hatte, sagte traurig: »Sie hätten sich nicht in meine Dinge einmischen dürfen, Ortsverwalter, aber ich weiß, wie Ihnen zumute gewesen sein muß.«

»Ja«, sagte Terens, »du hast auf Florina gelebt. Du kennst die Polizei und Großherren und die Unterschiede zwischen der unteren Stadt und der oberen.«

Terens nahm den Faden seiner Geschichte wieder auf. »So stand ich da mit einem völlig hilflosen Raumanalytiker. Ich konnte nicht riskieren, daß er von irgend jemandem gefunden wurde, der seiner Identität nachspürte. Ich konnte ihn nicht töten. Ich glaubte bestimmt, daß sein Gedächtnis zurückkehren würde, und ich brauchte immer noch seine Kenntnisse, ganz zu schweigen von der Tatsache, daß ich mir, wenn ich ihn getötet hätte, die Sympathien Trantors und des IRB verscherzt hätte, die ich letztlich brauchte. Außerdem war ich in jenen Tagen unfähig zu töten.

Ich richtete es so ein, daß ich als Ortsverwalter nach Florina versetzt wurde, und nahm den Raumanalytiker mit gefälschten Papieren mit. Ich sorgte dafür, daß er gefunden wurde und gab ihn in die Obhut Valonas. Danach bestand keine Gefahr mehr bis auf den Zwischenfall mit dem Arzt. Ich mußte in die Kraftwerke der oberen Stadt eindringen. Aber das war nicht schwer. Die Ingenieure waren Sarkiten, aber die Portiers Florinier. Auf Sark habe ich genug über Kraftanlagen gelernt, um zu wissen, wie man einen Energiestrahl kurzschließt. Drei Tage wartete ich auf den richtigen Zeitpunkt. Allerdings wußte ich nicht, daß der Arzt seine Karteien in Duplikaten aufbewahrte. Ich wollte, ich hätte es gewußt.«

Terens konnte Fifes Uhr sehen. »Dann, vor hundert Stunden – es kommt mir vor wie hundert Jahre – begann sich Rik wieder zu erinnern. Nun kennen Sie die ganze Geschichte.«

»Nein«, sagte Junz. »Noch nicht. Was hat Ihnen der Raumanalytiker über den Untergang des Planeten erzählt?«

»Glauben Sie, ich habe die Einzelheiten verstanden? Es war eine Art – Verzeihung, Rik – Verrücktheit.«

»Das war es nicht!« brach Rik aus.

»Der Raumanalytiker hatte doch ein Schiff«, sagte Junz. »Wo ist es?«

»Schon lange auf dem Schutthaufen«, sagte Terens. »Ich schrieb einen Befehl aus, es zu verschrotten. Mein Vorgesetzter unterzeichnete ihn. Ein Sarkit liest natürlich niemals Akten. Das Schiff wurde ohne Widerspruch abgewrackt.«

»Und Riks Unterlagen? Sagten Sie nicht, er habe Ihnen Unterlagen gezeigt?«

»Liefern Sie uns diesen Mann aus!« sagte Fife plötzlich. »Wir werden herausfinden, was er weiß.«

»Nein«, sagte Junz. »Sein erstes Verbrechen richtete sich gegen das IRB. Er gehört uns.«

»Junz hat recht«, sagte Abel.

»Ich sage nichts, was ich nicht beweisen kann«, fuhr Terens fort. »Ich weiß, wo Riks Papiere sind. Sie sind an einer Stelle, wo kein Sarkit und kein Trantorinier sie finden wird. Wenn Sie die Unterlagen haben wollen, müssen Sie mich als politischen Flüchtling anerkennen. Was ich auch getan habe, es geschah aus Patriotismus und im Hinblick auf die Bedürfnisse meines Planeten. Ein Sarkit und ein Trantorinier können sich darauf berufen, Patrioten zu sein. Warum nicht auch ein Florinier?«

»Der Botschafter«, sagte Junz, »hat zugesichert, daß Sie dem IRB übergeben werden. Ich verspreche Ihnen, daß wir Sie nicht an Sark ausliefern. Für Ihr Vergehen an unserem Raumanalytiker werden Sie verurteilt werden. Ich kann Ihnen nicht garantieren, wie Ihr Urteilsspruch ausfallen wird. Aber wenn Sie jetzt mit uns zusammenarbeiten, wird es Ihnen nützlich sein.«

Terens schaute Junz prüfend an. »Ich verlasse mich auf Ihr Wort, Doktor . . . Der Raumanalytiker sagte, die Sonne Florinas sei im Prä-Nova-Stadium.«

»Was?« Dieser Ausruf kam von allen außer Valona.

»Sie ist im Begriff zu explodieren und ›in die Binsen‹ zu gehen«, sagte Terens sarkastisch. »Und wenn das geschieht, wird ganz Florina verpuffen wie ein Mund voll Tabakrauch.«

»Ich bin kein Raumanalytiker«, sagte Abel, »aber ich habe gehört, daß man nicht vorhersagen könne, wann ein Stern explodiert.«

»Das ist wahr, bis jetzt jedenfalls. Hat Rik erzählt, wie er darauf kam?« fragte Junz.

»Ich nehme an, seine Papiere werden das klären. Soweit ich mich daran erinnern kann, betraf es die Kohlenstoffströme. Er sagte immer wieder: ›Die Kohlenstoffströme im Raum, die Kohlenstoffströme im Raum‹ und das Wort ›Katalysatoreffekt‹.«

Steen kicherte. Junz starrte vor sich hin. Dann murmelte er: »Entschuldigen Sie mich bitte einen Augenblick. Ich bin sofort zurück.« Er trat aus der Reichweite seines Aufnahmegeräts und verschwand.

Nach fünfzehn Minuten war er zurück.

Er blickte sich erschrocken um. Nur Abel und Fife waren noch da.

»Wo . . .«, sagte er.

Abel unterbrach ihn sofort. »Wir haben auf Sie gewartet, Dr.

Junz. Der Raumanalytiker und das Mädchen sind auf dem Weg in die Botschaft. Die Konferenz ist beendet.«

»Beendet! Große Milchstraße, wir haben doch erst angefangen. Ich muß die Voraussetzungen erklären, unter denen sich eine Nova bilden kann.«

Abel rutschte unbehaglich auf seinem Stuhl hin und her. »Das ist nicht nötig, Doktor.«

»Es ist sehr nötig! Es ist wesentlich! Lassen Sie mich fünf Minuten sprechen.«

»Lassen Sie ihn sprechen«, sagte Fife lächelnd.

»Fangen wir vorne an«, sagte Junz. »Aus den ältesten wissenschaftlichen Aufzeichnungen der galaktischen Zivilisation wissen wir, daß es schon in prähistorischer Zeit bekannt war, daß die Sterne ihre Energie aus nuklearen Veränderungen in ihrem Innern beziehen. Es war auch bekannt, daß zwei Arten und *nur* zwei Arten von nuklearen Vorgängen die notwendige Energie liefern können. In beiden Fällen handelt es sich um eine Umwandlung von Wasserstoff in Helium. Die erste Umwandlung geschieht direkt: Zwei Wasserstoffatome und zwei Neutronen verbinden sich zu einem Heliumatom. Die zweite geschieht indirekt in mehreren Etappen und endet ebenfalls damit, daß aus Wasserstoff Helium wird. Aber in der Zwischenzeit nehmen Kohlenstoffatome an diesem Vorgang teil. Diese Kohlenstoffatome werden dabei nicht verbraucht, sondern wieder zurückgebildet, so daß eine winzige Kohlenstoffmenge immer und immer wieder in den Prozeß eingreifen und eine große Menge Wasserstoff in Helium umwandeln kann. Mit anderen Worten: Der Kohlenstoff dient als Katalysator. Dies alles war schon in prähistorischer Zeit bekannt, als die menschliche Rasse noch auf einen einzigen Planeten beschränkt war, wenn es je eine solche Zeit gegeben hat.«

»Wenn wir bereits alles wissen«, sagte Fife, »dann sind Ihre Ausführungen nichts als Zeitvergeudung.«

»Aber mehr wissen wir auch nicht! Ob die Sterne den einen oder den anderen dieser nuklearen Vorgänge benutzen oder beide, konnte noch nicht erforscht werden. Es hat immer Schulen gegeben, die der einen oder der anderen dieser beiden Alternativen den Vorzug gaben. Gewöhnlich neigt man der Ansicht zu, daß die direkte Umwandlung von Wasserstoff in Helium stattfindet, da dies die einfachere Art ist.

Nun muß Rik folgende Theorie entwickelt haben: Die direkte Wasserstoff-Helium-Umwandlung ist die normale Quelle der Sonnenenergie. Unter gewissen Bedingungen greift aber Kohlenstoff als Katalysator in den Prozeß ein, indem er ihn beschleunigt und die Sterne aufheizt.

Es gibt Ströme im Raum, darunter auch Kohlenstoffströme. Sterne, die durch diese Ströme hindurchgehen, absorbieren unzählige Atome. Im ganzen gesehen ist die Quantität dieser Atome jedoch mikroskopisch klein im Vergleich zum Gewicht des Sterns und übt keinerlei Einfluß auf ihn aus – *außer bei Kohlenstoff!* Ein Stern, der in einen Strom von ungewöhnlich hoher Kohlenstoff-Konzentration gerät, wird unstabil. Ich weiß nicht, wie viele Jahre oder Jahrhunderte oder Jahrmillionen es dauert, bis die Kohlenstoffatome ins Innere des Sterns eindringen. Es dauert vermutlich eine sehr lange Zeit. Wenn aber die Quantität des Kohlenstoffs, die ins Innere des Sternes eindringt, eine kritische Menge überschreitet, wird die Strahlung des Sternes plötzlich ungeheuer verstärkt. Die äußeren Schichten geben unter einer unvorstellbaren Explosion nach, und Sie haben eine Nova. Begreifen Sie?«

Junz wartete.

Fife sagte: »Sie haben dies alles in zwei Minuten dargelegt, als Folgerung irgendeiner vagen Phase, die der Ortsverwalter vor einem Jahr von diesem Raumanalytiker gehört zu haben glaubt?«

»Ja. Das braucht Sie nicht zu überraschen. Die Raumanalyse ist für diese Theorie reif. Wenn Rik nicht daraufgekommen wäre, hätte es irgendein anderer in Kürze entdeckt. Es wurden sogar schon ähnliche Theorien veröffentlicht, aber man hat sie nie ernst genommen. Sie wurden geäußert, ehe die Technik der Raumanalyse entwickelt war. Nur hat sich damals niemand die Anreicherung mit überschüssigem Kohlenstoff bei der Sonne Florinas erklären können. Heute wissen wir aber, daß es tatsächlich Kohlenstoffströme gibt. Wir können ihren Verlauf aufzeichnen und feststellen, welche Sterne während der letzten zehntausend Jahre in diese Ströme gerieten, und die Ergebnisse mit unseren Aufzeichnungen über die Bildung von Novae und die Veränderungen in der Strahlung der Sterne vergleichen. Aber dies alles ist im Augenblick nicht das Wichtigste. Was jetzt sofort geschehen muß, ist die Evakuierung Florinas!«

»Das habe ich mir gedacht!« sagte Fife gelassen.

»Tut mir leid, Junz«, sagte Abel, »aber das ist völlig unmöglich.«

»Warum unmöglich?«

»Wann wird die Sonne Florinas explodieren?«

»Ich weiß es nicht. Aus Riks Furcht vor einem Jahr würde ich schließen, daß wir wenig Zeit haben.«

»Und Sie können keinen Termin nennen?«
»Natürlich nicht.«
»Wann werden Sie einen Termin angeben können?«
»Das kann ich nicht sagen. Selbst wenn wir Riks Berechnungen haben, werden wir alles zuerst überprüfen müssen.«
»Können Sie garantieren, daß diese Theorie stimmt?«
Junz runzelte die Stirn. »Ich persönlich bin dessen sicher, aber kein Wissenschaftler kann im voraus die Wahrheit irgendeiner Theorie garantieren.«
»Das heißt also, daß Sie Florina auf eine bloße Spekulation hin evakuieren wollen!«
»Ich glaube, das Risiko, daß die Bevölkerung eines ganzen Planeten umkommt, kann man nicht auf sich nehmen.«
»Wenn Florina ein gewöhnlicher Planet wäre, würde ich Ihnen zustimmen. Aber Florina trägt den Kyrtvorrat für die ganze Milchstraße. Dieser Planet kann nicht evakuiert werden.«
»Ist dies das Übereinkommen, zu dem Sie mit Fife gelangt sind, während ich weg war?«
Fife unterbrach: »Lassen Sie es mich erklären, Dr. Junz. Die Regierung von Sark würde niemals ihre Einwilligung dazu geben, daß Florina evakuiert wird, selbst wenn das IRB behauptet, einen Beweis für Ihre Nova-Theorie zu haben. Trantor kann uns nicht dazu zwingen, denn während die Milchstraße einen Krieg gegen Sark unterstützen würde, wird sie niemals einen Krieg unterstützen, der den Kyrthandel beendet.«
»So ist es«, sagte Abel. »Ich fürchte, unsere eigenen Leute würden einen solchen Krieg nicht unterstützen.«
Junz fühlte, wie die Empörung in ihm wuchs. Ein Planet voller Menschen bedeutete nichts gegenüber dem Diktat der ökonomischen Erfordernisse.
»Hören Sie«, sagte er. »Dies ist eine Angelegenheit, die nicht diesen oder jenen Planeten angeht, sondern die ganze Milchstraße. Jedes Jahr entstehen innerhalb der Milchstraße zwanzig Novae. Darüber hinaus verändern unter den hundert Milliarden Sternen der Milchstraße rund zweitausend ihre Strahlung hinreichend, um jeden bewohnbaren Planet in ihrem System unbewohnbar zu machen. Rund eine Million Planeten in der Milchstraße sind von Menschen bewohnt. Das bedeutet, daß durchschnittlich alle fünfzig Jahre irgendwo ein bewohnbarer Planet zum Leben zu heiß wird. Diese Fälle sind in der Geschichte aufgezeichnet. Alle fünftausend Jahre ist ein bewohnter Planet bedroht, von einer Nova zu Gas gemacht zu werden.

Wenn Trantor nichts für Florina tut, wenn es zuläßt, daß der Planet mit seiner gesamten Bevölkerung verdampft, wird dies die Menschen der gesamten Milchstraße darauf aufmerksam machen, daß auch sie keine Hilfe zu erwarten haben, wenn sie an die Reihe kommen, sofern eine solche Hilfe den ökonomischen Bedürfnissen einiger weniger mächtiger Menschen im Wege steht. Können Sie das riskieren, Abel?

Wenn Sie jedoch Florina helfen, dann zeigen Sie dadurch, daß Trantor sich für die Menschheit der Milchstraße auch jenseits der bloßen Besitzrechte verantwortlich fühlt. Trantor würde auf diese Weise Sympathien ernten, die es mit Gewalt nie wecken könnte.«

Abel senkte den Kopf. »Nein, Junz. Was Sie sagen, leuchtet mir ein, aber es ist nicht ausführbar. Ich kann mich nicht auf Gemütsregungen einlassen, die ein Ende des Kyrthandels bedeuten würden. Ich glaube, es wäre klüger, die Nachprüfung der Theorie zu unterlassen. Der Gedanke, daß sie sich als wahr erweisen könnte, würde zuviel Schaden anrichten.«

»Und wenn sie wahr ist?«

»Wir müssen unter der Voraussetzung arbeiten, daß sie es nicht ist. Ich nehme an, Sie haben vorhin Verbindung mit dem IRB aufgenommen?«

»Ja.«

»Macht nichts. Ich denke, Trantor hat genügend Einfluß, um Ihre Nachforschungen zu unterbinden.«

»Das glaube ich kaum, jedenfalls nicht diese Nachforschungen. Meine Herren, wir werden bald das Geheimnis des Kyrt gelöst haben. Es wird innerhalb eines Jahres ohnehin kein Kyrtmonopol mehr geben, ob nun eine Nova entsteht oder nicht.«

»Wie meinen Sie das?«

»Die Konferenz kommt nun zum wesentlichen Punkt, Fife. Kyrt wächst nur auf Florina. Auf jedem anderen Planeten produziert sein Samen gewöhnliche Zellulose. Florina ist wahrscheinlich der einzige bewohnbare Planet, der augenblicklich eine Prä-Nova-Sonne hat. Und sie ist wahrscheinlich im Prä-Nova-Stadium, seit sie in den Kohlenstoffstrom geraten ist, vielleicht schon vor Jahrtausenden. Es ist sehr wahrscheinlich, daß der Kyrt und das Prä-Nova-Stadium miteinander zusammenhängen.«

»Unsinn!« sagte Fife.

»Doch! Es muß einen Grund geben, warum Kyrt auf Florina Kyrt ist und überall sonst einfache Zellulose. Die Wissenschaftler haben alles versucht, auf anderen Planeten Kyrt zu produzieren. Aber sie haben es aufs Geratewohl versucht und deshalb nie Erfolg erzielt. Nun werden sie wissen, daß es den Faktoren in einem Prä-Nova-Planentensystem zuzuschreiben ist.«

Zornig sagte Fife: »Man hat versucht, die Strahlungsqualität der Sonne Florinas nachzuahmen.«

»Ja, mit entsprechenden Bogenlampen, die lediglich das sichtbare und das ultraviolette Spektrum duplizierten. Wie steht es aber mit der Strahlung im Infrarot-Bereich und jenseits davon? Wie steht es mit den Magnetfeldern? Wie mit der Elektronen-Emission? Wie mit der kosmischen Strahlung? Ich bin kein Biochemiker. Es kann Faktoren geben, von denen ich nichts weiß. Aber die Biochemiker werden sich nun darum kümmern. Innerhalb eines Jahres, ich versichere Ihnen, ist die Lösung gefunden.

Die Wirtschaft steht nun auf der Seite der Humanität. Die Menschheit braucht billigen Kyrt. Und wenn sie ihn erhält, oder selbst wenn sie sich nur vorstellt, daß die Wissenschaft das Geheimnis des Kyrt in Kürze löst, wird sie Florina evakuieren wollen, nicht nur aus Humanität, sondern auch aus dem Wunsch heraus, die betrügerischen Sarkiten endlich aus dem Sattel zu heben.«

»Das ist Bluff«, grollte Fife.

»Wenn Sie den Sarkiten helfen, Abel«, sagte Junz, »wird Trantor nicht als der Retter des Kyrthandels angesehen werden, sondern als der des Kyrtmonopols. Können Sie das riskieren?«

»Kann Trantor einen Krieg riskieren?« fauchte Fife.

»Krieg? Wozu? Großherr, in einem Jahr werden Ihre Besitzungen auf Florina wertlos sein, mit oder ohne Nova. Verkaufen Sie! Verkaufen Sie Florina! Trantor kann es bezahlen.«

»Einen Planeten kaufen?« sagte Abel bestürzt.

»Warum nicht? Trantor hat die Mittel, und sein Gewissen an Sympathie unter den Menschen des Universums wird die Ausgabe tausendfach ersetzen. Sie können in der ganzen Milchstraße verbreiten, daß Sie eine halbe Milliarde Menschenleben gerettet haben und daß Sie billigen Kyrt bringen werden.«

»Ich will darüber nachdenken«, sagte Abel und blickte den Großherrn an. Fife senkte den Blick.

Nach einer langen Pause sagte auch er: »Ich will darüber nachdenken.«

Junz lachte rauh. »Denken Sie nicht zu lange darüber nach. Die Kyrtgeschichte wird schnell genug durchsickern. Nichts kann sie aufhalten. Danach wird keiner von Ihnen mehr frei handeln können. Jetzt können Sie ein besseres Geschäft machen.«

Der Ortsverwalter war niedergeschlagen. »Es ist wirklich wahr?«

fragte er immer wieder. »Wirklich wahr? Es wird kein Florina mehr geben?«

»Es ist wahr«, sagte Junz.

Terens breitete die Arme aus und ließ sie dann fallen. »Wenn Sie die Papiere wollen, die ich von Rik bekommen habe, sie sind unter Statistiken in meinem Heimatort versteckt. Ich habe dazu Akten gewählt, die seit hundert Jahren oder länger abgelegt sind. Niemand würde sie jemals anschauen.«

»Ich bin sicher«, sagte Junz, »wir können ein Übereinkommen mit dem IRB treffen. Wir werden einen Mann auf Florina brauchen, der die Florinier kennt und uns sagen kann, wie man ihnen die Situation am besten beibringt, wie man die Evakuierung am besten organisiert, welchen Zufluchtsplaneten man wählt und so weiter. Wollen Sie uns helfen?«

»Und auf diese Weise das Spiel gewinnen, meinen Sie? Die Anklage wegen Mordes loswerden. Warum nicht?« Plötzlich standen Tränen in den Augen des Ortsverwalters. »Aber ich verliere so oder so. Ich werde keine Heimat mehr haben. Wir verlieren alle. Die Florinier verlieren ihre Welt, die Sarkiten ihren Wohlstand, die Trantorinier die Chance, diesen Wohlstand an sich zu reißen. Es gibt überhaupt keine Gewinner!«

»Doch«, sagte Junz. »Wenn Sie bedenken, daß die Menschen künftig vor der Labilität der Sterne sicher sind, daß Kyrt für alle zu haben sein wird und daß die politische Vereinigung um so näher bevorsteht, wird es schließlich doch Gewinner geben, eine Quadrillion Gewinner. Die Menschen der ganzen Milchstraße werden die Sieger sein.«

EPILOG

Ein Jahr danach

»Hallo! Rik!« Selim Junz eilte mit ausgestreckten Armen auf das Raumschiff zu. »Und Lona! Ich habe euch nicht erkannt! Wie geht es euch?«

»Den Umständen entsprechend. Unser Brief ist angekommen, wie ich merke«, sagte Rik.

»Natürlich. Sagen Sie, was für einen Eindruck haben Sie von Florina?«

Sie gingen zusammen in Junz' Büro.

»Wir haben heute früh unseren alten Ort besichtigt«, sagte Valona traurig. »Die Felder sind so öde.«

Sie trug nun die Kleidung einer Frau des trantorinischen Imperiums.

»Ja, für jemanden, der hier gelebt hat, muß es trostlos sein. Es wird sogar für mich jeden Tag trauriger. Aber ich bleibe hier, solange es geht. Die Aufzeichnungen über die Strahlung Florinas Sonne sind für uns von unschätzbarem Wert.«

»Und in knapp einem Jahr sind so viele Menschen evakuiert worden! Das spricht für eine ausgezeichnete Organisation.«

»Wir tun unser Bestes, Rik. Oh, ich sollte Sie ja eigentlich mit Ihrem richtigen Namen anreden.«

»Bitte nicht. Ich bin nicht mehr daran gewöhnt. Ich heiße Rik. An einen anderen Namen kann ich mich immer noch nicht gewöhnen.«

»Haben Sie sich schon entschieden, ob Sie zur Raumanalyse zurückkehren wollen?«

»Ich habe mich entschieden. Aber der Entschluß lautet: Nein. Ich werde mich nie mehr genügend erinnern. Dieser Teil meines Gehirns ist für immer dahin. Aber das macht nichts. Ich werde zur Erde zurückkehren. Übrigens habe ich gehofft, den Ortsverwalter zu sehen.«

»Ich fürchte, das geht nicht. Ich glaube, er würde Ihnen lieber nicht gegenübertreten. Er fühlt sich schuldig. Hegen Sie keinen Groll gegen ihn?«

»Nein«, sagte Rik. »Er hat es gut gemeint, und er hat mein Leben in mancher Hinsicht zum Besten geändert. Ich habe zum Beispiel Lona kennengelernt.« Er legte den Arm um ihre Schultern.

Valona sah ihn an und lächelte.

»Außerdem«, fuhr Rik fort, »hat er mich von etwas geheilt. Ich habe herausgefunden, warum ich Raumanalytiker war. Und ich weiß jetzt auch, warum fast ein Drittel aller Raumanalytiker von der Erde stammen. Wer auf einem radioaktiven Himmelskörper geboren wird, wächst in ständiger Angst und Unsicherheit auf. Ein Fehltritt kann den Tod bedeuten, denn die Oberfläche unseres Planeten ist unser schlimmster Feind. Das läßt eine Art Angst in uns keimen, Dr. Junz, eine Angst vor Planeten. Wir sind nur im Weltraum glücklich! Nur dort fühlen wir uns sicher.«

»Und diese Angst sind Sie los, Rik?«

»Ja. Der Ortsverwalter hat mich mit der Gehirnsonde von allen Angstgefühlen befreit. Er dachte, er habe nur eine oberflächliche Störung verursacht; statt dessen war es diese tiefeingewurzelte Angst, die er restlos entfernte. In einer Hinsicht ist es nicht schade, obwohl mit ihr vieles verlorenging. Andererseits muß ich jetzt nicht mehr im Raum bleiben. Ich kann zur Erde zurückkehren. Ich kann dort arbeiten. Und die Erde braucht Menschen. Sie wird immer Menschen brauchen.«

»Warum können wir eigentlich für die Erde nicht das gleiche tun wie für Florina?« sagte Junz. »Man braucht die Menschen der Erde nicht in Angst und Unsicherheit aufwachsen zu lassen. Die Milchstraße ist groß.«

»Nein!« sagte Rik leidenschaftlich. »Das ist etwas anderes. Die Erde hat ihre Vergangenheit, Dr. Junz. Viele Menschen glauben es nicht, aber wir von der Erde wissen, daß die Erde der Heimatplanet der menschlichen Rasse ist.«

»Nun, vielleicht. Das kann ich nicht beurteilen.«

»Sie ist es. Die Erde ist ein Planet, den man nicht verlassen kann. Man darf ihn nicht verlassen! Eines Tages werden wir seine Oberfläche zu dem zurückverwandeln, was sie einmal gewesen sein muß. Und bis dahin – bleiben wir.«

Rik blickte zum Horizont.

Die obere Stadt war so protzig wie je.

Aber die Menschen waren daraus verschwunden.

»Wie viele sind noch auf Florina?« fragte Rik.

»Ungefähr zwanzig Millionen. Wir arbeiten jetzt immer langsamer. Die Neuansiedlung ist noch in ihrem ersten Stadium, und die meisten Evakuierten sind noch in Lagern auf benachbarten Planetensystemen. Das ist eine unvermeidliche Härte.«

»Wann wird der letzte gehen?«

»Nie.«

»Das verstehe ich nicht.«

»Der Ortsverwalter hat inoffiziell um die Erlaubnis gebeten, bleiben zu dürfen. Es ist ihm, ebenfalls inoffiziell, gestattet worden. Es wäre nichts für die Öffentlichkeit.«

»Bleiben?« Rik war entsetzt. »Aber – um alles in der Milchstraße – warum?«

»Ich wußte es auch nicht«, sagte Junz. »Aber ich glaube, Sie haben es erklärt, als Sie über die Erde sprachen. Er fühlt wie Sie. Er sagt, er könne Florina nicht verlassen.«

Radioaktiv..!

Zwischen zwei Schritten

Zwei Minuten ehe Joseph Schwartz für immer *die* Erde verließ, die er kannte, schlenderte er durch die freundlichen Vorstadtstraßen Chikagos und rezitierte im Geist einen Vers Robert Brownings.

Im Grunde paßte dies nicht recht zu ihm, denn Schwartz machte keineswegs den Eindruck eines Mannes, der Gedichte rezitiert. Er sah aus wie ein Schneider, der sich zur Ruhe gesetzt hatte, und so war es auch. Das, was die Intellektuellen heutzutage Bildung nennen, mangelte ihm völlig. Doch er hatte seine Wißbegier durch eine recht wahllose Lektüre befriedigt und sich ein Halbwissen auf allen möglichen Gebieten zusammengelesen, und mit Hilfe eines ausgezeichneten Gedächtnisses war es ihm gelungen, alles zu behalten.

So hatte er beispielsweise in seiner Jugend zweimal Robert Brownings Gedicht *Rabbi Ben Esra* gelesen und kannte es daher natürlich auswendig. Der größte Teil davon war ihm zwar unverständlich geblieben, doch die ersten Zeilen waren während der letzten drei Jahre eins geworden mit dem Schlag seines Herzens:

> Den Mut bis ins Alter bewahre!
> Denn erst deine letzten Jahre
> erfüllen, was die Jugend verhieß ...

Schwartz konnte an jenem sonnigen Frühsommertag des Jahres 1949 die ganze Bedeutung dieser Zeilen nachempfinden. Nach den turbulenten Jugendjahren in Europa und dem Berufskampf seines frühen Mannesalters in den Vereinigten Staaten genoß er nun die Heiterkeit eines geruhsamen Alters in vollen Zügen. Er besaß ein eigenes Haus und eigenes Geld. Er hatte eine gesunde Frau, zwei gut verheiratete Töchter und konnte die letzten Jahre seines Lebens damit verbringen, seine Enkelkinder zu verwöhnen. Er hatte über nichts zu klagen.

Natürlich gab es die Atombombe und das etwas lüsterne Gerede über den dritten Weltkrieg. Doch Schwartz glaubte an das Gute im

Menschen. Er glaubte an keinen Krieg. Er hielt es für ausgeschlossen, daß die Erde noch einmal die höllische Sonnenglut einer im Ernstfall ausgelösten Atomexplosion erleben würde. Deshalb lächelte er die Kinder an, denen er begegnete, und wünschte ihnen im stillen, daß sie rasch und ohne allzu große Schwierigkeiten die Jugendjahre hinter sich brächten und zu dem Frieden gelangten, ›der erfüllt, was die Jugend verhieß‹.

Er hob den Fuß, um über eine Puppe zu steigen, die mitten auf dem Gehweg lag. Er hatte den Fuß noch nicht wieder auf die Erde gesetzt, da . . .

Im östlichen Stadtteil Chikagos stand das Institut für Kernforschung, in dem Männer arbeiteten, die vielleicht ihre Theorien über den Wert der menschlichen Natur haben mochten, die sich aber solcher Gedanken schämten, weil bis dahin noch kein Instrument erfunden worden war, mit dem man diesen Wert messen konnte.

Und doch hätte der gleiche Mann, der seine Wißbegier auf die Atomforschung konzentrierte, die eines Tages mit der Vernichtung der halben Erde enden konnte, im Notfall sein Leben riskiert, um dasjenige eines unbedeutenden Mitmenschen zu retten.

Ein bläuliches Glühen hinter dem Rücken des Chemikers ließ Dr. Smith aufmerken, als er an der halbgeöffneten Labortür vorüberging. Der Chemiker, ein freundlicher junger Mann, pfiff leise vor sich hin, während er eine Meßflasche auffüllte, in der die Lösung bereits den notwendigen Sättigungsgrad erreicht hatte. Ein weißes Pulver wirbelte in der Flüssigkeit und löste sich langsam auf.

Einen Augenblick starrte Dr. Smith diese friedliche Szene geistesabwesend an. Und dann trieb ihn das, was ihn zuerst hatte stehenbleiben lassen, plötzlich zur Tat.

Er stürzte in den Raum, griff nach einem Zollstock und fegte alles, was auf dem Tisch stand, auf den Fußboden.

Geschmolzenes Metall zischte auf. Dr. Smith spürte den Schweiß auf seiner Stirn.

Der junge Mann blickte gebannt auf den Zementboden, wo das silbrige Metall bereits zu dünnen Klecksen erstarrt war. Es strömte immer noch Hitze aus.

»Was war das?« fragte er einfältig.

Dr. Smith zuckte die Achseln. Er war selbst nicht ganz sicher. »Eigentlich müßten Sie es wissen. Was ist hier geschehen?«

»Keine Ahnung«, sagte der Chemiker. »Das war nur ein Stück Rohuran. Ich mache gerade eine elektrolytische Kupferbestimmung ... Ich weiß wirklich nicht, was passiert sein kann.«

»Der Platin-Schmelztiegel strahlte derartig, daß er eine Korona hatte! Es war Uran, sagen Sie?«

»Ja, aber *rohes* Uran. Das ist ungefährlich. Extreme chemische Reinheit ist doch eine der wichtigsten Voraussetzungen für eine Atomspaltung, nicht wahr?« Er fuhr sich mit der Zunge über die Lippen. »Glauben Sie, daß eine Kernspaltung stattgefunden hat? – Aber es war doch kein Plutonium, und es wurde nicht bestrahlt.«

»Und es war unter der kritischen Masse«, sagte Dr. Smith nachdenklich. »Oder wenigstens unter *der* kritischen Masse, die wir zu kennen glauben.« Er blickte auf den Seifensteintisch, auf die verbrannte, blasige Ölfarbe der Behälter und die silbernen Kleckse auf dem Zementboden. »Immerhin sind die nuklearen Vorgänge noch nicht so weit erforscht, daß wir es uns leisten könnten, es nun dabei bewenden zu lassen. Wenn sich das Metall abgekühlt hat, junger Mann, sammeln wir es am besten auf und machen eine gründliche Analyse.«

Er blickte sich um, trat dann an die gegenüberliegende Wand und betastete eine Stelle in Schulterhöhe.

»War das schon immer hier?« fragte er den Chemiker.

»Was?« Der junge Mann trat nervös näher und betrachtete die Stelle, auf die Dr. Smith deutete. Es war ein kleines Loch, als wäre ein Nagel eingeschlagen und wieder herausgezogen worden. Aber es hätte ein extrem langer und kräftiger Nagel sein müssen, denn das Loch reichte durch die ganze Stärke der Wand. Von der anderen Seite schimmerte Tageslicht durch.

Der Chemiker schüttelte den Kopf. »Das ist mir noch nie aufgefallen. Aber ich habe vielleicht nicht darauf geachtet.«

Dr. Smith sagte nichts. Er ging langsam durchs Zimmer und kam am Thermostaten vorüber, einem weißen Kasten mit sechs Seiten aus dünnem Blech. Die elektrischen Birnen, die als Heizung dienten, gingen im gleichen Takt mit dem Klicken eines Quecksilber-Schalters an und aus.

»Und was ist das hier?« Dr. Smith kratzte mit dem Fingernagel leicht an der Verkleidung des Thermostaten. Ein sauberes, rundes Loch war duch das Blech gebohrt.

»Nein, *das* war vorher nicht da. Das kann ich beschwören.«

»Hm. Ist auch auf der anderen Seite ein Loch?«

»Verdammt! Ich wollte sagen: Ja!«

»Schön. Kommen Sie herüber, und schauen Sie durch dieses Loch . . . Stellen Sie den Thermostaten ab, bitte.«

Dr. Smith legte den Zeigefinger auf das Loch auf der gegenüberliegenden Seite. »Was sehen Sie?«

»Ihren Finger.«

»Nun schauen Sie von der anderen Seite durch«, sagte Dr. Smith mit erzwungener Ruhe. »Was sehen Sie?«

»Bis jetzt nichts.«

»Ist das nicht die Stelle, an der vorhin der Schmelztiegel mit dem Uran gestanden war?«

»Ich glaube, ja«, antwortete der Chemiker zögernd.

Dr. Smith blickte rasch auf das Namensschild an der immer noch offenen Tür und sagte eisig: »Mr. Jennings, dies ist streng geheim. Ich möchte nicht, daß Sie darüber sprechen. Haben Sie mich verstanden?«

»Ja.«

»Dann wollen wir gehen. Wir werden den Strahlungsmeßtrupp herschicken und das Zimmer überprüfen lassen. Und wir beide suchen sofort ein Krankenhaus auf.«

»Strahlungsverbrennungen, meinen Sie?« Der Chemiker erblaßte.

»Das werden wir sehen.«

Doch man stellte keine Verbrennungen bei ihnen fest. Ihr Blutbild war normal, und die Untersuchung der Haarwurzeln ergab nichts Beunruhigendes. Die Übelkeit, die sich einstellte, wurde schließlich als psychisch bezeichnet.

Niemand im Institut konnte damals oder später erklären, wie rohes Uran – weit unter der kritischen Masse und unter keinem direkten Neutronenbeschuß – plötzlich schmelzen und mit einer deutlich sichtbaren Korona strahlen konnte.

Die einzige Folgerung war, daß die Atomphysik eben noch ihre rätselhaften Seiten hatte.

Doch Dr. Smith konnte sich nicht dazu überwinden, in dem Bericht, den er schließlich vorbereitete, die ganze Wahrheit niederzulegen. Er erwähnte nichts von den Löchern im Laboratorium. Er erwähnte nichts davon, daß das Loch, das dem Ausgangspunkt der Strahlung am nächsten war, winzig klein und das auf der anderen Seite des Thermostaten bereits eine Spur größer war, während man durch das Loch in der Wand – dreimal so weit vom Ausgangspunkt entfernt – einen Nagel hätte durchstecken können.

Ein Strahl, der sich geradlinig fortpflanzt, würde sich erst nach vielen Meilen so weit von der Erdoberfläche entfernt haben, daß er keinen Schaden mehr anrichten könnte. Und dann hätte er einen Durchmesser von drei Metern erreicht. Er würde in den Weltraum eindringen, sich ausdehnen und dabei abschwächen, ein seltsamer Faden im Gewebe des Kosmos.

Dr. Smith erzählte niemandem von diesem Gedankenspiel.

Er erzählte niemandem, daß er sich am nächsten Tag die Morgenzeitungen ins Krankenhaus kommen ließ und ihre Spalten nach etwas ganz Bestimmtem absuchte.

Aber in einer so großen Stadt wie Chikago verschwanden täglich viele Menschen. Und in keinem Fall war jemand schreiend zur Polizei gelaufen und hatte berichtet, wie vor seinen Augen ein Mensch verschwunden war. Wenigstens wurde kein solcher Fall gemeldet.

Dr. Smith zwang sich schließlich dazu, die Angelegenheit zu vergessen.

Für Joseph Schwartz war es zwischen zwei Schritten geschehen. Er hatte den rechten Fuß gehoben, um über die Puppe zu steigen. Dann war ihm schwindlig geworden, als habe ihn für einen winzigen Augenblick ein Wirbelwind in die Höhe getragen und sein Innerstes nach außen gekehrt. Als er den Fuß wieder auf die Erde stellte, ging ihm der Atem aus, und er spürte, wie er keuchend niederfiel.

Er wartete lange mit geschlossenen Augen. Als er sie öffnete, lag er auf einem Rasen.

Es war kein Trugbild! Er lag im Gras, während er vorher über Beton gegangen war.

Die Häuser waren verschwunden! Die weißen Häuser mit ihren

Vorgärten, die sich hier Reihe an Reihe aneinandergekauert hatten, waren fort!

Und er saß nicht etwa in einem Vorgarten, sondern in einer Wiese, und in der Nähe standen Bäume, sehr viele Bäume, und sie wurden zum Horizont hin immer dichter.

Das Entsetzen packte ihn. Die Blätter dieser Bäume waren rot, und er fühlte, wie ein welkes Blatt in seiner Hand zerkrümelte.

Herbst! Aber als er den Fuß gehoben hatte, war Juni gewesen, ein frischer und leuchtender Sommertag!

Er blickte unwillkürlich auf seine Füße und griff mit einem lauten Schrei nach der Puppe, die immer noch dalag – ein kleiner Hauch der Wirklichkeit.

Seine Hände zitterten. Die Puppe war der Länge nach sauber aufgeschlitzt. Schwartz' Blick fiel auf das Schimmern an seinem linken Schuh. Ohne die Puppe loszulassen, betrachtete er den linken Schuh genauer. Die Sohle war glatt abgeschnitten, so sauber, wie es kein Schuhmacher fertiggebracht hätte. Die Schnittfläche schimmerte wie eine Flüssigkeit.

Schwartz glaubte, sich in seiner Verwirrung an den Klang seiner eigenen Stimme klammern zu können. »Ich bin doch nicht verrückt!« schrie er laut. »Ich bin noch genau der gleiche, der ich immer gewesen war ... Wenn ich verrückt wäre, würde ich es natürlich nicht wissen. Oder ...? Nein.«

Er überlegte. »Vielleicht ist es ein Traum? Wie kann ich feststellen, ob es ein Traum ist?« Er kniff sich in die Wange und spürte den Schmerz, schüttelte aber den Kopf. »Ich kann auch träumen, daß ich es spüre. Das ist kein Beweis.«

Er blickte sich verzweifelt um. Können Träume so klar sein und so lange dauern? Er hatte einmal gelesen, daß die meisten Träume innerhalb von weniger als fünf Sekunden abrollen, daß sie durch unbedeutende Schlafstörungen verursacht werden und daß ihre anscheinende Länge eine Illusion ist.

Ein schwacher Trost! Er sah auf die Armbanduhr. Der Sekundenzeiger drehte sich und drehte sich. Wenn es ein Traum gewesen wäre, hätten die fünf Sekunden verdammt lange gedauert.

Er versuchte vergeblich, sich den Schweiß von der Stirn zu wischen. »Habe ich das Gedächtnis verloren?«

Verzweifelt legte er den Kopf in beide Hände.

»Nein!« Das Wort war ein Aufschrei. »Das kann nicht wahr sein!« Schwartz blickte an sich herab. Er trug dasselbe Hemd, das er an diesem Morgen angezogen hatte, – oder was wenigstens dieser Morgen gewesen sein müßte. Es war ein frisch gewaschenes Hemd. Er betastete sich, schob die Hand in die Jackentasche und zog einen Apfel heraus.

Ungestüm biß er hinein. Der Apfel war frisch. Er fühlte sich immer noch kalt an, Schwartz hatte ihn vor zwei Stunden aus dem Kühlschrank genommen – oder was zwei Stunden zu sein schienen.

Er spürte, wie er langsam die Nerven verlor. Es *mußte* ein Traum sein. Wenn nicht, war er tatsächlich irr.

Doch auch die Tageszeit war eine andere. Es war Spätnachmittag. Die Schatten waren lang. Plötzlich und eisig flutete die stille Verlassenheit seiner Umgebung auf ihn ein.

Er sprang auf. Er mußte Menschen finden! Irgendwelche Menschen! Und der beste Weg zu Menschen wäre eine Straße.

Langsam ging er in die Richtung, in der die Bäume am lichtesten schienen.

Die Abendkühle kroch unter sein Jackett, und die Baumspitzen wurden dunkel und feindlich, als er auf eine lange, gerade Schotterstraße kam. Er war froh, etwas Festes unter den Füßen zu spüren.

Aber er sah weder Häuser noch Menschen. Einen Augenblick fühlte er noch einmal das kalte Entsetzen in sich aufsteigen. Er hatte gehofft, daß Autos kämen. Es wäre das einfachste gewesen, einen Wagen anzuhalten und zu fragen – er sagte es laut vor sich hin: »Fahren Sie nach Chikago?«

Aber wie, wenn nirgendwo Chikago wäre? – Nun, dann irgendeine andere große Stadt, irgendein Ort, von dem aus er telefonieren konnte. Er hatte nur vier Dollar und siebenundzwanzig Cents in der Tasche. Aber schließlich konnte er sich immer noch an die Polizei wenden . . .

Er ging langsam die Straße entlang. Ab und zu blickte er sich um. Der Sonnenuntergang beeindruckte ihn nicht. Ebensowenig die ersten Sterne, die gerade herauskamen.

Keine Autos. Nichts!

Als es dunkler wurde, sah er, daß der Horizont zu seiner Linken schimmerte. Zwischen den Baumlücken glomm ein kaltes Licht. Es war nicht das tanzende Rot, wie es von einem Waldbrand herrührt, sondern ein schleichendes, bläuliches Glühen. Auch der Schotter, über den er ging, schien zu glimmen. Er bückte sich und hob einen Stein auf. Der Stein leuchtete!

Schwartz begann zu laufen. Seine Schuhe schlugen einen derben, ungleichmäßigen Rhythmus. Er bemerkte plötzlich, daß er immer noch die beschädigte Puppe in der Hand hielt, und er schleuderte sie wütend fort.

Hämisches Überbleibsel des Lebens . . .

Dann blieb er wie angewurzelt stehen. Die Puppe war ein Beweis dafür, daß er nicht irr war! Deshalb tastete er in der Dunkelheit nach ihr, bis er sie wieder fand – sie war ein dunkler Fleck auf dem glimmenden Schotter.

Er ging langsam weiter. Er war nun zu schwach, um zu laufen.

Er wurde hungrig. Er fürchtete sich, als er zur Rechten einen Lichtschein bemerkte.

Es war ein Haus!

Er rief laut. Niemand antwortete. Aber es war ein Haus! Ein Funke vertrauter Wirklichkeit, der ihn durch die quälende, namenlose Öde der letzten Stunden anblinkte. Er verließ die Straße und taumelte über Gräben, durch Unterholz, über einen Bach.

Sogar der Bach phosphoreszierte!

Dann stand er vor dem Haus. Seine Hände berührten das harte weiße Mauerwerk. Es war weder aus Backsteinen noch aus Ziegeln oder Holz. Doch darauf achtete er nicht. Es sah wie mattes Porzellan aus. Doch auch das fiel ihm nicht auf. Er suchte nach einer Tür. Als er sie gefunden hatte und vergeblich nach einer Glocke tastete, trat er mit dem Fuß dagegen und schrie wie ein Besessener.

Er hörte Geräusche und den Klang einer menschlichen Stimme. Er rief noch einmal.

»He! Ihr da drinnen!«

Die Tür öffnete sich. Eine Frau stand vor ihm mit erschrecktem Blick. Sie war groß und sehnig. Hinter ihr stand ein hagerer Mann. Er trug Arbeitskleidung . . . Nein, es war keine Arbeitskleidung. Es war etwas, das Schwartz noch nie gesehen hatte, und doch schien es ihm wie Arbeitskleidung auszusehen.

Die Frau sprach ihn an, und ihre Stimme klang flüssig und bestimmt. Schwartz öffnete vergeblich den Mund, um etwas zu erwidern. Wieder überfielen ihn die bedrückendsten Ängste.

Die Frau redete eine Sprache, die Schwartz noch nie gehört hatte.

Der Fremde

Loa Maren und ihr gleichgültiger Mann Arbin spielten in der Abendkühle Karten, während in der Ecke der ältere Mann im Motorrollstuhl ärgerlich mit seiner Zeitung raschelte. »Arbin!«

Arbin Maren antwortete nicht sofort. Er fingerte an der dünnen, glatten Karte und überlegte, ob er sie ausspielen sollte. Als er sich endlich entschlossen hatte, sagte er geistesabwesend: »Was ist, Grew?«

Der grauhaarige Grew blickte seinen Schwiegersohn mißmutig über den Rand der Zeitung an und raschelte noch einmal. Dieses Geräusch verschaffte ihm eine Art Erleichterung. Wenn ein Mann vor Energie strotzt und dabei an einen Rollstuhl gefesselt ist, dann muß er irgend etwas haben, mit dem er sich bemerkbar machen kann. Hierzu diente Grew die Zeitung. Er raschelte damit, er gestikulierte damit, und – wenn notwendig – schlug er damit. Überall, nur nicht auf der Erde, hatte man Hörsehgeräte, die täglich Mikrofilme mit den neuesten Nachrichten hervorbrachten. Man las sie mit Hilfe von Buchlesegeräten. Grew lächelte spöttisch darüber. Eine dekadente Einrichtung!

»Hast du von der archäologischen Expedition gelesen, die man zur Erde schicken will?« fragte Grew.

»Nein«, sagte Arbin gleichgültig.

Grew wußte das, da bis jetzt niemand außer ihm die Zeitung gelesen hatte. Doch schließlich war seine Bemerkung nichts als eine Art Eröffnungsspiel gewesen.

»Dann nimm zur Kenntnis, daß man eine Expedition zur Erde vorbereitet. Mit kaiserlicher Billigung. Was hältst du davon?«

Er begann, in dem gekünstelten, stockenden Ton vorzulesen, in dem die meisten Menschen unwillkürlich sprechen, wenn sie laut lesen: »Bel Arvardan, der Leiter der Forschungsabteilung des Kaiserlichen Archäologischen Instituts, äußerte sich in einem Interview vor der galaktischen Presse zuversichtlich über die zu erwartenden Resultate der archäologischen Forschungen, die auf dem Planeten Erde geplant sind, der am Rande des Sirius-Sektors liegt – siehe Karte. ›Die Erde‹, sagte er, ›praktiziert mit ihrer archaischen Zivilisation eine abnorme Kulturform, die von unseren Soziologen zu lange vernachlässigt wurde, und in der man bisher höchstens eine schwierige Aufgabe für die lokale Regierung sah. Ich rechne jedoch fest damit, daß die nächsten zwei Jahre revolutionäre Wandlungen in unseren – wie wir glauben – feststehenden Vorstellungen über die Menschheitsgeschichte und die Entwicklung der menschlichen Gesellschaft bringen werden‹ und so weiter, und so weiter.« – Er endete mit einer wegwerfenden Handbewegung.

Arbin Maren hatte nur mit halbem Ohr hingehört. »Was heißt ›abnorme Kulturform‹?« brummte er.

Loa hatte gar nicht zugehört. »Du bist dran, Arbin!«

Grew fuhr fort: »Willst du wissen, warum die *Tribüne* diese Meldung veröffentlicht?«

Er wartete vergeblich auf eine Antwort und sagte dann: »Weil sie einen ganzseitigen Leitartikel daran aufhängen, der diesem Arvardan die Lebensgeister ausbläst. Das ist ein Mann, der mit irgendeiner wissenschaftlichen Absicht hierherkommen will, und sie bringen sich fast um, damit er wegbleibt. Schau dir diese Hetze an! Schau dir's an!« Er schlug mit dem Handrücken auf die Zeitung. »Lies es! Warum liest du es nicht?«

Loa legte die Karten hin und preßte die dünnen Lippen fest zusammen. »Vater«, sagte sie, »wir haben einen anstrengenden Tag hinter uns. Laß uns jetzt mit der Politik in Ruhe. Bitte!«

Grew machte ein finsteres Gesicht. »Sei so gut, Vater! Sei so gut!« äffte er sie nach. »Mir scheint, du hast deinen alten Vater ziemlich satt, wenn du ihm ein paar Worte über die neuesten Ereignisse mißgönnst. Ich bin dir im Weg, nicht wahr, wenn ich hier in der Ecke sitze und euch beide für drei arbeiten lasse . . . Aber es ist schließlich nicht mein Fehler. Ich bin stark. Ich bin arbeitswillig. Und du weißt, daß ich meine Beine behandeln lassen könnte.« Er schlug mit der Hand auf seine Schenkel. Es waren harte, laute Schläge, die er hörte, aber nicht fühlte. »Und nur, weil ich zu alt bin, um eine Kur zu machen. Nur, weil es sich nicht mehr lohnt. Ist das vielleicht keine ›abnorme Kulturform‹? Wie sollte man eine Welt sonst nennen, in der ein Mann arbeiten könnte, und man läßt ihn nicht? Beim Weltraum! Ich glaube, es ist Zeit, daß wir mit diesem Unfug aufhören, mit unseren sogenannten besonderen Institutionen. Sie sind nicht so besonders. Sie sind verdreht!«

Er gestikulierte mit den Armen, und sein Gesicht wurde rot vor Zorn.

Arbin stand auf. »Nun reg dich nicht auf, Grew. Es hat keinen Zweck. Wenn du mit der Zeitung fertig bist, lese ich den Artikel.«

»Natürlich, aber du wirst ihnen recht geben. Ihr Jungen seid Weichlinge. Nichts als Wachs in den Händen der ›Alten‹.«

»Bitte, Vater«, sagte Loa scharf. »Nun fang nicht wieder damit an.«

Arbin überlief das kalte Grausen, das er immer spürte, wenn die ›Gesellschaft der Alten‹ erwähnt wurde. Es war nicht ganz ungefährlich, so zu sprechen wie Grew und über die alte Kultur der Erde zu spotten.

Es war krasser Assimilationismus. Er schluckte. Das war ein häßliches Wort. Selbst wenn man nur daran dachte.

Natürlich hatte es in Grews Jugend närrische Bestrebungen gegeben, die alten Wege zu verlassen. Aber das waren andere Zeiten gewesen. Grew sollte das eigentlich wissen – und wahrscheinlich wußte er es auch. Natürlich war es nicht leicht, vernünftig zu sein, wenn man an den Rollstuhl gefesselt war und nichts anderes tun konnte, als auf die nächste Volkszählung zu warten.

Grew ärgerte sich, aber er sagte nichts mehr. Und langsam wurde er ruhiger. Er hatte noch keine Zeit gehabt, die Sportseite eingehend und kritisch durchzugehen, als ihm der Kopf auf die Brust sank. Er schnarchte, und die Zeitung entglitt seinen Händen mit einem letzten, diesmal unbeabsichtigten Rascheln.

»Vielleicht sind wir nicht nett genug zu ihm, Arbin?« flüsterte Loa besorgt. »Für einen Mann wie Vater ist es ein hartes Los. Im Vergleich zu dem Leben, das er gewöhnt war, könnte er ebensogut tot sein.«

»Mit dem Tod kann man nichts vergleichen, Loa. Er hat seine Zeitungen und seine Bücher. Und ein wenig Ärger möbelt ihn auf. Er wird jetzt tagelang glücklich und zufrieden sein.«

Arbin begann gerade wieder, sich mit seinen Karten zu beschäftigen, als es an die Tür klopfte und heisere, unartikulierte Schreie hörbar wurden.

Loa starrte ihren Mann ängstlich an.

»Fahr Grew hinaus. Schnell!« sagte Arbin.

Sie war sofort beim Rollstuhl.

Bei der ersten Bewegung des Stuhls schrak Grew auf. Er reckte sich und griff automatisch nach der Zeitung.

»Was ist los?« fragte er gereizt und keineswegs flüsternd.

»Sch! Es ist alles in Ordnung«, murmelte Loa und rollte den Stuhl ins benachbarte Zimmer. Sie schloß die Tür und blickte ihren Mann an. Es klopfte wieder.

Sie standen dicht nebeneinander, als sie die Tür öffneten, fast in Verteidigungsstellung, und ihre Feindseligkeit war unverkennbar, als sie dem kleinen, gedrungenen Mann gegenüberstanden, der sie hilflos anlächelte.

»Können wir irgend etwas für Sie tun?« sagte Loa förmlich und sprang dann zurück, als der Mann keuchte und die Hand ausstreckte, damit er nicht umfiel.

»Ist er krank?« fragte Arbin verwirrt. »Komm, wir tragen ihn hinein.«

Stunden verstrichen, und Loa und Arbin bereiteten sich aufs Schlafengehen vor.

»Arbin«, sagte Loa.

»Was ist?«

»Ist es wirklich nicht gefährlich?«

»Gefährlich?« Er schien die Bedeutung dieses Wortes absichtlich nicht zu verstehen.

»Ich meine, wenn wir diesen Mann ins Haus nehmen. Wer ist er?«

»Wie soll ich das wissen? Schließlich können wir einem kranken Mann die Aufnahme nicht verweigern. Wenn er sich nicht ausweisen kann, informieren wir morgen das regionale Sicherheitsamt.«

Er drehte sich um und wollte das Gepräch beenden.

Aber die dünne Stimme seiner Frau war noch eindringlicher als zuvor. »Glaubst du nicht, daß er ein Agent der ›Gesellschaft der Alten‹ ist? Es kann wegen Grew sein. Wir haben ihn nun schon seit zwei Jahren illegal hier.«

»Wir schädigen dadurch niemanden«, sagte Arbin. »Wir erfüllen unsere Quoten, obwohl sie für *drei* Menschen – *drei* Arbeiter berechnet sind. Warum sollten sie da Verdacht schöpfen? Wir lassen Grew nicht einmal vors Haus!«

»Vielleicht haben sie den Rollstuhl bemerkt. Du hast den Motor dazu doch kaufen müssen.«

»Glaubst du, die ›Alten‹ würden wegen eines armen alten Mannes im Rollstuhl einen solch ausgeklügelten Trick anwenden? Könnten sie nicht ebensogut am hellen Tag mit legalen Vollmachten kommen? Das wäre jedenfalls vernünftiger.«

»Gut. Wenn du wirklich denkst, Arbin. Aber – dann muß er ein Außenseiter sein. Er kann nicht von der Erde stammen.«

»Das ist noch lächerlicher. Warum sollte ein Mann aus dem Imperium ausgerechnet hierher zur Erde kommen?«

»Ich weiß nicht. Oder vielleicht doch! Er könnte ein Verbrecher sein.« Sie spann ihren Gedanken weiter. »Ja. Warum nicht? Wer käme schon auf die Idee, ihn ausgerechnet hier zu suchen?«

»Welchen Beweis hast du dafür, daß er ein Außenseiter ist?«

»Er spricht nicht unsere Sprache, das gibst du doch zu. Oder hast du ein einziges Wort verstanden? Deshalb muß er aus irgendeiner entfernten Gegend der Milchstraße kommen. Man sagt, daß beispielsweise die Menschen von Fomalhaut praktisch eine neue Sprache lernen müssen, um am Hof des Kaisers in Trantor verstanden zu werden . . . Siehst du nicht ein, was das bedeutet? Wenn er auf der Erde fremd ist, wird er nicht im Volkszählungsamt registriert sein. Wir könnten ihn anstelle von Vater auf der Farm arbeiten lassen, dann wären es wieder drei Leute statt zweien, die in der nächsten Saison die Quoten erfüllen müssen . . . Er könnte uns jetzt schon bei der Ernte helfen.«

Sie blickte ihren Mann erwartungsvoll an. Er überlegte lange. »Gut! Geh jetzt ins Bett, Loa. Wir wollen morgen noch einmal darüber sprechen.«

Am nächsten Morgen war es an Grew, sich die Sache zu überlegen. Arbin trug ihm die Frage hoffnungsvoll vor. Er hatte zu seinem Schwiegervater ein Vertrauen, das er sich selbst gegenüber nicht aufbrachte.

»Deine Schwierigkeiten, Arbin, kommen daher, daß ich als Arbeiter registriert bin und ihr deshalb die Produktionsquoten für drei erfüllen müßt. Ich habe es satt, Schwierigkeiten zu verursachen. Dies ist nun schon das zweite Jahr, das ich mich selbst überlebt habe. Es ist genug.«

Arbin war verlegen. »Darum handelt es sich überhaupt nicht.«

»Aber das macht nichts«, fuhr Grew unbeirrt fort. »In zwei Jahren findet die Volkszählung statt, dann ist es ohnehin aus.«

»So hast du wenigstens noch zwei Jahre lang deine Bücher und deine Ruhe. Warum sollte man dir das wegnehmen?«

»Und was geschieht mit dir und Loa? Wenn sie kommen und mich holen, werden sie auch euch beide mitnehmen. Was für ein Mann müßte ich sein, wenn ich ein paar lumpige Jahre länger leben wollte auf eure Kosten . . .!«

»Hör auf, Grew! Wir haben dir oft gesagt, was wir tun werden. Wir zeigen dich eine Woche vor der Volkszählung an.«

»Und führt den Arzt an der Nase herum?«

»Wir werden ihn bestechen.«

»Hm. Jedenfalls wird dieser neue Mann das Vergehen noch verdoppeln. Du wirst auch ihn verstecken müssen.«

»Wir werden ihn schon irgendwie loswerden. Beim Weltraum, warum sollen wir uns jetzt damit herumquälen? Wir haben noch zwei Jahre Zeit. Was sollen wir mit ihm tun?«

»Ein Fremder . . .«, grübelte Grew. »Er kommt und klopft an die Tür. Er ist von irgendwo. Er spricht unverständlich . . . Ich weiß nicht recht, zu was ich raten soll.«

»Er ist ungefährlich«, sagte Arbin. »Er scheint zu Tode erschreckt worden zu sein. Er kann uns nichts antun.«

»Und wenn er geistesgestört ist? Wenn sein Gestammel gar kein fremder Dialekt ist, sondern Irrsinn?«

»Das glaube ich nicht«, sagte Arbin unsicher.

»Ja, weil du ihn brauchen kannst . . . Schön. Ich will dir sagen, was du tun sollst. Bring ihn in die Stadt.«

»Nach Chika?« Arbin war entsetzt. »Das wäre das Ende!«

»Nicht im geringsten!« sagte Grew gelassen. »Es ist ein Jammer, daß du keine Zeitung liest. Zum Glück tue ich es. Das Institut für Kernforschung hat ein Instrument entwickelt, das die Lernfähigkeit des Menschen verbessern soll. In der Wochenendausgabe war ein ganzseitiger Artikel darüber. Und sie suchen Freiwillige. Bring diesen Mann hin.«

Arbin schüttelte nachdrücklich den Kopf. »Du bist verrückt. Sie würden mich als erstes nach seiner Registriernummer fragen. Das würde ja bedeuten, daß wir die Nachforschungen herausfordern.«

»Nein, Arbin. Das Institut braucht deshalb Freiwillige, weil die Maschine noch im Versuchsstadium steckt. Sie hat wahrscheinlich ein paar Menschen getötet. Deshalb bin ich sicher, daß sie nichts fragen werden. Und wenn der Fremde stirbt, ist er wahrscheinlich nicht schlechter daran als jetzt ... Gib mir den Buchprojektor und stelle ihn auf Spule sechs ein. Und bring mir die Zeitung, sobald sie kommt, ja?«

Als Schwartz die Augen öffnete, war es Nachmittag. Er fühlte jenen dumpfen, herzabschnürenden Schmerz, der sich aus sich selbst heraus nährt, den Schmerz darüber, daß keine Frau mehr an seiner Seite war beim Erwachen, daß eine vertraute Welt verloren war ...

Nur einmal zuvor hatte er diese Art Schmerz empfunden. Er sah die Szene noch deutlich vor sich. Er stand als Junge in einem verschneiten Dorf ... und der Schlitten wartete ... und am Ende der Schlittenfahrt würde der Zug warten ... und dann das große Schiff ...

Nun empfand er die gleiche Sehnsucht nach der gewohnten Welt wie damals als Zwanzigjähriger, als er nach Amerika auswanderte.

Diese Sehnsucht war zu real. Dies konnte kein Traum sein.

Er sprang auf, als ein Licht über der Tür aufblinkte und die teilnahmslose Stimme seines Gastgebers ertönte. Dann gab es Frühstück – Milch und einen mehligen Brei, den er nicht kannte, der aber wie Maisbrei schmeckte.

»Danke«, sagte er und nickte.

Der Farmer antwortete etwas Unverständliches und befühlte das Hemd, das Schwartz anhatte. Er betrachtete den Stoff eingehend von beiden Seiten und schenkte den Knöpfen besondere Beachtung. Dann öffnete er eine Schranktür, und zum erstenmal sah Schwartz mit Bewußtsein die warmen milchweißen Wände.

»Plastik«, murmelte er. Er bemerkte weiterhin, daß der Raum keine Ecken und Winkel hatte, sondern daß alle Wände in sanften Kurven ineinander übergingen.

Aber der andere hielt ihm eine merkwürdige Bekleidung hin und machte dazu unmißverständliche Gesten. Schwartz sollte sich waschen und umziehen.

Er gehorchte. Aber er suchte vergeblich nach etwas, womit er sich rasieren konnte. Er seufzte.

Und dann wurde er zu einem länglichen, zweirädrigen Wagen geführt und aufgefordert einzusteigen.

Die öde Gegend huschte an ihnen vorüber. Bald stiegen niedrige weißschimmernde Gebäude vor ihnen auf, und in der Ferne war das Blau des Wassers zu erkennen.

Schwartz deutete geradeaus. »Chikago?«

Es war sein letzter Hoffnungsschimmer.

Der Farmer antwortete nicht.

Die letzte Hoffnung zerrann.

Der Bevollmächtigte

Für Bel Arvardan, der gerade sein Presse-Interview über die geplante Expedition zur Erde beendet hatte, handelte es sich nun nicht mehr darum, in diesem oder jenem Sektor der Galaxis bekannt zu sein. Wenn er seine Theorien über die Erde beweisen konnte, dann würde sich sein Ruf auf allen bewohnten Planeten der Milchstraße festigen, auf jedem Planeten, den der Mensch während der Jahrhunderttausende seiner Expansion durch den Weltraum besiedelt hatte.

Bel Arvardan war knapp fünfunddreißig Jahre alt. Er hatte schon in jungen Jahren den Gipfel des wissenschaftlichen Ruhms erklommen. Doch es war ein schwerer Aufstieg gewesen, gepflastert mit Kontroversen. Seine Karriere hatte mit einem Skandal begonnen, der die Säle der Universität von Arkturus erschüttert hatte, als er mit dreiundzwanzig Jahren promovierte.

Der Skandal bestand darin, daß das *Journal der Galaktischen Archäologischen Gesellschaft* es ablehnte, seine Dissertation zu veröffentlichen. Es war zum erstenmal in der Geschichte der Universität geschehen, daß der Abdruck einer Dissertation abgelehnt worden war. Und es geschah zum erstenmal in der Geschichte dieser wissenschaftlichen Zeitschrift, daß eine Ablehnung in solch grobe Worte gekleidet wurde.

Für den Laien mag der Grund für eine derartige Empörung über eine nicht sehr umfangreiche, trockene und obendrein schwer verständliche Schrift mit dem Titel *Über vorgeschichtliche Funde im Sirius-Sektor, unter besonderer Berücksichtigung der Bedeutung derselben für die Hypothesen über die Ausbreitung der menschlichen Rasse* unverständlich sein. Arvardan vertrat eine Theorie, die schon früher gewisse Gruppen von Mystikern geäußert hatten, die sich mehr mit Metaphysik als mit Archäologie befaßten. Das heißt, er schloß sich deren Ansicht an, daß sich die Menschheit auf einem einzigen Planeten entwickelt und von dort aus etappenweise die Galaxis durchdrungen habe. Dies war eine Lieblingstheorie der Autoren von Schauerromanen und der Horror jedes standesbewußten Archäologen des Imperiums.

Doch Arvardan wurde eine Macht, mit der man rechnen mußte, denn innerhalb eines Jahrzehnts wurde er die anerkannte Kapazität auf dem Gebiet der vorimperialistischen Kulturen, die noch in einigen Außenbezirken der Galaxis zu finden waren.

So hatte er zum Beispiel eine Monographie über die mechanistische Zivilisation im Rigel-Sektor geschrieben, in dem die Entwicklung der Roboter eine eigene Kulturform hervorgebracht hatte, die Jahrhunderte überdauerte, bis gerade die Vervollkommnung der metallenen Sklaven die menschliche Initiative so weit schwächte, daß die starken Flotten des Feldherrn Moray mühelos die Macht an sich reißen konnten. Orthodoxe Archäologen waren überzeugt davon, daß die einzelnen Menschenrassen sich unabhängig voneinander auf verschiedenen Planeten entwickelt hatten, und nannten abnorme Kulturformen wie die des Rigel-Sektors als Beispiele für rassische Unterschiede, die noch nicht durch Ehen mit Bewohnern anderer Planeten ausgeglichen waren. Arvardan widerlegte solche Vorstellungen, indem er bewies, daß die Roboterkultur im Rigel-Sektor nichts anderes war, als die natürliche Folge der ökonomischen und sozialen Kräfte in dieser Region.

Ein anderes Problem betraf die barbarischen Welten von Ophiuchus, die den orthodox Denkenden als Beispiele für die primitiven Kulturformen der Menschheit dienten, die noch nicht das Stadium der Raumfahrt erreicht hatten. Jedes Lehrbuch führte diese Welten als einen Beweis für die Theorie Mergers an, die besagte, daß die Menschheit der Höhepunkt der Entwicklung auf jeder beliebigen Welt sei, die sich auf der Wasserstoff-Sauerstoffchemie aufbaut und die geeigneten Bedingungen der Temperatur und Schwerkraft aufweist – daß die Vermischung zwischen allen unabhängig voneinander entstandenen Geschlechtern der Menschheit möglich gewesen sei und daß seit dem Aufkommen des interstellaren Verkehrs solche Vermischungen stattfänden.

Arvardan jedoch entdeckte Spuren einer frühen Zivilisation, die dem damals tausend Jahre alten Barbarentum von Ophiuchus vorausgegangen sein mußte, und bewies, daß die ältesten Planetenbewohner bereits den interstellaren Handel kannten. Der letzte Trumpf war es jedoch, als Arvardan über allen Zweifel erhaben beweisen konnte, daß der Mensch in einem bereits zivilisierten Stadium in diese Region emigriert war.

Danach entschloß sich das JGAG – um das Journal mit seiner wissenschaftlichen Abkürzung zu nennen –, Arvardans Dissertation zu drucken, zehn Jahre nach ihrer Entstehung.

Und nun führte Arvardan die Beschäftigung mit seiner Lieblingstheorie zu dem wahrscheinlich unbedeutendsten Planeten des Imperiums – dem Planeten Erde.

Arvardan landete innerhalb des Hoheitsgebietes des Imperiums auf der Erde, in einer öden Gegend nördlich des Himalaja-Gebirges. Auf dieser von der Radioaktivität unberührten Hochebene schimmerte ein Palast, der nicht in terrestrischer Architektur gebaut war. Er war im wesentlichen eine Kopie der Vizekönigspaläste, wie sie auch auf glücklicheren Planeten errichtet wurden. Die abschreckenden Felsen des Plateaus waren mit Humus bedeckt, bewässert, in eine künstliche Atmosphäre gehüllt und in fünf Quadratmeilen Rasenplätze und Blumengärten verwandelt worden.

Die Kosten, die hierfür aufgebracht werden mußten, waren für die Begriffe der Erde ungeheuer, doch hinter der Anlage standen die unerschöpflichen Quellen von zehn Millionen Planeten.

Auf diesem Stück unerdenhaften Landes lebte der Bevollmächtigte für die Erde, und zuweilen konnte er in diesem künstlichen Luxus vergessen, daß er der Bevollmächtigte für eine Rattenlochwelt war, und sich daran erinnern, daß er ein Aristokrat von Stand und alter Familie war.

Seine Frau ließ sich weniger oft täuschen, besonders dann nicht, wenn sie auf einem grasbewachsenen Hügel stand und in der Ferne die scharfe Trennlinie sah, die das Hoheitsgebiet von der grausamen Wildheit der Erde trennte. Dann konnten alle farbigen Springbrunnen – die bei Nacht wie kaltes, flüssiges Feuer leuchteten –, die Blumenwege, die idyllischen Haine sie nicht darüber hinwegtäuschen, daß sie in einem Exil lebten.

Deshalb wurde Arvardan noch herzlicher willkommen geheißen, als es das Protokoll verlangte. Für den Bevollmächtigten war Arvardan ein Stück Imperium.

Arvardan seinerseits fand vieles zu bewundern.

»Das ist gut gelungen – und mit Geschmack angelegt«, sagte er. »Es ist erstaunlich, wie selbst die abgelegensten Distrikte unseres Imperiums ein Anflug von Kultur durchdringt, Exzellenz.«

Ennius lächelte. »Ich fürchte, es ist angenehmer, den Hof des Bevollmächtigten hier auf der Erde zu besuchen, als darin zu wohnen. Es ist nichts als eine Muschel, die hohl tönt, wenn man sie ans Ohr hält. Wenn Sie mich und meine Familie gesehen haben, das Personal, die Besatzung hier und an den wichtigsten Schlüsselstellungen des Planeten und dazu einen gelegentlichen Besucher wie Sie selbst, so haben Sie allen ›Anflug von Kultur‹ erschöpft, den es auf diesem Planeten gibt. Und das ist kümmerlich genug.«

Sie saßen unter der Kolonnade im dämmrigen Nachmittagslicht, und die Sonne strahlte auf die purpurnen Zacken am Horizont herab. Die Luft war schwer vom Blütenduft.

Es war natürlich selbst für einen Bevollmächtigten nicht ganz angebracht, zu große Neugier hinsichtlich der Pläne eines Gastes zu zeigen, doch bei der Abgeschiedenheit, in der Ennius lebte, wäre eine allzu große Zurückhaltung fast unnatürlich gewesen.

»Bleiben Sie längere Zeit auf der Erde, Doktor Arvardan?« fragte Ennius.

»Das kann ich noch nicht sicher sagen. Ich bin meiner Expedition vorausgereist, um mich ein wenig auf der Erde umzusehen und die notwendigen Formalitäten zu regeln. Ich brauche zum Beispiel die übliche Erlaubnis von Ihnen, an einigen Orten Lager aufzuschlagen.«

»Genehmigt! Genehmigt! Wann werden Sie mit den Grabungen beginnen? Und was erwarten Sie auf diesem miserablen Schutthaufen zu finden?«

»Wenn alles gutgeht, hoffe ich, in einigen Monaten das erste Lager aufschlagen zu können. Und was diesen Planeten anbetrifft – er ist alles andere als ein miserabler Schutthaufen. Er ist absolut einmalig in der Galaxis.«

»Einmalig? Es ist mehr oder weniger ein Chaos, wie ich es sehe. Eine Senkgrube von einer Welt, widerwärtig, ekelhaft. Sie können beinahe jedes andere besonders herabsetzende Adjektiv hinzufügen, das Sie sich ausdenken wollen, und bei aller Steigerung des Miserablen erreicht die Erde nicht einmal die Originalität einer Häßlichkeit, sondern ist und bleibt eine ordinäre, rohe Bauernwelt.«

»Aber dieser Planet ist radioaktiv«, sagte Arvardan, etwas abgestoßen von dem Nachdruck, mit dem Ennius seine Feststellungen vorgebracht hatte.

»Nun und? Einige tausend Planeten in der Milchstraße sind radioaktiv und manche davon wesentlich stärker als die Erde.«

In diesem Augenblick rollte leise die mechanische Bar herein und blieb in bequemer Reichweite stehen.

»Was darf ich Ihnen anbieten?« fragte Ennius mit einer einladenden Handbewegung.

»Ich bin nicht wählerisch. Vielleicht einen Limonensaft.«

»Kann gemacht werden . . . Mit oder ohne Soda?«

»Nur eine Spur, bitte.«

»Er ist in einer Minute fertig.«

Irgendwo im Innern der Bar trat ein Mixer in Aktion, dessen elektronische ›Seele‹ mit Atomkraft betrieben wurde.

Zwei große Gläser kamen aus dem Nichts, wie es schien.

Arvardan nahm das grüne und trank einen Schluck.

»Gerade richtig.« Er stellte das Glas in den dafür vorgesehenen Halter an der Armlehne seines Sessels. »Es gibt Tausende radioaktiver Planeten, wie Sie sagen. Aber nur einer davon ist bewohnt. Dieser hier!«

»Nun« – Ennius nahm ebenfalls einen Schluck, und sein Mißmut schien etwas nachzulassen, nachdem er gekostet hatte –, »vielleicht ist die Erde in dieser Beziehung tatsächlich einmalig. Keine sehr beneidenswerte Einmaligkeit.«

»Aber es ist nicht nur eine Frage der statistischen Einmaligkeit«, sagte Arvardan. »Es ist eine Frage von viel größerer Tragweite. Die Biologen haben bewiesen, oder sie glauben, bewiesen zu haben, daß auf Planeten, auf denen die Radioaktivität in der Atmosphäre und in den Ozeanen ein gewisses Maß übersteigt, sich kein Leben entwickeln kann ... Die Radioaktivität auf der Erde liegt um ein beträchtliches über diesem Maß.«

»Interessant. Das wußte ich nicht. Ist das nicht ein endgültiger Beweis dafür, daß das Leben auf der Erde sich grundlegend von dem in der übrigen Milchstraße unterscheidet ...? Das sollte gerade Ihnen eigentlich nur recht sein, da Sie doch aus dem Sirius-Sektor stammen.« Er schien sich hierüber zu amüsieren und fuhr in einem vertraulichen Ton fort: »Wissen Sie, daß die größte Schwierigkeit, diesen Planeten zu regieren, darin besteht, den starken Antiterrestrialismus zu überwinden, der im gesamten Sirius-Sektor herrscht? Und diese Antipathie wird von seiten der Erdbewohner mit Zins und Zinseszins erwidert. Ich sage natürlich nicht, daß der Antiterrestrialismus nicht in mehr oder weniger verminderter Form in der ganzen Milchstraße vorhanden wäre. Aber er ist nirgends so stark wie im Sirius-Sektor.«

Arvardan antwortete ungeduldig und heftig: »Exzellenz, auf mich trifft das nicht zu! Ich glaube an die Einheitlichkeit der menschlichen Rasse, und das schließt auch die Erde mit ein. Alles Leben beruht auf einer gemeinsamen Grundlage, es basiert auf Eiweißkomplexen in einer kolloidalen Verbindung, die wir Protoplasma nennen. Die Wirkung der Radioaktivität, über die ich eben sprach, betrifft nicht nur einige Formen des menschlichen Lebens. Sie betrifft *alles* Leben. Sie betrifft Sie, mich, die Erdbewohner, die Spinnen, die Keimzellen.

Sehen Sie, die Proteine sind, wie ich Ihnen gewiß nicht zu sagen brauche, ungeheuer komplizierte Koppelungen von Aminosäuren und gewissen anderen Verbindungen, die in verwickelten, dreidimensionalen Molekülgerüsten aufgebaut sind. Und sie sind so unberechenbar wie Sonnenstrahlen an einem bewölkten Himmel. Es ist die Labilität, die das Leben ausmacht, da es dauernd seine Gestalt ändert, um sich selbst zu erhalten.

Aber diese erstaunliche Substanz, dieses Protein, muß zuerst aus dem Anorganischen entstanden sein. Deshalb wurden ganz am Anfang unter dem Einfluß der Strahlungsenergie der Sonne auf die riesigen Lösungen, die wir Ozeane nennen, die organischen Moleküle Schritt für Schritt komplizierter, vom Methan zum Formaldehyd und schließlich zu den Zuckern und Stärken in der einen Richtung, und von den Harnsäuren zu den Aminosäuren und Proteinen in der anderen Richtung.

Nun wissen wir aber, daß sich einige der entscheidenden Vorgänge bei der Entstehung des Lebens nur ohne Strahlungsenergie aktivieren können. Die Fotochemie – die Chemie der Reaktionen, die durch Strahlungsenergie hervorgerufen werden – ist ein wohlentwickelter Zweig der Wissenschaft und kennt unzählige Fälle, in denen ganz einfache Reaktionen in zwei verschiedene Richtungen gehen könnten, je nachdem, ob sich der Vorgang ohne oder mit Lichtquantenenergie vollzieht.

Auf den normalen Himmelskörpern ist die Sonne die einzige Strahlungsquelle oder wenigstens die Hauptquelle. Im Schutz der Wolken oder in der Nacht verbinden und spalten sich die Moleküle ungestört. Auf den radioaktiven Planeten aber funkelt jeder Wassertropfen, sogar in der tiefsten Nacht und fünf Meilen unter der Wasseroberfläche – und strotzt vor Gammastrahlen. Diese aktivieren die Atome, wie die Chemiker sagen, und lassen gewisse Schlüsselreaktionen nur in einer bestimmten Richtung gehen, und dies ist die Richtung, die niemals mit der Entstehung von Leben endet.«

Arvardan hatte ausgetrunken. Er stellte das leere Glas auf die Bar. Es versank sofort in einen besonderen Behälter, in dem es gesäubert, keimfrei gemacht und zu neuem Gebrauch vorbereitet wurde.

»Noch ein Glas?« fragte Ennius.

»Vielleicht nach dem Essen«, sagte Arvardan.

Ennius klopfte mit dem Fingernagel auf die Lehne seines Stuhls. »Bei Ihnen hört sich der Vorgang ganz faszinierend an. Aber wie steht es dann mit dem Leben auf der Erde? Wie hat es sich überhaupt entwickeln können?«

»Aha! Nun beginnen auch Sie sich zu fragen. Die Antwort ist, glaube ich, einfach. Die Radioaktivität ist zwar stark genug, um die Entstehung von neuem Leben zu verhindern. Aber sie reicht nicht aus, um Leben, das sich bereits entwickelt hat, zu zerstören. Sie kann es verändern, aber – sofern die Strahlung nicht zu stark wird – nicht zerstören. Sie sehen, es handelt sich um zwei ganz verschiedene Vorgänge. Im ersten Fall müssen die Moleküle daran gehindert werden, sich aufzubauen, während im zweiten Fall bereits geformte, komplizierte Moleküle abgebaut werden müssen.«

»Ich verstehe nicht ganz, worauf Sie hinauswollen.«

»Liegt es nicht klar auf der Hand? Das Leben auf der Erde ist entstanden, ehe der Planet radioaktiv wurde. Es ist die einzige Erklärung, bei der man entweder die Tatsache nicht leugnen muß, daß auf der Erde Leben existiert, oder nicht so viele chemische Theorien, daß es die ganze Wissenschaft durcheinanderbringen würde.«

Ennius blickte Arvardan belustigt an. »Aber das ist doch nicht Ihr Ernst!«

»Warum nicht?«

»Wie kann ein Planet radioaktiv werden? Die radioaktiven Isotope auf der Erdoberfläche sind Millionen und Milliarden Jahre alt. Soviel habe ich wenigstens auf der Universität gelernt. Sie müssen schon in einer unendlichen Vergangenheit existiert haben.«

»Es gibt auch eine künstliche Radioaktivität, Exzellenz. Sogar in einem riesigen Ausmaß. Es gibt Tausende von nuklearen Reaktionen, deren Energie ausreicht, um alle Arten radioaktiver Isotope zu erzeugen. Wenn wir nun annehmen, daß Menschen irgendeine nukleare Reaktion ohne ausreichende Schutzmaßnahmen in der Industrie anwenden oder im Krieg – wenn Sie sich etwas wie einen Krieg, der auf einem einzelnen Planeten stattfindet, vorstellen können –, dann könnte der größte Teil der Erdkruste in künstlich radioaktives Material verwandelt werden. Was halten Sie davon?«

Die Sonne verblutete an den Bergen, und auf Ennius' mageres Gesicht fiel ein roter Widerschein. Der sanfte Abendwind kam auf, und die sorgfältig ausgewählten Insektenarten im Hoheitsgebiet des Palastes zirpten besänftigend und einschläfernd.

»Das klingt an den Haaren herbeigezogen«, sagte Ennius. »Vor allem glaube ich nicht, daß man die Kontrolle in diesem Ausmaß verloren hat.«

»Natürlich! Sie sind geneigt, nukleare Reaktionen zu unterschätzen, weil Sie in der Gegenwart leben, in der sie so leicht unter Kontrolle gehalten werden. Wie aber, wenn irgend jemand – oder eine Armee – solche Waffen benützt hat, ehe die Kontrollmaßnahmen ausgearbeitet waren? Das ist, wie wenn man Brandbomben benutzt, ehe man weiß, daß Wasser oder Sand das Feuer löschen.«

»Hm«, sagte Ennius. »Sie sprechen genau wie Shekt.«

»Wer ist Shekt?«

»Ein Erdbewohner. Einer der wenigen anständigen Menschen auf diesem Planeten. – Ich meine, einer, mit dem man sich vernünftig unterhalten kann. Er ist Physiker. Er hat mir einmal gesagt, daß die Erde vielleicht nicht immer radioaktiv war.«

»So ... Nun, das ist nicht weiter erstaunlich. Die Theorie stammt nicht von mir. Sie steht im *Buch der Alten*, das die mystische Geschichte der prähistorischen Erde enthält. Ich wiederhole lediglich, was darin steht, nur daß ich die ziemlich verworrene Phraseologie dieses Buches in angemessene wissenschaftliche Worte kleide.«

Ennius schien überrascht und ein wenig schockiert zu sein. »Wo haben Sie das *Buch der Alten* bekommen?«

»Hier und dort. Es war nicht leicht. Und ich konnte mir nur Teile davon beschaffen. Natürlich sind alle Quellen über die Vorzeit der Erde wertvoll für mich, auch wenn sie vergleichsweise unwissenschaftlich sind ... Warum fragen Sie?«

»Weil das Buch die heilige Schrift einer radikalen Sekte von Erdbewohnern ist. Es ist Außenseitern verboten, es zu lesen. Ich würde an Ihrer Stelle nirgends verlauten lassen, daß Sie es kennen, solange Sie hier sind. Nicht-Erdbewohner oder Außenseiter, wie man uns hier nennt, sind schon wegen geringerer Dinge gelyncht worden.«

»Sie könnten einen glauben lassen, daß die Polizeimacht des Imperiums hier defekt sei.«

»In Fällen des Sakrilegs ist sie es auch, Doktor Arvardan.«

Ein melodisches Geläut erklang und schien mit dem Rascheln der Bäume zu harmonieren. Es starb langsam ab.

Ennius stand auf. »Ich glaube, es ist Essenszeit. Darf ich Ihnen die Gastfreundschaft offerieren, die dieses Stück Imperium auf der Erde zu bieten hat?« –

Die Gelegenheit für ein Festessen bot sich selten genug. Deshalb gab es viele Gänge. Der Rahmen war verschwenderisch, die Männer gestriegelt, die Frauen bezaubernd und, das muß erwähnt werden, Dr. Bel Arvardan vom Planeten Baronn, Sirius-Sektor, wurde als Sehenswürdigkeit gezeigt.

Arvardan benützte die Gelegenheit, der Zuhörerschaft während des Banketts einen großen Teil dessen zu wiederholen, was er vorher Ennius erklärt hatte. Doch hier war der Widerhall merklich geringer.

Ein fülliger Herr in Majorsuniform wandte sich mit jener typischen Herablassung des Offiziers an den Gelehrten und sagte: »Wenn ich Ihre Ausführungen richtig verstehe, Doktor Arvardan, so wollen Sie uns damit sagen, daß diese Erdenhunde eine alte Rasse repräsentieren, vielleicht sogar die Vorfahren der gesamten Menschheit?«

»Das möchte ich nicht direkt behaupten, Major. Aber ich glaube, es ist ein interessanter Gedanke. Ich hoffe, daß ich in einem Jahr die Frage endgültig beantworten kann.«

»Ich glaube kaum, daß Sie mich überzeugen werden. Ich bin nun seit vier Jahren auf der Erde stationiert, und meine Erfahrungen sind nicht klein. Ich habe festgestellt, daß die Erdbewohner Schurken und Spitzbuben sind, jeder einzelne von ihnen. Sie sind uns geistig eindeutig unterlegen. Ihnen mangelt der Unternehmungsgeist, der die Menschheit über die ganze Milchstraße ausgebreitet hat. Sie sind faul, abergläubisch, habgierig und besitzen keine Spur von Seelenadel. Ich bitte Sie, mir einen Erdenbewohner zu zeigen, den man einem wirklichen Menschen gleichstellen könnte – Ihnen oder mir zum Beispiel –, und erst dann werde ich Ihnen zugestehen, daß er vielleicht einer Rasse angehört, die uns einst vorausgegangen ist. Bis dahin bitte ich Sie, mir eine solche Annahme nicht zuzumuten.«

Ein stattlicher Mann am Ende des Tisches sagte plötzlich: »Man sagt, der einzige gute Erdbewohner ist ein toter Erdbewohner. Und sogar dann stinkt er gewöhnlich.« Er lachte maßlos.

Arvardan runzelte die Stirn und wandte sich an Ennius. »Exzellenz, ich glaube, Sie haben vor dem Essen einen Erdenbewohner erwähnt.«

»So? Ich erinnere mich nicht daran.«

»Einen Physiker namens Shekt.«

»Ach ja. Richtig.«

»Ist es vielleicht Affret Shekt?«

»Allerdings. Haben Sie von ihm gehört?«

»Ich glaube ja. Arbeitet er nicht im Institut für Kernforschung in... wie heißt doch der Ort gleich?« Er schlug sich mit dem Handrücken an die Stirn. »In Chika?«

»Das ist er. Was wissen Sie über ihn?«

»Nur, daß in der Augustnummer der *Physikalischen Rundschau* ein Artikel von ihm abgedruckt war. Es fiel mir auf, weil ich alles beachte, was mit der Erde zu tun hat, und weil man Artikel von Erdbewohnern in Zeitungen, die in der ganzen Milchstraße erscheinen, sehr selten liest... Auf jeden Fall behauptet er, ein Gerät erfunden zu haben, er nennt es Synapsikator, das die Lernfähigkeit der Säugetiere verbessern soll.«

»Wirklich?« sagte Ennius ein wenig scharf. »Ich habe nichts davon gehört.«

»Ich werde den Artikel für Sie heraussuchen. Er ist recht interessant. Natürlich verstehe ich die mathematischen Probleme, die darin angeschnitten werden, nicht. Aber er hat einige auf der Erde heimische Tiere – ich glaube, man nennt sie Ratten – mit dem Synapsikator behandelt und sie dann durch ein Labyrinth laufen lassen. Sie wissen, was ich meine – sie sollten durch einen Irrgarten den richtigen Weg finden, der zu einem Futternapf führt. Er benützte nicht behandelte Ratten zur Kontrolle und fand, daß die behandelten Tiere die Aufgabe stets in einem Drittel der Zeit lösten... Erkennen Sie die Bedeutung dieser Erfindung, Major?«

Der Offizier, der die Diskussion begonnen hatte, sagte gleichgültig: »Nein!«

»Dann erkläre ich hiermit, daß ich fest daran glaube, daß ein Wissenschaftler, der eine solche Arbeit vollbringen kann, mir geistig mindestens ebenbürtig ist und – wenn Sie mir meine Anmaßung verzeihen wollen – auch Ihnen.«

Ennius unterbrach: »Verzeihen Sie, Doktor Arvardan, ich wüßte gern noch mehr über diesen Synapsikator. Hat Shekt schon mit Menschen experimentiert?«

Arvardan lachte. »Ich bezweifle es. Neun Zehntel seiner Ratten starben während der Behandlung.«

Ennius lehnte sich in den Sessel zurück. Danach kam niemand mehr auf das Thema zurück.

Kurz nach Mitternacht verließ der Bevollmächtigte unbemerkt die Gesellschaft und bestieg seine Privatjacht.

Nach zwei Stunden traf er in Chika ein.

Arbin Maren brachte am gleichen Nachmittag Joseph Schwartz nach Chika zur Behandlung mit Shekts Synapsikator. Und Shekt selbst hatte mit keinem Geringeren als dem Bevollmächtigten für die Erde eine einstündige Unterredung.

Die Straße zur Freiheit

Arbin fühlte sich in Chika nicht wohl. Er war bedrückt. Hier in einer der größten Städte der Erde – man sagte, in Chika wohnten fünfzigtausend Menschen – waren irgendwo die Beamten des großen Imperiums.

Er hatte nie einen Mann aus der Galaxis gesehen, und er drehte sich fortgesetzt um, aus Furcht, daß er einem begegnen könnte. Er hätte zwar nicht sagen können, wie er einen Außenseiter von einem Erdbewohner unterscheiden wollte. Aber das Gefühl, daß es irgendeinen Unterschied gab, war tief in ihm verwurzelt.

Er blickte sich noch einmal um, als er das Institut betrat. Sein Zweirad war auf einem öffentlichen Platz geparkt, und er hatte einen Versicherungsschein für sechs Stunden gelöst. War diese übertrieben lange Parkzeit verdächtig? Alles ängstigte ihn jetzt.

Wenn nur der fremde Mann daran dachte, daß er im Zweirad versteckt bleiben sollte. Er hatte heftig genickt – aber hatte er es verstanden? Arbin wurde plötzlich ärgerlich. Warum hatte er sich von Grew zu dieser Verrücktheit überreden lassen?

Und dann öffnete sich eine Tür vor ihm.

»Was wünschen Sie?«

Es klang ungeduldig. Vielleicht hatte man ihn das gleiche schon mehrmals gefragt.

Er würgte: »Kann man sich hier mit dem Syn . . . Synapsikator behandeln lassen?« Grew hatte ihm den Namen des Geräts gesagt, aber das Wort klang in seinem Mund wie Kauderwelsch.

»Zuerst müssen Sie sich in die Besucherliste eintragen«, sagte die Empfangsdame mit schneidender Stimme. »Es ist Vorschrift.«

Wortlos wandte sich Arbin um. Er wollte gehen. Aber das Mädchen hinter dem Tisch drückte auf den Signalknopf neben ihrem Stuhl.

Sie blickte Arbin scharf an. Sie würde sich noch nach tausend Jahren an sein Gesicht erinnern. Er hatte das heftige Verlangen, zurückzulaufen zum Wagen, zurück zur Farm ...

Jemand in einem weißen Labormantel kam rasch aus dem Nebenzimmer, und die Empfangsdame deutete auf Arbin. »Ein Freiwilliger für den Synapsikator, Fräulein Shekt. Er will seinen Namen nicht nennen.«

Arbin blickte auf. Es war ebenfalls ein junges Mädchen. Verwirrt sagte er: »Haben Sie mit der Maschine zu tun?«

»Nein.« Sie lächelte freundlich, und Arbin fühlte, wie seine Angst allmählich nachließ.

»Aber ich kann Sie zu dem Betreffenden führen. Sie wollen wirklich für den Synapsikator volontieren?«

»Ich möchte nur den Mann sprechen, der die Maschine bedient«, sagte Arbin hölzern.

»Gut.« Die ablehnende Auskunft schien sie in keiner Weise zu stören. Sie ging in den Raum, aus dem sie gekommen war. Nach einer kurzen Wartezeit winkte sie ihm.

Arbin folgte ihr mit heftig klopfendem Herzen in ein kleines Vorzimmer. »Wenn Sie ungefähr eine halbe Stunde warten wollen, können Sie mit Doktor Shekt sprechen. Er ist im Augenblick beschäftigt. Soll ich Ihnen ein paar Buchfilme und ein Lesegerät zum Zeitvertreib bringen?«

Arbin schüttelte den Kopf. Er kam sich zwischen den vier Wänden des kleinen Zimmers eingekerkert vor. War er in einer Falle? Waren die ›Alten‹ hinter ihm her?

Es war die längste Wartezeit seines Lebens.

Ennius hatte keine vergleichbaren Schwierigkeiten zu überwinden gehabt, um Dr. Affret Shekt zu sprechen, obwohl er fast ebenso erregt war. In seinem vierten Jahr als Bevollmächtigter war ein Besuch in Chika immer noch ein Ereignis. Als der direkte Repräsentant des Kaisers war sein sozialer Rang den Vizekönigen riesiger

Sektoren der Galaxis ebenbürtig. Und doch kam sein Posten fast einem Exil gleich.

Für ihn, der in der Einöde des Himalaja gefangen war und mit den ebenso eintönigen Streitigkeiten einer Bevölkerung zu tun hatte, die ihn und das Imperium haßte, war sogar eine Reise nach Chika ein Entrinnen.

Natürlich dauerten seine Ausflüge immer nur kurze Zeit. Sie mußten kurz sein, denn hier in Chika war es notwendig, ständig bleigefütterte Kleider zu tragen, selbst bei Nacht, und – was noch schlimmer war – ständig Medabolin einzunehmen.

Er sprach mit Shekt darüber.

»Medabolin«, sagte er und hielt eine zinnoberrote Tablette in der Hand, »ist vielleicht das wahre Symbol für alles, was Ihr Planet für mich bedeutet, mein Freund. Es beschleunigt die Stoffwechselvorgänge, während ich hier sitze, umgeben von einer radioaktiven Wolke, die Sie nicht einmal spüren.«

Er schluckte die Tablette. »So! Nun wird mein Herz schneller schlagen, mein Atem wird rascher gehen und meine Leber wird jene chemischen Synthesen schneller ausführen, die aus ihr die wichtigste Fabrik des Körpers machen. Und dafür bezahle ich danach mit Kopfschmerzen und Müdigkeit.«

Dr. Shekt hörte amüsiert zu. Er machte den Eindruck, kurzsichtig zu sein, nicht, weil er eine Brille trug oder etwa die Augen zusammenkniff, sondern weil ihn eine lange Gewohnheit unbewußt dazu geführt hatte, die Dinge aus der Nähe zu betrachten, alle Tatsachen sorgfältig abzuwägen, ehe er sprach. Er war Ende Fünfzig, groß, und seine hagere Gestalt war leicht vornübergebeugt.

Er war mit einem großen Teil der galaktischen Kulturen vertraut und verhältnismäßig frei von der allgemeinen Feindseligkeit und dem Mißtrauen, das einen Erdbewohner selbst für einen so kosmopolitischen Mann wie Ennius so widerwärtig machte.

»Ich bin sicher, Sie brauchen die Pille nicht«, sagte Shekt. »Medabolin ist nichts als eine Ihrer fixen Ideen, und Sie wissen es. Wenn ich Ihnen heimlich Zuckerpillen geben würde, wäre der Erfolg genau der gleiche. Und Sie würden sich danach sogar die gleichen Kopfschmerzen einbilden.«

»Sie sagen das mit der Gelassenheit dessen, dem nichts geschehen kann. Streiten Sie ab, daß Ihr Grundumsatz höher ist als meiner?«

»Natürlich nicht. Aber was bedeutet das schon? Ich weiß, daß es ein Aberglaube des Imperiums ist, wir Erdbewohner seien andere Menschen. Oder kommen Sie zu mir, um mir den Antiterrestrialismus zu predigen?«

Ennius knurrte: »Beim Leben des Kaisers! Ihre Landsleute hier auf der Erde sind selbst die besten Prediger. Sie sind gefangen auf ihrem tödlichen Planeten und verfaulen in ihrem eigenen Zorn darüber. Sie sind nichts als ein chronisches Magengeschwür in der Galaxis. Es ist mein Ernst, Shekt. Welcher Planet hat so viele Riten und hält mit einer solch masochistischen Besessenheit an ihnen fest? Es vergeht kein Tag, an dem ich nicht eine Delegation der einen oder anderen der herrschenden Klassen empfange, die für irgendeinen armen Teufel die Todesstrafe verlangt, dessen einziges Verbrechen darin besteht, eine Sperrzone betreten, länger als bis sechzig gelebt oder vielleicht mehr gegessen zu haben, als ihm zustand.«

»Ja, und Sie unterschreiben die Todesurteile. Ihr idealistischer Ekel davor scheint aufzuhören, wenn es darum geht, es abzulehnen.«

»Die Sterne sind meine Zeugen, daß ich es vermeide, wenn es irgendwie geht. Aber was kann ich tun? Der Kaiser besteht darauf, daß in allen Protektoraten des Imperiums die lokalen Sitten unangetastet bleiben – und das ist richtig und weise, denn es hält die Narren im Zaum, die andernfalls jeden Dienstag und Donnerstag zu Rebellionen aufwiegeln würden. Bleibe ich hart, wenn Ihre Konzilien und Senate und Kammern den Tod fordern, dann erhebt sich ein solches Geschrei, daß ich eher zwanzig Jahre lang inmitten einer Legion von Teufeln schlafen könnte, als zehn Minuten lang auf solch einer Erde.«

Shekt seufzte und strich sich das dünne Haar zurück. »Für die übrige Galaxis ist die Erde nichts als eine Murmel am Himmel – sofern man überhaupt von unserer Existenz weiß. Und doch sind wir nicht anders als die Bewohner der übrigen Planeten, höchstens unglücklicher. Wir sind hier auf einer fast toten Welt zusammengepfercht, umgeben von einer Wand der Strahlung, die uns einkerkert, umgeben von einer riesigen Galaxis, die uns verabscheut. Was können wir gegen die Bitterkeit tun, die in uns brennt? Wie würden Sie es aufnehmen, wenn wir unsere überschüssige Bevölkerung nach anderen Planeten aussiedeln würden?«

Ennius zuckte die Achseln. »Mir würde es nichts ausmachen, aber den Bewohnern dieser anderen Planeten. Sie würden nicht gern Opfer terrestrischer Krankheiten werden.«

»Terrestrischer Krankheiten! Das ist auch so eine unsinnige Vorstellung, die ausgemerzt werden sollte. Sind Sie gestorben, seit Sie bei uns leben?«

»Um ehrlich zu sein«, erwiderte Ennius lächelnd, »ich tue alles, um unnötigen Kontakt zu vermeiden.«

»Weil Sie selbst ein Opfer des Aberglaubens sind, den die Dummheit Ihrer eigenen Starrgläubigen geschaffen hat.«

»Nun, Shekt, es gibt doch eine wissenschaftliche Grundlage für die Theorie, daß die Erdbewohner radioaktiv sind!«

»Ja, natürlich sind sie das. Wie sollte man das verhindern? Auch Sie sind radioaktiv. Und jedermann auf jedem einzelnen der zweihundert Millionen Planeten des Imperiums. Wir sind etwas stärker, zugegeben. Aber nicht stark genug, um irgend jemandem zu schaden.«

»Der Durchschnittsmann in der Milchstraße glaubt das Gegenteil und ist nicht sehr erpicht darauf, es auszuprobieren. Außerdem . . .«

»Außerdem sind wir eben anders, wollen Sie sagen. Wir sind keine Menschen, weil wir schneller mutieren, dank der Strahlung, und uns deshalb in vielerlei Weise geändert haben . . . Ebenfalls unbewiesen.«

»Aber geglaubt.«

»Solange es so geglaubt wird, und solange wir als Parias behandelt werden, finden Sie in uns die Charakterzüge, an die Sie im Grunde selbst nicht glauben. Wenn man uns haßt, ist es dann verwunderlich, daß wir den Haß erwidern? Nein, nein, wir sind viel eher die Angegriffenen als die Angreifer.«

Ennius ärgerte sich über die Mißstimmung, die er verursacht hatte. Selbst der beste dieser Erdbewohner, dachte er, leidet an der gleichen Kurzsichtigkeit, hegt das gleiche Gefühl gegenüber dem ganzen Universum.

Taktvoll sagte er: »Shekt, wollen Sie mir meine Flegelhaftigkeit verzeihen? Nehmen Sie meine Jugend und meine Langeweile als Entschuldigung. Sie sehen vor sich einen jungen Mann von vierzig Jahren – und vierzig ist ein Jünglingsalter im auswärtigen Dienst –, der seine Lehrzeit hier auf der Erde abschindet. Es kann Jahre dauern, ehe sich die Narren im Amt für die Äußeren Provinzen an mich erinnern und mir eine weniger tödliche Aufgabe zuweisen. Deshalb sind wir beide Gefangene der Erde und Bürger der großen Welt des Geistes, in der es weder einen Unterschied der Herkunft noch der körperlichen Merkmale gibt. Geben Sie mir die Hand, und lassen Sie uns Freunde sein.«

Shekts Gesichtszüge glätteten sich. Er lachte. »Ihre Worte sind die eines Bittstellers. Aber der Ton ist immer noch der des Karriere-Diplomaten. Sie sind ein schlechter Schauspieler, Ennius.«

»Dann seien Sie ein guter Lehrmeister und erzählen Sie mir etwas über Ihren Synapsikator.«

Shekt stutzte und runzelte erneut die Stirn. »Sie haben von dem Instrument gehört? – Dann sind Sie nicht nur in Verwaltungsfragen, sondern auch in der Physik bewandert?«

»Ich bin in allen Wissensgebieten zu Hause. Aber im Ernst, Shekt, ich würde wirklich gerne mehr über den Synapsikator erfahren.«

Der Physiker blickte Ennius aufmerksam an. Er schien unschlüssig zu sein. Schließlich stand er auf und zupfte gedankenvoll an seiner Lippe. »Ich weiß nicht, wo ich beginnen soll.«

»Wenn Sie sich fragen, an welchem Punkt der mathematischen Theorie Sie anfangen sollen, will ich es Ihnen erleichtern – lassen Sie die Mathematik ganz weg.«

»Gut. Wenn wir uns lediglich auf die Wirkungsweise beschränken, so ist das Gerät nichts als eine Vorrichtung, die die Lernfähigkeit des Menschen verbessern soll.«

»Des Menschen? Und funktioniert es?«

»Ich wollte, ich wüßte es. Es ist noch viel Arbeit notwendig. Ich werde Ihnen das Wesentliche mitteilen, dann können Sie selbst urteilen. – Das Nervensystem des Menschen – und das der Tiere – setzt sich aus Neuroprotein zusammen. Diese Substanz besteht aus riesigen Molekülen in einem sehr unsicheren elektrischen Gleichgewicht. Der leichteste Reiz kann ein Molekül erregen, das sich sofort wieder ausbalanciert, indem es das nächste erregt, und so weiter, bis das Gehirn erreicht wird. Das Gehirn selbst ist eine riesenhafte Zusammenballung ähnlicher Moleküle.

Das, was wir Nervenimpulse nennen, ist lediglich die fortschreitende elektrische Gleichgewichtsstörung, die sich durch die Nerven zum Gehirn fortsetzt und dann vom Gehirn zurück zu den Nerven. Verstehen Sie das?«

»Ja.«

»Gut. Sie seien gesegnet für Ihren Scharfsinn. Wenn dieser Impuls durch eine Nervenzelle geht, geschieht dies sehr rasch, da die Neuroproteine praktisch Kontakt miteinander haben. Die Nervenzellen sind jedoch in ihrer Ausdehnung begrenzt, und zwischen jeder Nervenzelle und der nächsten ist eine sehr dünne Schicht nichtnervösen Gewebes. Mit anderen Worten – zwei benachbarte Nervenzellen sind nicht direkt miteinander verbunden.«

»Aha«, sagte Ennius, »und der Nervenimpuls muß diese Barriere überwinden.«

»Sehr richtig! Die Zwischensubstanz vermindert die Stärke des Impulses und verlangsamt die Geschwindigkeit, entsprechend dem Quadrat der Entfernung. Das gilt auch für das Gehirn. Stellen Sie sich nun vor, daß ein Mittel gefunden wird, um die Dielektrizitätskonstante dieser Substanz zwischen den Zellen zu senken.«

»Was für eine Konstante?«

»Die Isolierstärke der Zwischensubstanz. Wenn man diese vermindern könnte, würde der Impuls den Zwischenraum leichter überpringen. Man könnte dann schneller denken und leichter lernen.«

»Schön, dann komme ich auf meine ursprüngliche Frage zurück: Funktioniert es?«

»Ich habe das Instrument nur an Tieren ausprobiert.«

»Und mit welchem Ergebnis?«

»Daß die meisten sehr schnell starben, an Denaturierung des Gehirnproteins – Gerinnung mit anderen Worten, wie hartgekochte Eier.«

Ennius fröstelte. »Es ist etwas unaussprechlich Grausames an der Kaltblütigkeit der Wissenschaft. Wie steht es mit den anderen, die nicht starben?«

»Das ist noch unsicher. Die Ergebnisse scheinen jedoch günstig zu sein. Aber ich brauche Menschen. Sehen Sie, es hängt ganz von der elektronischen Eigenart des jeweiligen Gehirns ab. Jedes Gehirn erzeugt Mikroströme einer ganz bestimmten Art. Keines genau wie das andere. Sie sind wie Fingerabdrücke oder wie die Blutgefäßanordnung in der Netzhaut. Wahrscheinlich sind sie sogar noch individueller. Ich glaube, daß man dies bei der Behandlung in Rechnung ziehen muß, und wenn ich recht habe, wird es keine Gerinnungen mehr geben. Aber . . .« Er breitete die Hände aus.

»Ich kann es keinem verübeln«, sagte Ennius. »Aber im Ernst, wenn das Instrument vervollkommnet werden sollte . . . Was haben Sie vor?«

Der Physiker zuckte die Achseln. »Ich weiß nicht. Das wäre natürlich Sache des Großen Konzils.«

»Wie wäre es, wenn Sie die Erfindung dem Imperium zur Verfügung stellen würden?«

»Ich? Ich hätte nichts dagegen. Aber nur das Große Konzil hat das Verfügungsrecht über meine . . .«

»Zum Teufel mit Ihrem Großen Konzil! Ich habe schon mit den Leuten zu tun gehabt. Wären Sie bereit, zu gegebener Zeit mit ihnen zu sprechen?«

»Was für einen Einfluß sollte ich haben?«

»Sagen Sie ihnen, wenn die Erde einen Synapsikator produzieren kann, der für Menschen ungefährlich ist, und der Galaxis dieses Gerät zur Verfügung stellt, könnte das Imperium einige der Auswanderungsbeschränkungen lockern.«

»Wie?« sagte Shekt sarkastisch. »Man würde Epidemien riskieren und sich mit Unmenschen abgeben?«

»Man könnte alle Erdbewohner insgesamt auf einem neuen Planeten ansiedeln. Überlegen Sie sich's!«

In diesem Augenblick trat eine junge Dame ins Zimmer und schob sich am Buchfilmschrank vorbei. Beim Anblick des Fremden errötete sie etwas und wollte wieder hinausgehen.

»Komm herein, Pola!« rief Shekt rasch. »Exzellenz, ich glaube, Sie kennen meine Tochter noch nicht. Pola, dies ist Seine Exzellenz, Ennius, der Bevollmächtigte für die Erde.«

Ennius stand mit solcher Galantheit auf, daß Pola ihren Knicks unterließ.

»Mein Kompliment«, sagte er, »Sie sind ja ein Juwel, das hervorzubringen ich die Erde nicht für fähig gehalten hätte. Sie wären in der Tat ein Schmuck für jede Welt, die ich kenne.«

Er nahm Polas Hand, die sie ihm schüchtern hinhielt. Einen Augenblick tat er, als wolle er ihre Hand auf die höfliche Art der vergangenen Generation küssen. Doch die Absicht – sollte er sie gehabt haben – wurde nicht ausgeführt. Noch halb erhoben, ließ er ihre Hand los – vielleicht eine Spur zu rasch.

Pola sagte mit leichtem Stirnrunzeln: »Ich bin überwältigt von Ihrer Freundlichkeit einem einfachen Mädchen von der Erde gegenüber, Exzellenz. Sie sind sehr mutig, eine Infektion zu riskieren.«

Shekt räusperte sich. »Meine Tochter studiert an der Universität von Chika und verdient etwas Geld, indem sie zwei Tage in der Woche in meinem Laboratorium als Assistentin arbeitet. Ein fachkundiges Mädchen. Sie wird vielleicht eines Tages meine Stellung hier im Institut übernehmen.«

»Vater«, unterbrach Pola, »ich habe etwas Wichtiges für dich.« Sie zögerte.

»Soll ich gehen?« fragte Ennius ruhig.

»Nein, nein«, sagte Shekt. »Was gibt's, Pola?«

»Wir haben einen Freiwilligen«, sagte Pola.

Shekt blickte beinahe einfältig. »Für den Synapsikator?«

»Er sagt es.«

»Ich bringe Ihnen Glück, wie ich sehe«, meinte Ennius.

»Es scheint so.« Shekt wandte sich an seine Tochter. »Er soll warten. Führe ihn in Zimmer zehn. Ich bin gleich dort.«

Als Pola gegangen war, sagte er zu Ennius: »Entschuldigen Sie mich?«

»Aber natürlich. Wie lange dauert die Operation?«

»Es ist eine Angelegenheit von Stunden, fürchte ich. Wollen Sie zusehen?«

»Ich könnte mir nichts Grausigeres vorstellen, mein lieber Shekt. Ich bin bis morgen im ›Staatshotel‹. Werden Sie mir über das Resultat berichten?«

Shekt war erleichtert. »Ja, natürlich.«

»Gut ... Und denken Sie über meinen Vorschlag bezüglich des Synapsikators nach. Es wäre für die Erde die Straße zur Freiheit.«

Ennius ging. Er hatte nicht viel über den Synapsikator erfahren. Aber seine Befürchtungen waren wesentlich stärker geworden.

Der unfreiwillige Freiwillige

Als Dr. Shekt allein war, betätigte er ruhig die Signalanlage. Eilig trat ein junger Assistent ein.

»Hat Pola Ihnen gesagt . . .«

»Ja, Doktor Shekt. Ich habe den Mann auf dem Bildübertrager beobachtet. Es muß tatsächlich ein Freiwilliger sein. Er sieht nicht so aus wie die Leute, die man uns gewöhnlich schickt.«

»Glauben Sie, ich sollte das Konzil benachrichtigen?«

»Ich weiß nicht, was ich raten soll. Man kann jeden Energiestrahl anzapfen und die Gespräche mithören, wie Sie wissen. Auch die Außenseiter. Das Konzil wird es kaum darauf ankommen lassen wollen. Ich könnte den Mann leicht loswerden. Ich sage ihm einfach, wir bräuchten Männer unter Dreißig. Er ist gut über Fünfunddreißig.«

»Nein, nein. Ich möchte ihn sehen.«

Shekt war seiner Sache nicht sicher. Bis jetzt waren die Dinge von den ›Alten‹ äußerst klug gehandhabt worden. Man hatte gerade genug Informationen über den Synapsikator veröffentlicht, um nach außen hin Offenheit vorzutäuschen. Mehr nicht. Und nun kam tatsächlich ein Freiwilliger, und dies unmittelbar nach Ennius' Besuch. Bestand da ein Zusammenhang? Shekt hatte nur eine schwache Vorstellung von den gigantischen Kräften, die nun über der verwüsteten Oberfläche der Erde miteinander zu ringen begannen. Aber in einem Punkt wußte er genug. Genug, um sich ihnen ausgeliefert zu fühlen. Und er wußte mehr über die Pläne der ›Alten‹, als diese vermuteten.

Zehn Minuten später stand Dr. Shekt vor Arbin. Der Farmer hatte den Kopf gesenkt, als wollte er eine zu eingehende Prüfung vermeiden. Er war zweifellos erst Ende Dreißig, doch das harte Leben auf dem Lande machte die Menschen nicht jünger. Die Haut des Mannes war lederbraun, und unter dem Haaransatz an seinen Schläfen stand Schweiß, obwohl es im Zimmer kühl war.

»Nun, mein Lieber«, sagte Shekt freundlich, »Sie wollen uns also Ihren Namen nicht nennen.«

Arbin blieb verstockt. »Man hat mir gesagt, Sie würden an einen Freiwilligen keine Fragen stellen.«

»Hm. Und sonst haben Sie nichts zu sagen? Sie wollen einfach sofort und ohne weitere Umstände behandelt werden?«

»Ich?« fragte Arbin entsetzt. »Das habe ich nicht gesagt!«

»Nicht? Sie meinen, jemand anders ist der Freiwillige?«

»Natürlich. Ich wollte nur . . .«

»Ich verstehe. Haben Sie den anderen Mann mitgebracht?«

»Gewissermaßen«, sagte Arbin vorsichtig.

»Sie können ganz offen sprechen. Wir werden alles streng vertraulich behandeln und Ihnen helfen, soweit wir können. Einverstanden?«

Der Farmer senkte wieder den Kopf. »Danke. Es ist so, Sir: Wir haben einen Mann auf der Farm, einen . . . äh . . . entfernten Verwandten. Er hilft uns . . .«

Arbin schluckte, und Shekt nickte aufmunternd.

»Er ist ein sehr williger Arbeiter«, fuhr Arbin fort, »ein sehr guter Arbeiter. Wir hatten einen Sohn, wissen Sie, aber er ist gestorben, und meine Frau und ich brauchen Hilfe. Es geht ihr nicht besonders gut, und wir kommen mit dem Mann nicht zurecht . . .« Arbin fühlte selbst, daß seine Geschichte irgendwie ein heilloses Durcheinander war. Doch der Wissenschaftler nickte nur. »Und diesen Verwandten möchten Sie behandeln lassen?«

»Ja. Ich dachte, ich hätte das schon gesagt. Sehen Sie, der arme Teufel ist – um es genau zu sagen – nicht ganz richtig im Kopf.« Hastig sprach er weiter: »Aber er ist nicht krank, verstehen Sie? Er ist nicht so krank, daß man ihn beseitigen müßte. Er ist nur langsam. Er spricht nicht.«

»Kann er nicht sprechen?«

»O doch! Er kann sprechen! Er will einfach nicht.«

»Und da möchten Sie, daß wir das mit dem Synapsikator beheben?«

Arbin nickte. »Er könnte meiner Frau viel mehr Arbeit abnehmen.«

»Aber er kann an der Operation sterben. Wissen Sie das?«

Albin schaute ihn hilflos an.

»Ich brauche sein Einverständnis«, sagte Shekt.

Der Farmer schüttelte den Kopf. »Er würde es nicht begreifen.« In einem eindringlichen Ton, fast flüsternd, fuhr er fort: »Sir, ich bin sicher, Sie verstehen mich. Sie sehen nicht aus wie ein Mann, der nicht weiß, was ein hartes Leben ist. Dieser Mann wird alt. Es handelt sich nicht um die Sechzigjahrgrenze. Aber es könnte sein, daß man bei der nächsten Volkszählung sagt, er sei schwachsinnig, und man ihn fortnimmt. Wir wollen ihn nicht verlieren. Deshalb bringe ich ihn her. Der Grund, warum ich es geheimhalten möchte, ist der ...« Arbins Blick glitt ängstlich über die Wände, als wollte er sie mit dem bloßen Willen durchdringen und die Horcher entdecken, die dahinter verborgen sein konnten. »Vielleicht würden die ›Alten‹ nicht gerne sehen, was ich tue. Sie würden es vielleicht als Gesetzesübertretung betrachten. Aber das Leben ist hart, Sir ... Und für Sie wäre es doch nützlich? Sie haben um Freiwillige gebeten!«

»Wo ist Ihr Verwandter?«

»Draußen in meinem Zweirad, wenn ihn noch niemand gefunden hat. Er könnte nichts tun, wenn jemand ...«

»Schön. Gehen wir hinaus! Wir fahren das Zweirad in unsere Garage. Ich werde dafür sorgen, daß niemand außer uns beiden und meinen Assistenten davon erfährt. Ich versichere Ihnen, daß Sie keine Schwierigkeiten mit den ›Alten‹ haben werden.«

Er legte freundlich den Arm um Arbins Schulter, der krampfhaft lächelte. Der Farmer kam sich vor, als würde ihm eine Schlinge vom Hals genommen.

Shekt blickte die gedrungene, nackte Gestalt auf der Couch an. Der Patient war bewußtlos und atmete tief und regelmäßig. Er hatte unverständlich gesprochen und nichts verstanden. Und doch waren keine Anzeichen von Schwachsinn an ihm festzustellen. Die Reflexe waren für einen alten Mann in Ordnung.

Alt!

Shekt blickte Arbin an. »Sollen wir eine Knochenanalyse machen?«

»Nein!« rief Arbin heftig. Dann sagte er etwas leiser: »Ich möchte keinerlei Identifizierung.«

»Es wäre sicherer, wenn wir sein Alter wüßten«, sagte Shekt.

»Er ist fünfzig«, antwortete Arbin kurz.

Der Physiker zuckte die Achseln. Er blickte den Schläfer noch einmal an. Als man ihn hereingebracht hatte, war der Patient teilnahmslos gewesen – so schien es wenigstens –, und selbst die Hypnopillen hatten keinen Verdacht bei ihm erregt. Er hatte sie mit einem raschen, verkrampften Lächeln geschluckt.

Der Techniker rollte bereits die letzten der ziemlich plumpen Geräte herein, aus denen der Synapsikator bestand. Bei der Berührung eines Knopfes wurde das polarisierte Glas in den Fenstern des Operationssaales einer molekularen Umgruppierung unterzogen und undurchsichtig. Weiße Lampen schienen kalt auf den Patienten herab, der auf dem viele hundert Kilowatt starken Antischwerkraftfeld fünf Zentimeter über dem Operationstisch lag.

Am Schädel des Patienten wurden Elektroden befestigt. Es dauerte sehr lange. Dann wurde die Schädelform sorgfältig studiert – mit Hilfe der Ulstertechnik, die die gezackten, eng zusammengepreßten Schädelnähte sichtbar machte. Shekt lächelte im stillen. Diese Nähte waren kein untrügliches Kennzeichen für das Alter eines Menschen, aber in diesem Fall sprachen sie deutlich genug. Der Mann war wesentlich älter als Fünfzig.

Nach einer Weile lächelte Shekt nicht mehr. Er runzelte die Stirn. Einen Augenblick hätte er geschworen, daß die Schädelform primitiv war, ein biologischer Rückschlag vielleicht. Doch dann ... Nun, der Mann war geistesschwach. Warum nicht? Und plötzlich rief er erschrocken: »Aber der Mann hat ja Haare im Gesicht!« Er wandte sich an Arbin: »War er immer bärtig?«

»Bärtig?«

»Er hat Haare im Gesicht! Kommen Sie her! Sehen Sie es nicht?«

»Ja, Sir.« Arbin dachte rasch nach. Er hatte es am Morgen bemerkt und dann vergessen. »Er wurde so geboren.« Und rasch fügte er hinzu: »Glaube ich.«

»Wir werden es entfernen. Sie wollen doch nicht, daß er wie ein Tier herumläuft. Oder?«

»Nein, Sir.«

Der Assistent entfernte das Haar schnell mit einem Enthaarungsmittel.

»Er hat auch Haare auf der Brust, Dr. Shekt!« meldete der Assistent.

»Große Galaxis! Zeigen Sie her! Der Mann ist ja ein Teppich! Nun, lassen wir es. Wenn er ein Hemd anhat, sieht man es nicht. Und ich möchte weitermachen. Setzen Sie die Elektroden hier und hier und hier an.« Winzige Stiche, dann wurden Platinhaardrähte eingeführt.

Ein Dutzend Verbindungen durchdrangen die Kopfhaut und die Schädelnähte, so daß die Mikroströme gemessen werden konnten, die im Gehirn von Zelle zu Zelle flossen.

Aufmerksam beobachteten sie die empfindlichen Amperemeter, deren Zeiger ausschlugen, wenn die Verbindungen hergestellt und unterbrochen wurden. Winzige Nadeln zeichneten die Spannungsunterschiede in unregelmäßigen Zacken auf Rasterpapier.

Dann wurden die Papierstreifen auf beleuchtetes Opalglas gelegt. Die Männer beugten sich flüsternd darüber.

Arbin fing zusammenhanglose Sätze auf: »... Bemerkenswert regelmäßig ... Schauen Sie die Höhe der Trigeminus-Zacke an ... Ich glaube, das sollte analysiert werden ... Es ist ganz offensichtlich ...«

Endlich wurde der Synapsikator eingestellt. Schaltknöpfe wurden gedreht, Blicke ruhten auf Feineinstellungen. Immer und immer wieder wurden die verschiedenen Instrumente geprüft und nachgestellt.

Dann lächelte Shekt Arbin an und sagte: »Es ist bald vorbei.«

Die große Maschine schwebte über dem Schläfer wie ein hungriges Ungeheuer. Vier lange Drähte hingen an den Gliedern des Patienten herab, und ein mattes schwarzes Polster aus einem Stoff, der wie Hartgummi aussah, wurde an seinem Nacken befestigt. Schließlich wurden zwei gigantische Kiefer, die beiden Elektroden, über den blassen, dicklichen Kopf gebracht, so daß jede Elektrode eine Schläfe berührte.

Shekt blickte starr auf die Uhr in seiner Hand. In der anderen Hand hielt er den Schalter. Sein Daumen bewegte sich. Nichts Sichtbares geschah. Nach Minuten, die Stunden zu dauern schienen, bewegte sich Shekts Daumen noch einmal.

Sein Assistent beugte sich rasch über den schlafenden Schwartz. »Er lebt.«

Immer noch dauerte es Stunden, während denen eine Bibliothek von Aufzeichnungen gemacht wurde. Es war bereits Mitternacht vorüber, als die unter der Haut liegenden Elektroden entfernt wurden und sich die Lider des Schläfers bewegten.

Shekt wischte sich mit einem Handtuch über die Stirn. »Es ist alles in Ordnung. Aber er muß für ein paar Tage hierbleiben.«

Arbin erschrak. »Aber ... aber ...«

»Sie müssen mir vertrauen. Er ist hier in Sicherheit. Ich würde mein Leben für ihn aufs Spiel setzen, und ich setze es aufs Spiel. Niemand außer uns wird ihn sehen. Wenn Sie ihn jetzt mitnehmen, wird er es vielleicht nicht überleben. Und wenn er stirbt, werden Sie die Leiche vor den ›Alten‹ verantworten müssen.«

Erst das letztere tat seine Wirkung. Arbin schluckte. »Aber wie soll ich wissen, wann ich ihn abholen kann?«

Dies war bereits Unterwerfung. »Kommen Sie heute in einer Woche um zehn Uhr abends wieder. Ich werde an der Garagentür auf Sie warten. Vertrauen Sie mir. Sie haben nichts zu fürchten.«

Erst lange nach Mitternacht dachte Shekt daran, sich zurückzuziehen, und auch dann tat er es nur, weil Pola darauf bestand. Aber er konnte nicht schlafen. Er stand wieder auf und rückte einen Stuhl ans Fenster.

Die Stadt war dunkel. Aber am Horizont, auf der gegenüberliegenden Seite des Sees, war eine Spur jenes blauen Glühens zu sehen, das mit Ausnahme einiger weniger Stellen über der ganzen Erde lag.

Die Ereignisse des hektischen Tages tanzten vor Shekts Augen. Nachdem er den geängstigten Farmer dazu überredet hatte zu gehen, hatte er eine Hörseh-Verbindung mit dem ›Staatshotel‹ herstellen lassen. Ennius mußte darauf gewartet haben, denn er war sofort am Apparat.

»Ah, Shekt! Sind Sie mit Ihrem Experiment fertig?«

»Ja, und mein Freiwilliger ist es fast, der arme Mann.«

Ennius machte ein gequältes Gesicht. »Gut, daß ich nicht dabeiwar. Ihr Wissenschaftler unterscheidet euch nicht allzusehr von Mördern, wie mir scheint.«

»Immerhin lebt er, und es ist möglich, daß er es übersteht. Aber ...« Er zuckte die Achseln.

»Ich würde mich an Ihrer Stelle künftig ausschließlich an Ratten halten, Shekt. Aber Sie sehen so verändert aus, lieber Freund. Eigentlich müßten Sie doch gegen so etwas abgehärtet sein ...«

»Ich werde alt«, sagte Shekt einfach.

»Ein gefährlicher Zeitvertreib hier auf der Erde«, war die trokkene Antwort. »Gehen Sie schlafen, Shekt.«

Shekt schaute hinunter auf die dunkle Stadt in einer verwüsteten Welt.

Seit zwei Jahren experimentierte er nun schon mit dem Synapsikator, und seit zwei Jahren war er der Sklave und Spielball der ›Gesellschaft der Alten‹ oder der ›Bruderschaft‹, wie sie auch genannt wurde.

Er hatte sieben oder acht Abhandlungen geschrieben, die vielleicht in einem sirianischen Journal für Neuro-Physiologie veröffentlicht worden wären und ihm Ruhm in der ganzen Milchstraße eingetragen hätten. Doch diese Abhandlungen moderten in seinem Schreibtisch. Statt dessen war ein undurchsichtiger und absichtlich irreführender Aufsatz unter seinem Namen in der *Physikalischen Rundschau* erschienen. Dies waren die Mittel der ›Bruderschaft‹. Lieber eine Halbwahrheit als eine Lüge. Und dennoch forschte Ennius nach. Warum? Wußte er mehr? Erwartete das Imperium das gleiche, was auch er erwartete?

Dreimal innerhalb von zweihundert Jahren hatte die Erde rebelliert. Dreimal hatte sich die Erde unter dem Banner einer angeblichen alten Größe gegen die Besatzung erhoben. Dreimal hatte sie natürlich versagt, und wäre nicht das Große Konzil gewesen, so wäre die Erde mit Blut aus der Liste der bewohnten Planeten gestrichen worden.

Doch nun lagen die Dinge anders . . . Konnten sie anders liegen? Wieweit konnte er dem Gestammel eines sterbenden Irren glauben?

Er wagte nicht, etwas zu unternehmen. Er wartete – und er wurde alt. Wie Ennius gesagt hatte, war dies auf der Erde ein gefährlicher Zeitvertreib. Er stand dicht vor der Sechzigjahrgrenze, und es wurden nur wenige Ausnahmen gemacht.

Und selbst auf diesem miserablen Schmutzball Erde wollte er leben.

Er ging noch einmal zu Bett, und ehe er einschlief, fragte er sich, ob sein Gespräch mit Ennius von den ›Alten‹ abgehört worden war. Er wußte zu jener Zeit noch nicht, daß die ›Alten‹ andere Informationsquellen besaßen.

Sobald der Morgen anbrach, hatte sich Shekts junger Assistent entschlossen.

Er bewunderte Shekt. Aber er wußte gut, daß sich die geheime Behandlung eines Freiwilligen gegen den ausdrücklichen Befehl der ›Bruderschaft‹ richtete. Dieser Befehl war gleichbedeutend mit einem Gesetz. Ungehorsam war daher ein Kapitalverbrechen.

Er durchdachte die Angelegenheit. Wer war dieser Mann, den Shekt behandelt hatte? Die Kampagne, um Freiwillige zu gewinnen, war sorgfältig ausgeklügelt worden. Man hatte gerade so viel Nachrichten über den Synapsikator verbreitet, um den Verdacht, den die Spione des Imperiums haben konnten, zu zerstreuen, und ohne dabei Freiwillige ernstlich zu ermutigen. Die ›Gesellschaft der Alten‹ brachte selbst Männer zur Behandlung. Das genügte.

Wer also hatte diesen Mann geschickt? Wollte diese ›Bruderschaft‹ Shekts Zuverlässigkeit prüfen?

Auf jeden Fall ging Shekt einem schweren Verhängnis entgegen, und warum sollte er mit hineingezogen werden? Er war jung und hatte noch fast vier Jahrzehnte zu leben. Warum sollte er die Sechzigerjahrgrenze vorwegnehmen?

Außerdem würde es Beförderung für ihn bedeuten, und Shekt war alt – die nächste Volkszählung wäre wahrscheinlich ohnehin sein Ende.

Der Assistent hatte sich entschlossen. Er griff nach der Verständigungsanlage und wählte die Nummer, die ihn direkt mit dem Hohen Minister verband, der dem Kaiser und dem Bevollmächtigten unterstellt war, aber die Macht über Leben und Tod eines jeden Menschen auf der Erde in Händen hielt.

Es war abermals Abend, ehe sich durch den Schmerz die Nebel in Schwartz' Geist lichteten.

Was war geschehen? Man hatte ihn in ein Zimmer geführt mit Instrumenten und Wählscheiben ... Man hatte ihm zwei Tabletten gegeben, und er hatte sie eingenommen. Er hatte nichts zu verlieren, und es wäre eine Gnade gewesen, wenn man ihn vergiftet hätte.

Und dann – nichts.

Es hatte lichte Augenblicke gegeben ... Männer hatten sich über ihn gebeugt. Plötzlich erinnerte er sich an die kalte Berührung eines Stethoskops auf seiner Brust. Ein Mädchen hatte ihn gefüttert.

Blitzartig schoß es ihm durch den Sinn, daß er operiert worden war. Erschrocken setzte er sich auf.

Ein Mädchen stand neben ihm, legte die Hand auf seine Schulter und drängte ihn zurück in die Kissen. Sie sprach besänftigend auf ihn ein, aber er verstand sie nicht. Er stemmte sich gegen ihre schmächtigen Arme – vergeblich. Er hatte keine Kraft.

Er betrachtete seine Hände. Sie schienen normal zu sein. Er bewegte die Beine und hörte, wie sie sich an der Bettdecke rieben. Sie konnten nicht amputiert sein.

Er blickte das Mädchen an und sagte ohne viel Hoffnung: »Können Sie mich verstehen? Können Sie mir sagen, wo ich bin?« Er erkannte kaum seine eigene Stimme.

Das Mädchen lächelte und goß plötzlich ein rasches Geplapper über ihn aus. Schwartz stöhnte. Er verstand kein Wort.

Ein älterer Mann trat ins Zimmer. Es war derjenige, der ihm die Pillen gegeben hatte. Das Mädchen deutete auf Schwartz' Lippen und machte kleine, einladende Gesten.

»Was?« sagte er.

Sie nickte eifrig, und ihr hübsches Gesicht leuchtete vor Freude.

»Wollen Sie, daß ich spreche?« fragte er.

Der Mann setzte sich auf sein Bett und bedeutete ihm, den Mund zu öffnen. Er sagte »Ah«, und Schwartz wiederholte »Ah«, während die Finger des Mannes seinen Adamsapfel massierten.

»Was ist eigentlich los?« schnauzte Schwartz, als der Druck nachließ. »Wundern Sie sich, daß ich sprechen kann? Was glauben Sie, was ich bin?«

Tage verstrichen, und Schwartz lernte seine neue Umgebung kennen. Der Mann war Dr. Shekt – das erste menschliche Wesen, dessen Namen er kannte, seit er über die Puppe gestiegen war. Das Mädchen war seine Tochter Pola.

Schwartz stellte fest, daß er sich nicht mehr rasieren mußte. Seine Kräfte kehrten rasch wieder zurück, und er genas schnell.

Sie ließen ihn einen Anzug anziehen und im Zimmer umhergehen, und sie fütterten ihn mit einer Art Mehlbrei.

Litt er etwa noch an einer Gedächtnisstörung? Behandelte man ihn deshalb? War diese Welt normal, während die, an die er sich zu erinnern glaubte, nur das Phantasiegebilde eines gestörten Geistes war?

Er durfte nie das Zimmer verlassen, nicht einmal durch den Korridor gehen. War er ein Gefangener? Hatte er ein Verbrechen begangen?

Pola machte sich ein Vergnügen daraus, ihn Worte zu lehren. Er war nicht im geringsten überrascht darüber, wie leicht er sie begriff und behielt. Er erinnerte sich daran, daß er auch früher ein besonders gutes Gedächtnis gehabt hatte. Sein Gedächtnis wenigstens schien zu arbeiten. Nach zwei Tagen konnte er einfache Sätze verstehen. Nach drei Tagen konnte er sich verständlich machen.

Am vierten Tag lehrte Shekt ihn Zahlen und stellte ihm Aufgaben. Schwartz gab Antworten, und Shekt blickte dabei auf eine Uhr und notierte die Zeiten. Dann erklärte ihm Shekt den Ausdruck Logarithmus und fragte nach dem Logarithmus von zwei.

Schwartz' Vokabular war immer noch klein, und er unterstrich es mit Gesten. »Ich – nicht – sagen. Antwort – nicht Zahl.«

Shekt nickte erregt und sagte: »Nein, es ist keine Zahl. Nicht dies, nicht das. Teils dies, teils das.«

Schwartz verstand, daß Shekt seine Feststellung bestätigt hatte und daß die Lösung keine normale Zahl, sondern ein Bruch war. »Null, Punkt, drei, null, eins, null, drei – und – mehr Zahlen.«

»Das reicht!«

Nun wunderte sich Schwartz selbst. Woher wußte er die Lösung? Er war sicher, daß er sich noch nie mit Logarithmen beschäftigt hatte. Oder war er vor dem Aussetzen seines Gedächtnisses Mathematiker gewesen?

Er wurde ungeduldig. Immer stärker fühlte er, daß er sich in die Welt hinauswagen mußte, um irgendeine Antwort auf seine Fragen zu finden. Im Gefängnis dieses Zimmers konnte er nie erfahren, wo er sich befand. Er war – der Gedanke kam ihm plötzlich – nichts als ein medizinisches Versuchsobjekt.

Die Chance kam am sechsten Tag. Sie begannen, ihm zu sehr zu trauen, und als Shekt einmal das Zimmer verließ, schloß er die Tür nicht hinter sich ab.

Schwartz wartete, bis er sicher war, daß Shekt nicht zurückkehrte, und legte dann vorsichtig die Hand auf das kleine Glimmlicht, wie er es oft bei ihnen beobachtet hatte. Geräuschlos öffnete sich die Tür . . . Der Korridor war leer.

So entkam Schwartz.

Wie sollte er wissen, daß die ›Gesellschaft der Alten‹ während der sechs Tage seiner Anwesenheit das Institut, sein Zimmer, ihn selbst hatte beobachten lassen!

Nächtliche Besorgnis

Everest war in der Nacht kaum weniger ein Märchenland als tagsüber. Die Abendblüten – keine davon war auf der Erde heimisch – öffneten ihre fleischigen Knospen und verströmten ihren zarten Duft bis zu den Fenstern des Palastes. Unter dem Licht des Mondes funkelten die sauber in das makellose Aluminiumdach des Palastes eingewobenen künstlichen Silikatadern in schwachem Violett.

Ennius blickte zu den Sternen auf. Sie verkörperten für ihn die wirkliche Schönheit, da sie das Imperium waren.

Der Himmel der Erde war nicht von der überwältigenden Pracht wie die Himmel der zentral gelegenen Welten, wo Stern neben Stern stand, so daß die Schwärze der Nacht beinahe verlorenging in einer funkelnden Lichtexplosion. Noch besaß er die einsame Größe der Himmel in den Außenbezirken, wo die Schwärze nur in großen Zwischenräumen von dem matten Schimmern eines verwaisten Sterns unterbrochen wurde und die einzelnen Sterne der milchigen, linsenförmigen Galaxis zu Diamantenstaub aufgelöst waren.

Von der Erde aus waren zweitausend Sterne über dem Horizont sichtbar. Ennius konnte den Sirius sehen, um den zehn der bevölkertsten Planeten des Imperiums kreisten. Er sah Arkturus, den Hauptstern des Sektors, aus dem er stammte. Die Sonne Trantors, der Hauptwelt des Imperiums, verlor sich irgendwo in der Milchstraße. Selbst durch ein Teleskop betrachtet, war sie nur ein schwacher Lichtschein.

Er fühlte, wie sich sanft eine Hand auf seine Schulter legte.

»Flora?«

»Erraten«, antwortete seine Frau amüsiert. »Weißt du, daß du seit deiner Rückkehr von Chika nicht geschlafen hast? Und weißt du, daß es schon bald wieder hell wird? Soll ich dir das Frühstück hier servieren lassen?«

»Warum nicht?« Er lächelte sie zärtlich an. »Und du mußt unbedingt mit mir wachen und die schönsten Augen der Galaxis ermüden?«

»Danke. Aber was beunruhigt dich heute nacht eigentlich?«

»Das, was mich immer beunruhigt. Daß ich dich hier begraben habe, während es keine königliche Gesellschaft gibt, die du nicht zieren könntest.«

»Und was noch? Komm, Ennius, ich möchte nicht, daß man mir etwas vormacht.«

Ennius schüttelte den Kopf. »Ich weiß nicht. Ich glaube, das Zusammenfallen von einigen kleinen, rätselhaften Ereignissen hat mich krank gemacht. Da ist Shekt und sein Synapsikator. Und da ist dieser Arvardan mit seinen Theorien – ich sehe nicht durch!«

»Diese Morgenstunde ist bestimmt nicht der richtige Zeitpunkt, um deinen Scharfsinn einem Test zu unterziehen.«

Aber Ennius sprach weiter. »Wie kommt es, daß diese paar Erdbewohner eine solche Last für uns sind? Erinnerst du dich, wie mein Vorgänger mich auf die Schwierigkeiten aufmerksam machte, die dieser Posten mit sich bringt...? Er hatte recht. Und doch lachte ich damals über ihn und hielt ihn im stillen für das Opfer seiner senilen Unfähigkeit. Ich hielt mich für jung, tatendurstig, wagemutig. Es wäre besser gewesen...« Er hielt inne, gedankenverloren, und fuhr dann mit einem scheinbar ganz anderen Thema fort: »Und doch scheinen viele voneinander unabhängige Beweisstücke zu zeigen, daß diese Erdbewohner sich abermals zu Rebellionsträumen hinreißen lassen.«

Er schaute seine Frau an. »Weißt du, daß es die Doktrin der ›Gesellschaft der Alten‹ ist, daß die Erde einmal der einzige Heimatplanet der Menschheit war?«

»Das hat uns doch auch Arvardan zwei Abende lang erzählt, nicht wahr?«

»Ja, das hat er getan«, sagte Ennius verdrießlich. »Aber er hat nur über die Vergangenheit gesprochen. Die ›Gesellschaft der Alten‹ spricht auch über die Zukunft! Sie sagen, die Erde wird eines Tages wieder der Mittelpunkt der Menschheit sein. Sie behaupten, das mystische Zweite Königreich der Erde stünde dicht bevor. Sie weissagen, daß das Imperium in einer allgemeinen Katastrophe untergehen wird, die die Erde in all ihrem alten Glanz wieder auferstehen läßt.« Seine Stimme zitterte. »Ausgerechnet diese rückständige, barbarische Welt. Schon dreimal hat dieser gleiche Unfug einen Aufstand ausgelöst, und die Niederlagen haben ihren einfältigen Glauben nicht im mindesten erschüttert.«

»Sie sind arme Geschöpfe, diese Erdbewohner«, sagte Flora. »Was haben sie schon außer ihrem Glauben? Keine anständige Welt, kein anständiges Leben. Deshalb ziehen sie sich in ihre Träume zurück. Kannst du es ihnen verübeln?«

»Ja, ich verüble es ihnen«, sagte Ennius energisch. »Sie sollen ihre Träume aufgeben und um die Gleichberechtigung kämpfen. Sie streiten nicht ab, daß sie anders sind. Aber sie wollen die Worte ›schlechter‹ und ›besser‹ miteinander vertauschen. Sie sollen ihre Cliquenwirtschaft aufgeben, ihre altmodischen und ekelhaften Gesetze, und sie sollen *Menschen* sein. Dann werden sie auch wie Menschen behandelt werden. Aber genug damit. Was mich nicht schlafen läßt, ist der Synapsikator.« Ennius runzelte die Stirn. »Was steckt nur dahinter?«

»Hinter dem Synapsikator? Ist das nicht das Instrument, über das Doktor Arvardan beim Abendessen gesprochen hatte? Bist du deshalb nach Chika geflogen?«

Ennius nickte.

»Und was hast du erfahren?«

»Überhaupt nichts«, sagte Ennius. »Ich kenne Shekt. Ich kenne ihn gut. Ich sehe ihm an, wenn er sich wohl fühlt und wenn nicht. Ich sage dir, Flora, der Mann starb fast vor Besorgnis, während er mit mir sprach. Und als ich ging, brach ihm vor Dankbarkeit der Schweiß aus.«

»Funktioniert die Maschine?«

»Shekt sagt, bei Menschen funktioniert sie nicht. Er rief mich noch in der Nacht an, um mir zu sagen, daß ein Freiwilliger fast getötet wurde. Aber ich glaube das nicht. Er war erregt! Er war mehr als erregt! Er hat triumphiert! Sein Freiwilliger hat die Behandlung überstanden, und das Experiment ist geglückt. Warum glaubst du nun, log er mich an? Ist es nicht möglich, daß der Synapsikator bereits arbeitet? Vielleicht sind sie schon dabei, eine Rasse von Genies damit zu züchten.«

»Aber warum sollten sie es dann geheimhalten?«

»Warum? Ist das nicht einleuchtend? Warum sind die Rebellionen der Erde immer fehlgeschlagen? Weil wir ihnen überlegen sind, nicht wahr? Vergrößere aber die durchschnittliche Intelligenz der Erdbewohner. Verdopple sie. Verdreifache sie. Wo bleibt dann unsere Überlegenheit? Wir werden wie Affen sein, die gegen Menschen angehen.«

»Du siehst Gespenster. Sie können eine solche Erfindung nicht geheimhalten. Du kannst jederzeit veranlassen, daß das Amt für die Äußeren Provinzen ein paar Psychologen schickt und aufs Geratewohl Erdbewohner testet. Man würde eine abnorme Steigerung ihrer Intelligenz sofort feststellen können.«

»Das schon . . . Aber genügt das? Ich weiß nur, daß ein Aufstand bevorsteht, Flora. Irgend etwas wie die Erhebung von 57, nur daß sie wahrscheinlich gefährlicher sein wird.«

»Aber dann sind wir wenigstens darauf vorbereitet, wenn du so sicher bist.«

»Vorbereitet?« Ennius lachte heiser. *»Ich* bin es. Die Garnison ist gerüstet. Was getan werden kann, ist geschehen. Aber ich *will* keine Rebellion. Ich möchte nicht, daß meine Regierungszeit als die Regierungszeit einer Rebellion in die Geschichte eingeht. Ich möchte nicht meinen Namen mit Tod und Schlächterei verbunden wissen. Ich werde zwar dafür ausgezeichnet werden. Aber schon nach hundert Jahren werden mich die Geschichtsbücher einen blutigen Tyrannen nennen. Wie ist es dem Vizekönig Santanni im sechsten Jahrhundert ergangen? Hätte er etwas anderes tun können als das, was er tat? Millionen starben. Damals wurde er geehrt, aber wer hat heute ein gutes Wort für ihn übrig? Ich würde lieber als *der* Mann bekannt sein, der eine Rebellion verhindert und die wertlosen Leben von zwanzig Millionen Narren gerettet hat.«

»Bist du sicher, daß du es nicht kannst?«

»Alles arbeitet gegen mich. Selbst das Amt, indem es diesen Arvardan herschickt.«

»Ich sehe nicht ein, wie dieser Archäologe Schaden anrichten könnte. Ich gebe zu, er spricht wie ein Sonderling. Aber was kann er schließlich tun?«

»Er möchte beweisen, daß die Erde tatsächlich die ursprüngliche Heimat der Menschheit ist. Er möchte den Umstürzlern den wissenschaftlichen Beweis für die Rechtmäßigkeit ihrer Ansprüche liefern.«

»Dann hindere ihn doch daran!«

»Das geht eben nicht. Theoretisch kann ein Bevollmächtigter zwar alles tun. Aber die Praxis sieht anders aus. Dieser Arvardan hat eine Erlaubnisurkunde vom Amt für die Äußeren Provinzen. Sie ist vom Kaiser genehmigt. Das setzt mich völlig außer Aktion. Ich könnte nichts unternehmen, ohne mich vorher an das Große Konzil gewendet zu haben, und das würde Monate dauern . . . Und was für einen Grund sollte ich angeben? Wenn ich andererseits versuchen wollte, ihn mit Gewalt an der Ausführung seines Vorhabens zu hindern, wäre dies ein Akt des Ungehorsams gegenüber dem Amt. Und du weißt, wie schnell das Große Konzil seit dem Bürgerkrieg der achtziger Jahre bereit ist, einen Beamten zu entfernen, von dem es glaubt, er überschreite seine Befugnisse. Was dann? Ich würde durch irgendeinen anderen ersetzt werden, der sich der Situation nicht bewußt wäre, und Arvardan würde seine Forschungen fortsetzen. Und das Schlimmste, Flora: Weißt du, wie er das Alter der Erde beweisen will? Rate einmal!«

Flora lachte. »Ich bin keine Archäologin. Ich denke, er wird alte Statuen oder Knochen ausgraben und ihr Alter an Hand ihrer Radioaktivität feststellen, oder irgend so etwas.«

»Ich wollte, es wäre so. Arvardan will, wie er mir gestern sagte, in die radioaktiven Gebiete der Erde eindringen. Er hofft, dort Überreste von Menschen zu finden, und will beweisen, daß sie zu einer Zeit gelebt haben, in der die Erde noch nicht radioaktiv war. Er ist der Meinung, daß die Radioaktivität von Menschen erzeugt wurde, und will auf diese Weise festlegen, wann dies geschah.«

»Aber das ist doch fast dasselbe, was ich gesagt habe.«

»Ja, weißt du denn nicht, was es bedeutet, die radioaktiven Gebiete zu betreten? Es ist verboten. Es ist eines der strengsten Gesetze, die diese Erdbewohner haben. Niemand darf die Sperrgebiete betreten.«

»Aber das ist doch nur gut! Die Erdbewohner selbst werden Arvardan daran hindern.«

»Ah, fein. Der Hohe Minister wird ihn daran hindern! Und wie sollen wir ihn davon überzeugen, daß Arvardan nicht auf Anweisung der Regierung handelt oder daß das Imperium nicht stillschweigend ein vorsätzliches Sakrileg duldet?«

»Der Hohe Minister wird nicht so empfindlich sein.«

»Nicht?« Ennius lehnte sich zurück und sah seine Frau an. Die Nacht hatte sich gelichtet. »Weißt du, was vor ungefähr fünfzig Jahren geschah? – ich will es dir sagen, dann urteile selbst. Die Erdbewohner dulden kein Zeichen der Herrschaft des Imperiums auf ihrem Planeten, weil sie darauf bestehen, daß die Erde der rechtmäßige Herrscher der Galaxis sei. Nun befahl der junge Stannell II. – der Knabenkaiser, der geistesgestört war und der nach einer Regierungszeit von zwei Jahren ermordet wurde, du erinnerst dich daran –, er befahl also, daß die Insignien des Kaisers auf der Konzilkammer in Washenn angebracht werden sollten. An sich war der Befehl vernünftig, da die Insignien an jeder planetarischen Konzilkammer in der ganzen Galaxis angebracht werden, als Symbol für die Einheit des Imperiums. Was aber geschah hier auf der Erde? An dem Tag, an dem die Insignien enthüllt wurden, brachen in der Stadt Tumulte aus. Die Irren in Washenn rissen die Insignien herunter und griffen zu den Waffen. Stannell II. war töricht genug zu verlangen, daß sein Befehl ausgeführt werden müsse, selbst wenn dabei alle Erdbewohner zum Opfer fielen. Aber er wurde ermordet, ehe dies ausgeführt werden konnte, und Edard, sein Nachfolger, widerrief den Befehl.«

»Und die Insignien wurden nicht angebracht?« fragte Flora ungläubig.

»Nein. Die Erde ist der einzige unter den vielen Millionen Planeten des Imperiums, auf dem du keine Insignien an der Konzilkammer findest. Und wenn wir es heute noch einmal versuchen sollten, würden sie bis zum letzten Mann kämpfen, um uns daran zu hindern. Und du sagst, sie können nicht so empfindlich sein!«

Sie schwiegen eine Weile im langsam grauenden Licht des Morgens, bis Flora wieder sprach, leise und ein wenig unsicher.

»Ennius?«

»Ja?«

»Du bist nicht nur wegen der Rebellion, die du erwartest, besorgt, und nicht nur wegen ihres Einflusses auf deinen Ruf. Ich wäre nicht deine Frau, wenn ich nicht deine Gedanken lesen könnte. Ich habe den Eindruck, daß du etwas erwartest, das für das Imperium wirklich gefährlich ist . . . Du solltest nichts vor mir verbergen, Ennius. Du fürchtest, diese Erdbewohner könnten gewinnen. Ist es nicht so?«

»Ich kann nicht darüber sprechen, Flora.« Es lag etwa Gequältes in seinem Blick. »Es ist noch nicht einmal eine Ahnung . . . Vielleicht sind vier Jahre auf diesem Planeten zu lang für einen gesunden Mann. Aber warum sind die Erdbewohner so zuversichtlich?«

»Woher weißt du, daß sie es sind?«

»Auch ich habe meine Informationsquellen. Schließlich sind sie dreimal unterworfen worden. Sie können keine Illusionen mehr haben. Und doch sind sie zuversichtlich und wollen von neuem zweihundert Millionen Welten angehen, von denen jede einzelne stärker ist als sie. Können sie wirklich einen so festen Glauben an irgendeine Gottheit oder eine übernatürliche Kraft haben – an etwas, das nur für sie Bedeutung hat? Oder . . .«

»Oder was, Ennius?«

»Oder haben sie andere Waffen?«

»Waffen, die es ihnen gestatten, zweihundert Millionen Welten zu besiegen? Du bist wirklich zu ängstlich, Ennius. Es gibt keine Waffe, mit der das möglich wäre.«

»Ich habe schon den Synapsikator erwähnt.«

»Und ich habe dir gesagt, wie du reagieren mußt. Weißt du von irgendeiner anderen Waffe, die sie gegen uns anwenden könnten?«

Zögernd sagte er: »Nein.«

»Ich will dir sagen, was du tun sollst. Du nimmst Verbindung mit dem Hohen Minister auf und teilst ihm Arvardans Pläne mit. Du bestehst inoffiziell darauf, daß man ihm die Erlaubnis verweigert. Dies wird jeden Verdacht zerstreuen, daß die Regierung des Imperiums bei dieser Verletzung ihrer albernen Gesetze die Hand mit im Spiel hat. Zugleich wirst du Arvardans Pläne durchkreuzen, ohne selbst in Aktion zu treten. Dann fordere vom Amt zwei gute Psychologen an – oder noch besser vier, damit sie wenigstens zwei schicken, und lasse sie die Möglichkeiten des Synapsikators prüfen . . . Für alles andere können unsere Soldaten sorgen. Und jetzt glaube ich, ist es am besten, du gehst schlafen. Bei Tag sehen die Dinge ganz anders aus.«

Fünf Minuten ehe die Sonne aufging schlief Ennius ein.

Acht Stunden später erfuhr der Hohe Minister durch den Bevollmächtigten Bel Arvardans Pläne.

Gespräch mit Irren?

Was Arvardan anbetraf, so wollte er vor allem Ferien machen. Sein Raumschiff *Ophiuchus* würde nicht vor Ablauf eines Monats eintreffen, und er konnte die Zwischenzeit so verbringen, wie er es sich wünschte.

Deshalb verließ er Everest sechs Tage nach seiner Ankunft und reiste mit dem größten Stratosphären-Düsenflugzeug der Terrestrischen Luftfahrtgesellschaft, das den Verkehr zwischen Everest und der Hauptstadt der Erde, Washenn, unterhielt.

Wenn er dem schnellen Klipper, den Ennius ihm zur Verfügung gestellt hatte, ein normales Verkehrsflugzeug vorzog, so geschah dies aus dem verständlichen Wunsch heraus, die Menschen zu beobachten, die einen Planeten wie die Erde bewohnten.

Und es hatte noch einen zweiten Grund.

Arvardan stammte aus dem Sirius-Sektor, der die übrige Galaxis an antiterrestrischen Vorurteilen übertraf und dafür berüchtigt war. Und doch hatte sich Arvardan stets etwas darauf zugute gehalten, daß er diesen Vorurteilen selbst nicht erlegen war. Als Wissenschaftler, als Archäologe, konnte er sich das nicht leisten. Natürlich war er in der Überzeugung aufgewachsen, daß die Erdbewohner Karikaturen seien. Aber er selbst hegte keine Vorurteile.

Wenigstens glaubte er das. Wenn ein Erdbewohner beispielsweise gewünscht hätte, an seiner Expedition teilzunehmen oder sich in irgendeiner Weise an seiner Arbeit zu beteiligen – und er hätte die Ausbildung und die Fähigkeiten gehabt –, so hätte Arvardan nichts dagegen einzuwenden gehabt. Doch seine Mitarbeiter hätten schwerlich zugestimmt – und darin lag die Schwierigkeit.

Er dachte über die Angelegenheit nach. Er hätte wirklich ohne weiteres gemeinsam mit Erdbewohnern gegessen oder im Notfall sogar mit ihnen zusammen im gleichen Raum geschlafen – vorausgesetzt, daß der betreffende Erdbewohner einigermaßen sauber und gesund gewesen wäre. Er hätte ihn behandelt wie jeden anderen Menschen auch. Und doch war es auch für ihn nicht leicht, sich von dem Bewußtsein frei zu machen, daß ein Erdbewohner eben ein Erdbewohner war.

Jedenfalls hatte er nun hier die Möglichkeit, seine tatsächliche Einstellung zu prüfen. Er saß in einem Flugzeug, in dem außer ihm nur Erdbewohner reisten, und er fühlte sich genau wie sonst – fast. Höchstens noch ein wenig selbstbewußter.

Arvardan betrachtete seine Mitreisenden. Es hieß, sie seien anders, diese Erdbewohner. Aber hätte er sie tatsächlich von den Menschen der übrigen Galaxis unterscheiden können, wenn er ihnen anderswo begegnet wäre? Er zweifelte daran. Die Frauen sahen nicht schlecht aus ... Natürlich mußte die Toleranz irgendwo eine Grenze haben. Eine Ehe zum Beispiel wäre undenkbar gewesen.

Das Flugzeug selbst war für Arvardans Begriffe eine dürftige Angelegenheit. Es war zwar mit Atomkraft angetrieben, aber die Anwendung des Prinzips war unvollkommen. Vor allem war das Triebwerk nicht genügend abgeschirmt. Vielleicht deshalb, weil Gammastrahlen und hohe Neutronendichte in der Atmosphäre für die Erdbewohner weniger gefährlich als für andere Menschen waren.

Arvardan blickte aus dem Fenster. Aus dem dunklen Violett der äußersten Atmosphäre betrachtet, bot die Erde einen märchenhaften Anblick. Die weiten Landgebiete – hier und dort von sonnenhellen Wolken bedeckt – schimmerten in einem gefleckten Orange, und hinter der verschwommenen Nachtlinie sah man die radioaktiven Gebiete leuchten.

Arvardans Aufmerksamkeit wurde durch Gelächter unter den Fluggästen abgelenkt. Es schien sich um ein älteres, glückstrahlendes Paar zu drehen.

Arvardan stieß seinen Nachbarn an. »Was ist los?«

»Sie sind seit vierzig Jahren verheiratet und machen ihre große Reise.«

»Große Reise?«

»Ja, um die ganze Erde.«

Der ältere Mann gab, übersprudelnd vor Vergnügen, seine Erlebnisse und Eindrücke wieder. Seine Frau fiel ihm regelmäßig mit peinlich genauen, humorvollen Korrekturen bei völlig unwichtigen Dingen ins Wort. Alle Mitreisenden hörten mit größter Aufmerksamkeit zu, so daß es Arvardan schien, diese Erdbewohner seien so freundlich und menschlich wie alle anderen Menschen in der Galaxis.

»Und wann erreichen Sie die Grenze?« fragte jemand.

»In einem Monat«, war die heitere Antwort. »Am sechzehnten November.«

»Na«, sagte der Fragende, »hoffentlich haben Sie einen schönen Tag. Bei meinem Vater hat es in Strömen geregnet. Ich habe noch nie so einen Regen erlebt. Ich habe ihn begleitet – Sie wissen ja, daß man an so einem Tag gern Gesellschaft hat –, und er beklagte sich den ganzen Weg über das schlechte Wetter. Wir fuhren mit einem offenen Zweirad und wurden triefend naß. ›Was jammerst du?‹ fragte ich. ›Schließlich muß ich den ganzen Weg wieder zurück!‹«

Gelächter brach aus, in das das Jubiläumspaar ohne Zögern einstimmte. Arvardan schauderte.

Er sagte zu dem Mann, der neben ihm saß: »Ich nehme an, sie sprechen über die Grenze, über die Euthanasie. Ich meine, man schafft sie weg, wenn sie das sechzigste Lebensjahr erreicht haben, nicht wahr?«

Arvardans Stimme erstarb, als sein Nachbar zu lachen aufhörte und ihn lange und mißtrauisch anstarrte. Endlich sagte er: »Was dachten Sie denn?«

Arvardan machte eine unbestimmte Handbewegung und lächelte ziemlich einfältig. Er hatte von dem Gesetz gewußt. Aber so etwas stand bei ihnen nur in Büchern. So etwas wurde bei ihnen in wissenschaftlichen Abhandlungen diskutiert. Nun erst wurde ihm bewußt, daß es tatsächlich noch lebende Menschen gab, die nur bis zu ihrem sechzigsten Geburtstag leben durften.

Der Mann starrte ihn immer noch an. »He! Wo sind Sie denn her? Kennt man bei Ihnen die Grenze nicht?«

»Wir nennen es die Zeit«, sagte Arvardan ausweichend. »Ich bin von da hinten.« Er deutete mit dem Daumen über die Schulter, aber erst nach einer Weile gab der andere den harten, forschenden Blick auf.

Arvardans Lippen zuckten. Die Leute waren mißtrauisch. Diese Seite der Karikatur stimmte.

Der ältere Mann sprach nun wieder. »Sie wird mit mir kommen«, sagte er und deutete mit dem Kopf auf seine heitere Frau. »Eigentlich ist sie erst drei Monate nach mir an der Reihe, aber sie sagt, es hat keinen Sinn zu warten. Wir können ebensogut zusammen gehen. Nicht wahr, Chubby?«

»O ja«, sagte sie und lachte. »Unsere Kinder sind alle verheiratet, und ich wäre ihnen nur eine Last. Außerdem würde mir das Leben doch keinen Spaß machen ohne meinen Alten.«

Nach diesem Gespräch schienen alle Passagiere nachzurechnen, wieviel Zeit jedem von ihnen noch blieb.

Ein kleiner Mann mit zu engem Anzug und einem entschlossenen Gesichtsausdruck sagte: »Ich habe noch genau zwölf Jahre, drei Monate und vier Tage. Zwölf Jahre, drei Monate und vier Tage. Keinen Tag mehr, keinen Tag weniger.«

Ein anderer schränkte dies durch die vernünftige Bemerkung ein: »Wenn Sie nicht vorher sterben, natürlich.«

»Unsinn«, war die Antwort. »Sehe ich aus wie ein Mann, der vorzeitig stirbt? Ich lebe noch zwölf Jahre, drei Monate und vier Tage, und es ist hoffentlich niemand hier, der mir das streitig machen will!« Er sah in der Tat sehr entschlossen aus.

Ein schmächtiger junger Mann nahm eine lange, modische Zigarette aus dem Mund und sagte finster: »Sie haben ganz recht, wenn Sie es auf den Tag berechnen. Es gibt manchen, der seine Zeit überlebt ...«

»Ja, allerdings«, sagte ein anderer, und man nickte allgemein zustimmend.

Der junge Mann streifte geziert die Asche von seiner Zigarette ab. »Nicht, daß ich etwas dagegen hätte, wenn ein Mann oder eine Frau bis zum nächsten Konziltag weiterleben möchte, besonders dann, wenn sie irgendwelche Geschäfte zu regeln haben. Aber ich kann diese elenden Schmarotzer nicht leiden, die bis zur nächsten Volkszählung weiterzuleben versuchen und der nächsten Generation die Nahrung wegessen.« Er schien in dieser Beziehung einen persönlichen Groll zu hegen.

Arvardan unterbrach: »Aber ist nicht das Alter jedes einzelnen registriert? Man kann seinen Geburtstag doch nicht allzulange überleben, nicht wahr?«

Allgemeine Stille folgte, nicht im geringsten vermischt mit Verachtung für den törichten Idealismus des jungen Mannes. Schließlich sagte jemand diplomatisch, als wolle er versuchen, das Thema zu beenden: »Nun, es hat nicht viel Sinn, länger als bis sechzig zu leben, denke ich.«

Schließlich wagte der ältere Mann, dessen vierzigster Hochzeitstag Anlaß zu der Unterhaltung gegeben hatte, seine Meinung kundzutun, ermutigt durch die Tatsache, daß er als Opfer der Sechzigjahrgrenze ohnehin nichts zu verlieren hatte. »Es hängt eben ganz davon ab, wen man kennt«, sagte er und zwinkerte. »Ich habe einen Mann gekannt, der kurz nach der Volkszählung von 810 sechzig Jahre alt wurde und der lebte, bis man ihn bei der Volkszählung von 820 erwischte. Er wurde neunundsechzig! Stellen Sie sich das vor!«

»Wie hat er das fertiggebracht?«

»Er hatte ein wenig Geld, und sein Bruder war in der ›Gesellschaft der Alten‹. Wenn das zusammentrifft, gibt es wenig, was nicht möglich wäre.«

Dem wurde allgemein zugestimmt.

»Hören Sie zu«, sagte der junge Mann mit der Zigarette nachdrücklich. »Ich hatte einen Onkel, der ein Jahr länger lebte – nur ein Jahr. Er war eben einer von diesen egoistischen Menschen, denen es nicht nach Sterben zumute ist. Sie wissen schon. Er kümmerte sich einen Dreck um uns andere. Und ich wußte nichts davon, sonst hätte ich ihn angezeigt, glauben Sie mir. Aber wie dem auch sei, man hat ihn erwischt, und das erste, was ich erfuhr, war, daß die ›Alten‹ von mir und meinen Geschwistern wissen wollten, warum wir ihn nicht angezeigt hatten. Ich sagte: ›Zum Teufel! Ich habe keine Ahnung davon gehabt. Niemand in meiner Familie wußte etwas davon. Wir haben ihn seit zehn Jahren nicht mehr gesehen.‹ Mein Vater bestätigte das. Aber wir haben trotzdem fünfhundert Einheiten Strafe bezahlt.«

Der erregte Ausdruck auf Arvardans Gesicht verstärkte sich. Waren diese Leute wahnsinnig, den Tod auf diese Weise hinzunehmen und es ihren Freunden und Verwandten zu verübeln, wenn sie versuchten, dem Tod zu entgehen? Konnte er in ein Flugzeug geraten sein, das ein Dutzend Geisteskranke in die Heilanstalt brachte – oder zur Euthanasie? Oder waren alle Erdbewohner so?

Sein Nachbar blickte ihn finster an, und seine Stimme unterbrach Arvardans Überlegungen: »He, Sie! Wo ist ›da hinten‹?«

»Wie bitte?«

»Sie sagten vorhin ›da hinten‹. Wo ist das?«

Arvardan bemerkte, daß nun alle Blicke auf ihm ruhten. Glaubten sie, er sei Mitglied der ›Gesellschaft der Alten‹? Oder hatte seine Frage wie die Hetzerei eines Provokateurs geklungen?

Er wollte diesen Verdacht zerstreuen und sagte in einer Anwandlung von Offenheit: »Ich bin gar nicht von der Erde. Ich bin Bel Arvardan vom Planeten Baronn, Sirius-Sektor. Und wie heißen Sie?« Er streckte dem anderen die Hand hin.

Er hätte ebensogut eine Atombombe in das Flugzeug werfen können.

Das anfängliche Entsetzen schlug rasch in bittere Feindseligkeit um. Der Mann, der neben ihm gesessen hatte, stand steif auf und setzte sich auf einen anderen Platz.

Die Gesichter wandten sich ab. Einen Augenblick empfand Arvardan Abscheu. So behandelten ihn also die Erdbewohner! Ausgerechnet die Erdbewohner! Er hatte ihnen die Freundschaftshand gereicht. Er, ein Sirianer, hatte geruht, ihnen seine Freundschaft anzubieten. Und sie hatten ihn abgewiesen.

Doch dann wurde er nachsichtiger. Selbstverständlich war die Ablehnung niemals einseitig. Haß schürte den Haß.

Er bemerkte, daß plötzlich wieder jemand neben ihm saß. Er wandte sich ärgerlich um. »Ja?«

Es war der junge Mann mit der Zigarette. Er zündete sich eben eine neue an. »Guten Tag«, sagte er. »Meine Name ist Creen ... Machen Sie sich nichts daraus.«

»Ich mache mir nichts daraus«, sagte Arvardan kurz. Er war nicht allzu erfreut über die Gesellschaft, noch war er in der Stimmung, sich von einem Erdbewohner Rat geben zu lassen.

Aber Creen war nicht darin geübt, feinere Nuancen zu spüren. Er zog heftig an seiner Zigarette und klopfte die Asche über die Armlehne seines Sitzes in den Mittelgang.

»Das sind Provinzler«, flüsterte er verächtlich. »Farmer ... ihnen fehlt der galaktische Blick. Geben Sie sich nicht mit ihnen ab ... Nehmen Sie zum Beispiel mich. Ich habe eine andere Philosophie. Leben und leben lassen, sage ich immer. Ich habe nichts gegen Außenseiter. Wenn sie freundlich zu mir sind, bin ich freundlich zu ihnen. Zum Teufel damit ...! Sie können ja schließlich nichts dafür, daß Sie Außenseiter sind, ebensowenig wie ich etwas dafür kann, daß ich von der Erde bin. Habe ich nicht recht?« Er berührte Arvardan vertraulich am Handgelenk.

Arvardan nickte und fühlte bei der Berührung des anderen ein Prickeln. Körperlicher Kontakt mit einem Mann, der es bedauerte, nicht den Tod seines Onkels herbeigeführt zu haben, war nicht angenehm, ob er nun von der Erde stammte oder nicht.

Creen lehnte sich zurück. »Fliegen Sie auch nach Chika? Wie sagten Sie doch, daß Ihr Name ist? Albadan?«

»Arvardan. Ja, ich reise nach Chika.«

»Das ist meine Heimatstadt. Die beste Stadt auf der Erde. Werden Sie dort längere Zeit bleiben?«

»Vielleicht. Ich habe noch keine Pläne.«

»Aha ... Sagen Sie, ich hoffe, Sie haben nichts dagegen, wenn ich gestehe, daß mir Ihr Hemd aufgefallen ist. Darf ich es aus der Nähe betrachten? Im Sirius-Sektor hergestellt, nicht?«

»Ja.«

»Sehr guter Stoff. So etwas bekommt man hier auf der Erde nicht. Hätten Sie nicht ein Hemd für mich übrig? Ich würde es gut bezahlen. Es hat einen flotten Schnitt.«

Arvardan schüttelte nachdrücklich den Kopf.

»Nein, tut mir leid. Ich habe nicht viel Gepäck dabei und möchte mir hier auf der Erde etwas Wäsche kaufen.«

»Ich gebe Ihnen fünfzig Einheiten«, sagte Creen. Mit einem Anflug von Verstimmung fügte er hinzu: »Das ist ein guter Preis.«

»Ein sehr guter Preis«, erwiderte Arvardan. »Aber wie ich schon sagte, ich habe keine Hemden zu verkaufen.«

»Gut ...« Creen zuckte die Achseln. »Ich vermute, Sie bleiben längere Zeit auf der Erde?«

»Vielleicht.«

»In welcher Branche sind Sie tätig?«

Der Archäologe zeigte nun offen seinen Ärger. »Ich bin müde und würde gern ein wenig schlafen. Sie haben doch nichts dagegen.«

Creen runzelte die Stirn. »Was ist denn mit Ihnen los? Hält Ihre Rasse es nicht für nötig, freundlich zu uns zu sein? Ich stelle ja nur eine höfliche Frage. Sie brauchen mir deshalb nicht gleich das Ohr abzubeißen!«

Das Gespräch, das bis jetzt leise geführt worden war, verstärkte sich plötzlich. Arvardan hörte feindselige Ausdrücke, und seine Lippen preßten sich zu einer dünnen Linie zusammen.

Er hatte es herausgefordert, sagte er sich ärgerlich. Er wäre nicht in diesen Schlamassel geraten, wenn er sich von Anfang an zurückgehalten hätte, wenn er es nicht für nötig gehalten hätte, vor sich selbst mit seiner verdammten Toleranz zu prahlen und sie Leuten aufzudrängen, die sie nicht haben wollten.

»Creen«, sagte er ruhig, »ich habe Sie nicht gebeten, mir Gesellschaft zu leisten, und ich bin nicht unhöflich zu Ihnen gewesen. Ich wiederhole, daß ich müde bin und gern ein wenig schlafen möchte. Ich denke, das ist nichts Ungewöhnliches.«

Der junge Mann stand auf, warf mit einer heftigen Geste seine Zigarette weg und deutete mit dem Finger auf Arvardan. »Sie haben mich nicht wie einen Hund zu behandeln! Ihr stinkenden Außenseiter kommt hierher mit eurer feinen Sprache und euren feinen Manieren und denkt, ihr hättet das Recht, auf uns herumzutanzen! Das brauchen wir uns nicht bieten zu lassen. Wenn es euch hier nicht paßt, könnt ihr euch dorthin scheren, wo ihr hingehört! Glauben Sie vielleicht, ich fürchte mich vor Ihnen?«

Arvardan blickte steinern aus dem Fenster.

Creen sagte nichts mehr und setzte sich wieder auf seinen ursprünglichen Platz. Das Gespräch ging aufgeregt weiter. Arvardan ignorierte es. Er beendete die Reise schweigsam und allein.

Arvardan lächelte im stillen, als er aus der Luft zum erstenmal die ›beste Stadt der Erde‹ sah. Aber er war froh, als man auf dem Flughafen von Chika landete. Er sah zu, wie sein Gepäck abgeladen wurde – er ließ es in ein Zweirad-Taxi tragen. Schließlich war er hier wenigstens der einzige Passagier, so daß es – wenn er sich Mühe gab, nichts Unnötiges mit dem Fahrer zu sprechen – kaum Schwierigkeiten geben konnte.

»Staatshotel«, sagte er zum Fahrer.

So betrat Arvardan zum erstenmal die Stadt, und es geschah an dem Tag, an dem Joseph Schwartz aus seinem Zimmer im Institut für Kernforschung entkam.

Creen beobachtete mit einem säuerlichen Lächeln, wie Arvardan abfuhr. Er zog ein kleines Notizbuch aus der Tasche und studierte es genau, während er an seiner Zigarette sog. Er hatte nicht viel aus den Passagieren herausbekommen, trotz seiner Geschichte über den Onkel, die er schon oft mit gutem Erfolg zum besten gegeben hatte. Zwar hatte sich der alte Mann über einen Kerl beklagt, der seine Zeit überlebte, und dies der Protektion durch die ›Alten‹ zugeschrieben. Das wäre normalerweise eine Verleumdung der ›Bruderschaft‹ gewesen. Aber schließlich würde der Mummelgreis ohnehin in einem Monat die Grenze erreichen. Es war überflüssig, seinen Namen zu notieren.

Doch mit diesem Außenseiter war es anders. Und er schrieb mit Vergnügen in sein Notizbuch: ›Bel Arvardan vom Planeten Baronn, Sirius-Sektor – neugierig über die Sechzigjahrgrenze – geheimnistuerisch über eigene Vorhaben – Ankunft in Chika mit dem Verkehrsflugzeug am 12. Oktober, 11 Uhr vormittags. Ausgesprochen antiterrestriales Verhalten.‹

Diesmal hatte er vielleicht wirklich einen Fang gemacht. Diese kleinen Meckerer aufzugreifen, die unvorsichtige Bemerkungen machten, war eine stumpfsinnige Tätigkeit. Aber Fälle wie dieser machten das wett.

Ehe eine halbe Stunde vorüber war, würde den ›Alten‹ sein Bericht vorliegen. Er verließ zufrieden den Flughafen.

Zusammentreffen in Chika

Zum zwanzigsten Male blätterte Dr. Affret Shekt seine Aufzeichnungen durch. Als Pola sein Büro betrat, blickte er auf. Sie schlüpfte in ihren Labormantel und runzelte die Stirn.

»Hast du noch nicht gegessen, Vater?«

»Wie? Ja, doch, natürlich . . . Oh, was ist das?«

»Dies ist das Mittagessen. Oder vielmehr – dies war es einmal. Was du gegessen hast, muß das Frühstück gewesen sein!«

»Nun reg dich nicht auf. Ich werde schon essen. Ich kann nicht jedesmal, wenn du meinst, ich müßte etwas essen, ein wichtiges Experiment unterbrechen.«

Beim Nachtisch wurde er wieder heiterer. »Ich habe wirklich keine Ahnung, was für ein Mensch dieser Schwartz ist. Habe ich dir schon von seinen Schädelnähten erzählt?«

»Sie sind primitiv, hast du gesagt.«

»Ja. Aber das ist noch nicht alles. Er hat zweiunddreißig Zähne: drei Backenzähne oben und unten, rechts und links, darunter ein falscher, den er selbst gemacht haben muß. Wenigstens habe ich noch nie eine Brücke gesehen, die nicht in den Kieferknochen eingeschoben wäre. Hast du jemals einen Menschen mit zweiunddreißig Zähnen gesehen?«

»Ich laufe nicht herum und zähle, wieviel Zähne die Leute haben, Vater. Wie viele hat der Mensch – achtundzwanzig?«

»Beim Weltraum, natürlich! Aber ich bin noch nicht fertig. Wir haben gestern seine Organe untersucht. Was meinst du, was wir gefunden haben . . .? Rate!«

»Eingeweide?«

»Pola, du machst dich lustig über mich! Er hat einen acht Zentimeter langen, wurmförmigen Blinddarm! Große Galaxis! Das ist noch nie dagewesen! Ich habe mich sofort mit dem Medizinischen Institut in Verbindung gesetzt – vorsichtig natürlich. Blinddärme sind doch nicht länger als einen Zentimeter!«

»Und was bedeutet das?«

»Schwartz ist ein lebendes Fossil.« Shekt war aufgestanden und ging erregt im Zimmer hin und her. »Pola, ich glaube, wir sollten Schwartz nicht wieder hergeben. Er ist ein zu wertvolles Exemplar.«

»Das ist ausgeschlossen«, sagte Pola rasch. »Du hast dem Farmer versprochen, Schwartz zurückzugeben, und du mußt dein Versprechen schon Schwartz zuliebe halten. Er ist unglücklich.«

»Unglücklich! Dabei behandeln wir ihn wie einen reichen Außenseiter!«

»Was spielt das schon für eine Rolle! Der arme Kerl ist an sein Haus und seine Verwandten gewöhnt. Wir müssen seine Menschenrechte achten und ihn seiner Familie zurückgeben.«

»Aber Pola, die Wissenschaft . . .«

»Unsinn! Was bedeutet mir die Wissenschaft! Und was, glaubst du, wird die ›Bruderschaft‹ sagen, wenn sie von deinen unerlaubten Experimenten hört! Glaubst du, sie werden sich um die Wissenschaft kümmern? Nimm wenigstens auf dich selbst Rücksicht, wenn dir dieser Schwartz nichts bedeutet. Je länger du ihn behältst, um so größer wird die Wahrscheinlichkeit, daß wir erwischt werden. Du schickst ihn morgen abend zurück, wie du es versprochen hast, bitte ... Ich gehe jetzt hinunter und sehe nach, ob Schwartz vor dem Essen noch irgendeinen Wunsch hat.«

Doch sie kam nach kaum zwei Minuten mit kalkweißem Gesicht zurück. »Vater! Er ist fort!«

»Wer ist fort?«

»Schwartz!«

Shekt sprang auf. »Seit wann?«

»Ich weiß nicht. Aber es kann nicht sehr lange her sein. Wann warst du zum letztenmal bei ihm?«

»Vor knapp einer Viertelstunde. Ich bin erst ein oder zwei Minuten hier gewesen, als du hereinkamst.«

»Gut«, sagte sie. »Ich gehe ihn suchen. Vielleicht macht er nur einen Spaziergang ums Haus. Bleibe du hier! Wenn ihn jemand aufgreift, darf man ihn nicht mit dir in Verbindung bringen. Verstehst du?«

Shekt nickte.

Joseph Schwartz fühlte sich keineswegs wohler, als er sein Gefängnis mit der Weite der Stadt vertauscht hatte. Er machte sich nicht vor, daß er einen Plan habe. Er wußte gut, daß er nur improvisierte.

Wenn irgendein vernünftiger Impuls ihn leitete – und nicht nur der blinde Drang, die Untätigkeit mit irgendeiner Aktion zu vertauschen –, so war es die Hoffnung, daß eine zufällige Begegnung einige Bruchstücke seines früheren Lebens zurückbringen würde. Er war nun völlig überzeugt davon, daß er das Gedächtnis verloren hatte.

Der Anblick der Stadt war entmutigend. Es war später Nachmittag, und Chika lag milchweiß unter der Sonne. Die Gebäude schienen aus Porzellan gebaut wie das Farmerhaus, auf das er zuerst gestoßen war.

Sein Inneres jedoch sagte ihm, daß Städte braun und rot sein mußten. Und wesentlich schmutziger.

Er ging langsam weiter. Er ahnte irgendwie, daß man ihn nicht systematisch suchen würde. Er wußte das, ohne zu wissen, woher. In den letzten paar Tagen hatte er festgestellt, daß er zunehmend feinfühliger wurde für die Situationen. Er bekam ein Gefühl für die Dinge, die ihn umgaben. Dies war ein Teil des Neuen in seinem Geist, seit . . . seit . . .

Seine Gedanken verloren die Spur.

Auf jeden Fall hatte ihn in seinem Gefängnis eine Atmosphäre der Furcht und Geheimnistuerei umgeben. Deshalb würde man ihn nicht mit lautem Geschrei verfolgen, das wußte er sicher. Aber woher wußte er es?

Er überquerte eine Kreuzung. Fahrzeuge mit Rädern gab es verhältnismäßig wenige. Die Fußgänger waren – nun, eben Fußgänger. Ihre Garderoben sahen lächerlich aus, ohne Nähte, ohne Knöpfe, bunt. Doch seine eigene war genauso. Er fragte sich, wo sein alter Anzug war. Dann fragte er sich, ob er wirklich jemals die Art von Kleidungsstücken besessen hatte, an die er sich zu erinnern glaubte. Es ist sehr schwer, seinen Gedanken zu trauen, wenn man einmal begonnen hat, sein Gedächtnis anzuzweifeln.

Dabei erinnerte er sich so deutlich an seine Frau und seine Kinder. Sie konnten keine Einbildung sein. Oder waren sie Zerrbilder von Menschen, die er finden mußte?

Menschen drängten sich an ihm vorbei, und einige murrten unfreundlich. Er ging weiter. Plötzlich spürte er, daß er hungrig war. Aber gleichzeitig fiel ihm ein, daß er kein Geld besaß.

Er blickte sich um. Kein Restaurant war zu sehen. Doch woher sollte er das wissen? Er konnte die Schilder nicht lesen.

Er blickte in jedes Ladengeschäft, an dem er vorüberkam . . . Schließlich fand er einen Raum, der teilweise mit kleinen Tischen möbliert war. An einem davon saßen zwei Männer, an einem anderen ein Mann allein. Und diese Männer aßen.

Das wenigstens hatte sich nicht geändert. Es waren Männer, die beim Essen immer noch kauten und schluckten.

Er trat ein und blieb einen Augenblick verwirrt stehen. Es war keine Theke vorhanden. Es wurde nicht gekocht. Kein Anzeichen von einer Küche war zu sehen, keine Bedienungen. Er hatte vorgehabt, sich als Geschirrwäscher für eine Mahlzeit anzubieten. Aber – wem sollte er dieses Angebot machen?

Granz hatte Schwartz bereits gesehen, als dieser sehnsüchtig durchs Fenster hereingeschaut hatte.

»Was will der wohl?« fragte er.

Messter, der ihm an dem kleinen Tisch gegenübersaß und der Straße den Rücken zukehrte, wandte sich um, zuckte die Achseln und schwieg.

Nach einigen Augenblicken trat der Neuankömmling an ihren Tisch. Er deutete auf ihr Beefsteak und sagte unbeholfen: »Essen! Wo, bitte?«

Granz blickte auf. »Essen ist hier, mein Junge! Holen Sie es aus dem Speise-Automaten . . . Automat! Wissen Sie nicht, was ein Automat ist . . .? Der arme Schlucker glotzt mich an, als verstünde er kein einziges Wort. Mann! Dieses Ding hier, sehen Sie nicht? Werfen Sie eine Münze ein, und jetzt lassen Sie mich essen!«

»Laß ihn«, grunzte Messter. »Er ist ein Bettler, der ein Almosen haben will.«

»He! Dageblieben!« Granz packte Schwartz am Ärmel, als dieser gehen wollte, und sagte beiläufig zu Messter: »Kaufen wir ihm eben etwas. Wahrscheinlich wird er bald sechzig . . . He, haben Sie kein Geld . . .? Er versteht mich immer noch nicht. Geld, Mann, Geld! Das da!« Er zog eine halbe Einheit aus der Tasche und warf sie leicht in die Luft.

Schwartz schüttelte den Kopf.

»Gut, dann nehmen Sie das hier!« Er steckte die Münze wieder ein und warf Schwartz eine wesentlich kleinere zu. Schwartz sah sie unsicher an.

»Nun bleiben Sie nicht hier stehen! Stecken Sie sie in den Automaten. In dieses Ding hier!«

Schwartz stellte plötzlich fest, daß er begriff. An dem Automaten war eine Reihe von Schlitzen für Münzen verschiedener Größe angebracht und einige Knöpfe mit kleinen weißen Quadraten, deren Aufschrift er nicht lesen konnte. Schwartz deutete auf das Essen, das auf dem Tisch stand, und fuhr mit dem Finger an den Knöpfen auf und ab, wobei er fragend die Augenbrauen hob.

»Ein belegtes Brötchen ist nicht gut genug für ihn«, sagte Messter ärgerlich. »Es gibt doch heutzutage ordentliche Schnorrer.«

»Schön, dann verliere ich eben drei Viertel Einheiten«, sagte Granz. »Morgen ist sowieso Zahltag ...« Er steckte ein paar Münzen in den Automaten und zog einen weißen Metallbehälter aus der Vertiefung in der Wand. »Nein, behalten Sie den Rest. Kaufen Sie sich dafür eine Tasse Kaffee.«

Schwartz trug den Behälter vorsichtig zum nächsten Tisch. An der Seite des Behälters war ein Löffel mit einem durchsichtigen, filmartigen Material befestigt, das unter dem Druck des Fingernagels riß. Gleichzeitig teilte sich der Deckel des Behälters und wich zurück.

Das Essen war kalt. Doch schon nach etwa einer Minute bemerkte er, daß es wärmer wurde. Er wartete.

Die Soße dampfte zuerst und kochte dann kurz auf. Dann kühlte sie sich wieder ab, und Schwartz konnte essen.

Granz und Messter saßen immer noch da, als er ging. Auch der dritte Mann, dem Schwartz nicht die geringste Beachtung geschenkt hatte, saß noch am Tisch.

Außerdem hatte Schwartz den mageren, kleinen Mann nicht bemerkt, der ihm gefolgt war, seit er das Institut verlassen hatte.

Nachdem Bel Arvardan sich geduscht und umgezogen hatte, schickte er sich sofort an, den Menschen auf der Erde in seiner Umwelt zu studieren. Das Wetter war mild, der leichte Wind erfrischend und die Stadt hell, ruhig und sauber.

Nicht schlecht.

Die größte Ausstellung von Erdbewohnern auf dem Planeten! Washenn die nächstgrößte, die Hauptstadt, dann Senloo, Senfran, Bonair ... Er hatte eine Reiseroute durch die westlichen Kontinente ausgearbeitet, in denen der größte Teil der Erdbevölkerung lebte, und wollte, nachdem er in jeder Stadt zwei oder drei Tage verbracht hatte, bei der Ankunft seines Expeditionsschiffes in Chika zurück sein.

Am Spätnachmittag ging er in ein Automaten-Restaurant und beobachtete, während er aß, das kleine Schauspiel, das sich zwischen den beiden Erdbewohnern, die kurz nach ihm eingetreten waren, und dem gedrungenen, älteren Mann abspielte. Aber seine Aufmerksamkeit war beiläufig. Dies war einfach ein Erlebnis, das man seiner unangenehmen Erfahrung im Flugzeug entgegenhalten konnte. Die beiden Männer waren offensichtlich Lufttaxi-Chauffeure und nicht wohlhabend. Und doch konnten sie mildtätig sein.

Zwei Minuten nachdem der ›Bettler‹ gegangen war, verließ auch Arvardan das Automaten-Restaurant.

Die Straßen waren nun merklich belebter.

Arvardan trat hastig zur Seite, um zu vermeiden, daß er mit einem Mädchen zusammenprallte.

»Verzeihen Sie«, sagte er.

Sie trug ein weißes Kleid, das den strengen Schnitt einer Uniform hatte. Sie schien nicht bemerkt zu haben, daß sie fast zusammengestoßen wären. Ihr suchender Blick und die Art, in der sie den Kopf nach allen Seiten reckte, gaben ihm darüber Aufschluß.

Arvardan berührte sie leicht an der Schulter. »Kann ich Ihnen irgendwie helfen?«

Sie blickte ihn erschrocken an. Arvardan schätzte ihr Alter auf neunzehn bis einundzwanzig Jahre. Er betrachtete ihr braunes Haar und die dunklen Augen, ihre vollen Wangen, das kleine Kinn, die schmale Taille und ihre anmutige Körperhaltung. Der Gedanke, daß dieses kleine weibliche Geschöpf eine Erdbewohnerin war, verlieh ihr einen besonderen Reiz.

Sie blickte ihn immer noch an. Plötzlich schien sie den Mut zu verlieren. »Ach, es hat keinen Zweck. Bitte bemühen Sie sich nicht. Man kann nicht hoffen, jemanden zu finden, wenn man nicht die leiseste Ahnung hat, wo er hingegangen ist.«

Doch dann faßte sie sich und holte tief Atem. »Haben Sie vielleicht einen gedrungenen Mann von ungefähr vierundfünfzig Jahren gesehen? Er trägt einen weißgrünen Anzug, keinen Hut und ist kahlköpfig.«

Arvardan überlegte. »Weißgrün ...? Hat dieser Mann Sprachschwierigkeiten?«

»Ja! Haben Sie ihn gesehen?«

»Vor nicht ganz fünf Minuten saß er dort drinnen und hat mit zwei Männern gegessen ... Da sind sie ja. Hallo!« Er winkte die Männer herüber.

Granz kam als erster. »Taxi, Herr?«

»Nein, aber wenn Sie der jungen Dame erzählen wollten, was mit dem Mann geschehen ist, dem Sie ein Essen spendiert haben, können Sie gleich hierbleiben und mich fahren.«

»Ich würde Ihnen ja gerne helfen, aber ich habe den Mann vorher noch nie in meinem Leben gesehen.«

Arvardan wandte sich wieder an das Mädchen. »Er kann jedenfalls nicht in die Richtung gegangen sein, aus der Sie eben gekommen sind, sonst wären Sie ihm begegnet. Er kann aber auch noch nicht sehr weit weg sein. Wir werden nach Norden gehen. Ich erkenne ihn wieder, wenn ich ihn sehe.«

Sein Angebot, ihr zu helfen, entsprach einem plötzlichen Impuls. Und doch war Arvardan normalerweise kein impulsiver Mann. Er ertappte sich dabei, wie er sie anlächelte.

Pötzlich sagte Granz: »Was hat er denn getan? Er hat doch nicht etwa ein Gesetz übertreten? Oder?«

»Nein, nein«, antwortete sie hastig. »Er ist nur etwas krank.«

Das Mädchen ging rasch weiter. Arvardan folgte ihr unwillkürlich.

Messter blickte ihnen nach. »Etwas krank?« Er schob die Mütze ins Genick und zwickte sich Unheil ahnend ins Kinn. »Was hältst du davon, Granz? ›Etwas krank‹!«

Er schaute ihn von der Seite an.

»Was ist los?« fragte Granz unbehaglich.

»Der Bursche muß direkt aus dem Krankenhaus gekommen sein. Das war eine Schwester, die ihn gesucht hat, und zwar eine ziemlich aufgeregte Schwester. Warum sollte sie so verstört sein, wenn er nur ›etwas krank‹ wäre? Er konnte kaum sprechen. Und er hat fast nichts verstanden. Hast du das nicht bemerkt?«

Granz' Augen flackerten nervös. »Du denkst doch nicht etwa, er hätte das Fieber?«

»Natürlich! Strahlungsfieber! Und er war keinen halben Meter von uns entfernt. Es ist eben nie gut, wenn man . . .«

Ein kleiner, magerer Mann stand neben ihnen. Ein kleiner, magerer Mann mit hellen, scharfen Augen und einer piepsenden Stimme. Er schien aus dem Boden gewachsen zu sein. »Was ist, Leute? Wer hat Strahlungsfieber?«

Sie betrachteten ihn mißtrauisch. »Wer sind Sie?«

»Das möchten Sie gern wissen, nicht wahr?« sagte der kleine Mann. »Ich bin Beauftragter der ›Gesellschaft‹.« Er schlug seinen Rockaufschlag zurück und zeigte ein kleines Abzeichen. »Im

Namen der ›Gesellschaft der Alten‹: Was hat es auf sich mit dem Strahlungsfieber?«

»Ich weiß nicht«, sagte Messter eingeschüchtert. »Eine Krankenschwester sucht einen Patienten, und ich habe mich nur gefragt, ob er vielleicht Strahlungsfieber hat. Das darf ich doch? Das ist nicht gesetzwidrig. Oder?«

»Wollen Sie mich über die Gesetze belehren, wie? Gehen Sie an Ihre Arbeit, und überlassen Sie die Beschäftigung mit den Gesetzen mir!«

Der kleine Mann rieb sich die Hände, blickte sich rasch um und eilte in nördlicher Richtung davon.

»Da ist er ja!« Pola klammerte sich impulsiv an den Arm ihres Begleiters. Schwartz war ganz kurz im Haupteingang eines Warenhauses, keine drei Häuserblocks vom Automaten-Restaurant entfernt, zu sehen.

»Bleiben Sie zurück«, sagte Arvardan. »Ich will ihm folgen. Wenn er Sie sieht und in der Menge untertaucht, finden wir ihn nie wieder.«

Die Menschen im Kaufhaus waren wie ein Sumpf, der seine Beute langsam oder auch schnell aufsaugen, sie für immer verborgen halten oder auch unerwartet ausspeien konnte.

Arvardan ging vorsichtig um einen Ladentisch und spielte mit Schwartz wie mit einem Fisch an der Angelschnur. Dann packte er ihn an der Schulter. »Hallo, alter Junge! Ich habe Sie seit Monaten nicht mehr gesehen! Wie geht es Ihnen?« sagte er laut. Ein handfester Schwindel, dachte er. Doch er durfte bei der neugierigen Menge keinen Argwohn erwecken.

Schwartz stammelte etwas Unverständliches und wollte in panischem Schrecken davonjagen. Doch Arvardans Griff konnten selbst Männer, die weit stärker waren als Schwartz, nicht entkommen.

Pola stand nun neben ihnen. »Schwartz«, flüsterte sie, »kommen Sie mit uns zurück.«

Einen Augenblick wollte Schwartz aufbegehren. Doch dann wurde er mutlos.

Schwach sagte er: »Ich – gehen – mit.« Ein plötzliches Aufheulen des Lautsprechers im Warenhaus übertönte seine Worte. »Achtung, Achtung, Achtung! Die Geschäftsleitung bittet alle Kunden, den Laden sofort durch den Ausgang zur Fünften Straße zu verlassen. Sie haben Ihre Registrierkarten den Aufsichtsbeamten an der Tür vorzuzeigen. Achtung, Achtung, Achtung!«

Die Durchsage wurde dreimal wiederholt, das letztemal, als sich die Menge bereits an den Ausgängen aufzustellen begann. Ein vielstimmiger Schrei erhob sich: »Was ist los? Was gibt's?«

Arvardan zuckte die Achseln. »Stellen wir uns an, Fräulein.«

Doch Pola schüttelte den Kopf. »Das geht nicht.«

»Warum nicht?«

Das Mädchen zögerte. Konnte sie ihm sagen, daß Schwartz keine Registrierkarte besaß? Wer war dieser Fremde? Warum hatte er ihr geholfen? Sie wurde mißtrauisch, war verzweifelt.

»Gehen Sie lieber, sonst kommen Sie in Schwierigkeiten«, sagte sie belegt.

Die Menge strömte aus den Aufzügen, die oberen Stockwerke leerten sich. Arvardan, Pola und Schwartz waren eine kleine Insel in einem Strom von Menschen. Wenn er später daran zurückdachte, wußte Arvardan, daß er in diesem Augenblick das Mädchen hätte verlassen können. Er hätte keinen Grund gehabt, sich Vorwürfe zu machen ... Und alles wäre anders gekommen. Das große galaktische Imperium hätte sich aufgelöst in einem verheerenden Chaos.

Er blieb bei ihr stehen. Sie war in ihrer Angst und Verzweiflung nicht einmal hübsch. Niemand in ihrer Lage wäre sehr anziehend gewesen. Doch Arvardan rührte ihre Hilflosigkeit.

»Warum wollen Sie dableiben?«

»Weil« – und nun überwältigten sie die Tränen –, »weil ich nicht weiß, was ich sonst tun soll.«

Sie war ein kleines, ängstliches Mädchen, auch wenn sie eine Erdbewohnerin war.

Arvardan sagte behutsam: »Wenn Sie mir sagen, was los ist, werde ich versuchen, Ihnen zu helfen.«

Er bekam keine Antwort.

Schwartz hatte sich auf den Boden gekauert, zu krank, um dem Gespräch folgen zu können, um sich über die plötzliche Leere des Ladens zu wundern und um irgend etwas anderes tun zu können, als verzweifelt den Kopf auf die Arme zu stützen. Pola weinte und wußte nur, daß sie sich mehr fürchtete, als sie es je für möglich gehalten hätte. Arvardan wartete. Er strich ihr unbeholfen über die Schulter – es sollte ermutigend sein. Er war sich plötzlich bewußt, daß er zum erstenmal ein Mädchen von der Erde berührt hatte.

Der kleine Mann kam auf sie zu.

Tumult in Chika

Leutnant Marc Claudy gähnte und blickte unaussprechlich gelangweilt vor sich hin. Er stand kurz vor dem Ende seines zweiten Dienstjahres in der Garnison von Chika und wartete sehnsüchtig auf seine Versetzung.

Nirgends in der Galaxis war die Aufgabe, einen Planeten besetzt zu halten, auch nur annähernd so schwierig wie hier auf der Erde. Auf anderen Planeten bestand eine gewisse Kameradschaft zwischen Soldaten und Zivilisten, besonders weiblichen Zivilisten. Es herrschte eine Atmosphäre der Freiheit und Großzügigkeit.

Hier aber war die Garnison ein Gefängnis. Man lebte in strahlungssicheren Kasernen und in gereinigter Luft, die frei war von radioaktivem Staub. Man trug bleigefütterte Uniformen, die kalt und schwer waren und die man nicht ablegen konnte, ohne sich schweren Gefahren auszusetzen. Und die Fraternisierung mit der Bevölkerung – sofern die Verzweiflung und Einsamkeit einen Soldaten überhaupt in die Gesellschaft eines Erdenmädchens treiben konnte – war indiskutabel.

Was blieb also übrig, als die Freizeit zu verschlafen und langsam verrückt zu werden?

Leutnant Claudy gähnte wieder und begann, sich die Schuhe anzuziehen. Er sah auf die Uhr. Es war noch nicht ganz Abendessenszeit.

Als er gerade einen Schuh anhatte, sprang er auf und salutierte. Er strich sich durch das ungekämmte Haar.

Der Oberst musterte ihn verächtlich von oben bis unten, sagte aber nichts über Leutnant Claudys Verfassung. Statt dessen befahl er barsch: »Leutnant, es sind Meldungen über einen Aufruhr im Geschäftsviertel eingegangen. Sie fahren sofort mit dem Entgiftungstrupp zum Dunham-Warenhaus. Sorgen Sie dafür, daß Ihre Männer gegen eine Infektion mit Strahlungsfieber geschützt sind.«

»Strahlungsfieber?« rief der Leutnant erschrocken. »Verzeihen Sie, aber ...«

»Sie sind in fünfzehn Minuten marschbereit«, sagte der Oberst.

Arvardan sah den kleinen Mann als erster und trat einen Schritt zurück, als der andere hinter einem Ladentisch vortrat, auf dem sich Pakete türmten. »He, Chef! Sagen Sie der kleinen Frau, daß wir nicht die Wasserwerke bestellt haben.«

Polas Kopf fuhr hoch. Unwillkürlich lehnte sie sich an Arvardan, der ebenso unwillkürlich schützend den Arm um sie legte.

»Was wollen Sie?« fragte er scharf.

»Man hat uns befohlen, das Kaufhaus zu verlassen. Aber Sie brauchen sich nicht zu beunruhigen, Fräulein. Ich werde den Mann für Sie ins Institut zurückbringen.«

»In was für ein Institut?« fragte Pola ängstlich.

»Machen Sie mir nichts vor«, sagte der kleine Mann. »Mein Name ist Lig Natter. Ich bin der Mann vom Obststand direkt vor dem Institut für Kernforschung. Ich habe Sie oft gesehen.«

»Um was handelt es sich eigentlich?« fragte Arvardan.

»Man glaubt, dieser Mann hier habe Strahlungsfieber«, sagte Natter vergnügt.

»Strahlungsfieber?« riefen Arvardan und Pola gleichzeitig.

Natter nickte. »Genau. Zwei Taxichauffeure haben mit ihm gegessen und behaupten es. Solche Neuigkeiten breiten sich rapid aus.«

»Und die Aufsichtsbeamten suchen nur jemanden mit Fieber?« fragte Pola.

»So ist es.«

»Und Sie fürchten sich nicht vor dem Fieber?« fragte Arvardan plötzlich.

»Warum auch? Dieser Bursche hat kein Fieber. Schauen Sie ihn doch an. Wo sind die Wunden an seinem Mund? Und seine Augen sind in Ordnung. Ich weiß, wie Strahlungsfieber aussieht. Geben Sie ihn mir mit, Fräulein!«

Pola fürchtete sich immer noch. »Nein, das geht nicht. Er ist ... Er hat ...« Sie konnte nicht weitersprechen.

Schmeichelnd sagte Natter: »*Ich* könnte ihn hinausnehmen. Man wird keine Registrierkarte verlangen ...«

Pola versuchte vergeblich, einen kleinen Schrei zu unterdrücken, und Arvardan fragte mit spürbarem Abscheu: »Und weshalb nicht?«

Natter bog seinen Rockaufschlag um. »Beauftragter der ›Gesellschaft der Alten‹. Niemand wird mich etwas fragen.«

»Und was haben Sie davon, wenn Sie ihn hinauslotsen?«

»Sie fürchten sich, und ich kann Ihnen helfen. Diese Hilfe ist Ihnen – sagen wir – hundert Einheiten wert. Fünfzig Einheiten jetzt, fünfzig bei Ablieferung.«

»Sie werden ihn den ›Alten‹ bringen«, flüsterte Pola entsetzt.

»Wozu? Für die ›Alten‹ ist er völlig uninteressant, und für mich springen hundert Einheiten dabei heraus. Wenn Sie warten, bis die Außenseiter da sind, bringen sie den Burschen wahrscheinlich um, ehe sie herausfinden, daß er fieberfrei ist. Sie kennen ja das Gesindel. Auf einen Erdbewohner mehr oder weniger kommt es ihnen nicht an.«

»Nehmen Sie die junge Dame mit«, sagte Arvardan.

Natters kleine Augen waren scharf und sehr schlau. »O nein. Ich nehme nur das auf mich, was man berechnetes Risiko nennt. Ich komme mit einem durch, aber wahrscheinlich nicht mit zweien. Und wenn ich nur einen nehmen kann, dann nehme ich selbstverständlich den, der für mich wertvoll ist. Das sehen Sie doch ein?«

»Und was tun Sie«, fragte Arvardan, »wenn ich Ihnen ein wenig den Kragen herumdrehe?« Er packte Natter am Handgelenk.

Natter zuckte zusammen, brachte es aber trotzdem fertig zu lachen. »Dann sind Sie ein Idiot. Man wird Sie auf jeden Fall erwischen ... Lassen Sie die Finger davon.«

»Bitte!« Pola zog Arvardan am Ärmel. »Wir müssen es riskieren. – Sie hintergehen uns nicht?« fragte sie Natter durchdringend.

Natter verzog den Mund. »Ihr Freund hat mir grundlos den Arm verrenkt. Ich mag das nicht. Das kostet hundert Einheiten extra. Zweihundert insgesamt.«

»Mein Vater wird Ihnen ...«

»Hundert im voraus«, erwiderte er hartnäckig.

»Aber ich habe keine hundert Einheiten bei mir«, jammerte Pola.

»Das macht nichts«, sagte Arvardan. »Ich kann es auslegen.« Er öffnete seine Brieftasche und zog ein paar Scheine heraus. Er streckte sie Natter hin. »Gehen Sie jetzt!«

»Gehen Sie mit, Schwartz«, flüsterte Pola.

Schwartz folgte Natter ohne Kommentar. Er wäre in diesem Augenblick mit ebensowenig Gemütsregungen zur Hölle gegangen.

Nun waren sie allein und blickten einander verdutzt an. Es war das erste Mal, daß Pola Arvardan bewußt anschaute, und sie stellte verblüfft fest, daß er groß und stattlich war wie ein Fels, ruhig und selbstsicher. Sie hatte ihn bis jetzt als einen zufälligen Helfer betrachtet. Doch nun ...

Sie lächelte und sagte: »Ich bin Pola Shekt.«

Arvardan hatte sie vorher nicht lächeln sehen. Ein Leuchten trat in ihr Gesicht, ein Strahlen. Doch er schob diesen Eindruck beiseite. Ein Erdenmädchen!

Deshalb sagte er vielleicht etwas weniger höflich, als er gewollt hatte: »Mein Name ist Bel Arvardan.« Er streckte ihr die Hand hin.

»Ich muß Ihnen für Ihre Hilfe danken«, sagte sie.

Arvardan winkte ab. »Ihr Freund wird inzwischen in Sicherheit sein. Wollen wir gehen?«

»Ja, warum nicht?« antwortete sie eine Spur kühler.

In diesem Augenblick ertönte ein schrilles Signal, und das Mädchen erschrak.

»Was ist denn nun wieder los?« fragte Arvardan.

»Das sind die Außenseiter.«

»Und vor denen fürchten Sie sich auch?« Es war der selbstsichere Sirianer, der Archäologe Arvardan, der nun sprach. Ob Vorurteil oder nicht – die Ankunft von Soldaten des Imperiums bedeutete wenigstens eine Spur von geistiger Gesundheit und Menschlichkeit.

»Machen Sie sich keine Sorgen wegen der Außenseiter.« Er ließ sich sogar herab, ihren Ausdruck für Nicht-Erdbewohner zu benutzen. »Ich werde mit ihnen verhandeln.«

»Versuchen Sie das ja nicht. Sprechen Sie nicht mit ihnen. Tun Sie, was sie sagen, und schauen Sie sie am besten gar nicht an.«

Arvardans Lächeln wurde noch breiter.

Die Sirene der Armeewagen klang nun sehr nahe.

Dann standen die Wagen im Hof. Bewaffnete Soldaten mit luftdichten Glashauben über den Köpfen sprangen heraus. Die Menschenmenge stob in panischem Schrecken davon, gejagt von abgehackten Rufen und Drohungen mit den Neuropeitschen.

Leutnant Claudy, der den Trupp anführte, trat auf einen der Aufsichtsbeamten am Haupteingang zu. »Wer hat hier das Fieber?«

Sein Gesicht war unter der Glashaube leicht verzerrt. Seine Stimme klang durch die Funkverstärkung metallisch.

Der Aufsichtsbeamte senkte respektvoll den Kopf. »Wenn Euer Gnaden gestatten, wir haben den Kranken eingeschlossen. Die beiden, die in seiner Begleitung waren, stehen vor Ihnen, unter der Tür.«

»Diese dort? Gut! Sie sollen dort stehenbleiben. Nun möchte ich vor allem, daß die Meute hier verschwindet. Sergeant! Räumen Sie den Platz!«

Während sich die Menge auflöste, fiel die Dämmerung über Chika herein. In den Straßen begannen die Leuchtkörper zu schimmern.

Leutnant Claudy schlug mit dem Schaft der Neuropeitsche an seine schweren Stiefel. »Sind Sie sicher, daß der kranke Erdbewohner eingeschlossen ist?«

»Er hat das Haus nicht verlassen, Euer Gnaden.«

»Schön, dann wollen wir keine Zeit vergeuden. Sergeant! Entgiften Sie das Gebäude!«

Die Soldaten, durch ihre strahlensichere Bekleidung hermetisch abgeschlossen von jeglichem Kontakt mit ihrer Umgebung, drangen in das Gebäude ein. Eine gute Viertelstunde verstrich, in der Arvardan alles aufmerksam beobachtete. Dies war für ihn eine praktische Demonstration des Umgangs zwischen zwei Kulturen, in die er nicht eingreifen wollte.

Der letzte Soldat verließ das Gebäude.

»Schließt die Türen!«

Weitere Minuten verstrichen. Dann wurden die Kanister mit Desinfektionsmittel, die an verschiedenen Stellen jedes Stockwerks aufgestellt waren, durch Fernsteuerung geöffnet. Dicke Dämpfe quollen heraus, krochen an den Wänden empor, hafteten an jedem Quadratzentimeter, durchdrangen die Luft bis in die verstecktesten Ritzen. Kein Protoplasma, keine Keimzelle blieb am Leben.

Nun kam der Leutnant auf Arvardan und Pola zu. »Wie hat er geheißen?« Nicht einmal Grausamkeit lag in seiner Stimme. Eher völlige Gleichgültigkeit.

Er erhielt keine Antwort. Pola senkte demütig den Kopf, und Arvardan beobachtete neugierig, was geschah. Der Offizier des Imperiums blickte sie unverwandt an. Er winkte kurz. »Untersucht sie, ob sie infiziert sind!«

Ein Offizier, der die Insignien des Kaiserlichen Medizinischen Korps trug, trat auf sie zu. Er ging bei der Untersuchung nicht gerade sanft vor. Seine behandschuhten Hände drückten grob unter ihre Achselhöhlen und rissen an ihren Mundwinkeln, so daß er die Innenseite ihrer Wangen betrachten konnte.

»Keine Infektion, Leutnant. Wenn sie sich heute nachmittag angesteckt hätten, wären die Symptome jetzt bereits deutlich sichtbar.«

Leutnant Claudy nahm erleichtert den Glashelm ab und genoß die natürliche Luft, selbst die der Erde. Er befestigte die Haube an seinem Gürtel und sagte grob: »Ihr Name, Erdweib?«

Der Ausdruck war an sich schon beleidigend und der Ton, in dem er geäußert worden war, noch mehr. Aber Pola zeigte keinerlei Verstimmung.

»Pola Shekt, Sir«, antwortete sie leise.

»Papiere!«

Sie griff in die Tasche ihres weißen Labormantels und nahm eine rosarote Mappe heraus.

Er nahm sie, klappte sie im Licht seiner Taschenlampe auf und studierte sie. Dann warf er sie ihr zurück. Sie fiel zu Boden. Pola bückte sich danach.

»Stehengeblieben!« befahl der Offizier ungeduldig und kickte die Mappe mit dem Fuß fort. Pola zog rasch die Hand zurück.

Arvardan runzelte die Stirn und fand, daß es Zeit war, einzugreifen. »Hören Sie einmal ...«

Der Leutnant drehte sich ruckartig nach ihm um. »Was hast du gesagt?«

Pola stand sofort zwischen ihnen. »Wenn Sie gestatten, Sir, dieser Mann hat nichts damit zu tun. Er war ganz zufällig ...«

Der Leutnant stieß sie zur Seite. »Ich fragte: ›Was hast du gesagt?‹«

Arvardan erwiderte seinen Blick kalt. »Ich sagte: ›Hören Sie einmal.‹ Und ich wollte ferner sagen, daß ich die Art, in der Sie Frauen behandeln, nicht schätze, und daß ich Ihnen rate, Ihre Manieren zu bessern.«

Er war zu zornig, um die Meinung des Leutnants über seine Herkunft zu korrigieren.

Leutnant Claudy lächelte humorlos. »Und wo hat man dich erzogen, je? Hältst du es nicht für nötig, ›Sir‹ zu sagen, wenn du mit mir sprichst? Weißt du nicht, was sich für dich gehört? Es ist schon eine ganze Weile her, seit ich das letzte Mal das Vergnügen hatte, einem Erdenhund Lebensart beizubringen. Hier, wie wär's damit?«

Seine Hand schnellte vor und schlug Arvardan ins Gesicht, einmal, zweimal. Arvardan wich überrascht zurück und fühlte, wie ihm das Blut in den Kopf schoß. Er packte den ausgestreckten Arm, der noch einmal nach ihm schlagen wollte, und sah, wie sich das Gesicht des anderen verzerrte . . .

Der Leutnant schlug dumpf auf den Gehweg. Der Glashelm zerbrach. Arvardan lächelte grausam. Er wischte sich flüchtig die Hände ab. »Ist noch ein Flegel hier, der glaubt, er könnte auf meinem Gesicht Kätzchen spielen?«

Doch der Sergeant hatte die Neuropeitsche gezückt. Der Kontakt schloß sich. Ein violetter Blitz flammte auf und traf den Archäologen.

Jeder Muskel in Arvardans Körper erstarrte in unerträglichem Schmerz, und er sank langsam auf die Knie. Dann verlor er das Bewußtsein.

Als sich der Nebel über Arvardan lichtete, fühlte er etwas angenehm Kühles auf der Stirn. Er versuchte die Augen zu öffnen. Doch seine Lider reagierten so, als hingen sie an rostigen Scharnieren. Er ließ sie geschlossen. Unendlich langsam hob er den Arm ans Gesicht. Bei jeder einzelnen Muskelbewegung glaubte er, es würden Nadeln durch ihn hindurchgeschossen.

Ein weiches, feuchtes Tuch in einer kleinen Hand . . .

Er zwang sich dazu, ein Auge zu öffnen.

»Pola«, sagte er.

»Ja. Wie fühlen Sie sich?«

»Als ob ich tot wäre«, stöhnte er, »aber ohne den Vorteil, die Schmerzempfindung verloren zu haben ... Was ist geschehen?«

»Wir wurden zum Militärstützpunkt gefahren. Der Oberst ist hier gewesen. Man hat Sie durchsucht. Ich weiß nicht, was man mit uns tun wird, aber – Sie hätten den Leutnant nicht schlagen sollen. Ich glaube, Sie haben ihm den Arm gebrochen.«

Ein mattes Lächeln huschte über Arvardans Gesicht. »Ich wollte, ich hätte ihm das Genick gebrochen.«

»Aber einem Offizier des Imperiums Widerstand zu leisten, ist ein Kapitalverbrechen!« flüsterte sie entsetzt.

»Wirklich? Das werden wir sehen.«

»Pst! Da kommen sie wieder.«

Arvardan schloß die Augen. Er spürte den Stich einer Injektionsnadel, und dann durchflutete ihn ein wundervolles Gefühl der Schmerzlosigkeit. Seine Arme lockerten sich, und sein Rücken entkrampfte sich langsam. Er zwinkerte und stützte sich auf die Ellbogen.

Der Oberst betrachtete ihn nachdenklich. »Nun, Doktor Arvardan, es scheint, es hat heute abend unliebsame Zwischenfälle in der Stadt gegeben.«

Arvardan lachte kurz auf. »Unliebsam, sagen Sie? Ich finde, das ist ein ziemlich unzulängliches Adjektiv.«

»Sie haben einem Offizier des Imperiums bei der Ausübung seiner Pflicht den Arm gebrochen.«

»Dieser Offizier hat mich geohrfeigt. Seine Pflicht schließt in keiner Weise die Notwendigkeit ein, mich schwer zu beleidigen, weder durch Worte noch tätlich. Er hat dadurch das Recht verwirkt, wie ein Offizier behandelt zu werden. Als freier Bürger des Imperiums hatte ich das Recht, mich einer solch hochmütigen – um nicht zu sagen ungesetzlichen – Behandlung zu widersetzen.«

Der Oberst schien nach Worten zu suchen. Pola starrte die beiden Männer an.

Schließlich sagte der Oberst: »Ich brauche wohl nicht zu betonen, daß ich den ganzen Zwischenfall als unglücklich betrachte. Offenbar haben sich beide Seiten nicht sehr korrekt benommen. Ich glaube, es wäre das beste, die Angelegenheit zu vergessen.«

»Vergessen? Ich denke nicht daran! Ich war bis gestern Gast im Palast des Bevollmächtigten. Ennius wird interessiert sein, genau zu erfahren, wie die Besatzungstruppen auf der Erde ihre Pflicht erfüllen.«

»Wenn ich Ihnen versichere, Doktor Arvardan, daß Sie eine offizielle Entschuldigung erhalten werden . . .«

»Zum Teufel damit! Was haben Sie mit Fräulein Shekt vor?«

»Was würden Sie raten?«

»Daß man sie in Freiheit setzt, ihr die Papiere zurückgibt und sich bei ihr entschuldigt – und zwar sofort!«

Der Oberst wurde rot und sagte mit großer Selbstüberwindung: »Natürlich.« Er wandte sich an Pola. »Wenn die junge Dame den Ausdruck meines tiefsten Bedauerns . . .«

Sie hatten die öden Mauern der Kaserne hinter sich gelassen. Nach einer kurzen und schweigsamen Fahrt mit dem Lufttaxi standen sie nun vor dem Institut, in dem alle Lichter gelöscht waren. Es war Mitternacht vorüber.

»Ich verstehe das alles nicht«, sagte Pola. »Sie müssen ein sehr bedeutender Mann sein, und ich werde Ihnen vielleicht ungebildet erscheinen, weil ich Ihren Namen noch nie gehört hatte. Ich hätte nie gedacht, daß die Außenseiter einen Erdbewohner so höflich behandeln würden.«

Arvardan zögerte seltsamerweise, und doch fühlte er sich dazu gedrängt, die Komödie zu beenden. »Ich bin kein Erdbewohner, Pola. Ich bin Archäologe und stamme aus dem Sirius-Sektor.«

Sie blickte ihn rasch an, ihr Gesicht schimmerte weiß im Mondlicht. Sekundenlang sagte sie nichts. »Dann haben Sie den Soldaten nur deshalb Widerstand geleistet, weil Sie wußten, daß Ihnen nichts geschehen kann. Ich . . . ich hätte es merken müssen. Ich bitte Sie um Verzeihung, Sir, wenn ich Ihnen in meinem Unwissen mit respektloser Vertraulichkeit begegnet bin.«

»Pola!« rief er ärgerlich. »Was ist denn los? Was spielt es für eine Rolle, daß ich kein Erdbewohner bin? Wieso bin ich dadurch ein anderer als vor fünf Minuten?«

»Sie hätten es mir sagen sollen, Sir.«

»Ich habe Sie nicht aufgefordert, mich ›Sir‹ zu nennen! Seien Sie nicht so töricht wie alle anderen, bitte.«

»Wie wer – alle anderen? Wie das ekelhafte Ungeziefer hier auf der Erde, nicht wahr . . .? Ich schulde Ihnen hundert Einheiten.«

»Vergessen Sie es«, sagte Arvardan aufgebracht.

»Geben Sie mir Ihre Adresse, ich schicke Ihnen morgen eine Geldanweisung.«

Arvardan wurde plötzlich brutal. »Sie schulden mir wesentlich mehr als hundert Einheiten.«

Pola biß sich auf die Lippen und sagte etwas leiser: »Es ist nur der Teil meiner Schuld, Sir, den ich zurückzahlen kann. Ihre Adresse, bitte?«

»Staatshotel«, zischte er über die Schulter und verschwand in der Nacht.

Und Pola weinte.

Shekt trat seiner Tochter an der Bürotür entgegen. »Ein kleiner, dünner Mann hat ihn gebracht.«

»Gut«, würgte sie.

»Er hat zweihundert Einheiten verlangt. Ich habe sie ihm gegeben.«

»Er sollte nur hundert bekommen. Aber das macht nichts.« Sie zwängte sich an ihrem Vater vorbei.

»Ich habe mir schreckliche Sorgen gemacht, Pola. Der Aufruhr in der Nachbarschaft – ich habe es nicht gewagt, mich zu erkundigen. Es hätte dich vielleicht in Gefahr gebracht.«

»Es ist alles in Ordnung, Vater. Laß mich heute nacht hier im Labor schlafen.«

Aber bei all ihrer Müdigkeit konnte sie nicht einschlafen. Denn es war doch etwas geschehen. Sie hatte einen Mann kennengelernt. Und dieser Mann war ein Außenseiter.

Aber sie hatte seine Adresse.

Interpretation der Ereignisse

Der Hohe Minister war der höchste Erdbewohner, der Regent des Planeten, anerkannt durch direktes und unwiderrufliches Dekret des Kaisers der ganzen Galaxis – unterworfen natürlich den Anweisungen des kaiserlichen Bevollmächtigten. Sein Sekretär schien ein Niemand zu sein – ein bedeutungsloses Mitglied der ›Gesellschaft der Alten‹, theoretisch vom Hohen Minister dazu ernannt, sich um gewisse, nicht näher definierte Details zu kümmern, und nach Belieben absetzbar.

Der Hohe Minister war auf der ganzen Erde bekannt, und man blickte zu ihm auf als dem Gebieter und dem Wahrer des Rechts. Er war es, der die Befreiung von der Sechzigjahrgrenze anordnen konnte, und er war es, der diejenigen richtete, die das Ritual brachen, die der Rationierung und den Produktionsquoten trotzten, die Sperrgebiete betraten, und so weiter. Der Sekretär andererseits war außer der ›Gesellschaft der Alten‹ und dem Hohen Minister selbst niemandem bekannt, nicht einmal dem Namen nach.

Der Hohe Minister war redegewandt und hielt regelmäßig Ansprachen an das Volk, Ansprachen von großem Gefühlsgehalt und von weitschweifigem, sentimentalem Fluß. Er war blond, trug das Haar lang und hatte ein vornehmes, patriarchalisches Äußeres. Sein Sekretär, mit Stupsnase und schiefem Gesicht, zog ein kurzes Wort einem langen vor, ein Grunzen einem Wort, Schweigen einem Grunzen – wenigstens in der Öffentlichkeit.

In der Abgeschlossenheit des Büros des Hohen Ministers aber zeigte sich, wer in Wirklichkeit regierte.

Der Hohe Minister sah verdrießlich aus, der Sekretär gleichgültig.

»Ich sehe keinen Zusammenhang zwischen all diesen Berichten, die Sie mir bringen«, sagte der Hohe Minister. »Immer Berichte! Berichte!« Er hob die Hand und schlug zornig auf einen Stapel Papier. »Ich habe keine Zeit dafür!«

»Ganz recht«, sagte der Sekretär gelassen. »Deshalb haben Sie mich ja engagiert. Ich lese die Berichte, verdaue sie, erläutere sie Ihnen.«

»Gut, gut, lieber Balkis. Aber machen Sie rasch. Es sind unwichtige Dinge.«

»Unwichtige Dinge? Exzellenz werden vielleicht eines Tages sehr benachteiligt werden, wenn Ihr Urteil nicht schärfer wird ... Hören Sie zu. Wir haben hier zunächst eine Meldung von Shekts Assistenten. Sie ist nun sieben Tage alt. Es ist diejenige, die mich auf die Spur gebracht hat.«

»Auf welche Spur?«

Balkis lächelte säuerlich. »Darf ich Exzellenz an gewisse Vorhaben erinnern, die seit einigen Jahren hier auf der Erde in Vorbereitung sind?«

»Pssst!« der Hohe Minister vergaß plötzlich alle Würde und blickte sich unwillkürlich ängstlich um.

»Exzellenz, nicht Nervosität, sondern Vertrauen wird uns zum Ziel führen. Sie wissen ferner, daß der Erfolg dieses Projektes von dem klugen Gebrauch von Shekts kleinem Spielzeug, dem Synapsikator, abhängt. Bis jetzt ist er – wenigstens soweit wir wissen – nur auf unsere Anweisung hin benützt worden und zu einem ganz bestimmten Zweck. Und nun hat Shekt unerwartet und entgegen unseren Anweisungen einen unbekannten Mann mit dem Synapsikator behandelt.«

»Bringen Sie Shekt zur Disziplin«, sagte der Hohe Minister, »nehmen Sie den behandelten Mann in Gewahrsam und die Sache ist erledigt.«

»Sie sind gutgläubig, Exzellenz. Sie übersehen das Wichtigste. Es handelt sich nicht darum, *was* Shekt getan hat, sondern *warum* er es getan hat. Nehmen Sie bitte zur Kenntnis, daß mit diesem Vorkommnis eine beträchtliche Anzahl weiterer Ereignisse zusammenfällt. Der Bevollmächtigte für die Erde hat Shekt am gleichen Tag besucht, und Shekt selbst hat uns in loyaler Weise alles berichtet, was zwischen ihnen gesprochen wurde. Ennius wollte den Synapsikator für das Imperium erwerben. Wie es scheint, hat er Hilfsaktionen und großzügige Unterstützung durch den Kaiser versprochen.«

»Ach?« sagte der Hohe Minister.

»Sind Sie interessiert daran? – Ein Kompromiß scheint verlokkend zu sein, verglichen mit den Gefahren, die unsere jetzigen Vorhaben mit sich bringen ...? Erinnern Sie sich noch an die Versprechungen auf Nahrungsmittellieferungen während der Hungersnot vor fünf Jahren? Die Lieferung wurde verweigert, weil wir kein Geld besaßen. Und auf der Erde hergestellte Produkte wurden nicht im Tausch angenommen, weil sie angeblich radioaktiv verseucht waren. Wurden uns, wie versprochen, Nahrungsmittel geschenkt? Wurden sie uns auch nur geliehen? Hunderttausend Menschen starben den Hungertod. Trauen Sie nicht den Versprechungen der Außenseiter! – Doch darum handelt es sich jetzt nicht. Es geht vielmehr darum, daß Shekt sich sehr vertrauenswürdig gezeigt hat. Er glaubte, wir würden ihn nach seinem Bericht nie wieder kontrollieren. Und so ist es geschehen.«

»Sie meinen dieses unerlaubte Experiment, Balkis?«

»Allerdings, Exzellenz. Wer ist der behandelte Mann? Wir haben Fotografien von ihm und – dank Shekts Assistenten – seine Netzhautmuster. Eine Überprüfung der Registratur zeigt, daß keine Akte über ihn vorhanden ist. Man muß daraus schließen, daß er kein Erdbewohner ist. Shekt muß dies gewußt haben, da man Registrierkarten nicht fälschen kann. Mit anderen Worten: Shekt hat wissentlich einen Außenseiter behandelt. Warum ...? Die Antwort ist verblüffend einfach. Shekt ist kein ideales Instrument für unsere Zwecke. In seiner Jugend arbeitete er für die Angleichung der Erde an das Imperium und stand als Kandidat der Assimilationisten sogar vor der Wahl in das Große Konzil von Washenn. Er wurde natürlich geschlagen.«

»Das wußte ich nicht«, unterbrach der Hohe Minister. »Warum hat man mich nicht darüber informiert? Shekt ist in seiner heutigen Stellung ein sehr gefährlicher Mann.«

Balkis lachte nachsichtig. »Shekt hat den Synapsikator erfunden und ist immer noch der einzige Mann, der mit seiner Anwendung wirklich vertraut ist. Er wurde immer beobachtet und wird von jetzt an noch aufmerksamer beobachtet werden. Vergessen Sie nicht, daß ein Verräter in unseren Reihen, den wir kennen, dem Feind mehr schaden kann als ein uns ergebener Mann uns nützen. Doch fahren wir mit den Tatsachen fort. Shekt hat einen Außenseiter mit dem Synapsikator behandelt. Warum? Der Synapsikator kann nur zu einem Zweck angewandt werden – um die Leistung eines Gehirns zu verbessern. Und nur mit diesem Gerät können die Fähigkeiten unserer Wissenschaftler noch übertroffen werden. Dies bedeutet, daß das Imperium mindestens ahnt, was auf der Erde vorgeht. Sind das unwichtige Dinge, Exzellenz?«

Auf der Stirn des Hohen Ministers bildeten sich Schweißtropfen. »Glauben Sie wirklich?«

»Die Tatsachen sind ein Mosaikspiel, das nur auf eine folgerichtige Art zusammengesetzt werden kann. Der Außenseiter, der behandelt wurde, war ein Mann von unscheinbarem Äußeren. Ein guter Einfall, da ein kahlköpfiger, dicker, alter Mann dennoch der geschickteste Spion des Imperiums sein kann. Sein Deckname ist übrigens Schwartz. Lassen Sie uns nun diesen zweiten Bericht durchgehen.«

Der Hohe Minister warf einen Blick darauf. »Den über Bel Arvardan?«

»Doktor Bel Arvardan«, stimmte Balkis zu, »angesehener Archäologe des Sirius-Sektors. Wir haben hier ein seltsames Gegenstück zu Schwartz, einen fast poetischen Kontrast. Arvardan ist nicht unbekannt, sondern ein berühmter Mann. Er ist kein heimlicher Eindringling, sondern einer, den eine Welle der Popularität an Land spülte. Wir sind vor ihm gewarnt worden, nicht durch einen untergeordneten Assistenten, sondern durch den Bevollmächtigten für die Erde selbst.«

»Und Sie glauben, daß da ein Zusammenhang besteht, Balkis?«

»Wahrscheinlich soll der eine die Aufmerksamkeit vom anderen ablenken. Oder – da die herrschenden Klassen des Imperiums im Spinnen von Intrigen geschickt genug sind – wir haben ein Beispiel für zwei Methoden der Tarnung. In Schwartz' Fall sind die Lichter gelöscht. Im Fall Arvardan sind wir dagegen geblendet. In keinem Fall jedoch sollen wir etwas sehen ... Aber weshalb hat uns nun gerade Ennius vor Arvardan gewarnt?«

Der Hohe Minister rieb sich versonnen die Nase. »Ennius sagte, Arvardan sei auf einer archäologischen Expedition und wolle die Sperrgebiete zu wissenschaftlichen Zwecken betreten. Es sei kein Sakrileg beabsichtigt, und wenn wir ihn vorsichtig davon abhalten könnten, würde er unsere Handlung vor dem Großen Konzil gutheißen. So ähnlich drückte er sich aus.«

»Man lenkt also unsere Aufmerksamkeit von all diesen verdächtigen und seltsamen Umständen ab, indem man uns auffordert, sorgfältig über etwas zu wachen, das völlig bedeutungslos ist. Bedenken Sie bitte, Exzellenz, daß Schwartz sechs Tag lang im Institut für Kernforschung versteckt gehalten wurde. Dann ›entkam‹ er. Die Tür war plötzlich nicht mehr abgeschlossen. Der Korridor war plötzlich nicht mehr bewacht. Eine seltsame Fahrlässigkeit. Und an welchem Tag entkam er? Ausgerechnet an dem Tag, an dem Arvardan in Chika eintraf. Ein eigentümliches Zusammentreffen, nicht wahr?«

»Sie glauben also ...«

»Ich glaube, daß Schwartz ein Agent der Außenseiter ist, daß

Shekt der Kontaktmann der assimilationistischen Verräter unter uns ist und daß Arvardan der Kontaktmann des Imperiums ist. Beachten Sie das Geschick, mit dem das Zusammentreffen zwischen Schwartz und Arvardan arrangiert wurde. Man gestattet Schwartz zu entkommen, und nach einem angemessenen Zeitraum wird seine Krankenschwester – Shekts Tochter übrigens – auf die Suche geschickt. Wenn irgend etwas mit ihrem sorgfältig ausgeklügelten Zeitplan schiefgegangen wäre, hätte sie ihn natürlich sofort ›gefunden‹. Er wäre wieder ein armer, kranker Patient geworden. Man hat sogar den beiden überneugierigen Taxichauffeuren gesagt, er sei krank, und das zündete bei ihnen ironischerweise früh.

Folgen Sie mir aufmerksam. Schwartz und Arvardan treffen zuerst in einem Automaten-Restaurant zusammen. Sie tun, als bemerkten sie einander nicht. Dies ist nur das Vorspiel, das dazu dient, einander zu zeigen, daß bis jetzt alles gutging und daß man den nächsten Schritt einleiten könne ... Sie unterschätzen uns wenigstens nicht, was mich einigermaßen befriedigt.

Dann geht Schwartz. Wenige Minuten später geht auch Arvardan und trifft Shekts Tochter. Es geht alles wie nach der Stoppuhr. Nachdem sie vor den beiden Taxichauffeuren eine kleine Komödie aufgeführt haben, gehen sie in das Dunham-Warenhaus, und nun sind sie alle drei beisammen. Das Warenhaus ist natürlich der ideale Treffpunkt. In ihm ist man so ungestört, wie man es in keiner Höhle in den Bergen wäre. Dort ist man so sehr in der Öffentlichkeit, daß man nicht verdächtigt werden kann. Außerdem ist es zu überfüllt, als daß man verfolgt werden könnte. Ich muß die Fähigkeiten meines Gegenspielers anerkennen.«

Der Hohe Minister beugte sich vor. »Wenn Ihr Gegenspieler zu viel Lob verdient, wird er gewinnen.«

»Unmöglich. Er ist schon geschlagen. Und dies verdanken wir dem ausgezeichneten Natter.«

»Wer ist Natter?«

»Ein kleiner Agent, den wir von nun an mit den schwierigsten Aufgaben betrauen werden. Was er getan hat, ist unübertrefflich. Er hatte den Auftrag, Shekt zu überwachen. Zu diesem Zweck hat er einen Obststand vor dem Institut. Während der letzten Woche wurde er besonders angewiesen, die Entwicklung der Affäre

Schwartz zu verfolgen, und dies ist ihm tatsächlich glänzend gelungen.

Er war zur Stelle, als der Mann, den er von Fotografien her kannte, entkam. Mit unglaublicher Intuition kam er zu dem Schluß, daß diese ›Flucht‹ nur dazu diente, ein Zusammentreffen mit Arvardan möglich zu machen. Da es ihm nicht gelang, das Zusammentreffen für sich zu nutzen, entschloß er sich, es zu verhindern. Die Taxichauffeure sprachen über Strahlungsfieber. Natter ergriff die Gelegenheit mit der Schnelligkeit des Genies. Sobald er das Zusammentreffen im Warenhaus beobachtet hatte, berichtete er über einen Fall von Strahlungsfieber, und die Behörden in Chika waren intelligent genug, rasch zu handeln.

Das Warenhaus wurde geräumt, und damit war ihnen die Tarnkappe, unter der sie ihre Gespräche führen wollten, abgenommen. Sie waren allein und auffallend in dem Warenhaus. Natter ging noch weiter. Er überredete sie dazu, ihm zu erlauben, Schwartz ins Institut zurückzubringen. Sie stimmten zu. Es blieb ihnen nichts anderes übrig ... So endete der Tag damit, daß zwischen Arvardan und Schwartz kein Wort gesprochen wurde.

Natter beging auch nicht die Narrheit, Schwartz zu verhaften. Sie wissen daher noch nicht, daß sie durchschaut sind.

Aber Natter tat noch eines. Er benachrichtigte die Garnison, und das ist nun über alles Lob erhaben. Dadurch wurde Arvardan in eine Lage gebracht, mit der er nicht gerechnet hatte. Er mußte sich entweder als Außenseiter zu erkennen geben und dadurch seine Nützlichkeit untergraben, die offensichtlich darin besteht, daß man ihn für einen Erdbewohner hält. Oder er mußte sich allen Unannehmlichkeiten aussetzen, die sich daraus ergeben konnten. Er wählte die heroischere Möglichkeit und brach in seiner Vorliebe für Realismus sogar einem Offizier des Imperiums den Arm. Dies muß man ihm wenigstens zugute halten.

Es ist nicht unbedeutend, daß er so handelte. Denn hätte er sich als Außenseiter für ein Erdmädchen der Neuropeitsche ausgesetzt, wenn die Angelegenheit nicht äußerst wichtig wäre?«

Der Hohe Minister stützte sich mit beiden Fäusten auf den Tisch. Die weichen Züge seines Gesichts verzogen sich gequält. »Es spricht für Sie, Balkis, daß Sie aus so mageren Details ein so perfektes Spinngewebe konstruieren. Das ist geschickt gemacht, und ich glaube, Sie haben recht. Die Logik läßt keine andere Möglichkeit zu ... Aber das bedeutet, daß sie uns auf der Spur sind, Balkis. Und diesmal werden sie keine Gnade kennen.«

Balkis zuckte die Achseln. »Das ist ausgeschlossen. Sie können uns gar nicht auf der Spur sein, sonst hätten sie in diesem Fall – in dem es um die Zerstörung der ganzen Galaxis geht – bereits zugeschlagen ... Die Zeit wird knapp für sie. Arvardan muß immer noch mit Schwartz zusammentreffen, wenn der Plan zu Ende geführt werden soll, und deshalb kann ich die Zukunft vorhersagen.«

»Bitte.«

»Schwartz muß nun weggeschickt werden und die Lage sich beruhigen ...«

»Aber wohin wird man ihn schicken?«

»Auch das ist uns bekannt. Schwartz wurde von einem Farmer ins Institut gebracht. Sowohl Shekts Assistent als auch Natter haben uns den Mann beschrieben. Wir haben die Registrationsunterlagen aller Farmer im Umkreis von sechzig Meilen um Chika geprüft, und Natter identifizierte einen gewissen Arbin Maren als den betreffenden Mann. Der Assistent kam unabhängig davon zum gleichen Ergebnis. Wir haben die Akten dieses Mannes überprüft, und es sieht so aus, als habe er seinen Schwiegervater bei sich versteckt, einen hilflosen Krüppel, der der Euthanasie entgangen ist.«

Der Hohe Minister schlug auf den Tisch. »Diese Fälle häufen sich, Balkis! Das Gesetz muß verschärft werden!«

»Darum geht es jetzt nicht, Exzellenz. Wichtig ist vielmehr, daß der Farmer, da er die Gesetze übertreten hat, erpreßt worden sein kann.«

»Ach ...«

»Shekt und seine Komplicen brauchen für einen solchen Fall, wie er jetzt eingetreten ist, einen Ort, an dem sie Schwartz längere Zeit verborgen halten können. Der Farmer, wahrscheinlich hilflos und unschuldig, ist dadurch, daß sein Schwiegervater die Euthanasie umgeht, für eine Erpressung wie geschaffen. Nun, man wird ihn beobachten. Wir werden auch Schwartz nicht aus den Augen lassen ... Schließlich wird ein zweites Zusammentreffen zwischen ihm und Arvardan arrangiert werden, und diesmal werden wir vorbereitet sein. Verstehen Sie nun alles?«

»Ja.«

»Der Erde sei Dank. Dann werde ich Sie nun verlassen.« Und mit einem ironischen Lächeln fügte er hinzu: »Mit Ihrer Erlaubnis, natürlich.«

Und der Hohe Minister, der den Sarkasmus nicht bemerkte, entließ ihn mit einer Handbewegung.

Der Sekretär ging in sein kleines Büro.

Seine Gedanken kreisten weder um Dr. Shekt noch um Schwartz oder Arvardan – und am allerwenigsten um den Hohen Minister.

Statt dessen sah er das Bild eines Planeten vor sich, Trantors – von dessen riesiger weißer Hauptstadt aus die ganze Galaxis regiert wurde. Und er sah das Bild eines Palastes, den er nie gesehen hatte, den kein Erdbewohner je gesehen hatte. Er dachte an die unsichtbaren Fäden der Macht und des Ruhms, die von Sonne zu Sonne zu diesem Planeten führten und zu jener Abstraktion, dem Kaiser, der schließlich auch nur ein Mensch war.

Nur ein Mensch! Wie er!

Der Geist, der sich wandelte

Joseph Schwartz war sich kaum der Wandlung bewußt, die in seinem Geist vorging. Oft versuchte er in der Stille der Nacht sich an die vergangenen Ereignisse zu erinnern. Und wieviel ruhiger waren die Nächte nun! Waren sie jemals geräuschvoll und hell und angefüllt mit dem Leben einiger Millionen Einwohner gewesen?

Da war zunächst jener Tag, an dem er geängstigt und allein in einer fremden Welt stand – ein Tag, an den er sich nur noch so undeutlich erinnerte wie an Chikago selbst. Dann kam die Reise nach Chika. Man hatte ihm Tabletten gegeben und dann mit einer Maschine manipuliert. Es waren Tage der Erholung gefolgt und dann die Flucht, die unerklärlichen Ereignisse im Warenhaus. Er konnte sich nicht mehr genau daran erinnern. Erst im Laufe der beiden Monate, die seither vergangen waren, hatte sein Gedächtnis begonnen, fehlerfrei zu arbeiten.

Und doch hatte der Wandel in ihm schon damals begonnen: Er war für alles empfänglich geworden. Der alte Arzt und seine Tochter hatten sich nicht wohl gefühlt, ja, sie waren verängstigt gewesen. Er hatte es deutlich gespürt.

Und damals im Warenhaus, kurz ehe jener große Mann ihn an der Schulter gepackt hatte – ganz kurz vorher –, hatte er diesen Griff vorausgespürt, wenn auch nicht früh genug, um zu entkommen.

Seit damals hatte er auch die Kopfschmerzen. Nein, eigentlich keine Kopfschmerzen, eher ein Pulsieren, als habe ein verborgener Dynamo in seinem Gehirn zu arbeiten begonnen und erschüttere seine Schädelknochen.

Was hatte man an jenem Tag in Chika mit ihm getan? War es die Maschine gewesen? Die Tabletten? Oder eine Operation? Als seine Gedanken zum hundertstenmal an diesem Punkt angelangt waren, gab er es auf.

Er hatte Chika am Tag nach seiner erfolglosen Flucht verlassen. In den ersten Tagen war Grew in seinem Rollstuhl vor ihm gesessen, hatte ihm Worte vorgesprochen und dabei auf Gegenstände gedeutet oder Bewegungen gemacht, genau wie das Mädchen Pola es vorher getan hatte. Eines Tages hörte Grew dann auf, Unsinn zu reden. Oder nein, vielmehr hörte er, Joseph Schwartz, auf, Englisch zu sprechen, und begann, Unsinn zu reden. Nur daß es jetzt kein Unsinn mehr war.

Es war so leicht. In vier Tagen hatte er lesen gelernt. Das überraschte ihn selbst. Und doch schien Grew nicht verwundert zu sein.

Dann, als der Herbst golden geworden war, arbeitete er draußen auf den Feldern. Und da merkte er es wieder: Er konnte die kompliziertesten Maschinen bedienen, wenn man sie ihm ein einziges Mal erklärt hatte. Er machte nie einen Fehler.

Er wartete auf die kalte Jahreszeit. Sie kam nicht. Man verbrachte den Winter damit, die Felder zu pflügen, zu düngen und die Säarbeit für den Frühling vorzubereiten.

Er versuchte Grew zu erklären, was Schnee sei. Doch Grew sagte nur: »Gefrorenes Wasser, das wie Regen vom Himmel fällt, wie? Ja, ich habe gehört, daß es das auf anderen Planeten gibt. Aber nicht auf der Erde!«

Schwartz beobachtete danach die Temperaturen und fand, daß sie sich von Tag zu Tag kaum änderten. Und doch wurden die Tage kürzer, wie man es in einer geographischen Höhe wie der

Chikagos erwarten mußte. Er fragte sich, ob er überhaupt auf der Erde sei.

Die Rätsel hörten nicht auf. Zu ihnen gehörten auch die drohenden Anweisungen, gewisse Gebiete nicht zu betreten. Eines Abends war er schließlich zu neugierig geworden. Er wollte wissen, was es mit dem leuchtenden Horizont, dem blauen Glühen im Süden auf sich hatte.

Er war nach dem Abendessen vors Haus gegangen, und als er noch keine Meile entfernt war, hörte er hinter sich das fast geräuschlose Summen der Zweiradmaschine und Arbins aufgebrachte Stimme.

Man hatte ihn ins Haus zurückgebracht.

Arbin war vor ihm auf und ab gegangen und hatte ihm eingeschärft: »Du mußt dich von allem fernhalten, was nachts leuchtet.«

»Warum?«

»Weil es verboten ist!« Und nach einer langen Pause: »Weißt du wirklich nicht, was da draußen ist, Schwartz?«

Schwartz blickte ihn hilflos an.

»Woher stammst du eigentlich? Bist du ein – Außenseiter?«

»Was ist ein Außenseiter?«

Arbin zuckte die Achseln und ging.

Jene Nacht war für Schwartz dennoch sehr bedeutungsvoll gewesen. Denn während dieser knappen Meile hatte sich das Neue in seinem Geist verdichtet zu einem Ausstrahlungsgefühl. So nannte er es im stillen. Dieses Wort war unzulänglich, aber immer noch besser als alle anderen Ausdrücke, die ihm später noch einfielen.

Er war allein gewesen im funkelnden Violett. Seine Schritte auf dem schimmernden Schotter waren gedämpft. Er hatte niemanden gesehen. Er hatte niemanden gehört. Er hatte niemanden berührt. Und doch war es etwas wie eine Berührung gewesen. Keine körperliche, sondern eine geistige. Es war das Gefühl, daß jemand da war.

Dann hatte er zwei solcher Berührungen gespürt, ganz deutlich und unabhängig voneinander.

Und plötzlich wußte er, daß die eine von Arbin ausging. Er wußte es mindestens fünf Minuten, ehe er das Summen des Zweirads hörte, zehn Minuten, ehe er Arbin sah.

Danach geschah dies immer häufiger. Bald stellte er fest, daß er immer wußte, wo Arbin, Loa oder Grew waren, wenn sie sich innerhalb einer Entfernung von fünfzig Metern aufhielten, selbst dann, wenn er logischerweise das Gegenteil hätte annehmen müssen. Es war nicht zu begreifen, und doch schien es langsam selbstverständlich zu werden.

Er machte Experimente und fand, daß er die Ausstrahlungen der einzelnen Personen deutlich voneinander unterscheiden konnte. Doch er hatte nicht den Mut, es den anderen zu sagen.

Manchmal fragte er sich, was diese andere Ausstrahlung auf der nächtlichen Straße zu bedeuten hatte. Es war weder Arbin noch Loa, noch Grew gewesen.

Dieser andere Geist hatte ihn später wieder berührt, als er eines Abends das Vieh von der Weide hereintrieb. Er kam danach zu Arbin und sagte: »Was ist das für ein Stück Land hinter dem Hügel im Süden, Arbin?«

»Das ist Ministerialdomäne«, knirschte Arbin.

»Was ist das?«

Arbin war ärgerlich. »Man nennt es Ministerialdomäne, weil es dem Hohen Minister gehört.«

»Und warum ist dieses Land nicht bebaut?«

»Weil es nicht dafür vorgesehen ist. Es war in den alten Tagen ein sehr wichtiger Ort. Es ist heilig. Wenn du in Sicherheit bleiben willst, dann zügle deine Neugier, und kümmere dich um deine Arbeit.«

»Aber wenn es so heilig ist, dann darf sich doch niemand darin aufhalten?«

»Genauso ist es.«

»Bist du sicher?«

»Ich bin sicher ... Du darfst das Gebiet keinesfalls betreten. Es würde dein Ende bedeuten.«

Schwartz war unbehaglich zumute. Denn aus diesem Gebiet kam die Ausstrahlung ziemlich stark, und nun fühlte er gleichzeitig noch etwas anderes – es war eine unfreundliche, eine bedrohliche Ausstrahlung.

Er wagte immer noch nicht, darüber zu sprechen. Sie hätten ihm nicht geglaubt, und irgend etwas Unangenehmes wäre ihm danach geschehen. Auch das wußte er.

Er fühlte sich in jenen Tagen jünger. Nicht so sehr körperlich. Sein Bauch war zwar kleiner geworden, seine Schultern dafür breiter, seine Muskeln kräftiger und elastischer, seine Verdauung besser. Dies war die Folge der Arbeit in der freien Luft. Aber seine Denkweise war anders geworden.

Alte Männer neigen dazu, zu vergessen, wie sie in ihrer Jugend fühlten. Sie haben nicht mehr die Schnelligkeit des Denkens, den Wagemut der jugendlichen Intuition, die Behendigkeit, Eindrücke zu verwerten. Sie gewöhnen sich an die schwerfälligeren Denkweisen, und da dies durch größere Lebenserfahrung ausgeglichen wird, halten sie sich für weiser als die Jungen.

Aber Schwartz bereitete es großes Vergnügen, Arbin zu folgen, wenn er ihm Maschinen und andere Dinge erklärte. Daher fühlte er sich auf eine viel feinere Art jung, als es dem besten körperlichen Wohlbefinden zugeschrieben werden konnte.

Zwei Monate gingen vorüber, und dann trat bei einem Spiel Schach mit Grew in der Laube der endgültige Umschwung ein.

Das Schachspiel hatte sich nicht geändert, abgesehen von den Namen der Figuren. Die Spielregeln waren noch genauso, wie er sich an sie erinnerte, und deshalb war das Schachspiel ein Trost für ihn. Wenigstens in diesem Fall hielt ihn sein Gedächtnis nicht zum Narren.

Grew erklärte ihm verschiedene neue Spielarten. Es gab ein Schach für vier Personen, bei dem jeder Spieler ein Brett hatte, das zwei andere an den Ecken berührte. Ein fünftes Brett füllte den Zwischenraum in der Mitte aus und war das gemeinsame Niemandsland. Es gab auch dreidimensionale Schachspiele, bei denen acht durchsichtige Bretter übereinandergestellt waren und die Figuren nicht nur waagrecht, sondern auch senkrecht bewegt wurden, und bei dem die Anzahl der Figuren verdoppelt war. Bei diesem Spiel konnte nur gewonnen werden, wenn man gleichzeitig beide feindlichen Könige matt setzte. Es gab auch populäre Spielarten, bei denen die Grundstellung der Schachfiguren durch den Würfel entschieden wurde, oder bei denen gewisse Felder für die Figuren, die auf ihnen standen, Vor- oder Nachteile bedeuteten, oder bei denen Figuren mit neuen Zügen eingeführt wurden.

Aber das eigentliche Schach, das ursprüngliche und unveränderliche Schach, war dasselbe geblieben, und Schwartz und Grew hatten ihr erstes Turnier von fünfzig Spielen hinter sich.

Schwartz kannte lediglich die Züge, als sie begannen, und verlor deshalb die ersten Spiele regelmäßig. Aber das änderte sich bald, und er verlor immer seltener. Allmählich war Grew vorsichtiger geworden, hatte seine Pfeife zwischen den einzelnen Zügen bis zur Asche ausgeraucht und mußte schließlich zu seinem Ärger immer häufiger Niederlagen einstecken.

Schwartz langweilte sich schließlich dabei. Die Spiele wurden immer uninteressanter für ihn, je mehr er die Züge Grews im voraus wußte. Es war, als habe Grew ein Fenster im Kopf. Die Tatsache, daß er fast instinktiv den Verlauf des Spiels vorher wußte, war nichts als ein Teil der rätselhaften Wandlung, die in ihm vorgegangen war.

Einmal benutzten sie ein ›Nachtbrett‹, dessen Felder im Dunkeln blau und orange schimmerten. Die Figuren – im Sonnenlicht gewöhnliche, schwerfällige Tonsteine – waren bei Nacht wie verwandelt. Die eine Hälfte leuchtete in einem cremefarbenen Weiß, das den Figuren den Anschein von kaltem, glänzendem Porzellan verlieh, die andere Hälfte funkelte rot.

Die ersten Züge folgten rasch aufeinander. Gespenstisch huschten die leuchtenden Figuren über das Brett. Doch Schwartz war mit seinen Gedanken nicht beim Spiel.

»Wo bin ich eigentlich?« fragte er unvermittelt.

Grew blickte mitten in einem wohlüberlegten Zug auf. »Was?«

Schwartz kannte nicht das Wort für Land oder Nation. »Auf welchem Planeten sind wir?« fragte er.

»Auf der Erde«, antwortete Grew barsch.

Das war eine völlig unbefriedigende Antwort. Das Wort, das Grew benutzte, übersetzte Schwartz in Gedanken in ›Erde‹. Aber was war die Erde? Jeder Planet ist *die* Erde für diejenigen, die auf ihm leben. Er rückte seinen Bauern um zwei Felder vor, und Grew mußte seinen Läufer zurückziehen. Dann rückten Schwartz und Grew nacheinander ihre Damenbauern ein Feld vor, um je einen Läufer für die Schlacht zu mobilisieren, die bald im Mittelfeld beginnen würde.

»Welches Jahr haben wir?« fragte Schwartz, so beiläufig er konnte, und rochierte.

»Worauf willst du heute eigentlich hinaus? Willst du nicht spielen? Aber wenn es dich glücklich macht – wir haben das Jahr 827.« Und sarkastisch fügte er hinzu: »Galaktische Ära.«

Er blickte mißgelaunt auf das Brett und setzte dann seinen Springer zum ersten Angriff an.

Schwartz machte mit seinem Springer eine Gegenattacke. Das Geplänkel war in vollem Gange. Grews Springer schlug einen Läufer, der wie eine rote Feuergarbe in die Höhe sprang und mit einem trockenen Klicken in die Schachtel fiel, wo er bis zum nächsten Spiel ruhen konnte. Dann fiel der siegreiche Springer sofort Schwartz' Dame zum Opfer. In einem Augenblick der Übervorsicht zögerte Grew und zog seinen verbleibenden Springer zurück, unter den Schutz der Dame, wo er verhältnismäßig unnütz war. Schwartz' Springer tauschte nun seinerseits ab, schlug den feindlichen Läufer und fiel selbst dem weißen Turmbauern zum Opfer.

Nach einer weiteren Pause fragte Schwartz: »Was heißt Galaktische Ära?«

»Was?« fragte Grew übellaunig. »Ach so, du fragst immer noch, was für ein Jahr wir haben! Zum Teufel! Ich vergesse immer wieder, daß du erst vor einem Monat zu sprechen begonnen hast. Aber du bist intelligent. Weißt du es wirklich nicht? Wir haben das Jahr 827 der Galaktischen Ära. Es ist 827 Jahre her, seit das Imperium gegründet wurde. 827 Jahre seit der Krönung Frankenns I.«

Schwartz hielt einen Augenblick seinen Springer in der Hand. »Einen Moment«, sagte er und placierte dann die Figur. »Kennst du einen dieser Namen: Amerika, Asien, Vereinigte Staaten, Rußland, Europa?« Er suchte in den Augen Grews nach einer Bestätigung.

Grews dunkler Schatten beugte sich über das leuchtende Schachbrett. Er konnte nur kurz den Kopf geschüttelt haben, aber Schwartz hatte es nicht gesehen. Er brauchte es nicht zu sehen, denn er spürte die verneinende Antwort so klar, als sei sie ausgesprochen worden.

Schwartz versuchte es noch einmal: »Weißt du, wo ich eine Landkarte bekommen kann?«

»Laß die Finger davon«, grunzte Grew, »wenn du nicht deinen Kopf riskieren willst. Ich bin kein Geograph, und ich habe auch nie die Namen gehört, die du erwähnt hast. Was sind das für Namen? Leute?«

Den Kopf riskieren? Warum? Hatte er ein Verbrechen begangen? Wußte Grew davon?

»Die Sonne hat neun Planeten, nicht wahr?« fragte er zweifelnd.

»Zehn«, war die unnachgiebige Antwort.

Schwartz zögerte. Gut, man konnte vielleicht einen weiteren Planeten entdeckt haben, von dem er noch nicht gehört hatte. Aber warum sollte dann Grew davon gehört haben?

Er zählte die Planeten an den Fingern ab und fragte dann: »Wie steht es mit dem sechsten Planeten? Hat er Ringe?«

Grew bewegte langsam seinen Läuferbauern zwei Felder vor, und Schwartz trat ihm sofort mit dem seinen entgegen.

»Du meinst den Saturn«, sagte Grew. »Natürlich hat er Ringe.«

»Und es gibt einen Asteroiden-Gürtel – viele kleine Planeten zwischen Mars und Jupiter, ich meine, zwischen dem vierten und fünften Planeten?«

»Ja«, murmelte Grew. Er zündete seine Pfeife wieder an und dachte fieberhaft nach.

Schwartz bemerkte seine Unsicherheit und ärgerte sich darüber. Für ihn war nun, da er sich über die Identität der Erde sicher war, das Schachspiel weniger als eine Lappalie. Fragen zitterten in ihm, und eine davon schlüpfte heraus.

»Steht in deinen Buchfilmen die Wahrheit? Gibt es tatsächlich andere Welten? Andere bewohnte Planeten?«

Nun blickte Grew vom Brett auf. »Sprichst du im Ernst?«

»Gibt es das?«

»Bei der Galaxis! Ich glaube, du weißt es wirklich nicht!«

»Bitte . . .«

»Natürlich gibt es andere Welten. Millionen!«

Schwartz spürte jedes Wort, das Grew sprach, im voraus. Und er fühlte, wie der geistige Kontakt immer stärker wurde. Nun konnte er im Geiste bereits die Worte hören, die der andere nur dachte.

Er erwog zum erstenmal eine andere Möglichkeit außer dem Irrsinn. Hatte er irgendwie die Zeit übersprungen?

»Wie lange ist es her, seit dies alles geschehen ist?« fragte er trokken. »Wie lange ist es her, seit es nur einen bewohnten Planeten gab?«

»Was sagst du da?« Plötzlich wurde Grew mißtrauisch. »Bist du ein Mitglied der ›Gesellschaft der Alten‹?«

»Der ›Alten‹? Ich bin nirgends Mitglied. Aber war nicht die Erde einmal der einzige bewohnte Planet?«

»Die ›Alten‹ behaupten es«, sagte Grew ärgerlich. »Aber wer will das wissen? Die Welten da oben gibt es, soviel ich weiß, solange unsere Geschichte zurückreicht.«

»Und wie lange ist das?«

»Tausende von Jahren, nehme ich an. Fünfzigtausend, hunderttausend – ich weiß es nicht.«

»Tausende von Jahren!« Schwartz spürte ein Würgen in der Kehle. Dies alles zwischen zwei Schritten? Ein Atemzug, ein Augenblick, eine Sekunde – und er hatte Tausende von Jahren übersprungen? Nein! Es mußte doch eine Gedächtnisstörung sein. Daß er das Sonnensystem kannte, mußte das Ergebnis unvollkommener Erinnerungen sein.

Nun machte Grew seinen nächsten Zug. Er schlug den roten Läuferbauern, und fast mechanisch bemerkte Schwartz, daß es der falsche Zug war.

Zug folgte auf Zug, ohne daß Schwartz sich anstrengte.

»Und die Erde ist der Hauptplanet, nicht wahr?« fragte Schwartz.

»Hauptplanet wovon?«

»Des Imp ...«

»Ich habe deine Fragerei jetzt satt!« schrie Grew. »Bist du ein Vollidiot? Sieht die Erde so aus, als sei sie von irgend etwas der Hauptplanet?« Quietschend fuhr Grew mit dem Rollstuhl um den Tisch. Schwartz spürte, wie er am Arm gepackt wurde.

»Schau! Schau, dort!« Grews Stimme klang heiser. »Siehst du den Horizont? Siehst du es leuchten?«

»Ja.«

»*Das* ist die Erde – die ganze Erde außer ein paar Stellen hier und dort, auf denen man leben kann.«

»Das verstehe ich nicht.«

»Die Erdkruste ist radioaktiv. Der Boden glüht, hat immer geglüht und wird immer glühen. Nichts wächst darauf. Niemand kann darauf leben! – Hast du das wirklich nicht gewußt? Warum sollten wir sonst die Sechzigjahrgrenze haben?«

Der Gelähmte verstummte. Er fuhr mit seinem Rollstuhl wieder zurück. »Du bist am Zug!«

Die Sechzigjahrgrenze! Wieder eine Ausstrahlung mit einem unerklärlichen Ton der Drohung.

Schwartz' Figuren spielten von selbst, während er nachdachte.

»Was – was ist die Sechzigjahrgrenze?« fragte Schwartz nach einigen weiteren Spielzügen.

Grew fragte spitz: »Warum fragst du das?«

»Bitte«, sagte Schwartz bescheiden. »Ich habe keinen bösen Gedanken. Ich weiß nicht, wer ich bin und was mit mir geschehen ist. Vielleicht leide ich an einer Gedächtnisstörung.«

»Sehr wahrscheinlich«, war die geringschätzige Antwort. »Oder umgehst du die Sechzigjahrgrenze? Sei ehrlich!«

»Ich sage dir doch, ich weiß nicht, was das ist!«

Sein Tonfall klang überzeugend. Eine lange Pause trat ein. Grews Ausstrahlung war unheilvoll. Aber Schwartz konnte den Sinn nicht ganz erfassen.

»Die Erde ernährt zwanzig Millionen Menschen, nicht mehr«, erklärte Grew langsam. »Um zu leben, muß man arbeiten. Wenn man nicht mehr arbeiten kann, darf man nicht leben. Mit über Sechzig kann man nicht mehr arbeiten.«

»Und deshalb . . .«

». . . schafft man einen weg. Es tut nicht weh.«

»Man wird getötet?«

»Es ist kein Mord«, sagte Grew steif. »Es muß sein. Andere Planeten nehmen uns nicht auf. Wir müssen unseren Kindern Platz machen. Die ältere Generation muß der jüngeren weichen.«

»Und wenn man verschweigt, daß man sechzig ist?«

»Was hätte das für einen Zweck? Das Leben nach Sechzig ist kein Vergnügen . . . Außerdem findet alle zehn Jahre eine Volkszählung statt, bei der jeder ertappt wird, der närrisch genug ist, nach Sechzig leben zu wollen. Außerdem steht das Alter in den Akten.«

»Meines nicht . . .!« Die Worte entschlüpften ihm ungewollt. »Außerdem bin ich erst fünfzig.«

»Sie können an der Knochenstruktur feststellen, wie alt du bist. Weißt du das nicht? Man kann ihnen nichts vormachen. Das nächste Mal werden sie mich erwischen . . . Du bist am Zug.«

Schwartz überhörte es. »Du meinst, sie werden dich . . .«

»Natürlich. Ich bin zwar erst fünfundfünfzig. Aber schau meine Beine an. Ich kann nicht arbeiten. Und bei uns sind drei Familienangehörige registriert, und das Soll, das wir abliefern müssen, ist für drei Arbeiter berechnet. Nach meinem Schlaganfall hätte ich eigentlich angezeigt werden müssen. Dann wäre das Soll reduziert worden. Aber ich hätte die Grenze vorher erreicht, und das wollten Arbin und Loa nicht. Sie sind Narren, weil es harte Arbeit für sie bedeutet hat – bis du kamst. Aber man wird mich nächstes Jahr sowieso abholen. Du bist am Zug.«

»Ist nächstes Jahr Volkszählung?«

»Ganz recht . . . Du bist dran!«

»Warte. Wird jedermann über Sechzig beseitigt? Gibt es überhaupt keine Ausnahme?«

»Nicht für dich und mich. Der Hohe Minister lebt sein Leben aus, und die Mitglieder der ›Gesellschaft der Alten‹. Auch einige Wissenschaftler und Männer, die sich große Verdienste erworben haben und die noch gebraucht werden. Es sind nicht viele. Vielleicht ein Dutzend jedes Jahr . . . Du bist am Zug!«

»Wer entscheidet darüber?«

»Der Hohe Minister natürlich. Willst du jetzt endlich ziehen?«

Schwartz stand auf. »Nein. In fünf Zügen bist du ohnehin schachmatt.«

Grew starrte lange auf das Brett und fegte es dann ärgerlich vom Tisch. Die leuchtenden Figuren fielen auf den Rasen.

»Du lenkst einen auch dauernd ab mit deinem Geschwätz!«

Schwartz antwortete nicht. Er dachte nur daran, wie er der Sechzigjahrgrenze entrinnen konnte. Denn Browning hatte zwar gesagt:

». . . Denn erst deine letzten Jahre
erfüllen, was die Jugend verhieß . . .«

Doch das war auf einer Erde gewesen, auf der einige Milliarden Menschen lebten und auf der es unbegrenzte Nahrungsmittelvorräte gegeben hatte. Nun konnte man bestenfalls sechzig Jahre alt werden und – sterben.

Schwartz war zweiundsechzig.

Der Geist, der töten konnte

Da Schwartz nicht sterben wollte, mußte er die Farm verlassen. Wenn er blieb, würde die Volkszählung kommen, und mit ihr der Tod.

Aber wohin sollte er gehen?

Zu dem Arzt und seiner Tochter nach Chika? Sie hatten für ihn gesorgt. Und warum? Weil er ein interessanter medizinischer Fall gewesen war. Aber war er nicht immer noch ein ›Fall‹? Jetzt konnte er sprechen. Jetzt konnte er ihnen die Symptome schildern, wozu er vorher nicht imstande gewesen war. Er konnte sogar über das Ausstrahlungsgefühl berichten.

Oder hatten alle Menschen das Ausstrahlungsgefühl? Nein, weder Arbin noch Loa oder Grew hatten es, das wußte er. Sie konnten nicht feststellen, wo er war, wenn sie ihn nicht sahen oder hörten.

Und er könnte Grew niemals beim Schachspiel schlagen, wenn Grew das Ausstrahlungsgefühl hätte.

Das Schachspiel wäre überhaupt sinnlos, wenn jedermann dieses Gefühl hätte.

Deshalb war er ein Phänomen. Es war vielleicht nicht besonders angenehm, ein Phänomen zu sein. Aber es würde ihn am Leben erhalten.

Und angenommen, er litt nicht an Gedächtnisstörung, sondern hatte tatsächlich die Zeit übersprungen? Dann war er außerdem ein Mann aus der Vergangenheit. Er war ein historisches Schaustück. Man *konnte* ihn nicht töten.

Wenn man ihm glaubte!

Der Arzt in Chika würde ihm glauben. Schwartz war an jenem Tag unrasiert gewesen, als ihn Arbin nach Chika brachte. Er erinnerte sich sehr gut daran. Der Arzt mußte also wissen, daß er, Schwartz, Haare im Gesicht gehabt hatte. Wäre das nicht ein Beweis? Grew und Arbin rasierten sich niemals. Nur Tiere hätten Haare im Gesicht, sagten sie.

Deshalb mußte er zu dem Arzt gehen.

Wie war doch gleich sein Name? Shekt . . .? Richtig: Shekt.

Aber er wußte zu wenig von dieser neuen Welt. Wäre er bei Nacht gegangen, so hätte er sich in Gefahren gebracht, über die er nichts wußte. Deshalb ging er mit der Dreistigkeit dessen, dem keine andere Wahl bleibt, am frühen Nachmittag die Straße entlang.

Man würde ihn nicht vor dem Abendessen zurückerwarten, und bis dahin wäre er bereits ein gutes Stück fort. Sie hatten ja kein Ausstrahlungsgefühl und würden ihn nicht so schnell vermissen.

Während der ersten halben Stunde war er zum erstenmal, seit all dies begonnen hatte, gehobener Stimmung. Endlich unternahm er etwas. Endlich hatte er ein Ziel. Seine Flucht geschah nun nicht mehr unmotiviert, aus keinem bloßen Drang heraus wie damals in Chika.

Und dann blieb er stehen – mitten auf der Straße. Da war wieder die fremde Ausstrahlung, die unbekannte, die er zum erstenmal an jenem Abend gespürt hatte, als er versuchte, den leuchtenden Horizont zu erreichen. Die Ausstrahlung, die ihm von der Ministerialdomäne entgegenkam.

Schwartz hörte aufmerksam hin – oder er tat vielmehr das, was in dieser Beziehung dem Hören gleichkam. Die Ausstrahlung kam nicht näher, aber sie war auf ihn gerichtet. Es lag etwas Beobachtendes und Feindseliges darin.

Außerdem spürte er deutlich, daß ihn der Verfolger nicht aus den Augen verlieren durfte und daß der Verfolger bewaffnet war.

Vorsichtig drehte sich Schwartz um und suchte die Straße ab.

Sofort veränderte sich die Ausstrahlung. Sie wurde unsicher, vorsichtig. Die Tatsache, daß der Verfolger Waffen trug, drängte sich in den Vordergrund.

Schwartz wußte, daß der Verfolger ihn eher töten als aus den Augen verlieren würde. Er würde ihn bei der ersten falschen Bewegung töten ...

Schwartz ging weiter. Sein Rücken versteifte sich. Wie ist es, wenn man tot ist ...? Der Gedanke hämmerte in ihm, zum Takt seiner Schritte, dröhnte in seinem Unterbewußtsein, bis er fast unerträglich wurde.

Er hielt die Ausstrahlung des Verfolgers fest, als sei dies die einzige Rettung. Er würde die kurze Anspannung bemerken, die bedeutete, daß eine Waffe angelegt, ein Abzugshahn betätigt, ein Kontakt geschlossen wurde. In diesem Augenblick wollte er sich niederwerfen – oder laufen.

Aber warum verfolgte man ihn?

Die Möglichkeit, daß er die Zeit übersprungen hatte, erschien ihm plötzlich wieder absurd. Er glaubte wieder an die Gedächtnisstörung. Vielleicht war er doch ein Verbrecher – ein gefährlicher Mann, den man beobachten mußte? Oder war er einmal ein höherer Beamter gewesen, den man nicht ohne Gerichtsurteil töten konnte? Vielleicht war die Gedächtnisstörung nur eine Reaktion seines Unterbewußtseins, die verhinderte, daß er sich einer furchtbaren Schuld bewußt wurde?

So ging er über die leere Straße einem zweifelhaften Schicksal entgegen, und der Tod schritt hinter ihm her.

Langsam wurde es dunkel. Schwartz schätzte, daß es Dezember war, und der Sonnenuntergang um halb fünf sprach dafür. Dennoch kam ein lauer Abendwind auf.

Schwarz war schon lange zu dem Schluß gekommen, daß das milde Klima des Planeten nicht allein der Wärmestrahlung der Sonne zuzuschreiben war. Der radioaktive Boden selbst erzeugte Hitze.

In der Dunkelheit kam die Ausstrahlung des Verfolgers rasch näher. Die Verfolgung war nun schwieriger, und der Betreffende konnte es nicht riskieren, Schwartz' Spur zu verlieren.

»He! Hallo! Mann!«

Es war eine näselnde, hohe Stimme. Schwartz blieb stehen.

Langsam drehte er sich um. Eine kleine Gestalt kam auf ihn zu und winkte. »Hallo! Freut mich, Sie zu sehen. Es macht keinen Spaß, ohne Gesellschaft durch die Nacht zu marschieren. Macht es Ihnen etwas aus, wenn wir zusammen gehen?«

»Guten Abend«, sagte Schwartz teilnahmslos. Es war genau die Ausstrahlung seines Verfolgers. Das Gesicht kam ihm bekannt vor.

Und dann gab auch der Verfolger zu verstehen, daß er ihn kannte. »Aber ich kenne Sie doch! Ja, richtig . . .! Erinnern Sie sich nicht mehr an mich?«

Schwartz konnte unmöglich sagen, ob er unter normalen Umständen an die Aufrichtigkeit des kleinen Mannes geglaubt hätte oder nicht. Nun aber war das Gefühl überwiegend, daß der kleine Mann mit den scharfen Augen ihn von allem Anfang an gekannt hatte. Und daß er eine tödliche Waffe bereithielt.

Schwartz schüttelte den Kopf.

»Aber natürlich!« beharrte der kleine Mann. »Es war im Warenhaus. Ich habe Sie doch ins Institut zurückgebracht. Die Leute dachten, Sie hätten Strahlungsfieber. Erinnern Sie sich nicht?« Er schien sich vor gekünsteltem Gelächter nicht beruhigen zu können.

Schwartz erinnerte sich dunkel daran. »Ja«, sagte er, »freut mich, Sie wiederzusehen.« Es war keine sehr brillante Konversation, doch den kleinen Mann schien das nicht zu stören.

»Mein Name ist Lig Natter«, sagte er und streckte Schwartz schlaff die Hand hin. »Ich freue mich wirklich, Sie wiederzusehen.«

»Schwartz.« Sie gaben einander die Hand.

»Wieso gehen Sie zu Fuß?« fragte Natter. »Haben Sie ein bestimmtes Ziel?«

Schwartz zuckte die Achseln. »Ich gehe nur spazieren.«

»Als Anhalter, wie? Genau wie ich. Ich bin das ganze Jahr auf der Achse. Das bringt die alten Knochen auf Draht.«

»Wie bitte?«

»Das hält einen lebendig, meine ich. Man atmet frische Luft und fühlt das Blut pulsieren ... Aber diesmal bin ich zu weit gewandert. Und ich gehe bei Nacht nicht gern allein. Bin immer froh um Gesellschaft. Wohin gehen Sie?«

Nun hatte Natter diese Frage zum zweitenmal gestellt, und seine Ausstrahlung zeigte klar die Bedeutung, die er dieser Frage beimaß. Schwartz fragte sich, wie er das Thema umgehen konnte. Doch er wußte zu wenig von dieser Welt, um lügen zu können.

»Ich gehe ins Krankenhaus«, sagte er.

»Ins Krankenhaus? In was für ein Krankenhaus?«

»Dorthin, wo ich in Chika war.«

»Sie meinen das Institut, nicht wahr? Sie meinen das Haus, in das ich Sie damals vom Warenhaus aus zurückbrachte?«

Wachsende Spannung.

»Zu Doktor Shekt«, erwiderte Schwartz. »Kennen Sie ihn?«

»Ich habe von ihm gehört. Er ist ein großes Tier. Sind Sie krank?«

»Nein, aber ich soll ihm ab und zu Bericht erstatten.« Klang das glaubhaft?

»Und da gehen Sie zu Fuß?« fragte Natter. »Schickt er Ihnen keinen Wagen?«

Offensichtlich hatte es nicht glaubhaft geklungen.

Schwartz sagte nichts.

Beklemmende Stille.

»Wissen Sie was? Sobald wir an einer öffentlichen Sprechstelle vorbeikommen, bestelle ich ein Taxi aus der Stadt«, sagte Natter heiter. »Was halten Sie davon?«

»Eine Sprechstelle?«

»Natürlich. Sie sind an der ganzen Straße entlang aufgestellt. Sehen Sie, hier ist schon eine.«

Natter ging darauf zu. Da hörte sich Schwartz plötzlich rufen: »Halt! Keinen Schritt weiter!«

Natter blieb stehen. »Was ist denn in Sie gefahren, Mann?«

Schwartz fand die neue Sprache fast ungeeignet für die Schnelligkeit, mit der er nun dem kleinen Mann die Worte entgegenschleuderte. »Ich habe diese Komödie satt! Ich kenne Sie, und ich weiß, was Sie vorhaben. Sie wollen jemanden anrufen, um ihm zu sagen, daß ich zu Doktor Shekt gehe. Man wird einen Wagen schicken und mich abholen. Und Sie werden mich töten, wenn ich versuche davonzulaufen.«

»Mit dem letzteren hast du recht, mein Bester«, murmelte Natter. Dies war nicht für Schwartz' Ohren bestimmt, aber die Worte waren für Schwartz dennoch klar zu verstehen. Laut sagte Natter: »Mann, Sie bringen einen ja ganz durcheinander! Sie können einem einen ordentlichen Schrecken einjagen mit Ihren Witzen.« Aber seine Hand griff an die Hüfte.

Und Schwartz verlor die Selbstbeherrschung. »Lassen Sie mich in Ruhe! Was habe ich Ihnen getan . . .? Gehen Sie fort!«

Sein Geist hieb und stieß nach der Ausstrahlung des anderen und versuchte, sie von sich abzuschütteln, sich von ihr zu befreien.

Und plötzlich war sie weg. Vollständig. Schwartz hatte ganz kurz einen rasenden Schmerz gefühlt, nicht in sich selbst, sondern in dem anderen – und dann nichts mehr. Die Ausstrahlung des Verfolgers hatte nachgelassen wie ein Faustgriff, der sich plötzlich lokkert.

Natter lag auf der dunklen Straße. Schwartz ging auf ihn zu. Die Agonie war tief in Natters Gesicht eingeprägt. Die Gesichtszüge blieben so, sie entspannten sich nicht. Schwartz tastete nach dem Herzen. Es schlug nicht. Entsetzt richtete er sich auf.

Er hatte einen Menschen ermordet, ohne ihn zu berühren. Er hatte diesen Mann nur durch seinen Haß getötet, mit dem Ausstrahlungsgefühl!

Was für andere Kräfte besaß er noch?

Er entschloß sich rasch. Er durchsuchte die Taschen des Mannes und fand Geld. Gut! Das konnte er gebrauchen. Dann zog er die Leiche in das Feld, wo sie das hohe Gras versteckte.

Zwei Stunden lang ging er weiter, und keine andere Ausstrahlung störte ihn.

Er schlief in jener Nacht im offenen Feld. Am nächsten Morgen erreichte er nach zwei weiteren Stunden die Außenbezirke von Chika.

Chika war für Schwartz nur ein Dorf. Im Vergleich zu dem Chikago, an das er sich erinnerte, war der Verkehr auf den Straßen unbedeutend. Dennoch stand er hier zum erstenmal den Ausstrahlungen in größerer Zahl gegenüber. Sie verwirrten ihn.

Manche wehten nur leicht vorüber, verschwommen und kaum wahrnehmbar. Andere waren ausgeprägt und intensiv. Da gab es Männer, deren Geister knallten wie kleine Explosionen. Wieder andere dachten an nichts oder vielleicht nur flüchtig an das soeben eingenommene Frühstück.

Zuerst wandte sich Schwartz nach jeder Ausstrahlung um, als sei jede ein körperlicher Kontakt. Aber innerhalb einer Stunde hatte er sich daran gewöhnt und ignorierte sie.

Er hörte nun Worte, auch wenn sie nicht ausgesprochen wurden. Das war etwas Neues. Es waren zusammenhanglose, unheimliche Sätze, die vom Wind hergetragen wurden ... Und mit ihnen kamen subtile Empfindungen, so daß die ganze Welt ein Panorama sprudelnden Lebens war, das nur er sehen konnte.

Er stellte fest, daß er seinen Geist durch die Mauern der Gebäude in die Zimmer schicken konnte, als sei er etwas, das er an der Leine hielt, etwas, das in Schlupfwinkel kroch, die dem Auge verborgen waren, und das die heimlichsten Gedanken der Menschen ans Tageslicht bringen konnte.

Vor einem riesigen, steinernen Gebäude blieb er stehen und überlegte. Man suchte ihn, wer immer es auch sein mochte. Er hatte den Verfolger getötet, aber es mußten noch andere dasein, die anderen, die der Verfolger hatte anrufen wollen. Es wäre das beste, einige Tage nichts zu unternehmen. Doch wie konnte er sich verborgen halten? Sollte er eine Arbeit annehmen . . .?

Er sondierte das Gebäude, vor dem er stand. In ihm spürte er eine schwache Ausstrahlung, die eine Arbeit für ihn bedeuten konnte. Man suchte in diesem Gebäude Textilarbeiter – und er war einmal Schneider gewesen.

Er trat ein und wurde von allen Menschen, die ihm begegneten, ignoriert. Er tippte jemandem auf die Schulter.

»Wo kann ich mich hier um eine Arbeit bewerben, bitte?«

»Durch diese Tür!«

Schwartz trat ein und dann feuerte ein schmächtiger Mann mit spitzem Kinn Fragen auf ihn ab: Alter . . .? – Zweiundfünfzig. Hm. Gesundheitszustand . . .? – Verheiratet . . .? – Gut. Berufserfahrung . . .? – Schon mit Textilien gearbeitet . . .? – Schön. Mit was für welchen . . .? – Thermoplastic? Elastofaser . . .? Was meinen Sie damit? – Textilien aller Art . . .? Für wen haben Sie zuletzt gearbeitet . . .? – Buchstabieren Sie seinen Namen . . . – Sie sind nicht aus Chika, nicht wahr . . .? – Wo sind Ihre Papiere . . .? – Sie müssen sie herbringen, wenn Sie eine Arbeit haben wollen . . . Wie lautet Ihre Registriernummer . . .?

Schwartz zog sich langsam zur Tür zurück. Dies hatte er nicht vorausgesehen. Und die Ausstrahlung des Mannes änderte sich nun. Sein Desinteresse schwand. Statt dessen wurde er mißtrauisch.

»Ich glaube, ich bin für diese Arbeit hier nicht recht geeignet«, sagte Schwartz nervös.

»Doch, doch! Kommen Sie her!« Der Mann winkte ihm. »Wir haben etwas für Sie. Lassen Sie mich einen Augenblick die Akten prüfen . . .« Er lächelte. Aber seine Ausstrahlung war jetzt noch unfreundlicher.

Er hatte einen Kontakt auf seinem Schreibtisch betätigt. Schwartz eilte erschrocken zur Tür.

»Haltet ihn!« rief der andere sofort und stürzte vorwärts.

Schwartz schlug nach dem Geist des anderen, peitschte heftig mit seinen Gedanken – und hörte, wie der Mann hinter ihm aufstöhnte. Er blickte rasch zurück. Der Personalchef saß mit verzerrtem Gesicht auf dem Boden und hielt sich die Schläfen. Ein anderer Mann beugte sich über ihn.

Schwartz hielt sich nicht länger auf. Er war draußen auf der Straße und wußte, daß er nun verfolgt wurde.

Er rannte blind durch die Straßen. Er erregte Aufsehen – Mißtrauen. Mißtrauen überall – Mißtrauen, weil er rannte, Mißtrauen, weil sein Anzug zerdrückt war und nicht gut saß.

In seiner Furcht und Verzweiflung konnte er aus der Vielfalt der Ausstrahlungen die wahren Feinde nicht herausspüren, diejenigen, die nicht mißtrauisch, sondern ihrer Sache bereits sicher waren. Daher war er vor der Neuropeitsche nicht gewarnt.

Er spürte nur einen entsetzlichen Schmerz, der ihn zu erdrücken schien, bis es um ihn dunkel wurde.

Spinnwebe in Washenn

Im Park des Kollegiums der ›Alten‹ in Washenn war es sehr still. Einfachheit war das Leitmotiv für alles. Die Novizen machten in Gruppen ihren Abendspaziergang unter den Bäumen des ›Quadrates‹, wo nur ›Alte‹ zugelassen waren. Gelegentlich schritt einer der grüngekleideten Senioren über den Rasen und erwiderte gemessen die ehrfürchtigen Grüße.

Hier erschien – wenn auch sehr selten – der Hohe Minister selbst. Aber noch nie hatte man ihn wie jetzt fast laufend gesehen, nach Atem ringend, die respektvoll gehobenen Hände mißachtend, uneingedenk der verdutzten Blicke.

Er stürmte durch den Privateingang in die Legislativ-Halle und beschleunigte seine Schritte noch mehr – sie hallten durch die leeren Gänge. Er hämmerte an eine Tür, die sich öffnete, als auf der anderen Seite mit dem Fuß ein Knopf betätigt wurde. Der Hohe Minister trat ein.

Sein Sekretär blickte kaum auf. Hinter seinem kleinen, einfachen Pult war er über einen winzigen Fernsehapparat gebeugt.

Der Hohe Minister schlug mit der flachen Hand auf das Pult. »Was geht hier eigentlich vor?«

Der Sekretär blickte ihn über einen hohen Aktenstapel hinweg an und rückte den Fernsehapparat zur Seite.

»Gruß, Exzellenz!«

»Sparen Sie sich Ihre Grüße«, erwiderte der Hohe Minister ungeduldig. »Ich möchte wissen, was vorgeht.«

»Kurz gesagt: Unser Mann ist entkommen.«

»Sie meinen den Mann, den Shekt mit dem Synapsikator behandelt hat – den Außenseiter – den Spion – den, der auf der Farm außerhalb von Chika . . .«

Es ist ungewiß, wie viele Charakteristiken der Hohe Minister in seinem Zorn noch heruntergerasselt hätte, wenn ihn sein Sekretär nicht mit einem gelassenen »Genau!« unterbrochen hätte.

»Warum hat man mich nicht davon benachrichtigt? Warum werde ich nie informiert?«

»Wir mußten rasch handeln, und Sie waren gerade beschäftigt. Ich habe Sie deshalb nach besten Kräften vertreten.«

»Ja, Sie sind sehr darauf bedacht, mich ja nicht zu stören, wenn Sie ohne mich handeln wollen. Aber ich dulde es nicht! Ich lasse es nicht zu, daß man mich aufs tote Gleis schiebt! Ich werde . . .«

»Wir vergeuden nur Zeit«, war die Antwort.

Der Ausbruch des Hohen Ministers ebbte ab. Er hüstelte, wußte nicht, was er sagen sollte, und fragte dann wesentlich gemäßigter: »Wie sind die Einzelheiten, Balkis?«

»Nach zwei Monaten geduldigen Wartens verließ dieser Schwartz die Farm, wurde verfolgt und entkam.«

»Wie ging das zu?«

»Wir wissen es nicht. Aber unser Agent Natter versäumte es gestern abend bereits zum drittenmal, Bericht zu erstatten. Seine Wachablösung fand ihn in der Morgendämmerung. Er lag in einem Graben neben der Straße – tot.«

Der Hohe Minister erblaßte. »Hat der Außenseiter ihn getötet?«

»Vermutlich, obwohl wir nicht sicher sind. Er hatte keine sichtbaren Anzeichen von Gewaltanwendung, außer dem qualvoll verzerrten Gesichtsausdruck. Es wird natürlich eine Obduktion stattfinden. Er kann gerade in diesem ungelegenen Moment einem Schlaganfall erlegen sein.«

»Das wäre ein unglaublicher Zufall.«

»Das finde ich auch«, war die kühle Antwort. »Aber wenn

Schwartz ihn getötet hat, werden die übrigen Ereignisse nur noch rätselhafter. Aus unserer früheren Analyse schien es einleuchtend, daß Schwartz nach Chika zurückkehren würde, um Shekt zu treffen. Wir haben deshalb vor drei Stunden in Chika Alarm gegeben, und der Mann wurde gefangen.«

»Schwartz?«

»Gewiß.«

»Warum sagen Sie das nicht gleich?!«

Balkis zuckte die Achseln. »Exzellenz, es gibt Wichtigeres zu tun. Schwartz wurde rasch und ohne Schwierigkeiten gefangengenommen, und dies scheint mir nicht gut zum Tode Natters zu passen. Wie kann er einmal so geschickt sein, Natter aufzuspüren und zu töten – einen äußerst fähigen Mann – und dann so dumm, am nächsten Tag nach Chika zu gehen, offen eine Fabrik zu betreten und um eine Arbeit zu bitten?«

»Das hat er getan?«

»Das hat er getan ... Es gibt daher zwei Möglichkeiten. Entweder hat er bereits Informationen mit Shekt oder Arvardan ausgetauscht und läßt sich nun verhaften, um unsere Aufmerksamkiet abzulenken. Oder es sind weitere Agenten im Spiel, die wir noch nicht kennen und die er nun deckt.«

»Ich weiß nicht«, sagte der Hohe Minister hilflos, »das verstehe ich alles nicht.«

Balkis lächelte verächtlich. »Sie sind in vier Stunden mit Professor Bel Arvardan verabredet.«

»Ich? Warum? Was soll ich ihm sagen? Ich möchte nicht mit ihm sprechen.«

»Es muß sein, Exzellenz. Da das Datum des Beginns seiner fiktiven Expedition näherrückt, muß er das Spiel fortführen und Sie um die Erlaubnis bitten, die Sperrgebiete zu betreten. Ennius hat uns darauf vorbereitet, und Ennius muß den Verlauf dieser Komödie genau kennen. Ich nehme an, daß Sie jede Schaumschlägerei mit Schaumschlägerei beantworten können.«

Der Hohe Minister senkte den Kopf. »Also gut, ich will es versuchen.«

Bel Arvardan kam vor der vereinbarten Zeit an und hatte Muße, sich umzusehen. Für einen Mann, der an die archtitektonischen

Triumphe der Galaxis gewöhnt war, schien das Kollegium der ›Alten‹ kaum mehr als ein Bruthaus aus Granit mit Stahlrippen in einem archaischen Stil zu sein. Für einen Archäologen war es aufschlußreich in seiner düsteren, fast brutalen Strenge, die geeignete Heimstätte einer verstockten, fast brutalen Kulturfom. Die Primitivität des Bauwerks ließ einen an die ferne Vergangenheit denken.

Doch Arvardans Gedanken wurden immer wieder abgelenkt. Seine achtwöchige Reise durch die westlichen Kontinente der Erde war nicht sehr ergiebig gewesen. Jener erste Tag in Chika hatte alles verdorben.

Er ärgerte sich darüber, daß er schon wieder daran dachte. Sie war ein Erdenmädchen. Mußte er ihretwegen ein schlechtes Gewissen haben? Und doch ...

Hatte er Verständnis für ihren Schock gehabt, als sie erfuhr, daß er ein Außenseiter war, genau wie der Offizier, der sie beleidigt hatte und dessen arrogantes, rohes Benehmen er mit einem gebrochenen Arm quittierte? Konnte er wissen, was sie schon unter den Außenseitern gelitten hatte?

Wenn er geduldiger gewesen wäre ... Warum war er so brüsk weggegangen? Er erinnerte sich nicht einmal mehr an ihren Namen. Pola Soundso. Seltsam! Sein Gedächtnis war gewöhnlich besser. War es eine Reaktion seines Unterbewußtseins, das vergessen wollte?

Ja, vergessen! Lohnte es sich überhaupt, sich an sie zu erinnern? Sie war ein Mädchen von der Erde. Ein ganz gewöhnliches Mädchen von der Erde.

Sie war Krankenschwester in einem Hospital. Angenommen, er würde versuchen, dieses Hospital zu finden ... Es war nichts als ein verschwommener Fleck in der Nacht, als er sich von ihr trennte. Aber es mußte in der Nähe jenes Automaten-Restaurants gewesen sein.

War er verrückt? Was hätte er schon davon gehabt? Sie war ein Mädchen von der Erde. Hübsch, süß, irgendwie verführerisch –

Ein Mädchen von der Erde!

Der Hohe Minister trat ein. Arvardan war froh darüber. Der Hohe Minister trug eine neue Robe. Er zeigte keine Spur von Eile oder Unsicherheit.

Und die Konversation fand in einer freundlichen Atmosphäre

statt. Arvardan ließ es sich angelegen sein, die guten Wünsche einiger großer Männer des Imperiums an das Volk der Erde zu überbringen. Der Hohe Minister drückte die Dankbarkeit aus, die die ganze Erde für die Großzügigkeit und Weisheit der kaiserlichen Regierung empfand.

Arvardan erklärte daraufhin die Bedeutung der Archäologie für die Philosophie des Imperiums, ihren Beitrag zu der Erkenntnis, daß alle Menschen in jeglicher Welt der Galaxis Brüder seien.

Der Hohe Minister stimmte geschmeichelt zu und wies darauf hin, daß die Erde dies schon lange glaube und nur hoffen könne, daß bald die Zeit käme, in der auch die übrige Galaxis die Theorie in die Praxis umsetze.

Hierüber lächelte Arvardan kurz und sagte: »Gerade aus diesem Grund, Exzellenz, komme ich zu Ihnen. Die Differenzen zwischen der Erde und einigen der kaiserlichen Dominien in der Nachbarschaft beruhen vielleicht im großen ganzen auf verschiedenen Denkweisen. Ein großer Teil der Schwierigkeiten könnte behoben werden, wenn es gelänge, zu beweisen, daß die Erdbewohner sich rassisch nicht von den anderen Bürgern der Galaxis unterscheiden.«

»Und wie wollen Sie diesen Beweis führen?«

»Das ist nicht ganz einfach zu erklären. Wie Exzellenz zweifellos wissen, werden die beiden Hauptströme des archäologischen Denkens gemeinhin die Merger-Theorie und die Ausbreitungs-Theorie genannt.«

»Ich bin mit beiden Theorien – wenn auch als Laie – vertraut.«

»Gut. Die Merger-Theorie vertritt die Meinung, daß sich die verschiedenen Menschentypen, nachdem sie sich unabhängig voneinander entwickelt hatten, in einer sehr frühen, kaum überlieferten Zeit der primitiven Raumschiffahrt vermischten. Eine solche Vorstellung erkläre die Tatsache, daß die Menschen auf allen bewohnten Planeten heute einander so ähnlich sind.«

»Ja«, sagte der Hohe Minister. »Und diese Theorie setzt voraus, daß einige hundert oder gar tausend Rassen, die sich unabhängig voneinander entwickelt haben, chemisch und biologisch so nahe miteinander verwandt sind, daß die Vermischung möglich ist.«

»Ganz recht«, sagte Arvardan befriedigt. »Sie haben einen äußerst schwachen Punkt der Theorie berührt. Und doch ignorieren ihn die meisten Archäologen und halten an der Merger-Theorie fest, die natürlich die Möglichkeit einräumt, daß es in abgelegenen Gebieten der Galaxis vielleicht noch Untergruppen der Menschheit gibt, die unvermischt geblieben sind und die sich deshalb von den anderen unterscheiden.«

»Sie meinen die Erde«, bemerkte der Hohe Minister.

»Ja. Die Erde gilt als ein solches Beispiel. Die Ausbreitungstheorie dagegen . . .«

»Betrachtet uns alle als die Nachkommen einer einzigen Menschengruppe.«

»Genau.«

»Mein Volk«, sagte der Hohe Minister, »glaubt auf Grund gewisser Schriften, die uns heilig sind und die deshalb nicht dem Blick von Außenseitern ausgesetzt werden, daß die Erde selbst die ursprüngliche Heimat der Menschheit ist.«

»Und genau das will ich beweisen, und ich bitte Sie, mich dabei zu unterstützen.«

»Sie sind recht optimistisch. Wie wollen Sie das beweisen?«

»Ich bin überzeugt, Exzellenz, daß wir in den radioaktiven Gebieten viele primitive Funde und Architekturreste ausgraben könnten. Das Alter dieser Funde könnte an Hand des radioaktiven Zerfalls genau berechnet werden und . . .«

Der Hohe Minister schüttelte den Kopf. »Das kommt nicht in Frage.«

»Warum nicht?« Arvardan runzelte überrascht die Stirn.

»Was wollen Sie damit erreichen?« sagte der Hohe Minister ruhig. »Selbst wenn Sie diesen einen Punkt der Theorie beweisen, was spielt es für eine Rolle, daß vor einer Million Jahren alle Menschen Erdbewohner waren? Schließlich waren wir vor einer Milliarde Jahren Affen und halten dennoch die heutigen Affen nicht für unsere Verwandten.«

»Der Vergleich ist unvernünftig, Exzellenz.«

»Ganz und gar nicht. Leuchtet es nicht ein, daß die Erdenbewohner sich während ihrer langen Abgeschlossenheit so weit von ihren ausgewanderten Vettern fortentwickelt haben, daß man nun von einer anderen Rasse sprechen kann?«

Arvardan biß sich auf die Lippen. »Sie machen sich die Argumente Ihrer Gegner zu eigen.«

»Weil ich mich frage, was meine Feinde sagen werden. Jedenfalls werden Sie nichts erreichen, sondern den Haß gegen uns höchstens noch verschlimmern.«

»Aber denken Sie auch an die Interessen der Wissenschaft!« sagte Arvardan.

Der Hohe Minister nickte ernst. »Es tut mir aufrichtig leid, der Wissenschaft im Wege stehen zu müssen. Ich spreche nun als Bürger des Imperiums zu einem anderen Bürger des Imperiums. Ich persönlich würde Sie mit Freuden unterstützen. Aber mein Volk ist eigensinnig und halsstarrig. Es hat sich seit Jahrhunderten in sich selbst verkapselt wegen des ... äh ... beklagenswerten Verhaltens bestimmter Teile der Galaxis. Wir haben gewisse Tabus, gewisse feststehende Sitten – die zu verletzen selbst ich mir nicht gestatten könnte.«

»Und die radioaktiven Gebiete ...«

»... sind eines der strengsten Tabus. Selbst wenn ich Ihnen die Erlaubnis geben würde – und mein Gefühl würde mir dazu raten –, so hieße das Aufstände und Schwierigkeiten provozieren, die nicht nur Ihr Leben und das der Mitglieder Ihrer Expedition in Gefahr brächten, sondern auf lange Sicht der Erde eine Strafaktion des Imperiums eintrügen. Ich würde das Vertrauen meines Volkes verraten, wenn ich es erlaubte.«

»Aber ich bin ja bereit, alle Vorsichtsmaßnahmen zu treffen. Wenn Sie mir Beobachter mitgeben wollen ... und selbstverständlich werde ich Sie vorher zu Rate ziehen, ehe ich irgendwelche Resultate veröffentliche.«

»Sie verführen mich. Es ist ein interessantes Projekt, aber Sie überschätzen meine Macht. Selbst wenn wir das Volk außer acht lassen. Ich bin kein absoluter Herrscher. Meine Macht ist eng begrenzt. Und alle Angelegenheiten müssen der ›Gesellschaft der Alten‹ vorgelegt werden, ehe ein endgültiger Entschluß gefaßt werden kann.«

»Schade. Der Bevollmächtigte hat mich auf Schwierigkeiten vorbereitet, und doch hoffte ich, daß ... Wann können Sie Ihre Legislative konsultieren, Exzellenz?«

»Das Präsidium der ›Gesellschaft der Alten‹ tritt in drei Tagen zusammen. Es liegt nicht in meiner Macht, die Tagesordnung zu ändern, deshalb können einige weitere Tage verstreichen, ehe die Angelegenheit diskutiert wird. Sagen wir – in einer Woche.«

Avardan nickte zerstreut.

»Nun, wenn es sein muß ... Übrigens, Exzellenz ...«

»Ja?«

»Es ist ein Wissenschaftler auf Ihrem Planeten, den ich gern sprechen würde, ein gewisser Doktor Shekt in Chika. Ich bin zwar in Chika gewesen, reiste aber ab, bevor ich etwas unternehmen konnte und würde das Versäumnis nun gerne nachholen. Da ich sicher bin, daß er ein sehr beschäftigter Mann ist, würde ich Sie gern um ein Empfehlungsschreiben bitten.«

Der Hohe Minister versteifte sich sichtlich. »Darf ich fragen, weshalb Sie ihn sprechen wollen?«

»Ich habe über ein Instrument gelesen, das er entwickelt hat und das er, glaube ich, Synapsikator nennt. Es betrifft die Neuro-Chemie des Gehirns und könnte unter Umständen für ein anderes Vorhaben von mir sehr nützlich sein. Ich habe an der Klassifizierung der Menschheit nach enzephalographischen Ergebnissen gearbeitet – nach verschiedenen Arten der Gehirnströme, wissen Sie.«

»Äh ... Ich habe von seiner Erfindung gehört. Ich glaube, ich erinnere mich daran, daß es kein Erfolg war.«

»Ja, das ist möglich. Aber Doktor Shekt ist jedenfalls Experte auf diesem Gebiet und könnte mir sicher wertvolle Anregungen geben.«

»Gut. Ich lasse sofort ein Empfehlungsschreiben für Sie ausstellen. Natürlich dürfen Sie ihm gegenüber nichts von Ihren Absichten hinsichtlich der Sperrgebiete erwähnen.«

»Das versteht sich von selbst, Exzellenz.«

Er stand auf. »Ich danke Ihnen für Ihr Entgegenkommen und hoffe, daß der Rat der ›Alten‹ meine Pläne großzügig billigen wird.«

Der Sekretär trat ein, nachdem Arvardan gegangen war. Auf seinen Lippen lag das charakteristische kalte, grausame Lächeln. »Sehr gut«, sagte er. »Sie haben sich gut verhalten, Exzellenz.«

Der Hohe Minister sah ihn finster an und fragte: »Was hatte das letzte mit Shekt zu bedeuten?«

»Wundert es Sie? Alles geht großartig nach Plan. Sie haben sicher bemerkt, wie wenig enttäuscht er war, als Sie sein Vorhaben ablehnten. War das die Reaktion eines Wissenschaftlers, dem man aus keinem ersichtlichen Grund plötzlich etwas entreißt, an dem sein Herz hängt? Oder war es die Reaktion eines Mannes, der eine Rolle spielt und der erleichtert ist, sie los zu sein? Und wieder haben wir ein merkwürdiges Zusammentreffen: Schwartz flieht und geht nach Chika. Genau am nächsten Tag erscheint Arvardan hier, und nach einem fadenscheinigen Geschwätz über seine Expedition erwähnt er beiläufig, daß er nach Chika will, um Shekt zu sprechen.«

»Aber warum erwähnt er es, Balkis? Es erscheint mir tollkühn!«

»Versetzen Sie sich in seine Lage. Er glaubt, wir hätten keinen Verdacht. In diesem Fall gewinnt Frechheit. Er bittet um ein Empfehlungsschreiben. Kann es eine bessere Garantie für ehrliche und unschuldige Absichten geben? Und das gibt uns einen weiteren Fingerzeig. Schwartz kann entdeckt haben, daß er beobachtet wurde. Er hat unter Umständen Natter getötet. Aber er hat nicht die Zeit gehabt, die anderen zu warnen.«

Der Sekretär hielt die Augen halb geschlossen, als er sein Spinnengewebe weiterspann. »Wir wissen nicht, wie lange es dauern wird, bis ihnen Schwartz' Abwesenheit verdächtig vorkommt. Aber es ist mindestens ungefährlich, soviel Zeit verstreichen zu lassen, daß Arvardan mit Shekt zusammentreffen kann. Wir werden sie zusammen festnehmen. Sie werden dann weniger abstreiten können.«

»Wieviel Zeit haben wir?« fragte der Hohe Minister.

»Wir sind schon ziemlich weit, und seit wir Shekts Verrat aufgedeckt haben, wurde in drei Schichten gearbeitet. Die Dinge gehen gut voran. Wir brauchen nur noch die mathematischen Berechnungen abzuwarten. Es kann sich jetzt nur noch um Tage handeln.«

»Tage!« Er sagte es in einer seltsamen Mischung aus Triumph und Entsetzen.

»Tage«, erwiderte der Sekretär. »Aber denken Sie daran – eine Bombe, die nur zwei Sekunden vor der berechneten Zeit detoniert, könnte ausreichen, um uns Einhalt zu gebieten. Und selbst danach wird es einen Zeitraum bis zu sechs Monaten geben, in dem Vergeltungsmaßnahmen getroffen werden können.«

Tage! Und dann würde der unglaublichste Kampf in der Geschichte der Galaxis beginnen: Die Erde würde die ganze Milchstraße angreifen!

Die Hände des Hohen Ministers zitterten.

Arvadan saß wieder in einem Stratosphären-Flugzeug. Er war wütend. Er hatte keinerlei Veranlassung zu glauben, daß der Hohe Minister und seine psychopathischen Untergebenen eine offizielle Invasion in die radioaktiven Gebiete zulassen würden. Er hatte mit der Ablehnung gerechnet. Irgendwie war er nicht darüber enttäuscht. Er hätte hartnäckiger darum ringen können – wenn er sich mehr Mühe gegeben hätte.

Aber er würde nun das Unternehmen auch ohne Billigung dieser ›Alten‹ durchführen. Er würde sein Schiff bewaffnen und sich – wenn notwendig – den Weg in die Sperrgebiete erkämpfen.

Diese Narren! Für was, beim Teufel, hielten sie sich eigentlich? Jaja, er wußte es. Sie dachten, sie seien die eigentlichen Menschen. Die Bewohner des Planeten.

Arvadan wußte, daß sie recht hatten. Das war das Schlimmste daran.

Das Flugzeug startete, und Arvadan sank in das weiche Polster zurück. Nach einer Stunde würde er in Chika eintreffen.

Nicht etwa, daß er darauf erpicht gewesen wäre, Chika zu sehen. Aber dieser Synapsikator konnte bedeutungsvoll sein. Und da er nun einmal auf der Erde war, wollte er sich auch dies nicht entgehen lassen. Er würde später die Erde gewiß nie wieder betreten!

Dieses Rattenloch!

Ennius hatte recht gehabt!

Dieser Dr. Shekt jedoch . . .

Und dann saß er plötzlich kerzengerade. Er erinnerte sich an den Familiennamen des Mädchens. Sie hieß Pola *Shekt!*

Das zweite Zusammentreffen

In den beiden Monaten, die seit dem Tag verstrichen waren, an dem Dr. Shekt Joseph Schwartz mit dem Synapsikator behandelte, hatte sich der Physiker völlig verändert. Körperlich nicht so sehr, obwohl er etwas gebückter ging und eine Spur magerer geworden war. Sein Betragen jedoch war wie umgewandelt. Er war geistesabwesend, furchtsam und hatte sich selbst von seinen nächsten Kollegen distanziert.

Nur vor Pola konnte er sich entspannen. Auch sie hatte in diesen beiden Monaten seltsam zurückgezogen gelebt.

»Man beobachtet mich«, sagte er manchmal. »Ich spüre das irgendwie. Kennst du das Gefühl . . .? In den letzten zwei Monaten sind im Institut Veränderungen vorgegangen, und gerade die Leute, denen ich trauen zu können glaubte, werden versetzt . . . Ich komme nie auch nur eine Minute zu mir selbst. Immer ist etwas los. Sie wollen mich nicht einmal meine Berichte schreiben lassen.«

Und Pola versuchte, ihn zu beruhigen. »Aber was können sie gegen dich haben? Daß du mit Schwartz experimentiert hast, ist schließlich kein Kapitalverbrechen. Sie hätten dich deswegen einfach vorladen können.«

»Sie wollen mich nicht leben lassen. Ich werde bald sechzig, und sie wollen mich nicht leben lassen.«

»Nach allem, was du für sie getan hast? Unsinn!«

»Ich weiß zuviel, Pola. Und sie trauen mir nicht.«

»Worüber weißt du zuviel?«

Er war an jenem Abend müde, und es drängte ihn, seine Last loszuwerden. Er erzählte es ihr. Zuerst wollte sie ihm nicht glauben, und als sie es glaubte, war sie starr vor Entsetzen.

Am nächsten Tag rief Pola von einer öffentlichen Sprechzelle aus das ›Staatshotel‹ an und fragte nach Dr. Bel Arvardan.

Er war nicht da. Man nähme an, er sei in Bonair, sechstausend Meilen entfernt. – Ja, man erwarte ihn in Chika zurück, aber man wüßte nicht genau wann. Ob sie ihren Namen hinterlassen wolle? Man würde versuchen, ihn zu benachrichtigen.

Hier unterbrach sie die Verbindung und lehnte sich an das Glasgehäuse, dankbar für dessen Kühle.

Närrin. Närrin!

Er hatte ihr geholfen, und sie hatte ihn abgewiesen. Er hatte sich der Neuropeitsche ausgesetzt, um die Würde eines kleinen Mädchens von der Erde vor einem Außenseiter zu schützen, und sie hatte sich dennoch von ihm abgewandt.

Die hundert Einheiten, die sie am Morgen nach jenem Vorfall ins ›Staatshotel‹ geschickt hatte, waren ohne Kommentar zurückgekommen. Sie hatte ihn danach aufsuchen und um Verzeihung bitten wollen, aber sie hatte sich gefürchtet, das ›Staatshotel‹ zu betreten.

Jetzt aber wäre sie selbst zum Palast des Bevollmächtigten gegangen, wenn dies möglich gewesen wäre.

Nur Arvardan konnte nun helfen. Er, ein Außenseiter, der mit einem Erdbewohner wie mit einem Gleichberechtigten sprechen konnte. Sie hätte in ihm nie einen Außenseiter vermutet, wenn er es ihr nicht gesagt hätte. Er war groß und selbstsicher. Er würde wissen, was zu tun war.

Er *mußte* es wissen, sonst würde es den Untergang der ganzen Galaxis bedeuten.

Natürlich würden es viele Außenseiter verdienen. Aber verdienten es alle? Die Frauen und Kinder und Alten und Kranken? Die Freundlichen und Guten? Die Arvardans? Diejenigen, die niemals von der Erde gehört hatten? Auch sie waren schließlich Menschen. Eine solch entsetzliche Rache würde die Gerechtigkeit für immer zunichte machen, und die Erde wäre schuld an einem unendlichen Ozean aus Blut.

Und dann kam unerwartet ein Anruf von Arvardan.

Dr. Shekt schüttelte den Kopf. »Ich kann es ihm nicht sagen.«

»Du mußt«, sagte Pola bestimmt.

»Hier, wo man jedes Wort abhört? Unmöglich!«

»Dann schick ihn weg. Ich werde mich um das Weitere kümmern.«

Ihr Herz schlug wild. Sie erinnerte sich an sein Lächeln. Sie erinnerte sich daran, wie er in aller Ruhe den Oberst der kaiserlichen Streitkräfte gezwungen hatte, vor ihr entschuldigend den Kopf zu senken – vor ihr, einem Erdenmädchen.

Für Bel Arvardan war nichts unmöglich.

Arvardan wußte natürlich von alldem nichts. Er nahm Shekts Verhalten für das, was es zu sein schien – eine Grobheit, die zu allem anderen paßte, das er überall auf der Erde erlebt hatte.

Er war ganz offensichtlich ein unwillkommener Besucher.

Er wählte seine Worte sorgfältig. »Ich hätte Sie niemals mit meinem Besuch belästigt, Doktor, wenn ich nicht beruflich an Ihrem Synapsikator interessiert wäre. Ich habe gehört, daß Sie, im Gegensatz zu vielen Erdbewohnern, nicht unfreundlich zu Menschen aus anderen Teilen der Galaxis seien.«

Das war offenbar ein unglücklich gewählter Satz, denn Dr. Shekt hakte sofort ein. »Wer Sie immer unterrichtet haben mag, er hat unrecht, wenn er mir irgendwelche besondere Freundlichkeit Fremden gegenüber beilegt. Ich habe keine Neigungen oder Abneigungen. Ich bin Erdbewohner.«

Arvardan preßte die Lippen zusammen.

»Bitte verstehen Sie, Doktor Arvardan« – Shekt sprach hastig und flüsternd –, »es tut mir leid, wenn ich unhöflich erscheine, aber ich kann wirklich nicht . . .«

»Ich verstehe«, sagte der Archäologe kalt, obwohl er es keineswegs verstand. »Guten Tag.«

Dr. Shekt lächelte schwach. »Die Arbeitsüberlastung . . .«

»Auch ich habe wenig Zeit, Doktor Shekt.«

Er ging zur Tür, innerlich wütend auf sämtliche Erdbewohner. Er fühlte ungewollt einige der Sprichwörter in sich aufsteigen, die in seiner Heimat umgingen: ›Höflichkeit ist auf der Erde so selten wie Dürre im Ozean.‹ Oder: ›Ein Erdbewohner wird dir alles geben, solange es nichts kostet und noch weniger wert ist.‹

Sein Arm hatte bereits den fotoelektrischen Strahl unterbrochen, der die Tür öffnete, als er hinter sich Schritte hörte. Ein Stück Papier wurde ihm in die Hand gedrückt, und als er sich umwandte, sah er nur noch eine rote Gestalt davonhuschen.

In seinem gemieteten Bodenwagen faltete er das Papier auseinander.

»Fragen Sie heute abend nach dem Weg zum Großen Spielhaus. Vergewissern Sie sich, daß Sie nicht verfolgt werden.«

Er runzelte die Stirn und las es fünfmal. Dann wollte er das Gekritzel aus dem Fenster werfen, zögerte aber und schob es in die Westentasche.

Wenn er für diesen Abend etwas anderes vorgehabt hätte, so hätte dies zweifellos das Ende der Geschichte bedeutet und vielleicht das Ende einiger Trillionen Menschen. Aber er hatte nichts anderes vor.

Und er fragte sich auch, ob der Urheber der Notiz nicht vielleicht . . .

Um acht Uhr fuhr er in einer langen Kette von Bodenwagen langsam über die Serpentinen, die offensichtlich zum Großen Spielhaus führten. Er hatte nur einmal gefragt, und der Passant hatte ihn mißtrauisch angesehen – offenbar war kein Erdbewohner frei von diesem alles durchdringenden Mißtrauen. »Fahren Sie einfach den anderen Wagen nach.«

Tatsächlich schienen alle Wagen zum Spielhaus zu fahren, denn als er dort ankam, stellte er fest, daß sie, einer nach dem anderen, vom klaffenden Maul einer unterirdischen Garage aufgesogen wurden. Er scherte aus der Kette aus und fuhr langsam neben das Spielhaus. Er wartete, ohne zu wissen worauf.

Eine schmale Gestalt eilte von der Fußgängerrampe herab und schaute durchs Fenster herein. Er blickte sie erschrocken an, aber sie hatte bereits die Tür geöffnet und saß im Wagen.

»Verzeihen Sie«, sagte er, »aber ...«

»Pst!« Die Gestalt preßte sich tief in den Sitz. »Hat man Sie verfolgt?«

»Hätte man mich verfolgen sollen?«

»Fahren Sie zunächst geradeaus, und biegen Sie ab, wenn ich es Ihnen sage ... Du liebe Zeit, worauf warten Sie noch?«

Er kannte die Stimme. Eine Kapuze glitt herab und enthüllte hellbraunes Haar. Dunkle Augen blickten ihn an.

»Nun fahren Sie schon«, drängte sie.

Er tat es, und eine Viertelstunde lang sagte sie nichts außer einer gelegentlichen Richtungsangabe. Er schaute sie verstohlen an und fand, daß sie noch hübscher war, als er sie in Erinnerung gehabt hatte. Seltsam, daß er nun kein Ressentiment empfand.

Sie hielten am Rand eines menschenleeren Wohnbezirks. Das Mädchen blickte vorsichtig nach allen Richtungen und bedeutete ihm dann, noch ein Stück weiterzufahren. Die Straße endete vor einer Privatgarage.

Die Tür schloß sich hinter ihnen, und die Wagenbeleuchtung war die einzige Lichtquelle.

»Doktor Arvardan«, sagte Pola, »es tut mir leid, daß ich das tun mußte, um ungestört mit Ihnen sprechen zu können. Ich weiß, daß ich in Ihrer Meinung über mich nicht mehr viel zu verlieren habe ...«

»Das glaube ich nicht«, sagte er unbeholfen.

»Ich bin mir voll bewußt, wie fehlerhaft ich mich an jenem Abend benommen habe. Ich finde nicht die richtigen Worte, um Sie um Verzeihung zu bitten.«

»Lassen Sie das. Auch ich hätte diplomatischer sein müssen.«

»Schön . . .«

Pola hielt ein paar Augenblicke inne. »Aber nicht deshalb habe ich Sie hierhergebracht. Sie sind der einzige Außenseiter, den ich kenne, der freundlich und edel sein kann – und ich brauche Ihre Hilfe.«

War das alles? dachte Arvardan enttäuscht. Und er drückte diesen Gedanken in einem kühlen »Ach?« aus.

»Nein!« rief sie. »Nicht für mich, Doktor Arvardan. Für die ganze Galaxis! Nicht für mich!«

»Nun?«

»Erstens – ich glaube nicht, daß uns jemand gefolgt ist. Aber wenn Sie irgendein Geräusch hören, würden Sie dann« – sie senkte die Augen –, »würden Sie mir dann den Arm um die Schulter legen und . . . und . . . Sie wissen schon.«

»Ich glaube, ich kann ohne weiteres improvisieren«, sagte er trocken. »Ist es notwendig, auf ein Geräusch zu warten?«

Pola errötete. »Bitte, mißverstehen Sie nicht meine Absicht. Es wäre die einzige Möglichkeit, Mißtrauen zu zerstreuen. Es ist das einzige, was überzeugend wirkt.«

»Sind die Dinge so ernst?«

»Ja. Ich weiß nicht, ob Sie mir glauben werden. Aber ich möchte, daß Sie wenigstens versuchen, mir zu glauben. Sie dürfen nicht daran zweifeln, daß ich im Ernst spreche. Und ich möchte vor allem, daß Sie bei uns bleiben, nachdem ich Ihnen alles erzählt habe. Wollen Sie es versuchen? Ich gebe Ihnen fünfzehn Minuten Bedenkzeit, und wenn Sie danach der Meinung sind, daß ich es nicht wert bin, ernst genommen zu werden oder sich mit mir abzugeben, werde ich Sie nicht weiter behelligen.«

»Fünfzehn Minuten?« Seine Lippen verzogen sich. Er nahm die Armbanduhr ab und legte sie vor sich hin. »Schön.«

Sie faltete die Hände im Schoß und blickte geradeaus durch die Windschutzscheibe, die lediglich einen Blick auf die schwarze Garagenwand bot.

Er betrachtete sie versonnen – die sanfte Rundung ihres Kinns, die die Entschlossenheit Lügen strafte, die sie sich aufzuzwingen versuchte, die ebenmäßige Nase, den dunklen Teint, der so charakteristisch für die Erdbewohner war.

Er bemerkte, wie sie ihm einen Blick zuwarf und rasch wieder geradeaus blickte.

»Was ist?« fragte er.

Sie biß sich auf die Unterlippe. »Ich habe Sie angesehen.«

»Das habe ich gemerkt. Habe ich Schmutz an der Nase?«

»Nein.« Sie lächelte zum erstenmal, seit sie in seinen Wagen gestiegen war. »Ich frage mich nur, warum Sie keine Bleikleidung tragen. Deshalb wäre ich nie darauf gekommen, daß Sie ein Außenseiter sind. Außenseiter sehen im allgemeinen wie Kartoffelsäcke aus.«

»Und ich nicht?«

»O nein.« In ihrer Stimme lag plötzlich ein Anflug von Enthusiasmus. »Sie sehen aus wie . . . wie eine alte Marmorstatue, nur daß Sie lebendig sind . . . Verzeihen Sie, ich bin ungehörig.«

»Ich halte nicht viel von dem Aberglauben über die Radioaktivität. Ich habe die atmosphärische Strahlung der Erde gemessen und Laboratoriumsversuche mit Tieren durchgeführt. Ich bin überzeugt, daß mir die Strahlung nicht schadet. Ich bin nun seit zwei Monaten hier und fühle mich bis jetzt nicht krank. Mein Haar fällt nicht aus.« Er zog daran. »Ich habe auch keine Magenbeschwerden. Aber reden wir lieber . . .«

»Ja, die fünfzehn Minuten sind bald um«, sagte sie lebhaft. »Wollen Sie mir zuhören?«

»Bitte.«

»Und Sie bleiben, auch wenn ich länger als . . .«

»Haben Sie den Eindruck, daß ich mich sehr dazu zwingen muß, neben Ihnen zu sitzen? Wenn ja, dann irren Sie sich. Wissen Sie, Pola, daß ich noch nie ein Mädchen gesehen habe, das auch nur annähernd so hübsch war wie Sie?«

»Bitte, nicht. Ich habe Sie nicht deshalb hierher gebeten. Glauben Sie mir nicht?«

»Doch, Pola. Sagen Sie mir, was Sie sagen wollen. Ich will es Ihnen glauben und Ihnen helfen.« In diesem Augenblick hätte Arvardan zugesagt, den Kaiser zu entthronen. Er war noch nie so verliebt gewesen.

»Haben Sie mit meinen Vater gesprochen, Doktor Arvardan?«

»Ich ahnte, daß Doktor Shekt Ihr Vater ist ... Aber nennen Sie mich bitte Bel.«

»Ich will es versuchen. Ich nehme an, Sie haben sich über ihn geärgert.«

»Er war nicht sehr höflich zu mir.«

»Er konnte nicht anders. Er wird beobachtet, und jedes Wort, das im Labor gesprochen wird, hören die ›Alten‹ ab. Er und ich haben vorher ausgemacht, daß er Sie so behandelt und daß ich hier mit Ihnen spreche. Dies ist nämlich unser Haus ...« Ihre Stimme senkte sich. »Die Erde bereitet einen Krieg vor.«

Arvardan amüsierte sich. »Was Sie nicht sagen! Die ganze Erde?«

»Lachen Sie mich nicht aus. Die Erde wird revoltieren, und es ist sehr ernst, weil die Erde die ganze Galaxis zerstören kann.«

»Die Erde?« Arvardan unterdrückte ein schallendes Lachen. Nachsichtig sagte er: »Pola, wie gut kennen Sie Ihre Galaktographie?«

»So gut wie jedermann. Warum?«

»Die Galaxis hat ein Volumen von einigen Millionen Kubiklichtjahren. Es gibt zweihundert Millionen bewohnte Planeten mit einer Bevölkerung von zusammen ... schätzungsweise fünfhundert Quadrillionen Menschen. Habe ich recht?«

»Ich nehme es an.«

»Es ist so, glauben Sie mir. Die Erde dagegen ist ein Planet mit einer Bevölkerung von zwanzig Millionen Menschen und hat keinerlei Hilfsquellen. Was kann die Erde gegen ein solches Übergewicht ausrichten?«

Einen Augenblick schien Pola zu zweifeln. Doch dann sagte sie fest: »Bel, das kann nur mein Vater beantworten. Er hat mir die entscheidenden Details nicht mitgeteilt. Er hat mir nur gesagt, daß die Erde einen Weg kennt, alles Leben außerhalb der Erde zu vernichten, und er muß recht haben. Er hat bis jetzt immer recht gehabt, und er möchte mit Ihnen darüber sprechen.«

Ihre Wangen glühten, und Arvardan hatte Lust, sie zu streicheln.

»Ist es jetzt zehn Uhr?« fragte Pola.

»Ja.«

»Dann müßte er schon oben sein – wenn man ihn nicht festgenommen hat.« Sie blickte sich ängstlich um. »Wir können direkt von der Garage aus ins Haus gehen. Wenn Sie mitkommen wollen ...«

Ihre Hand ruhte bereits auf dem Knopf, mit dem man die Garagentür öffnete, als sie erstarrte. »Es kommt jemand ... rasch!« flüsterte sie heiser.

Es war alles andere als unangenehm für Arvardan, sich an den ursprünglichen Befehl zu erinnern. Er zog sie an sich.

Ungefähr zehn Sekunden lang lauschte er angestrengt auf die vermeintlichen Schritte. Dann wurde er von der Erregung davongetragen.

Ihre Lippen zogen sich zurück, aber er suchte sie wieder und fand sie. Seine Arme umschlangen sie fester, bis ihre Herzen im gleichen Rhythmus schlugen.

Es dauerte geraume Zeit, ehe sie sich voneinander trennten. Sie blieben noch einen Augenblick Wange an Wange stehen.

»Es muß nur ein Wagen gewesen sein, der vorüberfuhr.«

»Nein«, flüsterte sie, »ich hatte überhaupt nichts gehört.«

Er schaute sie groß an. »Ist das dein Ernst?«

Ihre Augen funkelten. »Ich wollte, daß du mich küßt. Und ich bereue es nicht.«

»Glaubst du, ich? Dann küß mich noch mal, und zwar, weil ich es will.«

Noch ein langer Augenblick, und dann rückte sie plötzlich von ihm weg, ordnete ihr Haar und den Kragen ihres Kleides. »Ich glaube, wir gehen jetzt ins Haus. Schalte das Wagenlicht aus, ich habe eine Taschenlampe dabei.«

Er stieg nach ihr aus dem Wagen.

»Gib mir die Hand«, sagte sie. »Wir müssen durchs Treppenhaus gehen.«

»Ich liebe dich, Pola«, flüsterte er hinter ihr.

»Du kennst mich kaum.«

»Seit zwei Monaten habe ich an dich gedacht und von dir geträumt, Pola. Ich schwöre es.«

»Ich bin ein Erdenmädchen, Bel.«

»Dann werde ich ein Erdenmann sein.«

Er griff nach ihrer Hand und richtete das Licht der Taschenlampe auf ihr erhitztes, tränenbenetztes Gesicht. »Warum weinst du?«

»Wenn mein Vater dir erzählt, was er weiß, wirst du feststellen, daß du ein Erdenmädchen nicht lieben kannst.«

»Das wollen wir sehen!«

Die Übermacht schwindet

Arvardan und Shekt trafen sich in einem Hinterzimmer im zweiten Stock des Hauses. Die Fenster waren polarisiert und völlig undurchsichtig. Pola saß im unteren Stock und überwachte die dunkle, menschenleere Straße.

Shekt sah noch immer verstört und unendlich müde aus. Aber während er im Institut unsicher und furchtsam schien, trug er nun einen fast verzweifelten Trotz zur Schau.

»Doktor Arvardan«, sagte er mit fester Stimme. »Ich muß Sie für mein Verhalten heute vormittag um Verzeihung bitten. Ich hatte gehofft, Sie würden verstehen ...«

»Ich muß zugeben, daß ich es nicht verstand. Aber ich glaube, jetzt begreife ich.«

Shekt setzte sich an den Tisch und deutete auf eine Weinflasche. Arvardan machte eine ablehnende Geste. »Wenn es Ihnen nichts ausmacht, hätte ich lieber etwas Obst ... Was ist denn das? So etwas habe ich noch nie gesehen!«

»Eine Orangenart«, sagte Dr. Shekt. »Ich glaube nicht, daß sie auf anderen Planeten wächst. Die Schale löst sich leicht ab.« Er demonstrierte es, und nachdem Arvardan neugierig an der Frucht gerochen hatte, biß er hinein.

»Das schmeckt ja wunderbar. Hat die Erde schon versucht, diese Früchte zu exportieren?«

»Die ›Alten‹ sehen den Handel mit der Galaxis nicht gern«, sagte Dr. Shekt bitter. »Und auch unsere Nachbarn im Weltraum sind nicht sehr erpicht darauf, mit uns zu handeln. Dies gehört zu unseren allgemeinen Schwierigkeiten.«

»Das ist bis jetzt das Dümmste, was ich hier erlebt habe. Ich sage

Ihnen, ich könnte an der menschlichen Intelligenz verzweifeln, wenn ich sehe, was in den Gehirnen der Menschen vorgehen kann.«

Shekt zuckte die Achseln. »Es ist ein Teil des beinahe unlösbaren Problems des Antiterrestrialismus, fürchte ich.«

»Aber es ist nur dadurch beinahe unlösbar«, sagte der Archöologe, »daß niemand im Ernst eine Lösung anstrebt! Wie viele Erdbewohner tragen zu dieser Situation bei, indem sie alle galaktischen Bürger ausnahmslos hassen? Es herrscht eine fast universelle Abneigung gegeneinander – Haß steht gegen Haß. Wollen Ihre Leute tatsächlich die Gleichheit, die gegenseitige Toleranz? Nein! Die meisten sehen nur in ihrer eigenen Lebensweise das Nonplusultra. Finden Sie nicht auch?«

»Es ist viel Wahres an dem, was Sie sagen«, meinte Shekt bekümmert. »Ich kann es nicht abstreiten. Aber das ist noch nicht der Kern der Frage. Ohne unsere insulare Abgeschlossenheit könnte vielleicht eine neue Generation von Erdbewohnern zur menschlichen Reife heranwachsen, eine Generation, die mit ganzem Herzen an die Gleichheit der Menschen glaubt. Die Assimilationisten mit ihrer Toleranz und ihrem Glauben an vernünftigen Kompromiß bildeten mehr als einmal eine Macht auf der Erde. Ich gehöre zu ihnen. Oder vielmehr – ich habe zu ihnen gehört. Aber jetzt regieren die Zeloten. Sie sind extreme Nationalisten und träumen von vergangenen Zeiten und künftiger Macht. Vor ihnen muß das Imperium geschützt werden.«

Arvardan runzelte die Stirn. »Meinen Sie die Revolte, über die Pola sprach?«

»Doktor Arvardan«, sagte Shekt, »es ist keine leichte Aufgabe, jemanden von einer scheinbar so lächerlichen Möglichkeit zu überzeugen wie der, daß die Erde die ganze Milchstraße erobern kann. Aber es ist wahr. Ich bin keineswegs tapfer, und ich bin sogar sehr darauf erpicht, am Leben zu bleiben. Wie Sie gehört haben, werde ich schon seit längerer Zeit überwacht. Sie können daran ermessen, wie groß die Gefahr sein muß, die mich dazu zwingt, das Risiko eines Verrats auf mich zu nehmen.«

»Wenn es so ernst ist, Doktor, sage ich Ihnen am besten sofort, daß ich Ihnen zwar helfen werde, soweit es in meiner Macht liegt, aber nur in meiner Eigenschaft als gewöhnlicher Bürger des Imperiums. Ich habe keinen offiziellen Rang, noch besonderen Einfluß bei Gericht, nicht einmal im Palast des Bevollmächtigten. Ich bin genau das, was ich zu sein scheine – ein Archäologe auf einer wissenschaftlichen Expedition, die nur meinen eigenen Interessen dient. Wenn Sie schon bereit sind, einen Verrat zu riskieren, wäre es dann nicht besser, Sie wendeten sich direkt an den Bevollmächtigten? Er könnte *wirklich* etwas tun.«

»Gerade das kann ich nicht, Doktor Arvardan. Mit dieser Möglichkeit rechnen die ›Alten‹ und bewachen mich. Als Sie heute früh zu mir kamen, dachte ich sogar, Sie seien vielleicht ein Vermittler. Ich dachte, Ennius habe einen Verdacht.«

»Vielleicht ist er argwöhnisch, ich weiß es nicht. Aber ich kann Ihnen versprechen, Ennius in Ihrer Angelegenheit aufzusuchen.«

»Vielen Dank. Gerade darum wollte ich Sie bitten. Und außerdem darum, daß Sie Ihren Einfluß geltend machen, damit die Vergeltung gegen die Erde nicht zu hart wird.«

»Selbstverständlich.« Arvardan war unbehaglich zumute. Im Augenblick war er überzeugt, einen alten und ziemlich exzentrischen Paranoiker vor sich zu haben. Doch er hatte keine andere Wahl, als zu bleiben und zuzuhören – Pola zuliebe.

»Doktor Arvardan, Sie sagen, Sie hätten vom Synapsikator gehört?«

»Ja, allerdings. Ich las Ihren Aufsatz in der Physikalischen Rundschau. Ich habe mit Ennius und mit dem Hohen Minister über das Instrument gesprochen.«

»Mit dem Hohen Minister?«

»Nun, natürlich. Als ich das Empfehlungsschreiben erhielt, das zu lesen Sie sich geweigert haben.«

»Das tut mir leid. Aber ich wollte, Sie hätten nicht mit ihm darüber gesprochen. Wie weit sind Sie über den Synapsikator unterrichtet?«

»Ich weiß nur soviel, daß das Instrument ein interessanter Versager ist. Es soll die Lernfähigkeit verbessern und hat in gewisser Hinsicht bei Ratten Erfolge gezeigt, bei Menschen jedoch versagt.«

»Ja, aus meinem Artikel mußten Sie diesen Eindruck gewinnen. Mein Gerät wurde der Öffentlichkeit als Versager vorgestellt. Man hat die außerordentlich erfolgreichen Resultate absichtlich unterschlagen.«

»Eine recht ungewöhnliche Entfaltung wissenschaftlicher Ethik, Doktor Shekt.«

»Zugegeben. Aber ich bin sechsundfünfzig, und wenn Sie etwas von den Bräuchen auf der Erde wissen, dann ist Ihnen auch bekannt, daß ich nicht mehr lange zu leben habe.«

»Ja, ich habe davon gehört – mehr als mir lieb war. Aber ich habe auch gehört, daß unter anderem bei verdienten Wissenschaftlern Ausnahmen gemacht werden.«

»Gewiß. Aber der Hohe Minister und die ›Alten‹ entscheiden darüber, und gegen ihre Entscheidung gibt es keine Berufung. Man hat mir zu verstehen gegeben, daß die Gegenleistung für das Leben Verschwiegenheit über den Synapsikator und harte Arbeit für seine Weiterentwicklung ist.«

Er holte tief Atem. »Konnte ich damals ahnen, was daraus wird? Konnte ich vorhersehen, wozu man die Maschine mißbrauchen würde?«

»Mißbrauchen?« Arvardan zog eine Zigarette aus dem Etui und bot auch Shekt eine an, der jedoch ablehnte.

»Als das Instrument so weit entwickelt war, daß gefahrlos auch Menschen damit behandelt werden konnten, wurden einige Biologen synapsifiziert. Ich wußte, daß es ausnahmslos Männer waren, die mit den Zeloten sympathisierten – das heißt mit den Extremisten. Sie alle überlebten die Behandlung, wenn sich auch nach einiger Zeit Sekundäreffekte einstellten. Einer von ihnen wurde schließlich zu einer zweiten Behandlung eingeliefert. Ich konnte ihn nicht retten. Aber während seines Sterbedeliriums erfuhr ich den wahren Sachverhalt.«

Es war kurz vor Mitternacht. Der Tag war lang gewesen, und viel war geschehen. »Ich wollte, Sie kämen zur Sache«, sagte Arvardan.

»Ich muß Sie um Geduld bitten. Ich muß Ihnen alles von Anfang an erzählen, wenn Sie mir glauben sollen. Und natürlich müssen Sie über die Besonderheiten der Erde, über die Radioaktivität, Bescheid wissen.«

»Ich bin mit dem Problem ziemlich vertraut.«

»Dann brauche ich mich nicht damit aufzuhalten. Ich brauche nur zu sagen, daß auf der Erde Mutationen häufiger vorkommen als in der übrigen Galaxis. Deshalb beruht die Vorstellung unserer

Gegner, daß die Erdbewohner sich von ihnen unterscheiden auf einer gewissen Wahrheit. Natürlich sind die Mutationen von untergeordneter Bedeutung, und die meisten vererben sich nicht weiter. Wenn eine bleibende Veränderung bei den Erdbewohnern eingetreten ist, so betrifft sie lediglich einige Aspekte der inneren Chemie, die uns fähig machen, der Radioaktivität besseren Widerstand zu leisten und verbrannte Gewebe rascher zu heilen ...«

»Ich bin mit allem vertraut, was Sie sagen.«

»Ist es Ihnen dann je in den Sinn gekommen, daß diese Mutationen nicht nur beim Menschen auftreten, sondern auch bei anderen Lebewesen auf der Erde?«

Es entstand eine kurze Gesprächspause. Dann sagte Arvardan: »Nein. Obwohl es ganz einleuchtend ist, nachdem Sie es gesagt haben.«

»Es ist so. Unsere Haustiere entfalten einen Artenreichtum wie auf keinem anderen bewohnten Planeten. Die Orange, die Sie aßen, ist eine mutierte Spielart, die nur auf der Erde vorkommt. Dies macht sie für den Export ungeeignet, denn die Außenseiter mißtrauen der Orange, wie sie *uns* mißtrauen. Wir selbst betrachten die Frucht als einen wertvollen Besitz, der nur uns zukommt. Und was auf Tiere und Pflanzen zutrifft, trifft natürlich auch auf das mikroskopische Leben zu.«

Und nun spürte Arvardan, wie ihn Angst ergriff. »Sie meinen – die Bakterien?«

»Ich meine den gesamten Bereich des primitiven Lebens: Protozoen, Bakterien und die vermehrungsfähigen Proteine, die man Viren nennt ...«

»Worauf wollen Sie hinaus?«

»Ich glaube, Sie ahnen es schon, Doktor Arvardan. Sie interessieren sich plötzlich für meine Ausführungen. Sehen Sie, in der Galaxis ist die Meinung verbreitet, die Erdbewohner seien Todesträger, Unglücksbringer, sie hätten ›den bösen Blick‹ ...«

»Ich weiß. Aber das ist doch nichts als Aberglaube!«

»Nicht ganz, das ist gerade das Schreckliche. Wie in jedem Volksglauben, und mag er noch so abergläubisch sein, so steckt auch in diesem ein Körnchen Wahrheit. Manchmal tragen die Erdbewohner irgendeine mutierte Bakterien- oder Virusform in sich, die keiner anderen bekannten Form ähnelt und der gegenüber

Außenseiter nicht sehr widerstandsfähig sind. Was dann folgt, Doktor Arvardan, ist ein rein biologischer Vorgang – kein Aberglaube.«

Arvardan schwieg.

»Auch wir werden natürlich manchmal von einer unbekannten Krankheit befallen. Eine neue Bakterienart kommt aus den radioaktiven Zonen, und eine Epidemie breitet sich auf dem Planeten aus. Aber im großen und ganzen sind wir dieser Gefahr gewachsen. Wir haben im Laufe der Generationen Gegenstoffe gebildet. Die Außenseiter dagegen nicht.«

»Sie meinen«, sagte Arvardan mit seltsam leblosem Ausdruck, »das Zusammensein mit Ihnen ist tatsächlich ...« Er rückte seinen Stuhl zurück. Er dachte an die Küsse dieses Abends.

Shekt schüttelte den Kopf. »Natürlich nicht. Wir *erzeugen* die Krankheit nicht, wir tragen sie nur in uns. Und auch dies nur sehr selten. Selbst hier auf der Erde ist nur eine von einer Quadrillion Bakterien gefährlich, vielleicht sogar nur eine von einer Quadrillion Quadrillionen. Die Möglichkeit, daß Sie hier angesteckt werden, ist geringer als die, daß ein Meteor das Dach dieses Hauses durchdringt und Sie trifft – sofern die fraglichen Bakterien nicht absichtlich gesucht, isoliert und gezüchtet werden.«

Wieder eine lange Pause. Dann sagte Arvardan mit belegter Stimme: »Hat man das getan?«

Er dachte jetzt nicht mehr an Paranoia.

»Ja. Aber zuerst aus harmlosen Gründen. Unsere Biologen sind natürlicherweise an den Besonderheiten des Lebens auf der Erde interessiert, und sie haben vor einigen Jahren den Virus des Gemeinen Fiebers isoliert.«

»Was ist das Gemeine Fieber?«

»Auf der Erde eine leichte, epidemische Krankheit. Wir tragen sie immer in uns. Die meisten Erdbewohner werden in der Kindheit davon befallen, und die Symptome sind nicht sehr schwer. Ein leichtes Fieber, ein rasch vorübergehender Hautausschlag, eine Entzündung der Gelenke und der Lippen, verbunden mit quälendem Durst. Die Erkrankung wickelt sich innerhalb von vier bis sechs Tagen ab, und der Patient ist danach immun. Ich habe es gehabt. Pola hat es gehabt. Gelegentlich tritt aber eine bösartige Form derselben Krankheit auf – wahrscheinlich handelt es sich um eine leicht abgewandelte Spielart des gleichen Virus. Man nennt es dann Strahlungsfieber.«

»Strahlungsfieber! Ich habe davon gehört«, sagte Arvardan.

»Ja? Der Name Strahlungsfieber kommt daher, daß man fälschlicherweise glaubt, man werde von dieser Krankheit befallen, wenn man die radioaktiven Gebiete betreten hat. Tatsächlich mutiert der Virus in den radioaktiven Gegenden am häufigsten zu gefährlichen Formen. Aber die eigentliche Ursache ist der Virus, nicht die Strahlung. Beim Strahlungsfieber entwickeln sich die Symptome innerhalb von zwei Stunden. Die Lippen werden so stark angegriffen, daß der Patient kaum sprechen kann und im Laufe einiger Tage stirbt.«

Dies ist nun der wesentliche Punkt, Doktor Arvardan. Der Erdbewohner hat sich dem Gemeinen Fieber angepaßt, der Außenseiter nicht. Gelegentlich infiziert sich ein Angehöriger der kaiserlichen Besatzungstruppe mit dem Gemeinen Fieber und reagiert dann so, wie ein Erdbewohner auf das Strahlungsfieber reagieren würde. Gewöhnlich stirbt er innerhalb von zwölf Stunden. Er wird dann – von Erdbewohnern – verbrannt, da jeder andere Soldat, der sich nähert, ebenfalls stirbt.

Der Virus wurde, wie gesagt, vor zehn Jahren isoliert. Ich will mich kurz fassen, Doktor Arvardan. Ich glaube, Sie ahnen bereits das Weitere. Man konnte mit Tieren von außerhalb der Erde experimentieren, aber nicht mit Menschen von anderen Planeten. Die Zahl der Außenseiter auf der Erde war zu klein, als daß mehrere verschwinden konnten, ohne daß dies Aufsehen erregt hätte. Auch durfte man nicht riskieren, daß die Pläne vorzeitig entdeckt wurden. Deshalb ließ man einige Bakteriologen mit dem Synapsikator behandeln, und ihre Fähigkeiten wurden dadurch enorm gesteigert. Sie waren es, die einen neuen Vorstoß in die Protein-Chemie und Immunologie unternahmen und schließlich eine künstliche Abart des Virus züchteten, die ausschließlich Lebewesen von anderen Planeten – Außenseiter – befällt. Heute existieren viele Tonnen dieses kristallisierten Virus.«

An Arvardans Schläfen und Wangen liefen Schweißtropfen herab. »Sie wollen damit sagen, daß die Erde diesen Virus in der Milchstraße verbreiten will, daß die Erde einen gigantischen bakteriologischen Krieg vorbereitet . . .«

»Den wir nicht verlieren können und den Sie nicht gewinnen können. Wenn die Epidemie einmal begonnen hat, werden täglich Millionen Menschen sterben, und nichts kann die Krankheit aufhalten. Flüchtlinge, die durch den Weltraum fliehen, werden den Virus weitertragen. Und wenn man versucht, ganze Planeten zu sprengen, kann die Krankheit in neuen Zentren ausgelöst werden. Man wird zunächst keinen Grund sehen, die Erde damit in Verbindung zu bringen. Und wenn die Tatsache, daß wir nicht befallen werden, verdächtig wird, sind die Verwüstungen bereits so weit fortgeschritten, daß es keine Rolle mehr spielt.«

Arvardan schwieg. Sein Entsetzen lag jenseits des Ausdrückbaren.

»Vielleicht werden nicht alle Außenseiter sterben«, fuhr Shekt fort. »Wir haben auch das Antitoxin und die Mittel, es zu produzieren. Es kann im Fall einer raschen Unterwerfung angewandt werden. Außerdem mag es einige abgelegene Winkel der Milchstraße geben, die verschont bleiben. Oder sogar einige wenige Fälle natürlicher Immunität.«

Arvardan zweifelte nicht mehr an der Wahrheit dessen, was er gehört hatte.

»Es ist nicht die Erde, die dies tut«, sagte Shekt müde. »Es ist eine Handvoll perverser Anführer, die sich durch die Unterdrükkung der Erde irreleiten ließen und um jeden Preis zurückschlagen wollen – mit irrsinnigen Mitteln. Wenn sie einmal begonnen haben, muß die Erde mitmachen. Was bleibt ihr anderes übrig? Könnte sie es riskieren, einen so großen Teil der Galaxis überleben zu lassen, daß eine spätere Strafaktion möglich würde?

Aber ich bin nicht nur Erdbewohner. Vor allem anderen bin ich Mensch. Müssen Trillionen Menschen um einiger Millionen willen sterben? Muß die ganze Galaxis um des Ressentiments eines einzigen Planeten willen – wie berechtigt es auch sein mag – vernichtet werden? Und werden wir es danach besser haben? Die Macht wird danach immer noch in den Händen derer sein, die die nötigen Mittel besitzen – und wir haben sie nicht. Die Erdbewohner mögen vielleicht sogar eine Generation lang Trantor regieren, aber ihre Kinder werden Trantorianer sein und dann ihrerseits mit Verachtung auf die Erdbewohner herabsehen.

Und bedeutet es irgendeinen Vorteil für die Menschheit, die

Tyrannei Trantors gegen die Tyrannei der Erde auszutauschen? Es *muß* einen Ausweg für alle Menschen geben, einen Weg zu Gerechtigkeit und Freiheit.«

Er fuhr sich nervös mit der Hand über das Gesicht.

Arvardan hatte dem allem wie in einen Nebel gehüllt zugehört. »Es ist kein Verrat, was Sie getan haben, Doktor Shekt. Ich fliege sofort nach Everest. Ennius wird, er muß mir glauben.«

Das Geräusch eiliger Schritte – ein verängstigtes Gesicht an der Tür. »Vater – es kommen Männer auf das Haus zu!«

Dr. Shekt wurde blaß. »Rasch, Doktor Arvardan! Durch die Garage!« Er schob ihn hastig fort. »Nehmen Sie Pola mit, und machen Sie sich keine Gedanken um mich.«

Doch als sie sich umwandten, stand ein Mann in einer grünen Robe vor ihnen. Er lächelte dünn und hielt wie beiläufig eine Neuropeitsche in der Hand. An die Haustür wurde mit Fäusten gehämmert – ein Bersten, und dann kamen stampfende Schritte die Treppe herauf.

»Wer sind Sie?« fragte Arvardan.

»Ich? Ich bin der bescheidene Sekretär Seiner Exzellenz, des Hohen Ministers.« Er trat einen Schritt vor. »Ich habe fast zu lange gewartet. Fast . . .! Aha, auch ein Mädchen. Das ist unklug.«

Arvardan sagte mit erzwungener Ruhe: »Ich bin ein freier Bürger des Imperiums, und ich bestreite Ihr Recht, mich in Haft zu nehmen oder dieses Haus ohne gesetzliche Vollmacht zu betreten.«

»Ich« – der Sekretär klopfte sich mit der Hand leicht auf die Brust –, »verkörpere alles Recht und alle Autorität auf diesem Planeten. Innerhalb kurzer Zeit werde ich alles Recht und alle Autorität in der Milchstraße verkörpern. Wir haben Sie alle, sogar Schwartz.«

»Schwartz!« riefen Dr. Shekt und Pola fast gleichzeitig.

»Überrascht Sie das? Ich werde Sie zu ihm führen lassen.«

Arvardan bemerkte als letztes das Lächeln auf dem Gesicht des Sekretärs und dann den violetten Blitz der Peitsche. Er stürzte durch einen roten, brennenden Schmerz in die Bewußtlosigkeit.

Frontwahl

Schwartz lag auf einer unbequemen, harten Bank in einem der kleinen Kellerräume der ›Besserungshalle‹ in Chika.

Die ›Halle‹, wie sie gewöhnlich nur genannt wurde, war das Symbol der Macht des Hohen Ministers und der Männer, die ihn umgaben. Sie stand düster und wie ein Fels in einem Außenbezirk der Stadt und warf ihren Schatten auf die kaiserlichen Kasernen, die neben ihr standen. Und sie überschattete auch das Leben der Erdbewohner.

Zwischen ihren Mauern hatte schon mancher Bürger der Erde auf seine Verurteilung gewartet, weil er die Produktionsquoten nicht eingehalten hatte, weil er seine Zeit überlebt oder ein solches Verbrechen bei einem anderen schweigend geduldet hatte. Gelegentlich, wenn die kleinlichen Vorurteile der terrestrischen Justiz der kaiserlichen Regierung besonders widersinnig erschienen, konnte ein Urteil durch den Bevollmächtigten aufgehoben werden. Doch dies zog regelmäßig Empörung oder im äußersten Fall blutige Aufstände nach sich.

Wenn das Konzil ein Todesurteil fällte, so gab der Bevollmächtigte gewöhnlich nach. Schließlich waren es nur Erdbewohner, die darunter zu leiden hatten.

Joseph Schwartz wußte von alledem natürlich nichts. Sein unmittelbarer optischer Eindruck beschränkte sich auf einen kleinen Raum, durch dessen Wände schwaches Licht drang. Die Möblierung bestand aus zwei harten Bänken und einem Tisch. Eine kleine Nische in der Wand diente als Waschraum, kombiniert mit sanitärer Anlage. Es war kein Fenster vorhanden, und der Luftzug, der durch einen Ventilationsschacht kam, war schwach.

Schwartz strich sich über den Kopf. Er setzte sich auf. Sein Fluchtversuch hatte hier geendet.

Wenigstens konnte er mit dem Ausstrahlungsgefühl spielen.

Aber war diese Fähigkeit gut oder schlecht? Auf der Farm war sie eine störende Gabe gewesen, eine Gabe, deren Natur er nicht kannte. Auch an die Möglichkeiten, die ihm aus ihr erwuchsen, hatte er nicht gedacht.

Nun aber konnte er den Gefangenenwärtern nachspüren, wenn sie vorübergingen, die Wächter an den Ausgängen feststellen und die äußersten Fasern seines Geistes sogar bis in das Büro des Direktors, das auf der anderen Seite des Gebäudes lag, ausstrecken.

Er überprüfte die Ausstrahlungen sorgfältig und schälte die Gemütsregungen und Ansichten der Betreffenden heraus.

Er erfuhr viel über die Erde und das Imperium, mehr als in den zwei Monaten auf der Farm.

Und er erfuhr, daß er zum Tod verurteilt war.

Es gab kein Entrinnen.

Es konnte heute sein. Es konnte morgen sein. Aber er mußte sterben! Irgendwie akzeptierte er es sogar, beinahe dankbar.

Die Tür öffnete sich, und er sprang erschrocken auf. Man konnte den Tod wohl mit der Vernunft akzeptieren, aber der Körper war eben doch eine lebenshungrige Bestie, die nichts von Vernunft wußte. Nun kam es!

Nein – es kam nicht. Die Ausstrahlung des Mannes, der eintrat, bedeutete nicht den Tod. Es war ein Wächter, der einen Metallstab in der Hand hielt. Schwartz wußte, was es war.

»Kommen Sie mit!« sagte er scharf.

Schwartz spielte mit dem Gedanken an die seltsame Macht, die er besaß. Ehe sein Wärter die Waffe benützen konnte, hätte Schwartz ihn lautlos und ohne verräterische Bewegung niedergestreckt. Er war in seinen Händen.

Aber wozu? Es würden andere kommen. Wie viele konnte er gleichzeitig in Schach halten? Wie viele Hände besaß sein Gehirn?

Schwartz gehorchte.

Er wurde in einen großen Raum gebracht. Zwei Männer und ein Mädchen lagen auf hohen Bänken, ausgestreckt wie Leichen. Und doch waren es keine Leichen, denn er spürte deutlich drei Geister verzweifelt arbeiten.

Gelähmt! Waren es nicht Bekannte?

Er war stehengeblieben, um sie zu betrachten. Doch der Wächter packte ihn kräftig an der Schulter. »Weitergehen!« Es war eine vierte, leere Bank vorhanden. Im Geist des Wächters war kein Gedanke an Tod zu spüren. Deshalb kletterte Schwartz hinauf. Er wußte, was kommen würde.

Der stählerne Stab des Wächters berührte jedes seiner Glieder. Sie wurden gefühllos, so daß er nichts mehr was als ein Kopf, der auf dem Nichts schwamm.

Er konnte den Kopf wenden.

»Pola!« rief er. »Sie sind Pola, nicht wahr?«

Sie nickte. Der Mann, der neben ihr lag, war Dr. Shekt. Und der, der am weitesten entfernt lag, war Dr. Bel Arvardan. Er konnte ihre Namen spüren, ihre Verzweiflung fühlen, das letzte Aufbrodeln von Entsetzen und Furcht in dem jungen Mädchen. Einen Augenblick lang bedauerte er sie. Doch dann erinnerte er sich daran, wer sie waren und was sie waren.

Sollten sie getrost sterben!

Die drei anderen lagen hier seit fast einer Stunde. Der Raum, in den sie gebracht worden waren, diente augenscheinlich für größere Versammlungen. Die Gefangenen waren verloren und einsam in der großen Halle. Arvardans Kehle brannte trocken, und er warf ruhelos den Kopf hin und her. Es war der einzige Teil seines Körpers, den er bewegen konnte.

Shekt hatte die Augen geschlossen, und seine Lippen waren farblos und schmal.

»Shekt, Shekt!« flüsterte Arvardan.

»Ja . . . Was?« antwortete Shekt kaum hörbar.

»Was tun Sie? Wollen Sie schlafen? Denken Sie nach, Mann, denken Sie nach!«

»Was gibt es hier noch nachzudenken?«

»Wer ist dieser Joseph Schwartz?«

Polas Stimme klang dünn. »Erinnerst du dich nicht, Bel? Damals im Warenhaus, als wir uns kennenlernten?«

Arvardan strengte sich an und stellte fest, daß er den Kopf fünf schmerzende Zentimeter heben konnte.

»Pola!« Wenn er nur zu ihr hingehen könnte . . .! Zwei Monate lang hätte er es tun können.

Sie blickte ihn an und lächelte so steinern, daß es das Lächeln einer Statue hätte sein können.

»Wir werden schließlich doch gewinnen!« sagte er. »Du wirst es sehen.«

Sie schüttelte den Kopf. Sein Hals gab nach, die Muskeln schmerzten, und er starrte wieder an die Decke.

»Shekt«, sagte er wieder. »Wie haben Sie diesen Schwartz kennengelernt? Wieso war er Ihr Patient?«

»Er kam als Freiwilliger.«

»Und er wurde behandelt?«

»Ja.«

Arvardan überlegte. »Weshalb kam er zu Ihnen?«

»Keine Ahnung.«

»Vielleicht ist er tatsächlich ein Agent des Imperiums.«

Schwartz verfolgte diese Konversation und lächelte. Er sagte nichts und nahm sich vor, auch weiterhin nichts zu sagen. Shekt versuchte, Arvardan anzusehen. »Ein Agent des Imperiums? Sie meinen, weil der Sekretär des Hohen Ministers es sagt? Unsinn! Und was spielt das auch für eine Rolle ...? Hören Sie, Arvardan, wenn wir irgendeine verabredete Geschichte erzählen, könnten wir unter Umständen ...«

Der Archäologe lachte hohl. »Wir könnten vielleicht am Leben bleiben, meinen Sie, wenn die übrige Galaxis tot ist? Ich pfeife darauf!«

»Ich denke an Pola«, murmelte Shekt.

»Ich auch«, sagte der andere. »Fragen wir sie ... Pola, sollen wir uns ergeben? Sollen wir versuchen, am Leben zu bleiben?«

»Ich habe meine Front gewählt«, sagte Pola entschlossen, »Wenn das Imperium untergeht, will auch ich sterben.«

Arvardan fühlte trotz allem eine Art Triumph. Wenn er sie in den Sirius-Sektor brächte, mochte man sie ein Erdenmädchen nennen. Aber sie war ihnen ebenbürtig, und er würde jedermann mit dem größten Vergnügen die Zähne einschlagen, der es wagte ...

Er erinnerte sich daran, daß die Chance, sie je in den Sirius-Sektor zu bringen, sehr gering war. Wahrscheinlich würde es überhaupt keinen Sirius-Sektor mehr geben.

Als wollte er diesem Gedanken entrinnen, rief er plötzlich: »Sie! Schwartz!«

Schwartz hob den Kopf. Er sagte immer noch nichts.

»Wer sind Sie?« fragte Arvardan. »Was haben Sie mit all dem zu tun? Welche Rolle spielen Sie hier?«

Bei dieser Frage wurde sich Schwartz der Ungerechtigkeit bewußt, die ihm widerfuhr. Seine harmlose Vergangenheit und der unendliche Schrecken der Gegenwart stiegen in ihm auf. Zornig sagte er: »Ich? Was ich damit zu tun habe? Hören Sie zu! Ich war einmal ein Niemand. Ein ehrlicher, fleißig arbeitender, ganz gewöhnlicher Schneider. Ich habe niemandem weh getan, ich habe niemanden gequält. Ich habe für meine Familie gesorgt. Und dann kam ich hierher. Aus keinem Grund. Aus keinem Grund!«

»Nach Chika?« fragte Arvardan, der nicht ganz folgen konnte.

»Nein! Nicht nach Chika!« schrie Schwartz. »Ich kam in diese ganze, wahnsinnige Welt... Es macht mir nichts aus, ob Sie mir glauben oder nicht. *Meine* Welt liegt in der Vergangenheit. In *meiner* Welt gab es Land und Nahrung für zwei Milliarden Menschen. Und es war die einzige Welt.«

Arvardan wandte sich an Shekt. »Können Sie ihn verstehen?«

»Wissen Sie, daß er einen wurmförmigen Darm hat, der acht Zentimeter lang ist? Erinnerst du dich, Pola? Und Weisheitszähne. Und Haare im Gesicht!«

»Ja, ja! Eben!« rief Schwartz herausfordernd. »Ich bin aus der Vergangenheit! Ich habe die Zeit übersprungen. Ich weiß nur nicht wie und warum. Nun lassen Sie mich in Ruhe!« Plötzlich fügte er hinzu: »Sie werden nun bald kommen. Dieses Warten hier soll uns mürbe machen.«

»Woher wissen Sie das? Wer hat Ihnen das gesagt?« Schwartz antwortete nicht.

»Der Sekretär? War es ein gedrungener Mann mit einer Mopsnase?«

Schwartz konnte die körperliche Erscheinung der Menschen, deren Ausstrahlung er spürte, nicht erkennen. Aber – ein Sekretär? Er hatte nur den Anflug einer Ausstrahlung gespürt, die eines mächtigen Mannes, und es schien, als sei es ein Sekretär gewesen.

»Heißt er Balkis?« fragte er.

»Was?« sagte Arvardan. Doch Shekt unterbrach: »Ja, so heißt er! Was hat er gesagt?«

»Nichts. Ich weiß nur, daß uns allen der Tod bevorsteht. Es gibt keinen Ausweg.«

Arvardan senkte die Stimme. »Er ist verrückt, finden Sie nicht?«

»Ich frage mich... Seine Schädelnähte waren primitiv. Sehr primitiv.«

»Wollen Sie damit sagen, daß er tatsächlich aus der Vergangenheit ist? Ach was, das ist unmöglich!«

»Das habe ich auch immer gedacht.« Nun hatte Shekts Stimme einen schwachen Anflug seines normalen Tonfalls, als habe das wissenschaftliche Problem seinen Geist in jenen objektiven Bereich geführt, in dem persönliche Angelegenheiten verschwanden. »Man hat die Energie berechnet, die erforderlich wäre, um Materie entlang der Zeitachse zu verschieben, und man ist auf einen Wert gekommen, der größer ist als unendlich. Deshalb wurde das Projekt immer als unmöglich betrachtet. Aber einige Wissenschaftler haben tatsächlich schon über die Möglichkeit von Zeit-Verwerfungen gesprochen, analog den geologischen Verwerfungen. Es sind schon Raumschiffe verschwunden, beinahe vor den Augen der Menschen. Und es gibt den berühmten Fall des Hor Devallow im Altertum, der eines Tages sein Haus betrat, es nie wieder verließ und doch nicht darin aufzufinden war ... Und dann gibt es den Planeten, der von drei Expeditionen aufgesucht wurde, die ausführliche Berichte zurückbrachten, und den man seither nicht wieder aufgefunden hat. Sie können das in jedem galaktographischen Buch nachlesen.

Außerdem gibt es gewisse Vorgänge in der Kernphysik, die dem Gesetz von der Erhaltung der Masse zu widersprechen scheinen. Man hat dies damit zu erklären versucht, daß sich ein Teil der Masse entlang der Zeitachse verschiebt. Wenn zum Beispiel Uranatome in einem ganz bestimmten Verhältnis mit Kupfer und Barium gemischt werden, bilden sie unter dem Einfluß von Licht-Gamma-Bestrahlung ein Resonanz-System, das ...«

»Vater«, sagte Pola, »laß es. Es hat doch keinen Zweck.«

Doch Arvardan unterbrach energisch: »Warten Sie! Lassen Sie mich nachdenken! *Ich* kann das am besten nachprüfen. Hören Sie zu, Schwartz!«

Schwartz blickte auf.

»Ihre Welt war die einzige in der Milchstraße?«

Schwartz nickte träge.

»Aber das dachten Sie nur. Ich meine, es gab keine Raumschifffahrt, so daß man es nicht nachprüfen konnte. Vielleicht gab es noch andere bewohnte Planeten außer der Erde.«

»Das weiß ich nicht.«

»Nun ja. Wie steht es mit der Atomkraft?«

»Wir hatten die Atombombe. Uran und Plutonium – ich glaube, dadurch wurde die Erde radioaktiv. Es muß schließlich doch noch einen Krieg gegeben haben – *nach* meiner Zeit ... einen Atomkrieg.«

Schwartz war in Gedanken wieder in Chikago, in seiner alten Welt, ehe die Bomben fielen.

Doch Arvardan unterbrach seine Gedanken. »Schön. Sie hatte natürlich eine Sprache!«

»Die Erde? Wir hatten viele Sprachen.«

»Und Sie?«

»Ich habe englisch gesprochen. Wenigstens als ich erwachsen war.«

»Sagen Sie etwas in dieser Sprache!«

Über zwei Monate lang hatte Schwartz nicht mehr Englisch gesprochen. Aber nun sagte er langsam und liebevoll: »I want to go home and be with my own people.«

»Ist das die Sprache, die er benützte, ehe Sie ihn behandelten?« sagte Arvardan zu Shekt.

»Ich weiß nicht. Es war damals Kauderwelsch, und es ist jetzt Kauderwelsch.«

»Nun, macht nichts ... Wie lautet das Wort für ›Mutter‹ in Ihrer Sprache, Schwartz?«

Schwartz sagte es.

»Aha. Und wie heißt ›Vater‹ ..., ›Bruder‹ ..., ›eins, zwei, drei‹ ..., ›Haus‹ ..., ›Mann‹ ..., ›Frau‹ ...?«

So ging es weiter und weiter, bis Arvardan bestürzt sagte:

»Shekt, entweder spricht dieser Mann die Wahrheit, oder ich bin das Opfer eines Alptraums. Seine Sprache kommt praktisch der gleich, in der die fünfzigtausend Jahre alten Inschriften geschrieben sind, die man im Sirius-Sektor, in Arkturus, in Alpha-Zentaurien und zwanzig anderen Planetensystemen gefunden hat. Er *spricht* diese Sprache! Sie wurde erst vor einer Generation entziffert, und es gibt nicht ein Dutzend Männer in der Galaxis außer mir, die sie verstehen.«

»Sind Sie sicher?«

»Und ob ich sicher bin! Ich bin schließlich Archäologe.«

Einen Augenblick spürte Schwartz seinen Abwehrpanzer brechen. Zum erstenmal fühlte er, wie er die Persönlichkeit, die er verloren hatte, wiedererlangte. Das Geheimnis war ausgesprochen. Er war ein Mann aus der Vergangenheit, und sie hatten ihn als solchen akzeptiert. Dies war der Beweis, daß er geistig gesund war. Und doch hielt er sich abseits.

»Ich muß diesen Mann haben!« Es war wieder Arvardan, der sprach und in dem der Wissendurst seines Berufs brannte.

»Shekt, Sie haben ja keine Ahnung, was dies für die Archäologie bedeutet! Das ist ein Mann aus der Vergangenheit! Großer Weltraum . . .! Hören Sie zu, wir können einen Handel machen. Dieser Mann ist der Beweis, den die Erde sucht. Sie können . . .«

Schwartz unterbrach ironisch: »Ich weiß, was Sie meinen. Sie denken, die Erde wird durch mich beweisen können, daß sie der Ursprung aller Zivilisation ist. Sie glauben, daß man dankbar dafür sein wird. Ich sage Ihnen: Nein! Ich habe selbst schon daran gedacht und hätte mein Leben dafür eingehandelt. Aber sie würden mir nicht glauben – ebensowenig wie Ihnen.«

»Es ist ein absolut einwandfreier Beweis!«

»Sie werden nicht einmal zuhören. Wissen Sie warum? Weil sie bestimmte, feststehende Vorstellungen von der Vergangenheit haben. Jede Änderung wäre in ihren Augen Blasphemie, selbst wenn es die Wahrheit wäre. Sie wollen nicht die Wahrheit, sie wollen ihre Tradition.«

»Ich glaube, er hat recht«, sagte Pola.

Arvardan stöhnte. »Wir könnten es versuchen.«

»Es hätte keinen Zweck«, beharrte Schwartz.

»Woher wollen Sie das wissen?«

»Ich weiß es.« Schwartz sagte es mit solch orakelhafter Bestimmtheit, daß Arvardan schwieg.

Doch nun betrachtete ihn Shekt mit einem seltsamen Funkeln in den müden Augen. »Haben Sie irgendwelche üblen Nachwirkungen der Behandlung mit dem Synapsikator gespürt?«

Schwartz kannte das Wort Synapsikator nicht, aber er erfaßte sofort seine Bedeutung. Nun wußte er, daß man ihn tatsächlich operiert hatte – sein Gehirn.

»Nein, keine üblen Nachwirkungen.«

»Aber Sie haben unsere Sprache sehr rasch gelernt. Sie sprechen sie so gut wir wir. Wundert Sie das nicht?«

»Ich hatte schon immer ein ausgezeichnetes Gedächtnis«, war die kühle Antwort.

»Und Sie spüren keinen Unterschied gegenüber vorher?«

»Nein.«

»Warum streiten Sie es ab, Schwartz. Sie wissen genau, was ich meine.«

Schwartz lachte nur kurz. »Daß ich Gedanken lesen kann? Nun, und?«

Shekt wandte sich an Arvardan. »Er kann nämlich Gedanken lesen. Soviel habe ich erreicht! Und nun hier sein zu müssen, hilflos ...«

»Was? Was? Was?« stammelte Arvardan.

»Erinnern Sie sich daran, was ich Ihnen über den Bakteriologen erzählt habe, der an den Folgen der Synapsizierung starb? Eines der ersten Symptome seines geistigen Zusammenbruchs war, daß er behauptete, Gedanken lesen zu können. Und er konnte es tatsächlich. Ich fand es heraus, ehe er starb. Ich habe es niemandem erzählt. Aber es ist möglich, Arvardan, es ist möglich. Wenn der elektrische Widerstand der Gehirnzellen vermindert wird, ist das Gehirn in der Lage, die Magnetfelder aufzunehmen, die von den Mikroströmen in den Gehirnen anderer Menschen induziert werden, und sie in gleichartige Schwingungen zurückzuverwandeln. Es ist das gleiche Prinzip wie bei einem gewöhnlichen Rundfunkempfänger. Es wäre Telepathie im wahrsten Sinn des Wortes.«

Schwartz verharrte in seinem sturen und feindseligen Schweigen.

»Bei der Galaxis, Shekt! Er kann uns sehr nützlich sein!« Das Gehirn des Archäologen arbeitete fieberhaft. »Vielleicht gibt es sogar einen Ausweg. Für uns und das Imperium.«

Doch Schwartz blieb teilnahmslos. »Sie meinen, weil ich Gedanken lesen kann? Was nützt das schon! Aber ich kann mehr als Gedanken lesen. Was halten Sie zum Beispiel hiervon?«

Es war nur ein ganz leichter geistiger Schlag. Doch Arvardan stöhnte auf.

»Das war ich«, sagte Schwartz. »Wollen Sie noch mehr?«

»Können Sie das auch bei den Wärtern tun? Beim Sekretär? Warum haben Sie zugelassen, daß man Sie hierherbrachte? Große Galaxis, Shekt! Es wird keinerlei Schwierigkeiten geben! Hören Sie zu, Schwartz.«

»Nein«, sagte Schwartz. »Hören *Sie* zu. Warum sollte ich hier heraus wollen? Wo wäre ich danach? Immer noch auf dieser toten Welt. Ich möchte nach Hause. Und das kann ich nicht. Ich möchte bei meiner Familie sein und in meiner Welt. Und das ist unmöglich. Ich *will* sterben.«

»Aber die ganze Milchstraße steht auf dem Spiel, Schwartz. Sie können nicht nur an sich denken!«

»Nicht? Warum nicht! Was geht mich Ihre verdammte Milchstraße an? Ich hoffe, sie verfault und verrottet. Ich weiß, was die Erde vorhat. Und ich bin froh darüber. Die junge Dame hat vorhin gesagt, sie hätte ihre Front gewählt. Nun, auch ich habe mich entschieden. Und zwar für die Erde.«

»Nein!«

»Warum nicht? Ich bin ein Erdbewohner.«

Frontwechsel

Eine Stunde war verstrichen, seit Arvardan aus der Ohnmacht erwacht war. Und nichts war geschehen. Nichts außer diesem ergebnislosen Gespräch, bei dem die unerträgliche Wartezeit auf unerträgliche Weise vorüberging.

Dieses Warten verfolgte einen Zweck – das wenigstens wußte er. Sie lagen hilflos ausgestreckt da, unbewacht – nicht einmal diese Ehre erwies man ihnen. Sie sollten sich ihrer hoffnungslosen Lage bewußt werden. Jegliche Auflehnung wurde dadurch erstickt, und wenn der Henker schließlich käme, würde er nur wenig oder gar keinen Widerstand mehr antreffen.

Arvardan konnte die Stille nicht mehr ertragen. »Wir hätten weniger sprechen sollen. Sicher wird dieser Raum überwacht.«

»Nein«, sagte Schwartz. »Niemand hört zu.«

Der Archäologe wollte fragen: ›Woher wissen Sie das?‹, doch er unterdrückte es. Er starrte zur Decke. Wenn er den Kopf drehte, sah er Shekts kantiges Profil und auf der anderen Seite eine schwarze Wand. Wenn er den Kopf hob, konnte er für einen Augenblick Polas blasses, erschöpftes Gesicht sehen.

Gelegentlich stieg der bohrende Gedanke in ihm auf, daß er ein Bürger des Imperiums war – des *Imperiums* – und daß seine Gefangenschaft eine besonders niederträchtige Gemeinheit war, da er sie ausgerechnet von Erdbewohnern erdulden mußte. Und dann verblaßte auch dieser Gedanke . . .

»Bel?« Polas Stimme zitterte und klang für Arvardan angesichts des bevorstehenden Todes seltsam süß.

»Ja, Pola?«

»Glaubst du, es wird noch lange dauern?«

»Vielleicht nicht, Liebling . . . Wir haben zwei Monate vergeudet.«

»Es war mein Fehler«, flüsterte sie.

Arvardan konnte nicht antworten. Seine Gedanken drehten sich im Kreis. War es Einbildung, oder fühlte er tatsächlich die harte Plastikunterlage, auf der er lag? Wie lange würde die Erstarrung noch andauern?

Man mußte Schwartz dazu bringen, daß er half. »Schwartz!« sagte er.

Schwartz lag ebenso hilflos da und erlebte sein Leiden dabei noch wesentlich verschärft. Er hatte vier Gehirne in einem.

Wäre er allein gewesen, so hätte er die letzten Überbleibsel seiner Liebe zum Leben unterdrückt, die ihn noch vor zwei Tagen – oder waren es drei? – aus der Farm flüchten ließ. Wie aber konnte er die Gedanken an das Leben loswerden bei der erbärmlichen Furcht vor dem Tod, die wie ein Bahrtuch über Shekt hing? Bei der Rebellion in Arvardans vitalem Geist? Bei der tiefen, pathetischen Resignation des Mädchens?

Was kümmerten sie ihn? Er hatte sein eigenes Leben zu leben, seinen eigenen Tod zu sterben.

Aber sie hämmerten unablässig auf ihn ein, sickerten durch alle Poren seines Geistes.

Und dann sagte Arvardan: »Schwartz!«

Schwartz wußte, was er wollte. Er sollte sie retten. Warum *er*? Warum?

»Schwartz«, wiederholte Arvardan schmeichelnd. »Sie können ein Held werden! Sie haben keine Veranlassung zu sterben – nicht für diese Menschen da draußen.«

»Ja, ich kann ein Held werden – und dabei ein Verräter. Sie nennen die dort draußen ›Menschen‹. Aber im Geist benützen Sie ein anderes Wort, das ich nicht ganz verstehe. Es ist ein niederträchtiges Wort. Und nicht, weil sie niederträchtig sind, sondern weil es Erdbewohner sind.«

»Das ist eine Lüge!« sagte Arvardan hitzig.

»Das ist keine Lüge!« erwiderte Schwartz ebenso hitzig. »Und jedermann hier weiß das. Man will mich töten, ja – aber nur weil man glaubt, ich gehöre zu Ihrem Imperium, das einen ganzen Planeten mit Verachtung strafen und ihn langsam mit seiner unerträglichen Überlegenheit ersticken kann. Schützen Sie sich selbst gegen dieses Gewürm und Ungeziefer, das es irgendwie fertigbringt, seine gottartigen Herren zu bedrohen! Bitten Sie nicht das Ungeziefer selbst um Hilfe!«

»Sie sprechen wie ein Zelot«, sagte Arvardan. »Warum? Sie waren ein Bürger eines großen und unabhängigen Planeten, wie Sie sagen. Sie lebten in einer Zeit, in der die Erde der einzige bewohnte Planet war. Sie sind einer von uns, Mann, einer der Herrscher! Warum identifizieren Sie sich mit dem verzweifelten Überbleibsel? Dies ist nicht der Planet, an den Sie sich erinnern. Mein Heimatplanet ähnelt der alten Erde mehr als dieses kranke Wrack!«

Schwartz lachte. »Ich sei einer der Herrscher, sagen Sie? Wir wollen uns nicht dabei aufhalten. Es ist nicht wert, daß man darüber spricht. Betrachten wir Sie statt dessen. Sie sind ein feines Beispiel dafür, was das Imperium uns schickt. Sie sind tolerant und fabelhaft großherzig, und Sie bewundern sich selbst, weil Sie Doktor Shekt wie einen Ebenbürtigen behandeln. Aber tief im Innern fühlen Sie sich nicht wohl in seiner Gesellschaft. Ihnen gefällt es nicht, wie er spricht und wie er aussieht. Sie mögen ihn nicht, obwohl er bereit ist, die Erde zu verraten ... Sie haben kürzlich auch ein Mädchen von der Erde geküßt und betrachten es nun als eine Schwäche. Sie schämen sich darüber ...«

»Bei den Sternen, ich schäme mich nicht ... Pola, glaube ihm nicht. Hör nicht hin.«

»Streite es nicht ab, Bel, und mach dir nichts daraus«, sagte Pola ruhig. »Er blickt in dein Unterbewußtsein, auf die Überreste deiner Kindheit. Er würde bei mir das gleiche entdecken. Er würde ähnliche Dinge sehen, wenn er auf ebenso taktlose Weise in seine eigene Seele schauen könnte.«

Schwartz fühlte, wie er errötete.

Pola sprach ihn nun direkt an. »Schwartz, wenn Sie Gedanken

lesen können, dann sagen Sie mir, ob ich Verrat im Sinn habe. Prüfen Sie meinen Vater, ob er nicht die Sechzigerjahre leicht hätte umgehen können, wenn er mit den Wahnsinnigen zusammengearbeitet hätte, die nun das ganze Imperium ruinieren wollen. Was hat er durch seinen Verrat gewonnen ...? Und schauen Sie, ob irgendeiner von uns der Erde oder den Erdbewohnern etwas Böses wünscht. Sie sagen, Sie hätten kurz Balkis' Ausstrahlung gespürt. Ich weiß nicht, ob Sie dabei die Möglichkeit hatten, die Oberschicht zu durchdringen. Aber wenn er kommt, wenn es zu spät ist, dann versuchen Sie es. Prüfen Sie seine Gedanken. Stellen Sie fest, daß er wahnsinnig ist – und dann sterben Sie.«

Schwartz schwieg.

Arvardan fiel rasch ein. »Schwartz, Sie kennen nicht unsere Geschichte! Sie wissen nichts von den Tausenden und Zehntausenden von Jahren, in denen sich die Menschheit in der Milchstraße ausgebreitet hat. Sie wissen nichts von Kriegen und Elend. Sie wissen nichts über die ersten Jahrhunderte des Imperiums, in denen es noch Despotismus und Chaos litt. Erst in den letzten beiden Jahrhunderten ist unsere galaktische Regierung wirklich funktionsfähig geworden. Unter ihr ist es jedem Planeten gestattet, seine eigene kulturelle Autonomie beizubehalten und sich selbst zu regieren ... Noch nie in der Geschichte war die Menschheit so weit von Krieg und Armut entfernt wie heute. Noch nie war die Wirtschaft so weise gelenkt. Noch nie waren die Zukunftsaussichten so leuchtend wie jetzt. Wollen Sie das zerstören helfen, damit alles von vorn beginnt? Und womit wird es beginnen? Mit einer despotischen Herrschaftsschicht, die ihre Kräfte aus Mißtrauen und Haß speist! Man wird die Mißstände auf der Erde eines Tages beheben, aber nur, wenn die Galaxis weiterbesteht. Was diese Verrückten hier tun wollen, bringt keine Lösung. Wissen Sie, was sie tun wollen?«

Wenn Arvardan die Fähigkeit gehabt hätte, die Schwartz besaß, so hätte er den Kampf entdeckt, der in Schwartz' Geist vorging. Aber intuitiv wußte er, daß er ihn nur nachdenken lassen mußte.

Schwartz war bewegt. Alle diese Welten sollten untergehen! War er überhaupt ein Erdbewohner? In seiner Jugend hatte er Europa verlassen und sich in Amerika angesiedelt. War er deshalb ein anderer geworden? Und wenn nach ihm Menschen eine zerstörte Erde verlassen und neue Planeten aufgesucht hatten – waren es dann nicht dennoch Erdbewohner gewesen? Stammten sie nicht alle von ihm und seinen Brüdern ab?

Schließlich sagte er: »Gut. Ich bin auf Ihrer Seite. Wie kann ich helfen?«

»Auf welche Entfernung können Sie Gedanken lesen?« fragte Arvardan erregt, als fürchte er, Schwartz könne abermals umschwenken.

»Ich weiß nicht. Ich spürte deutlich die Wärter vor der Tür. Ich glaube, ich kann auch noch die Straße erreichen. Aber je weiter ich gehe, um so unschärfer wird es.«

»Können Sie den Sekretär irgendwo entdecken?«

»Ich weiß nicht«, murmelte Schwartz.

Die Minuten drehten sich unerträglich.

»Ihre Gedanken sind mir im Weg«, sagte Schwartz schließlich. »Denken Sie an etwas anderes.«

Sie versuchten es.

Wieder trat Stille ein. »Nein, es geht nicht! Es geht nicht! Ich kann ihn nicht finden!«

Plötzlich sagte Arvardan: »Ich kann mich ein wenig bewegen! Große Galaxis, ich kann die Zehen bewegen ... Au!« Jede Bewegung war ein bohrender Schmerz.

»Wie stark können Sie jemandem weh tun, Schwartz?« fragte er.

»Ich habe einen Mann getötet.«

»Getötet? Wie?«

»Ich weiß nicht. Es ist ... es ist ...« Schwartz sah fast komisch aus in seiner Anstrengung, das Unaussprechliche in Worte zu fassen.

»Können Sie mit mehr als einem zur gleichen Zeit fertig werden?«

»Ich habe es nicht versucht. Aber ich glaube nicht. Ich kann nicht die Gedanken von zwei Menschen auf einmal lesen.«

»Es wäre sinnlos, den Sekretär zu töten«, unterbrach Pola. »Es würde nichts nützen.«

»Warum nicht?«

»Draußen stehen noch hundert andere. Wie sollen wir hier herauskommen?«

»Ich hab' ihn!« unterbrach Schwartz.

»Wen?« riefen alle drei.

»Den Sekretär! Ich glaube, er ist es!«

»Halten Sie ihn fest!« Arvardan drehte sich so heftig nach Schwartz um, daß er von der Bank rollte und auf den Fußboden schlug.

»Hast du dich verletzt?« rief Pola ängstlich und stellte plötzlich fest, daß ihre Armgelenke sich bewegten, als sie unwillkürlich versuchte, sich auf die Ellbogen zu stützen.

»Nein, es ist alles in Ordnung. Pressen Sie ihn aus, Schwartz! Holen Sie alles aus ihm heraus!«

Schwartz strengte sich an, bis sein Kopf schmerzte. Wie ein Kind, das die Finger nach einem Gegenstand ausstreckt und ihn nicht ganz erreicht, so tastete er blindlings nach dem Geist des Sekretärs.

Endlich fing er einzelne Gedankenfäden ein. »Er triumphiert! Es hat etwas mit Raumgeschossen zu tun. Er hat sie gestartet ... Nein, nicht gestartet. Er *wird* sie starten.«

Shekt stöhnte. »Es sind die ferngelenkten Geschosse, die den Virus auf die einzelnen Planeten tragen, Arvardan.«

»Wo sind diese Geschosse, Schwartz?« drängte Arvardan. »Schauen Sie, Mann! Schauen Sie!«

»Es ist ein Gebäude, das ... ich ... nicht ... deutlich genug ... sehen kann ... Fünf Ecken ..., ein Stern ..., ein Name, vielleicht: Sloo ...«

Wieder unterbrach Shekt. »Das ist es! Bei allen Sternen der Galaxis, das ist es. Der Tempel von Senloo. Er ist auf allen Seiten von radioaktiven Gebieten umgeben. Niemand wäre je auf die Idee gekommen, dorthin zu gehen. Liegt es beim Zusammenfluß von zwei großen Flüssen, Schwartz?«

»Ich kann es nicht sehen – doch, ja. Ja!«

»Wann, Schwartz? Wann wird man sie abschießen?«

»Ich kann den Tag nicht erkennen, aber bald – bald. Seine Gedanken drehen sich nur noch darum.« Schwartz' Kopf schien vor Anstrengung zu bersten.

Arvardan stützte sich nun auf Hände und Knie, obwohl sie zitterten und unter ihm nachgaben.

»Er ist an der Tür.«

Schwartz verstummte, als die Tür sich öffnete.

In Balkis' Stimme lag kalter Spott. »Doktor Arvardan! Wäre es nicht besser, Sie kehrten an Ihren Platz zurück?«

Arvardan blickte zu ihm auf. Er war sich der Unwürdigkeit seiner Lage bewußt. Doch er schwieg. Langsam lockerte er seine schmerzenden Glieder und streckte sich auf dem Boden aus. So blieb er schwer atmend liegen. Wenn er einen letzten Ausfall unternehmen könnte, wenn er irgendwie die Waffe des anderen packen könnte ...

Das war keine Neuropeitsche, die an dem glänzenden Flexiplastgürtel des Sekretärs hing. Es war ein ausgewachsener Vernichter, der einen Menschen in einem winzigen Augenblick in seine Atome auflösen konnte.

Der Sekretär betrachtete die vier Gefangenen mit grausamer Befriedigung. Hier war der Erdbewohner, der ihn verraten hatte. Da der Agent des Imperiums. Und dort das geheimnisvolle Geschöpf, das sie zwei Monate lang beobachtet hatten.

Der Sekretär stand lässig da, die Arme verschränkt, im Bewußtsein, daß er nicht in die Lage käme, rasch nach der Waffe greifen zu müssen.

»Wir wollen die Situation nun absolut klarstellen«, sagte er gelassen. »Es herrscht Krieg zwischen der Erde und der übrigen Galaxis. Er ist bis jetzt nicht offiziell erklärt, aber es ist dennoch Krieg. Sie sind unsere Gefangenen und werden den Umständen entsprechend behandelt. Die übliche Strafe für Spione und Verräter ist natürlich der Tod.«

»Nur im Fall eines legalen und erklärten Krieges«, unterbrach Arvardan wütend.

»Im Fall eines erklärten Krieges?« fragte der Sekretär höhnisch. »Die Erde stand immer im Krieg gegen die übrige Galaxis, ob wir diese Tatsache nun erwähnt haben oder nicht.«

»Sprich nicht mit ihm«, sagte Pola zu Arvardan. »Er soll sagen, was er zu sagen hat, und dann Schluß machen.«

Arvardan lächelte sie an. Es war ein verkrampftes Lächeln, dann stand er auf.

Balkis lachte. Mit gemächlichen Schritten ging er auf den Archäologen zu. Mit einer ebenso gemächlichen Handbewegung tippte er Arvardan auf die Brust.

Arvardan stürzte um.

Pola peitschte ihre steifen Glieder auf und glitt langsam von der Bank.

Balkis ließ sie auf Arvardan zukriechen.

»Dein Liebhaber«, sagte er. »Dein starker Außenseiter-Liebhaber. Geh doch zu ihm, Mädchen! Warum so langsam? Hier liegt er, niedergestreckt von der Hand eines Erdbewohners!«

Pola kniete nun neben Arvardan. »Er ist ein Feigling, der einen gelähmten Mann angreift und sich des Sieges rühmt. Wenige Erdbewohner sind so, glaub mir!«

»Das weiß ich«, sagte Arvardan.

Der Sekretär reckte sich. »Wie ich schon sagte, Ihr Leben ist verwirkt. Aber Sie können sich loskaufen. Sind Sie daran interessiert, den Preis zu hören?«

»Sie an unserer Stelle wären sehr daran interessiert«, sagte Pola stolz.

»Pst, Pola! – Was schlagen Sie vor?«

»Oh«, sagte Balkis. »Sie sind bereit, sich zu verkaufen, Doktor Arvardan? Wie ich es zum Beispiel wäre, ich, ein niederträchtiger Erdbewohner?«

»Sie wissen selbst am besten, was Sie sind«, erwiderte Arvardan. »Im übrigen verkaufe ich mich nicht. Ich versuche, das Mädchen zu retten.«

»Ich weigere mich. Ich möchte nicht«, stieß Pola hervor.

»Rührend«, spottete der Sekretär. »Er läßt sich zu unseren Frauen herab und spielt dabei noch den Märtyrer.«

»Was schlagen Sie vor?« fragte Arvardan.

»Folgendes: Offensichtlich sind unsere Pläne durchgesickert. Wie Doktor Shekt es erfahren hat, ist nicht schwer zu erraten. Aber wie das Imperium Kenntnis davon erhielt, ist rätselhaft. Wir würden deshalb gern wissen, was das Imperium weiß. Nicht, was Sie hier erfahren haben, Arvardan, sondern was das Imperium in diesem Augenblick weiß.«

»Ich bin Archäologe und kein Spion«, sagte Arvardan schneidend. »Ich weiß nicht, in welchem Ausmaß das Imperium informiert ist. Aber ich hoffe, man weiß recht viel.«

»Das kann ich mir denken. Nun, Sie werden Ihren Sinn vielleicht noch ändern. Denken Sie nach! Sie alle!«

Schwartz hatte bis jetzt nichts gesagt. Er hatte nicht einmal aufgeblickt.

Der Sekretär wartete und sagte, als alle beharrlich schwiegen: »Dann werde ich Ihnen den Preis für Ihre Weigerung nennen. Es ist nicht einfach der Tod, da ich gewiß bin, daß Sie alle auf diese unerfreuliche und unausweichliche Eventualität vorbereitet sind. Doktor Shekt und seine Tochter sind Bürger der Erde. Unter diesen Umständen wird es angemessen sein, sie einer Behandlung mit dem Synapsikator zu unterziehen. Sie verstehen, Doktor Shekt.«

Im Blick des Physikers lag das reine Entsetzen.

»Ich sehe, Sie verstehen«, sagte Balkis. »Wir werden das Gerät natürlich so einstellen, daß es das Gehirngewebe gerade so weit zerstört, um eine Art Schwachsinn hervorzurufen. Es ist ein widerlicher Zustand – Sie werden gefüttert werden müssen, oder Sie verhungern, Sie werden gesäubert werden müssen oder im Kot erstikken, Sie werden von der Menschheit abgesondert werden müssen oder ein entsetzlicher Anblick sein für alle, die Sie sehen. Es mag eine Lehre sein für andere.«

»Was Sie betrifft«, der Sekretär wandte sich an Arvardan, »und Ihren Freund Schwartz, so sind Sie Bürger des Imperiums und deshalb für ein interessantes Experiment geeignet. Wir haben unseren Fiebervirus noch nie an euch galaktischen Hunden ausprobiert. Es wird aufschlußreich sein, ob unsere Berechnungen stimmen. Eine kleine Dosis, wissen Sie, so daß der Tod langsam eintritt. Die Krankheit wird erst nach einer Woche zum Unausweichlichen führen, wenn wir die Injektion hinreichend verdünnen. Es wird sehr schmerzhaft sein.«

Er hielt inne und beobachtete sie mit zusammengekniffenen Lippen.

»Dies alles«, sagte er, »können Sie abwenden gegen ein paar kleine Auskünfte. – Was weiß das Imperium? Sind im Augenblick noch andere Agenten tätig? Wenn ja: Was haben sie für Pläne? Bereiten sie eine Gegenaktion vor?«

»Wer garantiert uns, daß Sie uns nicht trotzdem töten lassen, wenn Sie haben, was Sie von uns wollen?« murmelte Shekt.

»Sie haben mein Ehrenwort, daß Sie auf schreckliche Weise sterben, wenn Sie ablehnen. Hinsichtlich der anderen Möglichkeit müssen Sie es darauf ankommen lassen.«

»Können wir Bedenkzeit haben?«

»Gebe ich Ihnen nicht ohnehin schon Bedenkzeit genug? Zehn Minuten sind verstrichen, seit ich eingetreten bin, und ich höre immer noch zu ... Haben Sie irgend etwas zu sagen? Nichts? Arvardan, Sie strengen immer noch Ihre Muskeln an. Sie denken, Sie könnten mich erreichen, ehe ich nach dem Vernichter greifen kann. Schön. Und wenn es Ihnen gelänge – meine Pläne würden auch ohne mich ausgeführt werden. Selbst Ihre verschiedenen Todesarten werden ohne mich ausgeführt. – Oder vielleicht Sie, Schwartz? Sie haben unseren Agenten Natter getötet. Sie waren es doch, nicht wahr? Vielleicht glauben Sie, Sie können auch mich töten?«

Zum erstenmal blickte Schwartz Balkis an. »Ich könnte es. Aber ich verzichte darauf«, sagte er kalt.

»Sehr liebenswürdig.«

»Gar nicht. Es ist sehr grausam. Sie sagten selbst, daß es Dinge gibt, die schlimmer sind als der gewöhnliche Tod.«

Arvardan blickte Schwartz hoffnungsvoll an.

Duell

Schwartz fühlte sich auf eine seltsam hektische Art wohl. Ein Teil seines Ichs schien die Situation absolut in Händen zu haben, während der größere Teil nicht daran glauben konnte. Man hatte ihn später als die anderen gelähmt. Selbst Dr. Shekt saß nun aufrecht, während er erst nur ein wenig den Arm bewegen konnte.

Er blickte den pfiffigen Sekretär an, der unendlich kalt und niederträchtig war, und begann das Duell.

»Ich stand zuerst auf Ihrer Seite«, sagte er, »obwohl Sie mich töten wollten. Ich hatte Verständnis für Ihre Empfindungen und Pläne ... Aber die Gedanken dieser anderen hier sind relativ unschuldig und sauber, die Ihren dagegen sind unter aller Beschreibung. Sie kämpfen nicht einmal für die Erdbevölkerung, sondern nur um Ihre eigene, persönliche Macht. Sie denken nur an eine von neuem versklavte Erde. Sie wollen die Herrschaft des Imperiums nur mit Ihrer persönlichen Diktatur vertauschen.«

»Das sehen Sie alles?« fragte Balkis. »Gut, sehen Sie, was Sie wollen. Ich brauche Ihre Informationen nicht. Wenigstens nicht so dringend, daß ich deshalb Unverschämtheiten dulden müßte. Die Stunde der Vergeltung ist gekommen. Sehen Sie das auch, mein dramatischer Gedankenleser?«

»Ja«, sagte Schwartz. »Ich sehe es jetzt deutlich. Noch zwei Tage . . ., nein, weniger . . . Dienstag, um sechs Uhr morgens, Chika-Zeit.«

Der Sekretär griff nach dem Vernichter. Mit ein paar Schritten stand er neben Schwartz.

»Woher wissen Sie das?«

Schwartz schwieg. Irgendwo in seinem Gehirn reckten sich geistige Finger und griffen zu. Seine Kiefermuskeln strafften sich bis zum Zerreißen, und seine Augenbrauen zogen sich zusammen. Doch dies waren nur unfreiwillige Begleiterscheinungen seiner eigentlichen Anstrengung.

Für Arvardan schien die Szene sekundenlang nichtssagend. Das plötzliche Schweigen des Sekretärs schien nichts Besonderes zu bedeuten.

»Ich habe ihn . . . Nehmen Sie ihm die Waffe ab!« keuchte Schwartz. »Ich kann ihn nicht sehr lange halten!«

Da verstand Arvardan. Mit zusammengebissenen Zähnen stand er langsam auf. Pola versuchte, sich mit ihm aufzurichten, doch es gelang nicht. Shekt glitt von seiner Bank und sank auf die Knie. Nur Schwartz lag noch. In seinem Gesicht arbeitete es.

Der Sekretär hätte vom Medusenblick getroffen sein können. Auf seiner glatten Stirn sammelte sich Schweiß, und sein Gesicht war versteinert. Nur seine rechte Hand, die den Vernichter hielt, zeigte Leben. Man sah sie ab und zu leicht zucken. Man sah den schlaffen Druck auf den Kontaktknopf – nicht stark genug, um die Waffe auszulösen, aber immer wieder, immer wieder . . .

»Halten Sie ihn fest«, würgte Arvardan hervor. Er klammerte sich an die Lehne eines Stuhles.

Seine Füße schlurften über den Boden. Er ging wie in einem Alptraum, watete in Teer. Er schob sich mit schmerzenden Muskeln vorwärts, langsam, langsam, immer näher.

Er wußte nichts von dem Duell, das vor seinen Augen ausgetragen wurde.

Der Sekretär hatte nur ein Ziel: eine winzige Kraft in seinen Daumen zu legen – 84 Gramm, um genau zu sein, denn dies war der Kontaktdruck, der notwendig war, um den Vernichter auszulösen ...

Schwartz hatte nur ein Ziel: diesen Fingerdruck zu verhindern. Doch in dem Chaos der Empfindungen, die von der Ausstrahlung des anderen auf ihn einströmten, konnte er nicht herausfinden, welche Regung diesen Daumendruck betraf. Deshalb richtete er seine Anstrengung darauf, völlige Erstarrung hervorzurufen.

Der Geist des Sekretärs lehnte sich gegen den Zwang auf. Es war ein rascher und intelligenter Geist, der Schwartz' ungeübter Kontrolle gegenüberstand. Sekundenlang verharrte er ruhig, wartete, versuchte seine Muskeln in Bewegung zu setzen.

Für Schwartz war es, als habe er beim Ringkampf einen Griff angewandt, den er um keinen Preis lockern durfte. Aber nichts davon war zu sehen, nur die nervös verzerrten Züge Schwartz', die zitternden Lippen von den Zähnen blutig gebissen, und die immer wiederkehrende Daumenbewegung des Sekretärs.

Arvardan hielt inne. Seine ausgestreckte Hand hatte gerade die Tunika des Sekretärs erreicht. Da fühlte er, daß er sich nicht weiterbewegen konnte. Seine erstarrten Lungen konnten nicht soviel Atem holen, wie seine gelähmten Glieder brauchten. Seine Augen tränten vor Anstrengung. »Nur noch ein paar Sekunden, Schwartz!« keuchte er. »Halten Sie ihn! Halten Sie ihn!«

»Ich kann nicht mehr!«

Und tatsächlich verwandelte sich für Schwartz die Welt in ein träges, verschwommenes Chaos.

Der Daumen des Sekretärs preßte wieder auf den Kontaktknopf. Der Druck wurde immer stärker.

Schwartz fühlte, wie seine Augäpfel hervortraten, wie die Adern an seiner Stirn hervorquollen. Er konnte den Triumph spüren, der sich bereits im Geist des anderen regte.

Da stieß Arvardan zu. Sein steifer und widerspenstiger Körper stolperte mit ausgestreckten Händen vorwärts und stieß den Sekretär um. Der Vernichter fiel klirrend zu Boden.

Der Geist des Sekretärs wand sich fast gleichzeitig frei, und Schwartz ließ erschöpft locker.

Balkis kämpfte unter dem Gewicht Arvardans. Er stieß ein Knie in die Leistengegend des anderen, während seine geballten Fäuste in Arvardans Gesicht schlugen. Dann stand er schwerfällig auf.

Doch ihm gegenüber stand Shekt. In seiner rechten Hand hielt er den Vernichter.

»Idiotenpack!« schrie der Sekretär. »Was glaubt ihr, was ihr damit erreicht? Ich brauche nur meine Stimme zu erheben . . .«

»Und zumindest Sie werden sterben«, erwiderte Shekt.

»Ihr erreicht gar nichts, wenn ihr mich tötet, das wißt ihr genau. Ihr werdet das Imperium nicht retten, und ihr werdet nicht einmal euch selbst retten. Geben Sie mir die Waffe, und Sie werden freigelassen.«

Er streckte die Hand aus. Shekt lachte. »Ich bin nicht so verrückt, das zu glauben.«

»Aber halb gelähmt!« Der Sekretär machte einen Ausfall nach rechts, viel rascher, als die zitternde Hand des Physikers die Waffe herumreißen konnte.

Doch nun, als Balkis zum letzten Sprung ansetzte, war sein Geist ausschließlich mit dem Vernichter beschäftigt. Schwartz griff wieder zu, der Sekretär schwankte und schlug auf den Boden, als sei er von einer Keule getroffen.

Arvardan hatte sich langsam erhoben. Er hinkte, und sein Gesicht war geschwollen. »Können Sie sich bewegen, Schwartz?«

»Ein wenig«, kam die müde Antwort.

»Kommt jemand?«

»Ich kann niemanden entdecken.«

Arvardan lächelte Pola an. Seine Hand ruhte auf ihrem weichen braunen Haar, und sie blickte zu ihm auf. In den letzten beiden Stunden war sie sicher gewesen, daß er nie wieder ihr Haar berühren und ihr in die Augen blicken werde.

»Vielleicht wird es doch weitergehen, Pola?«

Sie schüttelte den Kopf. »Wir haben nicht genug Zeit.«

»Das wollen wir sehen.« Arvardan beugte sich über den hingestreckten Sekretär.

»Lebt er noch?« Er fühlte mit seinen immer noch gefühllosen Fingerspitzen vergeblich nach dem Puls und schob dann die Hand unter die grüne Robe. »Sein Herz schlägt noch ... Sie haben eine gefährliche Macht, Schwartz. Warum haben Sie das nicht gleich getan?«

»Weil ich sehen wollte, ob wir ihn als Geisel benützten können.«

Shekt wurde munter. »Vielleicht gelingt es! Die kaiserliche Garnison in Fort Dibburn ist keine halbe Meile entfernt. Dort wären wir in Sicherheit und könnten mit Ennius Verbindung aufnehmen.«

»Erst müssen wir dort sein! Wahrscheinlich stehen hundert Wachtposten draußen und hundert weitere zwischen hier und dem Fort. Und was können wir mit einem leblosen Sekretär anfangen? Sollen wir ihn tragen? Sollen wir ihn auf kleinen Rädchen fahren?« Arvardan lachte humorlos.

»Außerdem konnte ich ihn nicht sehr lange halten. Sie haben gesehen, daß ich versagt habe.«

»Weil Sie nicht darin geübt sind«, sagte Shekt. »Ihr Gehirn ist eine Art Empfangsstation für die elektromagnetischen Felder der Gehirne anderer Menschen. Ich denke, Sie können damit auch senden. Verstehen Sie, was ich meine?«

Schwartz schien unsicher.

»Sie müssen sich ganz darauf konzentrieren, was er tun soll«, beharrte Shekt. »Und dann geben wir ihm den Vernichter zurück.«

»Was?«

»Er muß uns hier hinausführen. Wir kommen auf andere Weise nicht an den Wachtposten vorbei. Und wenn er bewaffnet ist, scheint es weniger verdächtig.«

»Aber ich kann ihn nicht halten! Ich sage Ihnen, ich kann ihn nicht halten! Ihre Theorien sind mir völlig egal, Doktor Shekt. Sie wissen nicht, wie schwer es ist. Ich kann jeden Augenblick versagen.«

»Ich weiß. Aber das Risiko müssen wir auf uns nehmen. Versuchen Sie's, Schwartz! Lassen Sie ihn die Arme bewegen, wenn er zu sich kommt.«

Der Sekretär stöhnte, und Schwartz fühlte, wie seine Ausstrahlung wiederkehrte. Leise, fast ängstlich ließ er ihn Kräfte sammeln. Dann sprach er ihn an. Es war eine stumme Rede, wie man seinen Armen oder Beinen befiehlt, sich zu bewegen.

Und der Arm des Sekretärs hob sich. Schwartz lächelte triumphierend. Doch die anderen hatten nur Augen für Balkis. Der

Sekretär stand nun mit eckigen Bewegungen auf. Er verlor dabei beinahe das Gleichgewicht. Und dann begann er plötzlich zu tanzen.

Seinem Tanz mangelte es an Rhythmus und jeder Anmut. Aber für die drei, die seinen Körper beobachteten, und für Schwartz, der Körper und Geist beobachtete, war der Anblick ehrfurchtgebietend. Denn in diesen Augenblicken stand der Körper des Sekretärs unter dem Befehl eines Gehirns, das nicht direkt mit ihm verbunden war.

Langsam, vorsichtig näherte sich Shekt dem roboterartigen Sekretär und streckte ihm ohne Bedenken den Vernichter hin.

»Er soll ihn nehmen, Schwartz«, sagte Shekt.

Die Hand des Sekretärs griff unbeholfen nach der Waffe. Einen Augenblick lang leuchteten seine Augen gefährlich auf. Dann ebbte dies ab. Langsam steckte er den Vernichter in den Gürtel. Seine Hand fiel herab.

Schwartz lachte hysterisch. »Dabei wäre er mir fast entschlüpft.«

»Und? Können Sie ihn halten?«

»Er kämpft wie der Teufel. Aber es ist nicht so schlimm wie vorhin.«

»Weil Sie jetzt wissen, was Sie tun müssen.« Es war eine Ermunterung, an die Shekt selbst nicht ganz glaubte. »Senden Sie jetzt! Tun Sie einfach so, als führten Sie alles selbst aus!«

»Können Sie ihn zum Sprechen bringen?« unterbrach Arvardan.

Es entstand eine Pause, und dann krächzte der Sekretär kurz. Wieder eine Pause. Wieder ein Krächzen.

»Das ist alles«, murmelte Schwartz.

Shekt zuckte die Achseln. »Der Stimmapparat ist eben viel komplizierter als die Muskeln der Glieder. Macht nichts, Schwartz. Wir kommen vielleicht auch so hinaus.«

Die Erinnerung an die folgenden beiden Stunden sah für jeden der vier, die an der seltsamen Odyssee teilnahmen, anders aus. Dr. Shekts Ängste waren überdeckt von der Sympathie für den innerlich kämpfenden Schwartz. Er hatte nur Augen und Ohren für das runde Gesicht, das sich unter der Anstrengung furchte und zusammenzog.

Die Wachtposten, die vor der Tür standen, salutierten beim Erscheinen des Sekretärs. Der Sekretär erwiderte den Salut schwach. Sie gingen unbehelligt vorüber.

Kurz nachdem sie die große Halle verlassen hatten, wurde sich Arvardan der Verrücktheit dessen bewußt, was geschah, der unvorstellbaren Gefahr für die Galaxis und des schwachen Strohhalms, der vielleicht den Abgrund überbrücken würde. Und selbst jetzt, selbst jetzt ertrank er in Polas Augen. Ob es nun das Leben war, das er schon aufgegeben hatte, die Zukunft, die ihm zerstört worden war – was immer es auch sein mochte: Niemand war ihm je so begehrenswert erschienen. Nachträglich war Pola die Summe all seiner Erinnerungen.

Pola lächelte zu ihm auf und spürte seinen starken, kräftigen Arm, auf dem der ihre ruhte. Dies war die Erinnerung, die ihr später blieb.

Schwartz schwitzte. Der Platz vor dem Seiteneingang, durch den sie die Halle verließen, war fast leer. Schwartz atmete auf.

Er allein kannte die ganzen Folgen eines Versagens. In dem feindlichen Geist, den er beherrschte, konnte er die unerträgliche Demütigung spüren, den Haß, die entsetzlichsten Entschlüsse. Er mußte diesen Geist nach den Informationen durchforschen, die sie brauchten – nach dem Parkplatz des Dienstwagens, nach der Richtung, die einzuschlagen war. Er durfte nicht eine Zehntelsekunde lang den Kontakt verlieren.

Die innere Zähigkeit des Geistes, den er überwinden mußte, blieb für immer sein persönlicher Besitz. Nachträglich kamen die grauen Stunden an vielen Abenden, an denen er wieder die Schritte eines Irren durch die gefährlichen Gänge einer feindlichen Festung lenkte.

Als sie den Wagen erreicht hatten, wagte es Schwartz nicht mehr, die Spannung so weit zu vermindern, daß er zusammenhängende Sätze aussprechen konnte. Deshalb murmelte er einzelne Worte: »Kann nicht – fahren – schwierig – kann ihn – nicht – dazu bringen.«

»Setzen Sie sich mit ihm auf den Rücksitz«, sagte Shekt. »Ich fahre. Halten Sie ihn von nun an nur still. Ich nehme ihm den Vernichter ab.«

Der Bodenwagen des Sekretärs war ein Spezialmodell. Deshalb lenkte er die Aufmerksamkeit auf sich. Sein grünes Frontlicht schwenkte rhythmisch nach rechts und links und flammte in smaragdenen Blitzen auf. Die Menschen blieben stehen und gafften. Bodenwagen, die von der anderen Seite entgegenkamen, wichen in respektvoller Eile zur Seite.

Wäre der Wagen weniger beachtet worden, wäre er weniger aufdringlich gewesen, dann hätten die Passanten vielleicht Zeit gehabt, den blassen, regungslosen Alten im Rücksitz zu sehen – hätten sich gewundert – hätten vielleicht Gefahr geahnt.

Aber sie betrachteten nur den Wagen.

Der Wagen hielt vor den verschlossenen Toren des Tors, das sich steil in die Höhe reckte in der überwältigenden Architektur, die alle kaiserlichen Gebäude in scharfen Gegensatz zu den gedrungenen, massiven Bauwerken der Erde stellte. Ein Soldat blockierte den Weg. Er trat ihnen mit der schußbereiten Waffe entgegen.

Arvardan beugte sich hinaus. »Ich bin Bürger des Imperiums, Soldat. Ich möchte Ihren diensthabenden Offizier sprechen.«

»Darf ich um Ihren Ausweis bitten, Sir?«

»Er ist mir abgenommen worden. Ich bin Bel Arvardan vom Planeten Baronn, Sirius-Sektor. Ich bin in Sachen des Bevollmächtigten hier und habe es eilig.«

Der Soldat hob das Handgelenk an den Mund und sprach leise in einen Sender. Nach einer kurzen Pause ließ er die Waffe sinken und trat zur Seite. Langsam öffnete sich das Tor.

Der Termin rückt näher

Während der folgenden Stunden herrschte innerhalb und außerhalb von Fort Dibburn Verwirrung.

Um die Mittagszeit wollte der Hohe Minister in Washenn mit seinem Sekretär Verbindung aufnehmen, doch die Suche nach ihm blieb ergebnislos. Der Hohe Minister war deshalb verstimmt. Die kleinen Beamten wurden nervös.

Ein Verhör folgte. Die Wachtposten waren sicher, daß der

Sekretär mit den Gefangenen um 10.30 Uhr die Halle verlassen hatte. Aber sie konnten nicht sagen, wohin er gegangen war.

Andere Wachtposten wußten ebenso wenig. Eine Atmosphäre der Beklemmung machte sich breit.

Um 14 Uhr traf dann die erste Meldung ein, daß der Bodenwagen des Sekretärs am Morgen gesehen worden war. Doch niemand konnte sagen, ob der Sekretär darin gesessen hatte. Einige glaubten, er habe den Wagen gesteuert, doch das war eine Sinnestäuschung, wie sich herausstellte.

Um 14.30 Uhr war man sicher, daß der Wagen zum Fort Dibburn gefahren war.

Kurz vor 15 Uhr entschloß man sich endlich, den Kommandeur des Forts anzurufen.

Ein Leutnant antwortete. Es sei unmöglich, Informationen über die Ereignisse zu geben.

Der Offizier Seiner Kaiserlichen Majestät bat jedoch darum, daß die Nachricht von der Abwesenheit eines Mitglieds der ›Gesellschaft der Alten‹ nicht veröffentlicht würde, bis weitere Anweisungen folgten.

Doch dies reichte aus, um genau das Gegenteil der Wünsche des Imperiums zu erreichen.

Menschen, die Verrat begehen, können keine Risiken auf sich nehmen. Wenn einer der Hauptköpfe der Verschwörung achtundvierzig Stunden vor der Aktion in den Händen des Feindes ist, kann dies nur Entdeckung oder Gegenverrat bedeuten.

Das Gerücht sickerte durch.

Und die Bevölkerung von Chika wurde unruhig.

Die Volksaufwiegler standen an den Straßenecken. Die geheimen Arsenale wurden aufgebrochen, und die Hände, die hineingriffen, rissen Waffen an sich. Eine Menschenmenge schob sich auf das Fort zu. Um 18 Uhr sprach ein Unterhändler der ›Gesellschaft der Alten‹ beim Kommandeur vor.

In der Zwischenzeit steigerte sich auch innerhalb des Forts die Aktivität, wenn auch in kleinerem Ausmaß. Es hatte auf dramatische Weise begonnen, als der junge Offizier, der dem hereinfahrenden Bodenwagen entgegentrat, nach dem Vernichter griff.

»Ich werde das an mich nehmen«, sagte er kurz.

Schwartz gab mit einem tiefen Atemzug den Willen des Sekretärs frei.

Balkis sprang auf wie eine eng zusammengepreßte Stahlfeder, die plötzlich losgelassen wird. Doch Arvardan schlug mit den Fäusten hart auf ihn ein.

Der Offizier brüllte Befehle. Soldaten rannten herbei. Als grobe Hände Arvardans Hemdkragen packten, hing der Sekretär schlaff in seinem Sitz. Blut lief an seinen Mundwinkeln herab. Auch Arvardans Wange war verletzt und blutete.

Er deutete auf Balkis und sagte bestimmt: »Ich beschuldige diesen Mann der Verschwörung gegen die kaiserliche Regierung. Ich muß sofort mit dem diensthabenden Offizier sprechen.«

»Wir werden das nachprüfen, Sir«, parierte der Offizier höflich. »Wenn Sie gestatten, darf ich Sie bitten, mir zu folgen – Sie alle!«

Und dabei blieb es für Stunden. Ihre Unterkunft war einigermaßen sauber. Zum erstenmal seit zwölf Stunden hatten sie die Möglichkeit, etwas zu essen und sogar zu baden.

Aber der Raum war bewacht, und als die Stunden verstrichen, verlor Arvardan schließlich die Geduld. »Wir haben einfach die Gefängnisse vertauscht!« sagte er erbost.

Die träge Militärmaschinerie ging über sie hinweg und ignorierte sie. Schwartz schlief, und Arvardans Blick streifte ihn kurz. Shekt schüttelte den Kopf.

»Der Mann ist zu erschöpft«, sagte er. »Lassen Sie ihn schlafen.«

»Aber es sind nur noch neununddreißig Stunden!«

»Ich weiß.«

Eine kalte, ironische Stimme unterbrach ihr Gespräch: »Wer von Ihnen behauptet, ein Bürger des Imperiums zu sein?«

Arvardan sprang auf: »Ich, ich . . .«

Seine Stimme brach ab, als er den Sprecher erkannte. Dieser lächelte frostig. Sein linker Arm war etwas steif, als Erinnerung an ihre letzte Begegnung.

»Bel, es ist der Offizier aus dem Warenhaus«, sagte Pola leise.

»Ganz recht. Der, dessen Arm er gebrochen hat«, ergänzte der andere scharf. »Mein Name ist Leutnant Claudy. Und Sie sind ein Angehöriger des Sirius-Sektors, nicht wahr? Trotzdem pflegen sie Umgang mit diesen Leuten hier. Große Milchstraße, wie tief ein Mann sinken kann! Und das Flittchen ist immer noch dabei.« Er wartete und sagte dann langsam und mit Bedacht: »Das Erdenweib . . .«

Arvardan hielt sich im Zaum. Er durfte nicht – jetzt nicht . . .

»Könnte ich den Oberst sprechen, Leutnant?«

»Ich fürchte, der Oberst ist jetzt nicht im Dienst.«

»Sie meinen, er sei nicht in der Stadt?«

»Das habe ich nicht gesagt. Man kann ihn erreichen, wenn die Angelegenheit dringend genug ist.«

»Sie ist es . . . Könnte ich dann den diensthabenden Offizier sprechen?«

»Der diensthabende Offizier bin ich.«

»Dann rufen Sie den Oberst!«

Der Leutnant schüttelte den Kopf. »Das kann ich nicht, ohne von der Dringlichkeit Ihres Anliegens überzeugt zu sein.«

»Bei der Galaxis! Hören Sie auf, mit mir zu spielen! Es geht um Leben und Tod!«

»Wirklich?« Leutnant Claudy schwang ein kleines Ausgehstöckchen. »Sie können eine Audienz bei mir erflehen.«

»Schön . . . ich warte.«

»Ich sagte, Sie können darum *flehen.*«

»Würden Sie mir eine Audienz gewähren, Leutnant?«

»Ich sagte: *flehen.* Und zwar vor dem Mädchen. Demütig.«

Arvardan schluckte und wandte sich ab. Pola zog ihn am Ärmel. »Bitte, Bel!«

Der Archäologe murrte heiser: »Bel Arvardan vom Planeten Baronn fleht demütig um eine Audienz beim diensthabenden Offizier.«

Leutnant Claudy trat einen Schritt vor und schlug mit der flachen Hand rasch und heftig auf den Verband, der Arvardans verwundete Wange bedeckte.

Arvardan unterdrückte einen Schrei.

»Sie haben mir das einmal übelgenommen«, sagte der Leutnant. »Diesmal nicht?«

Arvardan schwieg.

»Die Audienz ist genehmigt.«

Vier Soldaten nahmen Arvardan in die Mitte. Leutnant Claudy ging voraus.

Shekt und Pola waren allein mit dem schlafenden Schwartz. »Ich höre den Sekretär nicht mehr«, sagte Shekt. »Du?«

Pola schüttelte den Kopf. »Ich auch nicht. Schon eine ganze Weile nicht mehr.«

Balkis war in den angrenzenden Raum gebracht worden, wo seine Schritte wie die eines eingesperrten Löwen deutlich und unheilvoll zu hören gewesen waren. Nur jetzt nicht mehr.

Es war an sich bedeutungslos, aber für sie war der Sekretär die Verkörperung der ganzen unheimlichen Kräfte der Krankheit und Vernichtung. Shekt rüttelte Schwartz. »Wachen Sie auf!«

»Was ist?« Schwartz fühlte sich kaum erholt.

»Wo ist Balkis?« drängte Shekt.

Schwartz blickte sich um. Dann erinnerte er sich daran, daß er nicht mit den Augen sah, was er so klar erkannte. Er schickte die Fäden seines Geistes hinaus, und sie umkreisten den Geist, den sie gesucht hatten.

Er vermied es, ihn zu berühren. Seine lange Versenkung in diesen Geist hatte die Abneigung nur noch gesteigert, sich an diese Niedertracht zu klammern.

»Er ist in einem anderen Stockwerk. Er spricht mit jemandem«, murmelte Schwartz.

»Mit wem?«

»Ich kenne ihn nicht. Warten Sie, lassen Sie mich zuhören. Er nennt ihn ›Oberst‹.«

Shekt und Pola blickten einander kurz an.

»Es kann doch kein Verrat sein«, flüsterte Pola. »Ich meine, ein Offizier des Imperiums wird doch nicht mit einem Erdbewohner gegen den Kaiser gemeinsame Sache machen ...?«

»Ich weiß nicht«, sagte Shekt unbehaglich. »Ich bin auf alles gefaßt.«

Leutnant Claudy lächelte. Er saß hinter seinem Schreibtisch und hielt einen Vernichter in der Hand. Hinter ihm standen vier Soldaten.

»Ich mag die Erdbewohner nicht«, sagte er. »Ich habe sie noch nie gemocht. Sie sind der Abschaum der Galaxis. Sie sind krank, abergläubisch und faul. Sie sind degeneriert und dumm. Aber die meisten wissen wenigstens, was sich für sie gehört. Natürlich würde ich niemals dulden, was der Kaiser ihnen zugesteht – ich meine, diese verdammten Gesetze und Bräuche. Aber genug damit. Eines Tages werden wir –«

Arvardan explodierte: »Ich bin nicht hierhergekommen, um Ihnen zuzuhören –«

»Sie werden zuhören, weil ich noch nicht fertig bin. Ich war gerade im Begriff zu sagen, daß ich die Geistesart eines Mannes nicht verstehen kann, der ein Erdenmädchen liebt. Wenn ein Mann – ein wirklicher Mann – so tief in den Schmutz sinken kann, daß er diesen Weibern nachläuft, habe ich keinen Respekt vor ihm. Denn er ist schlimmer als sie.«

»Halten Sie von mir, was Sie wollen! Wissen Sie, daß ein Verrat gegen das Imperium bevorsteht? Wissen Sie, wie gefährlich die Situation ist? Jede Minute, die Sie verstreichen lassen, bringt jeden einzelnen Menschen des Imperiums in Gefahr!«

»Was Sie nicht sagen, *Doktor* Arvardan. Sie sind doch Doktor, nicht wahr? Ich darf Ihren Titel nicht außer acht lassen. Wissen Sie, ich habe da eine eigene Theorie. Sie stecken mit diesen Hunden unter einer Decke. Sie wurden vielleicht im Sirius-Sektor geboren. Aber Sie haben ein Erdbewohnerherz und fördern die Sache der Erde. Sie haben diesen Alten entführt. An sich eine gute Idee. Ich selbst ginge ihm liebend gern an den Kragen. Aber die Erdbewohner suchen bereits nach ihm. Sie haben ein Ultimatum ins Fort geschickt.«

»Schon? Ich muß den Oberst sprechen, wenn ich . . .«

»Sie erwarten einen Aufstand, irgendwelche Schwierigkeiten? Vielleicht haben Sie sogar selbst die Revolte angezettelt, wie?«

»Sie sind verrückt!«

»Nun, dann haben Sie doch sicher nichts dagegen, wenn wir den Alten freilassen.«

Arvardan sprang auf, und für einen Moment sah es aus, als wollte er sich über den Tisch auf den anderen werfen.

Doch Leutnant Claudy hielt den Vernichter in der Hand. »Sehen Sie, ich habe nur ein wenig von Ihrer Schuld wieder hereingeholt. Ich habe Sie geohrfeigt und vor den Augen Ihrer Erdenfreunde kriechen lassen. Ich habe Sie hier sitzen lassen, während ich Ihnen ins Gesicht sagte, was für ein Wurm Sie sind. Nun hätte ich gern einen Anlaß, Ihnen einen Arm abzuschießen, als Gegenleistung für das, was Sie mit meinem getan haben.«

Arvardan schwieg.

Leutnant Claudy lachte und legte den Vernichter weg. »Es ist zu schade, daß ich Sie für den Oberst aufbewahren muß. Er wird Sie um 17.15 Uhr empfangen.«

»Das haben Sie gewußt! Das haben Sie schon die ganze Zeit gewußt!« Entsetzlicher Haß saß in seiner Kehle.

»Gewiß.«

»Wenn die Zeit, die wir vergeudet haben, bedeutet, daß die Sache verloren ist, Leutnant Claudy, wird keiner von uns mehr lange leben.« Arvardan sprach eiskalt. »Aber *Sie* werden zuerst sterben, da ich meine letzten Minuten damit zubringen werde, Ihnen jeden einzelnen Knochen zu brechen.«

»Ich werde auf Sie warten, Erdweiberheld! Zu jeder Zeit!«

Der Kommandeur des Forts Dibburn war im Dienst für das Imperium steif geworden. Im gesicherten Frieden der letzten Generation konnte ein Offizier wenig Ruhm ernten, und der Oberst hatte keinen geerntet. Während seines langen, langsamen Aufstiegs vom Militärkadetten zum Oberst hatte er in fast allen Teilen der Galaxis gedient, und selbst der Dienst auf einem so neurotischen Planeten wie der Erde bedeutete nichts anderes für ihn als schematische Pflichterfüllung. Er wollte nur die friedliche Routine der normalen Besetzung. Darüber hinaus wünschte er nichts, und dem zuliebe war er auch bereit, sich selbst zu demütigen und sich sogar, wenn notwendig, bei einem Erdenmädchen zu entschuldigen.

Er sah müde aus, als Arvardan eintrat. Sein Hemdkragen war offen, und seine Tunika mit dem leuchtend gelben Raumschiff- und Sonne-Insignium des Imperiums hing lose über der Stuhllehne. Er knackte geistesabwesend mit den Knöcheln seiner rechten Hand und blickte Arvardan ernst an.

»Eine sehr dumme Geschichte, das alles«, sagte er. »Sehr dumm. Ich erinnere mich gut an Sie, junger Mann. Sie sind Bel Arvardan vom Planeten Baronn und waren schon einmal die Hauptperson einer beträchtlichen Unannehmlichkeit. Können Sie sich nicht aus Schwierigkeiten heraushalten?«

»Nicht nur *ich* bin in Schwierigkeiten, Oberst, sondern die ganze Milchstraße.«

»Ja, ich weiß«, war die etwas ungeduldige Erwiderung. »Beziehungsweise ich weiß, daß Sie es behaupten. Man hat mir berichtet, daß Sie keine Papiere mehr haben.«

»Sie wurden mir abgenommen. Aber der Bevollmächtigte selbst kann mich identifizieren, und er wird es tun, so hoffe ich, ehe der Abend kommt.«

»Wir werden sehen.« Der Oberst verschränkte die Arme und lehnte sich zurück. »Wie wäre es, wenn Sie mir Ihre Version dieser Affäre erzählen würden?«

»Ich habe von einer gefährlichen Verschwörung einer kleinen Gruppe von Erdbewohnern Kenntnis erhalten, die darauf abzielt, die Regierung des Imperiums mit Gewalt zu stürzen und die, wenn nicht die obersten Behörden sofort einschreiten, sowohl die Regierung als auch einen großen Teil des Imperiums vernichten kann.«

»Sie gehen zu weit, junger Mann. Das ist eine sehr voreilige und weitgreifende Behauptung. Daß die Erdbewohner widerliche Aufstände veranstalten können, daß sie dieses Fort belagern und beträchtliche Zerstörungen anrichten können, gebe ich gerne zu. Aber ich kann mir nicht vorstellen, wie sie in der Lage sein sollten, unsere Streitkräfte von diesem Planeten zu vertreiben, ganz zu schweigen davon, die Regierung zu stürzen. Dennoch will ich mir die Details dieses ... äh ... Aufstandes gerne anhören.«

»Leider ist die Sache so ernst, daß ich glaube, die Einzelheiten unverzüglich dem Bevollmächtigten vortragen zu müssen. Ich bitte Sie daher, mich sofort mit ihm in Verbindung zu setzen.«

»Wir wollen nichts überstürzen. Sind Sie sich bewußt, daß der Mann, den Sie gebracht haben, der Sekretär des Hohen Ministers der Erde ist?«

»Allerdings.«

»Und trotzdem behaupten Sie, er sei der Anführer dieser Verschwörung, die Sie erwähnen?«

»Er ist es.«

»Ihr Beweis?«

»Ich bin sicher, Sie werden mich verstehen, wenn ich sage, daß ich dies mit niemandem als dem Bevollmächtigten diskutieren kann.«

Der Oberst runzelte die Stirn und betrachtete seine Fingernägel. »Zweifeln Sie meine Kompetenz an?«

»Nein, Sir. Aber nur der Bevollmächtigte hat die Autorität, um die Gegenmaßnahmen zu ergreifen, die jetzt notwendig sind.«

»An welche Gegenmaßnahmen denken Sie?«

»Ein bestimmtes Gebäude auf der Erde muß innerhalb von dreißig Stunden bombardiert und total zerstört werden, sonst ist das Leben der meisten oder aller Bürger des Imperiums verloren.«

»Welches Gebäude?« fragte der Oberst müde.

»Kann ich bitte mit dem Bevollmächtigten verbunden werden?« schrie Arvardan.

Der Oberst antwortete hölzern: »Sie sind sich hoffentlich bewußt, daß Sie sich durch die Entführung eines Erdbewohners der Bestrafung durch die Autoritäten der Erde ausgesetzt haben. Normalerweise schützt unsere Regierung ihre Bürger aus Prinzip und besteht auf einer Gerichtsverhandlung im Imperium. Die Angelegenheiten der Erde jedoch sind delikat, und ich habe strikte Anweisungen, keine vermeidbaren Zusammenstöße zu riskieren. Wenn Sie meine Fragen nicht beantworten, bin ich gezwungen, Sie und Ihre Begleiter der örtlichen Polizei zu übergeben.«

»Aber das wäre ein Todesurteil! Auch für Sie selbst ... Oberst, ich bin ein Bürger des Imperiums, und ich verlange eine Audienz mit dem Bevoll –«

Das Summen auf dem Tisch des Obersten unterbrach ihn. Der Oberst drückte auf einen Knopf. »Ja?«

»Sir«, ertönte eine klare Stimme, »eine Gruppe von bewaffneten Erdbewohnern hat das Fort umstellt.«

»Sind Gewalttätigkeiten geschehen?«

»Nein, Sir.«

Das Gesicht des Obersten blieb unbeweglich. Darauf wenigstens war er trainiert. »Alarmieren Sie die Raketeneinheit und die Luftstreitkräfte! Alle Mann in die Kampfstationen! Es darf nicht gefeuert werden außer in Notwehr. Verstanden?«

»Jawohl, Sir. Ein Erdbewohner mit der weißen Flagge bittet um Audienz.«

»Schicken Sie ihn herein. Schicken Sie auch den Sekretär des Hohen Ministers noch einmal herein.«

Der Oberst blickte Arvardan kalt an. »Ich hoffe, Sie sind sich der Gefährlichkeit dessen, was Sie verursacht haben, bewußt.«

»Ich verlange, bei der Unterredung anwesend zu sein«, schrie Arvardan, außer sich vor Zorn. »Und ich verlange weiter, den Grund zu erfahren, weshalb Sie mich hier stundenlang unter Bewachung halten, während Sie mit einem Verräter der Erde verhandeln. Es ist mir nicht unbekannt, daß Sie ihn empfangen haben, ehe Sie mit mir sprachen.«

»Wollen Sie mich beschuldigen?« fragte der Oberst. »Wenn ja, dann drücken Sie sich bitte deutlicher aus.«

»Ich beschuldige Sie nicht. Aber ich mache Sie darauf aufmerksam, daß Sie über Ihr Verhalten später Rechenschaft ablegen müssen und daß Sie in der Zukunft, wenn es eine Zukunft geben sollte, durch Ihre Dummheit als der Zerstörer Ihres Volkes bekannt sein werden.«

»Schweigen Sie! Ihnen bin ich jedenfalls keine Rechenschaft schuldig. Wir werden die Angelegenheit künftig so fortführen, wie *ich* es wünsche. Haben Sie verstanden?«

Der Termin ist erreicht

Der Sekretär trat ein. Auf seinen rotunterlaufenen, geschwollenen Lippen lag ein zynisches Lächeln. Er verbeugte sich kurz vor dem Oberst und tat, als bemerke er die Anwesenheit Arvardans nicht.

»Mr. Balkis«, sagte der Oberst, »ich habe dem Hohen Minister die Einzelheiten Ihrer Anwesenheit im Fort mitgeteilt und die Umstände, wie es dazu kam. Ihre Haft ist natürlich völlig ... äh ... regelwidrig, und es ist meine Absicht, Sie so bald wie möglich freizulassen. Ich habe hier jedoch einen Mann, der eine sehr schwerwiegende Anschuldigung gegen Sie vorgebracht hat, eine Anschuldigung, der wir unter den gegebenen Umständen auf den Grund gehen müssen.«

»Ich verstehe«, sagte der Sekretär gelassen. »Ich habe Ihnen jedoch bereits erklärt, daß dieser Mann erst seit etwa zwei Monaten auf der Erde ist, so daß er keinerlei Kenntnisse über unsere Innenpolitik haben kann.«

»Ich bin Archäologe und habe mich auf die Erde und ihre Kulturen spezialisiert«, unterbrach Arvardan zornig. »Meine Kenntnisse über Ihre Politik sind trotzdem keineswegs gering. Außerdem bin ich nicht der einzige, der diese Anschuldigungen vorbringt.«

Der Sekretär würdigte Arvardan keines Blickes. Er sprach ausschließlich mit dem Oberst. »Einer unserer Wissenschaftler ist ebenfalls in diese Angelegenheit verwickelt, ein Mann, der sich der Sechzigjahrgrenze nähert und daher an Verfolgungswahn leidet. Der dritte im Bunde ist ein Mann unbekannter Herkunft, ein Schwachsinniger. Alle drei können vernünftigerweise keine Anschuldigungen vorbringen.«

Arvardan sprang auf. »Ich verlange, gehört zu werden.«

»Setzen Sie sich«, sagte der Oberst abweisend. »Sie haben es abgelehnt, die Angelegenheit mit mir zu diskutieren. Belassen wir es dabei.«

Er wandte sich an seinen Adjutanten. »Lassen Sie den Unterhändler hereinkommen.«

Ein Mitglied der ›Gesellschaft der Alten‹ trat ein. Keine Wimper verriet irgendeine Gemütsregung beim Anblick des Sekretärs. Der Oberst stand auf. »Sprechen Sie für die Leute draußen?«

»Ja, Sir.«

»Ich nehme an, daß diese aufrührerische und illegale Zusammenrottung die Rückkehr Ihres Landsmannes hier verlangt?«

»Ja, Sir. Er muß sofort freigelassen werden.«

»Ganz meiner Meinung. Dennoch kann ich im Interesse von Gesetz und Ordnung Ihrem Wunsche nicht nachkommen, solange bewaffnete Männer sich gegen uns zusammenrotten. Sie müssen Ihre Leute zurückziehen.«

»Der Oberst hat völlig recht, Bruder Cori«, warf der Sekretär ein. »Bitte besänftigen Sie die Leute. Ich bin hier völlig in Sicherheit, und es besteht für niemanden Gefahr. Für niemanden. Verstehen Sie?«

»Sehr gut, Bruder. Ich bin froh, daß Sie in Sicherheit sind.«

Er wurde hinausgeleitet.

Der Oberst sagte kurz: »Wir werden dafür sorgen, daß Sie freigelassen werden, sobald sich die Lage in der Stadt normalisiert hat. Ich danke Ihnen für Ihre Mitarbeit in diesem Punkt.«

Arvardan sprang abermals auf. »Ich dulde es nicht! Sie werden diesen Mann, der die Menschheit des Imperiums vernichten will, freilassen, während Sie mir eine Rücksprache mit dem Bevollmächtigten verweigern!« Und erbittert fügte er hinzu: »Schenken Sie einem Erdenhund mehr Vertrauen als mir?«

Die Stimme des Sekretärs klang ruhig. »Oberst, ich erkläre mich gerne bereit hierzubleiben, bis mein Fall vor den Bevollmächtigten kommt, wenn dieser Mann darauf besteht. Eine Beschuldigung des Verrats ist ernst, und ein solcher Verdacht – mag er noch so sehr an den Haaren herbeigezogen sein – kann hinreichen, um meine Nützlichkeit für mein Volk zu ruinieren. Ich würde wirklich die Gelegenheit begrüßen, dem Bevollmächtigten beweisen zu können, daß niemand dem Imperium treuer ergeben ist als ich.«

»Ich bewundere Sie, Mr. Balkis«, sagte der Oberst steif. »Ich gebe offen zu, daß ich an Ihrer Stelle ganz anders reagieren würde. Ich will versuchen, mit dem Bevollmächtigten Kontakt aufzunehmen.«

Arvardan sagte nichts mehr, bis er in seine Zelle zurückgebracht wurde.

Er mied die Blicke der anderen. Lange saß er regunglos da und biß sich in den Fingerknöchel.

»Nun?« fragte Shekt schließlich.

»Ich habe alles verdorben.«

»Was haben Sie getan?«

»Ich habe die Selbstbeherrschung verloren und den Oberst beleidigt. Ich habe nichts erreicht. Ich bin kein Diplomat, Shekt ... Ich wollte mit Ennius selbst sprechen.«

Der Physiker faltete hinter dem Rücken die Hände. »Und? Wird Ennius kommen?«

»Wenn er kommt, dann nur auf Balkis' Bitte hin.«

»Auf Balkis' Bitte?«

»Ja. Außerdem traue ich diesem Oberst nicht. Balkis hatte eine Unterredung mit ihm, ehe ich vorgelassen wurde. Wie, wenn er schon die ganze Zeit mit im Komplott gewesen war?«

»Nein«, sagte Schwartz. »Dieser Offizier hat keinen Verrat im Sinn.«

Arvardan zuckte die Achseln. »Jedenfalls will ich Würmer fressen, wenn Ennius kommt ... Schwartz, wir brauchen Sie. Hören Sie zu!«

Doch Shekt schüttelte den Kopf. »Es hat keinen Zweck, Arvardan. Schwartz kann Ennius nicht beeinflussen. Ich habe selbst schon daran gedacht, aber die Entfernung ist zu groß ...« Shekt verstummte.

Arvardan fühlte, wie sich ein Gefühl der Verlassenheit über ihn senkte.

Es war fast Mitternacht. Es blieben nur noch dreißig Stunden.

Er schlief. Es wurde wieder hell.

Niemand kam.

Arvardan blickte auf die Uhr. Wieder war es fast Mitternacht, und es blieben nur noch sechs Stunden.

Endlich war der Bevollmächtigte gekommen. Pola saß neben Arvardan. Ihre warme, kleine Hand ruhte auf seinem Arm, und ihr geängstigter und erschöpfter Gesichtsausdruck machte ihn mehr als alles andere zornig auf die ganze Galaxis. Vielleicht verdienten sie alle den Tod wegen ihrer Dummheit.

Shekt und Schwartz sah er kaum. Sie saßen zu seiner Linken. Auch Balkis war da. Seine Lippen waren immer noch geschwollen und eine Wange grün unterlaufen, so daß ihm das Sprechen weh tun mußte. Arvardans Lippen verzogen sich zu einem verzerrten Lächeln. Seine eigene, verbundene Wange schmerzte weniger, als er gedacht hatte.

Ihnen allen gegenüber saß Ennius mit gerunzelter Stirn, unsicher, fast lächerlich in seinem unförmigen, bleigefütterten Anzug.

Auch er war dumm. Arvardan spürte, wie der Haß ihn durchströmte bei dem Gedanken an diese galaktischen Mitläufer, die nur Ruhe und Zufriedenheit wollten. Wo waren die Kämpfernaturen der früheren Zeitalter? Wo ...?

Noch sechs Stunden.

Ennius hatte den Anruf von der Garnison in Chika etwa achtzehn Stunden vorher erhalten und war um den halben Planeten gereist. Die Motive, die ihn nach einigem Zögern dazu führten, waren dunkel, aber deshalb nicht minder wirkungsvoll. Im wesentlichen, sagte er sich, war nichts weiter geschehen als die bedauerliche Entführung eines jener grüngekleideten Beamten der abergläubischen und von Alpdrücken gequälten Erde. Dies und die schweren, aber unbewiesenen Anschuldigungen. Nichts, was der Oberst nicht selbst hätte in die Hand nehmen können.

Und doch war Shekt dabei – und nicht als Angeklagter, sondern als Ankläger.

Ennius dachte nach und war sich bewußt, daß seine Entscheidung einen Aufstand heraufbeschwören, seine eigene Stellung bei Hof vielleicht schwächen, seine Chancen, befördert zu werden, zunichte machen konnte. Und was Arvardans lange Rede über die verschiedenen Virusarten anbetraf – wie ernst konnte man sie nehmen? Und wenn er auf Grund dieser Angaben zu Taten schritt – wie glaubhaft würde die Affäre seinen Vorgesetzten erscheinen?

Und doch – Arvardan war ein Wissenschaftler von Rang.

Deshalb verschob Ennius die Entscheidung und sagte zu Balkis: »Sicher haben auch Sie etwas auszusagen?«

»Wenig«, bemerkte der Sekretär mit lässigem Selbstvertrauen. »Ich möchte nur fragen, welcher Beweis die Anklage stützt.«

»Exzellenz«, sagte Arvardan. Seine Geduld war hart am Zerreißen. »Ich habe Ihnen bereits gesagt, daß der Mann dies während unserer vorgestrigen Gefangenschaft in jedem Detail zugegeben hat.«

»Eine weitere unbewiesene Behauptung, Exzellenz«, unterbrach der Sekretär. »Die einzige Tatsache, deren Zeugen Außenseiter sind, ist die, daß *ich* derjenige war, der gefangengenommen wurde, und nicht sie. *Mein* Leben war in Gefahr und nicht ihres. Ich würde nun gerne hören, wie mein Ankläger alles in den neun Wochen herausfinden konnte, die er nun auf der Erde ist, während Sie, der Bevollmächtigte, in jahrelangem Dienst nichts Nachteiliges über mich feststellen konnten.«

»Das ist recht vernünftig, was der Bruder sagt«, gab Ennius zu. »Woher wissen Sie es, Arvardan?«

»Ehe der Angeklagte es selbst bestätigte, hat mich Doktor Shekt von der Verschwörung unterrichtet.«

»Stimmt das, Doktor Shekt?« Der Bevollmächtigte blickte den Physiker an.

»Es stimmt, Exzellenz.«

»Und wie haben Sie es herausgefunden?«

»Doktor Arvardan hat bereits über den Tod des Bakteriologen F. Smitko gesprochen. Dieser Smitko war ein Mitglied der Verschwörung. Seine Äußerungen wurden aufgenommen. Die Aufnahme steht Ihnen zur Verfügung.«

»Die letzten Äußerungen eines Mannes, der im Delirium stirbt, sind nicht von sehr großem Gewicht, Doktor Shekt. Haben Sie sonst keine Beweise?«

Arvardan schlug mit der Faust auf die Armlehne des Sessels und wetterte: »Ist dies eigentlich eine Gerichtsverhandlung? Hat sich jemand eines Verkehrsdelikts schuldig gemacht? Wir haben keine Zeit, Beweise abzuwägen oder sie mit dem Mikrometer zu messen. Ich sage Ihnen, wir haben nur noch bis sechs Uhr früh Zeit, noch fünfeinhalb Stunden, um dieser ungeheuren Bedrohung entgegenzutreten ... Sie haben Doktor Shekt schon früher gekannt, Exzellenz. Hat er sich je als Lügner erwiesen?«

Der Sekretär griff sofort ein. »Niemand beschuldigt Doktor Shekt der vorsätzlichen Lüge, Exzellenz. Aber der gute Doktor altert und beschäftigt sich sehr mit seinem sechzigsten Geburtstag. Ich fürchte, daß das Zusammenwirken von Alter und Furcht leicht irre Tendenzen in ihm hervorgerufen hat. Nichts Ungewöhnliches hier auf der Erde ... Schauen Sie ihn an! Haben Sie den Eindruck, daß er im Vollbesitz seiner geistigen Fähigkeiten ist?«

Dr. Shekt sah in der Tat nicht ganz normal aus. Er war niedergeschlagen, erregt durch das, was geschehen war und kommen würde.

Und doch zwang er sich dazu, ruhig zu sprechen. »Ich stand während der letzten zwei Monate unter einer ständigen Beobachtung durch die ›Alten‹. Meine Briefe wurden geöffnet und meine Antworten zensiert. Hätte man alle diese Maßnahmen gegen einen Schwachsinnigen ergriffen? Ich habe als weiteren Beweis Joseph Schwartz, den Mann, der sich freiwillig der Behandlung mit dem Synapsikator unterzog, an dem Tag, an dem Sie mich im Institut besuchten.«

»Ich erinnere mich daran.« Ennius war dankbar, daß das Thema im Augenblick gewechselt wurde. »Er sieht nach der Behandlung keineswegs schlechter aus als vorher.«

»Es geht ihm wesentlich besser! Die Behandlung war bei ihm ungewöhnlich erfolgreich, da er schon vorher ein fotografisch genaues Gedächtnis besaß. Er ist nun für die Gedanken anderer Menschen empfänglich.«

Ennius beugte sich weit vor. »Wollen Sie damit sagen, daß er Gedanken lesen kann?«

»Das kann demonstriert werden, Exzellenz. Aber ich glaube, der Bruder wird es bestätigen.«

Der Sekretär warf Schwartz einen haßerfüllten Blick zu. »Es ist wahr, Exzellenz. Dieser Mann hat gewisse hypnotische Fähigkeiten, obwohl ich nicht weiß, ob er sie dem Synapsikator verdankt oder nicht. Ich möchte hinzufügen, daß über die Behandlung dieses Mannes kein Bericht erstattet wurde, eine – wie Sie zugeben werden – hochverdächtige Tatsache.«

Ennius sagte entschieden: »Lassen Sie uns zur Sache kommen und diese geringfügigen Zänkereien beenden ... Wie steht es mit diesem Schwartz? Was hat seine Fähigkeit, Gedanken zu lesen, oder sein hypnotisches Talent oder was immer es auch sein mag, mit der Angelegenheit zu tun?«

»Shekt wollte sagen«, warf der Sekretär ein, »daß Schwartz meine Gedanken lesen kann.«

»Nun, und was denkt er?« fragte der Bevollmächtigte und wandte sich zum erstenmal direkt an Schwartz.

»Er denkt, daß wir nicht in der Lage seien, Sie von der Wahrheit zu überzeugen.«

»Sehr richtig!« schnauzte der Sekretär. »Von *Ihrer* Wahrheit gewiß nicht. Diese Feststellung erfordert kaum große telepathische Fähigkeiten.«

»Und er denkt«, fuhr Schwartz fort, »daß Sie ein Narr seien, der vor Taten zurückschreckt, der nur den Frieden wünscht und durch Gerechtigkeit und Unvoreingenommenheit über die Menschen der Erde triumphieren will, und daß Sie ein um so größerer Narr seien, wenn Sie dies hoffen.«

Der Sekretär errötete. »Das leugne ich ab. Es ist ganz offensichtlich ein Versuch, Sie zu beeinflussen, Exzellenz.«

»Ich werde nicht so leicht beeinflußt. Und was denke *ich* im Augenblick, Schwartz?«

»Daß ich, selbst wenn ich die Gedanken eines anderen klar sehen könnte, nicht unbedingt die Wahrheit zu sagen bräuchte.«

Der Bevollmächtigte hob überrascht die Brauen. »Sie haben recht, vollkommen recht. Unterstützen Sie die Anschuldigungen, die von den Doktoren Arvardan und Shekt erhoben werden?«

»Jedes Wort.«

»So! Wenn aber kein zweiter Mann wie Sie gefunden werden kann, einer, der nicht in die Affäre verwickelt ist, ist Ihr Beweis vor dem Gesetz ungültig, selbst wenn wir im Prinzip an Ihre telepathischen Fähigkeiten glauben.«

»Es handelt sich nicht um das Gesetz«, rief Arvardan, »sondern um die ganze Galaxis!«

»Exzellenz«, der Sekretär stand auf, »ich möchte beantragen, daß dieser Joseph Schwartz aus dem Raum entfernt wird.«

»Warum?«

»Dieser Mann hat außer seiner Fähigkeit, Gedanken zu lesen, auch gewisse Kräfte des geistigen Zwangs. Ich wurde mit Hilfe einer Lähmung gefangengenommen, die dieser Schwartz mir auferlegte. Ich fürchte, daß er etwas Ähnliches gegen mich oder selbst gegen Sie wiederholen könnte.«

Arvardan stand auf, aber der Sekretär überschrie ihn: »Keine Verhandlung kann fair sein, wenn ein Mann zugegen ist, der den Richter durch geistige Kräfte beeinflussen kann.«

Ennius entschloß sich rasch. Eine Wache trat ein, und Joseph Schwartz, der keinen Widerstand leistete, wurde abgeführt.

Arvardans letzte Hoffnung schwand.

Der Sekretär stand da – unerbittlich in seinem Selbstvertrauen. Er begann in einem ernsten, förmlichen Ton: »Exzellenz! Alles, was Doktor Arvardan behauptet, beruht auf der Aussage Doktor Shekts. Alles, was Doktor Shekt behauptet, beruht wiederum auf dem Sterbedelirium eines einzigen Mannes. Und dies alles, Exzellenz, dies alles kam nie ans Tageslicht, bis Joseph Schwartz synapsifiziert wurde.

Wer also ist Joseph Schwartz? Bis Joseph Schwartz erschien, war Doktor Shekt ein normaler Mann. Sie selbst, Exzellenz, haben an dem Tag, an dem Schwartz bei ihm eingeliefert wurde, den Nachmittag bei ihm verbracht. War er damals anomal? Hat er über gewisse Äußerungen eines sterbenden Biochemikers gesprochen? Schien er Ihnen irgendwie erregt oder verdächtig? Oder erst jetzt, nachdem Schwartz erschien?

Noch einmal – wer ist Joseph Schwartz? Er sprach keine bekannte Sprache, als er hier auftauchte, soviel fanden wir später selbst heraus, als wir begannen, den Geisteszustand Doktor Shekts anzuzweifeln. Er wurde von einem Farmer gebracht, der nicht das geringste über ihn wußte. Auch wir konnten nichts über ihn feststellen.

Doch dieser Mann hat seltsame geistige Kräfte. Er kann einen Menschen durch die Gedanken auf eine Entfernung von hundert Metern lähmen – und auf nähere Distanz töten. Ich selbst bin von ihm betäubt worden, meine Arme und Beine bewegten sich nach seinem Willen. Ich bin sicher, daß Schwartz die Geister dieser anderen hier beherrscht. Sie sagen, ich hätte sie gefangengenommen, ich hätte sie mit dem Tod bedroht, ich hätte zugegeben, das Imperium zu verraten. Aber, Exzellenz: Waren sie nicht dem Einfluß von Schwartz völlig ausgesetzt, das heißt, dem Einfluß eines Mannes, der in der Lage ist, ihre Gedanken zu beherrschen? Ist nicht vielleicht Schwartz ein Verräter?«

Der Sekretär setzte sich ruhig, fast heiter.

Arvardan kam sich vor, als sei sein Gehirn in ein Zyklotron gespannt und würde von den immer schneller werdenden Umdrehungen herausgepreßt.

Was sollte er antworten? Daß Schwartz aus der Vergangenheit war? Welchen Beweis gab es dafür? Daß der Mann eine primitive Sprache beherrschte? Nur er selbst konnte dies bezeugen. Und er, Arvardan, konnte gut unter dem Einfluß eines fremden Geistes stehen. Wie konnte er beurteilen, ob sein Geist tatsächlich beeinflußt war oder nicht? Wer war Schwartz?

Aber Arvardan konnte nicht denken. Er konnte nicht denken!

»Nun?« fragte Ennius ungeduldig. »Haben Sie irgend etwas zu sagen, Doktor Shekt? Oder Sie, Doktor Arvardan?«

Plötzlich brach Polas Stimme die Stille. »Warum fragen Sie das? Sehen Sie nicht, daß alles Lüge ist, was der Sekretär sagt? Wir werden alle sterben. Aber mir macht es nichts mehr aus. Sie hätten es verhindern können. Statt dessen sitzen wir hier und ... und *reden!*« Sie brach in Schluchzen aus.

Der Sekretär sagte: »So bleibt uns nun das Geflenn eines hysterischen Mädchens ... Exzellenz, ich habe folgenden Vorschlag: Meine Ankläger behaupten, daß der angebliche Virus oder was immer sie im Kopf haben, zu einer bestimmten Zeit mit Raumgeschossen gestartet werden soll – um sechs Uhr morgens, glaube ich. Ich biete Ihnen an, eine Woche lang in Ihrer Obhut zu bleiben.

Wenn es wahr ist, was sie sagen, wird die Nachricht über eine Epidemie in der Galaxis in wenigen Tagen die Erde erreichen. Wenn dies geschieht, werden die Streitkräfte des Imperiums immer noch die Erde kontrollieren.«

»Ein feiner Trost«, murmelte der schneeweiße Shekt.

»Ich schätze mein eigenes Leben und das meines Volkes. Wir sind Geiseln für unsere Unschuld und ich bin bereit, die ›Gesellschaft der Alten‹ sofort darüber zu informieren, daß ich aus freien Stükken eine Woche hierbleiben will und alle Unruhen verhindern, die andernfalls entstehen könnten.«

Er verschränkte die Arme.

Ennius blickte mit gequältem Gesicht auf.

Arvardan ertrug es nicht länger. Mit einer ruhigen und tödlichen Entschlossenheit stand er auf und ging auf den Bevollmächtigten zu. Was er dabei dachte, erfuhr man nie. Auch er selbst konnte sich später nicht mehr daran erinnern. Doch das spielte keine Rolle. Ennius hatte eine Neuropeitsche, und er benützte sie.

Zum drittenmal, seit Arvardan auf der Erde angekommen war, flammte der Schmerz in ihm auf und ebbte ab.

Während seiner Bewußtlosigkeit wurde es sechs Uhr.

Der Termin ist überschritten

Licht ...

Gedämpftes Licht und neblige Schatten, die ineinander verschmolzen.

Dann ein Gesicht über ihm – Augen ...

»Pola!« Sofort wurden die Dinge für Arvardan scharf und klar. »Wieviel Uhr ist es?«

»Es ist sieben Uhr vorbei«, flüsterte sie.

Er blickte sich jäh um, sprang von dem Feldbett, ohne darauf zu achten, wie seine Gelenke brannten. Shekt saß zusammengekauert auf einem Stuhl. »Es ist alles vorbei, Arvardan.«

»Dann hat Ennius ...«

»Ennius wollte das Risiko nicht eingehen«, sagte Shekt. Er lachte heiser. »Wir drei haben allein einen ungeheuren Anschlag gegen die Menschheit aufgedeckt, haben allein den Anführer gefangen und ausgeliefert. Und man glaubt uns nicht. Es ist zu komisch ...« Seine Worte gingen in rauhes Schluchzen über.

Arvardan blickte zur Seite. Polas Augen waren dunkel und voller Tränen. Für einen Augenblick verlor er sich in ihnen. Er sah in ihnen Sterne. Und auf diese Sterne zu bewegten sich kleine, schimmernde Metallkörper. Bald – vielleicht schon jetzt – würden sie einen tödlichen Virus-Regen ausschütten.

Es war vorbei.

Er war nicht mehr aufzuhalten.

»Wo ist Schwartz?« fragte er müde.

»Man hat ihn nicht zurückgebracht.«

Die Tür öffnete sich. Arvardan war in seiner Todesbereitschaft noch nicht so weit gegangen, um nicht mit einem schwachen Hoffnungsschimmer aufzublicken.

Es war Ennius. Arvardans Gesicht verfärbte sich und wandte sich ab.

Ennius kam näher und tippte Arvardan auf die Schulter. »Doktor Arvardan?«

»Exzellenz?« antwortete Arvardan in einer bitteren Nachahmung seines Tonfalls.

»Sechs Uhr ist vorbei!« Ennius hatte in dieser Nacht nicht geschlafen. Trotz der offiziellen Freisprechung Balkis' war er nicht ganz überzeugt gewesen, daß die Ankläger unzurechnungsfähig waren. Er hatte den Chronometer beobachtet, wie er das Leben der Galaxis ›wegtickte‹.

»Ja«, räsonierte Arvardan, »es ist sechs Uhr vorbei, und die Sterne stehen noch am Himmel.«

»Und Sie glauben immer noch, daß Sie recht hatten?«

»Exzellenz«, sagte Arvardan, »in wenigen Stunden werden die ersten Opfer sterben. Aber in einer Woche werden Hunderttausende gestorben sein. Der Prozentsatz der Genesenden wird nahe bei Null liegen. Die bekannten Gegenmittel werden versagen. Einige Planeten werden Notrufe aussenden. In zwei Wochen werden Dutzende von Planeten in diese Notrufe einstimmen. In einem Monat wird die Galaxis eine zuckende, kranke Masse sein. In zwei Monaten werden keine zwanzig Planeten mehr verschont sein. In sechs

Monaten ist die Galaxis tot ... Was werden Sie tun, wenn die ersten Berichte eintreffen?

Ich will Ihnen auch das voraussagen. Sie werden der Regierung melden, daß die Epidemie vielleicht von der Erde ausgegangen sei. Dadurch wird kein einziges Leben gerettet. Sie werden den ›Alten‹ auf der Erde den Krieg erklären. Dadurch wird kein einziges Leben gerettet. Sie werden die Erdbewohner austilgen. Dadurch wird kein einziges Leben gerettet ... Oder Sie werden als Vermittler zwischen Ihrem Freund Balkis und er Regierung des Imperiums, beziehungsweise denen, die überleben, fungieren. Sie werden dann die Ehre haben, die kläglichen Überbleibsel des Imperiums an Balkis auszuhändigen, als Gegenleistung für das Antiserum, das vielleicht, vielleicht rechtzeitig geliefert wird, um hier und dort einen Menschen zu retten.«

Ennius lächelte. »Glauben Sie nicht, daß Sie die Sache lächerlich dramatisieren?«

»Ich bin ein toter Mann, und Sie sind eine Leiche. Aber wir wollen teuflisch kühl und kaiserlich dabei bleiben, nicht wahr?«

»Wenn Sie mir die Anwendung der Neuropeitsche übelnehmen ...«

»Nicht im geringsten«, erwiderte Arvardan ironisch. »Ich bin jetzt daran gewöhnt. Ich spüre es kaum mehr.«

»Sie müssen doch einsehen, daß es eine äußerst heikle Situation war. Es ist schwierig, glaubhaft darüber zu berichten, und es wäre gefährlich gewesen, grundlos Gegenmaßnahmen zu ergreifen. Die anderen Ankläger sind Erdbewohner. Ihre Stimme ist die einzige, die Gewicht hätte. Angenommen, Sie unterzeichnen nun eine Erklärung, die besagt, daß Ihre Anschuldigungen zu einer Zeit erhoben wurden, in der Sie nicht im Vollbesitz Ihrer ... Nun, wir werden uns irgendeine Phrase ausdenken, die diesen Gedanken ausdrückt, ohne eine geistige Beeinflussung zu erwähnen.«

»Sagen Sie doch einfach, ich war hysterisch, betrunken, hypnotisiert. Alles, was Sie wollen!«

»Seien Sie vernünftig. Ich sage Ihnen, daß Sie tatsächlich beeinflußt gewesen sein müssen.« Er sprach nun flüsternd. »Sie stammen doch aus dem Sirius-Sektor. Warum haben Sie sich in ein Erdenmädchen verliebt?«

»Was?«

»Schreien Sie nicht. Ich sage . . . in einem normalen Zustand hätten Sie sich doch niemals so weit herabgelassen.«

Er deutete gerade wahrnehmbar mit dem Kopf in Polas Richtung.

Einen Augenblick starrte ihn Arvardan überrascht an. Dann schoß seine Hand vor und packte die höchste kaiserliche Autorität auf Erden an der Kehle. Ennius wehrte sich vergeblich.

»Meinen Sie Pola Shekt? Wenn ja, dann möchte ich den angemessenen Respekt hören. Ach was, gehen Sie weg! Sie sind sowieso tot!«

Ennius kochte. »Doktor Arvardan, betrachten Sie sich als verhaf . . .«

Die Tür öffnete sich, und der Oberst trat ein.

»Exzellenz, der Pöbel rückt wieder an.«

»Was? Hat dieser Balkis nicht mit seinen Beamten gesprochen?«

»Doch, aber so ist der Mob nun einmal. Wir sind bereit, auf die Leute zu feuern, und als militärischer Kommandeur schlage ich vor, dies zu tun.«

»Halten Sie das Feuer zurück, bis ich mit Balkis gesprochen habe. Schicken Sie ihn herein. Mit Ihnen, Doktor Arvardan, befasse ich mich später.«

Balkis verbeugte sich förmlich vor Ennius, der ihn mit einem kurzen Kopfnicken bedachte.

»Man hat mich eben davon unterrichtet, daß Ihre Leute schon wieder das Fort Dibburn belagern«, sagte der Bevollmächtigte brüsk. »Das gehört nicht zu unserer Abmachung . . . Wir wünschen kein Blutvergießen, aber unsere Geduld ist nicht unerschöpflich. Können Sie den Pöbel friedlich zerstreuen?«

»Wenn ich es wünsche, Exzellenz.«

»Wenn Sie es wünschen? Es wäre angebracht, Sie wünschten es, und zwar sofort!«

Irrtum, Exzellenz!« Er lächelte. In seiner Stimme lag wilder Spott, zu lange zurückgehalten, nun endlich freigelassen. »Narr! Sie haben zu lange gewartet und werden es mit dem Leben bezahlen! Oder Sklave sein, wenn Sie das vorziehen – doch es wird kein angenehmes Leben sein, denken Sie daran.«

Ennius verzog keine Miene. Selbst bei diesem zweifellos gründlichsten Stoß gegen seine Karriere verließ den kaiserlichen Karriere-Diplomaten die Gelassenheit nicht. Lediglich seine steinerne Müdigkeit schien sich zu vertiefen.

»Dann hätte ich so sehr die Vorsicht vernachlässigt?« fragte er. »Die Geschichte über den Virus – ist wahr?« In seiner Stimme lag eine fast gleichgültige Verwunderung. »Aber die Erde, Sie selbst, Sie alle sind meine Geiseln.«

»Im Gegenteil!« kam die sieghafte Erwiderung des Sekretärs. »Sie und die Ihren sind *meine* Geiseln. Die Atmosphäre über jeder Garnison auf der Erde ist bereits mit dem Virus gesättigt. Auch in Everest. Wir Erdbewohner sind immun dagegen. Aber wie fühlen *Sie* sich, Bevollmächtigter? Schwach? Ist Ihre Kehle vielleicht trokken? Ihr Kopf fiebrig? Es wird nicht lange dauern. Und nur von uns können Sie das Gegenmittel erhalten.«

Ennius sagte lange nichts. Dann wurde sein Gesicht plötzlich unglaublich hochmütig.

»Doktor Arvardan, ich stelle fest, daß ich Sie um Verzeihung bitten muß, weil ich Ihr Wort angezweifelt habe. Doktor Shekt, ich bitte Sie und Ihre Tochter um Entschuldigung.«

Arvardan bleckte die Zähne. »Vielen Dank. Ihre Entschuldigung wird für jedermann eine große Hilfe sein.«

»Ihr Sarkasmus ist verdient«, sagte Ennius. »Bitte, entschuldigen Sie mich, ich möchte jetzt nach Everest zurückkehren, um mit meiner Familie zusammen zu sterben. Jeder Kompromiß mit diesem . . . Mann hier ist natürlich indiskutabel. Die Soldaten der kaiserlichen Streitkräfte auf der Erde werden, ich bin dessen sicher, ihre Sache gut machen, ehe sie sterben. Ich zweifle nicht daran, daß kaum ein Erdbewohner die Gelegenheit haben wird, uns durch die Tore des Todes zu geleiten . . . Leben Sie wohl.«

»Halt! Gehen Sie nicht!«

Ennius blickte auf.

Langsam, ganz langsam trat Joseph Schwartz über die Türschwelle.

Der Sekretär sprang einen Schritt zurück. Mit einem plötzlichen Verdacht blickte er den Mann aus der Vergangenheit an.

»Nein!« knirschte er. »Das Geheimnis des Gegenmittels bekommen Sie nicht aus mir heraus! Nur einige wenige Männer kennen es, und einige wenige andere können es richtig anwenden. Sie sind während der Zeit, die der Virus braucht, um seine Wirkung zu tun, außerhalb Ihrer Reichweite.«

»Kein Virus wird seine Wirkung tun«, sagte Schwartz.

»Rasch, Mann!« drängte Ennius. »Sprechen Sie!«

»Es ist ganz einfach«, sagte Schwartz. »Als wir gestern abend hier verhandelten, wußte ich, daß ich nichts erreichen konnte, wenn ich einfach dabeisaß und zuhörte. Deshalb bearbeitete ich lange den Geist des Sekretärs . . . Schließlich bat er darum, daß man mich aus dem Raum entfernte. Das war genau das, was ich wollte. Was dann kam, war leicht. Ich betäubte meinen Wächter und ging zum Flughafen. Das Fort war in Alarmbereitschaft, die Maschinen waren getankt, bewaffnet, startbereit. Die Piloten warteten. Ich wählte einen aus, und wir flogen nach Senloo.«

Der Sekretär setzte zum Sprechen an, doch seine Kiefer mahlten geräuschlos.

»Aber Sie konnten doch niemanden dazu zwingen, ein Flugzeug zu steuern, Schwartz«, sagte Shekt. »Sie können nur bewirken, daß ein Mann geht.«

»Ja, wenn ich gegen den Willen des Mannes arbeiten muß. Aber von Doktor Arvardans Geist her wußte ich, wie sehr die Sirianer die Erdbewohner hassen. Deshalb suchte ich nach einem Piloten, der aus dem Sirius-Sektor stammte, und fand Leutnant Claudy.«

»Leutnant Claudy!« rief Arvardan.

»Dieser Offizier haßte die Erdbewohner. Es war ein Haß, der sogar für mich schwer zu begreifen ist. Er *wollte* sie bombardieren. Er *wollte* sie vernichten. Es war nur die Disziplin, die ihn davon abhielt, seine Maschine zu starten. Ein kleiner Anstoß genügte, und die Disziplin reichte nicht mehr aus, um ihn zu halten. Ich glaube, er hat nicht einmal bemerkt, daß ich mit ihm in die Maschine stieg.«

»Und wie haben Sie Senloo gefunden?« fragte Shekt.

»Zu meiner Zeit gab es eine Stadt namens Saint Louis. Sie lag am Zusammenfluß von zwei großen Flüssen . . . Wir fanden Senloo. Es war Nacht. Aber wir sahen einen dunklen Fleck in einem Meer der Radioaktivität. Wir warfen zuerst eine Leuchtbombe ab – und sahen unter uns ein fünfeckiges Gebäude. Es stimmte mit dem Bild überein, das ich im Geist des Sekretärs gesehen hatte . . . Wo dieses Gebäude stand, ist jetzt nur noch ein hundert Meter tiefes Loch. Dies geschah um drei Uhr morgens. Kein Virus wurde in den Weltraum geschickt. Das Universum ist frei.«

Der Sekretär stieß einen tierischen Schrei aus. Er schien zum Sprung anzusetzen und – brach zusammen.

Schaum tropfte von seiner Unterlippe.

»Ich habe ihn nicht berührt«, sagte Schwartz besonnen. »Ich war schon vor sechs Uhr zurück. Aber es war mir klar, daß ich warten mußte, bis die Frist vorüber war. Ich wußte, daß nur seine eigene Aussage ihn überführen konnte.«

Was die Jugend verhieß

Dreißig Tage waren vergangen, seit Joseph Schwartz den Tempel von Senloo zerstört hatte, während ihm wütende Umkehrbefehle durch den Äther nachjagten.

In der Zwischenzeit war seine Heldentat offiziell bekanntgegeben worden. Er trug ein Ordensband erster Klasse mit Raumschiff und Sonne in der Tasche. Nur zwei anderen Menschen in der Milchstraße war es je zu Lebzeiten noch verliehen worden.

Natürlich wußte niemand außer den höchsten Beamten genau, was er getan hatte. Doch darauf kam es nicht an. Eines Tages würde es als leuchtendes und unauslöschliches Kapitel in den Geschichtsbüchern stehen.

Er ging auf Dr. Shekts Haus zu. Die Stadt war friedlich, so friedlich wie das Glitzern der Sterne über ihr. An einzelnen Stellen der Erde leisteten immer noch verstreute Banden von Zeloten Widerstand. Aber ihre Anführer waren tot oder gefangen.

Die ersten riesigen Transporte gesunden Bodens waren bereits unterwegs. Ennius hatte sein Angebot wiederholt, die Erdbevölkerung auf einen anderen Planeten zu evakuieren. Doch Nächstenliebe war nicht erwünscht. Die Erdbewohner wollten selbst eine Chance haben, ihren Planeten neu aufzubauen. Sie wollten wieder die Heimat ihrer Väter errichten, die eigentliche Heimat der Menschheit. Sie wollten die kranke Erde entfernen und durch gesunde ersetzen. Sie wollten die Wüste wieder erblühen lassen.

Es war eine riesige Arbeit. Es konnte ein Jahrhundert dauern, doch darauf kam es nicht an. Das Imperium stellte die Maschinen zur Verfügung. Das Imperium lieferte Nahrungsmittel und gesunden Boden. Für seine unerschöpflichen Quellen war dies eine Kleinigkeit – und es würde zurückgezahlt werden.

Eines Tages würden die Erdbewohner wieder ein Volk unter Völkern sein, gleichberechtigt allen anderen Menschen.

Schwartz' Herz klopfte. In einer Woche wollte er mit Arvardan in die großen Zentralwelten der Milchstraße reisen. Wer aus seiner Generation hatte je die Erde verlassen?

Und er dachte wieder an die alte Erde, seine Erde, die so lange tot war.

Und doch waren nur dreieinhalb Monate verstrichen ...

Er blieb stehen und legte die Hand auf den Signalknopf an der Tür, als er drinnen Stimmen hörte. Wie klar er nun die Gedanken hören konnte!

Arvardan trug mehr mit sich herum, als Worte jemals ausdrükken konnten. »Pola, ich habe gewartet und nachgedacht und gewartet und nachgedacht. Ich warte nun nicht länger. Du kommst mit!«

Polas Geist war ebenso ungeduldig, und doch sagte sie zögernd: »Das geht nicht, Bel. Meine Herkunft und meine Manieren ... Ich würde mir töricht vorkommen. Ich bin nur eine ...«

»Du bist meine Frau und damit basta. Zuerst machen wir jetzt ein Jahr Ferien und schauen uns die Milchstraße an. Wir werden nicht einen wichtigen Planeten auslassen, selbst wenn wir die Postschiffe nehmen müssen. Das werden die besten Flitterwochen sein, die man mit dem Geld der Regierung kaufen kann.«

»Und dann ...?«

»Und dann kommen wir zur Erde zurück und werden die nächsten vierzig Jahre damit verbringen, die radioaktiven Gebiete gesund zu machen.«

»Warum willst du das tun?«

»Weil ich dich liebe und weil ich beweisen will, daß ich ein patriotischer Erdbewohner bin. Ich besitze nicht umsonst die Ehrenbürgerschaft.«

Das Gespräch verstummte.

Aber die Ausstrahlungen verstummten nicht, und Schwartz ließ sie sich befriedigt und etwas verlegen entgleiten. Er konnte warten. Er konnte sie auch noch später stören.

Eine Galaxis voller Sterne wölbte sich über ihm.

Und für sich und die neue Erde und alle die Millionen Planeten wiederholte er leise das alte Gedicht, das nur er allein kannte:

Den Mut bis ins Alter bewahre!
Denn erst deine letzten Jahre
erfüllen, was die Jugend verhieß . . .

Sterne wie Staub

Das murmelnde Schlafzimmer

Leise murmelte das Schlafzimmer vor sich hin. Das ungewöhnliche Geräusch war kaum hörbar, dennoch war es da – todverkündend, kein Hirngespinst.

Doch es war nicht dieses Geräusch, das den jungen Biron Farrill aus einem schweren, unerquicklichen Schlaf riß. Unruhig warf er seinen Kopf hin und her, vergebens, dem unaufhörlichen Surren am Fußende des Bettes war nicht zu entrinnen.

Mit geschlossenen Augen streckte er die Hand aus und schaltete das Visiophon ein.

»Hallo«, brummelte er schlaftrunken.

Sofort ertönte eine Stimme. Sie klang hart und laut, aber Biron hatte keine Lust, die Tonqualität zu regulieren.

»Kann ich Biron Farrill sprechen?« sagte die Stimme.

»Am Apparat. Was ist los?« antwortete Biron verschlafen.

»Kann ich Biron Farrill sprechen?« Die Stimme klang gebieterisch.

Endlich öffnete Biron die Augen. Die Dunkelheit schien undurchdringlich. Er wurde sich der unangenehmen Trockenheit seiner Zunge und eines schwachen Geruches im Zimmer bewußt.

»Hier Farrill. Wer ist dort?« sagte er.

Noch gebieterischer als zuvor drang die laute Stimme durch die Nacht: »Ist dort jemand? Ich möchte Biron Farrill sprechen.«

Auf einen Ellbogen gestützt, richtete sich Biron in seinem Bett hoch und starrte das Visiophon an. Ein Druck auf einen Knopf, und der kleine Bildschirm war erleuchtet.

»Hier Farrill«, wiederholte er. Er gewahrte Sander Jontis gutgeformte, ein wenig asymmetrische Gesichtszüge. »Rufen Sie mich morgen früh an, Jonti.«

Schon wollte er das Visiophon wieder abschalten, als Jonti sagte: »Hallo! Hallo! Ist dort jemand? Spreche ich mit Zimmer fünfhundertsechsundzwanzig? Hallo!«

Auf einmal merkte Biron, daß die winzige Kontrollampe, die anzeigte, daß der Sendekreis geschlossen war, nicht funktionierte. Er fluchte leise und drehte an den Schaltköpfen. Nichts änderte sich. Dann gab es Jonti auf. Der Bildschirm wurde leer, ein kleines, ausdrucksloses Lichtquadrat. Biron schaltete das Visiophon aus. Er versuchte, sich wieder in den Kissen zu vergraben. Er war ärgerlich. Niemand hatte das Recht, ihn mitten in der Nacht wachzubrüllen. Schnell warf er einen Blick auf das matterleuchtete Zifferblatt am Kopfende des Bettes. Viertel nach drei. Erst in ungefähr vier Stunden würde das Hauslicht angehen.

Außerdem erwachte er nicht gern in völligem Dunkel. Trotz seines vierjährigen Aufenthaltes hatte er sich noch nicht mit der Bauweise der Erdbewohner vertraut machen können, mit diesen verstärkten Betonkonstruktionen, quadratisch, dick und fensterlos. Es war eine jahrtausendealte Tradition, die noch aus den Tagen herrührte, da man den primitiven nuklearen Bomben nicht mit adäquaten Abwehrwaffen begegnen konnte.

Aber das gehörte der Vergangenheit an. Der Atomkrieg hatte die Erde verwüstet. Sie war zum größten Teil hoffnungslos radioaktiv und unbrauchbar. Hier gab es nichts mehr zu verlieren, und dennoch spiegelte die Architektur die alten Ängste wider, so daß vollständiges Dunkel herrschte, wenn Biron nachts aufwachte.

Wieder stützte sich Biron auf seinem Ellbogen. Merkwürdig. Er wartete. Noch hatte er nicht das unheildrohende Murmeln des Schlafzimmers wahrgenommen. Aber irgend etwas stimmte nicht. Es war vielleicht weniger auffällig und sicherlich weit weniger lebensgefährlich.

Er vermißte die sanfte Luftbewegung, jenen Hauch ständiger Erneuerung, der so selbstverständlich war. Er versuchte, regelmäßig zu atmen, es gelang ihm nicht. Je mehr er sich der Situation bewußt wurde, desto drückender empfand er die Atmosphäre. Mit der Ventilation mußte etwas los sein, stellte er mit plötzlicher Besorgnis fest. Und er konnte nicht einmal das Visiophon benutzen, um die Sache zu melden.

Er versuchte es vorsichtshalber noch einmal. Das milchige Lichtquadrat leuchtete auf und warf einen schwachen Perlmuttschimmer auf sein Bett. Das Visiophon empfing, aber es sendete nicht. Nun ja, das war nicht weiter schlimm. Vor Tagesanbruch ließ es sich sowieso nicht ändern.

Er gähnte, tastete nach seinen Hausschuhen, sich dabei mit den Fäusten die Augen reibend. Ventilation, hm? Daher also der seltsame Geruch. Er zog eine Grimasse und schnupperte ein paarmal angestrengt. Zwecklos. Er kannte den Geruch, wußte aber nicht, was es war.

Er ging ins Badezimmer und langte automatisch nach dem Lichtschalter, obgleich er eigentlich kein Licht brauchte, um sich ein Glas Wasser zu nehmen. Kein Licht. Verdrossen knipste er den Schalter mehrmals an und aus. Funktionierte denn gar nichts mehr? Er zuckte die Achseln, trank im Dunkeln und fühlte sich dann etwas wohler. Auf dem Rückweg ins Schlafzimmer gähnte er abermals. Er versuchte es mit dem Hauptschalter. Das Licht blieb aus.

Biron setzte sich auf den Bettrand, seine großen Hände auf die muskulösen Oberschenkel gestützt, und dachte nach. Normalerweise hätte eine solche Angelegenheit eine heftige Diskussion mit der Verwaltung hervorrufen müssen. Gewiß war ein Studentenheim kein Hotel, aber, beim Kosmos, ein Minimum an Fürsorge konnte man schließlich erwarten. Doch jetzt war das alles nicht mehr wichtig. Er wartete nur auf sein Diplom, dann war er fertig. Noch drei Tage, dann würde er diesem Zimmer und der Universität der Erde Lebewohl sagen – für immer: Er hatte die Erde satt.

Immerhin konnte er die Sache melden, ohne jeglichen Kommentar. Er konnte ja das Visiophon in der Halle benutzen. Die sollten ihm gefälligst eine Dynamolampe bringen. Vielleicht ließ sich sogar ein Ventilator auftreiben, dann konnte er wenigstens seinen Schlaf ohne psychosomatisches Alpdrücken fortsetzen. Wenn nicht, zum Kosmos mit ihnen! Nur noch zwei Nächte.

Der Lichtschimmer des nutzlosen Visiophons half ihm, ein Paar Shorts ausfindig zu machen. Diese und ein Pullover waren nach Birons Meinung ausreichend für sein Vorhaben. Die Hausschuhe behielt er an. Selbst wenn er in Nagelschuhen die Korridore entlangdröhnte, konnte er niemanden aufwecken: Die dikken Betonmauern waren mehr oder weniger schalldicht. Aber er sah keinen Grund, die Schuhe zu wechseln.

Er ging zur Tür und schob den Riegel zurück. Ein einfacher Handgriff, wie immer. Biron hörte das Schloß aufschnappen. Dennoch blieb die Tür zu. Obgleich er seine Muskeln aufs äußerste anstrengte, war nichts zu machen.

Er trat einen Schritt zurück. Lächerlich, das Ganze! Ob die

Stromversorgung ausgesetzt hatte? Das konnte nicht sein. Die Uhr ging. Der Empfänger des Visiophons war auch völlig in Ordnung.

Aha! Natürlich die lieben Kollegen! Die machten manchmal solche Streiche. Kindisch, so etwas, aber schließlich hatte er sich auch schon selbst an derartigen Scherzen beteiligt. Ohne weiteres hätte sich einer seiner Kumpane tagsüber einschleichen und alles vorbereiten können. Nicht doch! Ventilation und Licht hatten ja funktioniert, als er zu Bett gegangen war. Na, dann hatten sie es eben nachts gemacht. Die Halle war mehr als altmodisch gebaut. Es bedurfte wahrhaftig keines technischen Genies, um ein wenig an der Licht- und Ventilationsleitung herumzuspielen. Am Morgen würden sie dann nachsehen, wie der gute Biron reagierte, wenn er merkte, daß er eingesperrt war. Wahrscheinlich würden sie ihn gegen Mittag hinauslassen und sich dabei halbtotlachen. »Ha, ha«, murmelte Biron grimmig. Das war's also. Aber er mußte etwas tun, irgendwie den Spieß umkehren.

Als er sich von der Tür abwandte, stieß sein Fuß an einen Gegenstand, der mit metallischem Geräusch über den Fußboden rollte. Beim schwachen Lichtschein des Visiophons konnte er nur schattenhafte Umrisse erkennen. Er langte unter das Bett und tastete den Boden in weitem Umkreis ab. Das Stück Metall war bald gefunden. Sie waren doch nicht schlau genug. Sie hätten das Visiophon ganz ausschalten müssen, nicht nur den Sender.

Er hielt einen kleinen Zylinder in der Hand. In der Gußblase an dem einen Ende befand sich ein winziges Loch. Biron hielt den Zylinder dicht unter die Nase und roch daran. Daher kam also der merkwürdige Geruch im Zimmer. Es war Hypnit, ein starkes Betäubungsmittel. Natürlich hatten sie es benutzen müssen, damit er nicht aufwachte, während sie alles vorbereiteten.

Biron wußte jetzt genau, wie alles gewesen war. Die Tür war mit einem Stemmeisen geöffnet worden. Nichts einfacher als das, wenngleich es der einzige gefährliche Teil der ganzen Sache gewesen sein mußte – denn er hätte ja dabei aufwachen können. Vielleicht hatten sie aber auch die Tür schon tagsüber präpariert, so daß sie gar nicht richtig geschlossen gewesen war. Er hatte es nicht nachgeprüft. Jedenfalls, nachdem die Tür erst einmal offen war, hatten sie einfach das Hypnit ins Zimmer gerollt und die Tür wieder zugemacht. Das Betäubungsmittel war langsam ausgeströmt, genau in der richtigen Zusammensetzung – eins zu zehntausend –, genug, um ihn auf alle Fälle unschädlich zu machen. Dann waren sie hereingekommen, selbstverständlich mit Gasmasken. Beim Kosmos! Ein nasses Taschentuch genügte schon, um sich der Wirkung des Hypnits für eine Viertelstunde zu entziehen, und mehr Zeit hatten sie nicht gebraucht.

Darum also funktionierte die Ventilation nicht. Das Hypnit hätte sich sonst zu schnell im Raum verteilt. Das Visiophon hatten sie außer Betrieb gesetzt, damit er keine Hilfe herbeirufen konnte. Durch das Blockieren der Tür war er nicht in der Lage, selbst etwas zu unternehmen. Und das Abschalten des Lichtes sollte natürlich die Panik noch vergrößern. Reizende Burschen!

Biron schnaufte wütend. Es hatte keinen Zweck, deshalb den Gekränkten zu spielen. Ein Scherz war eben ein Scherz und damit gut. Dennoch hätte er gern die Tür gewaltsam aufgebrochen. Die Muskeln seines gut durchtrainierten Oberkörpers spannten sich bei diesem Gedanken. Aber ein solcher Versuch wäre sinnlos gewesen. Die Tür war atombombensicher konstruiert. Zum Teufel mit dieser Tradition!

Es mußte einfach einen Ausweg geben. So leichtes Spiel sollten sie nicht haben. Zunächst brauchte er einmal Licht, richtiges Licht, nicht den starren, ungenügenden Schimmer des Visiophons. Das war kein Problem. Im Kleiderschrank hatte er eine Dynamo-Taschenlampe. Im ersten Augenblick fingerte er an den Schrankschlössern herum, vielleicht waren sie ebenfalls blockiert. Aber der Schrank ließ sich so leicht wie immer öffnen. Biron nickte bestätigend mit dem Kopf. Klar! Sie hatten ja gar keinen Grund gehabt, den Schrank zuzusperren. Außerdem hatten sie sich beeilen müssen.

Plötzlich jedoch, als er sich mit der Taschenlampe in der Hand umwandte, fiel seine ganze Theorie in einem schrecklichen Moment in sich zusammen. Sein Körper wurde steif, sein Magen begann sich zu krümmen. Angestrengt lauschend, hielt er den Atem an.

Jetzt erst hörte er das Murmeln des Schlafzimmers. Er vernahm das leise, unregelmäßig glucksende Selbstgespräch und wußte natürlich sofort, was es war.

Unmöglich, es nicht sofort zu erkennen! Das war ›der Erde

Todesröcheln‹. Es war der Ton, den man vor tausend Jahren erfunden hatte.

Exakt ausgedrückt, war es der Ton eines Meßgerätes, das die Partikelmenge und die Gammastrahlen zählte, wobei das leise Klicken der elektronischen Impulse zu einem schwachen Gemurmel verschmolz. Es war der Ton eines Zählrohrs, das nur eines zu registrieren imstande war – den Tod!

Leise auf Zehenspitzen, trat Biron zurück. Aus zwei Metern Entfernung sandte er den weißen Strahl der Taschenlampe in alle Winkel des Kleiderschrankes. In der entferntesten Ecke war das Zählrohr. Aber was besagte das schon!

Es hatte dort schon immer gelegen. Die meisten jungen Semester von anderen Planeten kauften sich zu Beginn ihres Aufenthaltes auf der Erde ein Zählrohr. Die Radioaktivität der Erde machte ihnen anfangs schwer zu schaffen, so daß sie glaubten, sich schützen zu müssen. Meistens wurden diese Geräte dann wieder an Neuankömmlinge verkauft. Biron hatte sich jedoch von seinem Zählrohr noch nicht trennen können, ein Umstand, der ihm jetzt zustatten kam.

Er ging an seinen Schreibtisch, wo er nachts seine Armbanduhr aufbewahrte. Sie lag auf ihrem üblichen Platz. Seine Hand zitterte ein wenig, als er die Uhr mit der Taschenlampe beleuchtete. Das Armband war aus flexiblem Plastikgewebe von geradezu milchigem Weiß. Er betrachtete es eingehend von allen Seiten. Es *war* weiß.

Auch das Armband war eine Errungenschaft aus den Anfängen von Birons Studienzeit. Eine intensive Strahlenwirkung verwandelte es in Blau, und auf der Erde war Blau die Farbe des Todes. Wie leicht konnte man eines Tages, wenn man sich verlief oder nicht aufpaßte, in ein radioaktives Gebiet geraten. Die Regierung tat zwar alles, um solche Gegenden abzugrenzen. Natürlich setzte niemand einen Fuß in die riesigen Todeszonen, die wenige Kilometer außerhalb der Stadt begannen. Trotzdem verlieh ein solches Armband eine gewisse Sicherheit.

Sollte es jemals hellblau werden, mußte man sofort ins Krankenhaus. Darüber gab es keinen Zweifel. Das Material, woraus das Armband hergestellt war, reagierte genauso empfindlich auf Strahlungen wie der menschliche Körper. Mit entsprechenden photo-elektrischen Instrumenten konnte die Intensität der

Bläue gemessen werden, so daß man schnell herausbekam, wie ernst der Fall war.

Ein leuchtendes Königsblau war das Ende. Diese Farbe würde ebensowenig vergehen wie die Einwirkung der Strahlen auf den Organismus. Da gab es keine Heilung, keine Chance, keine Hoffnung. Man mußte einfach abwarten, vielleicht einen Tag, vielleicht eine Woche, und das Krankenhaus konnte nichts weiter machen, als alles für die Verbrennung vorzubereiten.

Birons Uhrarmband war jedenfalls noch weiß. Das war immerhin eine gewisse Beruhigung.

Es konnte also nicht viel Radioaktivität vorhanden sein. Vielleicht war es nur ein Teil des Scherzes? Biron dachte nach und kam zu der Überzeugung, daß es nicht sein konnte. Niemand käme auf eine solche Idee. Jedenfalls nicht auf der Erde, wo der illegale Gebrauch radioaktiven Materials als schweres Vergehen galt. Man nahm es auf der Erde mit der Radioaktivität sehr genau. Das ging nicht anders. Ohne triftigen Grund würde also niemand so etwas tun.

Sorgfältig und mit aller Deutlichkeit machte sich Biron diesen Gedanken klar. Er durfte den Tatsachen nicht ausweichen. Ein triftiger Grund konnte zum Beispiel der Wunsch sein, ihn zu ermorden. Warum aber? Es gab kein Motiv. In seinem dreiundzwanzigjährigen Leben hatte er sich noch keinen ernstlichen Feind gemacht. Keinen *solchen* Feind. Keinen Todfeind. Er hatte Angst, eine unergründliche Angst.

Verzweifelt fuhr er sich mit der Hand durch sein kurzgeschnittenes Haar. Der Gedanke war lächerlich, aber er ließ sich nicht abschütteln. Vorsichtig trat Biron wieder auf den Schrank zu. Etwas mußte darin sein, wovon die Strahlen ausgingen, etwas, das vor vier Stunden noch nicht dort gewesen war. Er sah es fast auf den ersten Blick. Es war ein Kästchen, nicht mehr als fünfzehn Zentimeter im Quadrat. Biron wußte, was es war, und seine Unterlippe begann leicht zu zittern. Er hatte so etwas noch nie gesehen, aber er hatte davon gehört. Er ergriff das Zählrohr und nahm es mit ins Schlafzimmer. Das Murmeln wurde leiser, hörte fast ganz auf. Es begann wieder, als er den schmalen Glimmerstreifen, durch den die Strahlen eindringen konnten, auf das Kästchen richtete. Es konnte keinen Zweifel geben. Hier handelte es sich um eine Strahlenbombe.

Die gegenwärtigen Strahlungen waren noch nicht tödlich. Sie

bildeten ja auch erst die Einleitung. Irgendwo in dem Kasten war ein winziger Atommeiler verborgen. Kurzlebige künstliche Isotope erhitzten ihn langsam und durchdrangen ihn mit den notwendigen Partikeln. Sobald die erforderliche Hitze- und Partikelmenge erreicht war, reagierte der Meiler. Gewöhnlich nicht in einer Explosion, obgleich die Reaktionshitze ausreichen würde, den Behälter zu einem Metallklumpen zusammenzuschmelzen, sondern in einem ungeheuren Ausfall tödlicher Strahlen, die, je nach Größe der Bombe, alles Leben im Umkreis von zwei Metern bis zu zehn Kilometern erstickte.

Wann dieser Zeitpunkt erreicht wäre, war nicht vorauszusehen. Es konnte noch Stunden dauern, es konnte aber auch schon im nächsten Augenblick passieren. Hilflos, die Taschenlampe in der feuchten Hand, stand Biron da. Es war erst eine halbe Stunde her, seit ihn das Visiophon geweckt und er noch seine Ruhe gehabt hatte. Jetzt wußte er, daß er sterben mußte.

Biron wollte nicht sterben, aber er war hoffnungslos eingesperrt, und es gab auch kein Versteck für ihn.

Er kannte die Lage seines Zimmers. Es befand sich am Ende eines Korridors, so daß es nur noch ein gegenüberliegendes und natürlich je ein Zimmer darüber und darunter gab. Von seinem Nachbarzimmer war er durch zwei Badezimmer getrennt. Dort würde man ihn sicherlich nicht hören.

Er beschloß, sich nach dem unteren Zimmer bemerkbar zu machen.

Er besaß einige Klappstühle, Notsitze für gelegentliche Besucher. Einen benutzte er, um damit auf den Fußboden zu klopfen. Es dauerte eine Weile, bis er ein vernehmbares Geräusch zustande brachte.

Nach jedem Klopfen wartete er. Würde es möglich sein, den Schläfer so aufzuscheuchen, daß er die Störung meldete?

Plötzlich hörte er ein schwaches Geräusch. Mit dem Rest des zersplitterten Stuhles zum nächsten Schlag ausholend, wartete er. Das Geräusch war noch immer da. Es klang wie gedämpftes Rufen und kam von der Tür her.

Biron ließ den Stuhl fallen und schrie aus Leibeskräften um Hilfe. Er preßte sein Ohr gegen den Türrahmen, aber die Tür war fugenlos in die Wand eingelassen, so daß er nicht mehr hören konnte als zuvor.

Offenbar riefen sie seinen Namen.

»Farrill! Farrill!« und dann noch etwas. Vielleicht: »Sind Sie drinnen? Alles in Ordnung?«

Er brüllte mehrmals zurück: »Macht die Tür auf!« Er fieberte vor Ungeduld, und der Schweiß brach ihm aus allen Poren. Jeden Augenblick konnte die Bombe ihre todbringende Strahlenmenge aussenden.

Endlich schienen sie ihn verstanden zu haben, denn er hörte die undeutliche Anweisung: »Vorsicht! Sprengladung!« Er wußte, was das bedeutete, und entfernte sich schleunigst von der Tür.

Ein scharfes Krachen ertönte. Biron fühlte ganz deutlich die Luftschwingungen im Raum. Ein Splittern folgte, dann flog die Tür auf. Vom Korridor her drang Licht ins Zimmer.

Mit ausgebreiteten Armen stürzte Biron hinaus. »Draußen bleiben!« schrie er. »Niemand darf hinein, es ist eine Strahlenbombe drin.«

Jetzt erst erkannte er die beiden Männer auf dem Korridor. Es waren Jonti und Esbak, der Verwaltungsinspektor. Dieser hatte in aller Eile ein paar Kleidungsstücke übergeworfen.

»Eine Strahlen –«

Jonti schnitt Esbak das Wort ab. »Wie groß?« fragte er. Er hatte seine Sprengpistole noch immer schußbereit in der Hand. Sie bildete einen schroffen Gegensatz zu seiner selbst in dieser späten Nachtstunde tadellos eleganten Erscheinung.

Biron vermochte nur mit den Händen Auskunft zu geben.

»Schon gut«, sagte Jonti. Kühl und beherrscht wie immer, wandte er sich an den Inspektor: »Am besten lassen Sie die Zimmer in diesem Flügel räumen. Falls Sie in einem der Universitätsgebäude Bleiplatten haben, dann sollte man sie hier im Korridor aufstellen. Im übrigen hat vor morgen früh hier niemand etwas zu suchen. – Wahrscheinlich hat die Bombe einen Radius von drei bis fünf Metern. Wie ist sie überhaupt dort hingekommen?« wollte er von Biron wissen.

»Keine Ahnung.« Biron wischte sich mit der Hand den Schweiß von der Stirn. »Wenn Sie gestatten, möchte ich mich erst einmal setzen.«

Er warf einen Blick auf sein Handgelenk und stellte fest, daß er seine Armbanduhr im Zimmer gelassen hatte. Es fehlte nicht viel, und er wäre zurückgelaufen, um sie zu holen.

Auf dem Korridor war es inzwischen lebendig geworden. In

größter Eile wurden die Studenten aus ihren Zimmern gedrängt.

»Kommen Sie mit zu mir«, sagte Jonti. »Ich glaube auch, daß Sie sich hinsetzen müssen.«

»Was hat Sie eigentlich zu mir geführt?« fragte Biron. »Natürlich bin ich Ihnen sehr dankbar«, fügte er hastig hinzu.

»Ich habe Sie angerufen und keine Antwort bekommen. Aber ich mußte Sie unter allen Umständen sprechen.«

Nur mühsam konnte Biron seine Erregung unterdrücken. »Warum mußten Sie mich sprechen?« fragte er schwer atmend.

»Weil Ihr Leben in Gefahr ist.«

Biron lachte verzweifelt. »Das habe ich bereits festgestellt.«

»Es war nur der erste Versuch. Man wird es wieder tun.«

»Wer ist ›man‹?«

»Nicht hier, Farrill«, sagte Jonti. »Dazu müssen wir unter vier Augen sein. Sie sind gezeichnet, und ich bin es jetzt vielleicht auch schon.«

Das Netz im Weltraum

Der Aufenthaltsraum für Studenten war leer, er war auch dunkel. Um halb fünf morgens konnte das gar nicht anders sein. Dennoch hielt Jonti, als er die Tür öffnete, zuerst vorsichtig nach etwaigen Besuchern Ausschau.

»Nein«, flüsterte er, »machen Sie kein Licht. Zum Reden brauchen wir keine Beleuchtung.«

»Ich habe es aber gründlich satt, im Dunkeln zu hocken«, widersprach Biron mürrisch.

»Wir lassen die Tür angelehnt.«

Biron hatte keine Lust, mit Jonti zu streiten. Er ließ sich in den nächsten Sessel fallen und sah zu, wie das Lichtrechteck an der Tür allmählich zu einem schmalen Streifen wurde. Jetzt, nachdem alles vorbei war, drohten ihn seine Nerven im Stich zu lassen.

Jonti brachte die Tür zum Stillstand und legte sein Offiziersstöckchen, das er immer mit sich herumtrug, auf den Lichtstreifen am Boden. »Behalten Sie den Stock im Auge. Er wird uns mitteilen, ob draußen jemand vorbeigeht, oder ob sich die Tür bewegt.«

»Hören Sie«, entgegnete Biron, »ich bin jetzt nicht in konspirativer Stimmung. Ich möchte nur gern von Ihnen wissen, was Sie glauben, mir mitteilen zu müssen. Sie haben mir das Leben gerettet, schön, morgen werde ich mich dafür in aller Form bei Ihnen bedanken. Aber jetzt möchte ich erst mal einen kleinen Schluck zu trinken und eine große Portion Schlaf.«

»Ich kann mir vorstellen, wie Ihnen zumute ist«, meinte Jonti, »aber die zu große Portion Schlaf, die Ihnen zugedacht war, haben wir fürs erste einmal abgewandt. Besser wäre es freilich, wir könnten das ein für allemal tun. Wissen Sie, daß ich Ihren Vater kenne?«

Die Frage kam so unverhofft, daß Biron erstaunt die Augenbrauen hochzog. »Er hat Sie niemals erwähnt.«

»Das wäre auch verwunderlich. Er kennt mich nicht unter dem Namen, den ich hier führe. Hat Ihr Vater übrigens in letzter Zeit von sich hören lassen?«

»Warum fragen Sie?«

»Weil er sich in großer Gefahr befindet.«

»Wie, bitte?«

Trotz der Dunkelheit fand Jonti sofort Birons Arm und packte ihn mit festem Griff. »Bitte sprechen Sie nicht lauter als bisher.«

Da merkte Biron erst, daß sie geflüstert hatten.

»Ich will mich deutlicher ausdrücken«, fuhr Jonti fort. »Ihr Vater ist verhaftet worden. Sie wissen hoffentlich, was das bedeutet?«

»Nein, ich weiß gar nichts. Wer hat ihn denn verhaftet? Was kümmert Sie das alles?« In Birons Schläfen hämmerte das Blut. Nach dem Hypnit und der Todesgefahr war es ihm einfach unmöglich, neben diesem kühlen Gecken zu sitzen, dessen Flüstern genauso peinigend in seinen Ohren gellte, als hätte er geschrien.

»Sie haben doch bestimmt eine Ahnung«, begann die Flüsterstimme von neuem, »was Ihr Vater macht?«

»Wenn Sie meinen Vater kennen, dann wissen Sie auch, daß er Rancher von Widemos ist. Das ist sein Beruf, einen anderen hat er nicht.«

»Sie haben natürlich keine Veranlassung, mir zu trauen«, sagte Jonti. »Immerhin setze ich mein Leben für Sie aufs Spiel. Außerdem weiß ich alles, was Sie mir sagen können. Zum Beispiel, daß Ihr Vater an einer Verschwörung gegen die Tyrannen teilgenommen hat.«

»Das ist nicht wahr«, entgegnete Biron mit gepreßter Stimme. »Der Dienst, den Sie mir heute nacht erwiesen haben, gibt Ihnen noch lange nicht das Recht, das von meinem Vater zu behaupten.«

»Ihre Ausreden sind kindisch, junger Mann, und Sie vergeuden damit nur meine Zeit. Merken Sie nicht, daß die Situation für Wortgeplänkel viel zu ernst ist? Ohne Umschweife also: Ihr Vater ist von den Tyrannen verhaftet worden. Vielleicht ist er schon tot.«

»Ich glaube Ihnen kein Wort.«

»Zufällig weiß ich aber genau Bescheid.«

»Hören Sie auf, Jonti. Mir ist nicht nach Geheimniskrämerei zumute. Außerdem gefällt es mir nicht, daß Sie versuchen –«

»Was versuche ich?« Jontis Stimme verlor etwas von ihrem gepflegten Tonfall. »Was habe ich davon, daß ich Ihnen das alles erzähle? Darf ich Sie daran erinnern, daß es gerade dieses Wissen, das Sie so ablehnen, war, was mich vermuten ließ, man habe einen Anschlag auf Sie geplant? Urteilen Sie nach den Geschehnissen, Farrill.«

Biron gab sich geschlagen. »Fangen Sie noch einmal von vorne an, und sprechen Sie nicht in Rätseln. Ich werde Ihnen zuhören.«

»Sehr gut. Ich nehme an, Farrill, Sie wissen, daß ich ein Landsmann von Ihnen bin. Ich komme also auch aus den Nebula-Königreichen und nicht von der Wegagruppe, wie ich hier immer behauptet habe.«

»Ihr Akzent hat mich manchmal etwas stutzig gemacht. Aber ich habe nicht darüber nachgedacht.«

»Es ist aber wichtig, mein Lieber. Ich bin hierhergekommen, weil ich, genau wie Ihr Vater, die Tyrannen nicht ausstehen kann. Sie unterdrücken unser Volk nun schon seit fünfzig Jahren. Das ist eine lange Zeit.«

»Ich bin kein Politiker.«

Wieder klang Gereiztheit aus Jontis Stimme. »Ich bin kein Agent, der Sie in Schwierigkeiten bringen will. Was ich Ihnen sage, ist die reine Wahrheit. Vor einem Jahr hat man mich genauso geschnappt wie jetzt Ihren Vater. Aber ich bin ihnen entwischt, und hier auf der Erde, wo ich mich einigermaßen sicher fühle, warte ich meine Zeit zur Rückkehr ab. Mehr brauche ich Ihnen über mich wohl nicht zu sagen.«

»Es ist schon mehr, als ich wissen wollte, Jonti.« Biron brachte es nicht fertig, freundlich zu Jonti zu sein, dessen Snobismus ihn abstieß.

»Ich weiß. Aber es ist notwendig, Ihnen wenigstens soviel mitzuteilen, weil ich dadurch Ihren Vater kennengelernt habe. Er hat mit mir zusammengearbeitet oder, besser gesagt, ich mit ihm. Er kannte mich also nicht in seiner Eigenschaft als größter Grundbesitzer des Planeten Nephelos. Haben Sie mich verstanden?«

»Ja.«

»Wir brauchen also nicht weiter darüber zu sprechen. Meine Informationsquellen funktionieren auch hier, und ich weiß, daß Ihr Vater verhaftet ist. Ich weiß es. Und wenn es auch nur ein Verdacht gewesen wäre, dieser Anschlag auf Ihr Leben beweist wohl genug.«

»Was beweist er?«

»Wenn die Tyrannen erst den Vater haben, werden sie den Sohn nicht frei herumlaufen lassen.«

»Wollen Sie damit sagen, daß die Tyrannen die Strahlenbombe in mein Zimmer gelegt haben? Das ist unmöglich.«

»Warum soll es unmöglich sein? Wissen Sie denn nicht, mit wem Sie es zu tun haben? Die Tyrannen beherrschen fünfzig Welten. Zahlenmäßig sind sie uns hundert zu eins unterlegen. In einer solchen Lage genügt einfache Waffengewalt nicht. Darum greifen sie zu Methoden wie Spionage, Intrige, Verrat und Meuchelmord. Sie sind Spezialisten auf diesen Gebieten. Das Netz, das sie über den ganzen Weltraum ausgebreitet haben, ist riesig und sehr engmaschig. Ich zweifle nicht daran, daß es sich über fünfhundert Lichtjahre hinweg bis zur Erde erstreckt.«

Biron stand noch immer unter dem Eindruck seines alptraumähnlichen Erlebnisses. Aus der Ferne vernahm er schwache Geräusche. Die Bleiplatten wurden im Korridor aufgestellt. In seinem Zimmer murmelte höchstwahrscheinlich noch immer das Zählrohr.

»Es ist so wenig glaubhaft«, sagte er nach einer langen Pause. »In einer Woche kehre ich nach Nephelos zurück. Das müßten sie schließlich wissen. Warum sollten sie mich also hier umbringen wollen? Sie brauchten doch nur meine Ankunft abzuwarten, dann hätten sie mich.« Es erleichterte ihn, ein Loch in Jontis Beweisführung entdeckt zu haben.

Jonti rückte noch näher an ihn heran. Sein scharfer Atem ließ Birons Schläfenhaare erzittern. »Ihr Vater ist beliebt. Sein Tod – und nach seiner Gefangennahme durch die Tyrannen müssen Sie sich mit dem Gedanken an seine Hinrichtung vertraut machen – wird selbst bei der lammfrommen Sklavenrasse, die von den Tyrannen herangezüchtet wird, Unwillen erregen. Sie als der neue Rancher von Widemos könnten diesen Unwillen noch schüren. Und Sie dann auch noch hinzurichten, hieße die Gefahr für die Tyrannen verdoppeln. Sie wollen keine Märtyrer schaffen. Aber wenn Sie durch einen Unfall auf einem weitentfernten Planeten ums Leben kämen, so würde ihnen das gut in den Kram passen.«

»Ich kann Ihnen nicht glauben.« Biron verschanzte sich hinter der einzigen Verteidigung, die er vorzubringen wußte.

Jonti erhob sich. Er glättete seine dünnen Handschuhe und sagte: »Sie gehen zu weit, Farrill. Sie würden überzeugender wirken, wenn Sie nicht völlige Unwissenheit vortäuschten. Vermutlich hat Sie Ihr Vater Ihrer eigenen Sicherheit wegen nicht ins Vertrauen gezogen, aber ich bezweifle, daß Sie keine Ahnung davon hatten, welche Rolle er gespielt hat. Sein Haß gegen die Tyrannen muß sich zwangsläufig auf Sie übertragen haben. Und Sie müssen auch bereit sein, gegen die Tyrannen zu kämpfen.«

Biron zuckte die Achseln.

»Vielleicht ist es sogar Ihres Vaters Wunsch«, fuhr Jonti fort, »daß Sie sich nun, da Sie erwachsen sind, ebenfalls nützlich machen. Ihr Aufenthalt hier auf der Erde ist eine günstige Gelegenheit, Ihre Studien mit einem bestimmten Auftrag zu verbinden. Und vielleicht ist es gerade dieser Auftrag, der den Tyrannen Ihren Tod wünschenswert erscheinen läßt.«

»Hirngespinste!«

»Ach? Meinetwegen. Wenn die Wahrheit Sie jetzt nicht überzeugen kann, werden es spätere Ereignisse tun. Weitere Anschläge auf Ihr Leben werden folgen, und einer davon wird gelingen. Von jetzt ab sind Sie bereits ein toter Mann, Farrill.«

Nachdenklich sagte Biron: »Warum sind Sie persönlich so an dieser Sache interessiert?«

»Ich bin Patriot. Ich möchte die Königreiche wieder frei sehen, mit Regierungen, die sich selbst gewählt haben.«

»Nein. Ihr *persönliches* Interesse will ich wissen. Mit purem Idealismus können Sie mir nicht kommen. Den glaube ich Ihnen nicht. Entschuldigen Sie, das soll keine Beleidigung sein«, kam es schwerfällig und störrisch aus Birons Munde.

Jonti setzte sich wieder. »Meine Ländereien sind konfisziert worden. Ehe ich ins Exil ging, hatte ich mich den Befehlen jener Pygmäen, der Tyrannen, zu fügen. Das war alles andere als angenehm. Ja, und inzwischen bin ich immer mehr zu der Überzeugung gekommen, daß ich wieder die Stellung einnehmen muß, die mein Großvater einst innehatte, ehe die Tyrannen kamen. Sind das genug praktische Gründe für die Unterstützung einer Revolution? Ihr Vater wäre einer der Führer dieser Revolution gewesen. Jetzt, nach seinem Scheitern, sind Sie an der Reihe!«

»Ich? Ich bin dreiundzwanzig und verstehe nichts von alledem. Sicherlich können Sie bessere Leute finden.«

»Zweifellos. Aber niemand außer Ihnen ist der Sohn Ihres Vaters. Falls Ihr Vater getötet würde, sind Sie Rancher von Widemos. Deshalb sind Sie wichtig für mich, und Sie wären es auch dann, wenn Sie erst zwölf Jahre alt und außerdem schwachsinnig wären. Ich brauche Sie aus denselben Gründen, weswegen die Tyrannen sich Ihrer entledigen wollen. Und wenn meine Motive Sie nicht zu überzeugen vermögen, dann sollten die der anderen es können. In Ihrem Zimmer ist eine Strahlenbombe. Sie konnte keinen anderen Zeck haben, als Sie zu töten. Wer aber sollte den Wunsch haben, Sie umzubringen?«

Jonti wartete geduldig, bis Biron flüsterte: »Niemand. Keiner von allen, die ich kenne, würde mich umbringen. Dann stimmt das also mit meinem Vater!«

»Es stimmt. Betrachten Sie es als einen Kriegsverlust.«

»Glauben Sie, daß mir damit geholfen wäre? Vielleicht wird man ihm eines Tages ein Denkmal errichten. Eines mit einer Leuchtinschrift, die man zehntausend Meilen weit im Weltraum erkennen kann.« Birons Stimme klang verzweifelt. »Meinen Sie etwa, das könnte mich glücklich machen?«

Jonti wartete, aber Biron schwieg.

Da begann Jonti wieder: »Was gedenken Sie zu tun?«

»Ich fahre heim.«

»Sie haben also noch nicht eingesehen, in welcher Lage Sie sich befinden?«

»Ich sagte, ich fahre heim. Was erwarten Sie denn von mir? Wenn er noch am Leben ist, werde ich ihn schon frei bekommen. Und wenn er tot ist, dann, dann ...«

»Ruhig!« Kalter Zorn klang aus der Stimme des Älteren. »Ihr Benehmen ist kindisch. Sie können nicht nach Nephelos zurück. Sehen Sie das nicht ein? Spreche ich mit einem kleinen Jungen oder mit einem vernünftigen jungen Mann?«

»Was schlagen Sie vor?« murrte Biron.

»Kennen Sie den Direktor von Rhodia?«

»Den Freund der Tyrannen? Ich kenne ihn dem Namen nach. Wer in den Königreichen wüßte nicht, wer Henrik V., Direktor von Rhodia, ist!«

»Sie kennen ihn nicht persönlich?«

»Nein.«

»Das dachte ich mir. Sonst wüßten Sie, daß er ein Einfaltspinsel ist. Er ist im wahrsten Sinne des Wortes schwachsinnig. Aber sollte Ihr Besitz von den Tyrannen konfisziert werden – und Sie können sich darauf verlassen, daß es Ihnen nicht anders ergeht als mir –, dann fällt er an Henrik. In ihm sehen die Tyrannen den Bürgen für die Sicherheit von Widemos. Sie müssen also zu Henrik.«

»Warum?«

»Weil Henrik immerhin einigen Einfluß auf die Tyrannen hat, wenn auch nicht mehr als ein speichelleckendes Hündchen. Vielleicht gelingt es Ihnen sogar, mit seiner Hilfe Ihr rechtmäßiges Erbe anzutreten.«

»Das leuchtet mir absolut nicht ein. Höchstwahrscheinlich wird er mich den Tyrannen ausliefern.«

»Möglich. Aber Sie müssen eben auf der Hut sein. Andererseits haben Sie eine große Chance. Vergessen Sie nicht, daß Ihr Adelstitel zwar wertvoll und wichtig ist, daß dies allein aber nicht genügt. Bei der konspirativen Arbeit muß man vor allem praktisch denken. Sie werden wohl Gefolgsleute finden, die sich aus Anhänglichkeit und Respekt vor Ihrem Namen um Sie scharen, aber, um sie bei der Stange zu halten, brauchen Sie Geld.«

Biron überlegte. »Ich brauche Zeit, um mich entscheiden zu können.«

»Sie haben keine Zeit. Nachdem die Strahlenbombe in Ihr Zimmer gelegt wurde, gibt es nichts mehr zu überlegen. Jetzt heißt es handeln. Ich werde Ihnen einen Empfehlungsbrief an Henrik von Rhodia mitgeben.«

»Kennen Sie ihn denn so gut?«

»Ihr Argwohn ist wohl durch nichts zu besänftigen? Ich war einmal im Auftrag des Autarchen von Lingane mit einer diplomatischen Mission an Henriks Hof betraut. Bei seinem schwachen Gedächtnis wird er sich meiner kaum noch erinnern, aber das wird er nicht zugeben. Mein Brief wird Ihnen mindestens zu einer Audienz verhelfen, und dann müssen Sie eben improvisieren. Morgen früh gebe ich Ihnen das Schreiben. Gegen Mittag startet ein Schiff nach Rhodia. Eine Fahrkarte für Sie habe ich schon besorgt. Ich reise übrigens auch ab, aber auf einer anderen Route. Vertrödeln Sie keine Zeit. Außerdem sind sie ja sowieso hier fertig, nicht wahr?«

»Bis auf die Überreichung des Diploms.«

»Ein Fetzen Pergament. Bedeutet es Ihnen so viel?«

»Jetzt nicht mehr.«

»Haben Sie Geld?«

»Reichlich.«

»Gut. Zu viel würde bloß Verdacht erregen.«

Biron schreckte aus seinem beinahe stumpfsinnigen Brüten auf, als Jontis scharfes Zischen erneut an sein Ohr drang: »Farrill, gehen Sie jetzt zu den anderen zurück. Sprechen Sie mit niemandem über Ihre Abreise. Die Tatsache allein würde genügen. Sie müssen jetzt äußerst vorsichtig sein.«

Biron nickte stumm. Irgendwo in seinem Unterbewußtsein quälte ihn der Gedanke, daß er seine Aufgabe nicht erfüllt habe und er kein würdiger Nachfolger seines Vaters sei.

Man hätte ihn einweihen, ihm beizeiten eine gewisse Verantwortung übertragen müssen. Jetzt war es zu spät dazu. Er hatte keine Zeit mehr, das Dokument zu beschaffen, keine Zeit zum Grübeln, keine Zeit, seinen Vater zu retten. Vielleicht blieb ihm nicht einmal mehr viel Zeit zum Leben.

»Sie sollen Ihren Willen haben, Jonti«, sagte er schließlich.

Nachdem sich Sander Jonti von Biron verabschiedet hatte, blieb er stehen und warf einen kurzen, abfälligen Blick auf die Universitätsgebäude. Er sah die Lichter der einzigen Geschäftsstraße der Stadt herüberblinken. Jenseits davon gab es nur noch das eintönige radioaktive Blau des Horizonts, das nur nachts sichtbar war, weil es vom Tageslicht fast völlig verschluckt wurde. Ein stummes Zeugnis prähistorischer Kriege.

Jonti betrachtete nachdenklich den Himmel. Knapp fünfzig Jahre war es her, seitdem die Tyrannen dem Dasein von gut einem Dutzend sich lärmend befehdender Separatstaaten der Nebula-Planetengruppe ein Ende bereitet hatten. Jetzt herrschte Frieden in den Nebula-Königreichen, Grabesfrieden.

Sie hatten sich von dem Sturm, der mit einem einzigen Donnerschlag über sie hinweggebraust war, noch nicht erholt. Hin und wieder regte sich etwas, aber es waren nur vergebliche Zukkungen. Diese zu organisieren, den geeigneten Zeitpunkt zum gemeinsamen Gegenschlag abzuwarten, würde eine langwierige Aufgabe sein. Sein Exil auf der Erde hatte lange genug gedauert, schien ihm. Jetzt war es höchste Zeit für seine Rückkehr.

Die anderen in seiner Heimat versuchten wahrscheinlich gerade, sich mit ihm in Verbindung zu setzen.

Er beschleunigte ein wenig seinen Schritt.

Sowie er sein Zimmer betrat, bemerkte er die Strahlen, *seine* Strahlen, für deren Sicherheit er nichts zu fürchten brauchte und deren Geheimhaltung ihm bis jetzt gelungen war. Er brauchte sich keines Empfängers zu bedienen, keiner Metallgegenstände oder Drähte, um die schwachen Elektronenstöße aufzufangen, deren geflüsterte Impulse aus einer fünfhundert Lichtjahre entfernten Welt durch den Hyperraum auf ihn zukamen. Der Weltenraum selbst war in seinem Zimmer polarisiert und zum Empfang bereit. Alle Zufallseinwirkungen waren ausgeschaltet. Diese Polarisation war nur durch Empfang zu beweisen. Und in jenem besonderen Raumvolumen konnte nur Jontis Hirn als Empfänger wirken, weil nur die elektrischen Merkmale seiner eigenen Nervenzelle auf die Vibrationen des Trägerstrahls, der die Botschaft überbrachte, reagierte.

Die Botschaft blieb so geheim wie die einmaligen Kennzeichen von Jontis eigenen Hirnwellen. Denn im gesamten Universum mit seinen Quadrillionen Menschen gab es nur im Verhältnis eins zu einer zwanzigstelligen Zahl die Wahrscheinlichkeit einer Duplizität von persönlichen Wellen, die es ermöglicht hätten, daß man einander belauschen konnte.

Jonti begann den Ruf aufzufangen, der durch die endlose, leere Unbegreiflichkeit des Hyperraumes zu ihm drang.

»... hallo ... hallo ... hallo ... hallo.«

Das Senden war nicht so einfach wie das Empfangen. Hierzu war ein Mechanismus notwendig, um die äußerst spezifische Trägerwelle in Richtung Nebula einzustellen. Der Mechanismus befand sich in dem Zierknopf, den Jonti auf der rechten Schulter trug. Die Vorrichtung begann automatisch zu funktionieren, sobald Jonti sein Raumpolarisationsvolumen betrat. Danach brauchte er bloß noch konzentriert und zweckmäßig zu denken.

»Hier bin ich!« Einer eingehenden Identifizierung bedurfte es nicht. Die stumpfsinnige Wiederholung des Signals hörte auf, und in seinem Kopf begannen sich Worte zu formen. »Seien Sie gegrüßt, Exzellenz. Widemos ist hingerichtet worden. Natürlich weiß die Öffentlichkeit davon noch nichts.«

»Das überrascht mich nicht. Wurde sonst noch jemand in den Fall verwickelt?«

»Nein, Exzellenz. Der Rancher hat keinerlei Aussagen gemacht. Ein tapferer und loyaler Mann.«

»Ja. Aber Tapferkeit und Loyalität genügen nicht, um es mit den Tyrannen aufzunehmen. Ein bißchen Feigheit wäre ganz angebracht gewesen. Na, Schwamm darüber! Ich habe mit seinem Sohn, dem neuen Rancher, gesprochen. Ihn hätte es heute beinahe auch erwischt. Er wird sich demnächst nützlich machen.«

»Darf man fragen, wie, Exzellenz?«

»Die Ereignisse werden Ihnen früh genug auf Ihre Frage antworten. Im Moment weiß ich selbst noch nicht, wie sich alles entwickeln wird. Morgen fährt er nach Rhodia, um Henrik aufzusuchen.«

»Henrik! Der junge Mann riskiert eine ganze Menge. Weiß er, daß –«

»Ich habe ihm alles Notwendige gesagt«, erwiderte Jonti scharf. »Bis er sich bewährt hat, dürfen wir ihm nicht allzusehr trauen. Unter den augenblicklichen Umständen ist er für uns nicht mehr als jeder andere Mann, den wir aufs Spiel setzen müssen. Er ist brauchbar, durchaus brauchbar. Setzen Sie sich vorläufig nicht wieder mit mir in Verbindung. Ich verlasse die

Erde.« Mit einer endgültigen Handbewegung brach Jonti die Gedankenübertragung ab.

Bedächtig und in aller Ruhe ließ er die Geschehnisse des Tages und der Nacht noch einmal an sich vorüberziehen. Er lächelte zufrieden. Alles war aufs beste vorbereitet, die Komödie konnte beginnen.

Nichts blieb dem Zufall überlassen.

Die verräterische Armbanduhr

Die erste Stunde, nach der sich ein Raumschiff aus der planetaren Knechtschaft befreit hat, verläuft höchst prosaisch. Das Durcheinander kurz nach dem Abflug ist wohl im wesentlichen dasselbe, wie es beim Start des ersten Einbaumes auf einem der Urströme gewesen sein muß.

Man bekommt seine Kabine zugewiesen, das Gepäck wird gebracht, überall herrscht merkwürdiger, sinnloser Trubel. Letzte Grüße werden ausgetauscht, dann lösen sich lautlos die Halterungen und verschwinden automatisch im Inneren des Raumschiffes.

Eine lähmende Stille umgibt die Reisenden plötzlich. In den Kabinen flackern rote Leuchtbuchstaben auf: ›Raumanzüge anziehen . . . Raumanzüge anziehen . . . Raumanzüge anziehen.‹

Die Stewards laufen die Korridore entlang, klopfen kurz an jede Tür und reißen sie auf. »Verzeihung. Anzug an?«

Man kommt nicht gleich mit den kalten, engen, unbequemen Anzügen zurecht. Dennoch geben sie ein Gefühl der Sicherheit. Ihre hydraulische Konstruktion absorbiert den übelkeiterregenden Druck des Abfluges.

Von fern ertönt das Rattern der Atom-Motoren, die wegen des Manövrierens in der Atmosphäre noch auf niedrigen Touren laufen. Der Raumanzug ist wie eine Wiege. Man wird darin hin und her geschaukelt, bis das Schiff seine Kursgeschwindigkeit erreicht hat. Wer während dieser Periode den Brechreiz überwindet, bleibt mit ziemlicher Wahrscheinlichkeit für den Rest der Reise von Raumkrankheit verschont.

*

Während der ersten drei Stunden des Fluges war der Aussichtsraum für die Passagiere noch gesperrt. Eine lange Schlange stand schon wartend vor der Doppeltür, nachdem das Schiff die Atmosphäre hinter sich gelassen hatte. Die Reisegesellschaft bestand in der Hauptsache aus hundertprozentigen Neulingen, solchen also, die noch nie eine Reise durch den Weltraum gemacht hatten, aber auch aus einigen erfahreneren Reisenden.

Vom Raum einen Blick auf die Erde zu werfen war immerhin Touristenpflicht.

Der Aussichtssalon war eine Blase auf der ›Haut‹ des Schiffes, eine Blase aus gewölbtem, sechzig Zentimeter dickem, stahlhartem, durchsichtigem Kunststoff. Die Hülle aus Iridiumstahl, die als Schutz gegen Reibung und die Staubpartikel der Atmosphäre diente, war eingezogen worden. Die Galerie in dem unbeleuchteten Salon war vollbesetzt. Die Gesichter über dem Geländer waren im Widerschein der Erde deutlich erkennbar.

Unter ihnen schwebte die Erde, ein gigantischer, schimmernder, orange-blau-weiß gesprenkelter Ballon. Die dem Raumschiff zugekehrte Hemisphäre war fast ganz von der Sonne beleuchtet. Die Kontinente hatten vorwiegend Wüstencharakter. Zwischen dem Gelb schlängelten sich vereinzelt schmale grüne Linien dahin. Die Meere waren blau und hoben sich dort, wo die Horizonte einander begegneten, scharf vom Schwarz des Weltraumes ab. Und ringsumher am dunklen, staubfreien Himmel funkelten die Sterne.

Die Beobachter warteten geduldig.

Nicht der sonnenbeschienenen Hemisphäre galt ihre Neugier. Die blendend weißschimmernde Polarspitze kam in Sicht, als das Schiff mit unmerklicher Seitensteuerung aus der Sonnenbahn glitt. Allmählich umhüllten nächtliche Schatten den Globus, und die riesige Welteninsel Eurasien–Afrika erschien im Blickpunkt, ein majestätisches Bild. Der verseuchte, leblose Erdboden verbarg seine Schrecken unter dem juwelenblitzenden Gewand der Nacht. Seine Radioaktivität schien ein weites, blauschillerndes Meer zu sein, dessen seltsame Girlandenwindungen erkennen ließen, wie einst die nuklearen Bomben gefallen waren, kaum eine Generation vor Erfindung der Kraftfeld-Verteidigung gegen nukleare Explosionen. Danach war es keiner Welt wieder gelungen, auf diese Weise Selbstmord zu begehen.

Stundenlang blieben die Zuschauer sitzen, bis die Erde nur noch ein heller kleiner Fleck im endlosen Schwarz des Alls war.

Unter den Zuschauern befand sich auch Biron Farrill. Die Arme auf die Reling gestützt, saß er gedankenverloren in der ersten Reihe. So hatte er die Erde nicht verlassen wollen. Es war ein falscher Abgang, ein falsches Schiff, ein falsches Reiseziel.

Schuldbewußt fuhr er sich mit der Hand über sein Stoppelkinn. Er hatte sich am Morgen nicht rasiert. Er hätte in seine Kabine gehen und das Versäumte nachholen müssen, aber er konnte sich nicht dazu entschließen. Hier waren Menschen. In der Kabine war er allein.

Oder sollte er gerade deshalb gehen?

Ihm war unbehaglich zumute. Er konnte sich nicht an das neue Gefühl gewöhnen: ein Gejagter zu sein, keine Freunde zu haben. Freundschaft gab es für ihn nicht mehr. Sie hatte in dem Moment aufgehört zu existieren, als ihn vor weniger als vierundzwanzig Stunden das Visiophon geweckt hatte.

Schon bei seiner Rückkehr ins Studentenheim nach dem Gespräch mit Jonti hatte er sein Alleinsein gespürt. Esbak hatte sich erregt auf ihn gestürzt. Seine Stimme kippte beinahe über.

»Mr. Farrill, ich habe Sie überall gesucht. So ein unglücklicher Zufall! Unbegreiflich! Haben Sie eine Erklärung dafür?«

»Nein.« Beinahe hätte Biron ihn angeschrien. »Wie käme ich dazu? Wann kann ich in mein Zimmer, um meine Sachen herauszuholen?«

»Gleich morgen früh. Der Raum wird gerade getestet. Es ist jetzt keine Radioaktivität mehr feststellbar, von der allgemein üblichen Menge abgesehen. Sie haben ja enormes Glück gehabt. Ein paar Minuten später wäre es um Sie geschehen gewesen.«

»Ja, ja. Aber jetzt möchte ich gern ein wenig ruhen, wenn Sie gestatten.«

»Benutzen Sie bitte bis morgen früh mein Zimmer. Dann werde ich Sie für die letzten paar Tage noch woanders unterbringen. Hm, dabei fällt mir ein, Mr. Farrill, daß ich gern noch etwas mit Ihnen besprochen hätte.«

Esbak war übertrieben höflich. Biron hörte geradezu die Schalen der Eier knacken, auf denen der Inspektor seinen Tanz ausführte.

»Was gibt's denn«, fragte Biron müde.

»Haben Sie einen Verdacht, wer Ihnen diesen – hm, Streich gespielt haben könnte?«

»Streich ist gut! Natürlich habe ich keine Ahnung.«

»Was gedenken Sie denn zu unternehmen? Die Schulverwaltung sähe es natürlich höchst ungern, wenn über diesen Unglücksfall etwas an die Öffentlichkeit käme.«

Wie er sich an das Wort ›Unglücksfall‹ klammerte! Biron erwiderte trocken: »Ich verstehe Ihren Standpunkt. Machen Sie sich keine Sorgen. Ich habe kein Interesse daran, daß die Polizei ihre Nase in den Fall steckt. In den nächsten Tagen verlasse ich die Erde sowieso, und ich möchte mir meine Pläne nicht durchkreuzen lassen. Ich werde keine Anklage erheben. Schließlich bin ich ja am Leben geblieben.«

Esbaks Erleichterung war nahezu unanständig. Mehr verlangte er nicht. Keine Unannehmlichkeiten. Es war nicht mehr als ein Unglücksfall, der möglichst rasch in Vergessenheit geraten sollte.

Um sieben Uhr morgens betrat er sein altes Zimmer zum letztenmal. Dort war es still geworden. Das Murmeln im Schrank hatte aufgehört. Die Bombe war nicht mehr da. Auch das Zählrohr war verschwunden. Wahrscheinlich hatte Esbak beides fortgeschafft und sich damit der Vernichtung von Beweismitteln schuldig gemacht. Aber das sollte nicht Birons Sorge sein. Er warf seine Habseligkeiten in die Koffer und rief dann die Verwaltung an, um sich ein neues Zimmer zuweisen zu lassen. Das Licht funktionierte wieder und damit natürlich auch das Visiophon. Das einzige Überbleibsel der vergangenen Nacht war die gesprengte Tür mit dem geschmolzenen Schloß.

Man brachte ihn in einem anderen Zimmer unter. Damit glaubte er etwaige Neugierige über seine wahren Absichten getäuscht zu haben. Als er ein Lufttaxi bestellte, benutzte er das Visiophon in der Halle. Er hoffte, daß ihn niemand beobachtet hatte. Mochten sie sich hinterher über sein Verschwinden den Kopf zerbrechen, soviel sie wollten. Auf dem Flughafen war er Jonti begegnet. Nur ihre Blicke hatten sich gekreuzt. Jonti hatte kein Wort gesagt, keinerlei Zeichen des Erkennens gegeben. Doch, nachdem er an Biron vorübergegangen war, befanden sich in dessen Hand eine unscheinbar schwarze Kugel, offenbar eine Briefkapsel, und eine Flugkarte nach Rhodia.

Die Briefkapsel war nicht versiegelt, und Biron las die Mitteilung später in seiner Kabine. Es war ein einfaches Empfehlungsschreiben, nur ein paar Worte.

Birons Gedanken beschäftigten sich eine Zeitlang mit Sander Jonti, während er im Aussichtssalon saß und zusah, wie die Erde immer mehr zusammenschrumpfte. Er hatte Jonti nur ganz oberflächlich gekannt, bis dieser so verheerend in sein Leben eingegriffen hatte, um es erst zu retten und ihm dann einen neuen und ungewohnten Kurs zu geben. Biron hatte ihn dem Namen nach gekannt. Sie hatten einander gegrüßt und gelegentlich ein paar höfliche Redensarten gewechselt. Das war alles. Er hatte Jonti nicht sonderlich gemocht. Dessen Kälte, übertriebene Eleganz und Manieriertheit hatten ihn abgestoßen. Doch das alles hatte nichts mit den jüngsten Ereignissen zu tun.

Biron seufzte und rieb sich nervös sein unrasiertes Kinn. Er stellte fest, daß er sich nach Jontis Gegenwart sehnte. Dieser Mann verstand es wenigstens, das Leben zu meistern. Er hatte gewußt, was zu tun sei. Er hatte auch gewußt, was er, Biron, zu tun habe, und er hatte ihn dazu gebracht, sich seinem Willen zu fügen.

Jetzt war Biron allein. Er fühlte sich so jung, so hilflos, so verlassen, beinahe verängstigt. Während der ganzen Zeit vermied er es geflissentlich, an seinen Vater zu denken. Das wäre mehr gewesen, als er ertragen konnte.

»Herr Malaine.«

Der Name wurde mehrmals wiederholt, ehe Biron merkte, daß ihm jemand respektvoll auf die Schulter tippte.

Der Roboter-Bote wiederholte: »Herr Malaine«, und Biron starrte ihn sekundenlang ausdruckslos an, bis ihm einfiel, daß dies ja sein augenblicklicher Name sei. Er war mit Bleistift auf den Flugschein gekritzelt, den er von Jonti erhalten hatte. Eine Luxuskabine war auf diesen Namen gebucht.

»Ja, was gibt's? Ich bin Malaine.«

Die Stimme des Boten zischte ein wenig, als die Spule in seinem Inneren abzulaufen begann. »Ich soll Ihnen mitteilen, daß Sie eine andere Kabine bekommen haben und daß Ihr Gepäck bereits umgeräumt worden ist. Bitte wenden Sie sich an den Zahlmeister, er wird Ihnen den neuen Schlüssel aushändigen. Wir hoffen, Ihnen dadurch keine Unannehmlichkeiten zu bereiten.«

»Was soll das?« Biron drehte sich so heftig auf seinem Sitz herum, daß etliche aus der sich lichtenden Gruppe von Zuschauern von seinem temperamentvollen Ausbruch aufgestört wurden. »Was hat das zu bedeuten?« Natürlich war es zwecklos, an eine Maschine, die lediglich ihren Auftrag ausgeführt hatte, derartige Fragen zu richten. Der Bote hatte seinen Metallkopf ehrerbietig geneigt, wobei er die ihm freundlicherweise auferlegte Imitation eines gewinnenden menschlichen Lächelns zur Schau trug. Dann war er gegangen.

Biron verließ im Sturmschritt den Salon und wandte sich mit leicht übertriebenem Stimmaufwand an den nächsten Schiffsoffizier: »Ich muß unbedingt den Kapitän sprechen.«

Der Offizier war nicht im geringsten überrascht. »Ist es wichtig?«

»Beim Kosmos, ja! Eben erfahre ich, daß man mir ohne meine Zustimmung eine andere Kabine angewiesen hat, und ich möchte den Grund hierfür wissen.«

Biron fühlte sehr wohl, daß sein Zorn in keinem rechten Verhältnis zu der ganzen Angelegenheit stand. Aber sein Groll hatte einfach den Höhepunkt erreicht. Man hatte ihn gezwungen, die Erde heimlich, wie ein Verbrecher, zu verlassen. Jetzt war er nach einem unbekannten Ziel unterwegs, wo ihn ungewohnte Aufgaben erwarteten. Und nun wollten sie ihn auch noch an Bord herumschubsen. Das war einfach zuviel.

Dennoch hatte er bei alledem das unangenehme Gefühl, daß Jonti an seiner Stelle anders gehandelt hätte. Wahrscheinlich klüger. Nun gut, er war eben nicht Jonti.

Der Offizier sagte: »Ich werde den Zahlmeister verständigen.«

»Den Kapitän will ich sprechen«, verlangte Biron hartnäkkig.

»Wie Sie wollen.« Nach einer kurzen Unterhaltung durch den kleinen Fernmeldeapparat, der am Rockaufschlag seiner Uniform baumelte, sagte der Offizier liebenswürdig zu Biron: »Man wird Sie sofort zum Kapitän führen. Bitte gedulden Sie sich einen Augenblick.«

Kapitän Hirm Gordell war ein ziemlich untersetzter, zur Fülle neigender Mann. Er erhob sich höflich, als Biron eintrat, und beugte sich über seinen Schreibtisch, um seinem Besucher die Hand zu schütteln.

»Herr Malaine«, eröffnete er das Gespräch, »es tut mir leid, daß wir Sie belästigen mußten.«

Er hatte ein rechteckiges Gesicht, graues Haar und einen kurzen, gepflegten Schnurrbart in einer etwas dunkleren Schattierung. Sein Lächeln wirkte aufgesetzt.

»Mir auch«, erwiderte Biron. »Ich habe eine Luxuskabine reservieren lassen, und damit steht sie mir auch zu. Meiner Meinung nach haben nicht einmal Sie das Recht, ohne meine Einwilligung etwas zu verändern.«

»Zugegeben, Herr Malaine. Aber leider waren wir dazu gezwungen. In letzter Minute ist noch ein Passagier eingetroffen, ein hohes Tier, der darauf bestanden hat, eine Luxuskabine ganz in der Nähe des Schwerpunktes zu erhalten. Er ist herzkrank und soll daher von der Gravität des Schiffes so wenig wie möglich spüren. Es blieb uns also keine Wahl.«

»Schön und gut. Aber warum mußte gerade ich ihm Platz machen?«

»Einer konnte es ja schließlich nur sein. Sie reisen allein, und außerdem sind Sie noch so jung, daß Ihnen die Gravität bestimmt nichts ausmacht.« Bei diesen Worten musterte der Kapitän anzüglich Birons sportgestählte Erscheinung. »Außerdem werden Sie feststellen, daß Ihre neue Kabine eher noch eleganter ist als die andere. Sie haben bei dem Tausch nichts eingebüßt. Keineswegs.«

Der Kapitän kam hinter seinem Schreibtisch hervor. »Wenn es Ihnen recht ist, will ich Ihnen gern persönlich Ihre neue Unterkunft zeigen.«

Biron fühlte seinen Zorn schwinden. Trotzdem konnte er sich eines leisen Unbehagens nicht erwehren.

Beim Hinausgehen sagte der Kapitän: »Darf ich Sie zum morgigen Abendessen an meinen Tisch bitten? Bei dieser Gelegenheit wird unser erster Sprung stattfinden.«

»Vielen Dank. Es wird mir eine Ehre sein.«

Merkwürdig, dachte Biron. Die Bemühungen des Kapitäns, einen aufgebrachten Passagier zu beschwichtigen, waren reichlich übertrieben.

Die Kapitänstafel war lang. Sie nahm eine ganze Wand des Speisesaals ein. Biron kam sich auf einem der Ehrenplätze in der

Mitte ziemlich deplaciert vor. Aber ein Irrtum war ausgeschlossen. Der Steward hatte ihm ausdrücklich versichert, daß die Tischkarte nicht versehentlich dorthin geraten sei.

Als Biron war er nicht sonderlich bescheiden. Als Sohn des Ranchers von Widemos hatte er Bescheidenheit nie nötig gehabt. Biron Malaine jedoch war ein Durchschnittsbürger, dem so viel Aufmerksamkeit einfach nicht gebührte.

Übrigens hatte der Kapitän recht gehabt. Birons neue Kabine war tatsächlich noch eleganter als die andere. Es war eine Doppelkabine mit Bad, Dusche und Lufttrockner.

Sie lag in der Nähe der Offiziersunterkünfte, so daß Biron auf Schritt und Tritt von Uniformen umgeben war. Der Lunch war ihm auf Silbergeschirr serviert worden. Kurz vor dem Abendessen war plötzlich ein Friseur aufgetaucht. Vielleicht gehörte das alles zu einer Reise erster Klasse auf einem Luxus-Raumschiff, aber für Biron Malaine war es zu vornehm.

Viel zu vornehm war es. Als der Friseur erschien, war Biron gerade von einem Spaziergang zurückgekehrt. Er hatte sich absichtlich ein wenig in den Korridoren verlaufen. Obgleich ihm überall Besatzungsmitglieder begegnet waren, die sich höflich, aber beharrlich an seine Fersen geheftet hatten, war es ihm schließlich doch gelungen, seine Begleiter abzuschütteln. Vor der 140 D, seiner alten Kabine, die er gar nicht bewohnt hatte, machte er halt.

Er zündete sich eine Zigarette an. In diesem Augenblick bog der einzige Passagier, der außer ihm noch auf dem Gang war, in einen anderen Korridor ein. Biron drückte auf den Signalknopf neben der Tür. Nichts rührte sich.

Man hatte ihm den Kabinenschlüssel noch nicht wieder abgenommen, ein Versehen offenbar. Er schob das dünne, rechtekkige Stück Metall in die Öffnung, das die winzige Fotoröhre aktivierte. Die Tür öffnete sich, und Biron warf einen Blick in die Kabine.

Mehr hatte er nicht gewollt. Er trat wieder auf den Korridor hinaus. Sofort schloß sich die Tür automatisch hinter ihm. Der kurze Überblick hatte genügt. Seine alte Kabine war nicht belegt, weder von einem hohen Tier mit Herzschwäche, noch von irgend jemand anderem. Bett und Möbel war völlig unberührt, nirgendwo hatten Koffer oder Toilettenartikel gestanden.

Der Luxus, womit sie ihn umgaben, sollte also nur dazu dienen, ihn von seiner ursprünglichen Kabine abzulenken. Man bestach ihn, damit er den Mund hielt. Warum? Waren sie an seiner Kabine interessiert oder an seiner Person?

Und nun saß er, mit diesen ungelösten Fragen beschäftigt, an der Kapitänstafel. Er hatte sich mit den anderen beim Eintritt des Kapitäns höflich erhoben, war die Stufen zu dem Podium hinaufgestiegen, wo der lange Tisch gedeckt war, und hatte seinen Platz eingenommen.

Warum hatte er umziehen müssen?

Musik ertönte. Die Wand, die den Speisesaal vom Aussichtssalon trennte, war zurückgeschoben. Das gedämpfte Licht hatte einen orangeroten Schimmer. Die schlimmsten Anfälle der Raumkrankheit, beim Verlassen der Atmosphäre oder durch die Schwerkraftverlagerung in den verschiedenen Teilen des Schiffes, waren nun überwunden. Der Speisesaal war vollbesetzt.

Der Kapitän verbeugte sich leicht und sagte zu Biron: »Guten Abend, Herr Malaine. Wie gefällt Ihnen Ihre neue Kabine?«

»Fast zu gut, Herr Kapitän. Ein wenig zu komfortabel für meine Begriffe.« Er hatte in ganz alltäglichem Ton geantwortet. Dennoch hatte er den Eindruck, als habe ihn der Kapitän etwas bestürzt angesehen.

Beim Dessert glitt die Schutzhülle vom Fenster des Aussichtssalons lautlos zurück. Das Licht ging fast ganz aus. Weder Sonne, Erde noch ein anderer Planet waren auf dem großen, dunklen Bildschirm zu sehen. Einzig die Milchstraße lag im Blickfeld der Zuschauer, jene langgestreckte galaktische Linse, die eine leuchtende diagonale Spur durch hartglitzernde Sterne zog.

Automatisch brach alle Unterhaltung ab. Stühle wurden gerückt – denn niemand wollte sich den Anblick der Sterne entgehen lassen. Aus den Teilnehmern am Bankett war ein Auditorium, aus der Musik ein leises Raunen geworden.

Durch die gesammelte Stille ertönte klar und wohlmoduliert eine Stimme aus den Lautsprechern.

»Meine Damen und Herren! Wir stehen vor unserem ersten Sprung. Die meisten von Ihnen werden, wenigstens theoretisch, wissen, was ein Sprung ist. Dennoch haben wohl die meisten – mehr als die Hälfte sicherlich – noch nie einen Sprung in der

Praxis erlebt. An Sie, meine Damen und Herren, wende ich mich jetzt im besonderen.

Ein Sprung ist genau das, was das Wort besagt. Im Gefüge von Raum und Zeit ist es unmöglich, schneller als mit Lichtgeschwindigkeit zu reisen. Dieses Naturgesetz soll von einem antiken Denker, dem so oft zitierten Einstein, entdeckt worden sein, dem man ja vieles nachrühmt. Selbst mit der Lichtgeschwindigkeit würde es aber Jahre dauern, bis man die Sterne erreichte.

Darum verlassen wir das Raum-Zeit-Gefüge und begeben uns in das weniger bekannte Gefilde des Hyperraumes, wo Zeit und Entfernung bedeutungslos sind. Es ist ungefähr genauso, als ob Sie einen schmalen Isthmus überqueren, um von einem Ozean in einen anderen zu gelangen, anstatt einen ganzen Kontinent zu umschiffen.

Natürlich bedarf es großer Energiemengen, um diesen Raum im Raum, wie er manchmal genannt wird, zu erreichen. Außerdem sind sorgfältige und komplizierte Berechnungen notwendig, um im richtigen Moment wieder das gewöhnliche Raum-Zeit-Gefüge zu erreichen. Das Resultat dieses Aufwandes an Energie und menschlichen Geistes ist, daß unermeßliche Entfernungen ohne den geringsten Zeitverlust zurückgelegt werden können. Nur durch den Sprung sind interstellare Reisen überhaupt möglich.

Unser erster Sprung wird in ungefähr zehn Minuten stattfinden. Den genauen Zeitpunkt erfahren Sie noch. Sie brauchen sich keinesfalls zu beunruhigen, denn Sie werden kaum etwas davon spüren. Vielen Dank für Ihre Aufmerksamkeit.«

Danach gingen die Lichter auf dem Schiff ganz aus. Und die Sterne leuchteten in unvermindertem Glanz.

Es schien eine Ewigkeit zu dauern, bis eine Stimme präzis und nüchtern verkündete: »In genau einer Minute findet der Sprung statt.« Dann zählte die Stimme die Sekunden rückwärts: »Fünfzig . . . vierzig . . . dreißig . . . zwanzig . . . zehn . . . fünf . . . drei . . . zwei . . . eins . . .«

Es war, als hätte man für einen Augenblick aufgehört zu existieren, als würde man innerlich zutiefst erschüttert.

In einem winzigen Bruchteil einer Sekunde waren hundert Lichtjahre überschritten, und das Schiff, das sich am Rande des Sonnensystems befunden hatte, war nun inmitten des interstellaren Raumes.

Neben Biron sagte jemand mit zitternder Stimme: »Oh, sehen Sie! Die Sterne.«

Im nächsten Augenblick ging ein Geraune durch den ganzen Saal: »Die Sterne! Herrlich! Großartig!«

Das Bild der Sterne hatte sich in dem winzigen Bruchteil einer Sekunde, den der Sprung gedauert hatte, völlig geändert. Das Zentrum der großen Galaxis, die sich dreißigtausend Lichtjahre weit erstreckte, war jetzt näher gerückt, und die Zahl der Sterne hatte sich vermehrt. Wie Puderstaub waren sie über das schwarzsamtene Vakuum verstreut, ein sanfter Widerschein der strahlenden Helle jener Sterne, die dem Schiff am nächsten waren.

Unwillkürlich fiel Biron der Anfang eines Gedichtes ein, das er im sentimentalen Alter von neunzehn Jahren geschrieben hatte. Es war während seines ersten Raumfluges gewesen, damals, als er zur Erde reiste, die er jetzt wieder verlassen hatte. Lautlos formten seine Lippen die Worte:

»Wundersame Sternenpracht,
Goldstaub am Firmament!
Das All in seiner ganzen Macht
mein trunkner Blick erkennt.«

Plötzlich wurde das Licht auf dem Schiff wieder eingeschaltet, und Birons Gedanken kehrten von ihrem Ausflug ins All zurück. Er befand sich wieder im Speisesaal eines Raumschiffes, wo ein Abendessen dem Ende zuging und die Unterhaltung sich wieder prosaischen Gegenständen zugewandt hatte.

Er sah auf seine Armbanduhr. Auf einmal, nachdem er schon mechanisch den Blick abgewandt hatte, begann er die Uhr genauer zu betrachten. Er starrte sie fassungslos an. Es war seine Armbanduhr, die er in der verhängnisvollen Nacht im Schlafzimmer gelassen hatte. Sie hatte den tödlichen Strahlen der Bombe standgehalten, und er hatte sie am nächsten Morgen zusammen mit seinen übrigen Sachen aus dem Zimmer geholt. Wie oft hatte er wohl inzwischen schon auf das Zifferblatt geschaut? Wie oft hatte er sie angesehen und dabei die Zeit festgestellt, ohne die andere Mitteilung zu beachten, die ihm die Uhr förmlich aufdrängte?

Das Plastikarmband war weiß, nicht blau! Es war weiß!

Allmählich bekamen die Ereignisse jener Nacht einen Sinn.

Merkwürdig, wie eine einzige Tatsache alle Verworrenheit klären konnte!

Biron schob heftig seinen Stuhl zurück, murmelte: »Verzeihung!« und verließ die Tafel. Was kümmerte es ihn unter diesen Umständen noch, ob es ein Verstoß gegen die Etikette war, vor dem Kapitän aufzustehen! Über die steilen Schiffstreppen eilte er in seine Kabine. Er nahm sich nicht erst die Zeit, auf den gegen Schwerkraftschwankungen gesicherten Aufzug zu warten. In seiner Kabine angekommen, verschloß er die Tür und durchsuchte hastig das Bad und die eingebauten Wandschränke, obgleich er davon überzeugt war, niemanden zu finden. Was sie vorgehabt hatten, war bestimmt schon vor Stunden geschehen.

Sorgfältig durchsuchte er sein Gepäck. Sie hatten gute Arbeit geleistet. Fast ohne Spuren zu hinterlassen, hatten sie seine Personalpapiere, ein Bündel Briefe seines Vaters sowie das Empfehlungsschreiben an Henrik von Rhodia entwendet.

Darum also hatte er umziehen müssen! Sie waren weder an der alten noch an der neuen Kabine interessiert, nur an dem Umzug selbst. Mindestens eine Stunde lang hatten sie ganz rechtmäßig – beim Kosmos, rechtmäßig! – Gelegenheit gehabt, sich mit seinem Gepäck zu beschäftigen und dabei zu tun, was ihnen beliebte.

Biron sank auf das Doppelbett. Er war wütend. Doch was nützten jetzt alle Selbstvorwürfe. Die Falle war vollkommen gewesen. Bis ins kleinste Detail hatten sie alles geplant. Hätte er nicht zufällig seine Armbanduhr im Schlafzimmer gelassen, hätte er bis jetzt noch keine Ahnung davon gehabt, wie engmaschig das Netz war, das die Tyrannen über den Weltraum ausgebreitet hatten.

Der Signalknopf an der Kabinentür surrte leise.

»Herein«, rief Biron.

Der Steward erschien und erkundigte sich respektvoll: »Der Kapitän läßt fragen, ob er Ihnen behilflich sein kann. Er hatte den Eindruck, Ihnen sei nicht ganz wohl gewesen, als Sie die Tafel verließen.«

»Mir fehlt nichts«, erwiderte Biron.

Wie sie ihn beobachteten! In dem Moment wußte er, daß es kein Entrinnen gab und daß ihn das Schiff höflich, aber sicher dem Tod entgegenfuhr.

Sander Jonti musterte sein Gegenüber mit kaltem Blick.

»Verschwunden?« fragte er.

Rizzett fuhr sich mit der Hand über sein rötliches Gesicht. »Irgendwas ist verschwunden, aber ich weiß nicht, was es ist. Höchstwahrscheinlich ist es sogar das Dokument, hinter dem wir her sind. Wir wissen weiter nichts, als daß es aus der Zeit zwischen dem fünfzehnten und zwanzigsten Jahrhundert der primitiven Zeitberechnung der Erde stammt und daß es gefährlich ist.«

»Gibt es einen hinreichenden Grund für die Annahme, daß es sich bei dem fehlenden um das bewußte Dokument handelt?«

»Nur eine Vermutung. Die Regierung der Erde hat es streng unter Verschluß gehalten.«

»Das hat nichts zu sagen. Ein Erdenbewohner behandelt jedes Dokument aus der prägalaktischen Vergangenheit mit Ehrfurcht. Ihre Anbetung aller Tradition ist geradezu lächerlich.«

»Dieses Schriftstück ist aber gestohlen worden, ohne daß die Öffentlichkeit je etwas davon erfahren hat. Warum sollten sie einen leeren Schrein bewachen?«

»Es ist wohl möglich, daß sie es tun, bloß um nicht zugeben zu müssen, daß eine heilige Reliquie gestohlen worden ist. Dennoch kann ich nicht glauben, daß der junge Farrill mit dem Dokument auf und davon ist. Schließlich haben Sie ihn doch beobachten lassen.«

Rizzett lächelte. »Er hat es auch nicht.«

»Woher wollen Sie das wissen?«

Jetzt erst ließ Jontis Agent die Katze aus dem Sack. »Weil das Dokument schon vor zwanzig Jahren verschwunden ist.«

»Wie bitte?«

»Seit zwanzig Jahren fehlt jede Spur davon.«

»Dann kann es nicht das Dokument sein, das wir meinen. Der Rancher von Widemos hat ja erst vor einem halben Jahr erfahren, daß es überhaupt existiert.«

»Dann ist ihm eben jemand anderes um neunzehneinhalb Jahre zuvorgekommen.«

Jonti dachte eine Weile nach, dann sagte er: »Es ist unwichtig. Es kann einfach nicht wichtig sein.«

»Warum?«

»Ich bin nun schon monatelang hier auf der Erde. Vorher habe ich selbst geglaubt, gerade dieser Planet könne wertvolle Hinweise bergen. Aber überlegen Sie doch einmal genau: Als die Erde der einzige bewohnte Planet in der Galaxis war, war es hier – militärisch gesehen – äußerst primitiv. Die einzige bemerkenswerte Waffe, die je erfunden wurde, war eine simple, ziemlich unwirksame nukleare Bombe, wogegen nicht einmal die adäquaten Verteidigungsmittel entwickelt wurden.«

Mit wirkungsvoll einstudierter Geste zeigte er auf den blauen Horizont jenseits der dicken Betonmauer, wo der tödliche Schimmer der Radioaktivität deutlich zu erkennen war.

»Jetzt erst, da ich eine Zeitlang hier gelebt habe, ist mir alles klargeworden«, fuhr er fort. »Es ist geradezu lächerlich, anzunehmen, man könne etwas von einer Gesellschaft lernen, die auf einem so niedrigen Niveau militärischer Technologie gestanden hat. Natürlich gilt man als besonders gebildet, wenn man in die allgemeinen Vermutungen einstimmt, es gäbe hier verschollene Schätze an Kunst und Wissenschaft. Es gibt ja Leute genug, die einen förmlichen Kult mit allem Primitiven treiben und immer wieder albernes Zeug über die prähistorischen Kulturen der Erde behaupten.«

»Aber der Rancher war ein kluger Mann«, warf Rizzett ein.

»Seiner Meinung nach handelt es sich um das gefährlichste Dokument, das er je gesehen hatte. Sie erinnern sich doch noch an seine Worte? Ich weiß sie noch auswendig. Er sagte: ›Damit ist das Schicksal der Tyrannen besiegelt und wahrscheinlich auch unser eigenes. Aber die Galaxis wird vor dem Untergang bewahrt.‹«

»Irren ist menschlich, und auch der Rancher war nicht unfehlbar.«

»Bedenken Sie, Exzellenz, daß wir keine Ahnung von dem Inhalt des Dokumentes haben. Es könnten zum Beispiel unveröffentlichte Labornotizen über wichtige Experimente sein. Vielleicht geben sie einen Hinweis auf eine Waffe, die von den Erdenbewohnern gar nicht als Waffe angesehen wurde. Vielleicht erscheint sie auf den ersten Blick auch gar nicht als Waffe –«

»Unsinn. Sie als Offizier sollten es wirklich besser wissen. Wenn es eine Wissenschaft gibt, auf deren Gebiet die Menschen ununterbrochen und erfolgreich experimentiert haben, so ist es die militärische Technologie. Es gibt einfach keine denkbare

Waffe, die zehntausend Jahre unentdeckt bleiben könnte. Ich glaube, Rizzett, wir kehren nach Lingane zurück.«

Rizzett zuckte die Achseln. Er war nicht überzeugt.

Noch viel weniger war es Jonti. Das Dokument war verschwunden, demnach war es wichtig. Es war wert, gestohlen zu werden! Irgendwer in der Galaxis mußte es jetzt haben.

Unwillkürlich kam ihm der Gedanke, es könne im Besitz der Tyrannen sein. Der Rancher hatte keine näheren Angaben gemacht. Sogar er, Jonti, war nicht ganz eingeweiht worden. Der Rancher hatte nur gesagt, daß es für beide Seiten von schicksalhafter Bedeutung sei. Jonti preßte die Lippen zusammen. Dieser Narr mit seinen idiotischen Hinweisen! Jetzt hatten ihn die Tyrannen geschnappt!

Wenn ein Mann wie Aratap hinter ein solches Geheimnis kam! Aratap, der einzige, der nach dem Ausscheiden des Ranchers unberechenbar war. Aratap, der gefährlichste aller Tyrannen.

Simok Aratap war ein kleiner, etwas krummbeiniger Mann mit dicht beieinanderstehenden Augen. Wie die meisten Tyrannen war er von untersetzter, plumper Gestalt. Trotzdem büßte er durch die Anwesenheit eines außerordentlich hochgewachsenen und wohlproportionierten jungen Mannes nichts von seiner Selbstsicherheit ein. Er fühlte sich durchaus als rechtmäßiger Erbe derer, die vor zwei Generationen ihre windige, unfruchtbare Welt verlassen hatten, um die reichen, dichtbesiedelten Planeten der Nebula-Region zu erobern und zu unterwerfen.

Sein Vater war Kommandeur eines Geschwaders kleiner, flinker Schiffe gewesen, die zugeschlagen hatten, sofort wieder verschwunden waren und erneut zugeschlagen hatten. Auf diese Weise hatten sie mit den schwerfälligen Riesenschiffen des Gegners gründlich aufgeräumt. Die Nebula-Königreiche hatten noch die althergebrachte Taktik angewandt, während die Tyrannen auf eine völlig neue Art kämpften. Sooft die riesigen, metallschimmernden Schiffe der gegnerischen Flotte einen Einzelangriff versuchten, stießen sie ins Leere vor und verschwendeten nur ihre Energievorräte. Die Tyrannen dagegen vermieden Einzelkämpfe. Ihre Stärke lag in ihrer ungeheuren Schnelligkeit und im wohldurchdachten Zusammenspiel aller Streitkräfte. So kam es, daß ihnen die Königreiche, eines nach dem anderen, zufielen. Mehr oder weniger schadenfroh über die Niederlage eines Nachbarn wartete jedes Land, auf die trügerische Sicherheit seiner Stahlschiff-Festungen bauend, bis es selbst an die Reihe kam.

Aber diese Kriege lagen nun schon fünfzig Jahre zurück. Die Nebula-Regionen waren Verwaltungsbezirke geworden, die lediglich der militärischen Besetzung und der Besteuerung bedurften. Einst waren noch Welten zu gewinnen, dachte Aratap müde, jetzt konnte man sich nur noch mit einzelnen Leuten herumschlagen.

Er betrachtete den jungen Mann, der ihm gegenübersaß. Sehr jung wirkte dieser breitschultrige Bursche mit dem nachdenklichen und gespannten Gesichtsausdruck. Sein Haar trug er lächerlich kurzgeschnitten, eine typische Modetorheit der Studenten. Beinahe empfand Aratap so etwas wie Mitleid für ihn. Der Junge hatte offensichtlich Angst.

Biron hätte das, was er fühlte, sicherlich nicht als Angst bezeichnet. Hätte er seinen Zustand in Worte kleiden sollen, so wäre ihm wohl ›Spannung‹ als der richtige Ausdruck erschienen. Von Kind auf hatte er gelernt, die Tyrannen als unumstrittene Obrigkeit zu betrachten. Sein Vater – stark, bedeutend, zweifellos der Herr auf seinem eigenen Grund und Boden, dessen Meinung bei anderen viel galt – wurde in Gegenwart der Tyrannen still und beinahe demütig.

Gelegentlich machten sie auf Widemos einen Höflichkeitsbesuch, wobei sie nie vergaßen, sich nach dem jährlichen Tribut, den sie ›Steuer‹ nannten, zu erkundigen. Der Rancher von Widemos war auf dem Planeten Nephelos für die Einziehung und Ablieferung dieser Beträge verantwortlich, und die Tyrannen pflegten seine Buchführung von Zeit zu Zeit, wenn auch nur flüchtig, zu kontrollieren.

Der Rancher half ihnen jedesmal persönlich aus ihren kleinen Fahrzeugen. Bei Tisch saßen sie auf den Ehrenplätzen und wurden zuerst bedient. Wenn sie etwas sagten, brach jede andere Unterhaltung sofort ab.

Als Kind hatte er sich immer gewundert, daß diese kleinen, häßlichen Männer mit solcher Ehrfurcht behandelt wurden. Später, als er heranwuchs, hatte er erfahren, daß sein Vater zu ihnen in demselben Verhältnis stand wie ein Viehhüter zum Rancher von Widemos. Er hatte sogar lernen müssen, selbst höflich und ehrfürchtig mit ihnen umzugehen und sie mit ›Exzellenz‹ anzureden.

Dieses Verhalten war ihm so in Fleisch und Blut übergegangen, daß er nun, da er einem Tyrannen, einem Vertreter der Obrigkeit, gegenübersaß, vor Spannung zitterte.

Das Schiff, das er als ein Gefängnis betrachtet hatte, war am Tage der Landung auf Rhodia tatsächlich dazu geworden. Das Signal an seiner Tür hatte aufgeleuchtet, zwei rauhe, stämmige Männer der Schiffsbesatzung waren in seiner Kabine erschienen und hatten sich rechts und links von ihm postiert. Der Kapitän folgte ihnen auf dem Fuß und sagte in selbstverständlichem Ton: »Biron Farrill, in meiner Eigenschaft als Kapitän dieses Schiffes, nehme ich Sie bis zu Ihrem Verhör durch den Statthalter des Großen Königs in Gewahrsam.«

Der Statthalter war dieser kleine Tyrann, der jetzt scheinbar geistesabwesend und uninteressiert vor ihm saß. Der Große König war der Khan der Tyrannen. Er wohnte nach wie vor in seinem sagenhaften Steinpalast auf dem Heimatplaneten der Tyrannen.

Verstohlen blickte sich Biron um. Man hatte ihm keinerlei körperliche Fessel auferlegt, aber vier Wächter in der graublauen Uniform der tyrannischen Sicherheitspolizei flankierten ihn je zwei und zwei. Sie waren bewaffnet. Ein fünfter, im Range eines Majors, saß neben dem Schreibtisch des Statthalters.

Auf einmal richtete der Statthalter das Wort an Biron: »Wie Sie wahrscheinlich schon wissen« – seine Stimme klang hoch und dünn –, »ist der alte Rancher von Widemos, Ihr Vater, wegen Verrats hingerichtet worden.«

Mit seinen hellen, fast farblosen Augen starrte er Biron unverwandt an, wobei er versuchte, dem Blick eine gewisse Milde zu geben.

Biron blieb gleichmütig. Es schmerzte ihn, daß er nichts machen konnte. Wie gern hätte er diese Männer angeschrien, sie beschimpft. Aber was hätte es geholfen! Seinen Vater konnte er damit nicht ins Leben zurückrufen. Er glaubte, den Grund für diese einleitende Bemerkung zu wissen: Man wollte ihn mürbe machen. Damit sollten sie kein Glück haben.

Ohne mit der Wimper zu zucken, sagte er: »Ich bin Biron

Malaine, ein Erdenbürger. Sollten Sie meine Identität anzweifeln, bitte ich darum, mich mit meinem hiesigen Konsul in Verbindung setzen zu dürfen.«

»Natürlich. Aber unsere Fragen dienen zunächst nur der Information. Sie behaupten, Biron Malaine zu heißen und auf der Erde beheimatet zu sein. Trotzdem«, Aratap wies auf die Papiere, die vor ihm auf dem Tisch lagen, »habe ich hier Briefe des Ranchers von Widemos an seinen Sohn. Außerdem wurden in Ihrem Gepäck eine Immatrikulationsbestätigung mit Aufzeichnungen über Seminarübungen eines gewissen Biron Farrill gefunden.«

Biron ließ sich seine Verzweiflung nicht anmerken. »Mein Gepäck ist gesetzwidrig durchsucht worden. Ich weigere mich daher entschieden, diese Schriftstücke als Beweis anzuerkennen.«

»Sie befinden sich nicht vor Gericht, Mr. Farrill oder Malaine. Ich möchte eine Erklärung von Ihnen haben.«

»Wenn die Papiere in meinem Gepäck gefunden wurden, so hat sie ein Unbekannter hineingeschmuggelt.«

Zu Birons Erstaunen ließ es der Statthalter dabei bewenden, obwohl die Argumente, die Biron vorbrachte, so fadenscheinig, so vollkommen töricht waren. Ohne weiter darauf einzugehen, tippte Aratap mit dem Zeigefinger auf die schwarze Kapsel. »Und dieses Empfehlungsschreiben an den Direktor von Rhodia gehört Ihnen auch nicht?«

»Doch, das gehört mir.« Diese Frage hatte Biron erwartet. In dem Brief war sein Name nicht erwähnt, darum fuhr er kühn fort: »Auf den Direktor ist ein Anschlag geplant. Man trachtet ihm nach dem Leben –«

Erschrocken hielt er inne. Der Anfang seiner sorgfältig ausgedachten Rede kam ihm auf einmal absolut unglaubwürdig vor. Lächelte der Statthalter nicht bereits höhnisch?

Aber Aratap dachte nicht daran. Er seufzte nur ein wenig, entfernte mit schnellen, geübten Bewegungen die Kontaktgläser von seinen Augen und legte sie sorgfältig in eine Schale mit Salzlösung, die vor ihm auf dem Schreibtisch stand. Seine unbebrillten Augen wirkten etwas wäßrig.

»So, und Sie wissen darüber Bescheid?« sagte er schließlich. »Ausgerechnet auf der Erde, fünfhundert Lichtjahre von hier entfernt, während unsere Polizei auf Rhodia keine Ahnung davon hat.«

»Wie sollte sie auch. Die Verschwörung wird ja auf der Erde vorbereitet.«

»Aha. Sind Sie ein Agent der Verschwörer? Oder wollen Sie Henrik warnen?«

»Letzteres natürlich.«

»So, hm. Und warum wollen Sie ihn warnen?«

»Weil ich mir davon eine Belohnung verspreche.«

Aratap lächelte. »Das erste vernünftige Wort, das Sie sprechen. Offenbar ist doch etwas Wahres an Ihren Behauptungen. Können Sie mir Einzelheiten über die Verschwörung mitteilen?«

»Die gehen nur den Direktor etwas an.«

Ein kurzes Zögern, gefolgt von einem Achselzucken. »Meinetwegen. Wir Tyrannen mischen uns nicht in die internen politischen Angelegenheiten anderer Planeten ein. Wir werden für Sie eine Audienz bei dem Direktor erwirken, sozusagen als unseren Beitrag zu seiner Sicherheit. Meine Leute werden Sie noch festhalten, bis Ihr Gepäck eingetroffen ist. Dann sind Sie frei und können tun und lassen, was Sie wollen. – Abführen.«

Die Wächter verließen mit Biron das Zimmer.

Aratap schob seine Kontaktlinsen wieder auf die Pupillen, wodurch seine Augen sofort den nichtssagenden Ausdruck verloren, den sie ohne die Gläser scheinbar gehabt hatten.

Zu dem noch anwesenden Major sagte der Statthalter: »Den jungen Farrill werden wir wohl im Auge behalten müssen.«

Der Offizier nickte kurz. »Gut. Einmal dachte ich schon, er habe Sie eingewickelt. Aber sein Gefasel hatte ja weder Hand noch Fuß.«

»Stimmt. Gerade deshalb wird er zunächst brauchbar sein. Mit diesen jungen Laffen, die ihre Vorstellungen von interstellarer Geheimpolitik aus den Bildspionageromanen beziehen, kann man leicht fertigwerden. Natürlich ist er der Sohn des ehemaligen Ranchers.«

Diesmal schien der Major nicht ganz einverstanden zu sein. »Sind Sie sicher?« fragte er. »Die Beschuldigung, die wir gegen ihn vorbringen können, ist nicht sehr überzeugend.«

»Sie meinen, wenn es zu einem Gerichtsverfahren kommt? Wozu?«

»Er könnte ein Strohmann sein, den man bewußt opfert, um

unsere Aufmerksamkeit von dem echten Biron Farrill abzulenken.«

»Nein. Viel zu theatralisch, um wahr zu sein. Außerdem haben wir einen Fotokubus.«

»Wie? Von dem Jungen?«

»Vom Sohn des Ranchers. Möchten Sie ihn sehen?«

»Sehr gern.«

Aratap zog unter dem Papierwust auf seinem Schreibtisch einen einfachen Glaswürfel hervor, dessen Seiten nicht länger als siebeneinhalb Zentimeter waren. Er sah undurchsichtig schwarz aus. »Wenn es mir ratsam erschienen wäre, hätte ich ihm bloß dieses Ding hier vorzuführen brauchen«, erklärte der Statthalter. »Eine kleine Spielerei. Ich weiß nicht, Major, ob Sie diese Technik schon kennen. Sie ist erst kürzlich erfunden worden. Rein äußerlich scheint es ein ganz gewöhnlicher Fotokubus zu sein, aber wenn man die untere Seite nach oben kehrt, tritt automatisch eine neue molekulare Anordnung ein, die den Würfel völlig durchsichtig erscheinen läßt. Ein hübsches Versteck, nicht wahr?«

Er stellte den Würfel aufrecht. Wie Regenwolken im Wind begann sich die undurchsichtige Masse langsam zu zerteilen. Allmählich wurde der Würfel glasklar, und ein junges, lebensprühendes Gesicht lächelte den Männern daraus entgegen.

»Der Würfel befand sich im Besitz des toten Ranchers«, bemerkte Aratap. »Was halten Sie davon?«

»Zweifellos ist es der junge Mann.«

»Ja.« Nachdenklich betrachtete der Tyrann den Fotokubus. »Mit dieser Methode könnte man ohne weiteres sechs Fotos in einem Würfel festhalten, für jede Seite ein Bild. Wenn man dann den Würfel in der richtigen Reihenfolge dreht, entsteht eine ganze Serie neuer molekularer Zusammensetzungen. Sechs zusammenhängende Fotos würden dann ergeben, daß aus einem statischen ein dynamisches Phänomen von bisher ungeahnten Ausmaßen wird. Major, damit hätten wir eine neue Kunstform!« Bei den letzten Worten hatte Arataps Stimme einen nahezu begeisterten Klang angenommen.

Doch der leicht verächtliche Gesichtsausdruck des schweigenden Majors ließ ihn unvermittelt seine künstlerischen Gedankengänge abbrechen.

»Sie werden also Farrill beobachten?« fragte er scharf.

»Selbstverständlich.«

»Und Henrik ebenfalls.«

»Henrik?«

»Natürlich. Nur deshalb habe ich ja den Jungen laufen lassen. Ich möchte eine Antwort auf einige ungeklärte Fragen haben. Warum wünscht Farrill eine Unterredung mit Henrik? Was für eine Verbindung besteht zwischen den beiden? Der ehemalige Rancher war kein Einzelgänger. Hinter ihm stand eine wohlorganisierte Verschwörergruppe. Und hinter die Arbeitsmethoden dieser Leute sind wir noch nicht gekommen.«

»Aber Henrik kann mit der Sache nichts zu tun haben. Selbst wenn er den Mut dazu aufbrächte, fehlt es ihm einfach an der notwendigen Intelligenz.«

»Zugegeben. Vielleicht dient er ihnen jedoch gerade, weil er ein Halbidiot ist, als Werkzeug. In diesem Fall wäre er eine schwache Stelle in unserem System. Auf jeden Fall können wir es uns nicht leisten, diese Möglichkeit außer acht zu lassen.«

Geistesabwesend deutete Aratap an, daß die Unterredung beendet sei. Der Major salutierte, machte kehrt und verließ das Zimmer.

Aratap seufzte. Nachdenklich drehte er den Fotokubus um und sah zu, wie die undurchsichtige Schwärze wieder in den Würfel zurückflutete. Zu seines Vaters Zeiten war das Leben einfacher gewesen. In der Niederwerfung eines Planeten hatte eine gewisse grausame Größe gelegen. Das ausgeklügelte Intrigenspiel mit einem ahnungslosen jungen Menschen war dagegen nur noch grausam.

Und dennoch notwendig.

Oh, unruhevolles Haupt . . .

Als Heimat der Gattung homo sapiens ist das Direktorium Rhodia, im Vergleich zur Erde, nicht sonderlich alt. Es ist nicht einmal alt im Vergleich zu den zentaurischen oder sirischen Welten. Die Arcturus-Planeten zum Beispiel waren schon mehr als zweihundert Jahre besiedelt, als die ersten Raumschiffe über den Pferdekopf-Nebel hinausdrangen und dort ein Nest von Hunderten Sauerstoff-Wasser-Planeten entdeckten. Sie hingen zusammen wie dichte Traubenbüschel und stellten einen großartigen Fund dar. Denn es gibt zwar Planeten in Hülle und Fülle, aber nur wenige genügen den chemischen Bedingungen des menschlichen Organismus.

In der Galaxis gibt es zwischen einhundert bis zweihundert Billionen Sterne, außerdem ungefähr fünfhundert Billionen Planeten. Von diesen haben einige eine Gravitation, die mehr als 120 Prozent oder weniger als 60 Prozent der Erdschwerkraft beträgt. Aus diesem Grunde sind sie auf die Dauer von Menschen nicht bewohnbar. Einige sind zu heiß, einige zu kalt. Einige haben eine giftige Atmosphäre. Man hat planetarische Atmosphären festgestellt, die zum größten Teil oder vollständig aus Neon, Methan, Ammoniak, Chlor – sogar aus Siliziumtetrafluorid bestehen. Auf einigen Planeten fehlt es an Wasser, andere wiederum sollen ganze Ozeane aus fast reinem Schwefeldioxyd haben, während es auf einigen keinen Kohlenstoff gibt.

So kommt es, daß von je hunderttausend Welten nur eine Lebensmöglichkeiten für hochentwickelte Organismen bietet. Das bedeutet immerhin noch vier Millionen bewohnbare Welten.

Die genaue Anzahl der tatsächlich besiedelten Planeten ist umstritten. Nach dem Galaktischen Almanach, dessen statistische Angaben nachweislich lückenhaft sind, war Rhodia die 1098. von Menschen besiedelte Welt. Der Planet Tyrann, dessen Bewohner Rhodia eroberten, war unter Nummer 1099 registriert, ein Treppenwitz der Weltgeschichte.

Die geschichtliche Entwicklung in der Transnebula-Region hatte den gleichen unseligen Verlauf genommen wie anderswo auch. Planetarische Republiken, deren Regierungen sich nur um die innerpolitischen Angelegenheiten kümmerten, entstanden in rascher Folge. Mit der Ausdehnung der Wirtschaft gingen Kolonisation und Einbeziehung benachbarter Planeten in das heimische Gesellschaftsgefüge Hand in Hand. Kleine ›Reiche‹ wurden gegründet, die nach einiger Zeit unweigerlich wieder zusammenbrachen.

Die Vorherrschaft über ausgedehnte Regionen wurde jeweils von dem Herrscherhaus ausgeübt, das geeignete Persönlichkeiten hervorbrachte, denen außerdem das Kriegsglück günstig war.

Einzig Rhodia bewahrte sich unter der fähigen Henrici-

Dynastie eine lang anhaltende Stabilität. Es schickte sich gerade schwerfällig an, im Laufe von einem oder zwei Jahrhunderten ein einheitliches Transnebula-Reich zu errichten, als die Tyrannen kamen und die Aufgabe in zehn Jahren lösten.

Es war Ironie des Schicksals, daß es gerade die Tyrannen sein mußten. Bis dahin hatte der Tyrann während seines siebenhundertjährigen Bestehens kaum mehr geleistet, als eine kümmerliche Autonomie aufrechtzuerhalten, was hauptsächlich auf die Unwirtschaftlichkeit seiner Landschaft zurückzuführen war. Infolge Wassermangels bestand der Planet vorwiegend aus Wüste.

Selbst nach Ankunft der Tyrannen blieb das Direktorium von Rhodia bestehen. Sein Einfluß nahm sogar noch zu. Die Henrici waren bei der Bevölkerung beliebt. Die Aufrechterhaltung ihrer Dynastie war also ein gutes Mittel, das Volk in Schranken zu halten. Den Tyrannen war es gleich, wer die Ovationen entgegennahm, solange sie die festgesetzten Tribute erhielten.

Natürlich waren die Direktoren schon lange keine reinblütigen Henrici mehr. Das Direktorium war jeweils dem fähigsten Kopf innerhalb der Familie übertragen worden. Außerdem hatte man stets Adoptionen befürwortet, um die Dynastie vor Degeneration zu bewahren.

Nunmehr machten die Tyrannen ihren Einfluß auf die Wahl des Herrschers geltend. So hatten sie vor zwanzig Jahren Henrik – er war der Fünfte dieses Namens – zum Direktor wählen lassen. Die Maßnahme hatte sich für die Tyrannen als recht nützlich erwiesen.

Henrik war, als er die Herrschaft angetreten hatte, ein gutaussehender Mann gewesen. Er machte auch jetzt noch eine tadellose Figur, wenn er in der Öffentlichkeit auftrat.

Sein Haar hatte einen grauen Schimmer bekommen, sein Bart dagegen war schwarz geblieben, schwarz wie die Augen seiner Tochter.

Mit dieser Tochter hatte er gerade eine heftige Auseinandersetzung. Das Mädchen war nur wenige Zentimeter kleiner als der hochgewachsene Direktor. Sie war ein dunkelhaariges, temperamentvolles Geschöpf.

»Und ich tue es nicht! Unter keinen Umständen«, sprudelte sie empört hervor.

»Aber Arta«, wandte der Direktor ein. »Arta, sei nicht so unvernünftig. Was soll ich denn tun? Was kann ich tun? Mir sind doch die Hände gebunden.«

»Wäre Mutter noch am Leben, sie fände bestimmt einen Ausweg!« entgegnete die Tochter, ungeduldig mit dem Fuß aufstampfend. Ihr voller Name war Artemisia. In jeder Generation hatte mindestens ein weibliches Mitglied der Dynastie so geheißen.

»O ja, zweifellos. Deine Mutter wußte sich zu helfen. Manchmal habe ich den Eindruck, als glichest du nur ihr und mir überhaupt nicht. Arta, du hast ihn dir sicherlich noch gar nicht richtig angeschaut. Hast du wirklich noch keinen einzigen – hm – guten Zug an ihm bemerkt?«

»Und der wäre?«

»Nun zum Beispiel . . .« Henrik machte eine vage Handbewegung. Auch nach einigem Überlegen vermochte er den Satz nicht zu vollenden. Er ging auf seine Tochter zu, um ihr tröstend die Hand auf die Schulter zu legen, aber sie wandte sich unwillig ab.

»Einen ganzen Abend habe ich mit ihm verbracht«, beklagte sie sich. »Dabei hat er versucht, mich zu küssen. Es war ekelhaft!«

»Aber heutzutage gehört das doch dazu, mein Herz. Wir leben nun einmal nicht mehr in der guten alten Zeit deiner Großmutter. Was bedeutet schon ein Kuß – nichts, gar nichts. Junges Blut, Arta, junges Blut!«

»Junges Blut, du meine Güte! In den letzten fünfzig Jahren hat dieser gräßliche Zwerg nur ein einziges Mal junges Blut in den Adern gehabt: unmittelbar nach einer Transfusion. Er ist einen halben Kopf kleiner als ich, Vater. Soll ich mich etwa mit einem Pygmäen in der Öffentlichkeit zeigen?«

»Er ist ein einflußreicher Mann. Sehr einflußreich!«

»Dadurch wird er keinen Zentimeter größer. Er hat krumme Beine wie alle Tyrannen, und außerdem riecht er aus dem Mund.«

»Er riecht aus dem Mund?«

Artemisia rümpfte die Nase. »Ganz recht. Sein Atem stinkt. Ich fand's abscheulich und habe es ihm auch gesagt.«

Henrik starrte sie sekundenlang sprachlos an, dann sagte er mit rauher, ersterbender Stimme: »Das hast du ihm gesagt? Du hast behauptet, ein hoher Beamter des Königlichen Hofes von Tyrann habe ein unangenehmes körperliches Merkmal?«

»Natürlich! Ich habe ja eine Nase, nicht wahr? Als er zudringlich werden wollte, habe ich sie einfach zugehalten und ihm einen Stoß versetzt. Ein bewundernswertes Mannsbild, kann ich dir sagen! Er fiel glatt auf den Rücken und strampelte mit den Beinen.« Ihre Darstellung der Szene machte jedoch auf Henrik nicht den gewünschten Eindruck. Dieser verbarg nur stöhnend sein Gesicht in den Händen.

Nach einer langen Pause fragte er niedergeschlagen: »Weißt du überhaupt, was du damit angerichtet hast?«

»Allerdings. Leider. Es schlägt dem Faß den Boden aus, seine Antwort meine ich. Damit hat es sich für mich endgültig entschieden, daß ich ihn nicht ausstehen kann, und wäre er ein Adonis.«

»Was – was hat er denn gesagt?«

»Es hätte aus dem kitschigsten Bildroman sein können, Vater: ›Ha! Verteufeltes Frauenzimmer! Gefällt mir immer besser!‹ Dann ließ er sich von zwei Dienern wieder auf die Beine helfen. Aber er hat es nicht noch einmal gewagt, mir ins Gesicht zu atmen.«

Henrik ließ sich in einen Sessel fallen und betrachtete Artemisia mit ernstem Gesicht. »Warum solltest du ihn nicht heiraten können? Es wäre doch nur eine Formsache. Bloß aus politischen Erwägungen . . .«

»Was meinst du mit einer Formsache, Vater? Soll ich drei Finger der linken Hand einbiegen, während ich mit der rechten den Ehekontrakt unterzeichne?«

Henrik blickte seine Tochter verwirrt an. »Natürlich nicht. Was könnte das nützen? Das Einbiegen von Fingern ändert nichts an der Gültigkeit eines Kontraktes. Ich hätte dich nicht für so töricht gehalten, Arta.«

Artemisia seufzte. »Wie hast du es denn gemeint?«

»Was? Du hast mich ganz durcheinandergebracht. Ich kann mich einfach nicht konzentrieren, wenn du dich dauernd mit mir streitest. Wo waren wir stehengeblieben?«

»Bei meiner Verheiratung oder so etwas Ähnlichem, wenn du dich zu erinnern beliebst.«

»Richtig. Ich wollte nur sagen, daß du die ganze Angelegenheit nicht allzu ernst zu nehmen brauchst. Verstehst du?«

»Ich kann mir also Liebhaber halten?«

Empört richtete sich Henrik auf. »Arta! Deine Mutter und ich haben dich zu einem zurückhaltenden, anständigen Mädchen zu erziehen versucht. Wie kannst du so etwas sagen? Es ist eine Schande.«

»Aber genau das hast du doch gemeint?«

»Das ist etwas ganz anderes. Ich bin ein erwachsener Mann. Ein Mädchen wie du darf so etwas einfach nicht aussprechen.«

»Schön. Ich hab's aber gesagt, und damit basta. Gegen Liebhaber habe ich auch gar nichts einzuwenden. Wahrscheinlich wird mir nichts anderes übrigbleiben, wenn ich aus Staatsraison heiraten muß. Aber es gibt gewisse Grenzen.« Sie machte eine wegwerfende Handbewegung, wobei die weiten Ärmel ihres Gewandes zurückglitten und ihre wohlgeformten, gebräunten Schultern freigaben. »Wenn ich ihn zum Mann nähme, nützten mir die besten Liebhaber nichts. Der Gedanke allein ist mir unerträglich.«

»Er ist schon alt, Kind. Du brauchtest nicht lange mit ihm zu leben.«

»Besten Dank, jeder Augenblick wäre eine Ewigkeit. Vor fünf Minuten hatte er übrigens noch junges Blut. Stimmt's?«

Henrik breitete verzweifelt die Arme aus und ließ sie wieder fallen. »Arta, der Mann ist Tyrann und mächtig obendrein. Er steht am Hofe des Khans in hoher Gunst.«

»Mag sein. Wahrscheinlich stinkt der Khan auch.«

Henriks Munde entrang sich ein Schreckenslaut. Mechanisch blickte sich der Direktor um. Dann sagte er mit vor Aufregung heiserer Stimme: »Nie wieder will ich so etwas von dir hören.«

»Wenn's aber wahr ist! Außerdem hat der Mann schon drei Frauen gehabt.« Ehe er etwas einwenden konnte, fuhr sie fort: »Nicht der Khan, sondern der Ehekandidat.«

»Die sind doch tot.« Henrik zwang sich zu einem ruhigen Ton. »Sie leben nicht mehr, Arta. Bestimmt. Glaubst du vielleicht, ich ließe meine Tochter einen Bigamisten heiraten? Er wird die Dokumente vorweisen müssen. Er hat die Frauen nacheinander, nicht gleichzeitig geheiratet, und sie sind tot, mausetot, alle!«

»Kein Wunder.«

»Hilf, Himmel, was soll ich bloß machen?« Mit einem letzten Versuch, seine Würde zu wahren, sagte er: »Arta, es ist der Preis dafür, daß du eine Henrici und die Tochter eines Direktors bist.«

»Ich habe mir dieses Los nicht ausgesucht.«

»Danach geht es nicht. Die Geschichte der ganzen Galaxis, Arta, beweist, daß es Fälle gibt, da die Staatsraison, die Sicherheit eines Planeten, die wohlverstandenen Interessen des Volkes es notwendig machen, daß – hm – . . .«

»Daß ein armes Mädchen sich prostituiert.«

»Pfui, wie ordinär! Du wirst noch eines Tages in aller Öfentlichkeit so vulgär daherreden.«

»Ich nenne die Dinge nur beim richtigen Namen. Und ich tu's nicht, Vater! Nie und nimmer. Lieber würde ich sterben. Oder sonst was anstellen. Verlaß dich darauf.«

Mit ausgebreiteten Armen sprang der Direktor auf. Kein Wort kam über seine zitternden Lippen. In einem plötzlichen Verzweiflungsausbruch warf sie sich an seine Brust und umklammerte mit beiden Armen seinen Hals. »Ich kann nicht, Väterchen. Ich kann nicht. Bitte zwinge mich nicht.«

Er streichelte sie ungeschickt. »Aber was wird geschehen, wenn du dich weigerst? Wenn wir die Tyrannen erzürnen, dann setzen sie mich vielleicht ab, sperren mich ins Gefängnis, oder es kommt gar zur Hinricht . . .« Er wagte das Wort nicht zu vollenden. »Wir leben in einer schlechten Zeit. Vergangene Woche wurde der Rancher von Widemos verurteilt. Wahrscheinlich ist er schon hingerichtet worden. Erinnerst du dich seiner? Vor einem halben Jahr war er hier. Ein großer Mann mit einem Rundschädel und tiefliegenden Augen. Du hast dich anfangs vor ihm gefürchtet.«

»Ich entsinne mich.«

»Vermutlich ist er tot! Wer weiß? Vielleicht bin ich der nächste. Dein armer, harmloser alter Vater. Eine böse Zeit. Widemos war hier. Das macht verdächtig.«

Sie musterte ihn scharf. »Warum sollten wir verdächtig sein? Du hattest doch nichts mit ihm zu tun? Oder?«

»Ich? Bestimmt nicht. Aber wenn wir den Khan von Tyrann

öffentlich beleidigen, indem wir eine Heirat mit einem seiner Günstlinge ablehnen, kommt man auf die unmöglichsten Gedanken.«

Henriks Gewissensbisse wurden durch ein diskretes Summen des Hausvisiophons unterbrochen. Unschlüssig erhob er sich.

»Ich spreche von meinem Zimmer aus. Ruhe du dich ein wenig aus. Danach wird dir wohler sein, glaube mir. Du bist augenblicklich ein bißchen nervös.«

Stirnrunzelnd blickte ihm Artemisia nach. Sie war so in Nachdenken versunken, daß nur noch das sanfte Heben und Senken ihrer Brust sie von einer Statue unterschied.

Beim Klang eiliger Schritte wandte sie sich um.

»Was gibt's?« Die Frage kam schärfer als beabsichtigt. Henriks Gesicht war schreckensbleich. »Major Andros hat angerufen.«

»Militärpolizei?«

Henrik brachte nur ein stummes Kopfnicken zustande.

»Er kann doch nicht . . .«, rief Artemisia. Sie brachte es nicht fertig, den schrecklichen Gedanken in Worte zu kleiden. Vergeblich wartete sie, daß Henrik sich beruhigte.

»Da ist ein junger Mann, der eine Audienz wünscht. Ich kenne ihn nicht. Was kann er vorhaben? Er kommt von der Erde.« Henrik mußte nach Luft schnappen. Nur stoßweise entrangen sich die Worte seinem Munde, in seinem Kopf schien sich alles zu drehen.

Das Mädchen lief zu ihm hin, packte seinen Arm und sagte scharf: »Setz dich, Vater. Jetzt erzähle mir einmal genau und vernünftig, was sich ereignet hat.« Sie schüttelte ihn, bis er ein wenig zur Besinnung kam.

»Ich weiß nichts Bestimmtes«, flüsterte er schließlich. »Ein junger Mann ist da, der Einzelheiten über eine Verschwörung gegen mich kennen will. Man hat es auf mein Leben abgesehen. Und ich soll ihn anhören.« Er lächelte töricht. »Ich bin beim Volk beliebt. Niemand will mich umbringen. Nicht wahr? Oder doch?«

Er ließ seine Tochter nicht aus den Augen und wurde erst etwas ruhiger, als sie sagte: »Natürlich will dich niemand umbringen.«

Gleich darauf nahm sein Gesicht wieder einen gespannten Ausdruck an. »Meinst du, daß sie es sein könnten?«

»Wer?«

Er beugte sich dicht an ihr Ohr und flüsterte: »Die Tyrannen. Der Rancher von Widemos war gestern hier. Sie haben ihn hingerichtet.« Seine Stimme schwoll plötzlich an und überschlug sich beinahe: »Vielleicht schicken sie jetzt jemanden, um mich zu töten.«

Artemisia packte ihn so heftig bei den Schultern, daß er vor Schmerz aufstöhnte.

»Vater!« fuhr sie ihn an. »Sitz endlich still! Kein Wort weiter. Hör zu! Niemand trachtet dir nach dem Leben. Verstanden? Niemand. Der Rancher war vor einem halben Jahr hier. Erinnerst du dich? Vor einem halben Jahr, nicht wahr? Denke gefälligst nach!«

»Ist das schon so lange her?« murmelte der Direktor. »Ja, gewiß, es kann stimmen.«

»Du bleibst jetzt hier und ruhst dich aus. Du bist völlig mit den Nerven herunter. Ich werde den jungen Mann empfangen, und wenn die ganze Sache harmlos ist, führe ich ihn zu dir.«

»Willst du das wirklich tun, Arta? Ein guter Gedanke. Einer Frau wird er nicht zu nahe treten. Einer Frau bestimmt nicht.«

Sie beugte sich zu ihm hinunter und küßte ihn auf die Wange.

»Sei vorsichtig«, murmelte er und schloß müde die Augen.

. . . das eine Krone trägt!

Biron Farrill wartete ungeduldig in einem der Nebengebäude des Palastes. Zum erstenmal in seinem Leben hatte er das Gefühl, ein Provinzler zu sein.

Er hatte das Gutshaus von Widemos, wo er aufgewachsen war, bisher immer für schön gehalten, doch jetzt kam es ihm im höchsten Maße kitschig vor mit seinen Verzierungen, schmiedeeisernen Gittern, vielen Türmchen und Blindfenstern. Allein der Gedanke daran ließ ihn erröten.

Hier war alles so ganz anders.

Der Palast von Rhodia war nicht die protzige Schaustellung des Reichtums eines viehzüchtenden Großgrundbesitzers und noch viel weniger die kindische Nachahmung der Ausdrucksformen einer untergegangenen oder sterbenden Welt. Hier hatte sich die Dynastie der Henrici ein architektonisches Denkmal gesetzt.

Die Gebäude strahlten Ruhe und Stärke aus. Ihre Linien waren klar und einfach und vermieden jegliche Effekthascherei. Sie drückten Stolz, Zurückhaltung und Würde aus.

Die Wirkung jedes einzelnen Hauses übertrug sich auf die ganze Gruppe, deren Höhepunkt der Zentralpalast bildete. Hier gab es keinerlei kitschigen Zierat, keine der anderwärts so beliebten Blindfenster, die in einer Welt künstlicher Beleuchtung und Ventilation so absolut überflüssig waren. Nur Linie und Fläche waren vorhanden, eine geometrische Abstraktion, die das Auge zum Himmel lenkte.

Der tyrannische Major trat dicht an ihn heran und sagte: »Man wird Sie gleich empfangen.«

Biron nickte. Nach einer Weile schlug ein Hüne in einer scharlachroten und gelben Uniform die Hacken vor ihm zusammen. Biron kam es mit einemmal zum Bewußtsein, daß die eigentlichen Machthaber auf allen Prunk verzichteten und sich mit schlichtem Blaugrau begnügten. Bei dem Gedanken an das nutzlose Gepränge eines Rancherhaushaltes preßte er in hilflosem Zorn die Lippen zusammen.

»Biron Malaine?« fragte der Palastwächter, und Biron erhob sich, um ihm zu folgen.

Draußen wartete ein kleiner schimmernder Einschienenwagen, der, von diamagnetischen Kräften gehalten, an einer rötlichen Metallschiene hing. Ein derartiges Fahrzeug hatte Biron noch nie gesehen. Unwillkürlich zögerte er, einzusteigen.

Der Wagen, der fünf bis sechs Personen aufnehmen konnte, schwankte graziös wie ein Blatt im Wind: tautropfengleich spiegelte er den strahlenden Glanz der Sonne Rhodias wider. Die Schiene war schmal, kaum mehr als ein Kabel. Der Boden des Wagens wurde von ihr nicht berührt. Biron sah deutlich den blauen Himmel zwischen Schiene und Wagen. Er hatte den Eindruck, als wolle sich der Wagen in die Luft schwingen, ungeachtet des Kraftfeldes, das ihn hielt. Im nächsten Augenblick flatterte er auf die Schiene zurück, kam ihr näher und näher, jedoch ohne sie zu berühren.

»Steigen Sie ein«, forderte der Wächter Biron ungeduldig auf, so daß diesem nichts anderes übrigblieb, als die zwei Stufen zum Wagen hinaufzusteigen.

Sowie ihm der Wächter gefolgt war, verschwanden die Stufen geräuschlos, ohne an der glatten Wand des Wagens eine Spur zu hinterlassen. Jetzt erst merkte Biron, daß der Wagen gar nicht undurchsichtig war, wie es von außen den Anschein gehabt hatte, es war vielmehr ein durchsichtiges Plastikgehäuse. Nach einem Druck auf einen winzigen Knopf schwebte der Wagen empor. Die Atmosphäre unter sich lassend, kletterte er mühelos in die Höhe. Das Panorama des Palastgeländes lag zu Birons Füßen ausgebreitet. Die einzelnen Gebäude vereinigten sich zu einer großartigen Gruppe, als wären sie nur für eine Luftansicht geschaffen. Die schimmernden Kupferdrähte, an denen die schnittigen Wagen entlanghuschten, gaben dem Bild einen gelungenen Rahmen.

Plötzlich spürte Biron einen sanften Ruck, und der Wagen hielt, noch immer leicht schaukelnd. Die ganze Fahrt hatte weniger als zwei Minuten gedauert.

Biron betrat einen kahlen kleinen Raum. Im Augenblick war niemand da, der ihn herumkommandierte, aber Biron fühlte sich trotzdem nicht erleichtert. Er gab sich keinerlei Illusionen hin. Seit jener verdammten Nacht war er nur ein Werkzeug in den Händen anderer gewesen.

Jonti hatte ihm den Schiffsplatz besorgt. Der tyrannische Kommissar hatte ihn hierhergeschickt. Jede neue Maßnahme hatte dazu beigetragen, Birons Verzweiflung zu vergrößern.

Es war Biron klar, daß er den Tyrannen nicht hatte hinters Licht führen können. Dazu war alles zu glatt gegangen. Der Kommissar hätte sich erst einmal mit dem Konsul der Erde in Verbindung setzen müssen, er hätte auch ein Raumkabel direkt bis zur Erde schicken können, statt dessen hatte er nicht einmal die routinemäßigen Auskünfte eingezogen. Das konnte kein Zufall sein.

Jontis Darstellung der Situation war sicherlich richtig. Die Tyrannen würden ihn, Biron, nicht widerrechtlich hinrichten lassen, sie wollten keine neuen Märtyrer schaffen. Aber Henrik, ihre Marionette, konnte ebensogut eine Exekution anordnen. Dann blieben die Tyrannen in der Rolle der unbeteiligten Zuschauer.

Biron ballte die Fäuste. Was nützte es ihm, daß er groß und stark war, er hatte keine Waffe. Die Männer, die ihn holen kamen, würden Sprengpistolen und neuronische Peitschen haben. Unwillkürlich stellte er sich mit dem Rücken zur Wand.

Blitzschnell wandte er sich um, als zu seiner Linken leise eine Tür aufging. Ein bewaffneter, uniformierter Mann kam herein, von einem Mädchen begleitet. Biron atmete auf. Nur ein Mädchen. Bei anderer Gelegenheit hätte er dieses Mädchen bestimmt näher in Augenschein genommen. Denn sie war einer beifälligen Musterung wert. Im Moment war sie jedoch nichts weiter als ein Mädchen schlechthin. Den Blick unverwandt auf die Sprengpistole gerichtet, ging Biron den beiden entgegen. In ungefähr zwei Metern Entfernung blieb er stehen.

»Ich werde zunächst mit ihm sprechen, Leutnant«, erklärte das Mädchen dem Wächter.

Mit einer kleinen senkrechten Falte zwischen den Augenbrauen wandte sie sich an Biron: »Sie sind also der Mann, der uns die Geschichte von einer Verschwörung gegen den Direktor auftischen will?«

»Ich habe um eine Audienz mit dem Direktor gebeten.«

»Das ist unmöglich. Was Sie zu sagen haben, können Sie auch mir erzählen. Sollten sich Ihre Informationen als wahr erweisen und für uns nützlich sein, so haben Sie nichts zu befürchten.«

»Darf ich fragen, wer Sie sind? Haben Sie überhaupt das Recht, für den Direktor zu sprechen?«

Birons Frage schien das Mädchen zu ärgern. »Ich bin die Tochter des Direktors«, sagte sie hochmütig. »Beantworten Sie gefälligst meine Fragen. Sie kommen von irgendwoher außerhalb unseres Systems?«

»Von der Erde«, gab Biron knapp Auskunft. Nach kurzem Zögern fügte er hinzu: »Eure Hoheit.«

Die Anrede gefiel ihr sichtlich. »Wo ist das?«

»Die Erde ist ein kleiner Planet im Gebiet des Sirius, Hoheit.«

»Wie heißen Sie?«

»Biron Malaine, Hoheit.«

Nachdenklich musterte sie ihn. »Von der Erde? Können Sie ein Raumschiff steuern?«

Beinahe hätte Biron gelächelt. Sie wollte ihn auf die Probe stellen. Natürlich wußte sie, daß die Raumschiffahrt in den von den Tyrannen beherrschten Welten zu den verbotenen Wissenschaften gehörte. »Ja, Hoheit.« Er wollte es ihnen schon beweisen, vorausgesetzt, sie ließen ihn so lange leben. Auf der Erde war Raumschiffahrt kein Tabu, und in vier Jahren konnte man eine ganze Menge lernen.

»Ausgezeichnet«, unterbrach sie seine Gedanken. »Und Ihre Geschichte?« Im gleichen Moment war sein Entschluß gefaßt. Dem Wächter hätte er sich niemals anzuvertrauen gewagt. Aber sie war ein Mädchen, und wenn sie nicht log, wenn sie wirklich die Tochter des Direktors war, konnte er sie vielleicht zur Bundesgenossin gewinnen.

»Es gibt gar keine Verschwörung, Hoheit.«

Erschrocken wich das Mädchen zurück. »Verhören Sie ihn weiter, Leutnant«, wandte sie sich aufgebracht an den Wächter. »Und zwar so lange, bis er die Wahrheit sagt.«

Biron trat einen Schritt näher, obwohl der kalte Lauf der Sprengpistole drohend auf ihn gerichtet war. Beschwörend sagte er: »Warten Sie, Hoheit! Hören Sie mich an. Es war nur ein Vorwand, die einzige Möglichkeit für mich, den Direktor sprechen zu können. Begreifen Sie das nicht?«

Mit erhobener Stimme rief er der davoneilenden Gestalt nach: »Wollen Sie wenigstens Seiner Exzellenz mitteilen, daß ich Biron Farrill bin und auf dem mir zustehenden Asylrecht bestehe?«

Es war ein Strohhalm, an den er sich klammerte. Die feudalen Gepflogenheiten hatten schon seit Generationen, noch ehe die Tyrannen kamen, an Macht und Einfluß verloren. Sie galten längst als überaltert. Aber ihm blieb keine andere Wahl. Absolut nicht.

Mit hochgezogenen Augenbrauen drehte sie sich um. »Wollen Sie auf einmal behaupten, der Aristokratie anzugehören? Noch vor einer Minute hießen Sie Malaine.«

Völlig unerwartet hinderte eine fremde Stimme sie am Weitersprechen. »Das stimmt schon, aber der letzte Name ist richtig. Sie sind tatsächlich Biron Farrill, junger Freund. Zweifellos. Die Ähnlichkeit ist unverkennbar.«

Im Türrahmen stand lächelnd ein kleiner Mann. Seine funkelnden, weitgeöffneten Augen musterten Biron mit scharfem, belustigtem Blick. »Ist dir das nicht auch aufgefallen, Artemisia?«

Bekümmert eilte Artemisia auf ihn zu. »Onkel Gil, was hast du hier zu suchen?«

»Ich nehme nur meine Interessen wahr, Artemisia. Du darfst nicht vergessen, daß ich der nächste in der Thronfolge wäre, wenn wirklich ein Attentat stattfände.«

Mit einer wirkungsvollen Handbewegung ersuchte Gillbret von Henrici seine Nichte: »Schicke den Leutnant weg. Wir brauchen ihn nicht. Von einer Gefahr kann keine Rede sein.«

Ohne seine Worte zu beachten, fragte sie: »Hast du wieder mal die Hausleitung abgehört?«

»Natürlich. Willst du mich eines Vergnügens berauben? Es macht Spaß, ihnen zu lauschen.«

»Und wenn sie dich dabei erwischen?«

»Gefahren muß man in Kauf nehmen, meine Liebe. Sie erhöhen das Vergnügen. Die Tyrannen hören ja auch den Palast ab. Es dürfte kaum etwas geben, was ihnen verborgen bleibt. Du siehst, ich revanchiere mich nur. Möchtest du mich nicht vorstellen?«

»Nein«, erwiderte sie kurz. »Die ganze Angelegenheit geht dich nichts an.«

»Dann werde ich die Vorstellung selbst übernehmen. Als ich seinen Namen hörte, habe ich das Lauschen aufgegeben und bin hergekommen.« Er ließ Artemisia stehen, trat auf Biron zu, betrachtete ihn mit einem undurchdringlichen Lächeln und sagte: »Sie sind Biron Farrill.«

»Ich erwähnte es bereits«, entgegnete Biron. Seine Aufmerksamkeit wurde noch immer hauptsächlich von dem Leutnant in Anspruch genommen, der die Sprengpistole nach wie vor schußbereit auf Biron gerichtet hielt.

»Sie haben aber nicht hinzugefügt, daß Sie der Sohn des Ranchers von Widemos sind.«

»Hätten Sie mich nicht unterbrochen, wäre es bereits geschehen. Auf jeden Fall wissen Sie nun, was los ist. Ich mußte den Tyrannen entkommen, und das war nur möglich, wenn ich ihnen meinen wahren Namen verschwieg.« Biron machte eine Pause. Er spürte, daß dies der entscheidende Moment war.

Wenn er nicht in der nächsten Sekunde verhaftet wurde, bestand noch ein klein wenig Hoffnung für ihn. »Es ist wohl tatsächlich am besten, wenn Sie mit dem Direktor sprechen«, entschied Artemisia. »Sie sind auf jeden Fall sicher, daß keinerlei Verschwörung existiert?«

»Völlig sicher, Hoheit.«

»Gut. Onkel Gil, willst du Herrn Farrill Gesellschaft leisten? Leutnant, Sie begleiten mich, bitte.«

Biron hatte das Bedürfnis, sich zu setzen. Seine Knie zitterten. Aber Gillbret dachte nicht daran, ihm einen Platz anzubieten. Er beobachtete Biron noch immer mit nahezu klinischem Interesse.

»Der Sohn des Ranchers! Amüsant!«

Biron hatte keine Lust mehr, Gegenstand dieser mikroskopischen Untersuchung zu sein. Ziemlich kurz angebunden erklärte er: »Ja, ich bin der Sohn des Ranchers. Sozusagen ein Geburtsfehler von mir. Kann ich Ihnen sonst noch irgendwie behilflich sein?«

Gillbret zeigte sich nicht im geringsten beleidigt. Das Lächeln auf seinem schmalen, faltigen Gesicht vertiefte sich. »Sie könnten meine Neugier befriedigen«, meinte er. »Wollen Sie wirklich um Asyl nachsuchen? Hier?«

»Das möchte ich lieber mit dem Direktor besprechen.«

»Nur nicht hochnäsig werden, junger Mann. Sie werden bald merken, daß mit dem Direktor nicht viel anzufangen ist. Warum, glauben Sie wohl, hat er Ihnen zunächst seine Tochter geschickt? Amüsant, wenn Sie's recht überlegen, nicht wahr?«

»Sie finden wohl alles amüsant?«

»Warum nicht? Es ist die einzige mögliche Haltung dem Leben gegenüber. Das einzig passende Adjektiv. Sehen Sie sich doch das Universum an, junger Mann. Wenn Sie es nicht von der amüsanten Seite nehmen, bleibt Ihnen nichts anderes übrig, als sich die Kehle durchzuschneiden. Denn viel Gutes ist an der Sache nicht dran. Nebenbei bemerkt, ich habe mich noch gar nicht vorgestellt: Ich bin der Vetter des Direktors.«

»Herzlichen Glückwunsch!« sagte Biron kühl.

Gillbret zuckte die Achseln. »Sie haben recht. Es ist nichts Besonderes. Und an meiner Stellung dürfte sich auch bis auf weiteres nichts ändern, nachdem gar kein Komplott geplant ist.«

»Es sei denn, Sie zetteln selbst eins an.«

»Sie sind sehr witzig, mein lieber Herr! Sie werden sich noch an die Tatsache gewöhnen müssen, daß mich niemand ernst nimmt. Meine Bemerkung war purer Zynismus. Außerdem glauben Sie doch wohl nicht, daß ein Direktorium heutzutage auch nur einen Pfifferling wert ist? Henrik war nicht immer so. Zwar war er niemals eine Geistesleuchte, aber in den letzten Jahren ist es immer schlimmer mit ihm geworden, geradezu unmöglich! Ach, Sie kennen ihn ja noch gar nicht. Das Vergnügen werden Sie gleich haben. Ich höre ihn kommen. Bedenken Sie bitte, daß es der Herrscher des größten transnebularen Königreiches ist! Ein amüsanter Gedanke!«

Henrik trug seine Würde mit der Leichtigkeit langer Erfahrung zur Schau. Birons übertrieben zeremonielle Verbeugung nahm er mit gemessener Herablassung zur Kenntnis. Ein wenig barsch fragte er: »Was führt Sie zu uns, mein Herr?«

Jetzt erst bemerkte Biron zu seiner Überraschung, daß Artemisia, die neben ihrem Vater stand, ein sehr hübsches Mädchen war. »Euer Exzellenz«, sagte er, »ich bin gekommen, weil ich den guten Namen meines Vaters nicht in den Schmutz ziehen lassen will. Sie wissen ganz genau, daß seine Hinrichtung ein Unrecht war.«

Henrik vermied es, Biron anzusehen. »Ich habe Ihren Vater nur flüchtig gekannt. Er ist nur ein- oder zweimal in Rhodia gewesen.« Er machte eine Pause. Als er weitersprach, zitterte seine Stimme fast unmerklich. »Sie sehen ihm sehr ähnlich. Ganz außerordentlich ähnlich. Er ist nach Recht und Gesetz verurteilt worden. Ich nehme es wenigstens an. Einzelheiten sind mir nicht bekannt.«

»Gerade auf diese Einzelheiten kommt es mir aber an, Exzellenz. Ich bin davon überzeugt, daß mein Vater kein Verräter war.«

»Es ist verständlich«, unterbrach ihn Henrik hastig, »daß Sie Ihren Vater verteidigen. Aber eine so diffizile Angelegenheit sollten Sie mit Aratap besprechen. Warum gehen Sie nicht zu ihm?«

»Ich kenne ihn nicht, Exzellenz.«

»Aratap ist der Kommissar, der tyrannische Statthalter.«

»Dort bin ich schon gewesen. Er hat mich ja hierhergeschickt. Sie werden verstehen, daß ich einen Tyrannen . . .«

»Aratap hat Sie hergeschickt, sagen Sie?« Henrik konnte nur mühsam das Zittern seiner Lippen verbergen.

»Ich hielt es für notwendig, ihm mitzuteilen . . .«

»Sie brauchen es nicht zu wiederholen. Ich kann mir denken, was Sie ihm gesagt haben. Leider kann ich nichts für Sie tun, Rancher – hm – Herr Farrill. Die Jurisdiktion obliegt nicht mir allein. Der Exekutivausschuß – was ziehst du mich denn dauernd am Ärmel, Arta? Du machst mich ganz nervös! – muß zunächst einmal über den Fall beraten. Gillbret, bitte kümmere dich um Herrn Farrill. Ich will sehen, was sich machen läßt. Wie gesagt, ich werde den Exekutivausschuß zu Rate ziehen. Alles muß seine Ordnung haben. Das ist sehr wichtig. Äußerst wichtig.«

Gedankenverloren vor sich hinmurmelnd, wandte sich Henrik zum Gehen. Artemisia zupfte Biron nach kurzem Zögern am Ärmel. »Ist es wahr, daß Sie ein Raumschiff steuern können?«

»Wahr und wahrhaftig wahr«, erwiderte Biron lächelnd, worauf sie ihm gnädig ihre Grübchen zeigte.

»Gillbret, ich muß dich nachher noch sprechen«, flüsterte sie ihrem Onkel zu und huschte davon. Biron starrte ihr nach, bis Gillbret ihn in die Wirklichkeit zurückrief.

»Sie werden Hunger und Durst haben, und sicherlich wollen Sie sich auch waschen. Ohne diese kleinen Annehmlichkeiten des Lebens kommt man nun einmal nicht aus, nicht wahr?«

»Danke«, sagte Biron zerstreut. Ihm war plötzlich frei und leicht zumute. Sie war hübsch. Sehr hübsch.

Henrik fühlte sich alles andere als erleichtert. In seinen Privatgemächern angelangt, wanderte er unruhig hin und her. Sein Hirn arbeitete fieberhaft. Es gab nur eine Schlußfolgerung: Man hatte ihm eine Falle gestellt. Aratap hatte den jungen Mann zu ihm gesandt, um ihn, Henrik, auf die Probe zu stellen.

Er vergrub den Kopf in beiden Händen, um das Hämmern seines Blutes zu beruhigen. Ihm blieb keine Wahl. Nur ein einziger Ausweg war möglich.

Auf allen bewohnbaren Planeten wechseln Tag und Nacht einander ab. Natürlich sind die Zeiten, der Rotation entsprechend, sehr verschieden. Die Differenz liegt zwischen fünfzehn und zweiundfünfzig Stunden, was für diejenigen, die von einem Planeten zum anderen reisen, eine große psychologische Belastung bedeutet. Denn die jeweilige Umstellung und Anpassung ist nicht leicht.

Auf vielen Planeten hilft man sich dadurch, daß man die Wach- und Schlafperioden entsprechend angleicht. In den meisten Fällen allerdings ist das Tag-Nacht-Problem durch die allgemeine Verwendung künstlicher Beleuchtung und Lüftung von untergeordneter Bedeutung, sofern die Landwirtschaft nicht davon beeinträchtigt wird.

Auf einigen abgelegenen Planeten hat man eine ganz willkürliche Zeiteinteilung getroffen, die von so primitiven Naturereignissen wie Licht und Dunkelheit keine Notiz nimmt.

Mögen die sozialen Gepflogenheiten jedoch sein, wie sie wollen. Der Einbruch der Nacht übt immer einen tiefen und nachhaltigen psychologischen Einfluß aus, der wohl auf jene prähistorische Zeit zurückzuführen ist, da die Menschheit noch unter Bäumen lebte. In der Nacht fühlt sich der Mensch ängstlich und unsicher. Mit der untergehenden Sonne sinkt auch der Lebensmut.

Im Palast gab es keinerlei Anzeichen dafür, daß es Nacht geworden war. Dennoch fühlte es Biron instinktiv. Er wußte, daß draußen eine Dunkelheit herrschte, die vom Funkeln der Sterne kaum durchbrochen werden konnte. Er war nicht sicher, ob jetzt schon die Jahreszeit für den ›Pferdekopf-Nebel‹ war, jenes merkwürdige ›Loch im All‹, das alle Bewohner der transnebularen Königreiche so gut kannten, weil es die meisten der sonst sichtbaren Sterne verdeckte.

Biron fühlte die alte Niedergeschlagenheit wieder in sich aufsteigen.

Seit seiner kurzen Unterredung mit dem Direktor hatte er Artemisia nicht wiedergesehen. Überrascht stellte er fest, daß er darüber verstimmt war. Er hatte sich auf eine Unterhaltung mit ihr beim Abendessen gefreut. Statt dessen mußte er seine Mahlzeit allein einnehmen, bewacht von zwei Gardisten, die übellaunig vor der Tür herumlümmelten. Nicht einmal Gillbret hatte ihm Gesellschaft geleistet. Wahrscheinlich hatte der Vetter des Direktors an einer anderen Tafelrunde teilgenommen, die so vergnüglich war, wie man sie am Hofe der Henrici erwarten konnte.

Birons Stimmung besserte sich merklich, als Gillbret mit der Mitteilung zurückkehrte: »Artemisia und ich haben die ganze Zeit von Ihnen gesprochen.«

Amüsiert nahm er Birons Nervosität zur Kenntnis und fuhr fort: »Zunächst möchte ich Ihnen mein Laboratorium zeigen.« Auf seinen Wink verschwanden die beiden Wächter.

Birons Frage »Was für ein Laboratorium?« war deutlich der Mangel an Interesse anzuhören.

»Ich bastele kleine Spielereien«, erwiderte Gillbret ausweichend.

Auf den ersten Blick machte der Raum durchaus nicht den Eindruck eines Laboratoriums. Er glich vielmehr einer Bibliothek. In einer Ecke stand ein zierlicher Schreibtisch.

»Was basteln Sie denn hier?« fragte Biron, nachdem er den Raum eingehend gemustert hatte.

»Vorwiegend Abhörgeräte, und zwar etwas ganz Neuartiges. Ich kann damit die Spitzel-Strahlen der Tyrannen auffangen, ohne daß diese Herrschaften es merken. Dadurch wußte ich auch über Sie Bescheid. Ich habe aber auch noch andere amüsante Schätze. Mein Visisonor zum Beispiel ist eine echte Perle. Mögen Sie Musik?«

»Manchmal.«

»Gut. Ich habe ein Instrument erfunden. Allerdings bin ich mir nicht ganz klar, ob man das, was es hervorbringt, noch als Musik bezeichnen kann.«

Gillbret bediente einen versteckten Mechanismus, worauf ein Bücherbord geräuschlos zur Seite glitt. »Kein besonders originelles Versteck, aber da mich niemand ernst nimmt, habe ich auch keine großen Vorsichtsmaßnahmen nötig. Amüsant, wie? Verzeihung, ich vergaß, daß Sie die Dinge nicht von der amüsanten Seite zu betrachten pflegen.«

Was zum Vorschein kam, war eine Art Kasten, typische Bastelarbeit. Auf Formschönheit hatte der Erfinder keinen

Wert gelegt. An einer Seite des Apparates befanden sich kleine, schimmernde Knöpfe.

»Hübsch, nicht wahr?« fragte Gillbret. »Aber wer hat schon Interesse für so was! Machen Sie das Licht aus. Nein, nein! Ohne Schalter und Steckkontakt. Wünschen Sie sich lediglich, das Licht solle ausgehen. Wünschen Sie es ganz intensiv. Bestehen Sie darauf.«

Und wirklich, alle Lampen wurden dunkel. Nur der Kronleuchter an der Decke strahlte noch einen schwachen Perlmuttschimmer aus, der die beiden Gesichter geisterhaft beleuchtete. Gillbret lachte über Birons Erstaunen.

»Das ist nur einer der Tricks meines Visisonors. Er arbeitet sozusagen telepathisch. Verstehen Sie, was ich meine?«

»Offen gestanden, nein.«

»Na schön, dann will ich versuchen, es Ihnen zu erklären. Das Kraftfeld in Ihren Hirnzellen löst eine entsprechende Reaktion in dem Instrument aus. Mathematisch ist das Problem ziemlich einfach zu lösen, aber bisher ist es meines Wissens noch niemandem außer mir gelungen, alle erforderlichen Stromkreise in einem so kleinen Apparat unterzubringen. Eigentlich benötigt man dazu eine Generatorenanlage von mindestens fünf Stockwerken. Mit meiner Erfindung kann ich auch umgekehrt arbeiten. Ich vermag also Stromstöße direkt auf Ihr Hirn zu übertragen, so daß Sie ohne Zuhilfenahme der Augen und Ohren sehen und hören können. Passen Sie einmal auf!«

Zunächst gab es nichts aufzupassen. Doch plötzlich verspürte Biron ein undefinierbares Kribbeln in den Augenwinkeln. Ein blauvioletter Ball schwebte in der Luft. Wohin Biron den Blick auch wenden mochte, der Ball blieb sichtbar. Er verschwand auch nicht, als Biron die Augen schloß. Ein klarer Musikton begleitete den Ball, war ein Teil davon, war der Ball selbst.

Der Ton schwoll an, breitete sich aus, und Biron mußte verwundert feststellen, daß dies alles in seinem Kopf vorging. Es war weder Farbe noch Ton, sondern beides, aber völlig geräuschlos. Er fühlte es.

Der Ball wurde größer, sein Schillern bunter, während der Ton an Höhe zunahm, bis er Biron seidenweich umhüllte. Plötzlich platzte der Ball. Ganze Strahlengarben kamen brennend auf Biron zugeschossen, ohne ihn im geringsten zu verletzen. Ein regenfeuchtes Grün, begleitet von einem leisen, sanften

Klagelaut, folgte als nächstes. Biron versuchte in seiner Verwirrung danach zu greifen, aber er war sich seiner Hände gar nicht bewußt. Nichts existierte mehr außer den kleinen Bläschen, die sein Denken erfüllten.

Lautlos schrie er auf, und sofort erlosch der Spuk. Gillbret stand wieder lachend in einem hellerleuchteten Raum vor ihm. Biron war schwindlig zumute. Mit zitternder Hand fuhr er sich über die schweißfeuchte Stirn. Er mußte sich setzen.

»Was war das?« wollte er wissen. Vergeblich versuchte er, seiner Stimme einige Festigkeit zu geben.

»Das kann ich Ihnen nicht sagen«, erklärte Gillbret. »Ich war nicht daran beteiligt. Leuchtet Ihnen das nicht ein? Jedenfalls war es so etwas, was Sie noch nie zuvor erlebt haben. Ihr Hirn hat ohne Sinnesorgane gearbeitet, und weil ihm diese Methode völlig ungewohnt ist, hat es keine Erklärung für dieses Phänomen gefunden. Solange Sie sich ganz dieser Sensation hingaben, hatte Ihr Denkapparat keine Möglichkeit, die Ereignisse in herkömmliche Kategorien einzuordnen. Er versuchte zwar gleichzeitig und von dem Geschehenen losgelöst, Bild, Ton und Berührung zu registrieren, aber vergebens. Haben Sie übrigens einen Geruch wahrgenommen? Manchmal habe ich den Eindruck gehabt, als röche dieses Zeug. Bei Hunden müßte meines Erachtens die ganze Geschichte im Geruch gipfeln. Ich möchte meine Erfindung einmal an Tieren ausprobieren. Eines Tages werde ich es auch bestimmt tun. Wenn Sie anderseits keine Notiz davon nehmen, sich einfach nicht zugänglich zeigen, dann werden Sie nicht davon beeinflußt. So verhalte ich mich zum Beispiel, wenn ich die Wirkung auf andere beobachten will. Es ist gar nicht schwierig.«

Zerstreut fingerte Gillbret mit seiner feingliedrigen, geäderten Hand an dem Gerät herum. »Manchmal glaube ich, daß man mit diesem Ding völlig neuartige Sinfonien komponieren könnte, wenn man sich eingehend damit befaßte. Überhaupt könnte man Sachen produzieren, die vom einfachen Bild oder Ton her unvorstellbar sind. Ich fürchte nur, daß ich kein Talent habe.«

»Darf ich Sie etwas fragen«, unterbrach ihn Biron brüsk.

»Selbstverständlich.«

»Warum konzentrieren Sie Ihre wissenschaftlichen Fähigkeiten nicht auf nützliche Dinge, anstatt –«

»Anstatt sie für Spielzeug zu vergeuden? Wer weiß? Vielleicht sind meine Erfindungen gar nicht völlig nutzlos. Der Visisonor zum Beispiel dürfte absolut im Widerspruch zu den gesetzlichen Bestimmungen stehen.«

»Na, und?«

»Meine Abhörgeräte ebenfalls. Hätten die Tyrannen eine Ahnung davon, so könnte es mir leicht den Kopf kosten.«

»Das ist doch nicht Ihr Ernst?«

»Mein voller Ernst. Man merkt, daß Sie auf einer Ranch großgeworden sind. Ihr jungen Leute habt einfach keine Vorstellung davon, wie es früher war.« Plötzlich hatten sich Gillbrets Augen zu kleinen Schlitzen zusammengezogen. Scharf wie ein Peitschenschlag kam die Frage: »Sind Sie ein Gegner der Tyrannenherrschaft? Sagen Sie die Wahrheit! Ich gestehe Ihnen offen, daß ich sie hasse – genauso wie Ihr Vater.«

»Ja, ich bin dagegen«, sagte Biron ruhig.

»Warum?«

»Sie sind Fremde, Ausländer. Welches Recht haben sie, in Nephelos oder in Rhodia zu herrschen?«

»Waren Sie schon immer dieser Meinung?«

Biron antwortete nicht.

»Mit anderen Worten«, schnaubte Gillbret, »Sie betrachten sie erst als Fremde und Ausländer, seitdem Ihr Vater hingerichtet worden ist, was vom Standpunkt der Tyrannen ihr gutes Recht war. Keine Aufregung, bitte! Seien Sie doch vernünftig! Glauben Sie mir, ich bin Ihr Verbündeter. Aber denken Sie einmal nach! Ihr Vater war Rancher. Was für Rechte hatten seine Untergebenen? Hätte einer von ihnen ein Stück Vieh gestohlen, was wäre mit ihm geschehen? Er wäre als Dieb ins Gefängnis gekommen. Hätte er einen Anschlag auf das Leben Ihres Vaters geplant, womit wäre er bestraft worden? Mit dem Tode durch den Strang, mochten die Gründe, die er hatte, nach seiner persönlichen Meinung noch so gerechtfertigt sein. Und mit welchem Recht verhängte Ihr Vater Gesetze und Strafen über seine Mitmenschen? Er war ihr Tyrann! In Ihren und meinen Augen war Ihr Vater ein Patriot. Was nützt das aber? Für die Tyrannen war er ein Verräter, den sie beseitigen mußten. Wollen Sie ihnen das Recht der Selbstverteidigung abstreiten? Die Henrici waren seinerzeit auch eine recht blutrünstige Bande. Sie müssen die Weltgeschichte etwas eingehender studieren, mein Junge. Mord gehört nun mal zum Geschäft einer jeden Regierung.

Denken Sie sich also einen besseren Grund für Ihren Haß auf die Tyrannen aus. Es genügt nicht, eine Herrschergarnitur einfach gegen eine andere auszutauschen. Eine solche Veränderung bedeutet noch lange keine Freiheit.«

»Schön und gut«, warf Biron heftig ein. »Ihre objektive Philosophie ist ausgezeichnet. Einem Menschen, der sich vom Weltgeschehen abgekapselt hat, mag sie genügen. Was wäre aber, wenn man Ihren Vater ermordet hätte?«

»Das hat man getan, mein Sohn. Mein Vater war Henriks Vorgänger, und sie haben ihn umgebracht. Allerdings nicht offiziell, sondern heimlich, nach und nach. Sie haben ihn geistig gemeuchelt, wie sie es jetzt mit Henrik machen. Nach meines Vaters Tode lehnten sie mich als Direktor ab, ich war ihnen ein zu unsicherer Kandidat. Henrik machte eine sehr repräsentative Figur, er war groß und sah gut aus, und vor allen Dingen war er fügsam. Aber immer noch nicht fügsam genug, wie es den Anschein hat. Ständig sind sie hinter ihm her. Eine richtige Marionette machen sie aus ihm, nicht den kleinsten Schritt darf er ohne ihre Genehmigung tun. Sie haben ihn ja gesehen. Von Monat zu Monat geht es jetzt mit ihm abwärts. Seine Angstzustände sind ausgesprochen psychopathisch. Aber das ist trotz alledem nicht der Grund, weswegen ich die Tyrannenherrschaft beseitigen will.«

»Ach? Haben Sie sich etwas völlig Neues ausgedacht?«

»Nein, im Gegenteil, etwas ganz Altes. Die Tyrannen berauben zwanzig Milliarden menschlicher Wesen des fundamentalen Rechtes, an der Entwicklung des Menschengeschlechtes teilzunehmen. Sie haben studiert. Sie kennen den ökonomischen Kreislauf. Ein neuer Planet wird besiedelt: Zunächst haben die Bewohner nur die einzige Sorge, genügend Nahrung zu produzieren. Ackerbau und Viehzucht entstehen. Dann beginnen sie, den Boden nach Rohstoffen für den Export zu durchwühlen. Außerdem werden die landwirtschaftlichen Überschüsse an die Planeten verkauft, die Luxusgegenstände und Maschinen anzubieten haben. Das ist die zweite Entwicklungsphase. Mit dem Anwachsen der Bevölkerung und der Zunahme der Auslandsinvestitionen beginnt sich eine industrielle Zivilisation zu entfalten, womit wir die dritte Phase hätten. Allmählich wird die

Welt technisiert. Man importiert Nahrungsmittel und exportiert Maschinen. Die finanziellen Überschüsse werden zur Entwicklung primitiver Welten aufgewandt und so weiter. Die vierte Phase, also.

Die technisierten Welten sind stets am dichtesten bevölkert und militärisch am mächtigsten, denn Krieg ist eine Auswirkung der Technik, außerdem sind sie gewöhnlich von abhängigen Agrarwelten umgeben. Wie war das aber bei uns? Wir befanden uns in der dritten Phase. Unsere Industrie war gerade in der Entwicklung begriffen. Und jetzt? Diese Entwicklung wurde gebremst, auf Eis gelegt, rückläufig gemacht. Die Tyrannen sind daran interessiert, uns mit ihren eigenen Industrieprodukten zu versorgen. Das kann für sie natürlich nur eine kurzfristige Investierung sein. Denn wir müssen allmählich unprofitabel werden, weil wir ja immer mehr verarmen. Aber einstweilen schöpfen die Tyrannen den Rahm ab.

Hinzu kommt, daß wir bei einer eigenen Industrieproduktion in der Lage wären, Waffen anzufertigen. Darum wurde die Industrialisierung eingestellt und alle wissenschaftliche Forschung verboten. Und allmählich gewöhnt sich die Bevölkerung so an diesen Zustand, daß sie gar nicht mehr merkt, was man ihr vorenthält. Nur so ist es verständlich, daß Sie darüber verwundert sind, wenn ich Ihnen erkläre, daß mir das Zusammenbasteln eines Visisonors den Kopf kosten kann.

Selbstverständlich werden wir eines Tages die Tyrannen davonjagen. Das ist einfach unvermeidlich. Sie können nicht ewig am Ruder bleiben. Niemand vermag das. Sie degenerieren, werden träge und verweichlicht. Ein Teil ihrer Traditionen geht durch Blutvermischung verloren. Das übrige besorgt die Korruption. Aber diese Entwicklung kann Jahrhunderte dauern. Denn die Geschichte hat es nicht eilig. Und danach leben wir immer noch in einer Agrarwelt ohne nennenswerte wissenschaftliche oder industrielle Errungenschaften, während unsere Nachbarn, die nicht unter dem tyrannischen Joch zu leiden hatten, stark und zivilisiert sein werden. Die Königreiche bleiben also Halbkolonien. Sie haben die Möglichkeit, den Unterschied auszugleichen und müssen sich mit der Rolle des Zuschauers im großen Drama der Menschheitsentwicklung begnügen.«

»Was Sie sagen, entbehrt nicht ganz der Logik«, bequemte sich Biron zuzugeben.

»Natürlich nicht. Sie haben doch auf der Erde studiert und müßten eigentlich wissen, daß dieser Planet eine Sonderstellung in der sozialen Entwicklung einnimmt.«

»Wieso?«

»Denken Sie doch einmal nach! Seit der Erschließung des interstellaren Verkehrs befindet sich die gesamte Galaxis in ständiger Expansion. Die Gesellschaft nimmt ständig zu und muß daher zwangsläufig unreif bleiben. Nur an einem Ort hat die menschliche Gesellschaft jemals den Zustand der Reife erreicht, und das war auf der Erde, unmittelbar vor der Katastrophe. Dort war die Gesellschaft entstanden, die wenigstens zeitweilig, jegliche Möglichkeit zu geographischer Expansion verloren hatte und sich daher mit Problemen wie Übervölkerung, Rohstoffmangel und so weiter herumschlagen mußte. In keinem anderen Abschnitt der Galaxis hat es diese Probleme je gegeben.

Auf der Erde war man einfach gezwungen, die Gesellschaftswissenschaften eingehend zu studieren. Wir haben kaum noch eine Ahnung davon, und das ist sehr schade. Da fällt mir übrigens etwas Amüsantes ein. In seiner Jugend war Henrik ein großer Verehrer alles Primitiven. Seine Büchersammlung über sämtliche die Erde betreffenden Wissensgebiete war einzigartig in der ganzen Galaxis. Seitdem er Direktor geworden ist, hat er jedoch dieses Interesse, wie alle anderen auch, über Bord geworfen. Ich bin sozusagen sein Erbe. Diese Literatur, so wenig auch davon übriggeblieben sein mag, ist mehr als fesselnd. Sie zeichnet sich durch einen eigenartigen introspektiven Zug aus, den es in unserer extravertierten galaktischen Zivilisation einfach nicht gibt. Höchst amüsant, das Ganze.«

»Na, endlich«, bemerkte Biron trocken. »Sie haben so endlos lange ernsthaft dahergeredet, daß ich schon fürchtete, Ihr Sinn für Humor sei Ihnen abhanden gekommen.«

Gillbret machte eine wegwerfende Handbewegung. »Ich fühle mich erleichtert und entspannt. Das ist alles. Ein herrliches Gefühl, zum erstenmal wieder seit Monaten, glaube ich. Wissen Sie, was es heißt, ständig Theater spielen zu müssen? Jeden Tag vierundzwanzig Stunden lang eine Maske zu tragen? Auch Ihren Freunden gegenüber? Den Dilettanten spielen? Den ewigen Hanswurst? Und um sicherzugehen, wenn Ihnen auch

Ihr Leben keinen Pfifferling mehr wert scheint? Und dennoch vermag ich ihnen hin und wieder die Stirn zu bieten.«

Auf einmal nahm seine Stimme einen beinahe flehenden Klang an. Biron fest in die Augen sehend, sagte Gillbret: »Sie können ein Raumschiff steuern. Ich nicht. Ist das nicht merkwürdig? Sie sprechen von meinen wissenschaftlichen Fähigkeiten, und dennoch vermag ich nicht einmal die kleinste Luftkutsche zu lenken. Da Sie es aber können, müssen Sie Rhodia verlassen.«

Biron überhörte den flehenden Ton geflissentlich und fragte nur kühl: »Warum?«

Gillbrets Worte überstürzten sich beinahe: »Wie ich schon sagte, haben Artemisia und ich über Sie gesprochen. Alles ist schon vorbereitet. Sie gehen jetzt gleich zu ihr. Sie wartet auf Sie. Ich habe eine kleine Zeichnung für Sie gemacht, damit Sie sich nicht verlaufen und nach dem Weg zu fragen brauchen.« Er drückte Biron ein kleines Metallplättchen in die Hand. »Sollte Sie jemand anhalten, dann sagen Sie einfach, der Direktor habe Sie rufen lassen, und gehen weiter. Wenn Sie sich keine Unsicherheit anmerken lassen, haben Sie bestimmt keine Schwierigkeiten ...«

»Hören Sie auf!« unterbrach Biron den Fürsten schroff. Er hatte es satt, sich herumkommandieren zu lassen. Jonti hatte ihn nach Rhodia verfrachtet und ihn damit den Tyrannen ausgeliefert. Der tyrannische Statthalter hatte ihn in den Palast abgeschoben, ehe Biron eine Gelegenheit ausfindig machen konnte, wie er dort am besten aufträte. Aratap hatte ihn also bewußt der Willkür einer unberechenbaren Marionette überlassen. Jetzt war's genug! So begrenzt seine Möglichkeiten sein mochten, künftig wollte Biron nur noch Schritte unternehmen, die er selbst für richtig hielt. Sollten sie sich ruhig über seine Sturheit wundern!

»Mein Aufenthalt hier ist für mich sehr wichtig, Durchlaucht«, sagte er. »Ich denke nicht daran, abzureisen.«

»Spielen Sie gefälligst nicht den Lausejungen!« herrschte ihn Gillbret an. »Glauben Sie wirklich, hier etwas erreichen zu können? Meinen Sie, Sie werden den Palast lebendig verlassen, wenn Sie bis morgen früh warten? Natürlich wird Henrik die Tyrannen zu Hilfe rufen und Sie binnen vierundzwanzig Stunden verhaften lassen. Ihnen bleibt nur noch diese kurze Galgenfrist, weil es ihm von Natur schwerfällt, sich zu entschließen. Er ist mein Vetter, und ich kenne ihn durch und durch, das können Sie mir glauben.«

»Wenn schon«, erwiderte Biron bockig. »Was für einen Grund haben Sie, sich meinetwegen Sorgen zu machen?« Er wollte sich nicht noch einmal an der Nase herumführen lassen. Nie wieder würde er nach der Pfeife eines anderen tanzen.

Aber Gillbret ließ nicht locker. »Sie sollen mich mitnehmen. Sie sehen, mein Interesse an Ihnen hat eine sehr plausible Ursache. Ich habe es satt, unter den Tyrannen zu leben. Wenn Artemisia oder ich ein Raumschiff steuern könnten, hätten wir uns schon längst auf und davongemacht.«

Birons Entschluß geriet etwas ins Wanken. »Was hat die Tochter des Direktors damit zu tun?«

»Sie ist wahrscheinlich am verzweifeltsten von uns allen. Für Frauen gibt es eine ganz besondere Todesart. Was hat eine junge, hübsche und unverheiratete Direktorstochter anders zu erwarten, als über kurz oder lang jung, hübsch und verheiratet zu sein? Und wer kommt heutzutage als glücklicher Bräutigam in Frage? Natürlich nur ein alter, verlebter tyrannischer Hoffunktionär, der bereits drei Frauen unter die Erde gebracht hat und nun in den Armen eines jungen Dings noch einmal die Freuden der Liebe erleben möchte.«

»Das würde der Direktor bestimmt niemals zulassen.«

»Den Direktor wird man um seine Meinung wohl kaum fragen. Ihm bleibt keine Wahl.«

Der Gedanke an Artemisia ließ Birons Entschluß ins Wanken geraten. Er versuchte sich einzureden, daß an ihr nichts Besonderes sei: Ihr Haar fiel bis auf die Schultern herab. Ihre Haut war hell und makellos. Schwarze Augen, rote Lippen, gut gewachsen, jung, bezauberndes Lächeln! Eine Beschreibung, die wahrscheinlich auf Millionen Mädchen in der Galaxis zutraf. Es war lächerlich, sich davon beeindrucken zu lassen.

Dennoch hörte er sich sagen: »Steht wirklich ein Schiff bereit?«

Auf Gillbrets Gesicht erschienen viele kleine Lachfältchen. Ehe er jedoch antworten konnte, klopfte es an der Tür. Es war nicht das leise, höfliche Summen der fotomechanischen Signalanlage, sondern der Klang von Metall, das gebieterische Dröhnen der Waffen der Obrigkeit.

Als sich das Klopfen wiederholte, meinte Gillbret: »Es wird wohl das beste sein, Sie machen die Tür auf.«

Biron gehorchte, und zwei Uniformierte betraten den Raum. Nach einer knappen, hastigen Ehrenbezeigung vor Gillbret wandten sie sich Biron zu, wobei einer von ihnen erklärte: »Biron Farrill, ich verhafte Sie im Namen des Hochkommissars von Tyrann und des Direktors von Rhodia.«

»Weswegen?« brauste Biron auf.

»Wegen Hochverrats.«

Für Bruchteile von Sekunden spiegelte sich auf Gillbrets Gesicht tiefste Verzweiflung wider. Aber gleich darauf hatte er sich wieder in der Gewalt. »Diesmal hat sich Henrik beeilt, mehr als man von ihm erwarten konnte. Ein amüsanter Gedanke!«

Gillbret war wieder der alte: lächelnd, unbeteiligt. Mit emporgezogenen Augenbrauen schien er für einen unangenehmen Zwischenfall nicht mehr als ein bedauerndes Achselzucken aufbringen zu können.

»Folgen Sie mir bitte!« befahl der Wächter. Die neuronische Peitsche wippte leicht in seiner Hand, was Biron sehr wohl bemerkte.

Weiberröcke . . .

Birons Kehle war trocken. In fairem Zweikampf hätte er es mit jedem der beiden Wächter aufgenommen. Doch dazu bot sich keine Gelegenheit. Vielleicht wäre er sogar mit allen beiden fertiggeworden. Aber sie hatten die Peitschen, und das war ausschlaggebend. Er mußte kapitulieren, einen anderen Ausweg gab es nicht.

Plötzlich sagte Gillbret: »Lassen Sie ihn wenigstens seinen Mantel anziehen!«

Biron horchte auf. Ein rascher Blick auf den schmächtigen Fürsten überzeugte ihn, daß noch nicht alles verloren war. Natürlich wußte Gillbret, daß gar kein Mantel vorhanden war.

Der eine Wächter salutierte respektvoll. Mit der Peitsche auf Biron deutend, schnarrte er: »Also los, Euer Gnaden! Holen Sie Ihren Mantel, aber ein bißchen dalli!«

Biron versuchte, so gelassen wie möglich zu erscheinen. Eifrig machte er sich hinter dem Sessel neben dem Bücherregal zu schaffen. Während seine Finger ins Leere griffen, wartete er gespannt auf Gillbrets nächsten Schritt.

Für die Wachen war der Visisonor nichts anderes als ein Kasten mit einigen Schaltknöpfen. Sie schöpften keinen Verdacht, als Gillbret daran herumzuspielen begann. Biron verfolgte gebannt das Wippen der Peitsche.

Wie lange noch?

Die Stimme des Wächters riß ihn aus seinen Überlegungen: »Haben Sie Ihren Mantel nun endlich gefunden? Kommen Sie hinter dem Stuhl hervor!« Der Mann machte einen ungeduldigen Schritt in Birons Richtung. Plötzlich blieb er wie angewurzelt stehen. Seine Augen zogen sich zu schmalen Schlitzen zusammen. Verwirrt blickte er sich um.

Jetzt war es soweit! Biron richtete sich auf, duckte sich jedoch gleich wieder auf den Wächter zu. Er umklammerte dessen Knie und versuchte, den Mann zu Fall zu bringen. Mit dumpfem Aufprall landete der Uniformierte am Boden. Birons Hand wand dem anderen die Peitsche aus der Faust.

Der zweite Wächter hatte sofort seine Waffe gezückt, konnte aber im Moment nichts damit anfangen. Mit der freien Hand fuchtelte er wild vor seinen Augen herum.

»Irgendwas nicht in Ordnung, Farrill?« fragte Gillbret mit schrillem Lachen.

»Nicht, daß ich wüßte«, brummte Biron. »Die Peitsche habe ich glücklich erwischt.«

»Dann machen Sie sich aus dem Staub! Diese beiden hier können Sie jetzt nicht aufhalten. Sie sind fürs erste vollauf mit Bildern und Geräuschen beschäftigt, die nur in ihrer Phantasie existieren.« Gillbret wich geschickt dem Knäuel aus menschlichen Gliedern und Leibern zu seinen Füßen aus.

Biron machte sich aus der Umklammerung frei und richtete sich auf. Ein wohlgezielter Fausthieb landete zwischen des Wächters Rippen. Mit schmerzverzogenem Gesicht krümmte sich der Mann zusammen. Mit seinem Siegeszeichen, der Peitsche, in der Hand stand Biron auf.

»Vorsicht!« kreischte Gillbret.

Aber Biron war nicht schnell genug. Schon hatte sich der zweite Wächter auf ihn gestürzt und warf ihn nieder. Es war eine unbewußte Attacke. Wen oder was der Mann vor sich zu haben glaubte, war unmöglich festzustellen. Nur eines war sicher: Er nahm Birons Anwesenheit überhaupt nicht wahr. Sein Atem fauchte in Birons Ohr, und aus seiner Kehle kamen unzusammenhängende Laute.

Vergeblich suchte Biron, seine eroberte Waffe anzuwenden. Der Ausdruck des Entsetzens in den starren, leblosen Augen seines Gegners ließ Biron vor Schreck das Blut in den Adern gerinnen.

Biron spannte alle Muskeln an und verlagerte sein Gewicht, um sich zu befreien. Vergebens. Dreimal spürte er die Peitsche scharf gegen seine Hüfte knallen, wobei er ächzend zusammenzuckte.

Aus dem Mund des Wächters drangen jetzt anstelle der unartikulierten Laute zusammenhängende Worte: »Ich werd's euch schon zeigen!« brüllte er. Der schwache, fast unsichtbare Schimmer ionisierter Luft, der das energiegeladene Sausen der Peitsche zu begleiten pflegte, tauchte wieder auf. Diesmal traf der Schlag schneidend Birons Fuß.

Es war, als wäre der Fuß in einen Kessel mit glühendem Blei getaucht worden, als wäre ein Felsblock darauf gefallen oder als wäre er von einem Hai zerfleischt worden. Dabei war dem Fuß physisch nichts geschehen. Nur die Nervenenden, die das Schmerzgefühl weiterleiten, waren aufs äußerste betroffen. Glühendes Blei hätte nicht anders wirken können. Birons Aufschrei gellte entsetzlich durch Gillbrets Studierstube. Dann brach der junge Farrill zusammen. Er merkte nicht, daß alles schon vorbei war. Nichts war gegenwärtig als der überwältigende Schmerz. Erst Minuten später, als Biron die Augen wieder öffnen und sich die Tränen abwischen konnte, stellte er fest, daß sich der Wächter an die Wand zurückgezogen hatte, wo er kichernd mit beiden Händen in der Luft umherfummelte. Der andere Wächter lag noch immer mit gespreizten Armen und Beinen auf dem Rücken. Er war wieder bei Bewußtsein, sagte jedoch kein Wort. Leicht zitternd, mit verstörtem Blick verfolgte er unsichtbare Geschehnisse. Auf seinen Lippen hatte sich Schaum gebildet.

Mühsam erhob sich Biron. Hinkend schleppte er sich bis zur Wand. Mit dem Peitschenstiel schlug er auf den Wächter ein, bis dieser zusammensackte. Der andere versuchte ebenfalls gar nicht erst, sich zu verteidigen. Seine Augen schweiften unaufhörlich ruhelos umher, bis er in Ohnmacht fiel.

Biron setzte sich und begann sich mit seinem Fuß zu beschäftigen. Als er Schuh und Strumpf abgestreift hatte, stellte er überrascht fest, daß die Haut völlig unverletzt war. Sowie er jedoch den Fuß zu massieren versuchte, stöhnte er vor Schmerz laut auf. Er blickte zu Gillbret hinüber, der inzwischen den Visisonor ausgeschaltet hatte und sich nachdenklich mit dem Handrücken über die hagere Wange fuhr.

»Besten Dank für Ihre Hilfe«, begann er.

Gillbret unterbrach ihn achselzuckend: »Gleich werden noch mehr von der Sorte auftauchen. Sehen Sie zu, daß Sie zu Artemisia kommen. Und zwar schleunigst, wenn ich bitten darf!«

Das leuchtete Biron ein. Der Schmerz hatte etwas nachgelassen, aber der Fuß fühlte sich immer noch geschwollen an. Er zog den Strumpf wieder darüber, seinen Schuh klemmte er unter den Arm. Nachdem er auch noch den zweiten Wächter der Peitsche entledigt hatte, verstaute er seine kostbare Beute sorgfältig in seinem Gürtel.

An der Tür drehte er sich noch einmal um und fragte nahezu widerwillig: »Was haben Sie denen vorgegaukelt, Durchlaucht?«

»Keine Ahnung. Das entzieht sich meiner Kenntnis. Ich habe lediglich das Gerät auf volle Stärke geschaltet, alles übrige hing von dem Vorstellungsvermögen der beiden ab. Jetzt ist aber nicht die Zeit für eine derartige Konversation. Haben Sie die Skizze, damit Sie Artemisias Zimmer finden?«

Biron nickte und machte sich auf den Weg, den Korridor entlang. Zum Glück war weit und breit niemand zu sehen. Biron kam nur langsam vorwärts. Jeder Versuch, schneller auszuschreiten, artete zu einem schmerzhaften Hüpfen aus.

Ein Blick auf seine Armbanduhr erinnerte ihn daran, daß er noch keine Gelegenheit gefunden hatte, sich der rhodianischen Zeitrechnung anzupassen. Seine Uhr ging noch immer nach der interstellaren Zeit, die an Bord des Schiffes üblich gewesen war. Danach zählte eine Stunde hundert, ein Tag tausend Minuten. Die Zahl 876, die zartrosa auf dem Metallzifferblatt erglänzte, war daher völlig bedeutungslos.

Immerhin mußte es noch Nacht sein oder wenigstens planetarische Schlafenszeit – sofern das nicht ein und dasselbe war.

Denn sonst wären die Gänge und Hallen nicht so leer gewesen und die phosphoreszierenden Basreliefs an den Wänden hätten nicht einen so verlassenen Eindruck gemacht. Im Vorübergehen berührte Biron eines der Bilder, eine Krönungsszene, wobei er erstaunt feststellte, daß es nur zweidimensional war. Er hätte darauf geschworen, daß es sich um eine freistehende Skulptur handle.

Verblüfft blieb er stehen, um hinter das Geheimnis dieser Technik zu kommen. Doch dann erinnerte er sich rechtzeitig seiner heiklen Situation und eilte, so gut es ging, weiter.

Die Leere des Palastes betrachtete Biron als einen zusätzlichen Beweis für den Verfall Rhodias. Seitdem er zum Rebellen geworden war, hatte sich sein Blick für derartige Dekadenzerscheinungen geschärft. Wäre der Palast noch Zentrum einer unabhängigen Macht gewesen, dann hätte es von lautlosen Nachtwächtern nur so darin gewimmelt.

Nach Gillbrets roher Skizze zu urteilen, mußte sich Biron jetzt nach rechts wenden. Eine weite, geschwungene Rampe tat sich vor ihm auf. Vermutlich hatte sich früher der Hofstaat hier versammelt, doch jetzt gab es wohl dazu keinen Anlaß mehr.

Endlich war Biron an der richtigen Tür angelangt. Sowie er das Fotosignal berührt hatte, wurde die Tür vorsichtig einen Spalt breit geöffnet, dann ging sie ganz auf.

»Kommen Sie herein, junger Mann!«

Das war Artemisias Stimme. Nachdem Biron der Aufforderung gefolgt war, schloß sich die Tür schnell und lautlos hinter ihm. Schweigend betrachtete er das Mädchen. Das Bewußtsein, ein zerrissenes Hemd und beschmutzte Kleidung zu tragen, überhaupt verschmiert und ungepflegt auszusehen, machte ihn mürrisch und unsicher. Plötzlich merkte er, daß er noch immer den Schuh unterm Arm hielt. Mit einiger Anstrengung schlüpfte er hinein.

»Haben Sie etwas dagegen, wenn ich mich setze?« stieß er schließlich unliebenswürdig hervor.

Sie folgte ihm bis zu dem Stuhl und pflanzte sich vor ihm auf. »Was ist geschehen?« fragte sie etwas verärgert. »Was ist mit Ihrem Fuß los?«

»Verletzt«, gab er kurz zurück. »Sind Sie startbereit?«

Sofort hellte sich ihre Miene auf. »Sie wollen uns also mitnehmen?« Doch Biron ließ sich nicht so leicht beschwichtigen.

Sein Fuß tat noch immer weh, was seine Stimmung nicht gerade verbesserte. »Bringen Sie mich zu dem Schiff«, sagte er unfreundlich. »Ich will fort von diesem verdammten Planeten. Wenn Sie mitkommen wollen, habe ich nichts dagegen.«

»Etwas Höflichkeit könnte Ihnen nichts schaden«, erklärte sie stirnrunzelnd. »Haben Sie eine Schlägerei gehabt?«

»Allerdings. Mit Ihres Vaters Leibwächtern, die mich wegen Hochverrats festnehmen wollten. So sieht also mein Asylrecht aus.«

»Oh, das tut mir leid!«

»Mir auch. Kein Wunder, daß die Tyrannen mehr als fünfzig Welten mit einer Handvoll Männer in Schach halten können. Wir helfen ihnen ja noch dabei. Leute wie Ihr Vater geben sich zu allem her, nur um sich auf dem Thron zu halten. Wenn's drauf ankommt, lassen sie selbst die primitivsten Menschenpflichten außer acht. – Na, wechseln wir lieber das Thema.«

»Ich sagte bereits, daß ich den Vorfall bedaure, Euer Gnaden!« Der bewußt gebrauchte Titel wirkte aus ihrem Munde wie eine scharfe Zurechtweisung. »Bitte werfen Sie sich nicht zum Richter über meinen Vater auf! Sie kennen die Zusammenhänge nicht.«

»Ich habe nicht die Absicht, darüber mit Ihnen zu debattieren. Wir müssen uns beeilen, sonst werden noch mehr von Ihres Vaters vortrefflichen Leibgardisten hier auftauchen. Ich wollte Sie natürlich nicht beleidigen. Schwamm darüber!« Birons schroffer Ton machte die entschuldigenden Worte illusorisch. Aber, verdammt noch mal, er hatte auch noch nie zuvor eine neuronische Peitsche zu spüren bekommen. Das war kein Zuckerlecken. Außerdem schuldeten ihm diese Leute Asylrecht. Beim Kosmos, es war das mindeste, was er verlangen konnte.

Artemisia war wütend. Selbstverständlich nicht auf ihren Vater, sondern auf diesen sturen dummen Jungen. Er war ja noch nicht trocken hinter den Ohren, fast noch ein Kind, kaum älter als sie selbst, wenn überhaupt.

Als das Hausvisiofon ertönte, herrschte sie Biron scharf an: »Warten Sie einen Augenblick. Wir brechen sofort auf.«

Es war Gillbrets Stimme, zu einem kaum vernehmbaren Flüstern gedämpft: »Arta? Alles in Ordnung drüben?«

Ebenso leise erwiderte sie: »Er ist hier.«

»Gut. Kein Wort weiter. Hör mir zu. Gleich wird der Palast

durchsucht. Nicht zu ändern. Ich werde mir aber etwas ausdenken. Inzwischen nichts unternehmen.« Ohne eine Antwort abzuwarten, hatte Gillbret den Kontakt unterbrochen.

»Da haben wir's!« sagte Biron, der mitgehört hatte. »Soll ich nun hierbleiben und Ihnen auch noch Unannehmlichkeiten bereiten, oder soll ich lieber 'rausgehen und mich gleich ergeben? Vermutlich kann man nirgendwo auf Rhodia Asylrecht erwarten.«

»Halten Sie endlich den Mund, Sie erzdummer, großer Esel!« fauchte sie ihn mit erstickter Stimme an.

Feindselig starrten sie einander an. Biron fühlte sich gekränkt. Schließlich hatte er ihr gewissermaßen helfen wollen. Sie hatte also keinen Grund, beleidigend zu werden.

»Verzeihung«, sagte sie und wandte sich ab.

»Schon gut«, erwiderte er abweisend. »Meinetwegen können Sie denken, was Sie wollen.«

»Sie haben kein Recht, so über meinen Vater zu sprechen. Sie haben keine Ahnung, was es heißt, Direktor zu sein. Ob Sie's glauben oder nicht, er tut alles nur für sein Volk.«

»Natürlich. Um des Volkes willen verkauft er mich auch an die Tyrannen. Klarer Fall.«

»Das stimmt sogar. Er muß ihnen seine Loyalität beweisen. Sonst setzen sie ihn eines Tages ab und übernehmen direkt die Herrschaft auf Rhodia. Wäre das vielleicht besser?«

»Wenn ein Edelmann nicht einmal Asyl –«

»Ach, Sie denken nur an sich! Das ist bei Ihnen der ganze Haken.«

»Ich kann den Wunsch, nicht unbedingt sterben zu wollen, gar nicht sonderlich egoistisch finden. Jedenfalls will ich nicht für nichts und wieder nichts sterben. Ehe ich mich aus dem Staube mache, habe ich noch einiges zu erledigen. Meines Vaters Werk ist unvollendet geblieben.« Er wußte, daß er dramatisch zu werden begann, aber sie trieb ihn einfach dazu, solche Töne anzuschlagen.

»Und was hat Ihr Vater davon gehabt?« fragte sie.

»Nichts, vermutlich. Er wurde umgebracht.«

Artemisia war das Gespräch sichtlich peinlich. »Ich wiederhole, daß mir das alles leid tut, und diesmal meine ich es auch wirklich so. Ich bin ganz durcheinander.« Nach einer kleinen

Pause fügte sie verlegen hinzu: »Wissen Sie, ich habe nämlich auch mein Päckchen zu tragen.«

Biron nickte verständnisvoll. »Bestimmt. Begraben wir also das Kriegsbeil!« Er versuchte zu lächeln, was ihm, da sein Fuß jetzt weit weniger schmerzte, einigermaßen gelang.

Auch Artemisia bemühte sich, liebenswürdig zu sein. »Eigentlich sind Sie gar kein so großer Esel.«

Biron quittierte das Kompliment mit einem törichten Grinsen. »Na ja ...« Er sprach den Satz nicht zu Ende. Artemisia hatte sich unwillkürlich den Mund zugehalten. Erschrocken fuhren beider Köpfe zur Tür herum. Auf dem halbelastischen Plastik-Mosaikfußboden des Korridors war das gedämpfte Trappeln vieler Soldatenfüße zu hören. Die meisten Schritte verhallten in der Ferne. Dennoch war vor der Tür ein diszipliniertes Hackenzusammenschlagen zu hören. Dann ertönte das Fotosignal.

Gillbret hatte schnelle Arbeit geleistet. Zunächst galt es, den Visisonor zu verstecken. Zum erstenmal bedauerte Gillbret, sich keine bessere Tarnung dafür ausgedacht zu haben. Warum hatte dieser verdammte Henrik hier auch so rasch geschaltet! Hätte doch bis zum nächsten Morgen warten können! Jedenfalls mußte er, Gillbret, sofort verschwinden; vielleicht war es die letzte Chance seines Lebens.

Dann rief er den Hauptmann der Palastwache an. Schließlich konnte er nicht die betrübliche Tatsache vertuschen, daß in seinem Studierzimmer zwei bewußtlose Leibwächter lagen und daß ein Gefangener entsprungen war.

Der Schloßhauptmann zeigte sich alles andere als erfreut. Er ließ die beiden ohnmächtigen Männer wegschaffen, dann richtete er an Gillbret die unheildrohende Frage: »Durchlaucht, mir ist bis jetzt noch nicht klar, wie das passieren konnte.«

»Höchst einfach«, erwiderte Gillbret. »Die beiden wollten Farrill festnehmen, aber der junge Mann war nicht damit einverstanden. Darum ist er ihnen davongelaufen, weiß der Kosmos, wohin!«

»Das hat nichts zu bedeuten, Euer Durchlaucht. Da der Palast heute nacht eine hochgestellte Persönlichkeit beherbergt, ist er mit Wachen umstellt. Der Gefangene kann sich also nur im Innern des Palastes versteckt halten. Wir werden unser Netz so engmaschig auswerfen, daß er uns nicht entschlüpft. Aber wie konnte er hier entwischen? Meine Leute waren bewaffnet, er nicht.«

»Er hat wie ein Tiger gekämpft. Ich war hinter dem Sessel dort in Deckung gegangen . . .«

»Es ist bedauerlich, daß Sie meinen Männern nicht geholfen haben, mit einem Hochverräter fertigzuwerden.«

Gillbret warf dem Hauptmann einen empörten Blick zu. »Was für amüsante Einfälle Sie haben! Wenn Ihre Leute trotz ihrer Überlegenheit an Zahl und Waffen noch meiner Hilfe bedürfen, dann, glaube ich, ist es an der Zeit, daß Sie sich nach anderen Soldaten umsehen.«

»Schon gut. Wir werden jetzt den Palast durchkämmen. Sobald wir den Gefangenen haben, soll er uns sein Heldenstück noch mal vorführen.«

»Ich werde mich an der Suche beteiligen.«

Der Hauptmann zog erstaunt die Augenbrauen hoch. »Das halte ich nicht für ratsam, Euer Durchlaucht. Die Sache ist immerhin gefährlich.«

Einem Henrici gegenüber war eine solche Bemerkung eine Unverschämtheit. Aber Gillbret lächelte nur. »Ich weiß«, sagte er gleichmütig. »Aber hin und wieder finde ich selbst Gefahren amüsant.«

Es dauerte fünf Minuten, bis die Leibwache in Kompaniestärke angetreten war. Gillbret nutzte die kurze Zeitspanne, um Artemisia zu verständigen.

Biron und Artemisia waren beim Surren des Signals vor Schreck erstarrt. Nach dem zweiten Summton wurde vorsichtig an die Tür geklopft, dann hörte man Gillbret sagen: »Lassen Sie es mich mal versuchen, Hauptmann!« Gleich darauf rief er energisch Artemisias Namen.

Biron atmete erleichtert auf. Er wollte schon zur Tür gehen, doch das Mädchen hielt ihn zurück und legte ihm warnend die Hand auf den Mund. »Einen Augenblick, Onkel Gil«, sagte sie, mit der freien Hand verzweifelt auf die Wand deutend.

Biron starrte das Mädchen verständnislos an. Er konnte nichts an der leeren Wand entdecken. Artemisia zog eine ungeduldige Grimasse und lief schnell an Biron vorbei zu der Wand hinüber. Auf einen Fingerdruck von ihr glitt ein Teil der Wand lautlos zur Seite, wodurch ein Eingang zu Artemisias Ankleideraum entstand. Stumm gab sie Biron ein Zeichen, darin zu verschwinden, während sie gleichzeitig aufgeregt in der Brosche auf ihrer rechten Schulter herumfingerte. Mit dem Lösen der Brosche wurde das winzige Kraftfeld außer Betrieb gesetzt, wodurch das Kleid unsichtbar zusammengehalten wurde. Das rote Gewand fiel auf den Boden.

Bevor sich die Wandöffnung wieder schloß, konnte Biron gerade noch sehen, wie sich Artemisia einen mit weißem Pelz besetzten Morgenrock überwarf. Das rote Kleid lag zusammengeknüllt auf einem Stuhl.

Etwas hilflos blickte sich Biron in seiner neuen Umgebung um. Wenn man nun Artemisias Gemächer durchsuchte? Der Ankleideraum hatte keinen anderen Ausgang. Das Versteck glich also mehr einem Gefängnis.

An der einen Wand hing eine stattliche Anzahl von Kleidern. Sie waren von einem schwachen schimmernden Strahl umgeben, der offenbar dazu diente, die Luft staubfrei und aseptisch zu halten. Als Biron die Hand hindurch streckte, fühlte er dort, wo die Armbanduhr saß, ein leichtes Prickeln. Hinter Artemisias Röcken sollte er sich also verstecken. Darauf lief es hinaus. Mit Gillbrets Hilfe hatte er zwei Leibwächter mannhaft niedergeschlagen, um hierherzugelangen. Und nun verkroch er sich wie ein kleiner Junge hinter Weiberröcken!

Auf einmal ertappte er sich bei dem Gedanken, daß er es eigentlich bedauerte, sich nicht früher umgedreht zu haben. Sie hatte eine recht ordentliche Figur. Zu blöd, daß er seinen Zorn an ihr ausgelassen hatte. Schließlich konnte sie nichts für die Fehler und Schwächen ihres Vaters.

Jetzt hieß es also warten und die Wand anstarren, warten, bis im Nachbarzimmer Füßegetrappel erscholl, bis die Wandöffnung wieder aufging, bis sich wieder Pistolenmündungen auf ihn richteten. Diesmal konnte er auf keinen Visisonor rechnen.

Biron wartete – eine neuronische Peitsche in jeder Hand haltend.

»Was ist los?« Artemisias Besorgnis war ungeheuchelt. Sie richtete ihre Worte an Gillbret, der neben dem Schloßhauptmann vor der Tür stand. Ein halbes Dutzend Leibgardisten hielt sich diskret im Hintergrund. »Ist Vater etwas zugestoßen?« fuhr sie erregt fort.

»Nein, nein«, beruhigte Gillbret seine Nichte, »du brauchst dir keine Gedanken zu machen. Hast du schon geschlafen?«

»Ich wollte gerade zu Bett gehen. Von meinen Zofen hat sich seit Stunden keine einzige blicken lassen. Darum mußte ich auch selbst die Tür öffnen. Ihr habt mich fast zu Tode erschreckt.«

Plötzlich wandte sie sich hoheitsvollen Tones an den Schloßhauptmann: »Was wünscht man von mir? Beeilen Sie sich, bitte. Für eine Audienz ist die Stunde etwas ungewöhnlich.«

Noch ehe der Hauptmann den Mund auftun konnte, nahm Gillbret wieder das Wort. »Eine höchst amüsante Geschichte, Arta. Der junge Mann ist ausgerissen und hat dabei noch zwei Köpfe rollen lassen. Jetzt jagen wir ihn ganz fair und sportlich: eine Kompanie Soldaten gegen einen Flüchtling. Wie du siehst, beteilige ich mich auch an der Hatz, unser guter Hauptmann ist ganz entzückt von meinem Eifer und meinem Mut.«

Artemisia gelang es vortrefflich, die Verwirrte zu spielen.

Der Hauptmann stieß einen unterdrückten Fluch hervor, ohne die Lippen dabei zu bewegen.

»Gestatten, Euer Durchlaucht«, unterbrach er Gillbrets Wortschwall. »Sie drücken sich nicht ganz klar aus, was die ganze Angelegenheit nur unnötig verzögert. Hoheit, der Mann, der sich als der Sohn des ehemaligen Ranchers von Widemos bezeichnet, wurde wegen Hochverrats festgenommen. Er ist jedoch entflohen und hält sich jetzt irgendwo versteckt. Wir müssen den Palast nach ihm durchsuchen, und zwar Zimmer für Zimmer.«

Artemisia trat stirnrunzelnd einen Schritt zurück. »Doch nicht etwa meine Gemächer?«

»Wenn Eure Hoheit nichts dagegen haben.«

»Ich habe aber etwas dagegen. Wenn sich ein Fremder in meinen Räumen aufhielte, müßte ich es ja schließlich wissen. Schon der Gedanke, daß ich mitten in der Nacht einen solchen Mann – überhaupt ein männliches Wesen – hier beherbergen könnte, ist mehr als beleidigend. Ich darf wohl von Ihnen den Respekt erwarten, den Sie meiner Stellung schuldig sind, Hauptmann!«

Artemisias Worte verfehlten nicht die beabsichtigte Wirkung. Dem Hauptmann blieb nichts anderes übrig, als mit einer höflichen Verbeugung zu sagen: »Selbstverständlich habe ich Sie nicht beleidigen wollen, Hoheit. Entschuldigen Sie bitte die Störung zu so später Stunde. Natürlich genügt Ihr Wort, daß Sie den Flüchtling nicht gesehen haben. Jedenfalls war es unsere Pflicht, um Ihre Sicherheit besorgt zu sein. Der Mann ist gefährlich.«

»Doch wohl nicht so gefährlich, daß Sie nicht mit einer ganzen Kompanie mit ihm fertig würden.«

»Los, Hauptmann, kommen Sie«, fuhr Gillbrets schrille Stimme dazwischen. »Während Sie hier mit meiner Nichte höfliche Phrasen wechseln, hat unser Mann inzwischen Zeit, die Waffenkammer zu plündern. Ich schlage vor, einen Wachtposten vor der Tür zu lassen, damit Ihre Hoheit für den Rest der Nacht ungestört bleibt. Es sei denn, meine Liebe«, fügte er zu Artemisia gewandt hinzu, »du hättest die Absicht, dich uns anzuschließen.«

»Besten Dank«, erwiderte Artemisia kühl, »mir genügt es, wenn ich meine Tür zumachen und mich wieder hinlegen kann.«

»Nehmen Sie den stattlichsten Kerl, den Sie haben«, rief Gillbret. »Diesen hier zum Beispiel. Eine schneidige Uniform hat unsere Leibgarde, nicht wahr, Artemisia? Man kann sie zehn Meilen gegen den Wind an ihrer Uniform erkennen.«

»Durchlaucht«, drängte der Hauptmann ungeduldig, »keine weiteren Verzögerungen, bitte!«

Einer der Soldaten trat auf einen Wink des Hauptmanns aus dem Zug heraus. Während sie die Tür schloß, sah Artemisia noch, wie er zuerst in ihrer Richtung und dann vor seinem Vorgesetzten stramm salutierte. Danach verhallten Marschschritte in beiden Richtungen des Korridors. Artemisia wartete noch ein Weilchen, ehe sie die Tür vorsichtig einen winzigen Spalt öffnete. Breitbeinig, mit dem Rücken zur Tür, hatte sich der Posten aufgepflanzt. In der rechten Hand hielt er die schußbereite Pistole, mit der linken umklammerte er sein Alarmgerät. Es war der Mann, den Gillbret vorgeschlagen hatte. Er hatte so ziemlich Birons Länge, nur in den Schultern war er nicht so breit wie der junge Widemos. Dabei kam ihr der Gedanke, daß Biron, wenngleich er noch recht jung war und daher reichlich unreife Ansichten hatte, wenigstens gut gewachsen sei. Sie hätte ihn nicht gleich so anzufauchen brauchen. Er sah überhaupt nicht übel aus.

Geräuschlos schloß sie die Tür und ging auf den Ankleideraum zu.

Sowie sich die Tür zu öffnen begann, ging Biron in Angriffsstellung. Verblüfft starrte Artemisia die beiden Peitschen an. »Vorsicht!«

Biron atmete erleichtert auf und stopfte seine Waffen, so gut es ging, in die Hosentaschen. »Ich wollte nur etwaige Besucher gebührend empfangen.«

»Kommen Sie heraus. Und sprechen Sie ganz leise.«

Sie hatte noch immer den Morgenrock an, der aus einem weichfließenden Stoff hergestellt war, den Biron noch nie gesehen hatte. Das Gewand war mit silbrig schimmerndem Pelz besetzt und wurde durch eine dem Material innewohnende Magnetkraft zusammengehalten, so daß weder Knöpfe noch Spangen, noch Haken notwendig waren. Folglich enthüllte dieses Kleidungsstück Artemisias Formen mehr, als daß es sie verbarg.

Biron fühlte, wie seine Ohren glühten. Der Anblick des Mädchens war ihm keineswegs unangenehm.

Artemisia legte eine kleine Kunstpause ein, ehe sie mit ihrem Zeigefinger eine kreisende Bewegung machte und sagte: »Gestatten Sie!«

Biron sah sie fragend an. »Wie, bitte? Ach so! Verzeihung!«

Er kehrte ihr den Rücken zu und lauschte gespannt auf das Rascheln von Kleidungsstücken. Es fiel ihm nicht auf, daß sie eigentlich den Ankleideraum hätte benutzen oder, was noch passender gewesen wäre, sich hätte umziehen können, ehe sie ihn herausgelassen hatte. Seine Unerfahrenheit hinderte ihn daran, bestimmte Züge der weiblichen Psyche näher zu analysieren.

Als er sich wieder umdrehte, hatte sie ein schwarzes Schneiderkostüm an, das knapp bis zum Knie reichte.

Zerstreut fragte Biron: »Brechen wir jetzt auf?«

Sie schüttelte den Kopf. »Zunächst müssen Sie sich noch einmal betätigen. Sie brauchen ja auch andere Kleidung. Stellen Sie sich hinter die Tür. Ich rufe jetzt den Wachtposten herein.«

»Was für einen Wachtposten?«

Artemisia lächelte vielsagend. »Vor der Tür steht einer – auf Onkel Gils Vorschlag.«

Lautlos öffnete sie die Tür. Der Wächter stand noch unbeweglich auf seinem Posten.

»Wache!« flüsterte sie. »Kommen Sie schnell herein!«

Für einen einfachen Soldaten gab es kein Überlegen, wenn die Tochter des Direktors etwas anordnete. Mit einem respektvollen: »Zu Befehl, Hoheit!« betrat er das Zimmer. Gleich darauf sank er unter der Last, die sich auf seine Schultern stürzte, in die Knie. Noch ehe er einen Laut hervorbringen konnte, wurde ihm die Kehle zugeschnürt.

Artemisia schloß hastig die Tür. Obwohl ihr fast übel davon wurde, konnte sie ihren Blick nicht von dem Schauspiel abwenden. Das Leben im Palast der dekadenten Henrici verlief sonst ohne Sensation. Noch nie hatte sie ein mit dem Erstickungstod ringendes Lebewesen gesehen.

Biron mußte seine ganze Kraft aufwenden, um den anderen niederzuzwingen. Allmählich wurde der Widerstand immer schwächer, bis der Mann endlich leblos zusammensackte.

»Ist er tot?« flüsterte Artemisia entsetzt.

»Kaum«, entgegnete Biron. »Dazu braucht es vier bis fünf Minuten. Aber er dürfte für eine ganze Weile außer Gefecht gesetzt sein. Haben Sie etwas, womit man ihn fesseln kann?«

Hilflos schüttelte sie den Kopf.

»Es geht, wenn wir Strümpfe von Ihnen dazu verwenden.« Biron hatte den Mann bereits entwaffnet und ihm die Uniform ausgezogen. »Wo kann ich mich waschen?« fragte er. »Ich dürfte es nötig haben.«

Es war angenehm, sich dem reinigenden Sprühregen in Artemisias Badezimmer auszusetzen. Er war vielleicht ein bißchen zu stark parfümiert, aber Biron hoffte, den femininen Geruch an der frischen Luft wieder loszuwerden. Wenigstens war er jetzt sauber, und dazu hatte es nur eines Augenblicks unter dem warmen Strahl bedurft. Eine besondere Trockenanlage war nicht nötig. Die Dusche reinigte und trocknete zugleich. So etwas gab es weder auf Widemos noch auf der Erde. Die Uniform war ein wenig eng, außerdem gefiel Biron die militärische Kopfbedekkung nicht. Unzufrieden musterte er sich im Spiegel. »Wie sehe ich denn aus?«

»Wie ein Soldat«, versicherte ihm Artemisia.

»Eine der Peitschen müssen Sie an sich nehmen. Drei Stück kann ich nicht verstauen.«

Mit spitzen Fingern ergriff sie die Waffe und stopfte sie in ihre Handtasche. Diese war ebenfalls magnetisch an Artemisias Gürtel befestigt, so daß sie beide Hände frei hatte.

»Jetzt wird es höchste Zeit, daß wir uns auf den Weg machen. Und halten Sie ja den Mund, wenn uns jemand begegnet! Das Reden überlassen Sie mir. Ihr Akzent könnte Sie verraten. Außerdem sind Sie ein einfacher Soldat und dürfen nur sprechen, wenn man Sie fragt. Vergessen Sie das bitte nicht! Sie sind Leibgardist und nichts weiter.«

Die Gestalt auf dem Fußboden begann sich ein wenig zu regen. An den Hand- und Fußgelenken war der Mann mit Strümpfen gefesselt, die genauso fest waren wie Stahltaue. Vergeblich versuchte er, sich mit der Zunge seines Knebels zu entledigen. Biron hatte seinen Gegner schon vorher aus dem Wege geräumt, so daß sie jetzt nicht über ihn hinwegzusteigen brauchten.

»Hier entlang«, flüsterte Artemisia aufgeregt.

An der ersten Biegung des Korridors hörten sie Schritte hinter sich. Eine leichte Hand legte sich auf Birons Schulter.

Biron trat schnell zur Seite und drehte sich um. Mit der einen Hand umklammerte er des Angreifers Arm, die andere langte nach der Peitsche. Doch es war Gillbret, der sagte: »Nicht so unsanft, junger Mann!« Biron ließ sofort von ihm ab.

Gillbret rieb sich seinen Arm. »Daß ich hier auf euch gewartet habe, ist noch lange kein Grund, mir die Knochen zu brechen. Lassen Sie sich bewundern, Farrill. Ihre Uniform sitzt ein wenig knapp – aber nicht schlecht, wirklich nicht schlecht, muß ich sagen. Niemand würde sich die Mühe machen, Sie in dem allgemeinen Durcheinander zu beachten. Das ist der Vorteil der Uniform. Man kommt nicht auf die Idee, daß in einer Soldatenuniform jemand anders als ein Soldat stecken könnte.«

»Onkel Gil«, drängte Artemisia flüsternd, »rede nicht soviel. Wo sind die anderen Wachen?«

»Nicht einmal seine Meinung kann man mehr äußern, ohne

daß einem gleich jemand über den Mund fährt«, murrte der Fürst. »Die anderen klettern gerade in den Turm hinauf. Man ist zu der Überzeugung gekommen, daß unser Freund sich nicht in den unteren Stockwerken aufhalte. Darum hat man nur an den Hauptausgängen ein paar Wachen belassen. An denen vorbeizukommen ist kein Kunststück.«

»Wird man Sie nicht vermissen, Durchlaucht?« fragte Biron.

»Mich? Daß ich nicht lache. Der Hauptmann war froh, mich loszuwerden – trotz seiner vielen Bücklinge. Die weinen mir keine Träne nach, das können Sie mir glauben.«

Plötzlich brach die geflüsterte Unterhaltung ab. Am Ende des Korridors stand ein Wachtposten. Zwei weitere flankierten die große Doppeltür, die ins Freie führte.

Gillbret rief ihnen munter zu: »Irgendwelche Neuigkeit über den entsprungenen Gefangenen, Leute?«

»Nein, Euer Durchlaucht«, lautete die Antwort unter zackigem Hackenzusammenschlagen.

»Haltet nur weiter die Augen offen!« Mit diesen Worten gingen sie an den Wachen vorbei, die ihnen respektvoll die Tür hielten und die Alarmanlage außer Betrieb gesetzt hatten.

Draußen war es noch Nacht. Der Himmel war sternenklar. Die Palastgebäude bildeten eine dunkle Masse im Hintergrund. Der Flugplatz lag ungefähr einen Kilometer entfernt.

Nachdem sie fünf Minuten schweigend gegangen waren, wurde Gillbret unruhig.

»Irgendwas stimmt nicht«, murmelte er.

»Du hast doch nicht etwa vergessen, das Schiff bereitstellen zu lassen, Onkel Gil?« fragte Artemisia.

»Natürlich nicht«, fuhr er seine Nichte ungehalten an. »Warum ist der Flughafenturm erleuchtet? Er müßte um diese Zeit dunkel sein.«

Gillbret wies auf eine Stelle, wo der Turm wie eine weißleuchtende Honigwabe durch die Bäume schimmerte. Das konnte nichts anderes zu bedeuten haben, als daß Schiffe entweder starteten oder landeten. »Für heute nacht war nichts vorgesehen«, brummte Gillbret. »Das weiß ich ganz genau.«

Gleich darauf fand Gillbret die Antwort auf seine Frage. Er blieb plötzlich stehen und breitete beide Arme aus, um seine Begleiter zurückzuhalten.

»Das also ist es«, stieß er, beinahe hysterisch kichernd, hervor. »Diesmal hat sich Henrik, der Idiot, aber schön in die Tinte gesetzt. Die Tyrannen sind hier! Wißt ihr, was das bedeutet? Dort steht Arataps privater Panzerkreuzer.«

Jetzt fiel auch Biron das Schiff auf. Es war schnittiger, schlanker, wendiger als die rhodianischen Fahrzeuge.

»Das ist also die ›Persönlichkeit‹, von der unser Hauptmann sprach«, fuhr Gillbret fort. »Hätte ich doch gleich darauf geachtet! Jetzt ist nichts mehr zu ändern. Mit den Tyrannen können wir's nicht aufnehmen.«

»Warum nicht?« herrschte ihn Biron wütend an. »Warum können wir's nicht mit ihnen aufnehmen? Woher sollten sie Verdacht schöpfen? Außerdem sind wir bewaffnet. Am besten nehmen wir gleich das Schiff des Kommissars. Soll der Oberbonze doch ein langes Gesicht machen!«

Entschlossen trat er aus der relativen Geborgenheit des Wäldchens hinaus auf das erleuchtete Flugfeld. Die beiden anderen folgten ihm stumm. Sie brauchten sich nicht zu verstecken. Niemand würde zwei Mitglieder der königlichen Familie und einen sie eskortierenden Leibwächter anhalten.

Aber es waren die Tyrannen, die sie jetzt herausforderten!

Als Simok Aratap von Tyrann vor Jahren den Palast von Rhodia zum erstenmal gesehen hatte, war er tief beeindruckt gewesen. Später hatte er feststellen müssen, daß die imposante Hülle nicht mehr als eine verstaubte Reliquie barg. Zwei Generationen zuvor hatte das Parlament von Rhodia hier getagt. Die meisten Ministerien hatten auf dem Palastgelände ihren Sitz gehabt. Von hier waren die Impulse für ein gutes Dutzend Welten ausgegangen.

Jetzt trat das Parlament – es existierte noch immer, denn der Khan pflegte sich nicht in die inneren Angelegenheiten anderer Planeten einzumischen – nur noch einmal jährlich zusammen, um die gesetzlichen Verordnungen der vergangenen zwölf Monate zu ratifizieren. Eine reine Formalität. Nominell tagte der Exekutivrat noch regelmäßig, aber er bestand aus einer Handvoll Männern, die ihre Zeit weit häufiger auf ihren Rittergütern als in irgendwelchen Amtsräumen verbrachten. Die einzelnen Ministerien existierten natürlich noch. Denn – ob Direktor oder Khan – man konnte nicht gut ohne sie regieren. Aber jetzt waren sie über den ganzen Planeten verteilt und weit mehr von den neuen Herren, den Tyrannen, als vom Direktor abhängig.

Der Palast war unverändert geblieben: ein majestätisches Denkmal aus Stein und Metall, mehr nicht. Er beherbergte die königliche Familie, einen kaum zulänglichen Bedienentroß und eine völlig unzulängliche Eingeborenentruppe als Leibgarde.

Aratap fühlte sich in dieser attrappenhaften Umgebung unbehaglich, ja unglücklich. Es war schon spät, er war müde, seine Augen brannten, und er sehnte sich danach, die Kontaktgläser abnehmen zu können. Vor allem aber war er enttäuscht.

Wie planlos das Ganze war! Er warf seinem militärischen Berater einen Blick zu, doch der Major hörte mit ausdruckslosem Gesicht dem Direktor zu, dessen Worten Aratap selbst nur wenig Aufmerksamkeit schenkte. »Der junge Widemos? So, so!« hatte er einmal zerstreut eingeworfen und später noch hinzugefügt: »Sie haben ihn also verhaften lassen? Gut, gut!«

Was Aratap so verdroß, war, daß alles keine Methode zu haben schien. Aratap war so sehr an exaktes, logisches Denken und Handeln gewöhnt, daß ihn das Fehlen eines Planes ganz aus der Fassung brachte.

Widemos war ein Verräter gewesen, und sein Sohn hatte versucht, sich mit dem Direktor von Rhodia in Verbindung zu setzen. Als das heimlich nicht klappte, hatte er es ganz offiziell mit seiner lächerlichen Geschichte von einer Verschwörung versucht. Er mußte es offenbar eilig gehabt haben. Hier lag der Schlüssel zu einem Plan.

Aber weitere Zusammenhänge fehlten. Henrik hatte sich des Jungen mit geradezu unanständiger Hast entledigt. Nicht einmal bis zum nächsten Morgen hatte er sich Zeit gelassen. Da stimmte etwas nicht. Oder man hatte ihm, Aratap, wichtige Einzelheiten verschwiegen?

Erneut zwang er sich, dem Direktor aufmerksam zuzuhören. Henrik begann, sich zu wiederholen. Aratap war nahe daran, ihn zu bemitleiden. Man hatte diesen Mann so eingeschüchtert, daß seine Feigheit selbst einem Tyrannen zuwider werden konnte.

Und dennoch ging es nicht anders. Nur durch Furcht war unbedingter Gehorsam zu erzielen. Und allein darauf kam es an.

Widemos war nicht einzuschüchtern gewesen. Darum hatte er auch rebelliert, obwohl es in seinem eigenen Interesse gelegen hätte, sich mit der Oberhoheit der Tyrannen abzufinden. Henrik hatte Angst. Sein Fall lag ganz anders.

Weil Henrik Angst hatte und bestrebt war, nur ja alles richtig und nach Wunsch zu machen, hatte er sich auch so heillos verhaspelt. Von dem Major war kein beifälliges Wort zu erwarten, das wußte Aratap. Der Mann hatte nicht die geringste Phantasie. Der Hochkommissar seufzte und wünschte, er hätte auch keine. Politik war ein schmutziges Geschäft.

Indessen hörte er sich aufmunternd sagen: »Sehr gut. Ich billige Ihre Entschlußfreudigkeit und Ihren Eifer, dem Khan dienlich zu sein. Sie können sich darauf verlassen, daß er davon erfahren wird.«

Henrik war sichtlich erleichtert. Seine umwölkte Miene erhellte sich.

»Lassen Sie den Gefangenen herbringen«, befahl Aratap. »Dann wollen wir einmal hören, was unser Hähnchen zu krähen hat.« Er unterdrückte ein Gähnen, denn er war nicht im mindesten an dem ›Hähnchen‹ interessiert.

Noch ehe Henrik die Hand nach dem Hausvisiophon ausstrecken konnte, stand der Hauptmann der Leibgarde unangemeldet in der Tür.

»Euer Exzellenz«, rief er und trat ein, ohne eine Aufforderung abzuwarten.

»Was gibt's, Hauptmann?« fragte Henrik unsicher.

»Euer Exzellenz«, stieß der Offizier atemlos hervor, »der Gefangene ist entkommen.«

Aratap merkte, wie seine Müdigkeit verflog. »Rapport, Hauptmann«, befahl er und richtete sich in seinem Sessel auf.

Der Hauptmann vermied jede unmilitärische Wortverschwendung und sagte zum Schluß: »Ich bitte um Ihre Genehmigung, Exzellenz, allgemeinen Alarmzustand auszurufen. Die Flüchtlinge haben nur wenige Minuten Vorsprung.«

»Auf jeden Fall«, stammelte Henrik, »auf jeden Fall. Allgemeiner Alarm, natürlich! Ganz recht! Schnell! Schnell! Herr Kommissar, ich verstehe nicht, wie das passieren konnte. Hauptmann, spannen Sie alle Leute ein. Selbstverständlich werden wir den Fall untersuchen, Herr Kommissar. Wenn nötig, wird die ganze Leibgarde liquidiert. Alle! Bis zum letzten Mann.«

Er hatte sich in eine nahezu hysterische Wut hineingesteigert.

»Worauf warten Sie noch?« herrschte Aratap den Hauptmann an, der noch etwas auf dem Herzen zu haben schien.

»Kann ich Euer Exzellenz unter vier Augen sprechen?« fragte der Offizier unschlüssig.

Henrik warf dem Hochkommissar, der keine Miene verzog, einen schnellen, erschrockenen Blick zu. Leicht vorwurfsvollen Tones erklärte er: »Wir haben keine Geheimnisse vor den Beamten des Khans, sie sind unsere Freunde, unsere –«

»Was haben Sie uns mitzuteilen, Hauptmann?« unterbrach ihn Aratap höflich, aber bestimmt.

Der Hauptmann salutierte vorschriftsmäßig und begann: »Zu meinem Bedauern muß ich Euer Exzellenz mitteilen, daß Ihre Hoheit Artemisia und Seine Durchlaucht Gillbret den Gefangenen auf seiner Flucht begleitet haben.«

Erregt sprang Henrik auf. »Er hat es gewagt, sie zu entführen? Und meine Leibgarde hat das zugelassen?«

»Es war keine Entführung, Euer Exzellenz. Sie haben ihn freiwillig begleitet.«

»Woher wollen Sie das wissen?« Aratap war hellwach geworden und von dem Verlauf der Dinge sehr befriedigt. Endlich ließ sich so etwas wie ein Plan erkennen. Ein besserer Plan sogar, als er vermutet hatte!

»Wir haben die Aussagen des Wachtpostens, der von ihnen überwältigt wurde«, fuhr der Hauptmann fort, »und außerdem der beiden Leibwächter, die sie, weil kein Grund zu einem Verdacht vorhanden war, den Palast verlassen ließen.«

»Es wäre besser, Hauptmann, wenn Sie sich um den Gesundheitszustand Ihres Direktors kümmerten«, meinte Aratap. »Sie sollten seinen Arzt rufen lassen.«

»Aber der Alarm!« rief der Hauptmann etwas ratlos.

»Von einem allgemeinen Alarm sehen wir ab«, erklärte ihm Aratap. »Haben Sie verstanden? Kein Alarm! Keine Verfolgung! Der Fall ist erledigt. Geben Sie Ihren Leuten Befehl, sich wieder ihren regulären Aufgaben zuzuwenden. Und kümmern Sie sich um Ihren Direktor. Kommen Sie, Major!«

Sobald sie die Palastgebäude hinter sich gelassen hatten, fragte der tyrannische Major gespannt: »Ich darf doch wohl annehmen, daß Sie genau wissen, was Sie tun, Aratap? Nur deshalb habe ich vorhin den Mund gehalten.«

»Vielen Dank, Major.« Aratap genoß die Nachtluft auf einem grünenden Planeten wie diesem. Auf seine Art war Tyrann schöner, aber es war die furchteinflößende Schönheit felsiger Gebirgsketten. Trockenheit überall!

»Sie können mit Henrik nicht umgehen, Major Andros«, sagte er gemächlich. »Unter Ihren Händen würde er eingehen wie eine welke Pflanze. Er ist sehr nützlich, und man muß ihn behutsam behandeln, wenn er es bleiben soll.«

Der Major machte eine abwehrende Handbewegung. »Darauf wollte ich gar nicht hinaus. Aber warum kein allgemeiner Alarm? Liegt Ihnen nichts an den Flüchtlingen?«

»Ihnen etwa?« Aratap zögerte. »Setzen wir uns einen Augenblick, Andros. Eine Bank am Wiesengrund! Was könnte es Schöneres geben, und was wäre außerdem sicherer vor Abhörstrahlen? Warum wollen Sie den jungen Mann unbedingt fangen, Major?«

»Warum will ich überhaupt einen Verschwörer und Verräter fangen?«

»Ja, warum? Wenn Sie nur ein paar Mittelsmänner erwischen, während die Giftquelle unentdeckt bleibt? Wen würden Sie bekommen? Einen Grünschnabel, ein Gänschen und einen senilen Wirrkopf.«

Ganz in der Nähe war das Plätschern eines künstlichen Wasserfalls zu vernehmen. Für Aratap grenzte das an ein Wunder, obwohl er sich nie ganz von seiner anerzogenen Verärgerung über eine solche Verschwendung des kostbaren Gutes hatte freimachen können.

»Schön und gut«, gab der Major zu bedenken, »aber besser wenig als gar nichts.«

»Wir haben immerhin einige Anhaltspunkte. Als der junge Mann auftauchte, brachten wir ihn mit Henrik in Verbindung, und das bereitete uns einiges Kopfzerbrechen. Henrik ist nun einmal – Henrik. Aber was sollten wir machen? Jetzt hat sich herausgestellt, daß es gar nicht um Henrik ging. Henrik war eine Finte. Seine Tochter und sein Vetter waren es, auf die es der Bengel abgesehen hatte. Und dahinter scheint einiges zu stecken.«

»Warum hat Henrik uns nicht eher rufen lassen? Warum hat er es erst mitten in der Nacht getan?«

»Weil er sich von jedem an der Nase herumführen läßt, der

auch nur den leisesten Versuch dazu unternimmt. Ich bin davon überzeugt, daß Gillbret diese Nachtsitzung vorgeschlagen hat, weil sie ihm am besten in seinen Kram paßte.«

»Sie meinen also, daß wir absichtlich hergerufen wurden, um Zeugen ihrer Flucht zu sein?«

»Natürlich nicht deshalb. Überlegen Sie doch einmal! Wohin beabsichtigten diese Leute zu gehen?«

»Rhodia ist groß«, erwiderte der Major achselzuckend.

»Ja, wenn es sich um den jungen Farrill allein handelte. Aber wo könnten sich zwei Mitglieder der königlichen Familie unbemerkt auf Rhodia verbergen? Besonders das Mädchen.«

»Sie meinen also, sie müssen den Planeten verlassen? Nun ja, das leuchtet mir ein.«

»Von wo aus? Der Flugplatz ist zu Fuß in fünfzehn Minuten zu erreichen. Wissen Sie nun, warum unsere Anwesenheit nötig war?«

»Unser Schiff?« fragte der Major ungläubig.

»Natürlich. Ein tyrannisches Schiff mußte ihnen geradezu ideal erscheinen. Sonst hätten sie nur einen der Frachter nehmen können. Farrill hat auf der Erde studiert, und ich bin überzeugt davon, daß er einen Kreuzer steuern kann.«

»Da haben Sie's! Warum gestatten wir dem Adel, seine Söhne, wer weiß wo, ausbilden zu lassen? Wie kommt ein Untertan dazu, mehr von der Verkehrstechnik zu verstehen, als für einen Eingeborenen notwendig ist? Wir sägen selbst den Ast ab, auf dem wir sitzen.«

»Immerhin«, belehrte ihn Aratap mit höflichem Gleichmut, »hat Farrill zweifellos eine entsprechende Ausbildung genossen, womit wir uns objektiv abzufinden haben, ohne darüber aus dem Häuschen zu geraten. Die logische Folgerung aus dieser Tatsache ist, daß sie bestimmt unseren Kreuzer genommen haben.«

»Das kann ich nicht glauben.«

»Sie haben doch Ihren Taschenfunkapparat dabei. Versuchen Sie, mit dem Schiff Verbindung aufzunehmen.«

Die Bemühungen des Majors waren vergebens.

»Peilen Sie mal den Flughafenturm an«, schlug Aratap vor. Bald darauf ertönte aus dem winzigen Empfangsgerät eine aufgeregte Stimme: »Aber, Euer Exzellenz, ich verstehe nicht. – Sie müssen sich irren. Ihr Pilot ist doch vor zehn Minuten abgeflogen.«

Aratap lächelte. »Sehen Sie? Wenn man erst den Schlüssel hat, ergibt sich eines aus dem anderen. Hätten sie sich mit dem schwerfälligsten aller Frachter begnügt, wären sie uns wahrscheinlich entwischt, und ich hätte, wie man so schön sagt, heute nacht mein Gesicht verloren. So aber habe ich es mehr denn je behalten, und die drei sind rettungslos verloren. Und wenn ich sie zu gegebener Zeit« – auf diese Worte legte er besonderen Nachdruck – »einfange, werde ich auch die übrigen Verschwörer schnappen.«

Er seufzte. Auf einmal fühlte er sich wieder schläfrig werden. »Na ja, wir haben Glück gehabt. Im Augenblick ist durchaus keine Eile geboten. Rufen Sie den Zentralflughafen an, und lassen Sie uns ein anderes Schiff schicken.«

Vielleicht

Biron Farrills auf der Erde erworbene Kenntnisse in der Raumschiffahrt waren größtenteils akademischer Natur. Er hatte an mehreren Kursen über Raumtechnik teilgenommen, doch obgleich er sich ein halbes Semester mit der Theorie vom hyperatomischen Motor herumgeschlagen hatte, fühlte er sich ziemlich hilflos, wenn es galt, ein Schiff im Raum zu manövrieren. Die besten und erfahrensten Piloten gingen eben aus der Praxis und nicht aus Hörsälen hervor.

Mit mehr Glück als Verstand war es ihm gelungen, ohne unliebsamen Zwischenfall zu starten. Arataps ›Unverzagt‹ reagierte viel schneller auf jeden Hebeldruck, als Biron hatte ahnen können. Er hatte von der Erde aus mehrere Raumfahrten unternommen, jedoch mit Schiffen altehrwürdigen Datums, die man eigens für Übungsfahrten der Studenten vor der Verschrottung bewahrt hatte.

Die ›Unverzagt‹ dagegen war mühelos emporgestiegen, hatte pfeilschnell die Atmosphäre durcheilt und war mit solcher Vehemenz vorgestoßen, daß Biron jäh vom Pilotensitz gefallen war und sich beinahe die Schulter verrenkt hätte. Artemisia und Gillbret, die sich mit der größeren Vorsicht der Neulinge festgeschnallt hatten, holten sich sogar an den gepolsterten Gurten blaue Flecke. Der gefangene tyrannische Pilot hielt sich gegen die Wand gepreßt. Leise vor sich hinfluchend, versuchte er, seine Fesseln zu lockern.

Biron hatte sich mühsam wieder erhoben, den Tyrannen etwas unsanft zum Schweigen gebracht und bahnte sich nun vorsichtig an der Reling entlang seinen Weg zum Pilotensitz zurück. Der zunehmende Kraftverbrauch ließ das Schiff erzittern und reduzierte die Geschwindigkeit auf ein erträgliches Maß.

Sie waren bereits in den Außenbezirken der rhodianischen Atmosphäre angelangt. Der Himmel sah tiefviolett aus, und der Schiffsrumpf war vom Luftwiderstand so heiß geworden, daß die Wärme bis in die Kabine drang.

Danach dauerte es eine Stunde, das Schiff in eine Umlaufbahn um Rhodia zu steuern. Biron wußte nicht, wie er die Geschwindigkeit berechnen sollte, die notwendig war, um die Schwerkraft Rhodias zu überwinden. Er mußte mehr oder weniger über den Daumen peilen, wobei er die Geschwindigkeit durch erhöhte oder verminderte Kraftzufuhr zu regulieren suchte und das Massometer im Auge behielt. Dieses Instrument zeigte die Entfernung von der Oberfläche des Planeten an, indem es die Intensität des Gravitationsfeldes maß. Zum Glück war das Massometer bereits auf den Radius und die planetarische Beschaffenheit Rhodias kalibriert. Hätte Biron die Eichung selbst vornehmen müssen, wäre er auf reines Experimentieren angewiesen gewesen.

Auf einmal stand die Massometernadel still und zeigte zwei Stunden lang keine bemerkenswerte Schwankung mehr. Biron gestattete sich eine kleine Ruhepause, während seine beiden Passagiere die Sicherheitsgürtel lösten.

»Euer Gnaden scheinen sich nicht gerade leicht zu tun«, bemerkte Artemisia von oben herab.

»Jedenfalls fliegen wir, Hoheit«, entgegnete Biron gepreßt. »Wenn Sie's besser können – bitte! Nur möchte ich dann vorher abspringen.«

»Ruhe, Kinder!« beschwichtigte Gillbret. »Auf so engem Raum können wir es uns nicht leisten, die gekränkte Leberwurst zu spielen. Außerdem halte ich es für angebracht, daß wir in diesem winzigen Schleuderkäfig alle Titel, Orden und Ehrenzeichen weglassen und uns mit unseren Vornamen anreden, wobei ich individuelle Variationen für durchaus zulässig halte. Im übrigen: Warum ziehen wir eigentlich nicht unseren tyrannischen Freund hier als Piloten hinzu?«

Der Tyrann horchte auf, aber Biron erklärte entschieden: »Kommt nicht in Frage. Ihm ist nicht über den Weg zu trauen. Außerdem werde ich besser navigieren, sobald ich mit den Apparaturen vertraut bin. Bis jetzt sind Sie durch mich wohl noch nicht zu Schaden gekommen? Oder?« Seine Schulter tat noch immer weh, und der Schmerz machte ihn, wie üblich, übellaunig.

»Was sollen wir aber mit ihm anfangen?« fragte Gillbret.

»Ich habe keine Lust, ihn kaltblütig umzubringen«, meinte Biron.

»Außerdem würde uns das nichts nützen. Es brächte die Tyrannen nur noch mehr gegen uns auf. Das Töten eines Angehörigen der Herrenrasse ist eine nicht wieder gutzumachende Sünde.«

»Was also tun?«

»Wir werden ihn ausbooten.«

»Wo?«

»Auf Rhodia.«

»Sind Sie verrückt?«

»Durchaus nicht. Hier sucht man bestimmt nicht nach uns. Außerdem müssen wir sowieso landen.«

»Warum?«

»Der Hochkommissar hat dieses Schiff lediglich für Spritztouren auf dem Planeten verwandt. Es ist auf Reisen im Weltall absolut nicht eingerichtet. Ehe wir starten, müssen wir uns mit allem Notwendigen versehen. Vor allem brauchen wir genügend Proviant und Wasser.«

Artemisia nickte zustimmend. »Sie haben recht. Ich hätte bestimmt nicht daran gedacht. Ein sehr kluger Gedanke, Biron!«

Obgleich ihm diese Bemerkung sehr wohltat, machte Biron eine abwehrende Handbewegung. Es war das erste Mal, daß sie ihn beim Vornamen angeredet hatte. Wenn sie wollte, konnte sie ausgesprochen liebenswürdig sein.

»Er würde sofort unseren Aufenthaltsort ausposaunen«, gab Gillbret zu bedenken.

»Kaum«, widersprach ihm Biron. »Es ist doch wohl anzunehmen, daß Rhodia auch abgelegene Gegenden hat. Wir brauchen ihn ja nicht gerade im Zentrum einer Großstadt oder in einer tyrannischen Garnison abzusetzen. Außerdem dürfte er es gar nicht so eilig haben, seinen Vorgesetzten unter die Augen zu treten ... Nicht wahr, mein Bester, ein Soldat, der sich den Kreuzer des Hochkommissars von Tyrann vor der Nase wegstehlen läßt, ist nicht gerade zu beneiden?«

Der Gefangene gab keine Antwort, aber seine Lippen preßten sich zu einem schmalen blutleeren Strich zusammen.

Um nichts in der Welt hätte Biron in der Haut des Soldaten stecken mögen. Natürlich traf den Mann keine Schuld. Wie hätte der auch Verdacht schöpfen sollen! Schließlich war er Mitgliedern der königlichen Familie gegenüber zur Höflichkeit verpflichtet. Trotzdem hatte er sich an seine Dienstvorschrift gehalten und ihnen das Betreten des Schiffes ohne Erlaubnis seines Kommandeurs verweigert. Selbst den Direktor dürfe er nicht ohne weiteres an Bord lassen, hatte er ihnen erklärt. Inzwischen hatten sie ihn jedoch bereits überwältigt, und ehe er von seiner Waffe Gebrauch machen konnte, hatte er selbst die neuronische Peitsche zu spüren bekommen.

Selbst dann hatte er sich nicht widerstandslos ergeben. Erst eine wiederholte Beruhigung mit der Peitsche hatte ihn zahm gemacht. Dennoch erwarteten ihn Kriegsgericht und Militärgefängnis. Das wußte niemand besser als der Soldat selbst.

Zwei Tage später landeten sie am Stadtrand von Southwark. Sie hatten diese Stadt gewählt, weil sie von den am dichtesten besiedelten Gebieten Rhodias weit entfernt lag. Dem Soldaten hatten sie achtzig Kilometer von jeglicher Ansiedlung entfernt mit dem Fallschirm abspringen lassen.

Die Landung an der einsamen Küste ging verhältnismäßig gut vonstatten. Biron besorgte die notwendigen Einkäufe, weil er am wenigsten Gefahr lief, erkannt zu werden. Das Geld, das Gillbret vorsorglicherweise eingesteckt hatte, reichte kaum für den dringendsten Bedarf. Denn einen beträchtlichen Teil davon mußte Biron für ein Lieferrad mit Anhänger ausgeben, um die Vorräte schubweise zum Schiff zu transportieren.

»Sie hätten mit dem Geld viel weiter gereicht, wenn Sie nicht soviel für den tyrannischen Dreckskram verschwendet hätten, den Sie da mitgebracht haben«, bemerkte Artemisia ungnädig.

»Ich wüßte nicht, wie ich es anders hätte machen sollen«,

verteidigte sich Biron wütend. »Für Sie mag das tyrannischer Dreckskram sein, aber das Zeug ist wenigstens nahrhaft und wird uns einigermaßen bei Kräften halten.«

Da hatte er sich abgerackert wie ein Kuli, um alles an Bord zu schleppen, von der Gefahr ganz zu schweigen, die damit verbunden gewesen war, in einem der tyrannischen Kommissionsgeschäfte der Stadt einzukaufen, und Artemisia fand nicht einmal ein Wort der Anerkennung für ihn.

Dabei war ihm doch gar nichts anderes übriggeblieben. Die Tyrannen hatten, weil sie so winzige Schiffe benutzten, eine geradezu vollendete Technik der Vorratswirtschaft entwickelt. Sie konnten sich nicht so riesige Lagerräume leisten, wie sie bei anderen Flotten üblich waren, wo die Kühlräume an Schlachthäuser erinnerten. Die Tyrannen dagegen stellten Konzentrate her, die alle erforderlichen Nährstoffe, Vitamine, Spurenelemente usw. enthielten. Dadurch brauchten sie höchstens ein Zwanzigstel des Lagerraumes der übrigen Flotten und hatten noch den Vorteil, im Kühlraum alles fein säuberlich stapeln zu können wie Mauersteine.

»Auf jeden Fall schmeckt das Zeug ekelhaft«, behauptete Artemisia.

»Auf jeden Fall werden Sie sich daran gewöhnen müssen«, gab Biron, ihren gereizten Tonfall so gut nachahmend, zurück, daß sie sich empört abwandte.

Biron wußte sehr wohl, warum sie so unleidlich war. Nicht die Aussicht auf eintönige Mahlzeiten machte sie ungehalten, sondern die räumliche Enge, zum Beispiel, daß es keine Einzelkabinen zum Schlafen gab. Der größte Teil der Schiffes wurde vom Maschinenraum und den technischen Einrichtungen eingenommen. Schließlich handelte es sich ja auch um ein Kriegsschiff und keine Luxusjacht. Biron nahm sich vor, das Artemisia bei nächster Gelegenheit zu verstehen zu geben. Außerdem waren noch der Vorratsraum und eine kleine Kabine vorhanden, wo an jeder Längswand drei Betten übereinanderstanden. Die Toilette befand sich in einer kleinen Nische neben der Kabine.

Für Artemisia bedeutete das alles ungewohnte Einschränkung, Mangel an sanitärem Komfort und Verzicht auf Alleinsein.

Nun, sie würde sich daran gewöhnen müssen. Biron war der

Meinung, genug für sie getan zu haben, mehr als genug. Hätte sie sich nicht darüber freuen und wenigstens ab und zu einmal lächeln können? Sie hatte ein angenehmes Lächeln, überhaupt war sie gar nicht so übel, wie er zugeben mußte, von ihren Launen abgesehen. Aber diese Launen! Das war's ja eben.

Warum verschwendete er überhaupt seine Zeit damit, an sie zu denken. Der Wasservorrat war viel wichtiger. Der Planet Tyrann hatte vorwiegend Wüstencharakter, so daß Wasser dort ein kostbares Gut war, dessen Wert man zu schätzen wußte. An Bord eines Schiffes wurde kein Tropfen dieses Elements für Waschzwecke verschwendet. Von den Soldaten erwartete man, daß sie sich und ihre Sachen wuschen, nachdem sie auf einem anderen Planeten gelandet waren. Auf Reisen durfte ihnen ein wenig Schmutz und Schweiß nichts ausmachen. Bei längeren Fahrten wurde sogar die Trinkwasserversorgung zu einem Problem. Wasser ließ sich eben weder konzentrieren noch dehydrieren, sondern mußte in natura mitgenommen werden. Hinzu kam noch, daß der Wassergehalt der konzentrierten Nahrungsmittel niedrig war.

Biron hatte zwar davon gehört, daß die Tyrannen ein Verfahren entwickelt hatten, um Wasser aus den Ausscheidungsprodukten des menschlichen Körpers zu gewinnen, aber allein der Gedanke daran erregte ein Übelkeitsgefühl in ihm. Chemisch gesehen mochte das sehr fortschrittlich sein, doch für jemanden, der nicht von Tyrann stammte, war es einfach unvorstellbar.

Der zweite Start ging verhältnismäßig gut vonstatten, so daß Biron genügend Zeit hatte, sich mit dem Schaltbrett vertraut zu machen. Es erinnerte nur sehr entfernt an die technischen Errungenschaften, die er auf der Erde kennengelernt hatte. Hier gab es eine Unmenge von Knöpfen, Hebeln und Schaltern. Sowie Biron die Funktion eines dieser verwirrenden Instrumente herausgefunden hatte, notierte er alles fein säuberlich auf Papier und heftete es an das Schaltbrett.

Als Gillbret den Pilotenraum betrat, sagte Biron ohne aufzublicken: »Artemisia ist wohl in der Kabine?«

»Ich wüßte nicht, wo sie sich sonst aufhalten sollte.«

»Bitte sagen Sie ihr, daß ich mir hier ein Lager zurechtmache. Es wäre vielleicht ratsam, wenn Sie es auch täten und ihr die

Kabine allein überließen.« Brummend fügte er hinzu: »Sie ist nun mal kindisch und albern.«

»Sie sind nicht gerade fehlerlos, Biron«, erwiderte Gillbret gelassen. »Bedenken Sie, bitte, an was für ein Leben sie bisher gewöhnt war.«

»Na und? Ich bin auch kein hergelaufener Strolch. Immerhin stamme ich von der größten Ranch auf Nephelos. Aber schließlich hat man sich mit unliebsamen Situationen abzufinden. Ich kann ja das Schiff nicht größer machen, als es ist, verdammt noch mal! Und die Möglichkeit, Eß- und Trinkvorräte zu lagern, sind eben begrenzt. Außerdem kann ich nichts dafür, daß es hier keine Dusche gibt. Sie tut, als ob ich persönlich für die Konstruktion dieses Kastens verantwortlich wäre.« Es war eine wahre Wonne, Gillbret anzuschreien. Das Schreien allein war eine Erleichterung.

Doch die Tür öffnete sich abermals, und Artemisia sagte mit eisiger Stimme: »An Ihrer Stelle würde ich nicht so brüllen, Herr Farrill. Man kann Sie bis in den letzten Winkel des Schiffes hören.«

»Das ist mir ganz egal«, gab Biron hitzig zurück. »Und wenn Ihnen das Schiff nicht paßt, so denken Sie bitte daran, daß wir beide nicht hier zu sein brauchten, wenn Ihr Vater nicht die Absicht gehabt hätte, mich umzubringen und Sie zu verkuppeln.«

»Lassen Sie meinen Vater aus dem Spiel!«

»Ich spreche, worüber es mir paßt.«

Gillbret hielt sich die Hände an die Ohren. »Hört doch endlich auf!« Seine Worte bewirkten, daß eine Kampfpause eintrat. Gillbret benutzte diese Gelegenheit, um zu fragen: »Wie wär's, wenn wir uns über unser Reiseziel einigten? Offensichtlich wäre es uns doch allen wohler, wenn wir dieses Schiff so bald wie möglich verlassen könnten.«

»Einverstanden, Gil«, pflichtete Biron ihm bei. »Mir ist jeder Ort recht, wo ich mir ihr Gegacker nicht anzuhören brauche.«

Artemisia überhörte Birons Bemerkung und wandte sich direkt an Gillbret: »Wäre es nicht das beste, wenn wir versuchten, ganz aus dem Nebula-Gebiet 'rauszukommen?«

»Auf keinen Fall«, widersprach Biron sofort. »Ich will meine Ranch zurückhaben. Außerdem habe ich noch eine Rechnung wegen des Mordes an meinem Vater zu begleichen. Ich bleibe also in den Königreichen.«

»Es brauchte ja nicht für immer zu sein.« Artemisia ließ sich nicht beirren. »Nur bis sie uns nicht mehr verfolgen. Was wollen Sie übrigens wegen Ihrer Ranch unternehmen? Da müssen Sie schon warten, bis das tyrannische Reich zusammenbricht, und ich glaube kaum, daß Sie den Anstoß dazu geben werden.«

»Kümmern Sie sich gefälligst um Ihre eigenen Angelegenheiten!«

»Dürfte ich auch einmal einen Vorschlag machen?« warf Gillbret sanft dazwischen.

Das plötzlich eingetretene Schweigen als Zustimmung nehmend, fuhr er fort: »Dann möchte ich nämlich sagen, wohin wir fahren sollten und wie wir helfen könnten, das Tyrannenreich zu zerschlagen, wie es Arta so schön ausdrückte.«

»Oh? Und das wäre?« fragte Biron ungläubig.

Gillbret lächelte. »Nein, lieber Junge, Ihre Haltung amüsiert mich. Sie glauben mir nicht? Sie scheinen der Ansicht zu sein, ich könne mich nur für törichtes Zeug interessieren. Darf ich Sie daran erinnern, daß ich es war, der euch aus dem Palast geschmuggelt hat?«

»Ich weiß. Erzählen Sie, ich bin sehr gespannt.«

»Ausgezeichnet. Seit zwanzig Jahren warte ich schon auf eine Chance, den Tyrannen zu entwischen. Wäre ich ein Durchschnittsbürger, hätte es schon längst geklappt. Aber durch meine verdammte Stellung mußte ich ja stets unter den Augen der Öffentlichkeit leben. Und dennoch – wäre ich kein Henrici, hätte ich auch keine Gelegenheit gehabt, der Krönung des gegenwärtigen Khans von Tyrann beizuwohnen, und dann wäre ich auch nicht auf das Geheimnis gestoßen, das eines Tages diesen Khan vernichten wird.«

»Weiter!« drängte Biron.

»Die Reise von Rhodia nach Tyrann und zurück machte ich natürlich auf einem tyrannischen Kriegsschiff. Es war ähnlich wie das hier, nur vielleicht etwas größer. Die Fahrt verlief ereignislos. Der Aufenthalt auf Tyrann war teilweise ganz amüsant, aber das tut jetzt nichts zur Sache. Im übrigen war er ebenfalls ereignislos. Auf der Rückreise wurden wir jedoch von einem Meteor getroffen.«

»Wie, bitte?«

»Ich weiß, daß ein solcher Zwischenfall ziemlich ungewöhnlich ist. Das Auftauchen von Meteoren im Weltraum – vor allem im interstellaren Raum – ist so selten, daß Zusammenstöße mit einem Schiff kaum denkbar sind, aber sie kommen eben doch vor, wie sich zeigt. Natürlich kann ein Meteor, und sei er auch nur so groß wie ein Stecknadelkopf, jedes Fahrzeug, auch das größte Schlachtschiff, verletzen.«

»Ich weiß«, sagte Biron. »Das hängt mit dem Bewegungsmoment zusammen, das wiederum das Produkt aus Masse und Geschwindigkeit darstellt. Die Geschwindigkeit ist natürlich dabei ausschlaggebend.« Er leierte alles mürrisch wie aus einem Schulbuch herunter, weil er sich darüber ärgerte, daß er es nicht lassen konnte, Artemisia heimlich mit den Augen zu verschlingen.

Sie hatte sich gesetzt, um Gillbret besser zuhören zu können. Dabei war sie Biron so nahe, daß sie einander fast berührten. Ihr Profil war erstklassig, fand Biron, und ihre Schönheit wurde durchaus nicht beeinträchtigt, wenn auch ihr Haar ein wenig schmutzig zu werden begann. Ihre Kostümjacke hatte sie abgelegt. Auch nach achtundvierzig Stunden war ihre Bluse noch strahlend weiß und glatt. Biron staunte, wie sie das fertigbrachte.

Wenn sie sich nur besser benehmen wollte, dann könnte die Reise ein Vergnügen sein, stellte er fest. Artemisia war eben nie richtig erzogen worden, das war's. Von ihrem Vater bestimmt nicht. Stets hatte sie ihren Kopf durchsetzen können. Wäre sie ein einfaches Mädchen und keine Henrici gewesen, hätte man sie nahezu liebenswert finden können.

Biron wollte gerade in einen kleinen Wachtraum verfallen, worin er sich ihrer vernachlässigten Erziehung annahm und Artemisia beibrachte, seine Vorzüge voll zu würdigen, als sie ihren Kopf wandte und ihn gelassen musterte. Biron fuhr zusammen und konzentrierte seine Aufmerksamkeit sofort wieder auf Gillbret, von dessen Bericht ihm ohnehin schon einiges entgangen war.

»Ich habe keine Ahnung, warum der Bildschirm nicht funktioniert hatte. Es war eben einer jener Vorfälle, worauf es keine Antwort gibt. Jedenfalls schlug der Meteor mittschiffs ein. Er war nur so groß wie ein Kieselstein, und der Aufprall verminderte seine Kraft so stark, daß er nicht auf der anderen Seite des Schiffes wieder hinausdrang. Wäre das der Fall gewesen, hätte das Ganze nichts weiter auf sich gehabt, denn die Schiffswände wären im Nu wieder repariert gewesen. So aber gelangte der Meteor in den Pilotenraum und prallte an den Wänden hin und her, bis er zur Ruhe kam. Es kann nur Bruchteile einer Minute gedauert haben, aber bei der hohen Geschwindigkeit des Meteors muß er gut hundertmal in dem Raum hin und her gesaust sein. Beide Piloten waren zerfetzt. Ich bin nur mit dem Leben davongekommen, weil ich mich gerade in der Kabine aufgehalten hatte.

Ich hatte den Aufschlag des Meteors gehört, als er die Schiffswand durchdrang. Gleich darauf vernahm ich das Klappern aus dem Pilotenraum und die kurzen, schrillen Schreie der beiden Männer. Als ich erschrocken hinlief, sah ich nur noch Blut und Fleischfetzen überall. Was dann kam, ist mir nur noch verschwommen erinnerlich, obgleich es mich jahrelang in Alpträumen verfolgt hat.

Ein kalter Luftzug machte mich auf das Meteorloch aufmerksam. Ich stülpte einfach das nächstbeste Stück Metall darüber, das mir in die Finger kam. Es wurde vom Luftdruck sofort fugendicht angesogen. Das kieselsteingroße Stück Meteor fand ich auf dem Fußboden. Es war noch warm. Ich zerschlug es mit einem Schraubenschlüssel in zwei Teile.

Um die beiden Leichen band ich je ein Stück Schnur mit einem Schleppmagneten. Ich zwängte sie durch die Luftschleuse, und als ich die Magnete einschnappen hörte, wußte ich, daß die beiden infolge der Weltraumtemperatur hartgefrorenen Körper nunmehr das Schiff bis ans Ziel begleiten würden. Für den Fall, daß ich doch nach Rhodia zurückkehrte, brauchte ich nämlich einen Beweis, daß nicht ich, sondern der Meteor es war, der sie erschlagen hatte.

Wie aber sollte mir die Rückkehr gelingen? Ich war völlig hilflos. Das Schiff konnte ich nicht steuern, und auf irgendwelche Experimente traute ich mich mitten im interstellaren Raum nicht einzulassen. Ich wußte nicht einmal, wie ich ›SOS‹ funken sollte. Es blieb mir also nichts anderes übrig, als das Schiff sich selbst zu überlassen.«

»Aber das ist doch einfach unmöglich«, warf Biron ein. Er überlegte schon seit geraumer Zeit, ob Gillbret diese Geschichte aus reiner Lust am Fabulieren erfunden hatte, oder ob er eine bestimmte Absicht damit verband. »Zum Beispiel die Sprünge durch den Hyperraum. Wenn Sie die nicht bewerkstelligt hätten, wären Sie nicht hier.«

»Wenn ein tyrannisches Schiff erst einmal richtig eingestellt ist, macht es jeden gewünschten Sprung ganz automatisch«, erklärte Gillbret.

Biron starrte ihn ungläubig an. Wollte Gillbret ihn zum Narren halten? »Das haben Sie sich selbst ausgedacht«, stieß er schließlich hervor.

»Durchaus nicht. Das ist einer ihrer verdammten militärischen Vorteile, wodurch sie ihre Kriege gewonnen haben. Schließlich war es für sie kein Kinderspiel, fünfzig Planetensysteme zu besiegen, die, was Bevölkerungszahl, Rohstoffquellen und so weiter betraf, hundertmal so groß waren wie Tyrann. Gewiß haben sie uns gelegentlich überrumpelt, indem sie sehr geschickt die Verräter in unseren eigenen Reihen gegen uns ausspielten. Aber ihre Siege hatten ganz entschieden auch militärische Ursachen. Jedermann weiß, daß sie uns taktisch überlegen waren, und diese Überlegenheit ist zu einem großen Teil auf den automatischen Sprung zurückzuführen. Die Manövrierfähigkeit ihrer Schiffe wurde dadurch gewaltig verbessert, und sie konnten Schlachtpläne von einer Genauigkeit ausarbeiten, woran bei uns gar nicht zu denken war.

Diese Sprungtechnik ist eines ihres bestbewahrten Geheimnisse. Ich hatte bis zu jener einsamen Fahrt auf dem ›Blutsauger‹ keine Ahnung davon. Übrigens haben die Tyrannen geradezu eine Meisterschaft darin entwickelt, ihren Schiffen abstoßende Namen zu geben – vermutlich ist das psychologisch genau berechnet. Jedenfalls habe ich es mit eigenen Augen gesehen. Ich habe Sprünge erlebt, ohne daß ein einziger Knopf am Schaltbrett bedient wurde.«

»Glauben Sie vielleicht, daß es mit diesem Kasten auch möglich wäre?«

»Warum nicht? Überrascht wäre ich keinesfalls.«

Biron betrachtete nachdenklich das Schaltbrett. Da gab es noch Dutzende von Vorrichtungen, von deren Funktion er keine Ahnung hatte. Nun, aufgeschoben war nicht aufgehoben!

Er wandte sich wieder Gillbret zu. »Das Schiff brachte Sie also wohlbehalten nach Hause?«

»Nein. Der Meteor hatte das Schaltbrett nicht unversehrt gelassen. Das wäre ja auch ein Wunder gewesen. Jedenfalls genügte der Schaden, um vom Kurs auf Rhodia abzukommen.

Allmählich ließ die Geschwindigkeit nach, und mir wurde

klar, daß sich die Reise theoretisch ihrem Ende näherte. Ich hatte keine Ahnung, wo ich mich befand, doch plötzlich sah ich im Teleskop die Umrisse eines Planeten auftauchen. Ich hatte mehr als Glück, denn das Schiff nahm auf diesen Planeten Kurs. Natürlich nicht direkt. So viel Glück hatte ich wiederum nicht. Hätte ich das Schiff sich selbst überlassen, dann hätte es den Planeten um ungefähr eine Million Meilen verfehlt. Aber jetzt war ich immerhin nahe genug daran, um normale Ätherwellen zu benutzen. Darauf verstehe ich mich nämlich. Nach jenem Abenteuer habe ich mich übrigens mit Elektronen zu beschäftigen begonnen. Ich wollte nicht noch einmal so hilflos dastehen. Hilflosigkeit gehört nämlich zu den Dingen, die absolut nicht amüsant sind.«

»Sie benutzten also das Radio«, kam Biron auf den Kern der Sache zurück.

»Richtig. Und sie kamen und holten mich.«

»Wer?«

»Die Leute von dem Planeten. Er war bewohnt.«

»Das ist wirklich unvorstellbares Glück. Wie hieß der Planet?«

»Das weiß ich nicht.«

»Hat man es Ihnen nicht gesagt?«

»Nein. Amüsant, wie? Aber er mußte zu den Nebula-Königreichen gehören.«

»Woher wollen Sie das wissen?«

»Weil sie mein Schiff als tyrannisches Fahrzeug erkannt hatten. Beinahe hätten sie es beschossen. Nur mit Mühe und Not konnte ich sie davon überzeugen, daß ich der einzige Überlebende an Bord war.«

Biron, der nachdenklich die Arme um seine Knie geschlungen hatte, unterbrach Gillbret: »Moment mal! Das verstehe ich nicht ganz. Wenn sie das tyrannische Schiff erkannten und es beschießen wollten, ist das nicht der beste Beweis dafür, daß der Planet nicht zu den Königreichen gehörte, sondern irgendwo außerhalb der Nebula-Region lag?«

»Nein, bei der Galaxis!« Gillbrets Augen glänzten, und seine Stimme hatte einen begeisterten Klang angenommen. »Es war in den Königreichen! Ich habe den Planeten mit eigenen Augen gesehen. Was für eine merkwürdige Welt! Die Bewohner stammten aus allen Teilen der Königreiche. Ich habe sie an den verschiedenen Dialekten erkannt. Sie hatten keinerlei Angst vor den Tyrannen. Der ganze Planet war ein einziges Waffenarsenal. Er machte den Eindruck eines heruntergekommenen Agrarlandes, doch das war nur Tarnung. In Wirklichkeit war er Zentrum einer Widerstandsbewegung. Und irgendwo in den Königreichen, mein Junge, irgendwo gibt es diesen Planeten noch immer, der keine Angst vor den Tyrannen hat und sie vernichten wird, wie er mein Schiff vernichtet hätte, wenn die beiden Piloten noch am Leben gewesen wären.«

Biron fühlte sein Herz erregt klopfen. Wie gern hätte er Gillbret geglaubt!

Wer konnte es wissen? Vielleicht! Vielleicht!

Vielleicht auch nicht!

Vielleicht aber auch nicht!

Biron zwang sich zu der sachlichen Frage: »Woher haben Sie Ihr Wissen über das Waffenarsenal? Wie lange waren Sie dort? Was haben Sie gesehen?«

»Was ich gesehen habe, ist nicht ausschlaggebend«, erwiderte Gillbret ungehalten. »Natürlich hat man mich nicht herumgeführt und mir alles gezeigt.« Gleich darauf hatte er sich wieder in der Gewalt und fuhr ruhig fort: »Als ich dort landete, war mir nicht gerade wohl zumute, müssen Sie wissen. Ich hatte vor Angst fast nichts gegessen. Es ist nämlich ein gräßliches Gefühl, so ganz allein im Weltraum umherzusegeln, so daß ich kränker aussah, als ich eigentlich war.

Ich wies mich, so gut es ging, aus, worauf sie mich in ihre unterirdischen Anlagen brachten. Das Schiff natürlich auch. Ich glaube, an dem Schiff waren sie viel mehr interessiert als an mir, weil sie dadurch Gelegenheit hatten, die tyrannische Raumtechnik am praktischen Beispiel zu studieren. Mich schoben sie in eine Art Krankenhaus ab.«

»Und was hast du nun wirklich gesehen, Onkel?« fragte Artemisia.

»Hat er Ihnen noch nie davon erzählt?« wunderte sich Biron.

»Nein.«

»Bis heute habe ich noch nie mit jemandem darüber gesprochen«, erklärte Gillbret. »Wie gesagt, mich schickten sie in ein Krankenhaus. Die Laboratorien dort kamen mir besser vor als alles, was wir auf Rhodia haben. Auf dem Wege zum Krankenhaus kam ich an Fabriken vorbei, offenbar metallverarbeitenden Betrieben. Übrigens, die Schiffe, die mich eingeholt hatten, waren auch ganz anders als alle, die ich sonst je gesehen habe.

Damals habe ich dem Planeten den Namen ›Rebellenwelt‹ gegeben, und in all den Jahren seither habe ich nie im geringsten daran gezweifelt, daß eines Tages von dort ein Großangriff auf die Tyrannen ausgehen wird, und daß die von den Tyrannen unterdrückten Welten aufgerufen werden, sich um die Rebellenführer zu scharen und ihnen beizustehen. Jahraus, jahrein habe ich darauf gewartet. Andererseits war ich froh, wenn dennoch nichts geschah, denn ich wollte vorher noch weg von Rhodia und mich ihnen anschließen, um an der Vergeltungsaktion teilnehmen zu können. Sie sollten nicht ohne mich losschlagen.«

Er lachte unsicher. »Wahrscheinlich hätte es manche Leute amüsiert, wenn sie gewußt hätten, was in meinem Kopf vorging. Wie ihr wißt, hat man nie viel von mir gehalten.«

»Das alles hat sich also vor mehr als zwanzig Jahren abgespielt«, warf Biron nüchtern ein. »Bis jetzt hat noch kein Angriff stattgefunden. Man hat von ihnen weder etwas gesehen noch gehört. Und Sie glauben noch immer –«

»Jawohl«, fauchte ihn Gillbret an. »Zwanzig Jahre sind nicht viel, um einen Aufstand gegen einen Planeten vorzubereiten, der fünfzig Welten regiert. Als ich dort war, befand sich alles noch im Anfangsstadium. Das weiß ich genau. Inzwischen müssen sie allmählich den Planeten in einen Maulwurfshaufen verwandelt haben mit ihren unterirdischen Anlagen. Außerdem werden sie neue Schiffe und Waffen entwickelt, mehr Soldaten gedrillt und den Angriff organisiert haben.

Daß man von heute auf morgen zu den Waffen greift, kommt nur in Schundromanen vor. Da wird heute eine neue Waffe gebraucht, morgen wird sie schon konstruiert, übermorgen in Massen produziert und am nächsten Tag angewendet. Die Wirklichkeit sieht etwas anders aus. Solche Dinge brauchen Zeit, Biron, und die Männer der Rebellenwelt wissen genau, daß alles bis ins kleinste Detail vorbereitet sein muß. Denn ein zweites Mal zuzuschlagen, würden sie bestimmt keine Gelegenheit haben.

Woher wollen Sie außerdem wissen, daß sich inzwischen gar nichts ereignet hat? Tyrannische Schiffe sind verschwunden und nie wieder aufgetaucht. Der Weltraum ist groß, werden Sie mir antworten, und die Schiffe können einfach verlorengegangen sein. Aber könnten sie nicht ebensogut von den Rebellen gekapert worden sein? Wissen Sie, was vor zwei Jahren mit der ›Unermüdlich‹ passiert ist? Sie funkte noch, daß sich ein unbekannter Körper in ihrer Nähe befinden müsse, der das Massometer erheblich beeinflusse, dann verschwand sie einfach und tauchte nie wieder auf. Es hätte natürlich ein Meteor gewesen sein können, aber ich bezweifle es.

Monatelang hat man nach dem Schiff gesucht. Vergebens. Ich bin davon überzeugt, daß es die Rebellen haben. Die ›Unermüdlich‹ war ein neues Schiff, ein Experimentiermodell, also genau das, was sie sich nur wünschen konnten.«

»Warum sind Sie eigentlich damals nicht dort geblieben?« wollte Biron wissen.

»Das hat nicht an mir gelegen. Die anderen wollten mich nicht behalten. Einmal habe ich sie belauschen können, als sie dachten, ich sei noch bewußtlos. Wie gesagt, sie fingen damals gerade erst an. Sie konnten es nicht riskieren, entdeckt zu werden. Sie wußten, daß ich Gillbret von Henrici bin. Die Papiere auf dem Schiff hatten meine eigenen Aussagen bestätigt. Sie wußten genau, daß man nach mir suchen würde, wenn ich nicht nach Rhodia zurückkehrte. Eine derartige Suchaktion paßte ihnen aber durchaus nicht in den Kram, und darum wollten sie mich so schnell wie möglich nach Rhodia abschieben. Na, und das geschah dann auch.«

»Wieso?« bemerkte Biron skeptisch. »Das war doch für sie ein noch viel größeres Risiko. Wie haben sie das denn bewerkstelligt?«

»Das weiß ich nicht.« Gillbret fuhr sich mit seinen schlanken Fingern durch das ergrauende Haar. »Vermutlich haben sie mich betäubt. Jedenfalls fehlt mir jede Erinnerung an diesen Teil der Ereignisse. Ich weiß nur, daß ich mich, als ich die Augen aufschlug, wieder auf dem ›Blutsauger‹ befand, und zwar im Weltraum, mit Kurs auf Rhodia.«

»Und die beiden Piloten?« fragte Biron. »Hingen die noch an den Magneten? Hatte man sie auf der Rebellenwelt nicht beseitigt?«

»Sie waren noch da.«

»Und es gab nicht den geringsten Beweis, daß Sie sich auf der Rebellenwelt befunden hatten?«

»Nein, nur meine Erinnerungen.«

»Woher wußten Sie, daß Sie auf Rhodia zusteuerten?«

»Ich hatte keine Ahnung. Ich wußte nur, daß ein Planet in der Nähe war, weil das Massometer ihn anzeigte. Ich benutzte wieder das Radio, und diesmal waren es rhodianische Schiffe, die mich einholten. Ich erzählte dem damaligen tyrannischen Hochkommissar meine Geschichte, mit einigen Abänderungen selbstverständlich. Von der Rebellenwelt ließ ich kein Wort verlauten. Außerdem sagte ich, der Zusammenstoß mit dem Meteor sei erst nach dem letzten Sprung erfolgt. Ich hielt es für besser, wenn man nicht wußte, daß ich hinter das Geheimnis des automatischen Sprungs gekommen war.«

»Meinen Sie, daß die Rebellen dahintergekommen sind? Oder haben Sie's ihnen gesagt?«

»Dazu hatte ich keine Gelegenheit. Ich war nicht lange genug dort. Bewußt, versteht sich. Wie lange ich bewußtlos war, weiß ich nicht, und was sie selbst herausgefunden haben, entzieht sich ebenfalls meiner Kenntnis.«

Biron starrte versonnen auf den Bildschirm. Man hätte meinen können, das Schiff sei im All festgenagelt, so gleichförmig war das, was sich auf dem Schirm zeigte. Die ›Unverzagt‹ fuhr mit sechzehntausend Stundenkilometern, aber was war das schon bei den riesigen Entfernungen im Weltraum! Hell, hart und unbewegt glänzten die Sterne. Eine hypnotische Kraft ging von ihnen aus.

Biron riß sich von ihrem Anblick los. »Wohin fliegen wir also? Vermutlich wissen Sie doch bis heute noch nicht, wo die Rebellenwelt ist?«

»Das weiß ich allerdings nicht. Aber ich habe eine Ahnung, wer es wissen könnte. Höchstwahrscheinlich sogar.«

»Wer?«

»Der Autarch von Lingane.«

»Lingane?« Biron zog die Stirn kraus. Irgendwann hatte er den Namen schon einmal gehört, aber er hatte vergessen, in welchem Zusammenhang. »Warum gerade der?«

»Lingane war das letzte Königreich, das von den Tyrannen

erobert wurde. Es ist noch nicht ganz so ›befriedet‹ wie alle anderen, wenn Sie verstehen, was ich meine.«

»Ungefähr. Aber es scheint mir ein ziemlich fadenscheiniger Grund zu sein.«

»Nun, dann wäre noch Ihr Vater. Vielleicht halten Sie dieses Argument für schwerwiegender.«

»Was hat mein Vater damit zu tun?«

»Er war vor einem halben Jahr an unserem Hof. Dabei habe ich einiges über den Zweck seines Besuches erfahren. Ein paar seiner Gespräche mit meinem Vetter Henrik habe ich abgehört.«

»Aber, Onkel!« warf Artemisia vorwurfsvoll dazwischen.

»Ja, mein Schatz?«

»Du hattest kein Recht, Vaters Privatgesprächen zu lauschen.«

»Natürlich nicht«, gab Gillbret achselzuckend zu. »Aber es war amüsant und nützlich obendrein.«

»Moment mal«, unterbrach Biron aufgeregt das Wortgeplänkel der beiden Henrici. »Vor sechs Monaten, sagen Sie, sei mein Vater auf Rhodia gewesen?«

»Ja.«

»Hatte er damals Zugang zur Bibliothek des Direktors? Sie haben mir doch einmal erzählt, der Direktor besitze eine umfangreiche Sammlung primitiven, die Erde betreffenden Schrifttums?«

»Das kann schon sein. Die Bibliothek ist sehr berühmt, und Ehrengäste dürfen sie benutzen, vorausgesetzt, daß sie daran interessiert sind. Im allgemeinen sind sie's nicht. Ihr Vater dagegen zeigte großes Interesse. Das fällt mir gerade wieder ein. Er verbrachte fast einen ganzen Tag dort.«

Biron überlegte. Vor ungefähr einem halben Jahr hatte ihn sein Vater zum erstenmal um Hilfe gebeten. »Sie kennen die Bibliothek doch sicherlich auch sehr gut?« fragte er Gillbret.

»Natürlich.«

»Haben Sie eine Ahnung davon, ob es in dieser Bibliothek ein Dokument von der Erde gibt, das von außerordentlichem militärischem Wert sein könnte?«

Gillbret blickte ihn verständnislos an.

»Irgendwann in den letzten prähistorischen Jahrhunderten der Erde muß es ein solches Dokument gegeben haben«, fuhr Biron fort. »Ich weiß nur, daß mein Vater es für das wertvollste Gut in der ganzen Galaxis gehalten haben muß, und für das gefährlichste außerdem. Ich sollte es ihm beschaffen, aber ich mußte die Erde zu schnell verlassen, und« – Birons Stimme schwankte – »er ist auch zu plötzlich gestorben.«

»Ich habe keine Ahnung, wovon Sie sprechen«, bekannte Gillbret.

»So überlegen Sie doch! Mein Vater hat das Dokument mir gegenüber vor sechs Monaten zum erstenmal erwähnt. Er muß also in der Bibliothek von Rhodia darauf gestoßen sein. Können Sie sich gar nicht denken, worum es sich handeln könnte?«

Gillbret schüttelte den Kopf.

»Nun gut, fahren Sie mit Ihrer Geschichte fort«, seufzte Biron.

Gillbret ließ sich das nicht zweimal sagen. »Ihr Vater und mein Vetter sprachen vom Autarchen von Lingane. Wenn sich Ihr Vater auch sehr vorsichtig ausdrückte, Biron, so ging aus seinen Worten doch klar hervor, daß der Autarch von Lingane Kopf und Herz der Verschwörung sei.

Kurz darauf kam eine Delegation von Lingane nach Rhodia. Sie wurde vom Autarchen selbst geleitet.« Gillbret zögerte ein wenig, ehe er weitersprach. »Ich – ich habe ihm von der Rebellenwelt erzählt.«

»Vorhin behaupteten Sie, mit niemandem darüber gesprochen zu haben.«

»Der Autarch ist die einzige Ausnahme. Ich *mußte* die Wahrheit erfahren.«

»Was hat er Ihnen mitgeteilt?«

»Eigentlich nichts. Aber er mußte ja auch vorsichtig sein. Wie hätte er mir trauen sollen? Ich konnte ja ebensogut für die Tyrannen arbeiten. Woher sollte er das wissen? Immerhin war er nicht gänzlich abweisend. Auf jeden Fall ist er unsere einzige Stütze.«

»Meinen Sie? Na gut, fahren wir nach Lingane! Irgendwohin müssen wir ja sowieso.«

Die Erwähnung seines Vaters hatte Biron so traurig gestimmt, daß ihm im Augenblick alles einerlei war. Lingane war nicht besser und nicht schlechter als jedes andere Ziel.

Lingane! Das sagte sich so leicht. Wie aber sollte Biron das Schiff auf einen kleinen Fleck im All zusteuern, der fünfunddreißig Lichtjahre entfernt war? Zweihundert Trillionen Kilometer. Eine zwei mit vierzehn Nullen dahinter. Bei einer Stundengeschwindigkeit von sechzehntausend Kilometern – soviel schaffte die ›Unverzagt‹ im Durchschnitt – würden sie also ungefähr zwei Millionen Jahre brauchen, um nach Lingane zu gelangen.

Verzweifelt blätterte Biron in den ›Gesammelten Galaktischen Ephemeriden‹. Zehntausende von Sternen waren darin einzeln aufgeführt, ihre Positionen waren durch drei griechische Buchstaben gekennzeichnet: rho, theta, phi. Rho gab die Entfernung vom galaktischen Zentrum an, theta bezeichnete die Winkelbreite zwischen der galaktischen Linsenfläche und der galaktischen Grundlinie – das ist die Linie, die das galaktische Zentrum mit der Sonne des Planeten Erde verbindet –, phi war die Winkelbreite von der Höhe der Grundlinie zur Höhe der galaktischen Linse, wobei die letzteren beiden Maße in Radien angegeben waren. Mit diesen drei Zahlen ließ sich jeder Stern in der Unendlichkeit des Alls genau lokalisieren.

Natürlich kam noch das Datum hinzu. Denn alle Positionszahlen bezogen sich auf einen angenommenen Standardtag. Man mußte also die genaue Bewegung des Sterns – sowohl Geschwindigkeit als auch Richtung – kennen. Diese verhältnismäßig kleine Korrektur war unbedingt notwendig. Eine Million Kilometer sind im Vergleich zu den stellaren Entfernungen zwar wenig, aber für ein Schiff spielt so etwas eine nicht gerade unbedeutende Rolle.

Hinzu kam noch die Position des Schiffes. Die Entfernung von Rhodia – besser gesagt von der Sonne Rhodias, denn im All überwog das Gravitationsfeld einer Sonne stets das eines ihrer Planeten – ließ sich mit Hilfe des Massometers berechnen. Schwieriger war es schon, die Richtung des Schiffes im Verhältnis zur galaktischen Grundlinie zu bestimmen. Außer der Sonne Rhodia mußte Biron zunächst noch zwei Sterne lokalisieren. Aus deren Positionen und der Entfernung zur rhodianischen Sonne leitete er die Position der ›Unverzagt‹ ab. Er hatte das Gefühl, daß seine Berechnungen nicht hundertprozentig genau seien, aber wohl genügen würden. Nachdem er seine eigene Position und die der Sonne von Lingane festgestellt hatte, brauchte er nur noch am Schaltbrett die Richtung und die Stärke des hyperatomaren Drucks einzustellen.

Biron kam sich einsam und verlassen vor. Er hatte keine Angst, diesen Gedanken wies er entschieden von sich, aber er war aufs äußerste gespannt. Verbissen knobelte er an den Zahlen für den Sprung herum, der in sechs Stunden stattfinden mußte. Hierzu brauchte er genügend Zeit. Vielleicht fand sich sogar Gelegenheit zu einem Nickerchen! Er hatte sein Bettzeug aus der Kabine herausgeholt und sich ein provisorisches Lager im Pilotenraum zurechtgemacht.

Die beiden anderen schliefen wahrscheinlich schon in der Kabine. Er redete sich ein, daß es so gut sei und daß Gesellschaft ihn nur gestört hätte. Dennoch horchte er freudig erschrocken auf, als er draußen das leichte Tappen nackter Füße vernahm.

»Hallo«, begrüßte er seinen Gast, »warum schlafen Sie nicht?«

Artemisia stand zögernd im Türrahmen. »Darf ich hierbleiben?« bat sie schüchtern. »Oder störe ich?«

»Das kommt darauf an, was Sie zu tun beabsichtigen.«

»Ich werde mir Mühe geben, das Richtige zu tun.«

Ihr allzu bescheidenes Benehmen erregte Birons Argwohn. Doch er sollte den Grund dafür gleich erfahren.

»Ich hatte solche Angst«, bekannte Artemisia. »Sie nicht auch?«

Er wollte es ableugnen, brachte es aber nicht fertig. Statt dessen lächelte er, wie er meinte, ziemlich einfältig und murmelte: »Ein bißchen.«

Merkwürdigerweise schien sie das zu trösten. Sie kniete sich neben ihn auf den Fußboden und betrachtete die dicken Wälzer und die Tabellen, die er um sich ausgebreitet hatte.

»Die vielen Bücher waren hier auf dem Schiff?«

»Klar. Ohne sie könnte man ja nicht navigieren.«

»Und Sie finden sich darin zurecht?«

»Nicht so ohne weiteres. Ich wünschte, es ginge besser. Aber ich hoffe, daß ich wenigstens genug davon verstehe. Ohne einen Sprung kommen wir nämlich nicht nach Lingane, müssen Sie wissen.«

»So ein Sprung ist wohl sehr schwierig?«

»Nicht, wenn man sich in all diesen Zahlen hier und der Schalttafel richtig auskennt und wenn man außerdem die nötige Erfahrung hat. Aber die habe ich eben nicht. Wir müßten zum

Beispiel mehrere Sprünge machen, aber ich will es mit einem einzigen versuchen, weil mir das weniger kompliziert erscheint, obgleich es ein ungeheurer Verschleiß an Energie ist.«

Er wußte sehr wohl, daß er ihr das eigentlich nicht sagen durfte. Es war feige von ihm, ihr Angst einzujagen, außerdem würde sie vermutlich Schwierigkeiten machen, wenn sie in Panikstimmung geriet. Und dennoch – er konnte nicht anders. Er mußte seine Sorgen mit jemandem teilen. Für ihn allein war die Last zu schwer.

»Es gibt da etliches, was ich nicht weiß, obwohl ich es eigentlich wissen müßte«, fuhr Biron fort. »Zum Beispiel die durchschnittliche Raumdichte zwischen uns und Lingane. Die beeinflußt nämlich den Verlauf des Sprunges, weil sie für die Krümmung dieses Teils des Universums ausschlaggebend ist. Die ›Ephemeriden‹, jenes dicke Buch dort, geben die Krümmungskorrekturen an, die bei gewissen Standardsprüngen vorgenommen werden müssen. Daraus soll man dann die jeweils notwendigen Spezialkorrekturen ableiten können. Aber wenn man einen Riesensprung über zehn Lichtjahre hinweg machen muß, ist man am Ende seiner Weisheit. Ich bin nicht einmal sicher, ob ich einen annähernd richtigen Überschlag zustande bekommen habe.«

»Was würde denn passieren, wenn Sie sich verrechnet hätten?«

»Wir könnten zum Beispiel der Sonne von Lingane gefährlich nahe kommen.«

Nach einigem Nachdenken sagte sie: »Sie glauben nicht, wieviel wohler mir jetzt zumute ist.«

»Nachdem ich Ihnen das alles erklärt habe?«

»Gerade darum! In meiner Koje kam ich mir so hilflos und verloren vor mit all der Leere ringsherum. Jetzt weiß ich wenigstens, daß wir ein Ziel haben und daß wir die Leere beherrschen.«

Biron war angenehm überrascht. »Das mit der Beherrschung möchte ich nicht unbedingt unterschreiben.«

Sie machte eine abwehrende Handbewegung. »Ich weiß genau, daß Sie mit dem Schiff umzugehen verstehen.«

Und auf einmal hatte auch Biron das Gefühl, er werde es schaffen.

Artemisia, die ihre langen nackten Beine untergeschlagen

hatte, hockte ihm gegenüber und sah ihn unverwandt an. Sie hatte nur ihre hauchdünnen Unterkleider an, was sie jedoch gar nicht zu bemerken schien. Biron dagegen bemerkte es sehr wohl.

Unbekümmert fing sie an zu erzählen: »In der Koje war mir ganz komisch zumute, als ob ich schwebte. Das war auch einer der Gründe, warum ich solche Angst hatte. Jedesmal, wenn ich mich umdrehte, schien ich einen kleinen Luftsprung zu machen und dann langsam zurückzugleiten, wie ein Stehaufmännchen.«

»Sie haben wohl nicht in der obersten Koje geschlafen?«

»Doch. In den unteren bekomme ich einen Gefängniskoller. Die Matratzen direkt über meinem Kopf machen mich nervös.«

Biron lachte. »Die Erklärung ist ganz einfach. Die Schwerkraft des Schiffes ist in Bodennähe größer als in den oberen Regionen. In Ihrer Koje waren Sie vermutlich zwanzig bis dreißig Pfund leichter als gewöhnlich. Sind Sie schon einmal auf einem Passagierschiff gefahren? Einem ganz großen, meine ich.«

»Einmal. Als Vater und ich im vergangenen Jahr Tyrann besucht haben.«

»Auf den großen Passagierschiffen ist es so eingerichtet, daß sich die Gravitation in allen Teilen des Schiffes auf die Außenwände konzentriert, so daß die Längsachse des Schiffes immer ›oben‹ ist, wo man sich auch befinden mag. Darum sind die Motoren auf diesen großen Kästen auch zylindrisch rings um die Längsachse angeordnet. Die Schwerkraft ist dadurch aufgehoben.«

»Es muß doch eine Menge Energie kosten, diese künstliche Schwerkraft zu erzeugen.«

»Soviel, daß es für eine kleine Stadt ausreichen würde.«

»Besteht nicht die Gefahr, daß der Betriebsstoff einmal knapp werden könnte?«

»Absolut nicht. Die Schiffe werden doch durch die völlige Umwandlung von Masse in Energie angetrieben. Betriebsstoff ist das letzte, woran wir Mangel leiden könnten. Eher nützt sich die Außenwand ab.«

Ihr Gesicht war zu ihm emporgerichtet. Er merkte plötzlich, daß sie das Make-up entfernt hatte, und wunderte sich, wie ihr das wohl gelungen sei, wahrscheinlich mit einem Taschentuch und einem Minimum an Trinkwasser. Das Resultat war durchaus nicht unvorteilhaft für sie. Denn ihre klare weiße Haut bildete einen wundervollen Gegensatz zu ihrem schwarzen

Haar und den dunklen Augen. Sehr warme Augen, wie Biron feststellte.

Das Schweigen hatte schon ein wenig zu lange gedauert. Überstürzt nahm Biron das Gespräch wieder auf: »Sie reisen wohl nicht oft? Ich meine, weil Sie bloß einmal mit einem Passagierschiff gefahren sind.«

»Schon das eine Mal war zuviel. Wären wir nicht nach Tyrann gefahren, hätte mich dieser Dreckskerl, dieser Kammerherr, nicht gesehen und – ach, lassen wir das!«

Biron überging diesen wunden Punkt taktvoll und fragte weiter: »Ist das so üblich? Daß die Mitglieder regierender Häuser nicht reisen, meine ich.«

»Ich nehme es an. Vater ist natürlich dauernd unterwegs: Staatsbesuche, Ausstellungen eröffnen, Bauwerke einweihen. Gewöhnlich hält er dann eine Rede, die Aratap für ihn aufgesetzt hat. Bei uns anderen sehen es die Tyrannen viel lieber, wenn wir den Palast möglichst wenig verlassen. Armer Gillbret! Als er in Vaters Vertretung an den Krönungsfeierlichkeiten für den Khan teilgenommen hat, ist er das einzige Mal über Rhodia hinausgekommen. Danach haben sie ihn nie wieder auf ein Schiff gelassen.«

Gedankenverloren zupfte Artemisia an Birons Ärmel herum. Es dauerte eine ganze Weile, bis sie mit niedergeschlagenen Augen sagte: »Biron –«

»Ja – Arta!« Es hatte einige Überwindung gekostet, aber dann war der Name doch ganz geläufig von seinen Lippen gekommen.

»Glauben Sie, Onkel Gils Geschichte könnte wahr sein?«

»Wenn ich das wüßte!«

»Vielleicht hat er alles bloß erfunden? Seit Jahren beschäftigt er sich nur noch mit den Tyrannen. Dabei hat er nie etwas gegen sie unternehmen können, von seinen kindischen Überwachungsstrahlen abgesehen. Und daß die kindisch sind, weiß er ganz genau. Vielleicht hat er sich nur einen Wunschtraum vorgegaukelt und sich allmählich so hineinversponnen, daß er jetzt fest daran glaubt. Ich kenne ihn nämlich, müssen Sie wissen.«

»Schon möglich. Aber versuchen wir eben einmal, was dabei herauskommt. Lingane ist als Reiseziel so gut wie jedes andere.«

Es war völlig unlogisch, mußte sich Biron eingestehen. Eben hatten sie noch über Sprünge, Schwerkraft und Gillbret diskutiert, im nächsten Moment lag sie weich und seidig in seinen Armen, und er spürte sie weich und seidig auf seinen Lippen.

Sein erster Impuls war, sich bei ihr zu entschuldigen. Aber als er zu sprechen anfangen wollte, merkte er, daß sie gar nicht den Versuch machte, von ihm wegzurücken, sondern ihren Kopf in seinen rechten Arm gebettet hatte. Ihre Augen waren noch immer geschlossen. Darum sagte er lieber nichts und zog es vor, sie wieder zu küssen, langsam und gründlich. Es war das beste, was er tun konnte, wie er auf einmal genau wußte.

Nach geraumer Zeit sagte sie ein wenig verwirrt: »Du mußt doch Hunger haben? Ich hole dir etwas von dem Konzentrat und wärme es für dich auf. Wenn du dann ein bißchen schlafen willst, kann ich ja für dich Wache halten. Übrigens – ich muß mich erst einmal richtig anziehen.«

Als sie schon an der Tür war, drehte sie sich noch einmal um und verkündete ihm strahlend: »Diese konzentrierte Nahrung schmeckt übrigens ausgezeichnet, wenn man sich erst einmal daran gewöhnt hat. Vielen Dank, daß du sie besorgt hast!«

Das war der eigentliche Friedensschluß zwischen ihnen, mehr noch als die Küsse.

Als Gillbret ein paar Stunden später den Pilotenraum betrat, ließ er sich keinerlei Überraschung darüber anmerken, daß Biron den Arm um Artemisia geschlungen hatte und daß die beiden in ein Gespräch vertieft waren, das auf einen Außenstehenden reichlich albern wirken mußte.

»Wann springen wir, Biron?« fragte er sachlich.

»In einer halben Stunde.«

Die Kontrollgeräte waren eingestellt, und als die halbe Stunde sich ihrem Ende zuneigte, versickerte die Unterhaltung allmählich, bis sie ganz erstarb.

Als der große Augenblick gekommen war, holte Biron tief Atem und schwenkte einen Hebel von links nach rechts.

Es war anders als auf dem Passagierschiff. Die ›Unverzagt‹ war kleiner, wodurch der Sprung weniger glatt verlief. Biron taumelte, und für den Bruchteil einer Sekunde geriet alles ins Wanken. Doch gleich darauf zog das Schiff wieder ruhig seine Bahn.

Die Sterne auf dem Bildschirm waren andere geworden. Biron drehte das Schiff, so daß sich das Sternenfeld hob. Jeder

Stern beschrieb dabei einen erhabenen Bogen. Endlich erschien ein einziger Stern auf dem Bildschirm, strahlend weiß und immer deutlicher sichtbar werdend. Biron richtete das Teleskop auf diesen Punkt und schaltete das spektroskopische Zusatzgerät ein.

Noch einmal nahm er die ›Ephemeriden‹ zur Hand und schlug den Abschnitt ›Spektrale Merkmale‹ auf. Als er sich endlich vom Pilotensitz erhob, sagte er: »Es ist noch ganz hübsch weit bis dorthin, ich werde mich zusammennehmen müssen. Aber immerhin, was ihr dort seht, ist Lingane!«

Sein erster Sprung war ihm gelungen.

Der Autarch kommt

Der Autarch von Lingane war in Nachdenken versunken. Sein gutgeschnittenes, abweisendes Gesicht veränderte sich dabei kaum.

»Warum haben Sie mir nicht eher Meldung gemacht, wenn Sie das schon seit achtundvierzig Stunden wissen?« fragte er schließlich kühl.

Rizzett antwortete unerschrocken: »Es lag kein Grund vor, Sie früher zu informieren. Wenn wir Sie mit allem Kleinkram belästigen wollten, kämen Sie überhaupt nicht zur Ruhe. Jetzt scheint es jedoch an der Zeit zu sein, daß Sie sich mit der Sache befassen. Sie ist reichlich merkwürdig, und wir können uns solche Merkwürdigkeiten nicht leisten.«

»Wiederholen Sie Ihren Bericht.«

Der Autarch legte die Beine auf das schimmernde Fensterbrett und blickte gedankenverloren ins Freie. Dieses Fenster stellte die vielleicht größte Eigentümlichkeit der linganischen Architektur dar. Es war mäßig breit und bildete den Abschluß einer ungefähr anderthalb Meter langen Nische. Außerordentlich klar, ungeheuer dick und sorgfältig geschwungen, war es mehr eine Linse als ein Fenster. Alles Licht im Zimmer wurde trichterartig davon aufgefangen, so daß man draußen ein Miniaturpanorama erblickte.

Von jedem Fenster im Schloß des Autarchen sah man auf diese Weise vom Zenit bis zum Nadir die Hälfte des Horizonts.

An den Fensterenden verzerrte sich das Bild etwas, aber das gab dem Schauspiel allenfalls erhöhten Reiz: das Miniaturgetriebe der Stadt, die Kurven der halbmondförmigen Stratosphärenrampen über dem Flughafen. Man konnte sich so daran gewöhnen, daß einem die mit bloßem Auge wahrnehmbare Wirklichkeit unnatürlich vorkam. Sobald der Stand der Sonne die Linse zu einem Brennglas machte, das Hitze und Licht ins Unerträgliche steigerte, öffneten sich die Fenster nicht etwa, sondern sie verdunkelten sich automatisch durch eine Veränderung der Polarisationseigenschaften des Glases.

Die Theorie, daß die Architektur eines Planeten dessen Bedeutung in der Galaxis widerspiegelte, schien sich an den linganischen Fenstern zu beweisen.

Wie seine Fenster bot ganz Lingane ein kleines, aber beherrschtes Panorama. Es war ein ›Planetenstaat‹ innerhalb der Galaxis, die sich längst über diesen ökonomischen und politischen Zustand hinaus entwickelt hatte, geblieben. Während die meisten Staatengebilde einen Zusammenschluß stellarer Systeme darstellten, war Lingane noch immer das, was es seit Jahrhunderten gewesen war: eine in sich abgeschlossene Welt. Diese Lebensform machte den Planeten keineswegs arm. Im Gegenteil, niemand konnte sich Lingane anders als reich vorstellen.

Es ist im voraus schwer zu sagen, ob eine Welt so günstig gelegen ist, daß viele Sprung-Routen sie zum Verkehrsknotenpunkt machen. Zu einem großen Teil hängt das auch von der Entwicklung der kosmischen Umgebung ab: in wessen Hände die von Natur aus bewohnbaren Planeten geraten, wie sie kolonisiert und bewirtschaftet werden.

Lingane fand rechtzeitig genug heraus, welche Rolle es spielen konnte, was einen Wendepunkt in seiner Geschichte darstellte. Weit wichtiger als das bloße Vorhandensein einer strategischen Position ist die Fähigkeit, diese Position zu erkennen und zu nützen. Lingane hatte im Laufe der Zeit einige Planetoiden besetzt, die weder Rohstoffquellen noch andere Möglichkeiten hatten, ihre Bevölkerung unabhängig zu machen. Sie dienten Lingane dazu, ein Handelsmonopol zu errichten. Die Planetoiden wurden zu Versorgungsstationen ausgebaut. Alles, was ein Schiff brauchen konnte, von hyperatomischen Ersatzteilen bis zu neuen Buchspulen, war dort erhältlich. Die Stationen entwickelten sich zu ausgedehnten Handelsniederlassungen. Alle nur erdenklichen Waren und Produkte aus den Nebula-Königreichen strömten hier zusammen: Pelze, Bodenschätze, Fleisch, Korn, Holz, Maschinen, Geräte, Medikamente und Fertigwaren aller Art.

Innerhalb der Galaxis bot Lingane das gleiche Bild wie ein Blick aus seinen Fenstern. Es war ein Planet für sich, der sehr wohl allein auskommen konnte.

Ohne sich vom Fenster abzuwenden, befahl der Autarch: »Beginnen Sie mit dem Postschiff, Rizzett. Wo hat es diesen Kreuzer erstmalig gesichtet?«

»Ungefähr hunderttausend Kilometer von Lingane entfernt. Die genaue Position spielt hierbei keine Rolle. Jedenfalls haben wir das Schiff seitdem ständig beobachtet, und es hat sich herausgestellt, daß der tyrannische Kreuzer unseren Planeten umkreist.«

»Offenbar haben sie nicht die Absicht zu landen, sondern sie scheinen auf etwas zu warten?«

»Ja.«

»Wie lange sie dieses Spiel schon treiben, läßt sich nicht feststellen?«

»Leider nicht. Aber sie sind von niemand anderem gesichtet worden. Das haben wir genau nachgeprüft.«

»Das soll uns im Augenblick nicht kümmern«, entschied der Autarch. »Sie haben unser Postschiff angehalten, was eindeutig eine Verletzung unseres Abkommens mit Tyrann darstellt.«

»Ich bezweifle, daß es sich um Tyrannen handelt. Ihre unsicheren Manöver lassen mehr auf flüchtige Gefangene schließen.«

»Wahrscheinlich will man uns das glauben machen. Auf jeden Fall hat ihre einzige offenkundige Aktion darin bestanden, daß sie mir eine direkte Botschaft übermitteln ließen.«

»Das stimmt.«

»Sonst nichts?«

»Gar nichts!«

»Sie haben das Postschiff nicht betreten?«

»Nein. Die Verständigung erfolgte über Bildschirm. Die Nachrichtkapsel wurde aus zwei Meilen Entfernung abgeschossen und vom Netz des Postschiffes aufgefangen.«

»Hat man die Leute nur gehört oder auch gesehen?«

»Die Bildschirmübertragung funktionierte ausgezeichnet, wie

ich schon sagte. Der Sprecher wird als ein junger Mann von ›aristokratischem Äußeren‹ beschrieben, wenn Sie sich darunter etwas vorstellen können.«

Eine Hand des Autarchen ballte sich unwillkürlich zur Faust. »Warum wurde keine Aufnahme gemacht? Das war entschieden ein Fehler.«

»Der Kapitän des Postschiffes konnte ja nicht ahnen, wie wichtig die ganze Angelegenheit sei. Wenn sie überhaupt wichtig ist! Werden Sie daraus klug, Exzellenz?«

Der Autarch gab keine Antwort. Nach einer Weile sagte er: »Das ist also die Botschaft?«

»Jawohl. Eine sehr aufschlußreiche Botschaft, kann man wohl sagen. Nur ein Wort! Daß wir sie Ihnen nicht gleich übermittelt haben, bedarf wohl keiner Erklärung. Die Kapsel hätte Spaltmaterial enthalten können. Es wäre nicht das erste Mal gewesen, daß man auf diese Weise jemanden umgebracht hätte.«

»Hm, das soll auch schon Autarchen passiert sein«, meinte der Autarch sinnend. »Gillbret. Nur dieses eine Wort: Gillbret.«

Es gelang dem Autarchen, äußerlich vollkommen ruhig zu bleiben. Dagegen vermochte er nicht, das Aufsteigen einer inneren Unruhe niederzukämpfen, die er als absolut ungehörig empfand. Ein solches Gefühl geziemte sich einfach nicht für den Autarchen von Lingane, dessen Machtvollkommenheit nur durch einige unumgängliche Naturgesetze eingeschränkt werden durfte.

Lingane war nicht von alters her von Autarchen regiert worden. In früheren Zeiten hatten reiche Kaufherrengeschlechter die Dynastie gebildet. Die Familien, die als erste die subplanetaren Versorgungsstationen aufgebaut hatten, galten als die Aristokratie des Landes. Sie verfügten nicht über großen Grundbesitz und konnten in dieser Hinsicht nicht mit den Vieh- und Kornbaronen der benachbarten Welten konkurrieren. Aber sie waren reich an flüssigem Kapital, was nicht selten dazu führte, daß sie zu Gläubigern und schließlich zu Besitznachfolgern der Grundherren wurden. So blieb es nicht aus, daß Lingane das übliche Schicksal eines derartig regierten – mißregierten – Planeten erlitt. Einander befehdende Familien machten sich ständig die Macht streitig. Stets befand sich irgendeine Gruppe im Exil. Intrigen und Palastrevolutionen waren an der Tagesordnung. Während das Direktorium von Rhodia als das Muster an Stabilität und Ordnung galt, war Lingane das Gegenbeispiel der Unruhe und Verworrenheit. Der Ausdruck ›So unbeständig wie Lingane‹ war in der gesamten Nebula-Region sprichwörtlich.

Spätere Historiker bezeichneten die Folgen als unvermeidlich. Nachdem sich die Nachbarplaneten zu Gruppenstaaten konsolidiert und dadurch einen erheblichen Machtzuwachs gewonnen hatten, kamen die Bürgerkriege auf Lingane dem Planeten immer teurer und gefährlicher zu stehen. Die Bevölkerung war schon lange mehr als bereit, für Ruhe und Sicherheit jedes Opfer zu bringen. Der Wechsel von der Plutokratie zu einer Autokratie und der damit verbundene, verhältnismäßig geringe Verlust an Freiheit vollzog sich daher ohne viel Aufhebens. Die Macht konzentrierte sich nunmehr in einer Hand, und dieser Machthaber war jeweils klug genug, das Volk für sich zu gewinnen, um es als Druckmittel gegen die hin und wieder aufsässigen Kaufherren zu verwenden.

Unter der Autarchenherrschaft vergrößerte Lingane seinen Reichtum und seine Stärke. Sogar den Tyrannen, die es vor dreißig Jahren, auf der Höhe ihrer Macht, angegriffen hatten, war ein Waffenstillstand abgerungen worden. Zwar hatten die Tyrannen keine Niederlage einstecken müssen, aber man hatte ihnen Einhalt geboten. Der Schock, den sie dadurch davongetragen hatten, war noch immer wirksam. Seit dem Angriff auf Lingane war kein weiterer Planet von den Tyrannen unterjocht worden.

Die anderen Planeten der Nebula-Königreiche waren regelrechte Vasallen von Tyrann, Lingane hingegen galt als theoretisch gleichberechtigter Bündnispartner, dessen Rechte durch einen Vertrag festgelegt waren.

Der Autarch verkannte die reale Situation keineswegs. Die linganischen Chauvinisten mochten sich in dem Wahn wiegen, noch freie Staatsbürger zu sein. Der Autarch wußte, daß die tyrannische Gefahr nur vorübergehend gebannt war.

Es war leicht möglich, daß sie jetzt zu dem schon lange fälligen letzten Schlag ausholten. Der Autarch hatten den Tyrannen selbst die Gelegenheit geboten, auf die sie von jeher lauerten. Die Organisation, die er aufgebaut hatte, so unwirksam sie auch sein mochte, war ein hinreichender Grund für Strafmaßnahmen seitens der Tyrannen. Formalrechtlich befände sich Lingane eindeutig im Unrecht.

War der Kreuzer der erste Fühler, den die Tyrannen ausstreckten? »Ist dem Schiff ein Wachtposten beigegeben worden?« fragte der Autarch nach einer längeren Pause.

»Ich erwähnte bereits, daß es beobachtet wird. Zwei unserer Frachter halten sich in Massometer-Reichweite.« Das Lächeln, womit Rizzett seine Worte begleitete, fand keinen Widerhall.

»Was halten Sie davon?«

»Ich weiß nicht. Der einzige Gillbret, den ich dem Namen nach kenne, ist Gillbret von Henrici aus Rhodia. Sind Sie persönlich mit ihm bekannt?«

»Bei meinem letzten Besuch auf Rhodia habe ich mit ihm gesprochen.«

»Sie haben ihm doch nichts erzählt?«

»Natürlich nicht.«

Rizzetts Augen zogen sich zu schmalen Schlitzen zusammen. »Ich fürchtete schon, Sie hätten es vielleicht an der nötigen Vorsicht fehlen lassen, und die Tyrannen als Nutznießer eines ähnlichen Mangels an Vorsicht von Gillbrets Seite – die heutigen Henrici sind weiter nichts als Schwächlinge – könnten Ihnen jetzt eine Falle stellen, um Sie ein für allemal unschädlich zu machen.«

»Das glaube ich nicht. Der Zeitpunkt gibt mir zu denken. Ich war mehr als ein Jahr im Ausland, vorige Woche bin ich erst zurückgekehrt, und in ein paar Tagen reise ich schon wieder ab. Ist es nicht merkwürdig, daß mir diese Botschaft gerade jetzt übermittelt wird, da ich für kurze Zeit erreichbar bin?«

»Sie halten das nicht für einen Zufall?«

»Ich glaube nicht an Zufälle. Außerdem habe ich eine Erklärung dafür, daß dies kein Zufall sein kann. Ich werde daher diesem Schiff einen Besuch abstatten. Und zwar allein.«

»Unmöglich, Exzellenz!« Rizzett war erregt. Die kleine Narbe an seiner rechten Schläfe färbte sich plötzlich hochrot.

»Seit wann haben Sie hier zu befehlen?« wies ihn der Autarch kühl in die Schranken.

Worauf Rizzett nichts anderes übrigblieb, als Haltung anzunehmen und »Wie Sie wollen, Exzellenz!« zu stammeln.

An Bord der ›Unverzagt‹ wurde das Warten immer aufreibender. Seit zwei Tagen kreisten sie nun schon auf derselben Umlaufbahn. Gillbret beobachtete die Kontrollgeräte mit unermüdlicher Aufmerksamkeit. Plötzlich fragte er gespannt: »Haben Sie nicht auch den Eindruck, daß sich etwas verändert hat?«

Biron blickte kurz auf. Er rasierte sich gerade, wobei er den tyrannischen Apparat mit übertriebener Sorgfalt handhabte.

»Ich bin nicht der Meinung«, bemerkte er. »Warum sollte sich etwas ändern? Sie beobachten uns, und das werden sie noch eine ganze Weile fortsetzen.«

Er konzentrierte sich auf die schwierige Aufgabe, seine Oberlippe zu bearbeiten, und verzog ungeduldig das Gesicht, als er den säuerlichen Geschmack des Sprühtonikums auf der Zunge verspürte. Ein Tyrann wußte mit dem Apparat äußerst geschickt umzugehen. Zweifellos war dies die schnellste und gründlichste Rasiermethode, die es gab. Der Apparat war nichts anderes als ein außerordentlich feines Schleifgebläse, das die Barthaare entfernte, ohne die Haut zu verletzen. Dabei hatte man nur das Empfinden, als wehte ein Luftzug über die Haut hinweg. Biron fühlte, wie immer bei dieser Art des Rasierens, eine leichte Übelkeit in sich aufsteigen. Jedesmal mußte er an das Gerücht – vielleicht war es auch eine Tatsache – denken, wonach Gesichtskrebs bei der tyrannischen Bevölkerung häufiger vorkomme als auf irgendeinem anderen bewohnten Planeten, was viele auf die tyrannische Rasiermethode zurückführten. Er spielte sogar mit dem Gedanken, sich das Gesicht ein für allemal enthaaren zu lassen. In einigen Teilen der Galaxis war das üblich. Doch gleich darauf verwarf er diesen Einfall wieder. Eine Depilation ließ sich nicht rückgängig machen, was sehr schade gewesen wäre, wenn plötzlich Bärte oder Bartkoteletten in Mode kämen.

Biron musterte sich gerade kritisch im Spiegel und versuchte sich vorzustellen, wie er wohl mit Bartkoteletten aussähe, als Artemisia im Türrahmen auftauchte und sagte: »Ich dachte, du wolltest dich ein bißchen hinlegen.«

»Das habe ich auch getan. Aber ich bin schon wieder munter.« Strahlend lächelte er sie an.

Sie streichelte sanft seine Wange.

»Wie glatt deine Haut ist! Man könnte dich für achtzehn halten.«

»Sieh dich vor, der Schein trügt!« erwiderte er neckend, haschte nach ihrer Hand und führte sie an die Lippen.

»Beobachtet man uns noch immer?« wollte Artemisia wissen.

»Leider. Es ist zu ärgerlich, daß man dadurch zur Untätigkeit verdammt ist.«

»Ich kann diese Art Untätigkeit gar nicht so ärgerlich finden.«

»Von diesem Gesichtspunkt aus hast du natürlich recht, Arta.«

»Warum landen wir denn nicht einfach auf Lingane?«

»Daran haben Gillbret und ich selbstverständlich auch schon gedacht. Aber das Risiko ist zu groß. Unser Wasservorrat ist noch groß genug, daß wir es uns leisten können, zu warten.«

»Ob Sie's nun glauben oder nicht, es hat sich etwas verändert«, warf Gillbret plötzlich mit lauter Stimme dazwischen.

Biron trat an das Schaltbrett und kontrollierte den Massometerstand. »Es könnte sogar stimmen«, sagte er kurz zu Gillbret.

Nachdem er sich kurze Zeit in einige Berechnungen vertieft hatte, kam er zu dem Schluß: »Nein, Gillbret, die beiden Schiffe haben ihre Position nicht verändert, aber es ist noch ein drittes hinzugekommen. Soweit ich feststellen kann, befindet es sich fünftausend Kilometer von uns entfernt, ungefähr sechsundvierzig Grad rho und hundertzweiundneunzig theta von der Linie Schiff-Planet, sofern ich die üblichen Rechts- und Linksdrehungen richtig berechnet habe. Wenn nicht, müßten die entsprechenden Zahlen dreihundertvierzehn und hundertachtundsechzig Grad sein.«

»Ich glaube, sie kommen näher«, murmelte Biron nach einer von eilig hingekritzelten Berechnungen erfüllten Pause. »Es ist ein kleines Schiff. Glauben Sie, daß Sie Verbindung damit aufnehmen könnten, Gillbret?«

»Ich will es versuchen.«

»Gut. Aber kein Bild, bitte, nur Ton, bis wir wissen, wen wir vor uns haben.«

Gillbret mit den Ätherwellen manipulieren zu sehen war ein erstaunliches Schauspiel. Offensichtlich hatte er ein Naturtalent dafür. Trotz aller Kontrollgeräte bleibt es eine diffizile Aufgabe, mit einem Richtstrahl einen isolierten Punkt im Weltraum anzupeilen. Gillbret kannte nicht die genaue Position des anderen Schiffes. Eine Differenz von plus oder minus hundert Meilen lag durchaus im Bereich der Möglichkeit. Von den angegebenen Winkelmaßen konnte eines – oder auch beide – um fünf bis sechs Grad in jeder Richtung abweichen.

Das Schiff bewegte sich demnach in einem Volumen von ungefähr zehn Millionen Kubikmeilen. Alles andere blieb dem menschlichen Fingerspitzengefühl überlassen. Man behauptete, ein geübter Radiofachmann spüre an den Kontrollgeräten, um wieviel der Richtstrahl sein Ziel verfehlt habe. Vom wissenschaftlichen Standpunkt aus war das natürlich Unsinn, aber manchmal gab es einfach keine andere Erklärung.

Es dauerte keine zehn Minuten, bis die ›Unverzagt‹ senden und empfangen konnte.

Nach weiteren zehn Minuten teilte Biron seinen beiden Gefährten mit: »Sie schicken jemanden an Bord.«

»Sollen wir das zulassen?« erkundigte sich Artemisia.

»Warum nicht? Mit einem Mann werden wir schon fertig. Wir sind ja bewaffnet.«

»Aber wenn ihr Schiff zu nahe an uns herankommt?«

»Unser Kreuzer ist ein tyrannisches Fahrzeug, Arta. Wir sind ihnen also weit überlegen, selbst wenn sie das beste Kriegsschiff nehmen, das Lingane aufzuweisen hat. Allzu gut dürfte es auch bei ihnen damit nicht bestellt sein – trotz ihres vielgepriesenen Paktes mit Tyrann. Außerdem haben wir fünf Kanonen schwersten Kalibers.«

»Verstehst du denn damit umzugehen?«

So leid es Biron tat, ihrer Bewunderung für ihn Abbruch tun zu müssen, gab er doch ehrlich zu: »Mit diesen Dingern kenne ich mich nicht aus, jedenfalls noch nicht. Aber das können die auf dem linganischen Schiff ja nicht wissen.«

Eine halbe Stunde später erschien ein Schiff auf dem Bildschirm. Es war eine kleine gedrungene Maschine mit zwei kompletten Sätzen von je vier Tragflächen, was vermuten ließ, daß sie oft zu Stratosphärenflügen benutzt wurde.

Nachdem Gillbret einen Blick durch das Teleskop geworfen hatte, rief er entzückt: »Das ist die Jacht des Autarchen.« Er strahlte übers ganze Gesicht. »Es ist bestimmt seine Privatjacht. Davon bin ich hundertprozentig überzeugt. Ich hab's ja gleich gesagt, daß die bloße Erwähnung meines Namens der sicherste Weg sei, seine Aufmerksamkeit zu erregen.«

Das linganische Schiff bremste jetzt seine Geschwindigkeit, so daß auf dem Bildschirm allmählich der Eindruck entstand, als hänge es reglos im All.

Aus dem Empfangsgerät ertönte eine dünne Stimme: »Alles klar an Bord?«

»Klar!« gab Biron zurück »Nur eine Person!«

»Eine Person!« kam prompt das Echo.

Schlangengleich entrollte sich das Seil aus Metallgeflecht. Wie eine Harpune schoß es von dem linganischen Schiff auf sie zu. Der Magnetzylinder am Ende des Seils tauchte auf dem Bildschirm auf und wurde immer größer.

Gleich darauf ertönte ein dumpfer Knall, das Zeichen dafür, daß sich der Zylinder an der ›Unverzagt‹ festgesogen hatte. Das Seil war ein Rotortau, das vom Augenblick des magnetischen Kontaktes an in unveränderter Schlingenstellung verharrte und keiner der sonst üblichen Gewichtsverlagerungen ausgesetzt war.

Leicht wie ein Vogel schwebend, entfernte sich das linganische Schiff und zog das Seil dabei vorsichtig immer fester. Schließlich spannte es sich straff, ein hauchdünner Faden durch den Weltraum, und glänzte in der linganischen Sonne. Es war ein Anblick von märchenhafter Zartheit.

Biron stellte die teleskopischen Geräte ein, wodurch das Schiff, ins Riesenhafte vergrößert, im Blickfeld erschien. Nun konnte man auch den Anfang der ungefähr achthundert Meter langen Verbindungsschnur sehen sowie die winzige Gestalt, die daran entlanghangelte.

Im allgemeinen ging man nicht auf diese Art an Bord eines Schiffes. Gewöhnlich manövrierten zwei Schiffe so nahe aneinander heran, daß dehnbare Halterungen von beiden Seiten ausgestreckt werden konnten, die sich unter intensivem magnetischem Druck miteinander verbanden. So entstand ein Tunnel im Weltraum, der ohne besondere Schutzkleidung passierbar war. Natürlich bedurfte es bei derartigen Besuchen des gegenseitigen Vertrauens.

Am Seil war ein Raumanzug unerläßlich. Der Linganer wirkte in seiner Rüstung aus Metallgewebe wie ein Ungeheuer. Selbst bei der verhältnismäßig noch großen Entfernung konnte Biron feststellen, daß keine geringe Muskelkraft dazu gehörte, in dieser hinderlichen Kleidung das Seil entlangzuturnen.

Die Geschwindigkeit der beiden Schiffe mußte sehr sorgfältig aufeinander abgestimmt werden. Eine unvorhergesehene Beschleunigung auf der einen Seite konnte das Losreißen des

Magnetzylinders zur Folge haben und den Weltraumwanderer der fernen Sonne entgegenschleudern. Und keine Macht der Welt hätte ihn von diesem Flug in die Ewigkeit zurückzuholen vermocht.

Doch der Linganer bewegte sich schnell und sicher auf die ›Unverzagt‹ zu. Was er machte, war kein einfaches Hangeln, wie sich herausstellte. Jedesmal, wenn die Hand an dem Seil Halt gefunden hatte, schwang er sich kühn ein paar Meter vorwärts, ehe er mit der anderen Hand nachgriff.

Eine artistische Glanzleistung im All!

»Wenn er nun abstürzt?« fragte Artemisia beklommen.

»Dazu scheint er zu gewandt zu sein«, beruhigte sie Biron.

Der Linganer war inzwischen ganz nahe an das Schiff herangekommen. Auf dem Bildschirm war er schon nicht mehr zu sehen. Wenige Sekunden später hörten die Insassen der ›Unverzagt‹ die Rüstung gegen die Außenwand scheppern.

Mit einem Hebeldruck schaltete Biron die Signallampen an der Außenbordseite des Schiffes ein. Ein herrisches Klopfen ertönte, darauf betrat der Linganer den Pilotenraum.

Sofort bedeckte sich der Raumanzug mit einer Eisschicht, das dicke Glas des Helmes beschlug, was dem Mann das Aussehen eines kleinen Gletschers gab. Biron stellte die Heizung an, worauf die Eisschicht zu schmelzen begann.

Ungeduldig fingerte der Linganer an den Helmverschlüssen herum. Als er das Ungetüm endlich abnahm, war sein Haar von der weichen Isolierschicht im Innern des Helmes in Unordnung geraten.

»Euer Exzellenz!« rief Gillbret triumphierend. Zu Biron gewandt fügte er hinzu: »Was habe ich Ihnen gesagt: Es ist der Autarch.«

Mit einer Stimme, die vergeblich um Festigkeit rang, stammelte Biron: »Jonti!«

Der Autarch macht einen Besuch

Der Autarch schob den Raumanzug lässig zur Seite und machte es sich in dem größeren der beiden Polstersessel bequem.

Im Plauderton bemerkte er: »Ich bin schon eine ganze Weile aus der Übung. Aber es heißt ja, daß man diese Handgriffe nie verlernt, wie Figura zeigt. Hallo, Farrill! Guten Tag, Euer Durchlaucht. Und Sie sind, wenn ich mich recht erinnere, die Tochter des Direktors, Ihre Hoheit Artemisia.«

Er steckte sich eine lange Zigarette zwischen die Lippen und begann genießerisch zu rauchen. Der parfümierte Tabak erfüllte den Pilotenraum mit angenehmem Duft. »Ich hatte nicht erwartet, Sie so bald wiederzusehen, Farrill«, sagte er liebenswürdig zu Biron.

»Wahrscheinlich überhaupt nicht«, erwiderte dieser scharf.

»Das kann man nicht wissen«, lautete die ruhige Antwort. »Allerdings, nach einer Botschaft, die nur aus dem Wort ›Gillbret‹ bestand, obwohl dieser Gillbret kein Raumschiff steuern kann; ferner, nachdem ich einen jungen Mann nach Rhodia geschickt hatte, der sehr wohl in der Lage war, ein Raumschiff zu steuern und dem es in seiner Verzweiflung durchaus zuzutrauen war, daß er einen tyrannischen Kreuzer kaperte, um zu fliehen; außerdem, als ich hörte, ein Mitglied der Besatzung des Kreuzers sei ein junger Mann von aristokratischem Aussehen, lag die Schlußfolgerung auf der Hand. Ich bin also nicht überrascht, Sie hier zu treffen.«

»Das glaube ich Ihnen nicht«, brauste Biron auf. »Sie sind verdammt überrascht, mich hier zu sehen, Sie Meuchelmörder! Glauben Sie vielleicht, ich kann nicht auch logisch denken?«

»Ich habe eine sehr hohe Meinung von Ihnen, Farrill.«

Der Autarch zeigte sich nicht im geringsten erschüttert, wodurch sich Biron in seinem Zorn ungeschickt und töricht vorkam. Wütend wandte er sich an die beiden Henrici: »Dieser Mann ist Sander Jonti, der Sander Jonti, von dem ich Ihnen erzählt habe. Meinetwegen mag er Autarch von Lingane oder sonstwas sein. Mir ist das egal. Für mich bleibt er Sander Jonti.«

»*Er* ist also derjenige –«, begann Artemisia. Doch Gillbret unterbrach sie mit zitternder Stimme: »Nehmen Sie sich zusammen, Biron. Sind Sie verrückt geworden?«

»Er ist es, und ich bin durchaus nicht übergeschnappt«, schrie Biron. Mit Mühe zwang er sich zur Ruhe. »Gut. Es hat keinen Zweck, laut zu werden. Verlassen Sie mein Schiff, Jonti! Ich hoffe, ich habe mich deutlich genug ausgedrückt. Verlassen Sie augenblicklich mein Schiff!«

»Aber warum denn, mein lieber Farrill?«

Gillbret brachte einige unzusammenhängende Laute hervor, aber Biron schob ihn unwirsch beiseite, um dem noch immer gelassen dasitzenden Autarchen seine Meinung ins Gesicht sagen zu können. »Sie haben einen Fehler gemacht, Jonti. Zwar nur einen, aber der genügte. Sie konnten nicht ahnen, daß ich meine Armbanduhr vergessen würde, als ich mein Zimmer auf der Erde so überstürzt verließ. Mein Uhrarmband war aber zufällig ein Strahlenindikator.«

Der Autarch blies einen Rauchring in die Luft und lächelte freundlich.

Empört fuhr Biron fort: »Und dieses Uhrarmband färbte sich nicht blau, Jonti. Es war also damals gar keine Bombe in meinem Zimmer. Das alles war nur eine sehr sorgfältig geplante Falle. Wenn Sie das leugnen, sind Sie ein Lügner, Jonti, Autarch, oder wie immer Sie sich zu nennen belieben.

Mehr noch: Diese Falle wurde von Ihnen gelegt. Sie haben mich mit Hypnit eingeschläfert und dann die ganze übrige Komödie inszeniert. Ich weiß auch, warum. Hätte ich einfach die ganze Nacht durchgeschlafen, wäre es mir nie aufgefallen, daß etwas nicht stimmte. Darum haben Sie mich angerufen und aufgeweckt. Ich sollte ja unbedingt die Bombe entdecken, die Sie fein säuberlich neben das Zählrohr gelegt hatten, damit ich sozusagen darüber stolperte. Dann sprengten Sie meine Tür, ehe ich noch dahinterkommen konnte, daß die Bombe nur eine Attrappe war. Sie müssen sich in jener Nacht großartig amüsiert haben, Jonti.«

Biron machte eine Pause, um die Wirkung seiner Worte abzuwarten, aber der Autarch nickte nur höflich interessiert. Biron fühlte seinen Zorn wie eine heiße Welle in sich aufsteigen. Es war, als boxte er gegen Federkissen.

Mit rauher Stimme preßte er hervor: »Mein Vater sollte hingerichtet werden. Ich hätte es noch früh genug erfahren. Vielleicht wäre ich nach Nephelos zurückgekehrt, vielleicht auch nicht. Jedenfalls hätte ich in dieser Angelegenheit getan, was ich für richtig hielt. Ich wäre den Tyrannen offen entgegengetreten oder hätte etwas anderes unternommen, je nachdem. Auf jeden Fall hätte ich gewußt, was ich zu erwarten hatte, und ich hätte mich gegen unliebsame Zwischenfälle gesichert.

Aber Sie wollten mich zu Henrik nach Rhodia schicken. Logischerweise sahen Sie voraus, daß ich Ihren Wunsch nicht erfüllen würde. Darum mußten Sie eine Zwangslage konstruieren. Sie hatten nicht die geringsten Skrupel dabei.

Ich fand keine Erklärung für den Bombenanschlag. Aber Sie waren damit bei der Hand. Sie spielten sich als mein Lebensretter auf. An alles schienen Sie zu denken. Zum Beispiel auch daran, was ich als nächstes zu tun hätte. Und ich ging Ihnen auf den Leim!«

Atemlos wartete Biron auf eine Erwiderung. Sie blieb aus. Erregt fuhr er fort: »Sie sagten mir natürlich nicht, daß es ein rhodianisches Schiff war, womit ich die Erde verließ, und daß Sie dafür gesorgt hatten, daß der Kapitän wußte, wer ich sei. Sie verheimlichten mir auch, daß Sie von Anfang an beabsichtigt hatten, mich in die Hände der Tyrannen zu spielen, sobald ich auf Rhodia landete. Wollen Sie das etwa abstreiten?«

Eine lange Pause trat ein, während Jonti in aller Gemütsruhe seine Zigarette ausdrückte.

Gillbret rang die Hände. »Biron, Sie machen sich lächerlich. Nie würde der Autarch . . .«

Aber Jonti unterbrach ihn gelassen: »Doch. Der Autarch würde nicht nur, er tat es. Ich gebe alles zu. Sie haben völlig recht, Biron, und ich beglückwünsche Sie zu Ihrem Scharfsinn. Die Bombe war eine Falle, die ich Ihnen selbst gestellt habe, und ich schickte Sie auch nach Rhodia in der Absicht, Sie von den Tyrannen verhaften zu lassen.«

Biron wurde leichenblaß. Gleich darauf trat ein gefährliches Leuchten in seine Augen: »Eines Tages, Jonti, rechnen wir miteinander ab. Gegenwärtig sind Sie der Autarch von Lingane und haben drei Schiffe hinter sich, dadurch bin ich ein wenig im Nachteil. Hier bin ich der Pilot. Ziehen Sie Ihren Anzug an und verschwinden Sie. Das Seil ist noch an seinem Platz.«

»Sie irren. Die ›Unverzagt‹ ist nicht Ihr Schiff. Sie sind ein Pirat und kein Pilot.«

»Formaljuristische Einwände gelten hier nicht. Ich gebe Ihnen fünf Minuten Zeit.«

»Werden Sie doch nicht dramatisch! Wir sind aufeinander angewiesen, und ich habe noch nicht die Absicht, das Schiff wieder zu verlassen.«

»Ich bin nicht auf Sie angewiesen, und wenn Sie die ganze tyrannische Flotte hinter sich hätten und sie jetzt herbeizaubern könnten.«

»Farrill«, versuchte Jonti ihn zu überreden, »Sie sprechen und benehmen sich wie ein dummer Junge. Ich habe Sie ausreden lassen. Jetzt bin ich an der Reihe.«

»Nein. Ich habe keine Lust, Ihnen zuzuhören.«

»Auch jetzt noch nicht?«

Artemisia schrie auf. Biron machte eine Bewegung, als wollte er auf den Autarchen zuspringen, doch er besann sich noch rechtzeitig. Mit rotem Kopf, weil dem anderen die Überrumpelung geglückt war, verharrte er hilflos auf seinem Platz.

»Ich pflege mich vorzusehen«, bemerkte Jonti kühl. »Es tut mir leid, daß ich Ihnen brutal mit einer Waffe drohen muß. Aber ich fürchte, daß Sie mich anders nicht anhören würden.« Die Pistole, die er in der Hand hielt, diente nicht nur der Einschüchterung. Ihre Schüsse verwundeten nicht, sie töteten!

»Seit Jahren baue ich in Lingane eine Organisation gegen die Tyrannen auf«, begann der Autarch. »Wissen Sie, was das heißt? Es ist keine Kleinigkeit. Ja, es grenzt ans Unmögliche. Von den Inneren Königreichen ist keine Hilfe zu erwarten, das hat uns die Erfahrung gelehrt. Die Nebula-Königreiche können sich nur retten, wenn sie sich selbst helfen. Doch unsere Regenten davon zu überzeugen, ist kein Kinderspiel. Ihr Vater hat dafür sein Leben lassen müssen. Bedenken Sie das bitte.

Ihres Vaters Verhaftung bedeutete aber auch für uns eine große Gefahr. Es ging um Leben und Tod. Widemos gehörte zum engsten Mitarbeiterstab, das heißt, daß uns die Tyrannen dicht auf den Fersen waren. Wir mußten sie auf eine falsche Fährte hetzen. Für umständliche Erklärungen blieb mir keine Zeit. Die Tyrannen sind keine Stümper.

Ich konnte nicht zu Ihnen kommen und sagen: ›Farrill, wir müssen den Tyrannen ein Schnippchen schlagen. Sie sind der Sohn des Ranchers und daher verdächtig. Machen Sie sich hier aus dem Staub und schwänzeln sie um Henrik von Rhodia herum, damit die Tyrannen von uns abgelenkt werden. Lingane muß unter allen Umständen aus dem Spiel bleiben. Es kann gefährlich für Sie werden, vielleicht sogar Ihren Kopf kosten, aber die Ideale, wofür Ihr Vater gestorben ist, sind wichtiger als Sie.‹

Vielleicht hätte ich Sie zu überzeugen vermocht, aber auf Experimente konnte ich mich nicht einlassen. Darum richtete ich es so ein, daß Sie unwissentlich taten, was notwendig war. Es ist mir schwergefallen, glauben Sie mir! Aber mir blieb keine andere Wahl. Ich hoffte, Sie würden mit heiler Haut davonkommen. Wenn nicht, so waren Sie entbehrlich, das gestehe ich ganz offen. Nun, Sie sind glücklicherweise am Leben geblieben, und ich bin sehr froh darüber. Außerdem war da noch die Sache mit dem Dokument . . .«

»Ich weiß nicht, wovon Sie sprechen«, warf Biron ein.

»Sie schalten zwar sehr schnell, lieber Farrill, aber Sie scheinen zu vergessen, daß Ihr Vater für mich arbeitete. Ich bin also im Bilde. Sie sollten das Dokument ausfindig machen. Anfänglich waren Sie auch der geeignete Mann für diese Aufgabe. Ihr Aufenthalt auf der Erde war behördlich genehmigt. Sie waren jung und wurden höchstwahrscheinlich nicht bespitzelt – anfänglich, wie gesagt!

Aber nachdem Ihr Vater verhaftet war, bildeten Sie eine Gefahr. Sie mußten ganz zwangsläufig den Verdacht der Tyrannen erregen, und wir konnten es uns nicht leisten, das Dokument in deren Hände fallen zu lassen. Wir mußten Sie von der Erde entfernen, ehe Sie Ihren Auftrag ausführen konnten. Sie sehen also, wie eins mit dem anderen zusammenhängt.«

»Dann haben Sie also jetzt das Dokument?« fragte Biron.

»Nein. Leider nicht. Ein Dokument, das aller Wahrscheinlichkeit nach das ist, worauf es uns ankommt, ist schon seit Jahren spurlos von der Erde verschwunden. Ich weiß nicht, wer es hat. – Darf ich jetzt übrigens das Schießeisen weglegen? Es ist ein wenig unhandlich.«

»Meinetwegen«, knurrte Biron.

Nachdem der Autarch die Pistole wieder eingesteckt hatte, fragte er beiläufig: »Was hat Ihnen Ihr Vater eigentlich über das Dokument mitgeteilt?«

»Nichts, das Sie nicht selbst wüßten. Er arbeitete ja für Sie.«

»Ausgezeichnet!« lobte ihn der Autarch. Sein Lächeln wirkte allerdings etwas gezwungen.

»Sind Sie mit Ihrer Erklärung fertig?« wollte Biron wissen.

»Ja.«

»Dann verlassen Sie das Schiff.«

»Einen Augenblick, Biron«, schaltete sich Gillbret ein. »Hier steht mehr auf dem Spiel als Ihre persönlichen Angelegenheiten. Artemisia und ich sind ja auch noch da, und wir möchten schließlich ein Wörtchen mitreden. Ich jedenfalls sehe die Beweggründe des Autarchen ein. Darf ich Sie daran erinnern, daß ich Ihnen auf Rhodia das Leben gerettet habe? Das dürfte mir immerhin das Recht geben, meine Meinung zu äußern.«

»Schön. Sie haben mir das Leben gerettet!« schrie Biron. »Verlassen Sie das Schiff mit ihm zusammen. Ich halte Sie nicht zurück. Sie wollten zum Autarchen. Bitte! Hier ist er. Ich habe Ihnen versprochen, Sie zu ihm zu bringen. Meine Mission ist damit beendet. Vorschriften lasse ich mir von Ihnen keinesfalls machen.«

Noch immer wutschnaubend, wandte er sich an Artemisia: »Und wie steht es mit Ihnen? Sie haben mir doch auch das Leben gerettet! Ich bin nur von Lebensrettern umgeben, scheint mir. Wollen Sie sich den beiden nicht anschließen?«

Ruhig erwiderte sie: »Legen Sie mir nichts in den Mund, Biron. Wenn ich gehen wollte, würde ich es bestimmt selbst sagen.«

»Nur keine Hemmungen! Mir ist's egal, ob Sie gehen oder bleiben.«

Ihr verletzter Gesichtsausdruck ließ ihn die Augen niederschlagen. Er wußte sehr wohl, daß er sich kindisch aufführte. Jonti hatte ihm diese Rolle aufgezwungen, hatte seinen Zorn bis zur Hilflosigkeit gesteigert. Warum nahm es eigentlich jedermann als gegeben hin, daß man Biron Farrill den Tyrannen zum Fraß vorwarf? Wie einem Hund einen Knochen, nur damit Jonti seine kostbare Haut nicht zu Markte zu tragen brauchte! Wen glaubten sie eigentlich vor sich zu haben?

Die Bombenfalle, das rhodianische Schiff, die Schreckensnacht auf Rhodia – das Selbstmitleid drohte ihn bei diesen Erinnerungen nahezu zu überwältigen.

»Nun, Farrill?« drängte der Autarch.

»Nun, Biron?« kam das Echo von Gillbrets Lippen.

»Was ist Ihre Meinung?« wandte sich Biron an Artemisia.

Ruhig gab sie ihm zur Antwort: »Ich meine, daß er noch

immer drei Schiffe hinter sich hat und außerdem der Autarch von Lingane ist. Die Qual der Wahl können Sie sich also ersparen.«

Der Autarch warf ihr einen langen, bewundernden Blick zu. »Sie sind ein intelligentes Mädchen, Euer Hoheit. Es ist erfreulich, daß so viel Geist in dieser angenehmen Hülle steckt.«

»Was wollen Sie von uns?« bequemte sich Biron zu fragen.

»Ich brauche Ihre guten Namen und Ihre Fähigkeiten. Als Gegenleistung werde ich Sie an einen Ort bringen, den Seine Durchlaucht Gillbret als die ›Rebellenwelt‹ bezeichnet.«

»Glauben Sie denn, daß es sie gibt?« fragte Biron mürrisch.

Doch Gillbret schnitt ihm das Wort ab: »*Sie* haben sie also aufgebaut?«

Der Autarch lächelte. »Ich glaube zwar, daß es die von Ihnen beschriebene Welt gibt, Durchlaucht, aber sie gehört leider nicht mir.«

»Nicht Ihnen«, murmelte Gillbret niedergeschlagen.

»Was macht das schon aus, wenn ich Sie hinführen kann?«

»Wie denn?« wollte Biron wissen.

»Das ist gar nicht so schwierig, wie Sie annehmen. Wenn wir von Gillbrets Erzählung als von einer Tatsache ausgehen, dann muß es eine Widerstandsbewegung gegen die Tyrannen geben. Sie kann sich nur irgendwo im Nebula-Sektor befinden, und sie ist seit zwanzig Jahren von den Tyrannen unentdeckt geblieben. Dafür gibt es aber nur eine Erklärung!«

»Und die wäre?«

»Liegt die Schlußfolgerung nicht auf der Hand? Eine solche Welt kann nur im eigentlichen Nebelgebiet existieren.«

»Das halten Sie für möglich?«

»Beim Kosmos, ein logischer Gedanke!« murmelte Gillbret.

Schüchtern warf Artemisia ein: »Kann es denn innerhalb der Nebel überhaupt organisches Leben geben?«

»Warum nicht?« belehrte sie der Autarch. »Sie scheinen eine falsche Vorstellung davon zu haben. Es handelt sich bei diesem Gebiet zwar um starke kosmische Nebel, aber nicht um Giftgase. Die unglaublich dünne Nebelmasse setzt sich aus Natrium, Kalium und Kalzium zusammen. Die Atome absorbieren und verdunkeln das Licht der Sterne, so daß der Beobachter nichts sieht. Im übrigen ist das Ganze harmlos. Wer sich dort ansiedelt, hat jedoch den Vorteil, so ziemlich unauffindbar zu sein.

Ich bitte um Entschuldigung, falls ich Sie langweilen sollte, aber ich habe die letzten paar Monate an der Erduniversität damit zugebracht, astronomische Daten über die Nebelregionen zusammenzutragen.«

»Warum gerade auf der Erde?« erkundigte sich Biron. »Meine Frage mag neugierig klingen, aber da ich dort Ihre Bekanntschaft machte, habe ich wohl ein Recht zu fragen.«

»Dabei ist kein Geheimnis. Ursprünglich habe ich Lingane aus anderen Gründen, die in diesem Zusammenhang keine Rolle spielen, verlassen. Vor ungefähr sechs Monaten besuchte ich Rhodia. Mein Agent – Ihr Vater, Biron – hatte bei dem Direktor, den wir auf unsere Seite zu ziehen hofften, keinen Erfolg gehabt. Ich wollte die Angelegenheit selbst regeln, erlitt aber ebenfalls Schiffbruch, weil Henrik – ich bitte um Entschuldigung, Euer Hoheit! – einfach nicht der Typ ist, den wir für unsere Arbeit brauchen können.«

»Hört, hört!« murmelte Biron.

»Aber ich hatte eine Unterredung mit Gillbret, wie er Ihnen sicherlich schon erzählt hat. Danach fuhr ich zur Erde, weil sie der Ursprungsplanet der Menschheit ist. Von der Erde gingen die ersten Erforschungen der Galaxis aus. Darum gibt es auf der Erde auch das meiste Nachschlagematerial. Der Pferdekopf-Nebel wurde sehr gründlich erforscht. Natürlich ist man zu keinem endgültigen Resultat gekommen, weil die Schwierigkeiten, ein Raumvolumen zu durchdringen, wo Sternbeobachtungen nicht möglich waren, sich als zu groß erwiesen. Was ich brauchte, waren aber nur die Forschungsergebnisse.

Und nun hören Sie mir bitte genau zu: Das tyrannische Schiff, womit Seine Durchlaucht Gillbret strandete, wurde nach dem ersten Sprung von einem Meteor beschädigt. Angenommen, die Reise von Tyrann nach Rhodia erfolgte auf der üblichen Handelsroute – und es besteht kein Grund, etwas anderes zu vermuten –, dann läßt sich auch der Punkt bestimmen, wo das Schiff von dieser Route abgewichen ist. Es dürfte zwischen den ersten zwei Sprüngen kaum mehr als eine dreiviertel Million Kilometer zurückgelegt haben. Auf dieser Strecke haben wir den bewußten Punkt zu suchen.

Außerdem haben wir noch einen anderen Ausgangspunkt. Da der Meteor das Schaltbrett beschädigte, hätte es leicht möglich sein können, daß er dabei die Richtung der Sprünge änderte.

Dazu hätte es bloß einer Beeinflussung des Cyroskops bedurft, was zwar schwierig, aber nicht unmöglich wäre. Um die hyperatomische Stoßkraft zu beeinträchtigen, hätten zuvor alle Maschinen zerstört werden müssen. Dazu war der Meteor aber nicht in der Lage.

Bei unverminderter Stoßkraft konnte also keine Veränderung der noch bevorstehenden Sprünge erfolgen. Ihre Länge und Richtung blieben unangetastet. Man könnte nach diesem Beispiel einen Test mit einem langen, gebogenen Draht machen, der in unbekannter Richtung und bei unbekannter Winkelweite auf einen Punkt zu weisen hätte. Die Position des Schiffes müßte dann irgendwo innerhalb eines imaginären Gebietes zu suchen sein, dessen Zentrum eben jener Punkt im Raum wäre, wo der Meteor aufprallte. Der Radius wäre dann die Vektorsumme der restlichen Sprünge.

Ich habe ein solches Gebiet ausfindig gemacht. Es erstreckt sich über einen großen Teil des Pferdekopf-Nebels. Ein Viertel davon liegt direkt in der Nebelzone. Wir brauchen jetzt nur noch einen Stern ausfindig zu machen, der zum Nebula-Bezirk gehört und ungefähr anderthalb Millionen Kilometer innerhalb des von mir erwähnten Gebietes liegt. Sie werden sich erinnern, daß Gillbrets Schiff im Bereich eines Sternes landete.

Mit wie vielen Sternen, glauben Sie, müssen wir wohl in diesem Gebiet rechnen? Bedenken Sie, daß es in der Galaxis einhundert Milliarden Leuchtsterne gibt.«

Gegen seinen Willen war Biron von dem Thema gefesselt. »Hunderte vermutlich«, schätzte er.

»Fünf!« erwiderte der Autarch triumphierend. »Nur fünf. Lassen Sie sich durch die Milliardenzahl nicht blenden. Die Galaxis hat ein Volumen von ungefähr sieben Billionen Kubiklichtjahren, so daß im Durchschnitt auf jeden Stern siebzig Kubiklichtjahre entfallen. Leider weiß ich nicht, welche von den fünf in Frage kommenden Sternen bewohnbare Planeten haben. Sonst würde sich die Zahl vielleicht noch verringern. Unglücklicherweise hatten die prähistorischen Forscher keine Zeit zu detaillierten Beobachtungen. Sie stellten nur die Positionen der Sterne fest, ihre genauen Bewegungen und die Spektraltypen.«

»Sie meinen also, daß die Rebellenwelt zu einem jener fünf Sternensysteme gehört?« fragte Biron.

»Es ist die einzige Schlußfolgerung, die wir aus den uns bekannten Fakten ziehen können.«

»Vorausgesetzt, daß Gils Geschichte stimmt.«

»Das setze ich allerdings voraus.«

»Ich schwöre, daß ich die Wahrheit gesagt habe«, wiederholte Gillbret eindringlich.

»Ich werde in wenigen Tagen aufbrechen, um Nachforschungen in den fünf Welten anzustellen. Meine Gründe dafür dürften klar sein. Als Autarch von Lingane möchte ich in diesem Kampf die mir gebührende Rolle spielen.«

»Und mit zwei Henrici und einem Widemos an Ihrer Seite sind Ihre Chancen für diese Rolle und späterhin für eine starke und gesicherte Position in einer neuen, freien Welt um so besser«, bemerkte Biron trocken.

»Ihr Sarkasmus stört mich nicht, Farrill. Sie haben durchaus recht. Bei einer erfolgreichen Rebellion möchte man natürlich auf der Seite der Sieger stehen.«

»Sonst könnte eines Tages ein Freibeuter oder Rebellenhauptmann daherkommen und mit der Autarkie von Lingane belehnt werden.«

»Oder mit der Baronie von Widemos. Sehr richtig!«

»Und wenn die Rebellion fehlschlägt?«

»Darüber brauchen wir uns erst den Kopf zerbrechen, wenn wir das, was wir suchen, gefunden haben.«

»Ich bin bereit, Sie zu begleiten«, sagte Biron nach einigem Zögern.

»Gut. Dann werde ich gleich alles Notwendige veranlassen, damit man Sie von Ihrem Schiff abholt.«

»Warum?«

»Es dürfte besser für Sie sein. Dieses Schiff ist ja mehr oder weniger nur ein Spielzeug.«

»Es ist ein tyrannisches Kriegsschiff. Wir wären töricht, wenn wir es nicht benützten.«

»Gerade weil es ein tyrannisches Kriegsschiff ist, machen wir uns mit ihm nur verdächtig.«

»Nicht im Nebula-Gebiet. Hören Sie zu, Jonti. Ich schließe mich Ihnen nur der Not gehorchend an. Sie sehen, ich kann genauso offen sein wie Sie. Ich will die Rebellenwelt finden. Aber von einer Freundschaft zwischen uns kann nicht die Rede sein. Ich bleibe mein eigener Herr.«

»Biron«, gab Artemisia leise zu bedenken, »das Schiff ist für uns drei zu klein.«

»So, wie es jetzt ist, bestimmt, Arta. Aber sie können uns einen Anhänger geben. Das weiß Jonti so gut wie ich. Dann haben wir genügend Platz und könnten trotzdem tun und lassen, was wir wollen. Außerdem wäre es eine gute Tarnung für die ›Unverzagt‹.«

Nach kurzem Überlegen entschied der Autarch: »Wenn es zwischen uns weder Freundschaft noch Vertrauen geben kann, Farrill, dann muß ich mich ebenfalls sichern. Sie sollen Ihren Anhänger mit allem Drum und Dran haben. Aber ich brauche eine gewisse Garantie dafür, daß Sie mir nicht plötzlich Schwierigkeiten machen. Darum muß wenigstens Ihre Hoheit mit mir kommen.«

»Auf keinen Fall!«

Der Autarch zog erstaunt die Augenbrauen in die Höhe: »So? Sind Sie sicher? Wollen wir nicht lieber die junge Dame selbst fragen?« Mit leicht bebenden Nasenflügeln wandte er sich Artemisia zu: »Ich darf Ihnen wohl versichern, daß Sie es bei mir äußerst bequem hätten, Hoheit!«

»Für Sie wäre es dagegen mehr als unbequem, das können Sie mir glauben«, entgegnete Artemisia schlagfertig. »Darum möchte ich Ihnen lieber die Unbequemlichkeit ersparen und hierbleiben.«

»Vielleicht überlegen Sie es sich noch ...«, begann der Autarch abermals, wobei eine steile Falte an der Nasenwurzel die Gelassenheit seines Tones Lügen strafte.

»Wohl kaum«, unterbrach ihn Biron hochfahrend. »Ihre Hoheit hat sich bereits entschieden.«

»Und Sie unterstützen diesen Entschluß, Farrill?« Der Autarch hatte seine gewohnte überlegene Ruhe wiedergefunden.

»Vollkommen! Wir drei bleiben auf der ›Unverzagt‹. Darüber gibt es keine Debatte.«

»Sie wählen sich Ihre Freunde nach merkwürdigen Gesichtspunkten!«

»Was Sie nicht sagen!«

»Vielleicht muß ich mich etwas klarer ausdrücken.« Der Autarch schien in die Betrachtung seiner Fingernägel versunken. »Mir sind Sie böse, weil ich Sie getäuscht und Ihr Leben aufs Spiel gesetzt habe. Dagegen stehen Sie auf freundschaftlichem

Fuße mit der Tochter eines Mannes wie Henrici, der entschieden ein Meister des Verrats und mir weit überlegen ist.«

»Ich kenne Henrik gut genug, so daß Sie mir keine Vorträge über ihn zu halten brauchen.«

»Wissen Sie wirklich alles?«

»Ich sagte bereits, daß es mir genüge.«

»Wissen Sie auch, daß er Ihren Vater umgebracht hat?« Anklagend zeigte der Autarch auf Artemisia: »Wissen Sie, daß jenes Mädchen, das Sie unter allen Umständen beschützen wollen, die Tochter des Mörders Ihres Vaters ist?«

Der Autarch beendet seinen Besuch

Einen Augenblick lang standen sie alle wie angewurzelt. Dann zündete sich der Autarch gelassen und mit unbewegtem Gesicht eine neue Zigarette an. Gillbret war, den Tränen nahe, auf den Pilotensitz gesunken. Der Sicherheitsgürtel baumelte schlaff zu beiden Seiten und erhöhte dadurch noch die klägliche Wirkung der gramgebeugten Gestalt.

Leichenblaß, mit geballten Fäusten stand Biron dem Autarchen gegenüber. Artemisia, deren schmale Nüstern bebten, hielt die Augen, ohne dem Autarchen auch nur einen Blick zu gönnen, unverwandt auf Biron gerichtet.

Plötzlich meldete sich das Radio. Die schwachen Töne wirkten in dem kleinen Pilotenraum wie Paukenschläge.

Erschrocken fuhr Gillbret zusammen. Doch der Autarch beruhigte ihn lässig: »Leider bin ich redseliger gewesen, als ich vorhatte. Rizzett hat Anweisung, sich nach mir zu erkundigen, sofern ich länger als eine Stunde ausbleibe.«

Inzwischen war Rizzetts Graukopf auf dem Bildschirm erschienen. »Er möchte Sie sprechen«, sagte Gillbret und machte dem Autarchen Platz.

»Alles in Ordnung, Rizzett. Ich bin hier vollkommen sicher«, meldete sich der Autarch.

Klar und deutlich ertönte jetzt die Stimme des Offiziers: »Wer befindet sich auf dem Kreuzer, Exzellenz?«

Ehe der Autarch antworten konnte, stand Biron neben ihm. »Hier spricht der Rancher von Widemos.«

Ein frohes Leuchten überzog Rizzetts Gesicht. Er grüßte ehrerbietig und sagte: »Das ist eine gute und willkommene Nachricht für uns alle!«

»Ich kehre gleich in Begleitung einer jungen Dame zurück«, schnitt ihm der Autarch das Wort ab. »Sorgen Sie dafür, daß alles für einen glatten Übergang vorbereitet wird.« Damit brach er die Verbindung brüsk ab.

»Ich habe es ihnen vorausgesagt, daß Sie sich auf dem Schiff befänden«, erklärte er Biron. »Sie wollten mich nämlich nicht allein herüberlassen. – Ihr Vater war bei meinen Leuten sehr beliebt.«

»Darum möchten Sie sich auch meines Namens bedienen, nicht wahr?«

Der Autarch zuckte nur die Achseln.

»Im übrigen ist Ihnen ein Fehler unterlaufen«, fuhr Biron fort. »Ihre Anweisung war nicht korrekt.«

»Inwiefern?«

»Artemisia von Henrici bleibt hier.«

»Nach allem, was ich Ihnen mitgeteilt habe?«

»Sie haben mir gar nichts mitgeteilt«, wies ihn Biron scharf zurecht. »Sie haben lediglich etwas behauptet, und ich denke nicht daran, Ihre unbewiesenen Anschuldigungen für bare Münze zu nehmen. Ich hoffe, daß ich mich deutlich genug ausgedrückt habe. Auf taktvolles Benehmen lege ich momentan keinen Wert.«

»Kommt Ihnen meine Behauptung wirklich so unglaublich vor? Ich kann mir nicht denken, daß Sie zu einem besonders günstigen Urteil über Henrik gekommen sind.«

Die Bemerkung hatte offenbar ins Schwarze getroffen. Biron gab keine Antwort.

Doch nun ergriff Artemisia das Wort: »Nichts von alledem ist wahr. Haben Sie Beweise?«

»Natürlich besitze ich keinen schriftlichen Beweis. Schließlich war ich ja nicht bei den Verhandlungen zwischen Ihrem Vater und den Tyrannen zugegen. Aber ich kann mit Tatsachen aufwarten, so daß Sie nur Ihre eigenen Schlußfolgerungen zu ziehen brauchen. Wie ich bereits erwähnte, besuchte der alte Rancher von Widemos Henrik vor sechs Monaten. Ich darf noch hinzufügen, daß er vielleicht etwas übereifrig in seinen Bemühungen war – oder er hat Henriks Diskretion überschätzt.

Auf jeden Fall war er redseliger, als er hätte sein sollen. Seine Durchlaucht Gillbret kann das bestätigen.«

Gillbret nickte bekümmert. Er wandte sich Artemisia zu, die ihn mit feuchten, zornigen Augen anstarrte. »Leider, leider, Arta, ist es wahr. Ich habe es dir schon einmal gesagt. Es war Widemos, der deinem Vater vom Autarchen erzählte.«

»Für mich war es jedenfalls sehr günstig, daß Seine Durchlaucht sich so lange mechanische Ohren zugelegt hatte, um ein wenig Anteil an des Direktors Staatsgeschäften zu nehmen. Dadurch warnte mich Gillbret, ohne es zu wissen. Ich machte mich daraufhin so schnell wie möglich aus dem Staube, aber der Schaden, den Widemos angerichtet hatte, war nicht wieder gutzumachen.

Zwar war es der einzige Fehler, der Widemos je unterlaufen ist, aber Henrik genießt nun einmal nicht den Ruf, ein sehr selbständiger und mutiger Mann zu sein. Noch vor Ablauf eines halben Jahres war Ihr Vater, Farrill, verhaftet. Wenn nicht durch Henrik, den Vater dieses Mädchens hier, durch wen dann?«

»Warum haben Sie ihn nicht gewarnt?«

»In unserem Metier, Farrill, hat jeder sein eigenes Risiko zu tragen. Trotzdem wurde er gewarnt. Danach hat er sich mit keinem von uns – weder direkt noch indirekt – wieder in Verbindung gesetzt. Er vernichtete alles, was auf einen Zusammenhang mit uns hätte hinweisen können. Einige von uns waren der Ansicht, er solle die Königreiche verlassen oder wenigstens ein sicheres Versteck aufsuchen. Er weigerte sich.

Ich glaube auch zu wissen, warum. Hätte er seine Lebensgewohnheiten geändert, so wäre der Verdacht der Tyrannen nur verstärkt und damit die gesamte Organisation gefährdet worden. Darum entschloß er sich, nur sein eigenes Leben aufs Spiel zu setzen.

Die Tyrannen warteten fast ein halbes Jahr auf einen Anhaltspunkt, der ihnen die Möglichkeit zum Eingreifen bot. Diese Leute haben eine unheimliche Geduld. Als nichts passierte und sie glaubten zupacken zu müssen, blieb Widemos ihre einzige Beute.«

»Sie lügen«, schrie Artemisia. »Ihre ganze Erzählung ist erstunken und erlogen. Wenn Sie die Wahrheit sprächen, dann müßten Sie ja ebenfalls bespitzelt werden. Dann könnten Sie hier nicht lächelnd herumsitzen und Ihre Zeit vergeuden.«

»Hoheit, ich vergeude keineswegs meine Zeit. Ich habe zum Beispiel nichts unversucht gelassen, um Ihren Vater als Informationsquelle in Mißkredit zu bringen, und zwar, wie ich mir schmeichle, nicht ganz ohne Erfolg. Außerdem werden es sich die Tyrannen in Zukunft überlegen, ob sie noch auf einen Mann hören können, dessen Tochter und Vetter offenkundige Verräter sind. Sollten Sie aber dennoch dazu geneigt sein, so kann mich das wenig kümmern. Ich gedenke im Nebel unterzutauchen, wo sie mich kaum finden werden. Sie sehen also, meine Handlungsweise ist eher dazu angetan, meine Worte zu bekräftigen als zu widerlegen.«

»Es wird das beste sein, wenn wir die Unterredung jetzt als beendet betrachten, Jonti«, mischte sich Biron ein. »Wir sind uns also einig, daß wir Sie begleiten und daß Sie uns mit der nötigen Ausrüstung versehen. Das genügt. Selbst wenn alles, was Sie gesagt haben, wahr wäre, so tut es doch nichts zur Sache. Die Tochter des Direktors von Rhodia ist nicht für dessen Verbrechen verantwortlich. Artemisia von Henrici bleibt also hier, vorausgesetzt, daß sie es selbst wünscht!«

»Etwas anderes kommt nicht in Frage«, erklärte Artemisia.

»Gut. Damit wäre alles geregelt. Lassen Sie sich zum Schluß noch einmal warnen. Nicht nur Sie sind bewaffnet. Ich bin es auch! Ihre Schiffe mögen Kampfeinheiten sein, meines ist ein tyrannischer Kreuzer.«

»Seien Sie doch nicht albern, Farrill. Meine Absichten sind absolut nicht feindselig. Wenn Sie das Mädel hierbehalten wollen – meinetwegen! Darf ich für meine Rückkehr einen Raumtunnel benutzen?«

Biron nickte. »Ich glaube, das können wir Ihnen zubilligen.«

Die beiden Schiffe manövrierten immer näher aufeinander zu, bis die dehnbaren Halterungen ausgestreckt werden konnten. Vorsichtig wurde der Zusammenschluß versucht. Gillbret hing die ganze Zeit am Radio. »In zwei Minuten probieren sie es noch einmal«, meldete er.

Dreimal war das Magnetfeld bereits ausgelöst worden, doch jedesmal hatten die Halterungen einander verfehlt.

»Zwei Minuten«, wiederholte Biron und wartete gespannt.

Der Sekundenzeiger rückte vor, und zum viertenmal klickte das Magnetfeld ein. Die Lichter flackerten, als die Kraft der Motoren plötzlich gedrosselt wurde. Wieder tasteten die Halterungen ins Leere hinaus. Auf einmal war im Pilotenraum ein leichtes Vibrieren zu vernehmen: der Kontakt war geschlossen, der Tunnel hergestellt.

Biron lehnte sich aufatmend zurück und fuhr sich mit der Hand über die Stirn. »Das hätten wir also«, sagte er befriedigt.

Der Autarch nahm seinen noch etwas feuchten Raumanzug über den Arm. »Vielen Dank.« Er nickte Biron mit freundlicher Herablassung zu. »Einer meiner Offiziere wird gleich kommen und alle Einzelheiten mit Ihnen besprechen.«

»Bitte, Gil, verhandeln Sie zunächst mit Jontis Offizier«, bat Biron. »Sowie er hier ist, unterbrechen Sie den Tunnelkontakt. Sie brauchen nur das Magnetfeld auszuschalten. Drücken Sie auf den Knopf dort drüben.«

Er drehte sich auf dem Absatz um und verließ den Pilotenraum. Das Bedürfnis, allein zu sein, war übermächtig in ihm geworden. Er brauchte unbedingt Zeit, um nachzudenken.

Aber eilige Schritte und ein paar geflüsterte Worte hielten ihn auf.

»Biron, ich muß mit dir sprechen!«

»Später, bitte, Arta.«

»Nein, sofort.« Flehend blickte sie ihn an. Sie machte eine Bewegung, als wollte sie ihn umarmen, doch dann schien ihr der Mut zu fehlen. »Du glaubst doch nicht etwa, was er über meinen Vater gesagt hat?«

»Das ist völlig nebensächlich.«

»Biron«, begann sie schüchtern. Die Worte wollten nur schwer über ihre Lippen, aber sie sprach tapfer weiter: »Biron, ich weiß, daß ein Teil dessen, was zwischen uns vorgefallen ist, damit zusammenhängt, daß wir aufeinander angewiesen waren, auf so engem Raum zusammenleben mußten und Gefahren geteilt haben, aber –«

»Wenn du damit sagen willst, daß du eine Henrici bist«, unterbrach sie Biron, »so kannst du dir deine Worte sparen, Arta. Ich weiß es, und du bist mir nicht im geringsten verpflichtet.«

»Das meine ich doch nicht!« Sie nahm seinen Arm und legte ihren Kopf an seine kräftige Schulter. Überstürzt fuhr sie fort:

»Du hast mich falsch verstanden. Mit Henrici und Widemos hat das überhaupt nichts zu tun. Ich – ich liebe dich, Biron.«

Sie hob den Kopf, um Biron in die Augen zu schauen. »Du liebst mich doch auch, nicht wahr? Wenn du nur vergessen könntest, daß ich eine Henrici bin, würdest du es bestimmt zugeben! Vielleicht fällt dir's jetzt leichter, nachdem ich es zuerst gesagt habe. Du hast doch dem Autarchen gesagt, daß ich für meines Vaters Taten nicht verantwortlich sei. Bitte mache mich auch nicht für sein Amt verantwortlich!«

Sie hatte die Arme um seinen Hals gelegt. Biron spürte die Weichheit ihres Körpers und die Wärme ihres Atems. Widerstrebend hob er die Hände und löste sanft ihre Arme von seinem Nacken. Dann trat er langsam einen Schritt zurück.

»Ich bin mit den Henrici noch nicht im reinen, Euer Hoheit.«

Verzweifelt rief sie: »Aber du hast doch dem Autarchen gesagt –«

»Verzeihung, Arta. Was ich dem Autarchen gesagt habe, spielt keine Rolle.« Er wich ihrem Blick aus.

Sie hätte laut aufschreien mögen. Wie gern hätte sie ihm gesagt, daß alles nicht wahr sei, daß ihr Vater niemals so etwas getan haben könne, daß sie auf jeden Fall . . .

Aber er ging in die Kabine und ließ sie auf dem Korridor stehen. Tränen der Wut und der Scham traten ihr in die Augen.

Das Loch im All

Tedor Rizzett wandte sich sofort nach Biron um, als dieser den Pilotenraum wieder betrat. Er hatte graues Haar, einen kräftigen, wohltrainierten Körper und ein breites, rotes, humorvolles Gesicht. Mit einem Riesenschritt trat er auf Biron zu und schüttelte lange und herzlich dessen Hand.

»Bei den Sternen«, rief er fröhlich. »Sie brauchen mir nicht erst zu versichern, wer Sie sind: der alte Rancher, wie er leibte und lebte!«

»Wenn es nur so wäre!« erwiderte Biron düster.

Rizzetts Lächeln verschwand. »Wir alle, jeder einzelne von uns, wünschte, er wäre noch am Leben. Ich bin übrigens Tedor Rizzett, Oberst in der linganischen Armee. Aber bei unserem kleinen Sonderspiel gebrauchen wir keine Rangbezeichnung. Nur den Autarchen reden wir mit seinem Titel an. Dabei fällt mir ein: Auf Lingane haben wir keine Durchlauchten, Hoheiten oder Rancher. Ich hoffe, daß ich niemandem zu nahe trete, wenn ich einmal nicht die richtige Anrede benutze.«

Biron machte eine abwehrende Handbewegung. »Sie haben ganz recht. Titel sind bei unserem kleinen Spiel überflüssig. Wie steht es mit dem Anhänger? Wie mir gesagt wurde, soll ich darüber mit Ihnen verhandeln.«

Etwas unsicher blickte er sich um. Gillbret hörte aufmerksam ihrem Gespräch zu. Artemisia hatte ihm den Rücken zugewandt. Ihre schlanken, zarten Finger spielten nervös an einigen Schaltknöpfen herum. Rizzetts Stimme riß Biron aus seinen Gedanken.

»Es ist das erste Mal, daß ich ein tyrannisches Schiff von innen sehe«, bemerkte der Linganer nach einem prüfenden Rundblick. »Es beeindruckt mich nicht sonderlich. Jedenfalls scheinen Sie die Nothalterung am Heck zu haben. Die Kraftanlage dürfte sich demnach mittschiffs befinden.«

»Stimmt.«

»Gut. Dann gibt's überhaupt keine Schwierigkeiten. Von den alten Modellen haben einige die Maschinen im Heck, so daß Anhänger in einem Winkel vertäut werden müssen. Dadurch wird der Schwerkraftausgleich ein bißchen schwierig. Außerdem sinkt die Manövrierfähigkeit in der Atmosphäre nahezu auf den Nullpunkt.«

»Wie lange wird es dauern, bis alles fertig ist, Rizzett?«

»Nicht lange. Wie groß soll der Anhänger sein?«

»Das hängt davon ab, was Sie uns geben können.«

»Luxusklasse? Klar! Wenn's der Autarch versprochen hat, ist es eine Kleinigkeit. Sie können einen Anhänger haben, der mehr oder weniger ein komplettes Raumschiff ist. Er hat sogar Hilfsmotoren.«

»Und wie steht es mit den Kabinen?«

»Für Fräulein Henrici? Auf jeden Fall wesentlich besser als das, was Sie hier ...« Erstaunt hielt Rizzett inne.

Bei der Erwähnung ihres Namens war Artemisia aufgestanden und hatte mit eisigen Mienen den Pilotenraum verlassen. Biron starrte ihr nach.

»O weh«, seufzte Rizzett, »ich hätte sie wahrscheinlich nicht einfach Fräulein Henrici nennen dürfen.«

»Das macht nichts. Sprechen Sie nur weiter.«

»Wo waren wir stehengeblieben? Ach so, bei den Kabinen. Es sind mindestens zwei größere mit einem angrenzenden Duschraum vorhanden. Im übrigen sind die auf Passagierschiffen üblichen sanitären Einrichtungen vorhanden. Die junge Dame wird sich also wohl fühlen.«

»Gut. Außerdem brauchen wir Verpflegung und Wasser.«

»Natürlich. Der Wassertank nimmt für zwei Monate Vorrat auf. Wenn Sie ein Schwimmbad an Bord haben wollen, ist es allerdings etwas weniger. Die Verpflegung besteht in tiefgekühlten Naturalien. Sie haben sich bisher mit tyrannischen Konzentraten behelfen müssen, nicht wahr?«

Rizzett verzog das Gesicht, als Biron nickte.

»Das Zeug schmeckt wie Sägemehl. Was brauchen Sie noch?«

»Kleider für Ihre Hoheit.«

Rizzett runzelte die Stirn. »Freilich. Aber das wird sie selbst erledigen müssen.«

»Keinesfalls. Wir geben Ihnen die notwendigen Maße, und Sie lassen dann alles besorgen.«

Rizzett schüttelte lachend den Kopf. »Rancher, damit dürfte sie kaum einverstanden sein! Kein einziges Kleidungsstück wird Gnade vor ihren Augen finden, das sie nicht selbst ausgesucht hat, auch dann nicht, wenn es ihrem Geschmack vollkommen entspräche. Ich spreche aus Erfahrung, verlassen Sie sich darauf!«

»Bestimmt haben Sie recht, Rizzett«, gab Biron bereitwillig zu. »Trotzdem wird alles so gemacht, wie ich's gesagt habe.«

»Nun, ich habe Sie jedenfalls gewarnt. Die Folgen haben Sie zu tragen. Sonst noch was?«

»Reinigungsmittel. Ach ja – und Kosmetika, Parfüm und alles, was eine Frau eben braucht. Wir werden das noch genau festlegen. Besorgen Sie vor allen Dingen erst mal den Anhänger.«

Jetzt verließ Gillbret wortlos den Pilotenraum. Biron mußte sich zusammennehmen. Henrici! Sie waren eben ›Henrici‹, alle beide. Daran ließ sich nichts ändern.

»Natürlich brauchen wir auch Kleidung für Herrn Henrici und mich. Aber das ist nicht so wichtig.«

»In Ordnung. Darf ich eben mal Ihr Radio benutzen? Ich bleibe nämlich am besten gleich hier, bis alles geregelt ist.«

Nachdem Rizzett die notwendigen Anweisungen gegeben hatte, wandte er sich wieder Biron zu: »Ich kann mich noch gar nicht damit abfinden, Sie hier lebendig vor mir zu haben. Sie gleichen Ihren Vater so sehr! Der Rancher hat oft von Ihnen gesprochen. Sie haben auf der Erde studiert, nicht wahr?«

»Ja. Wenn nicht inzwischen soviel passiert wäre, hätte ich vor ungefähr einer Woche mein Abschlußexamen gemacht.«

Rizzett sah Biron bekümmert an. »Bitte, tragen Sie es uns nicht nach! Ich meine, daß Sie nach Rhodia geschickt wurden und so weiter. Wir waren gar nicht damit einverstanden. Das bleibt natürlich unter uns. Viele von den Jungs waren stark dagegen. Natürlich hat uns der Autarch gar nicht erst gefragt. Das tut er nie. Aber bei Ihnen ist er ein bißchen sehr weit gegangen. Einige von uns – ich will keine Namen nennen – wollten sogar das rhodianische Schiff anhalten und Sie herausholen. Aber dann haben sie sich doch der Disziplin gefügt. Allerdings nur, weil wir nach langem Hin und Her zu dem Schluß gekommen sind, daß der Autarch wissen müsse, was er tue.«

»Es ist eine feine Sache, wenn jemand so viel Vertrauen bei seinen Untergebenen genießt.«

»Wir kennen ihn eben. Er hat's zweifellos hier.« Rizzett tippte sich bezeichnend gegen die Stirn. »Manchmal weiß niemand, warum er etwas so und nicht anders tut. Aber bisher ist's noch immer richtig gewesen. Er hat jedenfalls die Tyrannen ganz hübsch an der Nase herumgeführt, was anderen nicht gelungen ist.«

»Meinem Vater zum Beispiel.«

»An ihn habe ich dabei nicht gedacht. Aber in gewissem Sinne haben Sie recht. Den Rancher hat's erwischt, weil er ein ganz anderer Mann war als der Autarch. Er war offen und ehrlich. Hinterhältigkeit lag ihm nicht. Der Schlechtigkeit anderer war er einfach nicht gewachsen. Aber gerade das haben wir an ihm so geschätzt. Er behandelte alle gleich, müssen Sie wissen.

Nehmen Sie mich zum Beispiel. Ich bin ein einfacher Mann, wenn ich auch Oberst bin. Dem Rancher waren sowohl mein Rang als auch meine Herkunft egal. Wenn er den Maschinistenlehrling auf dem Korridor traf, dann trat er zur Seite und richtete ein paar freundliche Worte an ihn, und der Lehrling kam sich für den Rest des Tages wie ein Obermeister vor. So war Ihr Vater eben.

Nicht etwa, daß er ein Schwächling gewesen wäre. Im Gegenteil. Wer Strafe verdient hatte, bekam sie auch, aber nicht mehr als nötig war. Jeder wußte, daß er gerecht behandelt wurde. Und wenn's vorbei war, dann wurde kein Wort mehr darüber verloren. Nie hätte einem der Rancher bei einer späteren Gelegenheit Vergangenes vorgeworfen. Er war ein großartiger Mann.

Der Autarch dagegen ist ganz anders. Er besteht nur aus Intellekt. Gefühl spielt für ihn überhaupt keine Rolle. Er läßt auch niemanden an sich heran. Vor allen Dingen hat er nicht den geringsten Sinn für Humor. Es wäre mir zum Beispiel unmöglich, mich mit ihm so zu unterhalten wie augenblicklich mit Ihnen, so ohne Hemmungen – eben natürlich und ungezwungen. Bei ihm muß man ohne Umschweife berichten. Und wehe, wenn man nicht die formelle Phraseologie benutzt! Dann bekommt man gleich zu hören, man sei schlampig. Aber er ist nun mal der Autarch. Punktum.«

»Der Autarch ist wirklich außerordentlich intelligent. Darin stimme ich mit Ihnen überein. Wußten Sie, daß er bereits zu dem Schluß gekommen war, ich müsse auf diesem Schiff sein, noch ehe er einen Fuß daraufgesetzt hatte?«

»Tatsächlich? Da haben Sie's! Als er uns erklärte, er wolle ganz allein an Bord des tyrannischen Kreuzers gehen, kam uns das wie Selbstmord vor. Wir waren durchaus nicht damit einverstanden. Aber er mußte ja wissen, was er tat. Und wie sich nun herausstellte, wußte er's auch. Er hätte uns allerdings mitteilen können, daß er den Sohn des Ranchers an Bord anzutreffen hoffte. Schließlich hätte er sich denken können, daß die Nachricht von Ihrer Flucht eine Freudenbotschaft für uns gewesen wäre. Aber er hat kein Wort darüber verlauten lassen. Das ist typisch für ihn.«

Artemisia saß auf einem der unteren Betten in der Kabine. Sie mußte sich zusammenkauern, um sich nicht am Oberbett den Kopf einzurennen, aber das kümmerte sie im Augenblick wenig.

Mechanisch strich sie immer wieder ihr Kleid glatt. Sie kam sich schmutzig vor, müde war sie auch. Aber am schlimmsten war das Gefühl der inneren Leere.

Beinahe wäre sie aufgesprungen. Sie hatte schon ein scharfes Wort auf der Zunge. Er sollte es nicht wagen, ihr wieder unter die Augen zu kommen!

Aber es war nur Gillbret. Sie sank auf die Bettkante zurück. »Hallo, Onkel Gil«, war alles, was sie hervorbrachte.

Gillbret nahm ihr gegenüber Platz. Der abgespannte Ausdruck auf seinem schmalen Gesicht wich allmählich einem Lächeln. »Eine Woche Aufenthalt auf diesem Schiff ist auch für mich nicht sehr amüsant.«

»Lieber Onkel Gil, bitte probiere nicht gerade jetzt deine psychologischen Mätzchen an mir aus«, erwiderte sie gereizt. »Wenn du vielleicht glaubst, du kannst mir eine Verantwortung aufschwatzen, dann irrst du dich. Am liebsten würde ich um mich schlagen.«

»Wenn es dich erleichtert, bitte!«

»Sei vorsichtig, ich könnte dich beim Wort nehmen!«

»Offenbar hast du dich mit Biron gezankt. Weswegen?«

»Ich habe keine Lust, darüber zu diskutieren. Laß mich allein.«

Als eine ganze Weile verging und Gillbret sich nicht rührte, sagte sie plötzlich: »Er glaubt, Vater habe getan, was der Autarch von ihm behauptet hat. Ich hasse ihn deswegen.«

»Deinen Vater?«

»Nein! Diesen blöden, kindischen, scheinheiligen Narren!«

»Vermutlich soll Biron damit gemeint sein. So, so. Du haßt ihn also. Allerdings muß ich bemerken, daß es mir nach meinen bescheidenen Junggesellenerfahrungen eher vorkommt, als seist du bis über beide Ohren in ihn verliebt.«

»Onkel Gil, meinst du, er könnte es wirklich getan haben?«

»Biron? Was soll er getan haben?«

»Nein! Vater! Könnte er den Rancher denunziert haben?«

Gillbret sah seine Nichte ernst und nachdenklich an. »Ich weiß es nicht. Immerhin wollte er auch Biron den Tyrannen ausliefern.«

»Weil er wußte, daß es eine Falle war«, brauste sie auf. »Und es war ja auch eine! Dieser gräßliche Autarch hat es doch selbst zugegeben. Die Tyrannen wußten, wer Biron war, und haben ihn an Vater abgeschoben. Vater konnte da einfach nicht anders handeln. Das müßte jedem einleuchten.«

»Selbst wenn man deine Argumente gelten ließe, wie steht es

aber mit der Heirat, die er dir aufzwingen wollte? Wenn Henrik schon so weit zu gehen imstande ist, dann fürchte ich –«

»Auch dabei blieb ihm keine andere Wahl«, unterbrach sie ihn schroff.

»Mein liebes Kind, wenn du jeden Akt der Unterwürfigkeit gegenüber den Tyrannen als unerläßlich und notwendig bezeichnest, dann sehe ich nicht ein, warum es dir abwegig erscheint, daß er den Rancher angezeigt haben könne.«

»Weil das etwas ganz anderes ist. Du kennst Vater nicht so gut, wie ich ihn kenne. Er haßt die Tyrannen. Bestimmt! Ich weiß es genau. Freiwillig würde er ihnen nicht den kleinen Finger reichen. Ich gebe zu, daß er sich vor ihnen fürchtet und es nicht wagt, ihnen offen entgegenzutreten. Aber aus eigenem Antrieb wird er ihnen nie seine Hilfe anbieten.«

»Woher willst du wissen, daß er nicht auch bei dem Rancher unter Druck zu handeln glaubte?«

Sie schüttelte nur heftig den Kopf. Die Haarsträhnen, die ihr dabei über die Augen fielen, verbargen wenigstens die Tränen, die sie nicht mehr aufzuhalten vermochte.

Gillbret betrachtete sie einen Moment hilflos und verzagt, dann verließ er stumm die Kabine.

Der Anhänger wurde durch einen Schiebekorridor an die Heckhalterung der ›Unverzagt‹ angeschlossen. Er war ein paar dutzendmal größer als das tyrannische Schiff, wodurch ein etwas komisches Bild entstand.

Der Autarch schloß sich Biron bei der Übernahmeinspektion an. »Vermissen Sie noch irgend etwas?« fragte er höflich.

»Nein, danke. Es ist alles in bester Ordnung.«

»Rizzett hat mir übrigens berichtet, daß Ihre Hoheit sich nicht wohl fühlt, vielmehr, daß sie schlecht aussieht. Wenn sie ärztlicher Hilfe bedarf, dann wäre es doch besser, sie käme auf mein Schiff.«

»Sie ist völlig gesund«, knurrte Biron.

»Sie müssen es ja wissen. Ist es Ihnen recht, wenn wir in zwölf Stunden aufbrechen?«

»Von mir aus in zwei Stunden.«

Durch den Schiebekorridor, wo er sich ein wenig bücken mußte, kehrte Biron auf die ›Unverzagt‹ zurück.

Mit betonter Gleichgültigkeit sagte er: »Artemisia, Sie haben jetzt Ihre Privatkabinen dort hinten. Ich werde Sie nicht stören. Die meiste Zeit muß ich mich sowieso hier aufhalten.«

»Sie stören mich absolut nicht, Rancher«, entgegnete sie eisig. »Wo Sie sich aufhalten, ist mir völlig egal.«

Endlich wurde das Zeichen zum Start gegeben. Nach einem einzigen Sprung befanden sie sich am Rande des Nebula-Gebietes. Während auf Jontis Schiff noch die letzten Berechnungen vorgenommen wurden, trat eine Ruhepause von mehreren Stunden ein. Im Nebel würden sie dann soviel wie blind zu navigieren haben.

Finsteren Gesichts starrte Biron auf den Bildschirm. Es war absolut nichts darauf zu sehen, nur ausdruckslose Schwärze ohne den kleinsten Lichtstrahl. Zum erstenmal kam es Biron zum Bewußtsein, wie warm und freundlich die Sterne waren, wie sie den Weltraum mit ihrem Leuchten belebten.

»Man hat das Gefühl, durch ein Loch im All zu rutschen«, sagte Biron mürrisch zu Gillbret.

Dann war es soweit. Der Sprung in den Nebel konnte beginnen.

Fast zur gleichen Zeit hörte sich Simok Aratap, Hochkommissar des großen Khans und Kommandeur einer Flotte von zehn Schlachtkreuzern, den Bericht seines Steuermannes an und entschied: »Macht nichts! Wir halten weiterhin den gleichen Kurs.«

Nicht ganz ein Lichtjahr von dem Punkt entfernt, wo die ›Unverzagt‹ in den Nebel sprang, folgten zehn tyrannische Kriegsschiffe ihrem Beispiel.

Hunde . . .

Simok Aratap fühlte sich in seiner Uniform nicht ganz wohl. Die tyrannischen Uniformen waren aus ziemlich rauhem Stoff geschneidert und saßen nicht allzu gut. Natürlich wäre es unsoldatisch gewesen, sich über derartige Kleinigkeiten zu beschweren. Im Gegenteil, es gehörte zur tyrannischen Militärtradition, daß ein bißchen Unbequemlichkeit für die Disziplin des Soldaten nur förderlich sei. Aratap verstieß also gegen eine geheiligte Tradition, als er mißmutig bemerkte: »Dieser ekelhafte Kragen kratzt mich am Hals.«

Major Andros, dessen Kragen viel enger saß und den man seit Menschengedenken nie anders als in Uniform gesehen hatte, schnarrte: »Wenn Sie allein sind, ist es nicht vorschriftswidrig, den Kragen zu öffnen. In Gegenwart der Offiziere oder Mannschaften könnte eine Abweichung von der Vorschrift jedoch einen höchst unliebsamen Einfluß zur Folge haben.«

Aratap rümpfte die Nase. Der mehr oder weniger militärische Charakter dieser Expedition hatte einige unerfreuliche Veränderungen mit sich gebracht. Abgesehen von dem Uniformzwang mußte Aratap die Ratschläge seines immer selbstsicherer werdenden Adjutanten über sich ergehen lassen.

Angefangen hatte es schon, noch ehe sie Rhodia verlassen hatten. Sachlich hatte ihm Andros erklärt: »Kommissar, wir brauchen zehn Schiffe.«

Ärgerlich hatte Aratap den Major angesehen. Er war entschlossen, dem jungen Widemos mit nur einem Schiff zu folgen. Er legte die Kapseln beiseite, worin er gerade seinen Bericht an das Kolonialministerium des Khans verstauen wollte. Es war ja immerhin möglich, daß er von der Strafexpedition nicht zurückkehrte.

»Zehn Schiffe, Major?«

»Jawohl. Weniger zu nehmen hat keinen Zweck.«

»Warum?«

»Ich gedenke, so sicher wie möglich zu gehen. Der junge Mann muß doch so etwas wie ein Ziel haben. Sie behaupten, es existiere eine wohlorganisierte Verschwörung. Also dürften das zwei Seiten einer Medaille sein.«

»Na und?«

»Darum müssen wir uns auf einen Gegner gefaßt machen, der durchaus in der Lage sein könnte, mit einem einzigen Schiff fertigzuwerden.«

»Vielleicht auch mit zehn oder hundert. Der Umfang aller Sicherheit ist relativ.«

»Trotzdem muß man sich entscheiden. Die militärische Seite der Sache habe ich zu verantworten. Ich schlage zehn Schiffe vor«, erwiderte der Major in prägnantem Ton.

Arataps Kontaktgläser glänzten mehr als gewöhnlich, als er

die Augenbrauen in die Höhe zog. Diese Militärs waren eine Belastung. Theoretisch wurden in Friedenszeiten alle Entscheidungen von Zivilbeamten getroffen. Aber hier zeigte es sich wieder einmal, daß man die militärische Tradition nicht so einfach beiseite schieben konnte.

»Ich werde es mir noch überlegen«, sagte er daher vorsichtig.

»Danke. Falls Sie meine Empfehlungen nicht zu akzeptieren belieben – wobei ich Sie darauf hinweisen möchte, daß sie nur zu Ihrem eigenen Besten sind –, sehe ich mich gezwungen, meinen Abschied einzureichen.« Der Major machte eine korrekte Ehrenbezeigung, die aber, wie Aratap sehr wohl wußte, nur eine leere Geste war.

Aratap versuchte es daraufhin mit einem siegreichen Rückzug. »Es liegt mir völlig fern, mich in eine rein militärische Frage einmischen zu wollen, Major. Ich würde es allerdings begrüßen, wenn Sie mir bei politischen Entscheidungen in der gleichen Weise entgegenkämen.«

»Und das wäre?«

»Im Falle Henrik zum Beispiel. Sie waren gestern dagegen, als ich vorschlug, er solle uns begleiten.«

»Ich halte ihn für überflüssig«, erklärte der Major kurz und bündig. »Auf unsere Truppe würde die Anwesenheit von Ausländern höchstens demoralisierend wirken.«

Aratap seufzte. Auf seine Art war Andros zweifellos tüchtig. Es hatte keinen Zweck, den Mann unnötig zu verärgern. »Auch darin stimme ich mit Ihnen überein. Ich bitte Sie nur, die politische Seite der Angelegenheit zu bedenken. Sie wissen so gut wie ich, daß die Hinrichtung des alten Ranchers von Widemos politisch nicht sehr vorteilhaft für uns war. Die Königreiche sind dadurch nur unnötig aus ihrer Ruhe aufgescheucht worden. So unvermeidlich die Hinrichtung war, so wünschenswert ist es andererseits, daß wir mit dem Tod des Sohnes offiziell nichts zu tun haben. Die Bevölkerung von Rhodia wurde dahingehend informiert, daß der junge Widemos die Tochter des Direktors entführt habe. Das Mädchen ist, nebenbei bemerkt, außerordentlich populär in der Öffentlichkeit. Jedermann würde es daher verstehen und billigen, wenn der Direktor die Strafexpedition leitete.

Eine solche dramatische Geste entspräche durchaus dem rhodianischen Nationalgefühl. Natürlich müßte er um tyrannischen Beistand bitten, den wir ihm großmütig gewähren, aber das spielte dann eine untergeordnete Rolle. Es wäre jedenfalls leicht – von der Notwendigkeit ganz zu schweigen –, diese Expedition vor der Öffentlichkeit als eine rhodianische Angelegenheit hinzustellen. Sollten wir eine Verschwörung aufdecken, so wäre das eben ein rhodianisches Verdienst. Und die Hinrichtung des jungen Widemos werden ebenfalls unsere rhodianischen Freunde besorgen. Dadurch gibt es in den anderen Königreichen keine Schwierigkeiten.«

»Trotzdem geben wir den anderen ein schlechtes Beispiel, wenn wir rhodianischen Schiffen erlauben, eine tyrannische Strafexpedition zu begleiten«, wandte der Major ein.

»Wer spricht denn davon, mein lieber Major, daß Henrik ein Schiff befehligen soll? Sie dürften ihn doch gut genug kennen, um zu wissen, daß er dazu weder die Fähigkeit noch den Wunsch hat. Er bleibt natürlich bei uns. Außer ihm wird kein Rhodier an der Expedition teilnehmen.«

»Unter diesen Umständen ziehe ich meine Einwände zurück, Herr Kommissar.«

Den größten Teil der Woche hatte die tyrannische Flotte auf Beobachtungsposten, zwei Lichtjahre von Lingane entfernt, zugebracht.

Die Situation war allmählich unhaltbar geworden.

Major Andros sprach sich für eine sofortige Landung auf Lingane aus. »Der Autarch von Lingane läßt zwar nichts unversucht, um uns glauben zu machen, er sei dem Khan aufrichtig ergeben, aber ich traue diesen Burschen nicht, die dauernd im All umhergondeln müssen«, lautete sein Kommentar. »Sie setzen sich nur Flausen in den Kopf. Mir gibt es jedenfalls zu denken, daß der junge Widemos nichts Eiligeres zu tun hat, als den Autarchen sofort aufzusuchen, nachdem dieser kaum von seiner letzten Reise zurückgekehrt ist.«

»Der Autarch hat weder aus seinen Reisen noch aus seiner Rückkehr ein Hehl gemacht, Major. Ob Widemos eine Verabredung mit ihm hat, wissen wir noch nicht. Zunächst umkreist er Lingane nur. Warum landet er nicht?«

»Und warum hält er sich überhaupt in der Nähe von Lingane auf? Beschäftigen wir uns lieber damit, was er tut, und nicht damit, was er nicht tut.«

»Meines Erachtens ist sein Verhalten durchaus folgerichtig.«

Aratap versuchte vergeblich, mit einem Finger seinen Kragen etwas zu lockern. »Es ist doch anzunehmen, daß der junge Mann auf etwas oder jemanden wartet, nicht wahr?« begann er zu erläutern. »Es wäre lächerlich zu glauben, daß er jetzt einfach unentschlossen seine Zeit vertrödelt, nachdem er sich so schnell und zielstrebig – mit einem einzigen Sprung – nach Lingane begeben hat. Ich nehme daher an, daß er auf einen Freund oder mehrere Freunde wartet. Wenn die Verstärkung eingetroffen ist, wird er woandershin fliegen. Daß er nicht auf Lingane landet, scheint mir ein Zeichen dafür zu sein, daß er einen solchen Schritt nicht für zweckmäßig hält. Daraus läßt sich wiederum schließen, daß Lingane im allgemeinen – und der Autarch im besonderen – an der Verschwörung nicht beteiligt sind, was nicht ausschließt, daß einzelne Linganer sehr wohl daran teilhaben können.«

»Ich weiß nicht, ob man das, was klar auf der Hand zu liegen scheint, immer für die richtige Lösung halten sollte.«

»Mein lieber Major, hier handelt es sich um rein logische Folgerungen. Der Plan wird immer einleuchtender.«

»Mag sein. Sollte sich jedoch binnen vierundzwanzig Stunden nichts ändern, dann bleibt mir keine andere Wahl, als den Landungsbefehl für Lingane zu geben.«

Nachdem der Major die Tür hinter sich zugemacht hatte, zog Aratap eine Grimasse. Es war aufreibend, sowohl die aufrührerischen Besiegten als auch die engstirnigen Sieger im Zaum zu halten. Vierundzwanzig Stunden. Wenn sich nichts ereignete, würde er auf neue Auswege sinnen müssen, um Andros von übereilten Maßnahmen abzuhalten.

Als das Türsignal ertönte, blickte Aratap gereizt auf. Das konnte doch nicht schon wieder Andros sein! Im Türrahmen stand Henrik von Rhodia, die lange Gestalt wie immer etwas gebeugt. Dahinter tauchte der Wächter auf, der ihn auf Schritt und Tritt begleitete. Theoretisch besaß Henrik vollkommene Bewegungsfreiheit. Wahrscheinlich war er sogar davon überzeugt. Jedenfalls schien ihn der Wachtposten nicht im geringsten zu stören.

Mit einem geistesabwesenden Lächeln fragte Henrik: »Störe ich Sie, Herr Kommissar?«

»Durchaus nicht. Bitte, nehmen Sie Platz.« Aratap blieb stehen, was Henrik nicht zu bemerken schien.

»Ich möchte nämlich etwas Wichtiges mit Ihnen besprechen.« Er machte eine Pause und fügte dann in verändertem Ton hinzu: »Was für ein schönes, großes Schiff Sie haben!«

»Vielen Dank, Exzellenz!« Aratap lächelte etwas gezwungen. Die neun anderen Schiffe waren vom Typ der üblichen tyrannischen Kampfeinheiten: klein und ohne Komfort. Das Flaggschiff dagegen, auf dem sie sich befanden, war nach dem Muster der ehemaligen rhodianischen Flotte gebaut. Vielleicht war dies das erste Anzeichen der Verweichlichung, daß mehr und mehr solche Modelle in die tyrannische Flotte aufgenommen wurden. Die kämpfende Truppe wurde noch immer auf den winzigen Zwei- und Drei-Mann-Kreuzern untergebracht, aber die Kommandostellen wußten in zunehmendem Maße die Notwendigkeit großer Schiffe als Hauptquartier zu begründen.

Aratap beunruhigte das nicht weiter. Einige Militärs der älteren Generation erblickten darin eine Degenerationserscheinung. Er konnte es nur als ein Zeichen zunehmender Zivilisation betrachten. Eines Tages – darüber mochten noch Jahrhunderte vergehen – würden die Tyrannen vielleicht sogar aufhören, ein selbständiges Volk zu sein, sie würden mit den Völkern der eroberten Nebula-Königreiche verschmelzen – und selbst das konnte gut und nützlich sein.

Natürlich hütete er sich, eine solche Meinung je zu äußern.

»Ich wollte Ihnen etwas mitteilen«, begann Henrik von neuem. »Heute habe ich meinem Volk eine Botschaft zukommen lassen. Darin heißt es, daß ich wohlauf sei, den Verbrecher bald ergreifen und meine Tochter sicher heimbringen werde.«

»Sehr gut«, lobte Aratap den Direktor. Er hatte die Botschaft selbst aufgesetzt, aber es war nicht ausgeschlossen, daß Henrik sich inzwischen eingeredet hatte, er sei der Verfasser oder gar wirklich der Leiter der Expedition. Aratap konnte sich eines gewissen Mitleids nicht erwehren. Der Mann wurde immer wunderlicher, er verfiel sichtlich.

»Mein Volk ist sicherlich sehr aufgebracht wegen des frechen Überfalls dieser Banditengruppe auf meinen Palast«, setzte Henrik seine Rede fort. »Ich glaube, sie werden sehr stolz auf ihren Direktor sein, weil ich so schnell zum Gegenschlag ausgeholt habe. Meinen Sie nicht auch, Herr Kommissar? Jetzt merken sie doch wenigstens, daß noch der alte Kampfgeist in den Henrici steckt.« Er schien von seinem Triumph ganz beglückt zu sein.

»Bestimmt«, pflichtete ihm Aratap bei.

»Sind wir dem Feind schon näher gerückt?«

»Nein, Direktor. Der Feind hält sich noch immer in der Nähe von Lingane auf.«

»So? Dabei fällt mir ein, weswegen ich eigentlich herkam.« Eine gewisse Erregung hatte sich seiner bemächtigt. »Es ist sehr wichtig, Herr Kommissar. Ich muß es Ihnen sagen. Wir haben Verräter an Bord. Ich bin ihnen auf die Spur gekommen. Verräter ...« Seine letzten Worte waren nur noch ein Flüstern.

Aratap wurde ungeduldig. Sosehr er es für seine Pflicht hielt, den armen alten Knaben ein wenig von seinem Kummer abzulenken, das hier ging entschieden zu weit. Es war reine Zeitverschwendung. Wenn Henrik so weitermachte, war er selbst als Marionette untragbar – leider!

»Von Verrat kann keine Rede sein, Exzellenz«, sagte er beruhigend. »Meine Leute sind treu und zuverlässig. Sie müssen sich geirrt haben. Außerdem sind Sie sicher sehr müde.«

»Durchaus nicht.« Henrik schob Arataps Hand beiseite, die dieser ihm auf die Schulter gelegt hatte. »Wo sind wir?«

»Auf dem Flaggschiff. Wo könnten wir sonst sein?«

»Das Schiff meine ich nicht! Ich habe den Bildschirm beobachtet. Kein Stern ist in der Nähe. Wir sind irgendwo tief im Weltraum, wußten Sie das?«

»Natürlich.«

»Lingane ist weit und breit nicht zu sehen. Haben Sie das auch schon gewußt?«

»Es ist zwei Lichtjahre entfernt.«

»Aha! – Kommissar, belauscht uns auch niemand? Sind Sie sicher?« Wohl oder übel mußte sich Aratap zu ihm beugen und sich von Henrik ins Ohr flüstern lassen: »Woher wollen wir dann wissen, daß sich der Feind bei Lingane aufhält? Auf diese Entfernung läßt sich das ja gar nicht feststellen. Man hintergeht uns. Ich wittere Verrat!«

Der Mann mochte zwar verrückt sein, aber seine Gedankengänge entbehrten nicht der Logik. »Wissen Sie, Direktor, das ist eine Sache, die eigentlich bloß Techniker verstehen. Leute von

Rang und Würden brauchen sich damit gar nicht zu beschäftigen. Ich bin selbst nicht hundertprozentig im Bilde.«

»Aber ich bin der Leiter der Expedition, ich muß über alles Bescheid wissen.« Verstohlen sah sich Henrik um. »Manchmal habe ich den Eindruck, als ob Major Andros nicht alle meine Anweisungen ausführte. Kann man ihm vertrauen? Ich erteile ihm ja nur selten Befehle. Es widerstrebt mir, einen tyrannischen Offizier herumzukommandieren. Andererseits muß ich meine Tochter finden. Sie heißt Artemisia. Man hat sie entführt. Nur weil ich meine Tochter wiederhaben will, habe ich diese Flotte ausgerüstet. Darum muß ich aber auch Bescheid wissen. Ich meine, ob sich der Feind wirklich bei Lingane aufhält. Dann ist meine Tochter nämlich auch dort. Sie kennen meine Tochter doch? Artemisia ist ihr Name.«

Flehend richtete sich sein Blick auf den tyrannischen Kommissar. Dann bedeckte er die Augen mit der Hand und murmelte einige unverständliche Worte, die wie eine Entschuldigung klangen.

Aratap mußte die Zähne zusammenbeißen. Er durfte nicht vergessen, daß dieser Halbirre ein schwergeprüfter Vater war, der des Trostes bedurfte.

Sich mit Geduld wappnend, begann er: »Ich will es Ihnen zu erklären versuchen. Sie wissen doch, was ein Massometer ist? Ein Instrument, womit man feststellen kann, ob sich Schiffe im Weltraum befinden.«

»Ja.«

»Es reagiert auf die Auswirkung der Schwerkraft. Können Sie mir folgen?«

»O ja. Was Schwerkraft ist, weiß ich.«

»Gut. Normalerweise zeigt ein Massometer nur die Schiffe an, die sich in beträchtlicher Nähe befinden. Im Umkreis von anderthalb Millionen Kilometern etwa. Außerdem muß man sich in einiger Entfernung von Planeten befinden, weil sonst die Schwerkraft des Planeten alle anderen Einflüsse unwirksam macht.«

»Die Schwerkraft eines Planeten ist eben viel größer«, bemerkte Henrik sachverständig.

»Sehr richtig.«

Der Direktor lächelte geschmeichelt, und Aratap fuhr fort: »Wir Tyrannen haben eine andere Methode entwickelt. Dabei handelt es sich um einen Sender, der den Hyperraum nach allen Richtungen durchdringt. Was er ausstrahlt, ist eine besondere Wellenlänge, die der Zusammensetzung des Weltraums angepaßt ist, aber keinen elektromagnetischen Charakter hat. Mit anderen Worten: Es ist weder Licht, Radio noch subätherisches Radio. Klar?«

Henrik gab keine Antwort. Er machte einen etwas verwirrten Eindruck. »Nun ja«, sprach Aratap schnell weiter, »worin der Unterschied besteht, tut nichts zur Sache. Jedenfalls können wir die Sendestrahlen so benutzen, daß wir stets wissen, wo sich ein tyrannisches Schiff befindet, selbst wenn es weit, weit weg in der Galaxis wäre oder sich auf der anderen Seite eines Sternes aufhielte.«

Henrik nickte ernst.

»Wäre nun der junge Widemos mit einem gewöhnlichen Schiff geflohen, hätten wir einige Schwierigkeiten gehabt, ihn ausfindig zu machen. Da er aber das Pech hatte, sich einen tyrannischen Kreuzer auszusuchen, wissen wir jederzeit genau, wo er sich aufhält, wovon er natürlich keine Ahnung hat. Es stimmt also, daß er jetzt in der Nähe von Lingane ist. Vor allen Dingen, wohin er sich auch wenden mag, entwischen kann er uns nicht, so daß wir Ihre Tochter ganz bestimmt retten werden!«

Henrik strahlte übers ganze Gesicht. »Ausgezeichnet, Herr Kommissar, ich gratuliere Ihnen! Eine hervorragende Kriegslist!«

Aratap gab sich keinen Illusionen hin. Henrik hatte kaum einen Bruchteil der Erklärung verstanden. Aber was machte es schon aus! Wenn er nur jetzt davon überzeugt war, daß er seine Tochter wiederbekommen werde. Vielleicht war sogar in seinem getrübten Verstand die Erkenntnis aufgedämmert, daß er das alles der tyrannischen Wissenschaft verdanke. Mehr war nicht zu erwarten.

Aratap versuchte sich einzureden, daß er sich die Mühe nicht nur aus Mitleid mit dem alten Mann gemacht habe. Immerhin sprachen politische Gründe dafür, Henrik vor einem völligen Zusammenbruch zu bewahren. Hoffentlich trug die Rückkehr der Tochter dazu bei, den Direktor wieder etwas aufzumuntern. Hoffentlich!

Wieder ertönte das Türsignal. Diesmal war es Major Andros,

der eintrat. Henrik richtete sich steif in seinem Sessel auf. In seinen Augen erschien ein gehetzter Ausdruck. Er erhob sich und begann: »Major Andros ...«

Aber der Major beachtete ihn gar nicht, sondern wandte sich direkt an Aratap: »Kommisaar, die ›Unverzagt‹ hat ihre Position geändert.«

»Damit wollen Sie doch nicht sagen, daß sie auf Lingane gelandet sei?« erwiderte Aratap scharf.

»Nein. Sie hat einen Sprung gemacht, weit von Lingane weg.«

»Aha. Gut. Vermutlich hat sich ihr ein anderes Schiff angeschlossen.«

»Vielleicht auch mehrere. Wir können ja nur die ›Unverzagt‹ beobachten, wie Sie wissen.«

»Auf jeden Fall nehmen wir die Verfolgung wieder auf.«

»Der Befehl ist bereits erteilt. Ich möchte lediglich darauf hinweisen, daß sie bis zur Grenze des Pferdekopfs-Nebels gesprungen sind.«

»Wie bitte?«

»In jener Gegend existiert kein Planetensystem von Bedeutung. Daher ist wohl nur eine logische Folgerung möglich.«

Aratap fuhr sich mit der Zunge anfeuchtend über die Lippen und verließ eilig die Kabine. Der Major folgte ihm auf dem Fuße.

Henrik fand sich plötzlich allein in der Kabine. Eine ganze Weile betrachtete er nachdenklich die Tür. Dann nahm er achselzuckend wieder in dem Sessel Platz. Geraume Zeit blieb er unbeweglich und mit leerem Gesichtsausdruck sitzen.

»Die Raumkoordinaten der ›Unverzagt‹ sind von uns nachgeprüft worden, Exzellenz«, berichtete der Steuermann. »Sie befindet sich definitiv innerhalb des Nebels.«

»Das kann uns gleich sein. Wir folgen ihr auch dorthin«, befahl Aratap. Dann wandte er sich an Major Andros: »Sie sehen also, wie gut es ist, wenn man abwartet. Allmählich wird die Sache immer klarer. Das Hauptquartier der Verschwörung befindet sich also direkt im Nebelgebiet. Wo hätte es auch sonst sein können! An jeder anderen Stelle wären wir längst darauf gestoßen. Eine gute Idee!«

Worauf das Geschwader ebenfalls im Nebel verschwand.

Zum soundsovielten Male kontrollierte Aratap den Bildschirm, obwohl er wußte, daß es zwecklos war. Kein Stern war weit und breit zu sehen.

»Jetzt halten sie schon zum drittenmal, ohne zu landen«, brummte Major Andros. »Ich verstehe das nicht. Was wollen sie eigentlich? Wohinter sind sie her? Warum brauchen sie jedesmal mehrere Tage, wenn sie doch nicht landen?«

»Wahrscheinlich nimmt es so viel Zeit in Anspruch, bis sie den nächsten Sprung berechnet haben«, belehrte Aratap. »Sehen können sie ja nichts.«

»Meinen Sie?«

»Nein. Ihre Sprünge sind zu gut. Jedesmal manövrieren sie ihre Schiffe ganz in die Nähe eines Sternes. Wenn sie sich nur auf ihr Massometer verließen, wäre das ganz unmöglich. Sie müssen also die Position der Sterne schon im voraus kennen.«

»Warum landen sie aber nicht?«

»Ich glaube, sie halten nach bewohnbaren Planeten Ausschau. Wahrscheinlich wissen sie selbst nicht, wo sich das Zentrum der Verschwörung befindet. Zumindest wissen sie es nicht genau.« Aratap lächelte. »Wir brauchen ihnen bloß zu folgen.«

Der Steuermann salutierte. »Exzellenz!«

»Ja?« Aratap hob den Kopf.

»Der Feind ist auf einem Planeten gelandet.«

Aratap signalisierte nach Major Andros.

»Wissen Sie schon das Neueste, Andros?« empfing er den Major.

»Ja. Ich bin gerade dabei, alles für unsere eigene Landung vorzubereiten.«

»Abwarten! Bitte keine voreiligen Entschlüsse wie seinerzeit, als Sie auf Lingane landen wollten. Ich bin dafür, daß nur dieses Schiff landet.«

»Und Ihre Gründe dafür?«

»Wir brauchen Verstärkung. Sie bleiben zunächst mit den Kreuzern hier. Sollte es sich tatsächlich um ein nennenswertes Rebellenzentrum handeln, ist es besser, wir machen sie zunächst einmal glauben, nur mein Schiff sei zufällig auf sie gestoßen. Ich lasse Ihnen dann sofort Nachricht zukommen, und Sie kehren nach Tyrann zurück.«

»Verstehe ich recht? Ein Rückzug?«

»Nur, um mit einer genügend starken Flotte wiederzukommen.«

Andros überlegte eine Weile. »Nun gut. Dieses Schiff ist sowieso am wenigsten brauchbar. Viel zu groß.«

Als sie niederstießen, erschien endlich der Planet auf dem Bildschirm. »Scheint ziemlich öde zu sein, Exzellenz«, bemerkte der Steuermann.

»Haben Sie den genauen Standort der ›Unverzagt‹ ausfindig gemacht?«

»Zu Befehl, Exzellenz.«

»Dann landen Sie so nahe wie möglich, aber natürlich so, daß wir nicht entdeckt werden.«

Sie hatten jetzt die Atmosphäre erreicht. Als sie am Himmel entlangbrausten, tagte es gerade, wodurch die Hälfte des Planeten in leuchtendes Purpur getaucht schien. Aratap blickte gespannt auf die sich nähernde Oberfläche. Die lange Jagd ging ihrem Ende entgegen.

... und Hasen

Jemandem, der den Weltraum noch nicht bereist hat, mag die Erforschung eines stellaren Systems und die Suche nach bewohnbaren Planeten aufregend oder wenigstens interessant erscheinen. Für den Raumpiloten ist es eine höchst langweilige Aufgabe.

Einen Fixstern, jene ungeheure glühende Masse sich in Helium verwandelnden Wasserstoffs, zu lokalisieren, ist nahezu ein Kinderspiel. Selbst im dichtesten Nebel ist es nur eine Frage der Entfernung. Im Umkreis von sieben Milliarden Kilometern wird er stets ausfindig zu machen sein.

Anders ist es bei einem Planeten, der ein relativ kleines Volumen hat und nur angestrahlt wird, also sein Licht aus zweiter Hand bezieht. Es wäre durchaus denkbar, daß man ein Sternensystem unzählige Male in allen möglichen Richtungen durchstreifte, ohne jemals nahe genug an einen Planeten heranzukommen, um ihn zu erkennen. Es sei denn, ein glücklicher Zufall käme einem zu Hilfe.

Man muß also sehr methodisch vorgehen, wenn man einen entdecken will. Hat man erst einmal das fragliche Sternensystem erreicht, so bezieht man eine Position im All, die ungefähr zehntausendmal so weit von dem Stern entfernt ist, wie dessen Durchmesser beträgt. Aus den galaktischen Statistiken geht hervor, daß von fünfzigtausend Planeten höchstens einer weiter von seiner Lichtquelle entfernt ist. Ferner ist ein bewohnbarer Planet kaum weiter von seiner Sonne entfernt als das Tausendfache ihres Durchmessers.

Das heißt, daß von der angenommenen Position des Schiffes aus jeder bewohnbare Planet sich innerhalb sechs Grad des Sternes befinden muß. Damit ist eine Skala von nur einem Dreitausendsechshundertstel des Gesamthimmels gegeben. Dieser Abschnitt kann mit einem verhältnismäßig geringen Aufwand an Observationen abgesucht werden.

Die Bewegung der Fernkamera wird so eingerichtet, daß sie entgegengesetzt zur Kreisbewegung des Schiffes verläuft. Unter diesen Umständen hält eine Zeitaufnahme alle Konstellationen in der näheren Umgebung des Sternes fest. Natürlich muß man dafür sorgen, daß die Sonnenglut nicht unmittelbar darauf einwirken kann, aber das läßt sich leicht machen. Planeten haben bekanntlich einen ganz bestimmten, wahrnehmbaren Bewegungsrhythmus, so daß sie auf dem Film als winzige Streifen erscheinen.

Werden keine Streifen sichtbar, so besteht noch immer die Möglichkeit, daß Planeten sich auf der anderen Seite ihrer Lichtquelle befinden. Dann muß das Manöver von einer anderen Position aus wiederholt werden, meist etwas näher zum Stern hin.

Wie gesagt, das Ganze ist eine langweilige Prozedur, und wenn man sie dreimal bei drei verschiedenen Sternen erfolglos vorgenommen hat, so stellt sich unausweichlich eine gewisse Depression ein.

Gillbret zum Beispiel war außerordentlich niedergeschlagen. Nur selten fand er noch irgend etwas amüsant.

Als sie zum Sprung nach dem vierten Stern auf der Liste des Autarchen ansetzten, bemerkte Biron: »Jedenfalls sind wir bisher immer auf einen Stern gestoßen. Jontis Zahlen stimmen also wenigstens.«

»Nach der Statistik«, gab Gillbret zurück, »hat mindestens einer von drei Sternen ein Planetensystem.«

Biron nickte. Diese Art Statistik gehörte zur elementaren Galaktographie, die jedes Schulkind auswendig lernen mußte.

»Das heißt also«, spann Gillbret seinen Gedanken weiter, »daß wir uns geirrt haben müssen. Denn aufs Geratewohl drei Sterne zu finden, von denen kein einziger einen Planeten hat, wäre ein völliges Novum.«

»So? Was besagen schon Statistiken! Wir wissen doch, daß innerhalb eines Nebels ganz andere Bedingungen maßgebend sind. Vielleicht verhindern die Nebelpartikel die Bildung von Planeten, andererseits mag der Nebel auch das Resultat von Planeten sein, die nicht zusammenwachsen konnten.«

»Das ist doch nicht Ihr Ernst?« fragte Gillbret erschrocken.

»Natürlich nicht. Ich rede nur, um meine Stimme zu hören. Von Kosmogonie habe ich nicht die blasseste Ahnung. Warum entstehen überhaupt Planeten? Ich habe noch nie von einem gehört, wo es keine Reibereien und Unannehmlichkeiten gegeben hätte.« Biron war abgemagert und sah ziemlich verwildert aus. Noch immer beschäftigte er sich damit, die Schalttafeln mit Erläuterungsschildchen zu versehen.

»Jedenfalls ist technisch alles bestens vorbereitet.« Es fiel Biron schwer, nicht auf den Bildschirm zu sehen. Gleich würden sie wieder durch diese Nebelsuppe springen.

Zerstreut fragte er Gillbret: »Wissen Sie eigentlich, woher der Name ›Pferdekopf-Nebel‹ stammt?«

»Der Entdecker hieß Ferdinand Kopf oder so ähnlich, nicht wahr?«

»Auf der Erde hat man eine andere Erklärung dafür.«

»So?«

»Dort behauptet man, der Nebel hieße so, weil er wie ein Pferdekopf aussieht.«

»Was ist ein Pferd?«

»Ein Tier, das es auf der Erde gibt.«

»Eine amüsante Idee. Aber mir scheint der Nebel überhaupt keinem Tier zu gleichen, Biron.«

»Das kommt auf den Gesichtswinkel an. Von Nephelos aus hat man den Eindruck, es sei ein Arm mit drei Fingern. Dann habe ich mir den Nebel aber einmal vom Universitätsobservatorium der Erde aus angesehen, und ich muß schon sagen, daß er da ein bißchen Ähnlichkeit mit einem Pferdekopf hat. Also hat es vielleicht gar keinen Ferdinand Kopf gegeben, und der Nebel verdankt seinen Namen einem phantasievollen prähistorischen Astronomen.« Biron fand das Thema langweilig, aber es war besser, über irgend etwas zu schwätzen, als schweigend zu grübeln.

Wenn er eine Gesprächspause eintreten ließ, gab er Gillbret bloß Gelegenheit, auf ein Thema zu kommen, das er unbedingt vermeiden wollte, obwohl er unablässig daran denken mußte.

Und richtig, nach einem längeren Schweigen fragte Gillbret: »Wo ist Arta?«

»Irgendwo im Anhänger. Ich laufe doch nicht hinter ihr her!«

»Dafür tut es der Autarch. Er scheint sein Hauptquartier hierher verlegt zu haben.«

»Um so besser für Ihre Hoheit.«

Die feinen Runzeln in Gillbrets Gesicht vertieften sich. »Seien Sie doch nicht so dickköpfig! Artemisia ist eine Henrici. Sie kann über das, was Sie ihr gesagt haben, nicht ohne weiteres hinwegkommen.«

»Sprechen wir lieber von etwas anderem!«

»Nein. Ich habe schon lange genug auf eine Gelegenheit gewartet, mit Ihnen über diese Geschichte zu reden. Warum tun Sie ihr das an, Biron? Weil Henrik vielleicht für Ihres Vaters Tod verantwortlich ist? Henrik ist mein Vetter, aber mir gegenüber haben Sie Ihr Verhalten nicht geändert.«

»Na, also! Ich bin zu Ihnen nicht anders als sonst, das geben Sie selbst zu. Spreche ich vielleicht nicht mit Artemisia? Bin ich nicht höflich zu ihr?«

»Meinen Sie wirklich, Ihr Benehmen sei genauso wie vorher?«

Als Biron verstockt schwieg, warnte ihn Gillbret: »Sie treiben sie dem Autarchen direkt in die Arme.«

»Das ist ihre Sache.«

»Nein, es liegt einzig und allein bei Ihnen, Biron!« Beschwichtigend legte Gillbret seine Hand auf Birons Knie. »Bitte, verstehen Sie mich nicht falsch, es liegt mir absolut nicht, mich in derartige Dinge zu mischen. Aber sie ist nun mal das einzige Wertvolle, was wir Henrici heutzutage noch aufzuweisen haben. Vielleicht amüsiert es Sie, wenn ich sage, daß ich dieses Kind liebe? Ich habe ja sonst niemanden auf der Welt.«

»Ich bezweifle nicht, daß Sie sehr an ihr hängen.«

»Dann lassen Sie mich Ihnen um Artas willen einen guten Rat geben: Sorgen Sie dafür, daß der Autarch nicht soviel um sie herumschwänzelt.«

»Ich dachte, er genösse Ihr vollstes Vertrauen, Gil.«

»Als Autarch, ja. Als antityrannischer Politiker ebenfalls. Aber als Mann, vor allem als Mann für Artemisia – nein!«

»Sagen Sie ihr das.«

»Sie hört doch nicht auf mich.«

»Und Sie bilden sich ein, auf mich würde sie hören?«

»Wenn Sie die richtigen Worte fänden, bestimmt.«

Einen Augenblick schien Biron zu zögern, Doch dann wandte er sich brüsk ab und sagte mit schneidender Stimme: »Ich denke nicht daran, mit ihr darüber zu sprechen.«

»Vielleicht bereuen Sie es eines Tages«, erwiderte Gillbret traurig und enttäuscht.

Biron preßte die Lippen zusammen. Warum ließ ihn Gillbret nicht in Ruhe? Er hatte sich schon selbst oft genug gesagt, daß er alles vielleicht einmal bereuen werde. Es war gewiß nicht leicht für ihn. Aber was sollte er machen? Zurück konnte er jetzt nicht mehr.

Er mußte tief Atem holen, um das beklemmende Gefühl in seiner Brust loszuwerden.

Nach dem Sprung sah alles ganz anders aus. Biron hatte die Anweisungen, die er vom Piloten des Autarchen bekommen hatte, genau befolgt und alle Instrumente eingestellt. Die Routinehandgriffe sollte Gillbret übernehmen. Biron wollte während des Sprungs schlafen. Sehr bald wurde er aber von Gillbret wachgerüttelt.

»Was gibt's?« murmelte er schlaftrunken.

»Diesmal ist es ein F-2«, rief Gillbret erregt.

»Ein F-2? Sie meinen doch den neuen Stern?«

»Natürlich. Er sieht äußerst amüsant aus.«

Ungefähr 95 Prozent der Planeten innerhalb der Galaxis umkreisten Sterne der Spektraltypen F oder G mit einem Durchmesser von siebenhundertfünfzigtausend bis anderthalb Millionen Meilen und einer Oberflächentemperatur von fünf- bis zehntausend Grad Celsius. Die Sonne der Erde gehörte zum Typ G-O, die von Rhodia zu F-8, die von Lingane und Nephelos zu G-2. F-2 war ein bißchen warm, aber nicht zu heiß.

Die ersten drei Sterne, die sie aufgesucht hatten, waren vom Typ K gewesen, also ziemlich klein und rötlich glühend. Planeten, selbst wenn es welche gegeben hätte, wären wohl kaum bewohnbar gewesen.

Dagegen war so ein F- oder G-Typ eine gute Sache! Schon die ersten Fotografien hatten gezeigt, daß fünf Planeten vorhanden waren, von denen der nächste zweihundert Millionen Kilometer von der Lichtquelle entfernt lag.

Tedor Rizzett überbrachte persönlich die frohe Botschaft. Er besuchte die ›Unverzagt‹ ebenso häufig wie der Autarch. Wenn er kam, wurde es auf dem Schiff gleich heller und freundlicher. Mit seiner gewinnenden Herzlichkeit verscheuchte er alle schlechte Laune.

»Fünf Planeten!« keuchte er, noch etwas außer Atem vom Hangeln am Seil. »Ich weiß nicht, wie es der Autarch fertigbringt, daß man ihm nie die Anstrengung anmerkt. Na ja, er ist eben etliche Jährchen jünger als ich.«

»Sind Sie sicher, daß es fünf sind?« erkundigte sich Gillbret eifrig.

»Absolut sicher. Allerdings gehören vier davon zum Typ J.«

»Und der fünfte?«

»Der fünfte scheint in Ordnung zu sein. Jedenfalls enthält die Atmosphäre Sauerstoff.«

Gillbret stieß einen kleinen Triumphschrei aus.

Biron bemerkte nur sachlich: »Vier sind also vom Typ J. Na ja, einer wird wohl genügen.«

Biron fand das Verhältnis von vier zu eins annehmbar. Die Mehrzahl der umfangreichen Planeten in der Galaxis hatten wasserstoffhaltige Atmosphäre. Schließlich bestehen ja die Sterne zum größten Teil aus Wasserstoff, und sie liefern nun einmal den Grundstock für die Planetenbildung. Planeten vom Typ J haben Atmosphären aus Methan und Ammoniak, manchmal mit Wasserstoffmolekülen vermengt, außerdem mit einer erheblichen Beigabe von Helium. Diese Atmosphären sind unerhört stickig. Die Planeten selbst haben meistens einen Durchmesser von ungefähr vierzigtausend Kilometern und eine Tiefsttemperatur von zirka fünfzig Grad unter Null. Sie sind völlig unbewohnbar. Auf der Erde hatte Biron gelernt, daß diese Planeten J-Typ genannt wurden, weil der Jupiter, der zum Sonnensystem der Erde gehört, das Musterbeispiel für diesen Typ sei. Außerdem gab es noch den Typ E, der nach der Erde benannt war.

E-Typen waren verhältnismäßig klein. Ihre geringere Schwerkraft vermochte nicht, Wasserstoff oder wasserstoffhaltige Gase zu binden, zumal diese Planeten gewöhnlich der Sonne näher und daher wärmer waren. Ihre Atmosphären waren dünn und enthielten meist Sauerstoff und Stickstoff mit einer gelegentlichen Beimischung von Chlorgas, was sich sehr übel auswirkte.

»Ist Chlorgas festgestellt worden?« fragte Biron.

Rizzett zuckte die Achseln »Das kann man von hier aus noch nicht sagen. Wenn es Chlorgas gäbe, dann würde es sich ja in den unteren atmosphärischen Schichten konzentrieren. Warten wir also ab!«

Er schlug Biron kräftig auf die Schulter: »Wie wär's mit einem kleinen Umtrunk in Ihrer Kabine, alter Knabe?«

Gillbret schaute ihnen mißbilligend nach. Seitdem der Autarch Artemisia den Hof machte und Rizzett sich immer mehr mit Biron anfreundete, war die ›Unverzagt‹ allmählich zu einer linganischen Filiale geworden. War Biron sich darüber klar?

Doch der Gedanke an den neuen Planeten drängte bald alle anderen Überlegungen Gillbrets in den Hintergrund.

Als sie in die Atmosphäre eindrangen, kam Artemisia in den Pilotenraum. Lächelnd und offensichtlich in bester Laune trat sie ein. Biron warf ihr verstohlene Blicke zu. Er hatte sie mit einem »Guten Tag, Artemisia« begrüßt, doch keine Antwort erhalten.

Strahlend hatte sie sich an Gillbret gewandt: »Onkel Gil, ist es wahr, daß wir landen?«

Händereibend hatte Gillbret erwidert: »Es scheint so, mein Herz. In ein paar Stunden können wir das Schiff verlassen und endlich wieder auf festem Boden umherspazieren. Eine amüsante Vorstellung, nicht wahr?«

»Hoffentlich haben wir den richtigen Planeten erwischt. Sonst fände ich es gar nicht amüsant.«

»Immerhin haben wir ja noch einen Stern in Reserve«, tröstete Gillbret seine Nichte, aber sein Gesicht hatte sich dabei umwölkt.

Urplötzlich drehte sich Artemisia zu dem völlig verdatterten Biron um und fragte kühl: »Hatten Sie etwas gesagt, Herr Farrill?«

»Nicht, daß ich wüßte«, stammelte Biron.

»Dann muß ich mich wohl geirrt haben.«

Sie ging so dicht an ihm vorbei, daß ihr Kleid ihn streifte und er den Duft ihres Parfüms spürte. Er biß die Zähne zusammen.

Rizzett war noch immer auf der ›Unverzagt‹. Einer der Vorteile des Anhängers war, daß er eine Gästekabine zum Übernachten hatte. »Wir haben jetzt einige Angaben über die Atmosphäre«, sagte der Oberst. »Viel Sauerstoff, fast dreißig Prozent, außerdem Stickstoff und Edelgase. Ganz normal also. Kein Chlor.«

»Hm«, fügte er nach einer Pause hinzu, »allerdings auch kein Kohlendioxyd. Das ist weniger angenehm.«

»Warum?« wollte Artemisia, die wieder ihren Beobachtungsposten vor dem Bildschirm eingenommen hatte, wissen.

»Kein Kohlendioxyd – keine Vegetation«, belehrte sie Biron kurzangebunden.

»Oh?« Sie sah ihn mit einem warmen Lächeln an.

Ohne es zu wollen, lächelte Biron zurück, und im selben Moment, er hätte nicht erklären können, wie sie das fertigbrachte, ging ihr Lächeln an ihm vorbei, als ob er Luft wäre.

Er mußte ihr aus dem Wege gehen, eine andere Möglichkeit gab es nicht. In ihrer Gegenwart schmolzen alle seine Vorsätze zu einem Nichts zusammen.

Gillbret war niedergeschlagen. Sie setzten jetzt zur Landung an. In den dicken unteren Schichten der Atmosphäre erwies sich der Anhänger als ein schweres aerodynamisches Hindernis für die ›Unverzagt‹.

Biron hatte alle Hände voll zu tun. »Kopf hoch, Gil!«, versuchte er den alten Herrn zu trösten.

Er war selbst nicht in sonderlich vergnügter Stimmung. Alle Radiosignale waren ohne Widerhall geblieben. Wenn dies hier aber *nicht* die Rebellenwelt war, dann konnte er nicht mehr länger warten. Er mußte handeln, koste es, was es wolle!

»Sieht nicht so aus, als ob es die Rebellenwelt wäre«, sagte Gillbret kleinlaut. »Eine einzige Felsenwüste. Wasser ist kaum vorhanden. Hat man noch einmal festzustellen versucht, ob es Kohlendioxyd gibt, Rizzett?«

Rizzetts gemütliches rotes Gesicht war ausnahmsweise ernst. »Ja. Eine winzige Kleinigkeit. Ein Promille oder so ähnlich.«

»Voraussagen läßt sich gar nichts«, bemerkte Biron. »Vielleicht haben sie sich gerade eine Welt wie diese ausgesucht, weil sie so unscheinbar ist.«

»Ein paar Bauernhöfe habe ich entdeckt«, meinte Gillbret, der schon wieder ein wenig Hoffnung schöpfte.

»Na also! Man kann sich doch gar kein richtiges Bild von einem Planeten machen, wenn man ihn bloß ein paarmal umkreist. Sie wissen ebensogut wie ich, Gil, daß sie, wer immer sie auch sein mögen, bestimmt nicht genug Leute haben, um einen ganzen Planeten damit zu bevölkern. Vielleicht haben sie sich irgendwo ein Tal ausgesucht, wo Kohlendioxyd, sagen wir durch Vulkanausbrüche, aufgespeichert ist und wo es auch genug Wasser gibt. Es ist absolut nicht ausgeschlossen, daß wir ihnen schon ganz nahe waren, ohne es gemerkt zu haben. Natürlich werden sie nicht so ohne weiteres auf Radioappelle reagieren.«

»Es ist nicht so einfach, Kohlendioxyde an einer Stelle zu konzentrieren«, murmelte Gillbret, aber seine Augen waren unverwandt auf den Bildschirm geheftet.

Biron überkam plötzlich der unbändige Wunsch, es möge doch die ›falsche‹ Welt sein. Er wollte nicht länger waren. Jetzt und hier mußte reiner Tisch gemacht werden!

Es war ein merkwürdiges Gefühl!

Die künstliche Beleuchtung war ausgeschaltet worden, und zu allen Öffnungen strömte jetzt ungehindert Sonnenlicht herein. Zwar war es dadurch auf dem Schiff nicht so hell wie sonst, aber die Freude über die Abwechslung überwog alles andere. Es war herrlich, wieder einmal frische Luft zu atmen.

Rizzett hatte zwar Einwände erhoben, weil er meinte, der Mangel an Kohlendioxyd könne die Körperatmung beeinträchtigen, aber Biron war der Ansicht gewesen, daß eine derartige Erfrischungspause, wenn sie nicht allzulange dauere, bestimmt nicht schädlich sei.

Als Gillbret zu ihnen trat, fuhren die beiden, die bis dahin eifrig die Köpfe zusammengesteckt hatten, jäh auseinander.

Gillbret lachte. Dann blickte er seufzend zur offenen Tür hinaus: »Felsen!«

Sanft entgegnete Biron: »Wir wollen auf dem Plateau einen Sender errichten. Von dort aus haben wir eine größere Reichweite. Diese Hemisphäre müßte man auf jeden Fall erfassen können. Wenn sich nichts rührt, versuchen wir's halt noch mal auf der anderen Seite des Planeten.«

»Haben Sie und Rizzett gerade darüber gesprochen?«

»Ja. Der Autarch und ich werden das machen. Er hat es selbst vorgeschlagen, glücklicherweise. Andernfalls wäre ich mit demselben Vorschlag gekommen.« Biron warf Rizzett einen flüchtigen Seitenblick zu. Doch dessen Gesicht war völlig ausdruckslos.

Biron erhob sich. »Ich glaube, ich ziehe am besten das Futter aus meinem Raumanzug an.«

Rizzett nickte zustimmend. Es war zwar sonnig auf diesem Planeten, die Luft war wolkenlos und infolge des Wassermangels kaum dunstig, aber es war bitterkalt.

Der Autarch war pünktlich zur Stelle. Er trug einen federleichten Mantel aus Schaumstoff, der einen nahezu idealen Kälteschutz darstellte. Auf seiner Brust baumelte ein kleiner Kohlendioxydbehälter, der ständig so viel Gas ausströmte, daß der Autarch stets von genügend CO_2-Dämpfen umgeben war.

»Wenn's Ihnen Spaß macht, können Sie mich gern untersuchen, Farrill«, sagte er, die Hände hochhebend, wobei ein leicht belustigter Ausdruck über sein hageres Gesicht glitt.

»Nicht nötig«, lehnte Biron das Anerbieten ab. »Aber wenn Sie mich auf Waffen untersuchen wollen, bitte!«

»Ich denke nicht daran.«

Ihre Höflichkeit war so eisig wie das Wetter.

Biron trat in das grelle Sonnenlicht hinaus, wo der Koffer mit den Zubehörteilen für den Sender bereitstand. Biron und der Autarch packten ihn an den beiden Handgriffen und nahmen ihn in die Mitte.

»Das Zeug ist wenigstens nicht allzu schwer«, stellte Biron fest. Als er sich noch einmal umwandte, sah er Artemisia regungslos in der Tür stehen.

Artemisia war an den Bildschirm getreten. »Schärfer!« herrschte sie ihren Onkel an.

»Bei dieser kurzen Entfernung läßt sich das Gerät nicht schärfer einstellen«, widersprach ihr Gillbret.

»Schärfer, sage ich, verflixt noch mal!«

Murrend drehte Gillbret an den Knöpfen. Plötzlich rief Artemisia aufgeregt: »Er ist bewaffnet! Hast du's gesehen, Onkel Gil?«

»Nein.«

»Bestimmt! Er hatte ein Gewehr bei sich.«

Verzweifelt rüttelte sie an der Tür.

»Arta! Was hast du vor?«

Sie löste bereits das Futter aus einem Raumanzug. »Ich muß ihnen nach. Rizzett ist dorthin unterwegs. Verstehst du, was das heißt? Der Autarch denkt gar nicht daran, einen Sender zu bauen. Er hat Biron in eine Falle gelockt.«

Keuchend zwängte sie sich in die rauhe Hülle.

»Du phantasierst ja, Arta. Laß doch den Unsinn!«

Doch sie beachtete Gillbret nicht. Mit weißem, verkrampftem Gesicht starrte sie vor sich hin. Sie hätte längst merken müssen, daß Rizzett diesen Narren an der Nase herumführte. Oh, dieser gefühlsselige Dummkopf! Rizzett hatte bloß seinen Vater zu loben brauchen, ihm immer wieder weismachen müssen, was für ein großer Mann der Rancher gewesen sei, und schon war ihm Birons Herz zugeflogen. Alles, was er tat, war ja nur von der Erinnerung an seinen Vater diktiert. Das war schon eine Monomanie bei ihm geworden.

»Ich kann die Tür nicht aufkriegen. Bitte, mache sie sofort auf!« befahl sie.

Gillbret schüttelte den Kopf.

Gleich darauf sah er sich einer neuronischen Peitsche gegenüber; sie hatte in dem Raumanzug gesteckt, den Artemisia seines Futters beraubt hatte. »Onkel Gil, du bekommst sie zu fühlen, verlaß dich darauf!«

Er zwang sich zu einem Lächeln. »Nicht so stürmisch, junge Dame!«

»Die Tür!« keuchte sie.

Es blieb ihm nichts anderes übrig, als ihr zu gehorchen. Mit einem Satz war sie draußen. Der Wind pfiff ihr um die Ohren. Das Blut pochte in ihren Schläfen. Sie hatte sich genauso unmöglich benommen wie er. Nur um ihren albernen Stolz zu befriedigen, hatte sie vor seinen Augen mit dem Autarchen kokettiert. Wie dumm sie gewesen war! Dabei war der Autarch so manieriert, so blutlos, so nichtssagend. Sie schüttelte sich vor Abscheu.

Sie hatte jetzt das Plateau erklommen. Noch war niemand weit und breit zu sehen. Stur wanderte sie weiter, die neuronische Peitsche fest umklammernd.

Biron und der Autarch hatten unterwegs kein Wort miteinander gewechselt. Auf der Hochebene machten sie halt. Sonne und Wind hatten das Gestein im Laufe der Jahrtausende gespalten. Direkt vor ihnen lag eine uralte Schlucht, deren eine Seite sich gesenkt hatte, so daß ein Felsvorsprung von ungefähr dreihundert Metern Höhe entstanden war.

Biron näherte sich vorsichtig der Schlucht und blickte hinunter. Sie fiel in einer steilen Schräge ab. Den Boden bedeckten Klippen und Geröll, das von gelegentlichen Regenfällen überallhin verstreut worden war.

»Sieht ziemlich hoffnungslos aus, Jonti«, bemerkte Biron.

Der Autarch teilte Birons Interesse für die Umgebung nicht im geringsten. Die Felsenschlucht schien für ihn gar nicht zu existieren. Er sagte lediglich: »Das ist genau die Stelle, die mir schon vor der Landung aufgefallen ist. Sie ist für unsere Zwecke geradezu ideal.«

Für deine Zwecke bestimmt! dachte Biron. Er trat von dem Felsvorsprung zurück und setzte sich. Ein Weilchen lauschte er dem leisen Zischen des Kohlendioxydbehälters, dann sagte er mit ruhiger Stimme: »Was werden Sie eigentlich Ihren Leuten erzählen, wenn Sie auf das Schiff zurückkehren, Jonti? Soll ich mal raten?«

Der Autarch hielt im Öffnen des Gerätekoffers inne und richtete sich auf. »Darf ich fragen, wovon Sie sprechen?«

»Natürlich über den Zweck Ihres Hierseins.«

»Es wäre mir lieber, wir machten uns an die Arbeit, anstatt zu diskutieren, Farrill. Das ist nur Zeitverschwendung.«

»Sie wollen ja gar keinen Sender aufstellen! Warum auch? Wir haben doch schon alle Möglichkeiten ohne Erfolg ausprobiert. Außerdem sind wir beide keine Radioexperten. Warum sind Sie also hergekommen, Jonti?«

Der Autarch setzte sich Biron gegenüber. Mit einer Hand fuhr er lässig über den Koffer. »Wenn Sie Zweifel hegen, warum sind Sie dann überhaupt mitgegangen?«

»Um die Wahrheit herauszufinden. Ihr Rizzett hat mir von diesem Ausflug erzählt und mir geraten, mich Ihnen anzuschließen. Vermutlich hatte er von Ihnen Anweisung, mir einzureden, daß ich mich bei dieser Gelegenheit davon überzeugen könne, daß Sie hinter meinem Rücken keine Informationen erhalten. Ein sehr einleuchtendes Argument, nur wußte ich von vornherein, daß Sie sowieso keine Verbindung zu den Rebellen haben. Ich ließ Rizzett aber in seinem Glauben und schloß mich Ihnen an.«

»Um die Wahrheit herauszufinden?« äffte ihn Jonti spöttisch nach.

»Sehr richtig. Allerdings habe ich die Wahrheit bereits erraten.«

»Dann legen Sie nur los. Ich möchte sie auch gern erfahren.«

»Sie wollen mich umbringen! Wir sind hier allein, und wenn ich von jener Klippe abstürze, so bedeutet das meinen sicheren Tod. Niemand könnte Ihnen vorsätzlichen Mord nachweisen. Es gäbe keinerlei Anzeichen von Gewaltanwendung. Sie würden mit einer rührseligen Geschichte zum Schiff zurückkehren, wonach ich ausgerutscht und abgestürzt wäre. Sie würden sogar selbst die Suchaktion leiten und mir ein erstklassiges Begräbnis zukommen lassen. Das alles wäre sehr zu Herzen gehend, aber ohne das geringste Verschulden Ihrerseits passiert.«

»Das bilden Sie sich ein, und dennoch sind Sie gekommen?«

»Da ich darauf gefaßt bin, können Sie mich nicht überrumpeln. Wir sind beide unbewaffnet, und an Muskelkraft dürften Sie mir kaum überlegen sein.«

Jonti lachte nur. »Wollen wir uns nicht doch lieber mit unserem Sender beschäftigen, da Sie anscheinend unbesiegbar sind?«

»Ich bin noch nicht fertig. Sie sollen zugeben, daß Sie mit der Absicht hergekommen sind, mich umzubringen.«

»So? Sie bestehen also darauf, daß ich meine mir zugewiesene Rolle in dem von Ihnen improvisierten Drama spiele? Wie wollen Sie mich dazu zwingen? Wollen Sie ein Geständnis aus mir herausprügeln? Hören Sie gut zu, Farrill. Sie sind noch sehr jung. Aus diesem Grund und wegen Ihres Namens und Ihrer Herkunft bin ich bereit, Ihnen eine ganze Menge nachzusehen.

Aber ich muß Ihnen gestehen, daß Sie mir allmählich lästig zu werden beginnen.«

»Aha. Vor allem, weil ich trotz Ihrer gegenteiligen Bemühungen am Leben geblieben bin, nicht wahr?«

»Wenn Sie damit wieder auf die Ereignisse in Rhodia anspielen, so kann ich Ihnen nur erwidern, daß ich keine Lust habe, meine Erklärungen zu wiederholen.«

Biron erhob sich. »Ihre Erklärung hat nicht gestimmt. Sie enthielt einen kleinen Fehler, der mir sofort aufgefallen ist.«

»Tatsächlich?«

»Tatsächlich! Stehen Sie auf und hören Sie mir zu, sonst werde ich Ihnen Beine machen!«

Die Augen des Autarchen verengten sich zu schmalen Schlitzen, während er sich erhob. »Ich warne Sie, Bürschchen! Gewaltanwendung dürfte Ihnen schlecht bekommen.«

»Passen Sie gut auf!« donnerte Biron. »Sie haben behauptet, mich nach Rhodia geschickt zu haben, weil der Direktor für eine antityrannische Verschwörung gewonnen werden sollte.«

»Das stimmt genau.«

»Es stimmt eben nicht. Ihr Hauptanliegen war, mich aus dem Wege zu räumen. Warum haben Sie den Kapitän informiert? Sie wollten gar nicht, daß ich bis zu Henrik vorgelassen wurde!«

»Wenn ich Sie hätte töten wollen, Farrill, dann hätte ich ja bloß eine richtige Bombe in Ihr Zimmer zu legen brauchen.«

»Es hätte Ihnen aber besser in den Kram gepaßt, wenn die Tyrannen die Kastanien für Sie aus dem Feuer geholt hätten.«

»Und warum habe ich Sie nicht umgebracht, als ich das erste Mal an Bord der ›Unverzagt‹ kam?«

»Sie haben bestimmt mit dem Gedanken gespielt. Sie kamen mit einer Pistole bewaffnet. Einmal haben Sie mich ja auch damit bedroht. Sie hatten damit gerechnet, daß ich an Bord sei, aber Ihren Leuten haben Sie kein Wort davon gesagt. Als dann Rizzett anrief und mich gesehen hatte, war es zu spät, mich zu erschießen. Außerdem haben Sie auch dabei einen Fehler gemacht. Mir haben Sie erzählt, Sie hätten Ihre Leute darauf vorbereitet, daß vermutlich ich es sei, der die ›Unverzagt‹ gechartert habe. Etwas später erfuhr ich dann von Rizzett, daß es gar nicht stimmte. Sie müssen Ihre Leute besser instruieren, Jonti, damit man Sie nicht unwissentlich Lügen straft!«

Jontis von der Kälte blutleeres Gesicht schien noch weißer geworden zu sein. »Sie verdienten es, Farrill, daß ich Sie jetzt auf der Stelle wegen Ihrer verdammten Lügenmärchen umlegte! Was hätte denn meine Hand vom Abzug zurückgehalten, ehe Rizzett im Bildschirm erschien und Sie sah?«

»Politik, Jonti! Artemisia von Henrici war an Bord, und sie war Ihnen sofort wichtiger als ich. Ich gebe zu, daß Sie sehr schnell schalten können. Mich in Ihrer Gegenwart zu erschießen, hätte unter Umständen bedeutende Zukunftspläne durchkreuzen können.«

»Dann hätte ich mich also in das Mädchen verliebt?«

»Warum nicht, wenn es sich dabei um eine Henrici handelt? Zuerst ließen Sie nichts unversucht, um sie auf Ihr Schiff zu locken, und als das fehlschlug, wollten Sie mir weismachen, Henrik habe meinen Vater auf dem Gewissen. Dadurch mußte ich sie verlieren und Ihnen früher oder später das Feld räumen. Nun, da sie bereits auf Ihrer Seite steht, ist sie kein Hindernis mehr, und Sie können Ihren alten Plan wieder aufgreifen und mich umbringen, ohne fürchten zu müssen, dadurch die Aussicht auf den Thron der Henrici zu verlieren.«

Jonti seufzte. »Es wird immer kälter und ungemütlicher, Farrill. Die Sonne scheint schon unterzugehen. Sie sind unsagbar töricht und langweilen mich entsetzlich. Ehe wir dieses unsinnige Gewäsch abbrechen, möchte ich aber gern noch von Ihnen hören, warum ich es eigentlich auf Sie abgesehen haben soll. Vorausgesetzt, daß Sie einen Grund für Ihren offensichtlichen Verfolgungswahn angeben können.«

»Es ist derselbe Grund, weswegen Sie meinen Vater umgebracht haben.«

»Was faseln Sie da?«

»Haben Sie allen Ernstes angenommen, ich hätte Ihnen auch nur einen Augenblick lang geglaubt, Henrik sei der Verräter gewesen? Wie käme dieser notorische Schwächling dazu? Mein Vater war doch kein Narr! Nie hätte er sich in Henrik getäuscht, daß er ihm etwas anvertraut hätte, was diese Marionette als Beweismaterial für Hochverrat gegen ihn hätte verwenden können. Nein, Jonti. Derjenige, der meinen Vater denunziert hat, muß ein Mann gewesen sein, dem Vater vertraut hat.«

Jonti trat einen Schritt zurück, wobei er dem Koffer einen

Fußtritt versetzte. Beinahe hätte der Autarch das Gleichgewicht verloren, doch er hatte sich schnell wieder in der Gewalt. »Ihre Anschuldigung ist so niederträchtig, daß es nur eine Erklärung gibt: Sie sind vollkommen wahnsinnig.«

»Mein Vater war bei Ihren Leuten sehr beliebt, Jonti. Zu beliebt. Ein Autarch kann aber keinen Nebenbuhler dulden. Darum schafften Sie sich den Konkurrenten vom Hals. Und ich sollte der nächste sein, damit ich weder an seine Stelle treten noch ihn rächen konnte. Das stimmt doch, Jonti?« Bei den letzten Worten hatte Biron seine Stimme so erhoben, daß sie von den Felsen widerhallte.

»Nein.«

Jonti beugte sich über den Koffer. »Ich werde Ihnen beweisen, daß Sie im Irrtum sind.« Er schlug den Koffer auf. »Da sehen Sie selbst! Radiozubehör. Bitte überzeugen Sie sich.« Er nahm einzelne Gegenstände heraus und warf sie Biron vor die Füße.

»Was wollen Sie damit beweisen?« fragte Biron ungeduldig.

»Den Beweis werden wir gleich haben.« Jonti richtete sich auf.

»Schauen Sie genau her!«

Mit vor Anstrengung weißen Fingerknöcheln umspannte er eine Sprengpistole. Alle Gelassenheit war aus seiner Stimme verschwunden. »Ich habe es satt mit Ihnen«, schrie er. »Aber ich werde mich nicht mehr lange mit Ihnen herumzuärgern brauchen.«

Tonlos sagte Biron: »Sie hatten also eine Pistole unter dem Material versteckt?«

»Was dachten Sie denn? Glaubten Sie vielleicht, ich würde Sie mit eigener Hand die Klippe hinabstürzen? Halten Sie mich für einen Hausknecht oder einen Bergarbeiter? Ich bin Autarch von Lingane! Der scheinheilige, dumme Idealismus der Rancher von Widemos hängt mir zum Hals heraus.« Flüsternd fügte er hinzu: »Los! Zurück zur Klippe!« Er ging energisch einen Schritt auf Biron zu.

Mit erhobenen Händen, die Augen unverwandt auf die Pistole gerichtet, bewegte sich Biron langsam rückwärts. »Sie haben also meines Vaters Tod auf dem Gewissen?«

»Jawohl! Finden Sie sich damit ab, daß der Mann, der dafür gesorgt hat, daß Ihr Vater in einer Sprengkammer endete, nun auch Sie ins Jenseits befördern wird. Das Henrici-Mädchen und alles, was damit zusammenhängt, wird mir gehören, bedenken Sie das bitte! Dafür lasse ich Sie gern noch eine Minute länger zappeln. Aber halten Sie Ihre Hände ruhig, sonst sprenge ich Sie in Stücke, ungeachtet der Fragen, die mir meine Leute stellen könnten.« Nachdem alle Tünche von ihm abgefallen war, machte der Autarch gar nicht mehr den Versuch, seinen lodernden Haß zu verbergen.

»Sie geben also zu, schon vorher den Versuch gemacht zu haben, mich aus dem Weg zu räumen?«

»Ja. Alle Ihre Vermutungen stimmen. Sind Sie nun zufrieden? Zurück!«

»Nein«, rief Biron. Er ließ die Arme sinken. »Schießen Sie doch, wenn Sie können!«

»Denken Sie vielleicht, ich traue mich nicht?«

»Schießen Sie nur!«

»Worauf Sie sich verlassen können!«

Der Autarch zielte auf Birons Kopf und drückte ab.

. . . und Niederlage

Vorsichtig kam Tedor Rizzett hinter einer Felskante hervor. Er durfte noch nicht gesehen werden, doch es war schwierig, in dieser kahlen Landschaft verborgen zu bleiben.

Von seinem jetzigen Standpunkt aus konnte er die beiden Gestalten erkennen. Er lehnte sein Gewehr an einen Felsen. Die Sonne schien Rizzett auf den Rücken – selbst ihre schwache Wärme war wohltuend. Sollten die beiden zufällig in seine Richtung blicken, dann hätten sie Gegensonne und könnten ihn nicht sehen.

Ihre Stimmen drangen scharf an sein Ohr. Bei dem Gedanken an die Radioübertragung mußte er lächeln. Bis jetzt war alles nach Plan verlaufen. Seine Anwesenheit war im Plan natürlich nicht vorgesehen, aber es war besser so. Der Plan war ein bißchen zu vertrauensselig, und das Opfer war schließlich kein Dummkopf. Das Schießeisen, das er mitgebracht hatte, könnte sich im entscheidenden Moment als nützlich erweisen.

Er wartete. Gleichmütig sah er zu, wie der Autarch die Pistole auf Biron richtete.

Artemisia bemerkte nichts von alledem. Sie hatte die zwei Gestalten auf dem Felsplateau noch gar nicht gesehen. Unentwegt war sie hinter Rizzett hergelaufen.

Es war fast unmöglich, mit ihm Schritt zu halten. Vor ihren Augen flimmerte es. Ohne sich dessen bewußt zu werden, fiel sie zweimal hin. Als sie sich vom zweiten Sturz unsicher wieder erhob, blutete sie am Handgelenk, wo eine scharfe Felskante sie verletzt hatte.

Rizzett hatte wieder einen Vorsprung gewonnen, und sie mußte alle Kraft zusammennehmen, um ihm auf den Fersen zu bleiben. Als er in einem glitzernden Geröllfeld ihren Blicken entschwand, schluchzte sie verzweifelt auf. Erschöpft lehnte sie sich gegen einen Felsen.

Plötzlich tauchte seine winzige Gestalt in der Ferne auf. Rizzett war stehengeblieben. Er hielt ihr den Rücken zugekehrt. So schnell sie konnte, stolperte sie über das unebene Gelände, die neuronische Peitsche vor sich herschwingend. Ihr Blick war starr auf den Lauf seines Gewehrs gerichtet.

Wenn sie zu spät käme!

Sie mußte ihn ablenken. »Rizzett!« rief sie, »Rizzett! Nicht schießen!« Wieder fiel sie hin. Sie fühlte ihre Sinne schwinden. Fest hielt sie die Peitsche umklammert. Wenn sie nur noch so lange bei Bewußtsein bliebe, um einmal richtig zuschlagen zu können!

Arme umklammerten sie und richteten sie auf. Sie versuchte, die Augen zu öffnen, aber es gelang ihr nicht.

»Biron?« flüsterte sie fast unhörbar.

Die Antwort war unverständlich – aber es war Rizzetts Stimme. Sie wollte etwas erwidern, vermochte aber kein Wort hervorzubringen. Sie hatte versagt!

Nun war alles aus.

Der Autarch verharrte sekundenlang in regloser Überraschung. Biron stand ihm ebenso starr und steif gegenüber, die Augen unverwandt auf den Pistolenlauf geheftet, aus dem soeben ein wirkungsloser Schuß auf ihn abgefeuert worden war. Langsam senkte sich die Hand mit der Pistole.

»Ihre Waffe scheint nicht in Ordnung zu sein. An Ihrer Stelle würde ich sie einmal untersuchen«, riet Biron dem Autarchen mit ironischem Lächeln.

Jontis Augen in dem blutleeren Gesicht wanderten abwechselnd von Biron zu der Pistole. Er hatte auf eine Distanz von anderthalb Metern gezielt. Eigentlich hätte alles schon vorüber sein müssen. Er löste sich gewaltsam aus seiner Erstarrung und begann, mit flinken Fingern die Pistole zu prüfen.

Die Energiekapsel war nicht vorhanden. An ihrer Stelle befand sich eine wertlose Metallhülse. Rasend vor Zorn schleuderte der Autarch das Stück Metall beiseite. Es rollte davon und zerschellte mit leisem Klirren an einer Felsenklippe.

»Mann gegen Mann!« forderte Biron mit vor Erregung zitternder Stimme.

Wortlos trat der Autarch einen Schritt zurück.

Biron kam ihm unerbittlich näher. »Ich könnte Sie auf verschiedene Arten töten, aber nur eine erscheint mir angemessen. Wenn ich Sie erschießen würde, spürten Sie zu wenig von Ihrem Tod. Und das wäre schade. Die etwas langsamere Methode der Anwendung menschlicher Muskelkraft dürfte in Ihrem Fall zufriedenstellender sein.«

Biron ließ seine sportgestählten Muskeln spielen, doch noch ehe er zum Sprung ansetzen konnte, zeriß ein Schrei, hoch, schrill und von panischer Furcht durchzittert, die Luft: »Rizzett! Rizzett! Schießen Sie nicht!«

Biron fuhr herum. Im selben Moment warf sich der andere mit ganzer Kraft auf ihn. Unter der Last des aufprallenden Körpers ging Biron in die Knie.

Der Autarch hatte seinen Sprung gut berechnet. Seine Knie umklammerten Birons Hüften, seine Fäuste bearbeiteten das Genick des jungen Widemos.

Biron keuchte vor Anstrengung. Geistesgegenwärtig warf er sich auf die Seite. Der Autarch sprang auf, um zum nächsten Schlag auszuholen, während Biron sich mit gespreizten Beinen auf den Rücken rollte.

Er hatte gerade noch Zeit genug, die Knie anzuziehen, als der Autarch sich schon wieder auf ihn stürzte. Jonti prallte an Birons Knien ab. Diesmal waren sie gleichzeitig auf den Füßen. Eiskalter Schweiß perlte ihnen die Wangen entlang.

Langsam kamen sie aufeinander zu. Biron schob seinen

Kohlendioxydbehälter zur Seite. Auch der Autarch streifte sein Gerät über den Kopf, hielt das Band aus Metallgewebe einen Moment sinnend in der Hand, dann machte er einen raschen Schritt auf Biron zu und holte zum Schwung aus.

Biron ging blitzschnell zu Boden. Pfeifend sauste der Behälter über seinen Kopf hinweg.

Ehe der Autarch sein Gleichgewicht wiedergewonnen hatte, war Biron über ihm. Mit einer Hand hielt er den Gegner am Boden, während die andere Faust einen wohlgezielten Schwinger in des Autarchen Gesicht landete. Biron wartete, bis der Autarch wieder zu sich kam.

»Stehen Sie auf«, kommandierte er. »Von der Sorte habe ich noch einiges in Reserve. Aber ich hab's nicht eilig damit.«

Mit der behandschuhten Hand tastete der Autarch sein Gesicht ab. Angeekelt betrachtete er die Blutspuren auf dem Handschuh. Er kniff die Lippen zusammen und griff nach dem Kohlendioxydbehälter, der seiner Hand entglitten war. Biron trat kräftig zu, und der Autarch heulte vor Schmerz auf.

»Sie sind zu nahe am Klippenrand, Jonti!« warnte Biron. »Stehen Sie auf! Dort drüben geht der Kampf weiter.«

Doch da ertönte Rizzetts Stimme: »Aufhören!«

Der Autarch kreischte: »Schießen Sie ihn zu Brei, Rizzett! Erschießen Sie ihn! Zuerst die Arme, dann die Beine und nach und nach alles übrige!«

Rizzett brachte sein Gewehr in Anschlag.

»Wer hat eigentlich Ihre Pistole unschädlich gemacht, Jonti?« fragte Biron.

»Wie bitte?« Der Autarch starrte ihn verständnislos an.

»Ich hatte keine Möglichkeit dazu, Jonti! Wer war es also? Wer hat jetzt die Waffe auf Sie gerichtet? Nicht auf mich, Jonti, auf Sie!«

Der Autarch wandte sich um und schrie Rizzett an: »Verräter!«

Mit leiser, deutlicher Stimme antwortete Rizzett: »Nicht ich bin ein Verräter. Der Mann ist es, der den Tod des treuen, ehrlichen Ranchers von Widemos auf dem Gewissen hat.«

»Ich war es nicht«, rief der Autarch. »Wenn er Ihnen das eingeredet hat, so hat er gelogen.«

»Sie haben es uns selbst mitgeteilt. Ich habe nicht nur Ihre Waffe entleert, ich habe auch die Wellenlänge Ihres Radios geändert, so daß ich und alle anderen jedes Wort, das Sie gesagt haben, mithören konnten. Wir wissen jetzt genau über Sie Bescheid.«

»Ich bin Ihr Autarch!«

»Und außerdem der größte Verräter, den es gibt.«

Eine ganze Weile blickte der Autarch die beiden Männer wortlos mit flackernden Augen an. Ihre ernsten, zornigen Gesichter verhießen nichts Gutes. Dann riß er sich mit äußerster Nervenkraft zusammen.

Sein Ton war beinahe so kühl und beherrscht wie gewöhnlich, als er sagte: »Wenn alles wahr wäre, was würde es Ihnen schon helfen? Wir haben noch eine Planeten vor uns. Nur dort kann die Rebellenwelt sein, nur dort. Und ich bin der einzige, der die Koordinaten kennt.«

Irgendwie hatte er seine Würde wiedergefunden. Seine Hand baumelte hilflos an dem gebrochenen Gelenk. Seine Oberlippe war bis zur Unkenntlichkeit geschwollen, und seine Wangen waren blutüberströmt. Dennoch ging von ihm das hoheitsvolle Fluidum des geborenen Herrschers aus.

»Sie werden uns schon die notwendigen Angaben machen«, meinte Biron.

»Glauben Sie nicht, daß ich unter allen Umständen dazu bereit bin. Wie ich Ihnen schon sagte, entfallen auf jeden Stern durchschnittlich siebzig Kubiklichtjahre. Wenn Sie ohne mich experimentieren, besteht die Möglichkeit von eins zu zweihundertfünfzig Trillionen, daß Sie innerhalb eines Umkreises von einer Milliarde Kilometer in die Reichweite jedes beliebigen Sternes geraten.«

In Birons Gehirn ertönte ein Signal.

»Bringen Sie ihn auf die ›Unverzagt‹ zurück, Rizzett!« ordnete er an.

»Ihre Hoheit Artemisia . . .«, flüsterte ihm Rizzett zu.

»Dann habe ich mich nicht verhört«, unterbrach ihn Biron. »Wo ist sie?«

»Keine Aufregung! Sie ist in Sicherheit. Sie ist ohne Kohlendioxydbehälter davongelaufen. Natürlich bekam sie Atembeschwerden, als der CO_2-Vorrat in ihrem Blutkreislauf knapp wurde. Da sie gerannt ist und nicht vernünftig genug war, tief Luft zu holen, ist sie ohnmächtig geworden.«

Birons Gesicht verfinsterte sich. »Wollte sie Ihnen in die

Quere kommen, damit ihrem Schatz kein Haar gekrümmt würde?«

»Allerdings. Aber sie dachte, ich stünde auf des Autarchen Seite und wollte Sie erschießen! – Ich werde jetzt diesen Schurken hier zurückbringen, aber, Biron ...«

»Was ist?«

»Kommen Sie so bald wie möglich. Immerhin ist er der Autarch, und es wird nötig sein, mit den Leuten zu sprechen. Ein von Kindesbeinen anerzogener Gehorsam läßt sich nicht ohne weiteres auslöschen. – Das Mädchen liegt hinter dem Felsen dort. Beeilen Sie sich, sie wird schon halb erfroren sein.«

Ihr Gesicht war fast ganz von der Kapuze bedeckt, und ihre Gestalt verlor sich in den Falten des dicken Raumanzugfutters.

Biron beschleunigte seinen Schritt. »Wie fühlst du dich?« fragte er, sich über sie beugend.

»Danke, besser«, flüsterte sie. »Verzeih, wenn ich dir Ungelegenheiten bereitet habe.«

Schweigend sahen sie einander in die Augen. Der Gesprächsstoff schien nach diesen beiden Bemerkungen erschöpft zu sein.

Endlich begann Biron: »Ich weiß, daß man Geschehenes nicht ungeschehen machen kann. Trotzdem möchte ich, daß du mich verstehst.«

»Warum legst du so viel Wert auf mein Verständnis?« Ihre Augen flammten. »Seit Wochen versuche ich nichts anderes, als dich zu verstehen. Willst du wieder von meinem Vater anfangen?«

»Nein. Ich weiß, daß dein Vater nichts mit der Sache zu tun hat. Von Anfang an hatte ich den Autarchen im Verdacht, aber ich wollte mir Gewißheit verschaffen. Es ging nicht anders, ich mußte ihm ein Geständnis abringen, Arta! Dazu konnte es aber nur kommen, wenn ich ihn in eine Falle lockte. Er sollte den Versuch machen, mich umzubringen, und dazu gab es nur ein Mittel.«

Biron kam sich unsagbar gemein vor. Aber jetzt hieß es, den bitteren Kelch leeren, koste es, was es wolle. »Was ich getan habe, war schlecht, fast so schlecht wie das, was der Autarch mit mir gemacht hat. Ich wage gar nicht zu hoffen, daß du es mir verzeihen kannst.«

»Ich weiß nicht, was du meinst.«

»Mir war sofort klar, daß er es auf dich abgesehen hatte, Arta. Politisch gesehen, warst du für ihn ein ideales Heiratsobjekt. Der Name Henrici war für ihn wertvoller als der Name Widemos. Konnte er dich gewinnen, war ich überflüssig. Darum habe ich ihm dich förmlich aufgedrängt, Arta. Ich hoffte, du würdest dich ihm zuwenden. War er deiner erst einmal sicher, dann würde er nicht zögern, mich so schnell wie möglich loszuwerden. Auf dieser Überlegung bauten Rizzett und ich unsere Falle auf.«

»Und du gibst vor, mich dennoch zu lieben?«

»Fällt es dir so schwer, das zu glauben, Arta?«

»Du wolltest also deine Liebe dem Andenken deines Vaters und der Ehre eures Namen opfern. Wie heißt doch der alte Knittelvers? ›Du liebtest mich nur halb so sehr, liebtest du mehr nicht deine Ehr'!‹«

Verzweifelt flehte Biron: »Bitte, Arta! Ich bilde mir nicht ein, rühmlich gehandelt zu haben. Aber ich sah keinen anderen Ausweg.«

»Du hättest mich in deinen Plan einweihen, mich zu deiner Verbündeten, anstatt zu deinem Werkzeug machen sollen.«

»Es war nicht deine Sache. Wenn mein Plan mißlungen wäre – und das war durchaus möglich –, dann wärest du in nichts verwickelt gewesen. Hätte mich der Autarch getötet, dann hätte es dir weniger weh getan, nachdem ich mich dir entfremdet hatte. Vielleicht hättest du ihn sogar geheiratet und wärest glücklich geworden.«

»Nachdem du nun also gewonnen hast, müßte ich also über seine Niederlage traurig sein.«

»Du bist es aber nicht.«

»Woher willst du das wissen?«

»Arta! Versuche doch wenigstens, meine Beweggründe zu verstehen! Ich gebe ja zu, daß ich töricht, verbrecherisch töricht gehandelt habe. Willst du nicht wenigstens versuchen, mich nicht zu hassen?«

»Ich habe versucht, dich nicht zu lieben, und es ist mir, wie du siehst, nicht gelungen«, kam es weich von ihren Lippen.

»Dann verzeihst du mir also?«

»Warum? Weil ich dich verstehe? Wenn es sich um einfaches Verstehen, um ein Begreifen deiner Beweggründe handelte, würde ich dir nie im Leben verzeihen. Aber es geht ja um viel mehr! Ich verzeihe dir, Biron, weil ich nicht anders kann. Wie könnte ich dich bitten, zu mir zurückzukehren, wenn ich dir nicht verziehe?«

Und dann lag sie in seinen Armen, das von der Kälte halb erstarrte Gesicht liebevoll zu ihm emporgewandt. Die unförmigen Hüllen richteten eine Schranke zwischen ihnen auf. Seine behandschuhten Hände fühlten nichts von der Geschmeidigkeit des Körpers, den er umarmte, aber seine Lippen küßten ihr weißes, zartes Gesicht wieder und immer wieder, unersättlich.

Endlich fragte er besorgt: »Die Sonne ist bald ganz verschwunden, wird es dir auch nicht zu kalt?«

»Wie merkwürdig«, flüsterte sie mit einem sanften Lächeln, »mir kommt es jetzt viel wärmer vor.«

Hand in Hand traten sie den Rückweg zum Schiff an.

Biron trug der Mannschaft gegenüber in weit größerem Maße Zuversicht und Sicherheit zur Schau, als er in Wirklichkeit empfand. Das liganische Schiff war groß. Die Besatzung bestand aus fünfzig Leuten. Die saßen nun vor ihm. Fünfzig Gesichter! Fünfzig Linganer, die von der Wiege an zu unbedingtem Gehorsam gegenüber ihrem Autarchen erzogen worden waren.

Einige hatte Rizzett überzeugen können, ein paar anderen hatte die Radioübertragung die Augen geöffnet. Aber wie viele waren noch darunter, die zauderten oder gar feindlich eingestellt waren?

Bisher hatte Birons Rede kaum gezündet. Jetzt lehnte er sich vor, sein Ton wurde eindringlicher: »Wofür kämpft ihr? Wofür setzt ihr euer Leben aufs Spiel? Eine freie Galaxis, nicht wahr? Eine Galaxis, in der jede Welt entscheiden kann, welcher Weg der beste für sie ist, wo jeder Planet seine Reichtümer zu seinem eigenen Nutzen verwenden kann, niemandes Sklave, niemandes Herr ist. Habe ich recht?«

Ein gedämpftes Murmeln war die Antwort. Es mochte Zustimmung bedeuten. Begeisterung war jedoch keinesfalls daraus zu entnehmen.

»Und wofür kämpft der Autarch?« fuhr Biron fort. »Nur für sich selbst. Er ist Autarch von Lingane und möchte gern Autarch der Nebula-Königreiche werden. Ihr würdet also nur den Khan durch einen Autarchen ersetzen. Was für einen Sinn hätte das? Lohnt es sich, dafür zu sterben?«

»Es wäre wenigstens einer von uns und kein dreckiger Tyrann!« kam es aus der Zuhörerschaft.

Ein anderer rief: »Der Autarch wollte sich den Rebellen anschließen. Nennen Sie das Ehrgeiz?«

»Was verstehen Sie denn unter Ehrgeiz?« schrie Biron zurück. »Er wollte sich den Rebellen anschließen, jawohl, aber mit einer organisierten Streitmacht als Druckmittel. Er hatte Lingane hinter sich und außerdem, wie er glaubte, das Prestige eines Bündnisses mit den Henrici. Er war ziemlich davon überzeugt, daß er letzten Endes mit der Rebellenwelt machen könne, was er wolle. So sah sein Ehrgeiz aus!

Und wenn die Sicherheit der Freiheitsbewegung seinen eigenen Plänen zuwiderlief, zögerte er dann auch nur einen Moment, euer Leben seinem Ehrgeiz zu opfern? Mein Vater stand ihm im Wege. Mein Vater war ehrlich und freiheitsliebend. Außerdem war er beim Volk beliebt, darum wurde er verraten. Durch diesen Verrat hätte der Autarch die ganze Organisation zerschlagen und euch mit hochgehen lassen können. Wie kann es noch persönliche Sicherheit für euch geben, wenn euer Führer mit den Tyrannen gemeinsame Sache macht, sobald es ihm in den Kram paßt? Wer kann sich unter einem feigen Verräter sicher fühlen?«

»So ist es besser«, flüsterte Rizzett ihm zu. »Bleiben Sie dabei! Geben Sie ihnen Zunder!«

Wieder ertönte eine Stimme aus dem Hintergrund: »Der Autarch weiß aber, wo die Rebellenwelt ist. Wissen Sie es auch?«

»Darüber werden wir noch sprechen. Zunächst sollt ihr euch einmal überlegen, daß wir unter der Führung des Autarchen dem sicheren Untergang geweiht wären. Noch ist es Zeit, noch können wir uns retten, indem wir uns von ihm abwenden und einen besseren und anständigeren Weg beschreiten, der uns aus der Niederlage –«

»Es gibt nichts anderes als Niederlage für Sie, mein lieber junger Freund«, erklang eine gelassene Stimme hinter des Redners Rücken. Zu Tode erschrocken fuhr Biron herum.

Unter der Schiffsbesatzung entstand ein erregtes Durcheinander. Es hätte nicht viel gefehlt, und die fünfzig Mann hätten sich auf den Eindringling gestürzt, aber sie waren unbewaffnet zu der Versammlung gekommen. Rizzett hatte darauf bestanden. Im nächsten Moment drängte eine Abteilung tyrannischer Soldaten, die Waffen schußbereit im Anschlag, durch die verschiedenen Eingänge.

Simon Aratap, in jeder Hand eine Sprengpistole haltend, stellte sich dicht hinter Biron und Rizzett.

Wo?

Eingehend musterte Simon Aratap die vier Gesichter und versuchte, zu einem Urteil über die Charaktere derer zu kommen, die ihm gegenüber saßen. Es würde ein harter Kampf werden, obwohl er nun fast alle Fäden in der Hand hatte. Er war froh, daß Major Andros mit seinen Kreuzern nicht mehr da war.

Er selbst, sein Flaggschiff und seine Mannschaft genügten. Er haßte übertriebenen Aufwand.

»Hoheit, meine Herren«, begann er mit freundlicher Stimme, »das Schiff des Autarchen befindet sich unter dem Geleit von Major Andros bereits auf dem Wege nach Tyrann. Die Leute des Autarchen kommen vor Gericht, und falls sie schuldig gesprochen werden, erhalten sie die Strafe, die auf Hochverrat steht. Sie sind gewöhnliche Verschwörer und werden auch entsprechend behandelt. Was aber soll ich mit Ihnen machen?«

Neben ihm saß Henrik von Rhodia, das Gesicht gramzerfurcht. »Bedenken Sie, daß meine Tochter noch ein halbes Kind ist«, flehte er. »Sie ist gegen ihren Willen in die Sache verstrickt worden. Artemisia, sag dem Kommissar, daß du –«

»Ihre Tochter«, unterbrach ihn Aratap, »kann sicherlich auf Freispruch rechnen. Wie ich gehört habe, soll sie die Gattin eines hohen tyrannischen Hofbeamten werden. Das wird man bestimmt berücksichtigen.«

»Ich werde ihn heiraten«, sagte Artemisia, »wenn Sie auch alle übrigen freilassen.«

Biron wollte aufspringen, aber Aratap verwies ihn mit einer Handbewegung auf seinen Platz zurück.

Lächelnd wandte sich der tyrannische Kommissar an Artemisia: »Hoheit! Ich will zugeben, daß ich berechtigt bin, gewisse

Konzessionen zu machen. Aber ich bin nicht der Khan, sondern nur einer seiner Untertanen. Darum muß ich über jedes meiner Zugeständnisse Rechenschaft ablegen. Was haben Sie also anzubieten?«

»Meine Zustimmung zu dieser Heirat.«

»Darüber haben nicht Sie zu entscheiden. Ihr Vater hat es bereits getan, das genügt. Haben Sie sonst noch irgendwelche Vorschläge?«

Aratap wartete auf ein allmähliches Nachlassen des Widerstandswillens. Die Tatsache, daß er sich in seiner Rolle nicht sehr wohl fühlte, hinderte ihn nicht daran, sie gut zu spielen. Das Mädchen zum Beispiel mußte gleich in Tränen ausbrechen, was nicht ohne Wirkung auf den jungen Mann bleiben würde. Offensichtlich waren die beiden ineinander verliebt. Er ertappte sich bei dem Gedanken, ob der alte Pohang sie unter diesen Umständen noch würde haben wollen, und kam zu dem Schluß, daß es diesem Wüstling wahrscheinlich egal wäre. Der Alte machte noch immer ein gutes Geschäft dabei. Das Mädchen war übrigens recht attraktiv, stellte er nebenbei fest.

Und sie hielt sich ausgezeichnet. An einen Zusammenbruch war gar nicht zu denken. Aratap mußte ihr im stillen Anerkennung zollen. Sie schien einen eisernen Willen zu haben. Wahrscheinlich war Pohang gar nicht so sehr zu beneiden.

»Wollen Sie für Ihren Vetter ein gutes Wort einlegen?« fragte er Henrik.

Der Direktor bewegte tonlos die Lippen.

»Für mich braucht niemand zu bitten«, rief Gillbret dazwischen. »Ich will keinem Tyrannen zu Dank verpflichtet sein. Vorwärts! Lassen Sie mich erschießen!«

»Sie sind übererregt«, beschwichtigte ihn Aratap. »Sie wissen doch, daß Sie ohne Gerichtsverhandlung nicht erschossen werden können.«

»Er ist mein Vetter«, flüsterte Henrik.

»Auch das wird berücksichtigt werden. Trotzdem werden Sie, meine Herren vom Adel, eines Tages einsehen müssen, daß der Wert, den Sie für uns darstellen, seine Grenzen hat. Ich hoffe, Ihr Vetter hat das inzwischen begriffen, Exzellenz.«

Aratap war mit Gillbrets Verhalten zufrieden. Dieser Mann wünschte sich nichts sehnlicher als den Tod. Die Bürde des

Lebens war zu schwer für ihn. Ihn am Leben zu lassen, würde völlig genügen, um seinen Charakter zu brechen.

Nachdenklich musterte er Rizzett. Das war einer von den Leuten des Autarchen. Ihm war ein wenig unwohl bei diesem Gedanken. Zu Beginn der Jagd hätte er darauf schwören mögen, daß der Autarch nichts mit der ganzen Sache zu tun habe. Nun, es war ganz heilsam, hin und wieder einen Denkfehler zu machen. So etwas bewahrte vor Überheblichkeit.

»Sie sind also der Narr, der einem Verräter gedient hat«, sagte er zu Rizzett. »Sie hätten lieber zu uns kommen sollen.«

Rizzett errötete bis unter die grauen Haarwurzeln.

»Ihr guter Ruf als Offizier dürfte nunmehr dahin sein«, fuhr Aratap fort. »Da Sie nicht dem Adel angehören, können Sie auch kaum mit mildernden Umständen aus politischen Gründen rechnen. Ihre Gerichtsverhandlung wird in aller Öffentlichkeit stattfinden, und jedermann wird erfahren, daß Sie das Werkzeug einer Marionette waren. Keine erfreulichen Aussichten für Sie!«

»Vermutlich wollen Sie mir einen Vorschlag machen?« erwiderte Rizzett.

»Und der wäre?«

»Ein Gnadenakt des Khans zum Beispiel? Sie haben bis jetzt ja nur eine Handvoll von uns. Möchten Sie nicht alle übrigen Zusammenhänge erfahren?«

Aratap schüttelte den Kopf. »Nein. Wir haben ja noch den Autarchen als Informationsquelle. Und selbst wenn das nicht der Fall wäre, brauchten wir nur Lingane zu zerstören. Danach bliebe bestimmt von der ganzen Revolte nicht mehr viel übrig. Sie sehen also, wir zwei können kein Geschäft miteinander machen.«

Jetzt war der Junge an der Reihe. Ihn hatte sich Aratap bis zuletzt aufgehoben, weil er der Klügste von allen war. Aber seine Jugend konnte ihm zum Verhängnis werden. Junge Leute hatten meist nicht die nötige Geduld.

Biron wartete nicht ab, bis er gefragt wurde, sondern ging gleich selbst zum Angriff über. »Wie sind Sie uns auf die Spur gekommen? Hat *er* mit Ihnen Hand in Hand gearbeitet?«

»Der Autarch? In diesem Falle nicht. Meiner Ansicht nach hat er versucht, den Baum auf beiden Schultern zu tragen. Dazu war er aber viel zu ungeschickt, wie sein Ende beweist.«

Mit geradezu kindlichem Eifer fiel ihm Henrik ins Wort: »Die Tyrannen haben eine Erfindung, die es ihnen ermöglicht, Schiffe auch im Hyperraum zu verfolgen.«

»Euer Exzellenz«, wies ihn Aratap scharf zurecht, »ich wäre Ihnen sehr verbunden, wenn Sie sich jeglicher Zwischenrufe enthalten wollten.« Henrik fiel sofort in seine unterwürfige Haltung zurück.

Zwar konnte eine solche Bemerkung keinen Schaden mehr anrichten. Denn keiner von den vieren würde je wieder gefährlich werden können. Dennoch wollte es Aratap vermeiden, daß der Junge sich irgendwelche Rosinen in den Kopf setzte.

»Lassen Sie uns offen miteinander reden oder gar nicht«, begann Biron von neuem. »Sie haben uns nicht um unserer schönen Augen willen herbestellt. Warum befinden wir uns nicht, zusammen mit den anderen, auf dem Wege nach Tyrann? Weil Sie nicht wissen, wie Sie uns beseitigen sollen! Zwei von uns sind Henrici, ich bin ein Widemos. Rizzett ist ein bekannter Offizier der linganischen Flotte. Und Ihr fünfter Gefangener, der in Ihren Kreisen so geschätzte Feigling und Verräter, ist immerhin noch Autarch von Lingane. Keinen einzigen von uns können Sie um die Ecke bringen, ohne in den Königreichen, von Tyrann bis an die Grenze des Nebelgebiets einen Sturm der Entrüstung zu entfachen. Sie müssen unter allen Umständen zu einer Art Übereinkunft mit uns gelangen.«

»Sie haben nicht ganz unrecht«, entgegnete Aratap. »Lassen Sie mich Ihnen einen Plan entwickeln. Wir haben Sie aufgespürt, gleichgültig wie. Die reichlich übertriebene Phantasievorstellung des Direktors lassen wir dabei lieber aus dem Spiel. Sie haben bei drei Sternen haltgemacht, ohne auf einen Planeten zu landen. Erst beim vierten fanden Sie einen Planeten, wo Ihnen eine Landung ratsam erschien. Wir machten es Ihnen nach, beobachteten Sie und warteten unsere Zeit ab. Wir hatten das Gefühl, unser Warten könne sich lohnen, was ja auch der Fall war. Sie hatten einen Streit mit dem Autarchen. Die weithin vernehmliche Radioübertragung kam auch uns zugute. Wir konnten jedes Wort mithören.

Der Autarch sagte, daß nur noch ein intranebularer Planet vorhanden sei und daß sich dort die Rebellenwelt befinde. Das ist natürlich sehr interessant für uns. Eine Rebellenwelt! Sie können wohl verstehen, daß diese Nachricht meine Neugier erregt hat. Wo liegt also dieser fünfte und letzte Planet?«

Ein langes Schweigen trat ein, das Aratap mit keinem Wort unterbrach. Er setzte sich und betrachtete interessiert und ohne das geringste Anzeichen von Erregung die Gesichter seiner Gefangenen – eines nach dem anderen.

»Es gibt keine Rebellenwelt«, brach Biron schließlich als erster das Schweigen

»Sie haben demnach nichts gesucht?«

»Absolut nichts.«

»Machen Sie sich nicht lächerlich.«

Biron zuckte gleichgültig die Achseln. »Sie machen sich höchstens selbst lächerlich, wenn Sie eine andere Antwort erwarten.«

»Bedenken Sie bitte, daß diese Rebellenwelt der Mittelpunkt des Spinnennetzes sein muß«, drängte Aratap. »Sie zu finden ist der einzige Grund, weswegen ich Sie hierbehalten habe. Sie alle haben etwas zu gewinnen: Hoheit, ich könnte vielleicht diese Heirat rückgängig machen. Für Sie, Durchlaucht, ließe sich ein Laboratorium einrichten, wo Sie ungestört experimentieren könnten. Sie sehen, wir wissen mehr über Sie, als Sie ahnen.« Hastig wandte sich Aratap Rizzett zu. Wie peinlich! Hoffentlich fing dieser Gillbret nicht noch an zu flennen! »Oberst Rizzett, Ihnen würde die Demütigung einer Aburteilung vor einem Kriegsgericht und alle damit verbundenen Folgen erspart bleiben: Und Sie, Biron Farrill, könnten wieder in Ihre Rechte als Rancher von Widemos eingesetzt werden. Vielleicht würden wir sogar das Urteil gegen Ihren Vater aufheben.«

»Wollen Sie ihn wieder lebendig machen?«

»Wir werden seine Ehre wieder herstellen.«

»Seine Ehre beruht auf den Taten, die zu seiner Verurteilung und zu seinem Tode führten. Es liegt außerhalb Ihrer Macht, dieser Ehre etwas hinzuzufügen oder zu nehmen.«

Aratap ließ nicht locker. »Will nicht wenigstens einer von Ihnen vernünftig sein und mir sagen, wo diese Welt liegt, die Sie suchen? Wer es auch sei, er bekommt, was ich ihm versprochen habe. Alle übrigen werden verheiratet, eingesperrt, hingerichtet – jedenfalls so bestraft, wie es für jeden einzelnen am zweckmäßigsten ist. Ich warne Sie, ich kann notfalls auch sadistisch sein.«

Er machte eine Pause. »Nun, wer will sprechen? Niemand? Dann lasse ich den anderen holen. Sie haben Ihre letzte Chance verwirkt, und ich bekomme trotzdem die Informationen, die ich brauche.«

»Bemühen Sie sich nicht weiter, es ist zwecklos«, nahm Biron wieder das Wort. »Es gibt keine Rebellenwelt.«

»Der Autarch behauptet es aber.«

»Dann fragen Sie ihn doch.«

Aratap runzelte die Stirn. Der Junge trieb den Bluff entschieden zu weit.

»Ich möchte aber lieber mit einem von Ihnen verhandeln.«

»Sie haben es doch früher mit dem Autarchen so gut gekonnt. Halten Sie sich nur auch weiterhin an ihn. Sie haben nichts zu verkaufen, was wir Ihnen abzunehmen gewillt wären.« Biron blickte sich im Kreise seiner Gefährten um. »Stimmt's?«

Artemisia rückte näher zu ihm hin und drückte ihm stumm die Hand. Rizzett nickte kurz, und Gillbret murmelte: »Einverstanden!«

»Wie Sie wollen«, beendete Aratap das Gespräch und drückte auf einen Knopf.

Der rechte Arm des Autarchen ruhte in einer Schiene aus Leichtmetall, die magnetisch an einem metallenen Leibgurt befestigt war. Seine linke Gesichtshälfte war geschwollen und von einem Bluterguß dunkelblau gefärbt. Eine durch Bestrahlung frischverheilte Wunde zog sich als feuerrot gezackter Streifen mitten hindurch. Nachdem er seinen gesunden Arm mit einem Ruck aus der Pranke seines Begleiters, eines bewaffneten Leibwächters, befreit hatte, wandte er sich an Aratap mit der Frage: »Was wollen Sie von mir?«

»Das werden Sie gleich hören«, erwiderte der Kommissar gelassen. »Zunächst bitte ich Sie, sich Ihr Auditorium genau anzusehen. Da haben wir zum Beispiel den jungen Mann, den Sie gern ins Jenseits befördert hätten, der aber die Stirn hatte, am Leben zu bleiben, Sie zum Krüppel zu schlagen und alle Ihre Pläne zu durchkreuzen, obgleich Sie Autarch sind und er nur ein Verbannter auf der Flucht ist.«

Es war schwer zu sagen, ob sich in dem entstellten Gesicht des Autarchen etwas regte.

Aratap nahm sich auch nicht die Mühe, darauf zu achten.

Leidenschaftslos, beinahe im Ton eines unbeteiligten Berichterstatters, fuhr er fort: »Dann ist hier noch Gillbret von Henrici, der dem jungen Mann das Leben rettete und ihn auf Sie aufmerksam machte. Neben ihm sitzt Ihre Hoheit Artemisia, der Sie, wie ich gehört habe, in Ihrer so überaus charmanten Art den Hof gemacht haben, ohne viel damit zu erreichen, weil sie unbegreiflicherweise den jungen Bengel vorzuziehen scheint. Und zum Schluß wäre noch Oberst Rizzett zu erwähnen, Ihr Adjutant, der Ihr absolutes Vertrauen mit Verrat vergolten hat. Was schulden Sie diesen Leuten, Autarch?«

»Was wollen Sie von mir?« lautete die stereotype Gegenfrage.

»Eine Auskunft. Wenn ich sie von Ihnen erhalte, können Sie Autarch bleiben. Ihre früheren Gefälligkeiten uns gegenüber würden Ihnen am Hofe des Khans zugute gehalten werden. Andernfalls . . .«

»Andernfalls?«

»Andernfalls lasse ich mir die Auskunft von denen da geben. Dann können diese ihren Kopf retten, Sie dagegen werden hingerichtet. Darum fragte ich Sie, ob Sie diesen Leuten in irgendeiner Art verpflichtet seien. Denn sollten Sie unbegreiflicherweise starrköpfig sein, dann geben Sie Ihren Feinden nur die Möglichkeit, mit dem Leben davonzukommen!«

Der Autarch brachte ein schmerzverzogenes Lächeln zustande. »Unmöglich. Keiner von Ihnen kann seinen Kopf auf meine Kosten retten. Sie wissen nicht, wo die Welt liegt, die Sie suchen. Aber ich weiß es.«

»Ich habe noch nicht gesagt, was für eine Auskunft ich von Ihnen haben möchte, Autarch.«

»Es gibt nur eine!« Jontis Stimme klang rauh, beinahe unverständlich. »Sie versprechen mir also, daß ich in alle meine Rechte als Autarch von Lingane wieder eingesetzt werde, wenn ich Ihnen die Auskunft gebe?«

»Mit einigen Einschränkungen natürlich«, verbesserte ihn Aratap.

»Wenn Sie ihm glauben, häufen Sie nur Verrat auf Verrat, und zum Schluß werden Sie doch umgebracht!« schrie Rizzett dazwischen.

Der Wächter wollte auf Rizzett zuspringen, aber Biron kam ihm zuvor. Mit Gewalt schleppte er Rizzett auf seinen Sitz zurück. »Seien Sie kein Narr«, murmelte er. »Sie sehen doch, daß Sie nichts machen können.«

»Es geht mir weder um mein Amt noch um meine Person, Rizzett«, versetzte der Autarch. Dann wandte er sich wieder Aratap zu: »Werden diese Leute zum Tode verurteilt? Das müssen Sie mir auf jeden Fall versprechen.« In seinem entstellten Gesicht zuckte es grauenerregend: »Vor allen anderen der da!« Er wies mit dem Finger auf Biron.

»Diese Bedingung kann erfüllt werden.«

»Wenn ich sein Henker sein könnte, so wäre mir das Belohnung genug. Aber mir genügt auch die Gewißheit, daß er sterben und mit anhören muß, wie ich Ihnen die Auskunft gebe, die er Ihnen unter allen Umständen verheimlichen möchte. Die genauen Zahlen nach rho, theta und phi sind: 7352.43, 1.7836 und 5.2112. Damit können Sie die Position jener Welt innerhalb der Galaxis errechnen.«

»Das wär's also«, sagte Aratap und notierte sich die Zahlen.

Im selben Moment riß sich Rizzett von Biron los und stürzte sich mit dem Ruf: »Verräter! Verräter!« auf den Autarchen.

Biron versuchte ihn zurückzuhalten, verlor jedoch dabei das Gleichgewicht und fiel hin.

Mit wutverzerrtem Gesicht boxte Rizzett den Leibwächter nieder. Noch ehe jemand hinzuspringen konnte, hatte er dem Mann die Pistole entwunden. Mit Klauen und Zähnen verteidigte er sich gegen die ihn umringenden tyrannischen Soldaten. Biron drängte sich durch den Knäuel kämpfender Leiber, packte Rizzett an der Gurgel und versuchte, ihn zurückzuhalten.

»Verräter«, keuchte Rizzett, riß sich los und zielte auf den Autarchen, der vergeblich versuchte, ihm auszuweichen. Dann krachte ein Schuß. Gleich darauf wurde Rizzett entwaffnet und zu Boden geworfen.

Die rechte Schulter des Autarchen und die Hälfte seines Oberkörpers waren weggesprengt worden. Der Anblick des frei in der Magnetschiene baumelnden Unterarms war schauerlich. Einen Augenblick schien noch Leben in Jontis Augen zu flakkern, doch dann wurde der Blick starr und gläsern, und der verstümmelte Körper sackte zusammen.

Artemisia verbarg schwer atmend ihr Gesicht an Birons Brust. Biron zwang sich, einen letzten Blick auf den Mörder seines Vaters zu werfen, dann wandte auch er die Augen ab. Henrik, der ziemlich weit vom Schauplatz der Ereignisse entfernt in einer Ecke des Raumes saß, murmelte kichernd zusammenhangloses Zeug vor sich hin.

Nur Aratap war völlig ruhig geblieben. »Man entferne die Leiche!« befahl er.

Der Fußboden wurde kurze Zeit mit einem Heißluftgerät bestrahlt, worauf sämtliche Blutflecke verschwanden. Nur ein paar verkohlte Stellen waren noch zu sehen.

Die Soldaten stellten Rizzett wieder auf die Beine, der Biron sofort wütend anfuhr: »Warum mußten Sie sich einmischen? Beinahe hätte ich den Schweinehund verfehlt.«

»Sie sind Aratap auf den Leim gegangen, Rizzett«, wehrte ihn Biron verdrossen ab.

»Wieso? Immerhin habe ich dem Schuft den Garaus gemacht!«

»Genau das war beabsichtigt. Sie haben Aratap damit einen Gefallen getan.«

Rizzett schwieg. Auch Aratap sagte keinen Ton. Er hatte dem Wortwechsel mit einem gewissen Wohlwollen zugehört. Der Junge besaß einen scharfen Verstand.

»Wenn Aratap wirklich das mitbekommen hat, was er gehört zu haben vorgibt«, erklärte Biron dem verständnislos dreinblikkenden Rizzett, »dann mußte er auch wissen, daß er die gewünschte Auskunft nur von Jonti bekommen konnte. Es war doch klar, daß Aratap uns nur ausgequetscht hat, um uns durcheinanderzubringen, damit wir zu gegebener Zeit unüberlegt handelten. Bei Ihnen ist es ihm jedenfalls gelungen.«

»Eigentlich hatte ich damit gerechnet, daß Sie den Kopf verlieren würden«, warf Aratap mit sanfter Stimme ein.

»Ich hätte auf Sie geschossen«, erwiderte Biron grob. Dann wandte er sich wieder Rizzett zu: »Kapieren Sie denn nicht, daß der Autarch um keinen Preis am Leben bleiben sollte? Die Tyrannen sind Reptile. Für den dort war der Autarch nur noch als Informationsquelle wichtig, an eine Belohnung hat er von vornherein nicht im entferntesten gedacht. Aber er traute sich auch nicht, den Autarchen selbst um die Ecke zu bringen. Das haben Sie für ihn besorgt.«

»Ausgezeichnet«, lobte Aratap, »und meine Auskunft habe ich obendrein.« In der Ferne ertönten plötzlich Alarmsignale.

»Meinetwegen«, grollte Rizzett, »vielleicht habe ich ihm einen Gefallen getan, aber mir jedenfalls auch.«

»Nicht unbedingt«, belehrte ihn der Kommissar. »Die Analyse unseres jungen Freundes geht nämlich noch nicht tief genug. Sie haben soeben ein weiteres Verbrechen begangen. Solange Sie nur des Hochverrats gegen Tyrann angeklagt waren, handelte es sich politisch um eine ziemlich kitzlige Angelegenheit. Nun aber, nachdem Sie den Autarchen von Lingane ermordet haben, können Sie nach linganischem Gesetz angeklagt, verurteilt und hingerichtet werden. Tyrann bleibt dabei völlig aus dem Spiel. Das kommt uns sehr gelegen, denn –«

Stirnrunzelnd brach Aratap mitten im Satz ab. Der Alarm war an sein Ohr gedrungen. Verärgert über die Störung ging der Kommissar zur Tür und fragte den Soldaten, der davor Wache stand: »Was ist passiert?« Der Soldat salutierte vorschriftsmäßig. »Alarm, Exzellenz. Vorratsräume.«

»Feuer?«

»Bis jetzt ist noch nichts Näheres bekannt.«

Aratap machte auf dem Absatz kehrt und überfiel die anderen mit der Frage: »Wo ist Gillbret?«

Erst jetzt merkten sie, daß dieser das allgemeine Durcheinander dazu benutzt hatte, um unauffällig zu verschwinden.

Man fand ihn im Maschinenraum, zwischen den dort eingebauten Metallungetümen zusammengekauert. Alles Sträuben half ihm nichts, er wurde in die Kajüte des Kommissars zurückgeschleppt.

»Auf einem Schiff gibt es kein Entrinnen, Durchlaucht«, bemerkte Aratap kühl. »Auch der Alarm hat Ihnen nichts genützt. Die Aufregung, die er hervorruft, hält nur eine begrenzte Zeit an.«

»Ich glaube, wir können Schluß machen«, fuhr er, zu den anderen gewandt, fort. »Den von Ihnen gestohlenen Kreuzer, Farrill – mein Fahrzeug! –, haben wir an Bord. Er wird uns gute Dienste leisten, um die Rebellenwelt ausfindig zu machen. Wir begeben uns, sobald der Sprung berechnet worden ist, an die Stelle, die der leider allzu früh verstorbene Autarch bezeichnet hat. Damit steht uns ein Abenteuer bevor, das in unserer bequem gewordenen Zeit Seltenheitswert hat.«

Unwillkürlich mußte er an seinen Vater, den Welten erobernden Geschwaderführer, denken. Wie gut, daß er Andros weggeschickt hatte! Dieses Erlebnis wollte er mit keinem anderen teilen.

Gleich darauf wurde die Sitzung aufgehoben. Artemisia durfte ihren Vater begleiten. Rizzett und Biron wurden in entgegengesetzter Richtung abgeführt. Gillbret schlug laut schreiend um sich.

»Ich will nicht allein bleiben! Steckt mich nicht in Einzelhaft!«

Aratap seufzte. Der Großvater dieses Mannes war, wenn man den Geschichtsbüchern Glauben schenken durfte, ein hervorragender Herrscher gewesen. Ohne seinen Abscheu ganz verbergen zu können, befahl Aratap: »Stecken Sie einen der beiden anderen zu Seiner Durchlaucht in die Zelle.«

Es war Biron, dem dieses Los zufiel. Sie wechselten kein Wort miteinander, bis es auf dem Raumschiff ›Nacht‹ wurde, das heißt, als die Lichter zu einem schwachen Purpurrot verdämmerten. Diese Beleuchtung war gerade noch hell genug, daß die Wachen, die einander schichtweise ablösten, ihre Gefangenen auf dem Bildschirm im Auge behalten konnten, andererseits war für Biron und seine Gefährten jetzt wenigstens an Schlaf zu denken.

Jedoch Gillbret schlief nicht.

»Biron!« flüstere er. »Biron!«

»Was ist los? murmelte Biron schlaftrunken.

»Biron, ich hab's geschafft! Nun ist alles in Ordnung.«

»Versuchen Sie zu schlafen, Gil!«

Aber Gillbret ließ sich nicht beschwichtigen. »Ich hab's geschafft! Aratap mag gerissen sein, doch diesmal habe ich ihn überlistet. Ist das nicht amüsant? Machen Sie sich keine Sorgen mehr, Biron. Wirklich, Sie brauchen sich keine Gedanken zu machen. Ich habe alles geregelt.« In fieberhafter Aufregung rüttelte er den jungen Farrill wach.

»Was haben Sie eigentlich?« fragte Biron, sich die Augen reibend.

»Nichts. Gar nichts. Es ist alles in Ordnung. Ich hab's geschafft.« Gillbret lächelte wie ein kleiner Junge, der seinem Lehrer einen Streich gespielt hat.

»Was haben Sie geschafft?« Biron war aufgesprungen und

hatte den anderen bei den Schultern gepackt. »Los, antworten Sie mir!«

»Man hat mich im Maschinenraum gefunden«, sprudelte Gillbret hervor. »Sie dachten, ich wollte mich dort verstecken. Das stimmte aber gar nicht. Den Alarm für die Vorratsräume habe ich nur ausgelöst, um ein paar Minuten ungestört allein zu sein – ich brauchte ja nur wenige Minuten. Biron, ich habe die Hyperatommotoren gedrosselt.«

»Wie bitte?«

»Es war ganz leicht. Hat nur eine Minute gedauert. Die Tyrannen haben keine Ahnung davon. Sie werden's erst merken, wenn sie zum Sprung ansetzen, und dann ist's zu spät. Aller Heizstoff wird in einer Kettenreaktion zu Energie werden, und von dem Schiff, uns, Aratap und dem Wissen um die Rebellenwelt bleibt nur noch ein schmaler Kondensstreifen.«

Mit weit aufgerissenen Augen prallte Biron zurück. »Das haben Sie getan?«

»Ja.« Wankend schlug Gillbret die Hände vors Gesicht. »Wir alle werden dabei draufgehen, Biron. Ich habe keine Angst vor dem Sterben, aber ich kann nicht allein bleiben. Ich muß jemanden bei mir haben, und ich bin froh, daß Sie es sind. Es tut ja nicht weh. Ganz schnell wird alles vorüber sein. Es tut bestimmt nicht weh. Ganz bestimmt nicht!«

»Sie Narr! Sind Sie wahnsinnig?« brüllte Biron ihn an. »Aratap hätte höchstwahrscheinlich auch ohne diesen Blödsinn den kürzeren gezogen.«

Gillbret hörte ihm nicht zu. Er war viel zu sehr mit sich selbst beschäftigt.

Biron raste zur Tür. »Wache!« schrie er. »Wache!«

Waren es Stunden oder bloß Minuten, die er Zeit zum Handeln hatte?

Hier?

Dröhnend kam der Soldat den Korridor entlang. »Ruhe! Zurücktreten!« Seine Stimme klang scharf und drohend.

Auge in Auge standen sie einander gegenüber. Die kleinen Kabinen im untersten Deck des Schiffes, die als Gefängniszellen dienten, hatten keine Türen. Sie waren durch ein Kraftfeld zugesperrt. Biron konnte es mit der Hand fühlen. Zunächst gab es ein bißchen nach, als ob man Gummi bis an die Grenze des Möglichen dehnte, doch gleich darauf wurde es unnachgiebig wie Stahl.

Biron prickelte es in den Händen. Er wußte sehr wohl, daß dieses Kraftfeld, das niemand durchdringen konnte, so durchlässig wie Luft sein würde, wenn es sich um den Energiestrahl einer neuronischen Peitsche handelte. Und der Wächter hatte eine Peitsche in der Hand.

»Ich muß sofort Kommissar Aratap sprechen«, verlangte Biron.

»Deshalb machen Sie solchen Lärm?« Der Wachtposten war nicht besonders guter Laune. Nachtwachen übernahm niemand gern. Außerdem hatte er gerade eine Pechsträhne beim Kartenspiel. »Morgen früh können Sie sich melden lassen.«

»Die Angelegenheit duldet keinen Aufschub.« Biron war der Verzweiflung nahe. »Es ist sehr wichtig.«

»Trotzdem müssen Sie warten. Treten Sie zurück, sonst bekommen Sie die Peitsche zu schmecken!«

Aber Biron ließ nicht locker. »Dieser Mann hier ist Gillbret von Henrici. Er ist krank. Wenn ein Henrici auf einem tyrannischen Schiff stirbt, bloß weil Sie mich nicht mit Ihren Vorgesetzten sprechen lassen haben, dürften Sie hinterher der Dumme sein.«

»Was fehlt ihm?«

»Das weiß ich nicht. Sputen Sie sich gefälligst! Oder sind Sie lebensmüde?«

Eine Verwünschung murmelnd, trottete der Wächter davon.

Biron starrte ihm nach, bis die Gestalt in dem Dämmerlicht nicht mehr zu erkennen war. Er spitzte die Ohren, ob sich vielleicht am Maschinengeräusch feststellen ließe, daß die Energiezusammenballung einen vorzeitigen Sprung verursachte, aber er konnte nichts Außergewöhnlcihes hören.

Er kehrte zu Gillbret zurück. Sanft hob er dessen Kopf in die Höhe, so daß er ihm in die Augen sehen konnte. Gillbret erkannte ihn nicht. Sein Gesicht war angstverzerrt.

»Wer sind Sie?«

»Ich bin es – Biron. Geht es Ihnen wieder besser?«

Es dauerte eine Weile, bis Gillbret begriff. Endlich kam etwas Leben in seine Züge: »Biron? Ach ja, Biron! Beginnt jetzt der Sprung? Das Sterben tut nicht weh, Biron!«

Biron ließ Gillbrets Kopf wieder sinken. Es hatte keinen Sinn, dem Mann zu grollen. Nach all dem, was Gillbret glaubte annehmen zu müssen, hatte er eine heroische Tat begangen, zumal er der seelischen Belastung nicht gewachsen war.

Aber warum ließ man ihn, Biron Farrill, hier vergeblich warten? Warum durfte er nicht mit Aratap sprechen? Warum holte man ihn nicht? In ohnmächtiger Wut hieb er mit der Faust gegen eine Wand. Wenn es nur eine Tür gäbe, er hätte schon damit fertig werden wollen!

Doch gegen dieses verflixte Kraftfeld war nichts zu machen. Wieder rief er gebieterisch nach dem Wächter.

Schritte erklangen. Blitzschnell huschte Biron zu der trügerischen Öffnung, durch die es kein Entrinnen gab.

Der Wachtposten tauchte wieder auf, diesmal von einem Offizier begleitet. »Zurücktreten!« schnauzte der Soldat Biron an. »Hände hoch!«

Biron gehorchte. Die neuronische Peitsche war zu gefährlich.

»Sie haben nicht Aratap mitgebracht«, beschwerte er sich. »Ich will den Kommissar sprechen.«

»Wenn Gillbret von Henrici krank ist«, ergriff der Offizier das Wort, »brauchen Sie nicht den Kommissar, sondern einen Arzt.«

Ein bläuliches Flimmern zeigte an, daß der Kontakt des Kraftfeldes unterbrochen sei. Der Offizier betrat die Zelle, wobei Biron an den Schulterstücken feststellen konnte, daß der Mann tatsächlich Mediziner war.

Er versperrte dem Arzt den Weg und sprudelte aufgeregt hervor: »Hören Sie zu, das Schiff darf keinen Sprung machen. Ich muß unter allen Umständen den Kommissar sprechen. Verstanden? Sie sind Offizier. Lassen Sie ihn sofort wecken.«

Der Arzt wollte Biron beiseite schieben, doch dieser versetzte ihm einen kräftigen Hieb auf den Arm. Der Doktor stieß einen

Schmerzensschrei aus, dann herrschte er den Soldaten an: »Wache, schaffen Sie mir den Mann vom Hals!«

Biron duckte sich geistesgegenwärtig, als sich der Wächter auf ihn stürzen wollte. Krachend fielen beide zu Boden. So gut es ging, tastete sich Biron bis zu der Hand vor, deren Gelenk er umklammern mußte, um die Peitsche unschädlich zu machen. Während er noch mit dem Wächter rang, schielte er zu dem Offizier hinüber, der auf den Alarmknopf zueilen wollte. Biron erhaschte ihn mit der freien Hand am Fußknöchel. Der Arzt trat wild um sich und machte dadurch den Soldaten kampfunfähig, der sich schon fast aus Birons Umklammerung befreit hatte.

Mit der Kraft der Verzweiflung brachte Biron den Offizier zu Fall, wodurch die Peitsche der Hand des Soldaten entglitt.

Biron warf sich darüber, rollte ein Stück von den beiden anderen weg und richtete sich dann blitzschnell auf. Die Peitsche schwang er drohend in der Hand.

»Keinen Ton!« keuchte er. »Wagt es nicht, euch zu mucksen! Werft alles weg, was ihr bei euch habt!«

Der Wächter erhob sich taumelnd. Seine Uniform war zerrissen. Haßerfüllt starrte er Biron an, zog einen kurzen, metallschweren Platikknüppel aus der Tasche und warf ihn Biron vor die Füße. Der Arzt war unbewaffnet.

Biron hob den Knüppel auf. »Es tut mir leid«, sagte er. »Ich kann Sie weder fesseln noch knebeln, außerdem habe ich keine Zeit.«

Zweimal blitzte die Peitsche kurz auf. Erst sackte der Soldat, dann der Doktor zusammen. Beide boten einen grotesken Anblick. Völlig starr lagen sie am Boden.

Nun wandte sich Biron Gillbret zu, der mit ausdruckslosen, leeren Augen die Szene verfolgt hatte.

»Verzeihen Sie mir, Gil, aber es geht nicht anders«, bat Biron bekümmert, dann blitzte die Peitsche ein drittes Mal auf.

Das Kraftfeld war noch immer außer Betrieb, so daß Biron ungehindert den Korridor betreten konnte. Er begegnete niemandem. Es war eben ›Nacht‹ auf dem Raumschiff.

Jetzt konnte er keine Zeit damit vergeuden, Arataps Kajüte ausfindig zu machen. Er mußte auf schnellstem Wege in den Maschinenraum. Ein Mann in einem Arbeitsanzug hastete an ihm vorbei.

»Wann findet der nächste Sprung statt?« rief ihm Biron nach.

»In ungefähr einer halben Stunde«, entgegnete der Maschinist, ohne sich umzudrehen.

»Zum Maschinenraum geht es doch geradeaus?«

»Und dann die Rampe hinauf.« Plötzlich blieb der Mann stehen. »Wer sind Sie eigentlich?«

Biron antwortete nicht. Zum viertenmal trat die Peitsche in Aktion. Noch eine halbe Stunde.

Als er die Rampe emporstürmte, hörte er Stimmengewirr. Hier brannten die Lampen weiß, nicht dunkelrot. Ein kurzes Zögern, dann schob er die Peitsche in die Tasche. Im Maschinenraum waren alle so beschäftigt, daß man ihn wohl kaum beachten würde.

Rasch trat er ein. Wie Zwerge huschten die Männer um die riesigen Energie-Konverter herum. Der Raum starrte von Meßgeräten, Hunderttausenden von Augen, die ihre Informationen an jeden weitergaben, der in ihnen zu lesen verstand. Ein Schiff dieser Größe, beinahe so groß wie ein Passagierschiff, unterschied sich erheblich von dem winzigen Kreuzer, den er gesteuert hatte. Dort hatten alle Maschinen automatisch funktioniert. Hier, wo es so viele gab, daß eine ganze Stadt mit Strom hätte versorgt werden können, bedurften sie der Überwachung.

Biron befand sich jetzt auf einer Galerie, die um den ganzen Maschinenraum herumführte. In einer Ecke war ein kleiner Verschlag, worin zwei Männer hockten, die mit fieberhafter Eile Rechenmaschinen bedienten.

Während Maschinisten achtlos an ihm vorbeiliefen, hastete Biron auf den Verschlag zu.

Die beiden Kalkulatoren blickten von ihren Tabellen auf.

»Wo fehlt's?« fragte der eine. »Sie haben hier nichts zu suchen, gehen Sie wieder an Ihre Arbeit!« Er trug die Rangabzeichen eines Leutnants.

»Hören Sie«, rief Biron, »die Hyperatommotoren sind gedrosselt worden. Sie müssen sofort repariert werden.«

»Moment mal«, rief der zweite Kalkulator, »den Mann kenne ich doch. Natürlich! Es ist einer der Gefangenen: Halte ihn hier fest, Lancy!« Er sprang auf und wollte den Verschlag verlassen, aber Biron war mit einem Satz über den Schreibtisch hinweg, packte den Kalkulator am Gürtel und zog ihn in den Raum zurück.

»Sie haben recht«, sagte er, »ich bin einer der Gefangenen. Mein Name ist Biron von Widemos. Aber, was ich Ihnen erzählt habe, stimmt. Die Hyperatommotoren sind gedrosselt. Lassen Sie sofort nachsehen, wenn Sie mir nicht glauben.«

Der Leutnant fand sich unversehens einer neuronischen Peitsche gegenüber. »Das ist unmöglich«, erklärte er Biron. »Ohne Anweisung des diensttuenden Offiziers oder des Kommissars ist da nichts zu machen. Wir würden ja alle Berechnungen für den Sprung über den Haufen werfen, was eine stundenlange Verzögerung mit sich brächte.«

»Dann benachrichtigen Sie sofort Ihren Vorgesetzten, oder noch besser, lassen Sie den Kommissar holen.«

»Darf ich den Meldeapparat benutzen?«

»Ja, aber ein bißchen dalli, bitte!«

Der Leutnant streckte den Arm nach dem Apparat aus. Im nächsten Moment donnerte seine Faust auf einige Schaltknöpfe an seinem Schreibtisch. Überall auf dem Schiff heulten Alarmsirenen auf.

Birons Knüppel kam zu spät. Krachend sauste er auf des Leutnants Handgelenk nieder, jedoch das Warnsignal war nicht mehr rückgängig zu machen.

Von allen Seiten stürmten bewaffnete Soldaten zur Galerie hinauf. Biron raste aus dem Verschlag, warf einen raschen Blick in beide Richtungen, dann sprang er über das Geländer.

Er landete auf den Knien und rollte sich, so schnell er konnte, über den Fußboden. Er durfte kein Ziel abgeben. Ein Geschoß zischte an seinem Ohr vorbei, doch da befand er sich schon in Deckung hinter einer der Maschinen.

Mühsam richtete er sich auf. In seinem rechten Bein spürte er einen stechenden Schmerz. Die Galerie war ziemlich hoch, und hier, so nahe an der Außenwand des Schiffes, machte sich die Schwerkraft sehr bemerkbar. Auch Birons Knie waren fürchterlich zerschunden. Eine weitere Hetzjagd konnte er sich also nicht mehr leisten. Er mußte versuchen, von seinem jetzigen Standpunkt aus Herr der Lage zu werden.

»Stellt das Feuer ein, ich bin unbewaffnet«, schrie er. Knüppel und Peitsche flogen mitten in den Maschinenraum.

»Ich will euch ja nur warnen«, rief Biron aus Leibeskräften, um den Maschinenlärm zu übertönen. »Die Hyperatommotoren sind gedrosselt. Ein Sprung bedeutet für uns alle den Tod. Ich bitte euch nur, die Motoren zu überprüfen. Sollte ich mich irren, dann verzögert sich der Sprung um ein paar Stunden. Wenn das, was ich euch sage, aber stimmt, ist unser aller Leben gerettet.«

Irgendwo rief jemand: »Schnappt den Burschen!«

»Wollt ihr lieber euer Leben riskieren als meinen Rat befolgen?« Birons Stimme überschlug sich beinahe.

Er hörte das Getrappel vieler Füße und wich zurück. Dann glitt ein Soldat am Maschinenkörper wie auf einer Rutschbahn entlang – direkt auf ihn zu. Biron hielt den Atem an. Noch konnte er sich mit den Händen verteidigen ... Da ertönte plötzlich eine unnatürlich laute Stimme, die den Raum bis in den letzten Winkel durchdrang: »Alle sofort auf die Plätze zurück! Der Sprung wird verschoben. Hyperatommotoren sofort kontrollieren!«

Es war Aratap. Er sprach über den Schiffslautsprecher. Gleich darauf kam ein Befehl: »Der junge Mann wird zu mir gebracht!«

Biron ließ sich von vier Soldaten in die Mitte nehmen. Er versuchte fest aufzutreten, brachte aber nur ein klägliches Hinken zustande.

Aratap war nur halb angezogen. Sein Blick war ganz anders als sonst: verschwommen, blinzelnd, unsicher. Zum erstenmal fiel es Biron auf, daß der Kommissar Haftgläser trug.

»Sie haben ein ganz hübsches Durcheinander angerichtet, Farrill«, begrüßte ihn Aratap.

»Das war notwendig, um das Schiff zu retten. Bitte schaffen Sie mir die Soldaten vom Hals. Solange die Maschinen geprüft werden, habe ich bestimmt nicht die Absicht, mich von der Stelle zu rühren.«

»Diese Leute bleiben hier, bis ich Nachricht aus dem Maschinenraum habe.«

Schweigend warteten sie auf das Signal, während die Minuten viel zu langsam verrannen. Endlich leuchtete der Glasknopf mit der Aufschrift ›Maschinenraum‹ rot auf.

Aratap drückte auf den Kontakthebel. »Berichten Sie!«

Die Antwort kam schnell und präzis: »Hyperatommotoren der Reihe C vollkommen gedrosselt. Reparaturen bereits begonnen.«

»Lassen Sie den Sprung mit sechs Stunden Aufschub neu berechnen!« beendete Aratap das Gespräch.

»Sie hatten recht«, wandte er sich kühl an Biron.

Auf seinen Wink hin salutierten die Soldaten, machten auf dem Absatz kehrt und verließen im Gänsemarsch die Kajüte.

»Details, bitte«, forderte Aratap Biron auf.

»Während seines Aufenthalts im Maschinenraum kam Gillbret von Henrici der Gedanke, die Hyperatommotoren zu drosseln. Er hielt das für eine gute Idee. Der Mann ist für sein Handeln nicht verantwortlich und sollte unter keinen Umständen bestraft werden.«

Aratap nickte. »Seit Jahren schon steht er in dem Ruf, nicht für das verantwortlich gemacht werden zu können, was er tut. Dieser Teil der Ereignisse bleibt also unter uns beiden. Meine Neugier und mein Interesse gelten auch viel mehr den Gründen, die Sie veranlaßt haben, die Zerstörung des Schiffes zu verhindern. Wie ich Sie kenne, scheuen Sie doch nicht davor zurück, für eine gute Sache zu sterben?«

»Eine solche Sache gibt es aber nicht«, erklärte ihm Biron. »Eine Rebellenwelt existiert nicht. Das habe ich Ihnen bereits gesagt und möchte es in aller Form wiederholen. Lingane war das Zentrum des Widerstandes, wie sich inzwischen herausgestellt hat. Ich wollte den Mörder meines Vaters zur Verantwortung ziehen, Artemisia von Henrici hatte keine Lust, sich zu einer Ehe zwingen zu lassen, die ihr zuwider war. Na, und Gillbret ist eben übergeschnappt.«

»Der Autarch glaubte aber an das Vorhandensein jenes geheimnisvollen Planeten. Schließlich müssen seine Koordinaten doch etwas zu bedeuten haben.«

»Sein Glaube gründete sich auf den Traum eines Verrückten. Gillbret will vor zwanzig Jahren in dieser sagenhaften Rebellenwelt gewesen sein. Auf dieser Grundlage berechnete der Autarch die Positionen von fünf Planeten, die seiner Meinung nach als Sitz der Phantasie-Rebellenwelt in Frage kamen. Das Ganze ist völliger Blödsinn.«

»Dennoch macht mich etwas stutzig.«

»Und das wäre?«

»Sie geben sich allzu große Mühe, mich zu überzeugen. Auf jeden Fall werden wir den Sprung machen. Ich verlasse mich gern auf mein eigenes Urteil. Immerhin ist es nicht ausgeschlossen, daß einer von Ihnen in seiner Verzweiflung das Schiff gefährdet und der andere es rettet. Das wäre zwar eine komplizierte, aber nicht unwirksame Methode, mich davon abzuhalten, weiter nach der Rebellenwelt zu forschen. Ich müßte mir doch eigentlich sagen: Wenn es wirklich eine solche Welt gäbe, dann würde der junge Farrill das Schiff in die Luft gehen lassen, er ist jung und romantisch genug, den sogenannten Heldentod zu sterben. Da er aber sein Leben aufs Spiel gesetzt hat, um das Schiff zu retten, ist Gillbret wirklich verrückt, es gibt keine Rebellenwelt, und ich kann getrost umkehren, ohne weiter zu suchen. Können Sie mir folgen?«

»Durchaus. Ich verstehe Sie sehr gut.«

»Als unser Lebensretter würden Sie am Hofe des Khans mit Wohlwollen aufgenommen werden. Sie hätten also sich selbst und Ihrer Sache einen Dienst erwiesen. Nein, mein lieber Junge, so leichten Kaufes kommen Sie bei mir nicht davon! Wie gesagt, der Sprung findet statt.«

»Ich habe nicht das geringste dagegen.«

»Sie haben sich ausgezeichnet in der Gewalt. Schade, daß Sie kein gebürtiger Tyrann sind.«

Diese Bemerkung sollte ein Kompliment sein. »Leider muß ich Sie jetzt in Ihre Zelle zurückbringen – eine reine Vorsichtsmaßnahme«, beendete Aratap die Unterredung.

Biron nickte zustimmend.

Der Wächter, den Biron außer Gefecht gesetzt hatte, war nicht mehr da. Der Arzt jedoch beugte sich besorgt über den noch immer bewußtlosen Gillbret.

»Ist er noch nicht wieder zu sich gekommen?« fragte Aratap.

Der Arzt nahm sofort Haltung an und berichtete: »Die Auswirkungen der Peitsche haben nachgelassen, Herr Kommissar, aber der Mann ist nicht mehr jung und scheint einer großen seelischen Belastung ausgesetzt gewesen zu sein. Ich glaube kaum, daß er durchkommt.«

Biron stockte der Herzschlag. Ungeachtet der heftigen Schmerzen kniete er neben Gillbret nieder und berührte sanft dessen Schulter.

»Gil«, flüstere er. Angstvoll betrachtete er das weiße, schweißbedeckte Gesicht.

»Weg hier,. Sie sind mir im Wege!« knurrte der Arzt Biron an. Er zog ein schwarzes Etui aus der inneren Rocktasche.

»Ein Glück, daß Sie mir meine Spritzen nicht zerdroschen haben«, brummte er. Wieder beugte er sich über Gillbret. Die Nadel drang in die Vene, und die farblose Flüssigkeit verschwand langsam aus der Ampulle.

Gillbrets Lider begannen zu flattern. Dann schlug er die Augen auf. Blicklos starrte er eine Weile ins Leere. Als er endlich zu sprechen begann, brachte er nur ein Flüstern zustande. »Ich kann nichts sehen, Biron. Ich kann nichts sehen.«

»Schon gut, Gil«, tröstete ihn Biron. »Bleiben Sie ruhig liegen.«

»Ich will aber aufstehen!« Vergeblich versuchte Gillbret sich hochzurichten. »Biron, wann ist der Sprung?«

»Sehr bald.«

»Bleib hier! Ich will nicht allein sterben.« Schwach umklammerten seine Finger Birons Hand. Allmählich hörte der Druck ganz auf. Gillbrets Kopf sank zurück.

Der Arzt untersuchte ihn kurz, dann richtete er sich mit den Worten auf: »Zu spät! Er ist tot.«

Birons Augen füllten sich mit Tränen. »Verzeih, Gil«, murmelte er unhörbar, »du konntest es ja nicht ahnen.«

Die nächsten Stunden waren für Biron nahezu unerträglich. Aratap hatte ihn an Gillbrets Beisetzung nicht teilhaben lassen. Er wußte nur, daß Gillbrets Körper irgendwo auf dem Schiff in einen Atomofen geschoben und von dort in den Weltraum geblasen wurde, wo sich seine Atome auf ewig mit den winzigen Partikeln der interstellaren Materie vermischen konnten.

Artemisia und Henrik würden dabei sein. Ob sie ihn verstünden? Würde Arta begreifen, daß seine Tat unvermeidlich gewesen war?

Der Arzt hatte ihm ein Mittel injiziert, das die Heilung der Sehnenrisse beschleunigen sollte. Der Schmerz in den Knien hatte auch schon merklich nachgelassen. Doch was bedeutete schon physischer Schmerz! Den konnte man einfach ignorieren.

Er spürte genau, wie das Schiff zum Sprung ansetzte. Danach kam die schlimmste Zeit.

Bis dahin war er von der Richtigkeit seiner Analyse völlig überzeugt gewesen. Es *mußte* einfach so sein! Doch nun überfielen ihn Zweifel. Wenn sie nun wirklich ins Zentrum der Rebellenwelt vorstießen? In kürzester Zeit wäre Tyrann benachrichtigt, und eine riesige Flotte würde auslaufen. Dann müßte er sich noch in seiner Todesstunde den Vorwurf machen, daß es in seiner Hand gelegen hätte, diese Welt zu retten, während er sein Leben riskiert hatte, nur um sie zu zerstören.

In diesem schwärzesten Augenblick fiel ihm auch wieder das Dokument ein. Diese Aktion war ihm ebenfalls mißlungen.

Wie merkwürdig, daß der Gedanke an das Dokument von Zeit zu Zeit auftauchte und dann wieder in Vergessenheit geriet. Auf einmal war diese verrückte, intensive Suche nach der Rebellenwelt entstanden und hatte das geheimnisvoll verschwundene Dokument ganz in den Hintergrund gedrängt.

Hatten sich die Akzente verschoben?

Seltsam war es auch, daß Aratap mit einem einzigen Schiff bis zur Rebellenwelt vorstoßen wollte. Woher nahm er diesen Wagemut? Der Autarch hatte behauptet, das Dokument sei schon vor Jahren verschwunden. Wer hatte es nun?

Vielleicht die Tyrannen. Der Besitz dieses Geheimnisses mochte es ihnen erlauben, mit einem einzigen Schiff eine ganze Welt zu vernichten.

Eine endlos lange Zeit verging, ehe Aratap die Zelle betrat. Biron erhob sich.

»Wir haben den bewußten Stern erreicht«, verkündete ihm Aratap. »Die Koordinaten des Autarchen haben gestimmt.«

»Und?«

»Es lohnt sich nicht, nach Planeten Ausschau zu halten. Meine Astrogatoren haben mir berichtet, daß dieser Stern seit knapp einer Million Jahren erloschen ist. Wenn er also Planeten gehabt haben sollte, existieren sie schon längst nicht mehr.«

»Dann . . .«, stammelte Biron.

»Sie haben also recht behalten. Es gibt keine Rebellenwelt.«

Bei aller Gelassenheit konnte Aratap sich nicht eines leisen Bedauerns darüber erwehren, daß sich die Rebellenwelt als eine Fata Morgana erwiesen hatte. Während der letzten Wochen hatte er sich ganz in die Rolle seines Vaters eingelebt. Auch er, Aratap, war Geschwaderchef gewesen und gegen die Feinde des Khans gezogen.

Aber er lebte eben in einer degenerierten Zeit, in der es keine Rebellenwelten mehr gab. Die Feinde des Khans waren ausgetilgt. Neue Welten waren nicht mehr zu gewinnen. Ihm blieb nichts anderes übrig, als weiterhin Kommissar zu sein, kleine unbedeutende Streitereien zu schlichten. Das war alles.

Jedoch Bedauern half nichts. Es war unnötiger Gefühlsaufwand.

»Sie haben, wie gesagt, recht behalten. Es gibt keine Rebellenwelt«, nahm Aratap das Gespräch wieder auf.

Er setzte sich und forderte auch Biron mit einer Handbewegung auf, Platz zu nehmen. »Ich möchte mit Ihnen reden.«

Es war knapp einen Monat her, seit er den Jungen zum erstenmal gesehen hatte, wunderte sich Aratap im stillen. Biron war älter geworden, weit mehr als einen Monat! Er schien keine Furcht mehr zu haben. Aratap stellte auch bei sich Anzeichen von Dekadenz fest. Jetzt begannen einige Tyrannen schon, er selbst nicht ausgenommen, eine gewisse Zuneigung gegen Angehörige der Satellitenwelten zu entwickeln.

»Ich gedenke, den Direktor und seine Tochter noch heute nach Rhodia zurückzuschicken«, sagte er bedächtig. »Politische Erwägungen lassen diesen Schritt als notwendig erscheinen. Wären Sie bereit, die beiden auf der ›Unverzagt‹ heimzubringen?«

»Soll das heißen, daß Sie mich freilassen?«

»Ja.«

»Warum?«

»Sie haben mein Schiff und mein Leben gerettet.«

»Ich glaube kaum, daß persönliche Dankbarkeit für Ihre Handlungsweise ausschlaggebend sein dürfte.«

Aratap hätte beinahe laut gelacht. Der junge Bengel gefiel ihm immer besser. »Dann will ich Ihnen einen anderen Grund nennen. Solange ich eine gewaltige Verschwörung gegen den

Khan aufzudecken hoffte, waren Sie gefährlich. Sowie sich diese Verschwörung als null und nichtig erwies und es sich herausstellte, daß es sich nur um eine linganische Intrige handelte, deren führender Kopf nicht mehr existiert, bilden Sie keine Gefahr mehr. Im Gegenteil, jetzt wäre es gefährlich, Sie oder die linganischen Gefangenen zu Märtyrern zu stempeln.

Die Verhandlungen fänden vor linganischen Gerichtshöfen statt, was bedeutet, daß wir sie nicht unter absoluter Kontrolle hätten. Unvermeidlich käme dabei die sogenannte Rebellenwelt zur Sprache, und obgleich es keine gibt, wäre sie bald in aller Leute Munde. Damit lieferten wir aber nur den von uns beherrschten Welten Zündstoff für künftige Revolten. Mit anderen Worten: Das Tyrannenreich wäre für die nächsten Jahrzehnte vor einer Rebellion nie sicher.«

»Sie wollen uns alle auf freien Fuß setzen?«

»Mit gewissen Einschränkungen, da keiner von Ihnen wirklich vertrauenswürdig ist. Mit Lingane wissen wir auf jeden Fall fertigzuwerden. Der nächste Autarch wird etwas festere Bindungen an den Khan eingehen müssen als sein Vorgänger. Lingane kann nicht mehr den Status eines Alliierten einnehmen. Auch auf das linganische Gerichtswesen werden wir ein besseres Augenmerk haben als bisher. Die derzeitigen Hauptverschwörer schicken wir ins Exil, und zwar auf Planeten, die etwas näher bei Tyrann liegen als Lingane. Dort können sie kaum nennenswerten Schaden anrichten. Sie zum Beispiel dürfen nicht nach Nephelos zurückkehren, und den Gedanken an Ihre Baronie schlagen Sie sich besser gleich aus dem Kopf. Sie bleiben auf Rhodia, Oberst Rizzett ebenfalls.«

»Einverstanden«, erwiderte Biron. »Was wird aber aus Artemisia von Henricis Heirat?«

»Haben Sie etwas dagegen?«

»Es ist Ihnen vielleicht nicht entgangen, daß sie und ich einander zu heiraten beabsichtigten. Sie haben damals gesagt, es gäbe eine Möglichkeit, die tyrannischen Pläne zu annullieren.«

»Bei jener Gelegenheit handelte es sich um eine Art Tauschgeschäft. Außerdem gibt es ein Sprichwort, wonach die Versprechen von Liebhabern und Diplomaten nicht allzu ernst zu nehmen sind.«

»Es gibt aber einen Weg, Herr Kommissar! Man braucht nur dem Khan begreiflich zu machen, daß ein einflußreicher Höfling, der in die königliche Familie eines eroberten Planeten einheiratet, eines Tages den Ehrgeiz entwickeln könnte, von dort aus eine Revolte anzuzetteln. Ein Tyrann mit großen Rosinen im Kopf kann ebenso gefährlich werden wie ein linganischer Abenteurer.«

Diesmal gab sich Aratap keine Mühe, sein Lachen zu verbergen. »Sie argumentieren, als hätten Sie's von uns gelernt. Aber Ihr Plan ist leider undurchführbar. Darf ich mir erlauben, Ihnen einen Rat zu geben?«

»Bitte!«

»Heiraten Sie das Mädel so schnell wie möglich. An einer vollendeten Tatsache läßt sich schwerlich etwas ändern. Es wird sich schon eine andere Frau für Pohang finden lassen.«

Nach kurzem Zögern streckte Biron dem Kommissar die Hand hin. »Vielen Dank, Exzellenz!«

Aratap ergriff die dargebotene Hand und schüttelte sie kräftig. »Mir ist Pohang ohnehin nicht sonderlich sympathisch. Eines möchte ich Ihnen allerdings noch mit auf den Weg geben: Lassen Sie sich nicht selbst zu ehrgeizigen Träumen hinreißen. Obwohl Sie die Tochter des Direktors mit meinem Segen heiraten mögen, der Nachfolger des Direktors werden Sie nicht. Sie sind nicht unser Typ.«

Aratap beobachtete das Entschwinden der ›Unverzagt‹ auf dem Bildschirm. Er war mit sich zufrieden. Der Junge war jedenfalls frei. Eine entsprechende Nachricht über den subätherischen Funk war bereits nach Tyrann unterwegs. Major Andros würde zweifellos einem Schlaganfall nahe sein. Außerdem gab es bestimmt nicht wenige am tyrannischen Hof, die seine, Arataps, Abberufung als Hochkommissar forderten. Wenn es gar nicht anders ginge, würde er eben nach Tyrann reisen und um eine Sonderaudienz beim Khan nachsuchen müssen. Danach sähe der König aller Könige bestimmt ein, daß eine andere Lösung gar nicht möglich gewesen wäre. Mit den Hofintriganten wollte Aratap schon fertigwerden.

Auf der ›Unverzagt‹ hockte Rizzett vor dem Bildschirm und sah dem entschwindenden Flaggschiff nach. »Hätte nie gedacht, daß er uns freilassen würde«, sagte er zu Biron. »Wenn alle Tyrannen wären wie er, dann würde ich mir's vielleicht sogar überlegen, in ihrer Flotte zu dienen. Irgendwie regt mich das Ganze auf. Man hat doch so seine Vorstellungen von den Tyrannen, und dieser Aratap paßt einfach nicht in das Bild hinein. Glauben Sie, daß er mithören kann, was wir reden?«

Biron schwenkte den Pilotensitz herum und sah Rizzett an. »Nein. Keinesfalls. Er kann uns zwar durch den Hyperraum folgen, wie sich gezeigt hat, aber einen Abhörstrahl für diese Entfernung gibt es noch nicht. Erinnern Sie sich doch: Als er uns erwischt hatte, wußte er nur, was er schon auf dem vierten Planeten wußte.«

Artemisia betrat den Pilotenraum und legte den Finger an die Lippen. »Nicht so laut«, bat sie. »Ich glaube, Henrik schläft jetzt. Nun dauert es doch nicht mehr lange, bis wir in Rhodia sind, nicht wahr, Biron?«

»Nur ein Sprung, und wir haben es geschafft, Arta. Aratap hat alles für uns berechnen lassen.«

Rizzett verschwand unter dem Vorwand, sich die Hände waschen zu wollen.

Sowie er die Tür hinter sich zugemacht hatte, lagen sich die beiden in den Armen. »Ich liebe dich sehr«, sagte sie.

Und er erwiderte: »Ich kann es einfach nicht in Worte fassen, wie sehr ich dich liebe.« Der Rest der Unterhaltung war ebensowenig originell, aber beglückend.

Nach einer Weile fragte Biron: »Wird er uns vor der Landung noch trauen?«

Artemisia zog ein wenig die Stirn kraus. »Ich habe ihm begreiflich zu machen versucht, daß er Direktor und Kapitän dieses Schiffes sei und daß die Tyrannen ihm nichts dreinzureden hätten, ich weiß aber nicht, ob er mir überhaupt zugehört hat. Er ist ganz durcheinander. Völlig verändert, Biron. Wenn er sich ein bißchen ausgeruht hat, versuche ich's noch mal.«

Biron lachte leise. »Mach dir keine Sorgen. Er wird schon seine Zustimmung geben.«

Rizzett kündigte seine Wiederkehr durch einen entsprechend energischen Schritt an. »Hätten wir bloß noch den Anhänger! In diesem Käfig wagt man ja kaum zu atmen.«

»In ein paar Stunden sind wir in Rhodia.«

»Ich weiß«, grollte Rizzett. »Und dort bleiben wir bis an unser Lebensende. Ich will mich nicht beklagen, immerhin kann ich froh sein, daß ich noch am Leben bin. Aber alles in allem ist es doch ein sinnloses Ende.«

»Wer spricht von einem Ende?« fragte Biron ruhig.

Rizzett hob erstaunt den Kopf. »Meinen Sie, daß wir noch einmal von vorn beginnen sollten? Das dürfte unmöglich sein. Jedenfalls für mich, für Sie vielleicht nicht. Ich bin schon zu alt, um diesen Mut abermals aufzubringen. Lingane wird jetzt gleichgeschaltet. Ich werde es nie wiedersehen. Das bekümmert mich wohl am meisten. Ich bin nun einmal dort geboren und habe den größten Teil meines Lebens auf diesem Planeten verbracht. Anderswo werde ich mich kaum noch eingewöhnen können. Sie sind noch jung, Sie werden Nephelos bald vergessen haben.«

»Das Leben hat mehr zu bieten als einen Heimatplaneten, Tedor. Es war unser Unglück in den vergangenen Jahrhunderten, daß wir diese Tatsache außer acht gelassen haben. *Alle* Planeten sollten unsere Heimat sein!«

»Sie mögen recht haben. Hätte es eine Rebellenwelt gegeben, dann könnte ich mich vielleicht für diesen Gedanken begeistern.«

»Es *gibt* eine Rebellenwelt, Tedor!«

»Lassen Sie das, Biron, ich bin im Moment zu solchen Scherzen nicht aufgelegt«, erwiderte Rizzett scharf.

»Einen so geschmacklosen Scherz brauchen Sie mir nicht zuzutrauen. Es gibt diese Welt, und ich weiß auch, wo sie liegt. Leider bin ich nicht schon vor Wochen auf den Gedanken gekommen, obwohl die Schlußfolgerung ziemlich nahelag. Erst nach dem Boxkampf mit Jonti auf dem vierten Planeten ist mir alles blitzartig klargeworden. Erinnern Sie sich seiner Worte, als er behauptete, wir würden ohne ihn den fünften Planeten niemals finden?«

»Genau weiß ich es nicht mehr, was er faselte.«

»Aber ich. Er sagte: ›Auf jeden Stern entfallen durchschnittlich siebzig Kubiklichtjahre. Wenn Sie ohne mich experimentieren, besteht die Möglichkeit von eins zu zweihundertfünfzig Trillionen, daß Sie innerhalb eines Umkreises von einer Milliarde Kilometern in die Reichweite jedes beliebigen Sternes geraten.‹ Jedes beliebigen Sternes! Da hat's bei mir gefunkt.«

»Bei mir funkt es nicht«, bemerkte Rizzett trocken.

Auch Artemisia blickte Biron fragend an. »Ich habe bis jetzt noch kein Wort von alledem verstanden.«

»Merkt ihr denn nicht, daß Gillbret sich hat irreführen lassen? Denkt doch nur an seine Geschichte. Der Meteor kam, änderte die Schiffsroute, und nachdem alle vorkalkulierten Sprünge stattgefunden hatten, befand sich der Kasten innerhalb eines Sonnensystems. Ein Zufall ist dabei mehr als unwahrscheinlich.«

»Also waren es Hirngespinste eines Verrückten, und eine Rebellenwelt existiert nicht.«

»Es gibt auch noch eine andere Lösung, die durchaus denkbar ist. In der Tat ist eine ganze Reihe von Umständen möglich, die eine Landung innerhalb eines Sternensystems unvermeidlich machten.«

»Heraus mit der Sprache!«

»Ihr erinnert euch der Argumente des Autarchen: Die Maschinen des Schiffes wurden nicht beschädigt, dadurch ist die Länge der Sprünge nicht beeinträchtigt worden. Nur die Richtung war eine andere, so daß einer der fünf Sterne tief im Nebelgebiet angeflogen wurde. Die Unrichtigkeit dieser Schlußfolgerung hätte uns eigentlich gleich auffallen müssen.«

»Und die Alternative?«

»Weder die Sprünge noch die Richtung wurden verändert. Die Ansicht des Autarchen beruhte auf einer Hypothese. Wenn nun aber das Schiff einfach seinen ursprünglichen Kurs beibehalten hätte? Es hatte ein bestimmtes Sonnensystem zum Ziel, und das wurde auch erreicht. Aus.«

»Aber dieses Sonnensystem wäre doch . . .«

» . . . Rhodia gewesen. Sehr richtig. Also flog das Schiff nach Rhodia. Ist das zu einfach, um einleuchtend zu sein?«

»Dann wäre ja die Rebellenwelt bei uns daheim! Das ist unmöglich«, rief Artemisia.

»Warum unmöglich? Sie befindet sich bestimmt irgendwo im rhodianischen System. Es gibt zwei Möglichkeiten, etwas zu verbergen. Entweder wählt man einen ganz außer Reichweite liegenden Ort, wie zum Beispiel den Pferdekopfnebel, oder man versteckt das, was die anderen nicht finden sollen, direkt vor deren Nase.

Was hat sich denn zugetragen, nachdem Gillbret gelandet war? Er wurde lebendig nach Rhodia zurückverschifft. Nach seiner Theorie geschah das, damit die Tyrannen keine große Suchaktion nach dem Schiff starteten. Aber warum ließ man ihn am Leben? Wäre das Schiff mit Gillbrets Leiche an Bord zurückgekehrt, der Zweck wäre genauso erfüllt gewesen. Außerdem hätte dann nicht die Gefahr bestanden, daß Gillbret den Mund nicht hätte halten können. Auch diese Tatsache läßt sich nur so erklären, daß die Rebellenwelt zum rhodianischen System gehören muß. Gillbret war ein Henrici, und wo hätte man mehr Respekt vor dem Leben eines Henrici als auf Rhodia?«

»Wenn das, was du behauptest, Biron, wahr wäre, dann befände sich Vater ja in einer schrecklichen Gefahr.«

»Das ist schon seit zwanzig Jahren der Fall«, entgegnete Biron, »allerdings etwas anders, als du denkst. Gillbret hat mir einmal erzählt, wie schwierig es sei, den Dummkopf und Versager zu mimen, daß man diese Rolle auch Freunden gegenüber und sogar, wenn man allein sei, durchhalten müsse. Bei ihm, dem armen Kerl, war das natürlich mehr oder weniger Selbstbetrug. Er hat seine Rolle gar nicht spielen können. Wie oft ist er dir gegenüber aus der Rolle gefallen, Arta, vom Autarchen ganz zu schweigen. Selbst mich zog er nach verhältnismäßig kurzer Bekanntschaft ins Vertrauen. Trotzdem halte ich es für möglich, daß man eine solche Rolle überzeugend spielen kann, wenn dazu ein ausreichender Grund vorliegt. In dem Fall ist es sogar denkbar, daß ein Mann seine nächsten Angehörigen, sagen wir, seine Tochter, täuschen könnte – daß er einer widerwärtigen Heirat zustimmte, um sein Lebenswerk nicht zu gefährden, wofür er das uneingeschränkte Vertrauen der Tyrannen braucht –, daß er in Kauf nähme, für einen trottelhaften Schwächling zu gelten –«

»Du willst doch damit nicht etwa sagen . . .«

»Eine andere Erklärung gibt es nicht, Arta. Seit mehr als zwanzig Jahren ist er Direktor. Während dieser Zeit ist Rhodia ständig territorial verstärkt worden, weil die Tyrannen Rhodias sicher zu sein glaubten. Seit zwanzig Jahren hat er, ohne den geringsten Verdacht der Tyrannen zu erregen, den Widerstand organisiert.«

»Das ist eine genauso gefährliche Hypothese, Biron, wie die andere, der wir nachgejagt sind«, gab Rizzett zu bedenken.

»Es ist keine Hypothese«, widersprach ihm Biron. »Während

jener letzten Auseinandersetzung habe ich Jonti an den Kopf geworfen, daß er und nicht der Direktor der Verräter gewesen sein müsse, weil mein Vater niemals so töricht gewesen wäre, dem Direktor etwas so Bedeutungsvolles anzuvertrauen. Es verhielt sich aber ganz anders – und das wußte ich damals schon –, nämlich so, daß mein Vater tatsächlich offen mit dem Direktor gesprochen hat. Gillbret hat aus diesem Gespräch erfahren, daß Jonti eine Verschwörung anzetteln wollte.

Jedes Ding hat bekanntlich zwei Seiten. Wir glaubten, mein Vater habe für Jonti gearbeitet und sei bestrebt gewesen, den Direktor für die Pläne des Autarchen zu gewinnen. Ist es nicht ebenso möglich, ja, sogar noch viel wahrscheinlicher, daß er mit dem Direktor zusammenarbeitete und daß seine Aufgabe darin bestand, innerhalb Jontis Organisation dafür zu sorgen, daß ein vorzeitiger Aufstand auf Lingane nicht die ganze Rebellenwelt und damit zwei Jahrzehnte sorgfältigster Planung und Vorbereitung vernichtete?

Warum, glaubt ihr wohl, habe ich alles daran gesetzt, Arataps Schiff zu retten, als Gillbret die Motoren gedrosselt hatte? Nicht meinetwegen. Damals war noch nicht daran zu denken, daß Aratap mich freilassen würde. Nicht einmal so sehr deinetwegen Arta. Der Direktor sollte am Leben bleiben. Er war der wichtigste von uns allen. Der arme Gillbret hat das nicht begriffen.«

»Es tut mir leid«, erklärte Rizzett kopfschüttelnd, »ich kann das einfach nicht glauben.«

»Es stimmt aber«, erklang es von der Tür her, in deren Rahmen plötzlich der Direktor stand. Es war der allen dreien bekannte, hochgewachsene Mann mit den traurigen Augen. Aber seine Stimme war eine ganz andere: klar und selbstsicher.

Artemisia eilte auf ihn zu. »Vater, Biron behauptet . . .«

»Ich habe gehört, was Biron gesagt hat.« Sanft strich er ihr übers Haar. »Es stimmt genau. Ich hätte sogar deine Heirat zugelassen.«

Völlig verwirrt trat Artemisia einen Schritt zurück. »Du bist so verändert, gar nicht als ob . . .«

». . . ich dein Vater wäre«, ergänzte er bekümmert. »Es wird auch nicht lange so bleiben, Arta. Sobald wir in Rhodia sind, werde ich wieder so sein, wie du mich kennst. Damit wirst du dich abfinden müssen.«

Rizzett starrte den Direktor mit aufgerissenen Augen an. Sein rosiges Gesicht war aschgrau geworden, beinahe so grau wie sein Haar. Biron wagte kaum zu atmen.

»Kommen Sie her, Biron«, forderte Henrik ihn auf.

Der Direktor legte dem jungen Widemos die Hand auf die Schulter: »Vor nicht allzulanger Zeit war ich bereit, Ihr Leben zu opfern, Biron. Dieser Fall könnte sich wiederholen. Bis zu einem bestimmten Tag kann ich keinen von euch schützen. Ich muß der bleiben, als der ich immer gegolten habe. Könnt ihr das verstehen?«

Alle drei nickten.

»Unglücklicherweise ist uns großer Schaden zugefügt worden«, fuhr Henrik fort. »Vor zwanzig Jahren war ich meiner Aufgabe noch nicht so gewachsen wie jetzt. Ich hätte Gillbret töten lassen sollen, brachte es aber nicht übers Herz. Deshalb ist jetzt bekannt geworden, daß es eine Rebellenwelt gibt und daß ich an ihrer Spitze stehe.«

»Das wissen doch nur wir drei«, meinte Biron.

Henrik lächelte bitter. »Das denken Sie, weil Sie noch jung sind. Halten Sie Aratap für weniger intelligent, als Sie es sind? Die Schlußfolgerungen, die Sie gezogen haben, gründen sich auf Tatsachen, die ihm ebenso bekannt sind wie Ihnen. Und er kann genauso logisch denken wie Sie. Er ist nur älter und vorsichtiger, außerdem trägt er eine große Verantwortung. Darum will er seiner Sache absolut sicher sein.«

Biron war blaß geworden. »Dann muß ich Rhodia also verlassen?«

»Nein. Das wäre viel zu auffällig. Sie bleiben bei mir. Dadurch erhöhen wir die Ungewißheit der anderen. Meine Pläne sind fast fertig. Vielleicht können wir in einem Jahr oder sogar noch früher losschlagen.«

»Verzeihen Sie, Exzellenz, aber da ist noch ein Punkt, der Ihnen nicht bekannt sein dürfte. Ich meine jenes Dokument . . .«

»Wonach Ihr Vater Sie forschen ließ?«

»Ja.«

»Ihr Vater, mein lieber Junge, war nicht in alles eingeweiht. Das war aus Sicherheitsgründen nicht möglich. So kam es, daß er in meiner Bibliothek einen Hinweis auf das Dokument entdeckte. Es gereicht ihm zur Ehre, daß er sofort dessen außerordentliche Bedeutung erkannte. Hätte er mich gefragt, so hätte ich ihm sagen können, daß es sich nicht auf der Erde befinde.«

»Ja. Ich bin überzeugt, daß die Tyrannen es haben.«

»Keineswegs. Ich habe es. Schon seit zwanzig Jahren. Es war der eigentliche Anlaß zum Aufbau der Rebellenwelt. Denn erst, als ich es gelesen hatte, war ich sicher, daß unser Sieg von Dauer sein würde.«

»Es handelt sich also um eine Waffe?«

»Um die stärkste Waffe im ganzen Universum. Sie wird sowohl die Tyrannen als auch uns vernichten, aber die Nebula-Königreiche werden gerettet werden. Ohne diese Waffe könnten wir vielleicht die Tyrannen schlagen, aber wir würden nur eine Feudalherrschaft durch eine andere ersetzen. Und eines Tages erginge es uns nicht anders als den Tyrannen. Wir gehören auf denselben Abfallhaufen überlebter politischer Systeme wie die Tyrannen. Die Zeit der Reife ist gekommen wie einst auf dem Planeten Erde. Diese Zeit wird eine Regierungsform mit sich bringen, wie es sie in der Galaxis noch nicht gegeben hat. Alle Khane, Autarchen, Direktoren und Rancher gehören zum alten Eisen.«

»Beim All!« konnte Rizzett nicht länger an sich halten. »Wer soll denn regieren?«

»Die Völker.«

»Die Völker? Wie könnten sie? Sie müssen doch jemanden haben, der für sie entscheidet.«

»Auch dafür gibt es eine Lösung. Auf dem Stück Papier, das ich besitze, steht genau, wie man es auf einem kleinen Abschnitt der Erde gemacht hat. Diese Methode ist auf die ganze Galaxis anwendbar.«

Der Direktor lächelte. »Kommt, Kinder, ich will noch die Trauung vornehmen.«

Biron ergriff Artemisia, die glücklich lächelnd zu ihm aufblickte, bei der Hand. Eine plötzliche Unruhe ließ sie fühlen, daß die ›Unverzagt‹ jetzt den vorkalkulierten Sprung mache.

»Ehe Sie mit der Trauung beginnen, möchte ich gern noch etwas mehr über den Inhalt des Dokumentes erfahren«, bat Biron.

Artemisia lachte. »Bitte, Vater, erfülle ihm den Wunsch! Einen zerstreuten Bräutigam fände ich unerträglich.«

»Ich kann das Dokument auswendig. Hört gut zu.«

Während die Sonne Rhodias hell auf dem Bildschirm erschien, begann Henrik jene Worte zu zitieren, die weit älter waren als irgendein bewohnter Planet der Galaxis – mit Ausnahme eines einzigen.

»Wir, die Bevölkerung der Vereinigten Staaten, sind gewillt, eine vollkommenere Union zu schaffen, und proklamieren darum Gerechtigkeit und häuslichen Frieden, die Verteidigung unseres Landes und die Hebung des allgemeinen Wohlstandes; um die Segnungen der Freiheit für uns und unsere Nachkommen zu sichern, verkünden wir hiermit diese rechtskräftige Verfassung der Vereinigten Staaten von Amerika . . .«